# La fiancée américaine

Du même auteur chez le même éditeur

*Voleurs de sucre* (2004)

*La logeuse* (2006)

*Bestiaire* (2008)

Eric Dupont

# La fiancée américaine

roman

[FŒJ]

ÉDITIONS
MARCHAND
DE FEUILLES

Marchand de feuilles
C.P. 4, Succursale Place d'Armes
Montréal (Québec)
H2Y 3E9
Canada

www.marchanddefeuilles.com

Graphisme de la page couverture: Sarah Scott

Illustration de la page couverture: Kai McCall, I *Was Alright Until I Fell in Love With You,* 2011, 147 cm x 91 cm, huile sur toile.

Mise en pages: Roger Des Roches

Révision : Annie Pronovost

Diffusion : Hachette Canada

Distribution : Socadis

Les Éditions Marchand de feuilles remercient le Conseil des Arts du Canada ainsi que la Sodec pour leur soutien financier.

Conseil des Arts du Canada — Canada Council for the Arts — Société de développement des entreprises culturelles Québec

**Catalogage avant publication de Bibliothèque et Archives nationales du Québec et Bibliothèque et Archives Canada**

Dupont, Eric, 1970-

La fiancée américaine

ISBN 978-2-923896-15-1

I. Titre.

PS8607.U66F52 2012 C843'.6 C2012-941532-4
PS9607.U66F52 2012

Dépôt légal : 2012
Bibliothèque et Archives nationales du Québec
Bibliothèque et Archives Canada

*À ma grande sœur, pour ses voyages d'hiver*

# Sarcelle

*

Quelques années avant d'être forcée par sa mère à monter dans un autobus pour New York en plein blizzard de décembre, Madeleine Lamontagne avait été une petite fille qui aimait par-dessus tout les lapins de Pâques, les sapins de Noël et les histoires de Louis Lamontagne, son papa.

Rien qui ne sortît de l'ordinaire. Tout le monde aimait entendre les histoires du Cheval Lamontagne. Avant la télévision, ses histoires étaient ce qu'il y avait de mieux pour passer le temps à Rivière-du-Loup. C'est la télé qui a tué le Cheval, pas le moteur à explosion.

C'est ce que les buveurs de Rivière-du-Loup vous confirmeront. Ils vous diront aussi, et il faut les croire, que les histoires des hommes, d'où qu'ils soient, ne trouvent jamais oreille plus attentive que celle de leur fille, surtout si cette dernière est l'aînée et occupe de fait une place privilégiée dans le cœur de son père. De sorte que jamais le Cheval Lamontagne – ou Papa Louis, comme aimaient l'appeler les enfants de Rivière-du-Loup – n'eut public plus attentif à ses paroles que sa petite Madeleine, assise sur le sofa du salon funéraire de son père, sur la rue Saint-François-Xavier, paroisse du même nom, à Rivière-du-Loup, province de Québec.

Au milieu de ce mobilier des années 1950 trônait cet effrayant cendrier monté sur une authentique patte d'orignal qu'un cousin avait fabriqué après avoir débité la carcasse de l'animal que Papa Louis avait abattu à l'automne 1953, alors que Madeleine n'avait que trois ans. Elle en avait maintenant huit. Papa Louis était assis dans son fauteuil et ses deux frères sur le sofa vert bouteille. Dans la main gauche, elle tenait un verre de gin plein que Papa Louis convoitait du regard.

– Grouille-toé, Mado ! On veut entendre l'histoire !

Le plus vieux des frères de Madeleine Lamontagne, Marc, sept ans, était celui qui venait de dire à sa sœur de se dépêcher à servir Papa Louis pour qu'enfin commence l'histoire. L'autre, Luc, suivait du regard le vol d'un brin de poussière dans l'air.

– T'es pas drôle ! prit le temps de lui lancer Madeleine, avant de s'asseoir à sa droite.

Marc lui mit la main sous la cuisse. Elle lui revira un doigt à l'envers, juste assez pour qu'il s'en souvienne, pas assez pour lui luxer l'articulation. Madeleine sourit. Le gin faisait effet. Il y aurait une histoire. À sa gauche, Marc lui mit de nouveau une main sous la cuisse, mais elle le laissa faire. « Il a froid aux doigts », raisonna Madeleine, en se disant que si elle commençait une guerre avec son frère, Papa Louis pourrait soudainement décider d'envoyer tout le monde se coucher. Heureusement, Marc se désintéressa d'elle et observa Papa Louis ingurgiter son gin. À gauche de Marc, le petit Luc, sa tête brune posée sur la frêle épaule de son grand frère. Il allait tomber endormi d'un moment à l'autre. Luc, cinq ans, était venu au monde le jour du couronnement d'Elizabeth II, le 2 juin 1953. Le sofa était presque plein, mais on aurait pu y asseoir encore le chat si la mère, Irène, l'avait permis.

– Pas de chat sur le sofa, c'est pas propre, avait-elle tranché un jour.

Il y avait eu du gâteau au souper, dont Luc avait trop mangé – il avait avalé la part de Madeleine en plus de la sienne, pour la vomir sur son frère Marc. Luc portait donc déjà un pyjama ; Madeleine l'avait débarrassé de ses vêtements souillés, le grand frère avait dû se changer. Le cadet cognait des clous, il raterait sûrement la fin de l'histoire, mais c'était peut-être tant mieux étant donné sa tristesse. Peut-être le mort qui dormait dans le salon attenant allait-il la trouver divertissante ?

– Raconte l'histoire de la dune ! réclama plaintivement Marc.

– Je vous l'ai racontée le mois passé, fit Papa Louis en vidant une cuiller de sucre dans son gin chaud.

– Ben raconte encore...

– Vous voulez pas une histoire de Noël à la place ? Attendez, on va demander au mort ce qu'il veut entendre ! Hé, Sirois ! Veux-tu une histoire de Noël ?

Les enfants retenaient leurs rires. Papa Louis ne se permettait ce genre de plaisanteries avec ses clients qu'en l'absence de sa femme Irène, qui les trouvait du plus mauvais goût. Papa Louis interpréta le silence de Sirois comme une demande formelle de raconter une histoire de Noël, récit de circonstance dans la pièce encore décorée pour la Nativité. Un sapin maigrelet tenait encore debout, abritant sous ses branches les plus larges une crèche de porcelaine dont la figurine représentant saint Joseph avait été ébréchée au visage. Un agneau était renversé. À la radio qui jouait en sourdine, le chapelet en famille s'égrenait avec la régularité d'une horloge suisse... *pleine de grâce. Vous êtes bénie entre toutes les femmes et Jésus, le fruit de vos entrailles, est béni...* Une fois par mois, à l'heure du chapelet en famille, Papa Louis se trouvait seul en compagnie de ses trois enfants pendant que sa femme Irène rendait visite à une tante religieuse au couvent des sœurs de l'Enfant-Jésus. Comme il était censé réciter avec eux l'interminable rosaire, il préférait laisser la radio à lampes allumée. Une ruse assez fine, puisque les lampes mettaient au moins cinq minutes à chauffer avant que toute réception fut possible. En laissant la radio sur le grand meuble de noyer jouer en sourdine, juste à côté de lui, Papa Louis aurait toujours le temps de se précipiter à genoux si, par malheur, sa femme rentrait plus tôt que prévu du couvent. Papa Louis avait d'ailleurs donné des directives assez claires aux marmots : aux premiers pas entendus dans l'escalier de bois, il fallait se jeter devant la radio, chapelet en main, et feindre la pâmoison. Autrement, il n'y aurait plus d'histoires. C'est donc avec le chapelet en bruit de fond que Papa Louis commençait les histoires pour ses enfants. Une fois, c'était arrivé, Irène Lamontagne était rentrée plus tôt pour prendre un manteau dont elle voulait faire don aux religieuses. Le stratagème de Papa Louis avait marché au quart de tour. Au premier bruit sourd sur les marches du perron, Papa Louis avait monté le volume de la radio ; la voix du cardinal se répercutait sur les murs du grand salon, si bien qu'on pouvait l'entendre jusqu'à la rue. Le père et les enfants étaient tombés à genoux devant la radio, chapelet entre les doigts, ânonnant déjà un *Ave,* fermant à moitié les yeux pour faire croire à une quelconque transe spirituelle. Madeleine priait avec une ferveur toute particulière en appuyant sur chaque syllabe : « ... est né de la Vierge Marie, a souffert sous Ponce Pilate, a été crucifié, a été enseveli, est ressuscité... » en prenant ce ton nasal qu'elle avait appris au couvent. Elle en mettait peut-être un brin trop, mais la ruse n'était pas sans efficacité. Irène ouvrit la porte silencieusement comme pour ne pas perturber cette scène attendrissante de piété familiale. À pas de loup, elle monta à l'étage pour prendre le vêtement oublié et, l'index sur la bouche, ressortit en silence en faisant le signe de la croix. Quand il se sut hors de danger, Papa Louis baissa le son de la radio, se rassit sur le fauteuil, reprit son verre de gin qu'il avait caché derrière le meuble radio et soupira.

– Continue l'histoire de la bonne femme Téton ! avaient hurlé en chœur Madeleine et Marc.

Mais ce soir, Irène ne rentrerait pas par surprise. Il y aurait une histoire de Noël. Une fois par mois, les enfants entendaient les histoires épouvantablement fabuleuses de Papa Louis, comme la fois où il avait battu de justesse Manitoba Bill – le Pied-noir aux yeux bleus – au bras de fer, ou l'improbable récit de cette nuit de la Saint-Jean où il avait dansé avec la bonne femme Téton sur la route Transcanadienne derrière Saint-Antonin. Madeleine s'attendait à entendre pour la deuxième fois comment il était arrivé par erreur, un soir, sur la réserve des Indiens malécites et comment ceux-ci, complètement abasourdis devant le fantasque Louis, s'étaient fâchés de sa présence, parce que ça ne se fait pas de surgir comme ça chez les gens sans s'annoncer. Il y aurait un prix à payer, et ce prix était de danser avec la bonne femme Téton. Autrement, Papa Louis ne serait pas rentré vivant de son voyage au Nouveau-Brunswick, oh non ! Mais il n'allait pas leur raconter l'histoire de la bonne femme Téton, parce que la dernière fois, le petit Luc en avait livré un résumé succinct à la mère ; pas tous les détails, certes, comme la véritable grosseur de ses tétons, que l'enfant s'était senti obligé, à l'instar de son père, de mimer en écartant les mains, mais du moins les circonstances de toute l'affaire (et les gestes qui accompagnaient l'histoire). Irène Lamontagne avait été forcée de se confesser, de faire appel à ce qui restait de bon sens à Papa Louis pour qu'à l'avenir, il écrème ses histoires des détails les plus grumeleux.

– Tu attends qu'ils racontent ça à l'école, Louis Lamontagne ?

Irène avait obtenu de son mari qu'il racontât d'autres histoires, même si tout bien considéré, le mal était fait. Luc resterait jusqu'à la fin de sa courte existence un enfant plutôt vulgaire. Ce soir, Papa Louis voulait conter une histoire de Noël. Les enfants étaient surpris parce que les histoires de Papa Louis ne présentaient à l'habitude aucun thème religieux. Ces histoires-là étaient la chasse gardée d'Irène Lamontagne et de sœur Marie-de-l'Eucharistie – mieux connue sous le nom de la Sœur-qui-fait-peur –, personnage vêtu de noir et de blanc qui, deux ou trois fois l'an, se glissait en silence un dimanche après-midi dans la maison de la rue Saint-François-Xavier.

C'est probablement Marc qui, le premier, et il tenait ça sûrement de son père, l'avait appelée la Soeur-qui-fait-peur, parce qu'elle apparaissait toujours quand on s'y attendait le moins et sans faire le moindre bruit. On se retournait et paf! Devant soi se dressait sœur Marie-de-l'Eucharistie, ombre inquiétante, debout dans le cadre d'une porte, sous une horloge, assise sur le balcon de bois ou dans l'escalier qui menait aux chambres. Véritable passe-muraille, sœur Marie-de-l'Eucharistie semblait aussi avoir le don d'ubiquité ; les buveurs du bar l'Ophir de la rue Lafontaine disaient l'avoir vue monter dans un train à l'heure précise où d'autres juraient l'avoir aperçue sur le parvis de l'église Saint-François-Xavier. Les enfants Lamontagne étaient sur le point d'apprendre, en ce soir de décembre 1958, pourquoi la Sœur-qui-fait-peur venait rendre hommage trois ou quatre fois l'an au Cheval Lamontagne, la plupart du temps un peu avant la Fête-Dieu, quelques jours après la Toussaint et dans les environs de la fête de saint Blaise, patron qu'on invoquait contre les maux de gorge.

Dans le salon de la rue Saint-François-Xavier, Madeleine exigea d'entendre l'histoire de la bonne femme Téton, elle aussi. Papa Louis se cabra, s'arcbouta et leva l'index pour faire taire la clameur dans le salon. On aurait ce soir-là une histoire de Noël.

– Pour vous raconter, finalement, comment votre père est venu au monde. Parce que là, les histoires de sœurs, on en a assez.

Papa Louis se retourna vers la porte, pour bien s'assurer que sa femme n'était pas rentrée sans faire de bruit pour recevoir l'équivalent d'un blasphème en plein visage. Il y eut un silence de deux secondes pendant lequel Papa Louis espéra qu'un ange viendrait effacer de la mémoire de ses enfants cette dernière boutade aux sœurs de l'Enfant-Jésus, qu'il considérait un peu comme de vraies sœurs. Il agita sous le nez de Madeleine son verre de gin vide, qu'elle devait courir remplir en y ajoutant la bonne quantité d'eau chaude. « Je vais parler assez fort pour que tu m'entendes de la cuisine », lui avait-il promis en l'embrassant sur la joue. Madeleine versa machinalement le gin et l'eau chaude dans le verre en portant attention au récit dont elle ne voulait pas perdre un seul mot.

– Je vais vous raconter l'histoire de ma naissance ! dit Papa Louis en se frappant sur le genou.

– T'es pas né à Rivière-du-Loup ? s'enquit Marc, qui croyait qu'on avait tout dit une fois qu'on avait révélé le lieu de sa naissance.

– Ben oui, mais quand je suis né, ça s'appelait Fraserville.

Papa Louis était un petit Jésus. Le fait était connu. Mais sa mère, Madeleine, dite Madeleine l'Américaine, pour ne pas la confondre avec Madeleine-la-Mére et toutes les Madeleine qui s'étaient succédé depuis l'arrivée en terre canadienne de l'ancêtre Lamontagne, et son père Louis-Benjamin Lamontagne, eux, ne l'avaient pas su d'avance. Même qu'on s'attendait à ce que Papa Louis naisse bien après les Rois, de sorte qu'on n'avait pas fait trop attention.

L'histoire serait mémorable, le doute n'était pas permis : absence de la mère, deuxième gin chaud et atmosphère des fêtes. Les signes ne trompaient pas. On allait en entendre toute une. Ce n'est pas que l'histoire fut complètement dénuée d'intérêt, mais d'autres l'auraient rejetée du revers de la main comme une légende, un conte maladroit sorti de l'esprit aviné d'un quadragénaire en manque d'attention. « C'était en décembre 1918, tout le monde mourait d'la grippe espagnole, ça tumbait coumme des mouches... » poursuivit-il dans ce langage que les gens de la génération de Madeleine furent les derniers à comprendre parfaitement et qu'il serait inutile de livrer ici dans son exactitude, puisque tant de ses tournures, de ses phrasures, et de ses parlures se buteraient à l'incompréhension des esprits habitués au français normalisé qui fait aujourd'hui office de langue officielle dans ce pays.

C'était décembre 1918 dans la vieille Rivière-du-Loup qu'on appelait Fraserville. Louis-Benjamin Lamontagne et sa femme Madeleine l'Américaine attendaient leur premier enfant dans l'hiver glacial et silencieux du Bas-Saint-Laurent.

– Pourquoi on l'appelait l'Américaine, Grand-Maman Madeleine ? Pis pourquoi toutes les femmes s'appellent Madeleine dans tes histoires ?

La question venait de la cuisine. Pourquoi, en effet, Madeleine Lamontagne, mère de Papa Louis et grand-mère de Madeleine Lamontagne, s'appelait-elle, en langage commun, l'Américaine ? Tout simplement parce qu'elle était venue des États-Unis. Il n'en fallait pas plus. Mais derrière le ton innocent de la question fort pertinente, Papa Louis devinait que ses enfants ne démêlaient plus les personnages de leur lignée ; conséquence d'une obsession chez la famille Lamontagne de toujours compter dans ses rangs au moins une Madeleine vivante. Et les enfants sont comme ça, ils veulent tout comprendre et forcent les conteurs à retourner en amont de leur histoire pour justifier ce qui s'est passé. Ou n'est-ce là qu'une ruse de leur part pour retarder l'heure du coucher ?

– Mon pére, le mien, y s'appelait Louis-Benjamin Lamontagne, ma mére, c'était Madeleine l'Américaine. C'est pas compliqué !

– Mais l'autre Madeleine ? gémit Marc, perplexe.

– Ben, y a Madeleine, ta grande sœur ! clama Papa Louis.

– Non, non, il y en a une autre... chigna le gamin.

– Ah ! Madeleine-la-Mére, ma grand-mére. La mére de Louis-Benjamin. Celle qui, sans le vouloir, a fait venir l'Américaine au Canada !

– On l'appelait comment, cette Madeleine-là ?

– Ben, comme ta sœur, faut croire ! On l'appelait Madeleine ! lança Papa Louis dans un grand rire pour bien échauffer les oreilles de sa fille qui venait de déposer sur le bras de son fauteuil son troisième gin chaud. Elle leva les yeux au ciel. Papa Louis s'attendrit.

– On va l'appeler Madeleine-la-Mére pour pas faire de mystére pour rien. Ayez pas crainte, vous allez tout comprendre. S'il faut, j'vas vous faire un dessin.

Madeleine Lamontagne – dite Madeleine-la-Mére, mère de Louis-Benjamin Lamontagne, grand-mére, pardon, grand-mère de Louis Lamontagne et arrière-grand-mère de Madeleine Lamontagne – avait souhaité que son fils Louis-Benjamin, né le 14 janvier 1900, épousât comme son père une Madeleine.

– Les Lamontagne, y leur faut une Madeleine par génération, avait-elle clamé.

L'histoire fut répétée plusieurs fois pendant l'enfance de Louis-Benjamin, premier bébé baptisé du vingtième siècle en l'église Saint-Patrice au terme d'une messe plutôt courte ; on fit comprendre assez tôt au garçon qu'il serait mieux vu d'épouser une Madeleine qu'une Alphonsine, de sorte qu'au printemps de sa vie, quand il se mit, comme les autres garçons de son âge, à entendre avec une nouvelle acuité le chant des mésanges à tête noire, il eut envie d'épouser une Madeleine. Ce n'est pas que ce printemps mit plus ou moins de temps à venir que les autres, mais c'était, disons-le de cette façon, puisque Luc n'est peut-être pas tout à fait endormi, le printemps où chaque garçon comprend la nature précise de ses aspirations et où les paroles des chansons populaires commencent à prendre un nouveau sens.

Le jour où Madeleine-la-Mére surprit son aîné en train de « faire le fanfaron » à côté d'une corde de bois derrière laquelle on voyait à peine sa houppe noire osciller à gauche et à droite comme la tête d'un pic, elle comprit que le temps était venu de lui trouver sa Madeleine.

Le choix de Madeleine-la-Mére se porta sur une jeunesse souffreteuse faible des poumons du nom de Madeleine Lévesque, qui présentait l'avantage certain d'être sa nièce. La jeune dame de Kamouraska n'avait pas donné son accord que le curé de la paroisse, lui, donnait le sien. Il signa en décembre 1917, et les registres de la paroisse de Saint-François-Xavier sont formels, ce fut sa troisième dispense du mois pour des épousailles entre cousins germains. Les fiançailles furent célébrées le 1er janvier 1918. Les funérailles de Madeleine Lévesque, elles, furent célébrées en latin le 15 du même mois. La petite avait été emportée en une semaine par la grippe espagnole qui décimait les villages de la côte. Qu'à cela ne tienne, Louis-Benjamin aurait sa Madeleine. Madeleine-la-Mére interpréta ce coup du destin comme un défi que Dieu lui lançait.

– Mon fils, ta mére te laissera pas tomber. J'vas la trouver, ta Madeleine. Même s'il faut que j'aille la quérir en chaloupe jusque su' les terres de tes aïeux allemands.

Madeleine-la-Mére se souvint alors qu'elle avait un frère cadet qui avait quitté le Canada en 1909 pour le New Hampshire et qu'il avait une fois envoyé une lettre mentionnant l'existence d'une petite Madeleine, orpheline de Canadiens français qu'il aurait adoptée à Nashua, aux États-Unis. Si la petite avait déjà l'âge de porter enfant ? Elle devait avoir au moins seize ans... Madeleine-la-Mére fit rédiger par le curé une lettre où elle prenait des nouvelles de son frère cadet, tout en demandant, à la toute fin, si la jeune Madeleine ne serait pas, par le plus grand des hasards, prête à fonder une famille. Elle y joignit une photographie récente de son Louis-Benjamin, la houppe bien droite sur le front, les oreilles un peu décollées, les lèvres pulpeuses en forme de vaguelette. Le regard affamé. La lettre fut postée le 17 janvier 1918. La réponse ne se fit pas trop longtemps attendre. Le 1er mars, le curé Cousineau, de la paroisse Saint-François-Xavier, martelait de petits coups la porte de la maison de bois de Madeleine-la-Mére. Il tenait à la main un télégramme affolant envoyé du New Hampshire la veille et annonçant l'arrivée d'une Madeleine des États-Unis. Il fallait la cueillir à la gare de Fraserville *tomorrow*.

– Demain, c'est aujourd'hui ? demanda timidement Madeleine-la-Mére.

– Oui, demain, c'est aujourd'hui, glapit le curé.

Marc adorait quand son père citait directement les personnages de ses histoires, tout en se demandant comment il pouvait être certain des paroles, puisqu'il n'était même pas né en ce matin glacial du 1er mars 1918, où le curé annonçait, les bras en l'air, l'arrivée imminente d'une fiancée expédiée par chemin de fer. Il se dit quand même que Papa Louis devait en inventer des bouts pour se rendre intéressant. Madeleine-la-Mére et le curé restèrent à se regarder comme ça pendant une minute sur le grand perron de bois de la maison des Lamontagne ; elle se disait qu'elle n'en demandait pas tant, se demandant comment tout cela allait finir. Le temps ne leur donna pas le loisir de manigancer quelque stratégie pour retarder l'arrivée de la fiancée. Le train arriverait le soir. En entendant la nouvelle, Louis-Benjamin, effrayé et ravi, sentit un courant électrique le parcourir. À l'heure qu'il était, sa belle devait déjà être en pays canadien. Avec un peu de chance, ils contempleraient en même temps la même étoile quelques minutes à peine avant de se rencontrer.

À la gare de Fraserville grelottaient Madeleine-la-Mére, son fils aîné Louis-Benjamin, le deuxième, Napoléon, ses quatre sœurs, si petites que la cadette tenait à peine sur ses deux jambes, et le curé Cousineau. Le père Lamontagne n'avait pu se déplacer du chantier où il travaillait tout l'hiver. Chaque cri de la locomotive faisait vibrer Louis-Benjamin dans des parties du corps qui, jusque-là, ne s'étaient pas fait trop insistantes, c'est-à-dire pas au-delà de ce dont il avait l'habitude, mais il n'aurait pu en juger objectivement, n'ayant personne avec qui amorcer une discussion franche et ouverte sur le sujet. Il serait fixé quant à son inclination pour la chose dès que le train de Québec entrerait en gare. Il sentit le sol commencer à vibrer sous ses pieds à l'arrivée de la locomotive qui s'immobilisa, bête luisante dans la nuit noire. Un siècle s'écoula avant que ne s'ouvrent les portes des wagons, d'où émergèrent des voyageurs vêtus de sombre, quelques sœurs de l'Enfant-Jésus se tenant par le coude pour éviter une chute sur la glace mouillée, des hommes partis travailler dans la capitale rentrant chez eux, ombres grelottantes et endormies.

L'Américaine se fit longtemps attendre. Devant la gare, flanquée de sa marmaille, serrant sous son manteau ses enfants pour les prémunir du froid comme un manchot sur la banquise, Madeleine-la-Mére attendait de pied ferme le diable qui allait descendre du train. De gauche à droite s'étalaient toutes les expressions que le visage humain peut prendre quand il sait qu'il est sur le point de rencontrer sa destinée. Quand on en vint à conclure qu'on s'était trompé, que le curé avait mal lu le télégramme ou que l'Américaine avait manqué son train, on commença à discuter du chemin à prendre pour le retour.

Elle descendit du troisième wagon, portant une seule valise de cuir de la main droite et une boîte de la main gauche. Elle était coiffée d'une toque de castor et vêtue d'un long manteau de fourrure arrachée à une bête que Madeleine-la-Mére ne parvint pas à identifier du premier coup d'œil, mais qui s'avéra être une martre. La jeune femme regardait à droite et à gauche, le nuage de buée que sa bouche produisait était témoin des mouvements de sa tête dans le faible éclairage assuré par une lune incertaine et le phare de la locomotive. Le curé prit l'initiative de jeter dans l'air le prénom de la voyageuse, signal auquel elle réagit promptement. S'approcha ensuite la créature du comité d'accueil qui en devinait maintenant les traits. Madeleine l'Américaine avait la peau pâle, couverte de taches de rousseur, même en plein hiver. Elle enleva ses gants pour tendre la main comme une dame. Louis-Benjamin, qui devait la dépasser de deux têtes, n'avait jamais vu main plus blanche ni yeux plus sarcelle. En fait, il n'avait vraiment jamais vu d'yeux couleur sarcelle. L'Américaine lui sourit, devinant qu'il s'agissait là du garçon qu'on lui avait promis au bout de ce long voyage. Par son sourire, on comprit que le marché était conclu ; le Louis-Benjamin, grand gaillard de deux mètres, toisait la petite femme venue du Sud ; sa mère lui avait fait une raie à gauche, comme pour les grandes messes, et repassé une chemise propre, chaude étoffe déjà trempée sous son capot de castor.

Une vague dans les cheveux qui, par jours de grands vents, se transformait en houppette, de longs cils hérités de sa mère, les épaules larges comme celles d'un bœuf, le teint clair et les joues rosies par le froid, le jeune homme, s'il n'avait pas été promis à l'Américaine, n'aurait eu aucune peine à trouver épouse parmi les quelque six mille habitants de Fraserville. Seulement, il fallait s'appeler Madeleine, condition qui disqualifiait la grande majorité des prétendantes à une époque où, comme le spécifia Papa Louis : Y fallait pas penser à changer de prénom.

– Tu naissais Louis, pis tu mourais Louis. C'est pas comme c't'elle-là, c'est quoi son nom encore ? Norma, mais qui pour les vues animées s'appelle Marilyn. En tous les cas, si les filles de Fraserville avaient su qu'en changeant tout simplement de nom comme Fraserville a changé de nom pour s'appeler Rivière-du-Loup en 1920, qu'elles auraient eu la chance d'intéresser le beau Louis-Benjamin, ben elles se seraient toutes appelées Madeleine du jour au lendemain. C'était un beau bonhomme, vot' grand-pére !

Pourtant, Papa Louis avait connu sa part de changements de noms et de surnoms. Papa Louis était bel et bien né Louis Lamontagne, pour ensuite devenir le Cheval Lamontagne – le nom sous lequel on le désignerait avec respect dans toute la région dès qu'il commencerait à faire des démonstrations de sa force devant public – puis, une fois apprivoisé par Irène Caron, il fut Papa Louis jusqu'à sa mort. Entre le Cheval et Papa Louis, il y avait eu, au gré de tous les endroits où il était passé, d'autres surnoms : *The Incredible Lamontagne, The Horse,* le Grand Canadien et d'autres que lui-même ne connaissait pas. Mais il n'était même pas encore né là où il en était dans l'histoire.

– Papa, c'est déjà assez compliqué...

C'est donc en quelque sorte un coup de foudre, ou son équivalent nordique, l'aurore boréale, qui marqua la première rencontre entre le costaud Lamontagne et Madeleine l'Américaine sortant de son sac la photographie de Louis-Benjamin envoyée par Madeleine-la-Mére. Le regard de l'Américaine allait de la photo à son modèle, puis du modèle à la photo. Son visage s'illumina comme si elle venait d'avoir une apparition. Au mépris des bonnes manières et de toutes les règles de l'étiquette, Louis-Benjamin voulut lever la voyageuse de terre, histoire de connaître son poids, comme il le faisait avec ses cousines et ses sœurs plusieurs fois par jour, pour se faire de la force, de sorte que les petites étaient plus ou moins devenues haltères vivants qu'il suffisait d'attraper dans leur course. Louis-Benjamin serra sa nouvelle fiancée contre lui, car il l'épouserait, le doute dans son esprit avait depuis quelques minutes fait place à une certitude aussi implacable que l'hiver, aussi forte que la bourrasque de l'est qui venait de se lever dans la nuit étoilée. Les pieds de la fiancée flottaient à trente centimètres du sol comme ceux d'un ange en vol. Pendant cette étreinte chaude mais brève, Madeleine sentit à travers son manteau de martre la raison pour laquelle on l'avait fait venir de si loin. Quand il la déposa sur la glace, on entendit un ricanement, puis Madeleine dit dans le plus bel accent de la Nouvelle-Angleterre :

– *I see you're happy to meet me...*

Elle parlait l'anglais. Madeleine-la-Mére se dérhuma, s'éclaircit la voix et demanda en insistant :

– Vous parlez français, Mademoiselle ?

Pour toute réponse, la demoiselle tourna trois fois sur elle-même en contemplant la voûte étoilée et en chantant avec un fort accent anglais : « À la claire fontaine, m'en allant promener... » On la contemplait, bouche bée. Le curé Cousineau prit la parole en anglais. Il expliqua à la jeune fille qu'elle avait dû se tromper d'équipage, qu'on attendait là ce soir *« a French girl »* promise à *« this young Catholic man »*. Le jeune homme catholique sentait que son cœur allait lui rompre la cage thoracique pour exploser dans la nuit de mars. Madeleine continua de rire. Elle sortit de son sac une lettre qu'elle tendit au curé.

*Ma chère sœur,*

*Nous sommes heureux d'avoir eu de tes nouvelles hier par la poste. Nous avons été tristes d'apprendre que ton Louis-Benjamin avait perdu sa fiancée. Nous comprenons son chagrin et sa peine. La grippe fait aussi chez nous au New Hampshire beaucoup de morts. Merci de la bonne intention pour notre jeune Madeleine. Tu as bien raison, nous l'avons adoptée en 1909 après la mort de ses parents, des gens du pays de la Beauce au Canada. Elle fera une petite femme parfaite pour ton Louis-Benjamin. Elle est très contente d'aller s'installer au pays de ses parents naturels et adoptifs. Elle est baptisée dans la vraie Église et comprend encore le français du pays. Elle aura dix-sept ans ce printemps, et je lui ai dit que tous les hommes de la famille font de bons maris. Je la confie donc à tes soins et à ceux de ton fils, que j'imagine aussi vaillant que toi, ma chère sœur. Qu'ils soient heureux ensemble dans notre beau Canada !*

*Ton frère Alphonse.*

Bien qu'illettrée, Madeleine-la-Mére exigea de voir le papier comme si elle eût pu y déceler un détail qui aurait échappé au curé.

– Je n'en demandais pas tant !

Louis-Benjamin n'avait cure des détails. Il avait déjà commencé à hisser les bagages de l'Américaine dans le traîneau du curé ; il y lança ensuite ses sœurs, une après l'autre, comme des bottes de foin. Il fit asseoir l'Américaine entre deux des filles pour la tenir au chaud. Le trajet vers le bas de la ville fut effectué dans un silence qui pour chacun des occupants du traîneau prenait un sens différent.

Chez les Lamontagne, Madeleine-la-Mére dut user de toute son autorité maternelle pour arriver à séparer Louis-Benjamin de sa fiancée – il la considérait maintenant comme telle – au moment du coucher. On se rendit compte, après avoir déposé le curé au presbytère, que la jeune femme comprenait effectivement le français, mais qu'il était absolument impossible qu'elle fût née dans une famille canadienne-française récemment immigrée aux États-Unis. Comment expliquer cette chevelure rousse, ces taches de rousseur et ces yeux sarcelle ?

– L'a plusse l'air d'une Écossoise ! avait lancé Madeleine-la-Mére sur le ton du dépit.

Écossoise, Angloise ou Irlandoise, la nouvelle venue était de toute évidence de descendance nordique. Elle se contenterait toujours de dire qu'elle était née au New Hampshire en 1900, qu'elle avait l'âge du siècle et qu'elle avait été adoptée par une famille canadienne-française à l'âge de neuf ans, ce qui porta les gens à croire qu'elle était probablement irlandaise catholique, car jamais les Américains n'auraient confié une petite protestante aux soins d'une famille canadienne-française désespérément papiste.

À Fraserville, sur le point de devenir Rivière-du-Loup, la nouvelle de l'arrivée de l'Américaine se répandit comme la syphilis dans un bordel berlinois. Fraserville ne boudait pas le plaisir du racontar. Les commères les plus talentueuses du haut et du bas de la ville prirent le relais de la légende comme si c'eût été une torche olympique. Après les rires d'usage que provoquait inévitablement l'histoire de l'arrivée de la jeune femme en réponse à une simple lettre de Madeleine-la-Mére s'informant de l'existence d'une éventuelle bru, chacun y allait de son interprétation de la chose. Ainsi coururent sur le compte de Madeleine l'Américaine nombre de rumeurs extravagantes, dont trois seulement devaient survivre jusqu'à ce soir du 28 décembre 1958 dans le salon de Papa Louis.

Selon la première version de l'histoire colportée dans la paroisse de Saint-François-Xavier et dont la maternité est attribuée à une commère répondant au nom de Dumont, les Lamontagne avaient été victimes d'un sale coup de la part du frère de Madeleine-la-Mére. Il devait s'agir d'une quelconque vengeance, car on n'envoie pas ainsi sa propre fille, adoptive ou pas, à des milliers de kilomètres dans les bras d'un inconnu. La jeune femme devait être insupportable, ses parents adoptifs s'étaient tout simplement jetés sur le premier prétexte pour s'en débarrasser à jamais. Maintenant, on verrait ce qu'on verrait et c'est Louis-Benjamin qui paierait la note.

La deuxième version de l'histoire, peut-être un peu plus raffinée et plus empreinte de mystère, campait Madeleine l'Américaine dans le rôle de la femme *passionnée* papillonnant de veufs à vieux garçons, accumulant les héritages, laissant sur son sillage cortèges funèbres et familles en deuil. Elle aurait évidemment volé la lettre de Madeleine-la-Mére à la poste et aurait fait rédiger une fausse réponse pour bien leurrer les Lamontagne. D'ailleurs, il suffirait à Madeleine-la-Mére de procéder télégraphiquement à une vérification d'usage pour en avoir le cœur net et se débarrasser de ce parasite. Dans ses déclinaisons les plus sombres, ce récit prophétisait le décès accidentel de Louis-Benjamin dans un avenir rapproché. Les paris étaient ouverts.

Finalement, les plus tordus prêtaient à l'intrigante des intentions épouvantables. Probablement fille de joie, elle aurait rencontré la vraie Madeleine l'Américaine pendant le voyage, elle s'en était *débarrassée* (rien n'arrête ces vermines) pour prendre ses affaires et organiser cette triste imposture. Le reste était théâtre et force de conviction. Peu importe, on verrait débarquer sous peu des hommes en uniforme sur lesquels on comptait pour rédiger un épilogue à cette histoire invraisemblable.

– Jamais on ne sut le fond de l'histoire, soupira Papa Louis en fixant son verre de gin.

Le lendemain, 2 mars, Madeleine-la-Mére fit rédiger une lettre à son frère Alphonse exigeant des explications sur les événements de la veille. Qui était cette fille ? L'avait-il véritablement envoyée en pays étranger sans même s'informer de la valeur du jeune Louis-Benjamin ? La demoiselle était-elle à ce point docile ? Était-il absolument certain d'avoir pris la bonne décision ? En attendant, il fallut héberger l'Américaine quelque part. Ni les sœurs du Bon-Pasteur, ni les sœurs de l'Enfant-Jésus n'avaient de place pour loger la pauvre fille. Quant au curé, il était hors de question qu'il hébergeât au presbytère cette étrange créature dont on ne savait presque rien et de laquelle il fallait peut-être attendre les choses les plus surprenantes. Les Lamontagne durent donc se résoudre à la garder chez eux. Dès le lendemain de son arrivée, la jeune femme adopta un comportement singulier. D'abord, elle confirma par un *rosary* bien matinal et bien nasal qu'elle était bel et bien de la vraie foi. Puis, elle se mit tous les matins, dès l'aube, à préparer des mets auxquels les Lamontagne n'étaient pas habitués. Le premier jour, la rouquine s'était rendue au magasin général pour y chercher des provisions, car elle semblait avoir rapporté une petite dot des États-Unis. Au deuxième matin, elle s'était mise à l'ouvrage dans la cuisine en entonnant cette chanson pour cœurs froids :

*Will you love me all the time ?*
*Summer time, winter time.*
*Will you love me rain or shine ?*
*As I love you ?*
*Will you kiss me every day ?*
*Will you miss me when away ?*
*Will you stay at home and play ?*
*When I marry you ?*

Cette petite valse à trois temps était si entraînante qu'elle vous restait en tête pendant des heures après l'avoir entendue. Papa Louis la reprit au bénéfice de son public, qui se réduisait comme peau de chagrin au fur et à mesure que le temps passait. Luc dormait maintenant, affalé sur son frère Marc qui menait un combat épique contre Morphée. Madeleine, les yeux ronds comme des soucoupes, grisée par cette histoire du temps des chevaux et des épidémies meurtrières, sous l'emprise du conteur, chantonnait la chanson de l'Américaine que leur père leur servait comme berceuse le soir dans leurs petits lits. Toute l'Amérique, tout un siècle tombait endormi sur ce chant plein d'inquiétude, de questions, de promesses et d'amour.

Marc observait sa sœur Madeleine dodeliner de la tête, partir entre deux eaux. Il fut soudain pris d'une crainte épouvantable : Papa Louis, se rendant compte que son public était endormi, mettrait un terme à son récit pour ne pas avoir à le reprendre la semaine suivante. Le garçon se mourait d'envie d'entendre la suite de l'histoire de ses grands-parents.

– Madeleine, va faire un gin à Papa Louis ! hurla-t-il en secouant sa sœur comme un prunier.

Madeleine alla mélanger la ponce.

– Mais qu'est-ce qu'elle cuisinait, l'Américaine ?

La question venait encore une fois de la cuisine.

– Des déjeuners. Des crêpes, des bines, des œufs miroir, tout ce qu'on mange le matin, pis jamais on avait déjeuné comme ça à Fraserville, répondit Papa Louis, le regard perdu.

L'Américaine s'était mise dans la tête de gagner les Canadiens par le ventre. La partie n'était pas gagnée. Elle connaissait sans l'avoir vue le contenu de la lettre que Madeleine-la-Mére avait dictée au curé le lendemain de son arrivée. Il lui faudrait les gagner un par un, calorie par calorie, glucide par glucide... Le troisième jour, l'Américaine boulangea un pain de mie qui relégua le pain de Madeleine-la-Mére au rang d'infâme galette. La mie de ce pain américain, blanche et nuageuse, caressait les lèvres de Louis-Benjamin comme les ailes d'une colombe. Le quatrième jour, l'Américaine prépara des brioches du carême caramélisées au sucre du pays. Leur seul parfum faisait écumer le jeune homme depuis l'atelier d'ébénisterie où, apprenti du bonhomme Michaud, il fabriquait de petits meubles simples que les habitants de Fraserville lui commandaient. Surtout des berceaux. Et toujours cette mélodie, *Will you love me all the time ?* que le curé avait accepté, après de longues supplications, de lui traduire en chuchotant à l'oreille pour ne pas qu'on croie qu'il était en train de céder devant le beau Louis-Benjamin à un vice innommable et contre nature. Le parfum des brioches, les cheveux roux de l'Américaine, les berceaux, *Will you love me all the time ?* tout tournait dans sa tête. Le pauvre garçon, qui n'avait jamais connu les tourments de l'amour, s'était par distraction écrabouillé le pouce avec un marteau. Son cri de bête atteinte retentit de part et d'autre du Saint-Laurent. Sur la rive nord, on le prit pour le cri d'un homme se noyant, même qu'on chercha à travers les glaces enneigées de l'immense fleuve quelque malheureux tombé à l'eau.

Le naufragé, c'était Louis-Benjamin...

– Dans un océan d'amour ! s'exclama Papa Louis, scandant chaque syllabe avec sa main gauche sur le bras du fauteuil.

Sur le sofa, les éclats de rire de Madeleine et de Marc faillirent réveiller Sirois, le mort. Luc restait enfoui dans son sommeil opaque, son corps parfois convulsé par le passage d'un mauvais rêve.

Le bonhomme Michaud se désolait de voir le jeune homme ainsi dévoré par le désir. Combien de fois avait-il essayé de raisonner le garçon ? Il était allé jusqu'à lui expliquer que les feux ardents peuvent parfois être éteints, temporairement du moins, et qu'il suffisait pour ça de se trouver quelque endroit où on était certain d'être en paix et de se *varloper le madrier jusqu'à ce que bourdonnent les oreilles*. Louis-Benjamin écoutait poliment les conseils du bonhomme sans oser lui avouer que dans ce cas précis, la simple varlope ne serait que goutte d'eau sur pierre brûlante. Il avoua à son maître qu'il songeait à enlever l'Américaine pour l'épouser dans une autre paroisse, devant un prêtre inconnu. Le bonhomme Michaud lui expliqua que l'entreprise était vouée à l'échec, qu'il ne récolterait que l'opprobre et que de toute façon, aucun prêtre de la province de Québec n'accepterait de marier un jeune blanc-bec à une enfant sans le consentement de leurs parents. Les yeux du garçon s'étaient remplis d'eau, si bien que le bonhomme Michaud lui avait promis d'aller parler au curé. Il n'avait lui-même aucune idée de ce que l'initiative pouvait apporter, mais parler au curé ne pouvait jamais nuire.

Le curé Cousineau reçut le bonhomme Michaud juste avant la messe. Ce dernier essaya de trouver les paroles pour faire comprendre au saint homme que le jeune Louis-Benjamin se languissait pour cette jeune Américaine et qu'il valait mieux ne pas tarder à célébrer des épousailles entre ces deux moineaux. Il avait lui-même pris femme à l'âge de dix-neuf ans, cela n'était pas du tout hors du commun. Il tenta aussi de faire comprendre au prêtre que certains arbres poussent plus vite que d'autres, allusion dont le curé ne goûta pas toute la nuance. Il ajouta toutefois que sa préoccupation principale était de voir le travail retrouver le rythme qu'il avait pris avant l'arrivée de l'Américaine. Rien de moins qu'un mariage devant Dieu, et ce, avant la Pentecôte, ne viendrait à bout de l'affaire. Le prêtre attendait patiemment que le bonhomme Michaud finît son chapitre. À la fin de l'entretien, il invita l'ébéniste à prier avec lui pour une intervention de la Sainte Vierge. Avant de partir, le bonhomme fit une offrande à la paroisse qui, ce jour-là, prit la forme d'une tarte au sucre du pays que sa femme avait faite le matin même, sachant que son mari partait pour le presbytère avec une demande. Il ne restait que quinze minutes avant la messe. En posant les yeux sur la tarte, le prêtre calcula qu'en expédiant assez rapidement la fin de son entretien avec Michaud et qu'en se hâtant un tout petit peu, il aurait peut-être le temps de manger ne serait-ce qu'un tout petit bout de cette tarte, carême ou pas. Le bonhomme Michaud précéda le prêtre dans l'église de cinq minutes. Quand ce dernier apparut dans la sacristie, il avait encore des miettes de croûte sur le ventre.

Le sermon fut doux.

Madeleine-la-Mére, elle, ne savait plus à quel saint se vouer. D'une part, la jeune Américaine était plaisante au possible, démontrait des aptitudes au travail hors du commun et avait su gagner les suffrages des jeunes sœurs de Louis-Benjamin avec lesquelles elle partageait une chambre. Elle aidait les petites à s'habiller le matin, leur faisait des tresses, les tenait propres et leur apprenait les bonnes manières. À dire *merci*. À ramasser les assiettes. À sourire. D'autre part, on ne savait rien de cette femme. D'où sortait-elle ? Pourquoi n'avait-elle pas appris le français comme tout le monde ? La famille d'Alphonse s'était-elle mise à l'anglais pour mieux s'intégrer aux États-Unis ? Et quel était le passé de cette fille ? Allait-elle transmettre d'affreuses maladies à son Louis-Benjamin ? Et dans le cas improbable où elle accepterait de donner son aîné à cette mystérieuse Américaine, verrait-on naître des petits qui mépriseraient leur père canadien ?

Un mois passa. Puis, le matin du 2 avril, le mardi de Pâques, le curé Cousineau frappa à la porte des Lamontagne, tenant à la main une lettre postée au New Hampshire. On comprenait en voyant son rebord déchiré que le curé l'avait déjà lue et traduite. Une odeur de cuisine régnait dans la maison des Lamontagne. Des œufs, le curé Cousineau en était certain et, si ses sens ne le trompaient pas, du pain avait cuit, et des fèves au lard, des cretons, quelque viande de porc ruisselante de gras et une théière pleine et généreuse se terraient dans un coin. L'Américaine était à l'œuvre. Il constata avec bonheur que tout le monde chez les Lamontagne semblait avoir pris du poids malgré le carême qui venait de finir. Joues bien rondes, vêtements serrés, seins généreux, les fils et les filles de Madeleine-la-Mére passaient un anticarême auquel l'arrivée de la cuisinière américaine n'était sûrement pas étrangère. La table du déjeuner n'avait d'ailleurs pas encore été démise ; Madeleine l'Américaine invita le curé à s'y installer. « *Please, Father...* » Elle disparut à la cuisine pour revenir avec une assiette remplie de crêpes, d'œufs et de tranches de jambon. Le tout nageait dans un centimètre de sirop d'érable. Le prêtre, un homme habitué à un régime plus maigre, attaqua avec courage la montagne de gourmandises qui s'élevait devant ses yeux. Il puisa dans cette nourriture très riche le courage d'annoncer ce qu'il était venu dire à la famille Lamontagne. Sans s'arrêter de manger, car il faut l'avouer, il n'avait jamais goûté de crêpes si spongieuses, si aériennes, ni un jambon dont la croûte se brisât si tendrement sous la dent. Il demanda d'abord à parler seul à l'Américaine. Le reste de la famille alla s'entasser dans la cuisine. Trois des enfants se déversèrent sur le perron pour jouer sous les premiers rayons de soleil d'avril.

Depuis la cuisine, on entendit la voix de basse du curé qui parlait avec hésitation dans un anglais de séminariste. Le discours dura quelques minutes. S'éleva ensuite une prière. Puis, après un court silence, on perçut trois soupirs de femme terminés par un sanglot. En entendant les pleurs de sa désirée, Louis-Benjamin voulut foncer dans la salle à manger pour la prendre dans ses bras. Madeleine-la-Mére lui décocha un regard foudroyant. « Toué, rest' icitte ! » chuchota-t-elle à son fringant fils. Après un moment de silence, l'Américaine fit irruption dans la cuisine, le visage ruisselant de larmes, secouée par d'épouvantables sanglots. Intrigués, Madeleine-la-Mére et son fils allèrent rejoindre le curé, occupé à nettoyer son jaune d'œuf à l'aide d'un bout de pain grillé. Il s'essuya la bouche avant de prendre la parole.

Il avait reçu une lettre des États-Unis rédigée par le prêtre de la paroisse d'origine de l'Américaine, à Nashua. Peu après le départ de leur fille adoptive, la famille d'Alphonse avait été frappée plusieurs fois par le malheur. D'abord, leur fils cadet avait été atteint d'une fièvre épouvantable qu'aucun remède n'était parvenu à apaiser. On se rendit compte trop tard que le garçon avait, comme tant d'autres, contracté la grippe espagnole. Il ne fallut pas une semaine à la mort pour emporter le garçon de douze ans. Mais la faucheuse n'en resta pas là. Deux jours avant que le garçon ne rende l'âme, la mère sentit dans sa gorge poindre le début de la fin. Puis ce fut au tour du père, qui lui, ne tint pas plus de quatre jours. Au total, la grippe devait repartir avec un butin de quatre âmes de cette famille qui n'en comptait que sept, l'Américaine incluse. La grippe espagnole la fit donc orpheline de père et de mère une deuxième fois dans sa vie. Des trois enfants que la mort avait épargnés, deux avaient déjà quitté le logis pour se marier. La dernière avait observé la mort prendre un à un les occupants de sa maison, pour finalement se retrouver seule. Le prêtre prit soin de préciser, dans sa lettre, que Clarisse, la malheureuse survivante, avait été confiée aux soins de religieuses de l'État du New Hampshire.

– Est-ce qu'il reste de ces crêpes divines ? demanda le curé Cousineau.

– Ben, j'cré ben que oui ! dit la Mére en se levant.

Le curé Cousineau profita de ce que la Mére était dans la cuisine pour envoyer un clin d'œil à Louis-Benjamin. Entre deux sanglots américains lui parvenaient les bruits des ustensiles de cuisine. Le curé ébouriffa la tête du jeune homme.

– Pis, mon garçon, si on te demandait de choisir entre un voyage en France ou l'Américaine, tu choisirais quoi ?

Le garçon rougit. Il regardait la table de bois en essayant de contenir ses larmes par un semblant de rire.

– La France, c'est loin ! s'exclama-t-il.

– Oui, mon garçon, c'est beaucoup trop loin, répondit le curé en prenant une gorgée de thé. Pis c'est infesté d'Allemands, ajouta-t-il avec dépit.

– Nous aussi, on est des Allemands, Monsieur le curé.

– Je sais, mais ça c'était avant la guerre, bien avant. Tu te souviens de l'Allemagne ?

– Non.

– Ben ton père non plus, pas plus que son père à lui. Ça remonte quand même au dix-huitième siècle. Je ne sais pas ce qui peut rester d'allemand chez vous.

– C'est loin ça le dix-huitième siècle?

– Aussi loin que l'Allemagne. Pis si j'étais toi, je tiendrais ça mort, finit-il.

Madeleine-la-Mére déposa la deuxième assiette devant le curé, qui n'attendit même pas que la femme eût retiré sa main pour piquer le bout d'une crêpe en roulant un œil vorace en direction de la tranche de jambon, luisante dans le soleil printanier. Dehors, les cris des goélands se faisaient plus perçants, quelques mésanges annonçaient des jours meilleurs, le ruissellement de la neige fondue dans les rues venait réconforter les endeuillés. Le prêtre mastiquait assez bruyamment pour que Madeleine-la-Mére pense en glisser un mot à l'évêque à sa prochaine visite. Le séminaire ne voit donc pas à enseigner les bonnes manières? D'un seul signe de tête, le curé ordonna à Louis-Benjamin de sortir de la pièce pour parler en privé avec la Mére. Le jeune se leva d'un bond pour aller rejoindre Madeleine l'Américaine dans la cuisine. Le prêtre en profita pour avaler une énorme bouchée de jambon.

– Il y a eu des troubles à Québec, hier, annonça le curé d'une voix sombre.

– Quelle sorte de troubles?

– L'armée cherche les jeunes hommes pour la conscription, Madame Lamontagne. Ils ont envoyé la police de Toronto, des Anglais qui ont tiré sur le monde désarmé. Cinq innocents sont morts. Ça va pas tarder qu'ils vont descendre dans le Bas-du-Fleuve. Ils vont vouloir Louis-Benjamin. Il a dix-huit ans, vot' beau garçon.

Madeleine-la-Mére soupira. Quel rapport cela pouvait-il bien avoir avec le drame qui préoccupait tout le monde depuis l'arrivée du curé?

– La petite, elle n'a plus nulle part où s'en retourner, dit le curé.

– Allez-vous me demander de la garder, Monsieur le curé? Elle comprend à moitié pas ce qu'on lui dit...

– L'armée ne prend pas les pères de famille, Madame Lamontagne.

Il y eut un silence. Madeleine-la-Mére regardait dehors; deux de ses filles lançaient des balles de neige collante au frère de Louis-Benjamin. Il lui semblait qu'hier encore, son aîné se tenait exactement dans la même posture. Elle sourit.

– Voudriez-vous une autre tasse de thé, Monsieur le curé?

– Je n'aurai pas l'impolitesse de vous la refuser, répondit-il.

En réalité, le curé aurait repris du jambon, et peut-être une crêpe, mais il tut son désir pour ne pas que la Mére le prenne pour un gourmand. La Mére se leva pour aller remplir la théière dans la cuisine. En passant la porte, elle poussa un cri.

– Louis-Benjamin Lamontagne! s'exclama-t-elle.

Le curé leva ses cent kilos de sa chaise pour se rendre compte de ses yeux de la scène qui se déroulait dans l'autre pièce. Assis sur un tabouret de cuisine, Louis-Benjamin tenait l'Américaine par la taille, en équilibre à califourchon sur ses genoux; cette dernière, coquine à l'excès, avait ouvert le deuxième bouton de la chemise de son prétendant et retirait tout juste sa main des vêtements du garçon au moment où la tête du curé apparut dans le cadre de porte. Le rouge au front, les deux enfants ne savaient plus où regarder. L'Américaine tentait de se dégager de l'emprise de son fiancé qui, pour des raisons que seuls les hommes comprennent et qui sont directement reliées au vent printanier qui soufflait sur Fraserville ce jour-là, tenait quand même à ce qu'elle lui serve une minute encore de paravent. Il s'agrippait à elle comme à une bouée. Il fut soudain comme pris de colère. Il saisit l'Américaine avec la fermeté du cow-boy attrapant le veau par les pattes.

– J'veux pas aller en France, la Mére! lança-t-il sur un ton que Madeleine-la-Mére ne lui connaissait pas.

La Mére se tenait les bras ballants entre les deux amoureux enlacés et le prêtre dont la digestion se faisait maintenant entendre dans la cuisine. Le curé avait détourné les yeux du jeune couple. Son regard balayait maintenant les restes du déjeuner. Il nota non sans intérêt qu'il restait une crêpe intacte sur le poêle encore chaud.

– Aviez-vous l'intention de jeter cette crêpe? demanda-t-il innocemment en montrant du doigt l'objet de sa convoitise.

On ne tarda pas à unir devant Dieu ces deux êtres qu'un seul mot séparait du bonheur. Pour la quatrième fois dans l'année, le curé Cousineau pressa un peu les choses, histoire d'antidater les bans, de rendre bien lisses les aspérités que les mains des autorités ne manqueraient pas de sentir quand elles tomberaient sur ce jeune homme encore presque imberbe muni d'un certificat de mariage. Le 3 avril 1918, devant une assistance clairsemée, Louis-Benjamin et Madeleine l'Américaine devinrent mari et femme devant un curé Cousineau fier comme un paon.

– Encore un autre qu'ils n'auront pas.

Parmi ses ouailles, il n'en savait pas de plus belles, de plus attendrissantes que les petits Lamontagne. Il trouvait odieuse la seule idée qu'un si beau garçon dût mourir sous les bombes, ou pire être renvoyé chez lui invalide, ou gazé pour la simple et unique raison que le roi ne savait pas mener une guerre. Madeleine-la-Mére pensait qu'il valait mieux attendre le retour de son mari des chantiers avant de poser un geste aussi lourd de conséquences pour tout le monde, ce à quoi le curé rétorqua que les *spotteurs* de l'armée pouvaient descendre à tout moment du train ou surgir comme des diables sur la route et qu'une fois qu'ils seraient arrivés à Fraserville, il ne resterait plus qu'à cacher les garçons comme la poule cache ses petits. Le curé se dit que s'il devait se fier à ce qu'il entendait de Louis-Benjamin pendant les confessions, la jeune Américaine était sur le point de voir souffler sur son printemps un vent d'une force nouvelle ou du moins de trouver salaire à toutes ses attentions culinaires. Avec la résignation des oiseaux,

Madeleine-la-Mére, assise droite sur un banc, ne versa même pas une larme, les larmes n'étant pas son fort, se demandant plutôt comment elle allait expliquer tout ça à son mari lorsqu'il rentrerait du chantier d'hiver. Entassées à côté d'elle dans l'église glaciale, les petites sœurs de Louis-Benjamin dormaient, guettaient du coin de l'œil la Madone ou comptaient les fleurs de coton cousues sur la robe blanche de Madeleine l'Américaine, confection louée en toute hâte la veille chez Thivierge, magasin général, si bien que la Mére avait passé une partie de la nuit à ajuster la taille de la robe, bien trop large pour une personne si menue, et à repasser les robes de calicot de ses filles. Le visage hâve et la tête emplie de sommeil, la Mére confia à Dieu le destin de son fils aîné et les photographies du mariage au photographe Lavoie.

Sur leur photo de mariage, celle que Papa Louis pointe à présent d'un index insistant, juste à côté de la photographie de la sœur jumelle de sœur Marie-de-l'Eucharistie morte à Nagasaki, sur cette photo-là, on voit de profil les mariés encore presque enfants, Louis-Benjamin la houppe en l'air souriant béatement, peut-être parce qu'il porte pour la première fois un nœud papillon, peut-être parce que son souhait le plus cher allait se réaliser en sortant du studio du photographe de la rue Lafontaine, où on avait vu entrer en souriant le cortège nuptial précédé par la Mére, suivie de ses filles endimanchées jusqu'à la toute dernière, puis des principaux intéressés, vedettes incontestées de cet étrange carnaval pascal.

Le photographe les avait fait s'asseoir l'un très près de l'autre, assez pour que l'Américaine sente descendre sur son cou le souffle du grand Louis-Benjamin occupé à ne pas devenir fou de bonheur. On eût dit deux enfants qui s'étaient déguisés en adultes pour faire rire leurs parents. Le col de la chemise de Louis-Benjamin, légèrement trop grand, son nœud papillon, presque aussi large que son sourire. Quant à l'Américaine, on eût dit qu'on venait de lui raconter une plaisanterie grivoise. L'expression béate qui devait marquer ce jour irradiait encore en décembre 1958 dans le salon de Papa Louis, dans la lumière tamisée d'une lampe torchère à frange qui enveloppait de sa lumière jaune le conteur, ses enfants, un arbre de Noël encore décoré et, au fond du deuxième salon, Sirois dans sa dernière bière. La petite Madeleine sentait la main de son frère Marc sous sa cuisse, présence fébrile, coquine et rassurante.

La tête entre deux mondes, naviguant entre deux eaux bien distinctes, Madeleine prit la main de son frère Marc pour ne pas le perdre, pour ne pas être éjectée de ce cocon duveteux fait d'arbres de Noël, de gin, de petits frères et d'histoires de fiancées arrivées par train un soir d'hiver. Elle voulait savoir comment Papa Louis était venu au monde, car c'est bien ça qu'il avait promis de raconter : sa venue au monde envers et contre tous, à Noël 1918. Entendre ça une seule fois, puis grandir.

– Tiens ma main, je ne veux pas dormir, chuchota-t-elle à l'oreille de Marc.

Comme s'il avait voulu, par ce geste, célébrer les noces impromptues de Louis-Benjamin et de Madeleine l'Américaine, Papa Louis alluma une cigarette blonde, qu'il fit tournoyer dans l'air avant de continuer l'histoire. L'air du salon se remplit d'un parfum âcre et cancérigène qui installa dans la pièce une atmosphère grave, comme si, par ce geste, Papa Louis avait voulu signifier qu'on venait de passer dans le monde des adultes et que le récit était sur le point de se corser. Il ferma la porte du deuxième salon, où reposait Sirois.

– La cigarette, c'est pas bon pour les morts... ni pour les vivants !

Grandes claques sur ses larges cuisses. Madeleine-la-Mére avait aménagé dans sa maison de la rue Fraserville une chambre pour les nouveaux mariés. Que dire de Louis-Benjamin sinon que son patron, le bonhomme Michaud, vit tous ses vœux se réaliser dans la première semaine suivant la cérémonie du mariage. Le garçon avait retrouvé son calme paisible et un petit sourire en coin, celui qu'on lui connaissait avant l'arrivée de l'Américaine. Dans l'atelier du père Michaud, il taillait et ponçait un petit berceau après l'autre. Sa jeune épouse avait été surprise au matin, vomissant dans un seau de bois, l'air sombre et préoccupé.

Entre-temps, Vilmaire Lamontagne, le père de Louis-Benjamin, était rentré des chantiers d'hiver pour trouver son fils marié à une Américaine. Le bonhomme était arrivé un après-midi de pluie dans la maison désertée. Seule dans la cuisine, la jeune femme était occupée à nettoyer des lapins. Vilmaire posa les yeux sur la femme et lui demanda de justifier sa présence dans sa cuisine. L'inconnue déposa la carcasse, se rinça les mains et tenta de résumer, dans son français hésitant, les événements des dernières semaines. Le bonhomme fixait sa bru, perplexe et légèrement inquiet. La nouvelle venue lui servit une portion d'un épais ragoût et une tasse de thé. L'homme, lassé d'un long voyage, mastiquait son repas en roulant un œil en direction de la jeune femme. Son petit Louis-Benjamin marié ? Où était passée sa femme ? Ses filles ? Toutes les réponses lui furent données au réveil d'une longue sieste, quand le reste de la famille rentra d'une corvée printanière chez un cousin. Lorsqu'on lui confirma le mariage de son fils, Vilmaire Lamontagne sourit, regarda l'Américaine de la tête aux pieds et la leva de terre comme pour en évaluer la valeur selon le poids.

– T'es ma fille, astheure.

L'été passa dans un bonheur à peine interrompu par les désagréments de la grossesse de la jeune épouse, qui prit beaucoup de volume. À demi endormie, on la voyait se traîner de bas en haut de la rue Lafontaine quand elle rentrait de faire les magasins, le jour où son petit mari était payé. Louis, de son côté, avait été plongé de force par son père dans le monde de la menuiserie. On construisait près de la maison paternelle une maison à peu près semblable, car on commençait à se marcher sur les pieds. En septembre, le curé Cousineau recommença à se manifester dans la maisonnée. On avait depuis longtemps compris qu'il fallait nourrir l'homme régulièrement, ne serait-ce que pour lui exprimer une certaine reconnaissance d'avoir évité à Louis-Benjamin de mourir bêtement à Verdun ou à Vimy. Rien qui fut pourtant répréhensible ou déplacé pour un curé de 1918, car il leur arrivait de s'ennuyer, à ces braves hommes, dans leurs grands presbytères peuplés de fantômes où les horloges sonnaient l'heure de messes en vêpres, de confessions en communions, de funérailles en bénédictions. Le curé Cousineau, sans être atteint mortellement de nostalgie, goûtait tout particulièrement le bonheur de se retrouver dans une salle à manger de l'habitant grouillante d'enfants morveux. La maison des Lamontagne lui offrait un refuge réconfortant lui permettant d'échapper quelques instants à l'atmosphère froide et impersonnelle du presbytère. Il aimait particulièrement, au soir, se remémorer devant les Lamontagne ses souvenirs du séminaire de Rimouski, où il avait été ordonné prêtre, car l'homme était natif de la vallée de la Matapédia. Il leur parlait de l'atmosphère de camaraderie qui régnait parmi les séminaristes sans aller jusqu'à décrire, cela s'entend, tous les détails des amitiés particulières qui pouvaient y naître.

Dix ans avant d'être affecté à la paroisse de Saint-François-Xavier à Fraserville, le curé Cousineau avait fait partie de la troupe de théâtre du séminaire, où il avait vécu ses heures les plus heureuses. Au-delà du bonheur qu'il pouvait ressentir à présenter sur scène des extraits de la *Vie des saints* ou du Nouveau Testament, Cousineau se trouvait particulièrement dans son élément quand l'heure venait de créer décors et costumes. On se souvenait encore, à Rimouski, de cet habit grandiose qu'il s'était lui-même confectionné pour incarner le roi Charles VII dans *La Pucelle d'Orléans,* un drame pieux rédigé par deux frères de Sainte-Croix, en 1882, dans lequel honneur était rendu au roi victorieux qui avait réussi à nettoyer la France de la peste anglaise. En guise de costume de cour, le jeune Cousineau s'était fabriqué un magnifique pourpoint en feutre bordeaux orné de fourrure de renard au col et aux manches, fourrure qu'il avait supplié une de ses tantes de lui céder. Talentueux couturier et designer au flair aiguisé, l'homme ne s'était pas arrêté là : il s'était fabriqué un grand chapeau noir à large rebord sur lequel il avait patiemment brodé les lignes blanches qui forment le motif étoilé que l'on connaît à ce couvre-chef historique. Il s'était largement inspiré d'un portrait du souverain français qui apparaissait dans la *Vie des saints* et avait poussé le souci du détail jusqu'à porter des bas-de-chausses – empruntés à la tante qui lui avait cédé le renard – directement sous les chausses bouffantes couleur saumon qui lui donnaient vaguement l'air d'une pivoine et, seul et unique anachronisme dans un tableau autrement fort convaincant, des chaussures Charles IX qui avaient aussi servi l'année précédente, quand les élèves du cours supérieur avaient présenté *Le Malade imaginaire*.

Le séminariste qui tenait le rôle de Jeanne d'Arc, un dénommé Levasseur que ses confrères surnommaient parfois, non sans une certaine couardise, « père Ganymède », avait conseillé à Cousineau de se procurer de simples chaussures pattes d'ours de cuir ou de toile blanche, mais ce dernier trouvait que les chaussures Charles IX donnaient à sa foulée une prestance régale que méritait bien le roi qui avait libéré la France des Anglais, même au prix d'une légère entorse à la mode du quinzième siècle.

– Ces chaussures n'étaient pas à la mode au temps de Jeanne d'Arc, avait laissé tomber Levasseur sur le ton du reproche.

– Oui, mais je trouve celles-là plus confortables et elles me donnent une démarche plus fière, avait répliqué Cousineau, en faisant claquer les petits talons noirs de ses Charles IX.

– Nous présentons la vie d'une sainte, il faut rester fidèle à l'esprit de l'époque, avait insisté Levasseur devant Cousineau, qui pinçait les lèvres en roulant vers son collègue un œil désapprobateur.

– Père Levasseur, si on devait suivre à la lettre l'esprit du quinzième siècle, il faudrait d'abord arrêter de nous laver pendant quinze jours, puis vous brûler vif pour ce qu'on vous a vu faire avec le frère McNeill dans la sacristie avant-hier midi. On ne serait pas plus avancés.

Levasseur avait lâché prise. Cousineau porterait ses Charles IX.

Ainsi, la troupe des séminaristes avait confié à l'acteur qui avait triomphé sous les traits de Toinette dans *Le Malade imaginaire,* et dans le rôle de Jeanne d'Arc dans *La Pucelle d'Orléans*. L'ironie de la chose, fit remarquer le curé Cousineau, c'est que les frères de Sainte-Croix, auteurs de la pièce, avaient inclus une scène assez longue pour représenter le procès de Jeanne d'Arc, notamment sa mise en accusation, où on lui reprochait, entre autres nombreux délits, d'avoir porté des vêtements masculins; ainsi, quand le jeune séminariste jouait ce rôle travesti, on entendait toujours monter du public un soupir ou une courte exclamation qui exprimait l'aboutissement d'un processus de pensées. Mais dans *La Pucelle d'Orléans,* le curé Cousineau avait volé la vedette au séminariste travesti grâce à son magnifique costume et à la voix de basse qu'il s'était donnée pour répondre à Jeanne d'Arc pendant son couronnement.

– Votre Majesté, il faut absolument prendre Paris. Notre victoire ne peut s'imaginer sans Paris.

– Jeanne, il faut surtout faire preuve de la plus grande prudence, avait répliqué Charles VII sous le regard approbateur du public, Cousineau éclipsant de sa prestance le pauvre Levasseur, dont on se prenait presque à espérer qu'il fût brûlé au plus vite.

Ainsi, le curé Cousineau faisait partie de ce qu'on pourrait appeler les vocations manquées, bien que sa messe dominicale attirât entre quatre cents et cinq cents fidèles, beau temps, mauvais temps. Sur une liturgie réglée comme du papier à musique et dans laquelle il n'y avait en apparence aucune place pour la créativité et l'improvisation, le curé Cousineau trouvait toujours des ressorts ingénieux pour investir le rite d'une théâtralité supplémentaire, comme si les papes n'avaient pas eux-mêmes veillé à ce que le culte catholique demeurât le meilleur spectacle en ville. Par exemple, le jour de la Saint-Jean-Baptiste, le curé Cousineau voyait à faire servir la messe par de très jeunes garçons à la chevelure blonde et bouclée. Il avait par ailleurs obtenu que les sœurs de l'Enfant-Jésus, fraîchement installées à Fraserville, participent à une chorale très active, que les fidèles venaient entendre au moindre prétexte.

C'est ainsi que le dimanche 17 novembre 1918, une messe toute spéciale fut chantée en l'église Saint-François-Xavier. Le curé Cousineau, toujours préoccupé par la mise en scène et par la trame musicale des offices, avait exigé que chaque paroissien fût présent à cette messe, ajoutant que les absents avaient intérêt à être aussi mourants. Il s'agissait de rendre gloire à Dieu, de faire acte de contrition et de louanger la Vierge pour avoir mis fin à une guerre interminable, insensée et horrifiante, et aucun prétexte ne lui paraîtrait acceptable pour éviter de se présenter à cette cérémonie. Dans un geste qu'il refusa d'expliquer aux fidèles, le curé Cousineau demanda que les couples qu'il avait personnellement mariés pendant la guerre s'installent sur les premiers bancs, bousculant ainsi une configuration déterminée par le degré d'importance des fidèles dans le financement de la paroisse. Il avait aussi mandaté le chef de chœur pour faire chanter un *Te Deum,* hymne chanté en diverses occasions, notamment à la fin d'une épidémie de petite vérole, lors de la levée du siège d'une ville, de la naissance d'un héritier de la couronne, de l'arrivée du printemps au terme d'un hiver particulièrement meurtrier, du sauvetage d'un équipage naufragé, d'une récolte généreuse d'avoine ou encore à la fin d'une guerre dont personne n'avait voulu et qui n'avait apporté que mort, tristesse et pestilence sur l'humanité. Le curé Cousineau fut clair dans son sermon : « Canadiens ! Faites des enfants pour remplacer ceux que la guerre nous a pris ! »

Et il adressa son message tout particulièrement aux premiers rangs de l'assistance, pour la plupart de jeunes hommes fringants et volontaires, mariés à de très jeunes femmes privées de tout moyen de contraception.

Le *Te Deum* fut majestueux. Papa Louis en entonna les paroles en latin pour épater ses enfants :

– *Te æternum Patrem omni terra veneratur !* tonna-t-il d'une voix de basse chantante.

– Qu'est-ce que ça veut dire ? s'enquirent en chœur ces enfants d'une époque où on voulait encore connaître la traduction de ces phrases mystérieuses.

– Ça veut dire : « Toute la terre te vénère, ô Père éternel ! » répondit Papa Louis pour montrer qu'il n'était pas seulement capable de soulever un cheval de terre, mais aussi de faire un peu de version latine.

En quelque sorte, les fidèles, et tout spécialement ceux à qui s'adressait le curé Cousineau en ce premier dimanche suivant l'armistice, chantaient pour leur curé un hymne silencieux rempli de reconnaissance envers celui qui, par le biais de quelque machination, de quelque falsification ou de quelque manipulation, avait réussi à unir devant Dieu et les hommes un nombre inégalé de couples dont une partie appréciable n'avait pas atteint l'âge de la majorité. Ces visages poupins et souriants, sans le moindre cheveu gris, les mains encore potelées, parfois déjà dans l'espérance sans même s'en douter, n'attendaient que la fin de cet interminable office pour aller poursuivre l'œuvre du curé Cousineau dans l'intimité de leurs demeures de bois. On se souviendrait de l'organisation impeccable de cette messe de l'armistice, de l'émotion qui avait gagné les fidèles et de cet attachement attendrissant que le curé Cousineau portait à la jeunesse, à la famille et à la musique. Existait-il, à l'est de Québec, paroisse dotée d'un curé plus avenant, plus volontaire et surtout plus bienveillant ? Le doute était permis. En tout cas, dans le cœur de Louis-Benjamin et de l'Américaine, le curé Cousineau faisait figure de sauveur, de protecteur et de guide indispensable.

Les dernières feuilles encore agrippées aux érables se laissaient maintenant emporter par la brise. En sortant de l'église, Madeleine l'Américaine, l'odorat affiné par sa grossesse, déclara à son mari qu'elle sentait la neige imminente : *« Louis-Benjamin, I can smell the snow ! »*

Fraserville scrutait le ciel gris en souriant béatement.

Mais le bon curé Cousineau avait encore bien des idées en tête pour graver ses offices dans la mémoire de ses ouailles comme d'inoubliables premières théâtrales. Il va sans dire qu'il considérait Louis-Benjamin et l'Américaine un peu comme sa propre création, c'est-à-dire qu'il s'attribuait avec fierté – et non sans droit – l'heureux dénouement d'une histoire qui aurait facilement pu tourner autrement, se terminer dans le pire des cas par un télégramme *sorry* et laconique de l'armée canadienne. De dimanche en dimanche, il voyait comment la belle Américaine profitait, prenait des rondeurs et illuminait de son visage d'espérance les regards des autres fidèles. Avec son ventre protubérant, ses pommettes rouges et son teint luisant, l'Américaine exultait la maternité et le bonheur. Selon les calculs du curé, elle allait mettre son enfant au monde après le jour de l'An, ce qui lui permettait d'envisager la réalisation d'un rêve qu'il caressait depuis des années : monter une Nativité en chair et en os pour animer sa messe de minuit.

Jamais il n'avait osé approcher les jeunes couples de Fraserville avec ses aspirations, craignant un refus net ou redoutant qu'on interprète mal ses intentions. Mais il avait tissé un lien si étroit avec l'Américaine, et le petit Louis-Benjamin était, parmi toutes ses ouailles, celui qui s'approchait le plus du fils qu'il n'aurait jamais. En septembre donc, il leur exposa ses plans. Il ne s'agirait pas de grand-chose pour Louis-Benjamin et sa jeune épouse : entre le bœuf et l'âne gris, ils devraient entrer du côté de la sacristie et se diriger tranquillement vers l'autel. Ils porteraient évidemment des vêtements de circonstance qui rappelleraient fidèlement l'époque de la nativité.

– Avec de vrais agneaux, c'est promis ! avait assuré Cousineau.

Il avait déjà parlé à un fermier du chemin Témiscouata, qui avait accepté de fournir deux bêtes qui seraient conduites par de jeunes bergers, les mêmes qui avaient personnifié saint Jean le Baptiste.

– Il y aura des chants, de la musique, du Bach, du Balastre, on se souviendra de cette messe pendant cent ans dans Fraserville !

Chez les Lamontagne, l'idée avait fait sourire les petites filles, qui s'imaginaient leur grand frère sous les traits de Joseph et leur belle-sœur en Vierge Marie. Madeleine-la-Mére afficha d'emblée un désaccord clair : la jeune femme ne serait peut-être pas en mesure de satisfaire les ambitions du curé. Et cette histoire attirerait l'attention de toute la paroisse sur eux, qui en avaient déjà assez eu au cours des derniers mois. En tout cas, cela se ferait sans son accord.

– Le monde jase. Apparence que l'Américaine se serait fêlé la cuisse avec mon Louis-Benjamin avant le mariage. C'est ben pour dire !

Ce que Madeleine-la-Mére ne savait pas, mais ce dont elle aurait pu être instruite par quiconque dans la paroisse, c'est qu'il ne s'agissait là que du plus inoffensif des commérages qui couraient sur Madeleine l'Américaine. Les langues les plus sales avaient tout simplement trouvé de nouveaux chapitres aux légendes qui entouraient ses origines et les véritables raisons de son arrivée à Fraserville.

Personne n'avait officiellement avalé cette histoire de famille décimée par la grippe espagnole. Pour les cancaniers, l'idée d'une Madeleine l'Américaine victime des circonstances était tout simplement trop ennuyante. Cette image ne trouvait pas sa place dans le récit qu'on lui avait déjà préparé et c'est ainsi qu'on commença à colporter deux explications à sa grossesse. Selon la première, l'enfant avait été conçu avant le mariage, c'est-à-dire la nuit même de l'arrivée de l'Américaine dans la maison des Lamontagne ; la triste réputation que les femmes américaines avaient aux yeux des Canadiens apportait de l'eau au moulin de ces médisances. Une Américaine ! Pensez donc ! Le petit aurait été séduit dès la première minute par la diabolique rouquine ; deux témoins fiables les avaient d'ailleurs vus s'embrasser sur la bouche sous les yeux de Madeleine-la-Mére, du curé Cousineau et des petites sœurs de Louis-Benjamin, dont le salut était maintenant compromis par la débauche ; il faudrait les garder à l'œil. Mais ce n'était là, et de loin, que la moins dommageable des légendes qui circulaient de haut en bas de la rue Lafontaine.

Il y avait bien pire.

Parmi les nombreuses histoires que Madeleine-la-Mére n'avait pas entendues sur le compte de sa bru, il y avait l'immonde ragot selon lequel elle serait arrivée à Fraserville portant déjà l'enfant dont on attribuait la paternité à Louis-Benjamin. Il va sans dire que cette version venait compléter heureusement les rumeurs selon lesquelles l'Américaine avait vécu une mauvaise vie avant de se repentir et d'aboutir à Fraserville. Le reste aurait été une ruse de sa part : elle aurait séduit Louis-Benjamin dans le but ultime de lui faire élever cet enfant dont on ne saurait jamais rien du père. En tout cas, Madeleine-la-Mére était contre cette idée de Nativité vivante et elle ne se gênait pas pour le dire haut et fort. Le père Lamontagne, lui, affichait une indifférence royale à toute l'affaire. Seules les petites Lamontagne parurent emballées par le projet de mise en scène du curé Cousineau. Pourraient-elles y jouer un rôle ?

– Les anges sont des garçons, trancha sèchement Madeleine-la-Mére, comme pour tuer dans l'œuf les velléités théâtrales de ses filles.

Le jeune frère de Louis-Benjamin, Napoléon, voulut savoir si on cherchait un berger, faisant comprendre au curé que l'appui à son projet viendrait de la jeunesse. Les principaux intéressés avaient beaucoup ri en entendant le projet du curé et étaient en gros d'accord, pourvu qu'ils n'aient que très peu de répliques à livrer, ce sur quoi le curé les rassura immédiatement : ils n'auraient que peu de choses à dire, la narration serait assurée par une religieuse des sœurs de l'Enfant-Jésus qui lirait à haute voix le récit de la Nativité tiré des Évangiles. Cela rassura tout particulièrement l'Américaine, qui rougissait toujours quand elle devait prendre la parole en public, à cause de son français hésitant.

Le curé remarqua à cette occasion que la jeune femme portait sur son généreux poitrail une petite croix en or toute simple qu'il n'avait pas remarquée à son arrivée au printemps. Peut-être était-elle cachée sous les nombreuses couches de vêtements. Mais il la voyait maintenant briller dans la lumière. C'était une croix en or véritable, longue de deux centimètres. Voyant que le curé fixait son bijou, l'étrangère tenta d'en expliquer la provenance dans son français entrecoupé de phrases anglaises. Louis-Benjamin la lui avait offerte à son anniversaire, le 24 juin, jour de la Saint-Jean-Baptiste. Elle la détacha de la chaîne en or et la tendit au curé en lui demandant : *« Could you please bless my cross, Father Cousineau ? »* Le curé saisit le pendentif. Il y avait au dos une gravure, les initiales de sa propriétaire en lettres cursives : ML. Habitué à ce qu'on lui demande de bénir des fermes entières, des maisons neuves, des téléphones et même des locomotives, le curé n'hésita pas une seconde à bénir le bijou, d'autant plus qu'il sentait qu'en accomplissant ce simple geste pour cette âme naïve, il s'assurait pour ainsi dire de sa participation à sa Nativité vivante. Il bénit la petite croix et la redonna à sa propriétaire, rose de reconnaissance. Combien avait pu coûter cet objet ? Beaucoup trop pour le salaire que retirait Louis-Benjamin chez le bonhomme Michaud, c'est certain. Mais Louis-Benjamin n'avait pas laissé les considérations matérielles tiédir son ardeur pour sa Madeleine. Cette croix en était la preuve brillante et scintillante. Le curé recommanda à l'Américaine d'être très prudente, de ne jamais sortir le soir en portant sa croix de manière trop ostentatoire et d'en prendre bien soin.

– *I will, Father Cousineau.*

Au grand dam de Madeleine-la-Mére, le marché fut rapidement conclu. On s'entendit sur une répétition générale qui devait avoir lieu en décembre et on servit le repas, au grand bonheur du curé Cousineau. Il aurait finalement la messe de minuit dont il avait toujours rêvé.

C'est ainsi que l'automne passa, qu'une première bordée de neige tomba, puis une deuxième, puis encore une autre. Petit à petit rentraient d'Europe les soldats et les officiers, dont certains avaient vu Paris de leurs yeux. Malgré le froid de l'hiver, un vent d'espoir soufflait sur la vallée du Saint-Laurent. Le curé Cousineau pensait tous les jours à sa Nativité vivante, faisait confectionner des costumes, s'asseyait avec la religieuse pour s'entendre sur le texte à lire, prenait des mesures dans l'église pour s'assurer que la scène aurait tout l'impact souhaité, même pour les fidèles debout ou assis à l'arrière. L'Américaine, elle, était devenue énorme. Elle se traînait de plus en plus péniblement d'une corvée à l'autre, on la surprenait parfois endormie sur un tabouret, la tête appuyée sur le mur de la cuisine, cependant que débordait du chaudron la soupe qu'elle avait mise à bouillir. Ces jours-là, Madeleine-la-Mére décida de la dispenser de tout travail pénible et lui ordonna de rester assise ou couchée, en tout cas de se tenir éloignée du poêle, condamnation pénible pour une femme habituée à marmitonner du matin au soir.

Décembre proposa son avent, ses orgues célestes et ses joues rouges. Les Lamontagne avaient fermé jusqu'au printemps le chantier de la nouvelle maison de Louis-Benjamin, gros œuvre et second œuvre déjà terminés, n'attendant que le printemps pour s'attaquer à la finition. Même les montagnes de Charlevoix, qu'on voyait s'enneiger de l'autre côté du Saint-Laurent, semblaient en accord avec l'état des choses à Fraserville. L'après-midi, le soleil couchant rosissait la neige et les gens avant de disparaître. Point de plus beau pays.

Puis vint Noël.

Le 22 décembre, quatrième dimanche de l'avent, le curé Cousineau fit une nouvelle fois faux bond aux sœurs de l'Enfant-Jésus, qui s'étaient installées dans la sacristie de l'église Saint-François-Xavier en attendant la construction de leur premier couvent à Fraserville, pour souper en compagnie des Lamontagne. Ces derniers comptaient maintenant le saint homme comme un des leurs. À ce stade de sa grossesse, l'Américaine priait tous les jours d'être délivrée du fardeau qu'elle portait, qui frappait et s'agitait en elle. Elle se demandait parfois si l'enfant, tant il la réveillait souvent en une nuit, n'était pas en train de l'avertir d'un danger imminent. Elle sentait en elle une sorte de combat, oui, elle en était sûre. La femme forcée au repos se laissait servir de cette cuisine de la Mére, beaucoup moins goûteuse que la sienne, mais qui avait l'avantage d'être préparée pour elle. En mastiquant sa tranche de porc, le curé rappela poliment aux deux époux qu'il les attendait le 24 en après-midi pour la répétition générale de la scène de la Nativité.

Au matin du 24 décembre, l'Américaine fut brutalement tirée du sommeil par son enfant, qui s'exprimait par voie de coups de pied frénétiques, si bien que Louis-Benjamin vit de ses yeux le pied du bébé saillir à travers l'épiderme de sa femme, et qu'il compta même cinq petits orteils. Les époux prirent le parti de rire de cet incident, la Mére ayant elle-même expliqué que tous ses enfants, surtout les garçons, avaient tendance à donner des coups, parfois violents, parfois douloureux, mais qu'il n'était pas nécessaire de s'en faire pour autant. Vers les quatorze heures, alors que les rayons obliques du soleil commençaient déjà à rosir les berges enneigées du Saint-Laurent, parvint un télégramme de Québec faisant état d'une météo très peu clémente pour le lendemain. Or le télégraphe de service en ce 24 décembre se trouva mal et ne put pas recueillir le message qui aurait encore pu aider à éviter le pire.

Mais les dés étaient jetés de bien plus haut.

À l'église, les époux trouvèrent un curé Cousineau hystérique, qui élevait la voix *devant la madone* contre un ouvrier visiblement atterré. Le curé avait fait construire tout un décor de bois pour sa Nativité. Juste à droite de l'autel s'élevait une étable miniature dotée d'un petit toit fait de planches mal rabotées pour rappeler le froid, le dénuement et la misère qui avaient vu naître le Sauveur. Sous cette construction d'une hauteur approximative de deux mètres, on avait placé un petit berceau fabriqué de branches, rempli de paille. Au-dessus de l'étable se trouvait une immense étoile dont l'armature de bois d'un mètre et demi était recouverte d'une toile blanche. L'objet fascina un instant l'Américaine, qui observait le bedeau en ouvrir un des côtés rattachés par deux petites pentures de métal pour suspendre une lampe à l'huile à l'intérieur. Perché sur un escabeau de bois, l'homme craqua une allumette, qu'il approcha de la mèche. Une fois la lampe allumée, il referma le côté de l'étoile, qui brillait maintenant d'une lumière jaune et diffuse. Jamais Madeleine l'Américaine n'avait vu une chose pareille.

– *Beautiful!* s'exclama-t-elle devant le curé gonflé de fierté.

Pour lire le texte de la Nativité selon saint Luc, le curé avait choisi une religieuse dont la voix douce et le timbre plaisant étaient certains de charmer les croyants. Or cette dernière était clouée au lit par un mal inexpliqué. Elle avait eu pendant la nuit d'affreux rêves au terme desquels elle s'était éveillée blanche comme un linge, le visage défait, en sueur, et sans même avoir avalé une bouchée, elle avait supplié sa supérieure d'intercéder auprès du curé pour qu'il la soulageât de sa corvée de lecture pendant la scène de la Nativité. Elle avait décrit son cauchemar comme une scène épouvantable où, debout sur la terrasse d'une forteresse de pierre sise au bord du Tibre à Rome, elle assistait, impuissante, à l'exécution d'un homme aux mains liées derrière le dos. En toile de fond, saint Pierre, qu'elle reconnut grâce aux images qu'on lui avait montrées. Un tambour roulait, les soldats mettaient leurs armes en joue. Le sang écarlate sur une chemise blanche. Un corps qui s'effondre. Des cris perçants dans la sacristie. Une chute dans le vide.

– Les fusils ont tiré de vraies balles, sanglotait la religieuse, le visage dans les mains.

Elle avait, d'une voix tremblante, expliqué son désarroi à la mère supérieure, sans qu'il fût possible à cette dernière de raisonner la malade. Un peu effrayée elle-même par les cris de la jeune religieuse et inquiète pour sa protégée, la mère supérieure avait conseillé au curé de faire appel à une autre lectrice pour sa Nativité, lui recommandant même une autre religieuse du nom de sœur Marie-de-l'Eucharistie, qui s'était portée volontaire pour la lecture, mais dont on ne connaissait rien d'autre qu'un amour et un respect sans borne pour les saintes Écritures. Personne dans cette Fraserville de 1918 ne put apporter d'interprétation satisfaisante au cauchemar de la religieuse.

L'organiste était présent à la répétition générale. Il tenait entre ses mains quelques feuillets, des partitions, et la liste donnant l'ordre dans lequel les pièces choisies par le curé Cousineau devaient être jouées. Louis-Benjamin et Madeleine l'Américaine avaient l'impression d'avoir été admis dans un cénacle de comédiens et se prêtaient à tous les commandements du curé avec la diligence des dilettantes. Après deux heures de travail, de faux départs, de recommencements, on se donna rendez-vous à vingt et une heures dans la sacristie pour les préparations finales. Le curé était encore nerveux; sœur Marie-de-l'Eucharistie n'avait pas pu participer à la répétition, retenue à Cacouna par un accouchement, car elle était aussi sage-femme. Elle avait cependant promis au curé Cousineau d'être de la cérémonie et de lire lentement le pan d'Évangile qui lui était imparti. Au soir, Madeleine-la-Mére sortit dehors et contempla le ciel couvert.

– On dirait qu'il va neiger, dit-elle en direction de son mari.

– C'est beau, de la neige à Noël.

Puis, on décora un sapin, on habilla les petites filles de leurs robes du dimanche, le grand Napoléon d'un costume et on attendit la naissance du Christ. Louis-Benjamin et Madeleine l'Américaine étaient quant à eux déjà dans la sacristie de l'église. Sœur Marie-de-l'Eucharistie n'arrivait pas. Le curé marchait en cercle en priant tout bas qu'un malheur ne lui soit pas arrivé sur la route de Fraserville. On enfila les costumes. Pour Joseph, on avait choisi une ample chemise de toile beige et un pantalon de canevas taupe. En guise d'accessoire, on avait accroché à une ganse de son pantalon une petite équerre et une toute petite scie pour rappeler son occupation de menuisier. Louis-Benjamin se sentait tout près de son personnage. Assis dans un coin, les deux anges blonds, deux frères d'une même famille, s'entraidaient à stabiliser leurs grandes ailes blanches qui tenaient à un harnais. Il y aurait en effet un passage où les deux devraient tour à tour tenir le rôle de l'archange Gabriel. Le curé s'était d'abord demandé s'il n'y avait pas matière à confondre les croyants en attribuant le rôle du même personnage à deux acteurs, mais aucun des deux garçons n'aurait accepté un rôle complètement muet au profit de son frère. On divisa donc le rôle en deux parts absolument égales. Pour éviter d'inutiles et stériles palabres, la représentation devait suivre la messe de minuit ordinaire, celle à laquelle ses ouailles s'étaient habituées.

Sœur Marie-de-l'Eucharistie arriva juste au moment où la messe allait commencer, de sorte que le curé n'eut pas le temps de la présenter au reste de la troupe. Pendant toute la messe, l'Américaine se demanda pourquoi le curé Cousineau, homme qui accordait tant d'importance aux apparences, avait demandé à cette personne au visage effrayant de tenir un rôle dans une scène de Nativité. Vue de face, sœur Marie-de-l'Eucharistie pouvait s'en tirer avec quelques ricanements. Abordée de profil, la silhouette de son visage rappelait celle d'un corbeau ou d'un autre oiseau à large bec. Le nez, qu'elle avait coiffé d'une petite paire de lunettes rondes, ne semblait jamais vouloir finir. Il eût d'ailleurs été impossible, même par voie de mime, de décrire son visage sans parler d'abord de ce nez ; comme il serait impossible de parler de Paris sans mentionner l'existence de la tour Eiffel. Jeune, vieille ? Impossible, dans la pénombre de la messe de minuit, de donner un âge à ce visage ingrat, torturé et inquiétant. Contrastant avec son costume de sœur de l'Enfant-Jésus noir et blanc, la peau blanche de son visage luisait dans l'église telle une lune de juin ; l'image eût été rassurante et rassérénante dans ce contexte particulier si la religieuse avait évité de sourire : la contraction volontaire des muscles de son visage lui donnait l'air d'avoir avalé un boomerang en plein vol. L'Américaine se souvint de ces légendes qui circulaient en Nouvelle-Angleterre, histoires terribles de femmes enceintes qui, subitement effrayées par quelque monstre hideux sorti de nulle part, avaient donné naissance à des êtres difformes et abominables. Pendant que sœur Marie-de-l'Eucharistie entonnait *Où s'en vont ces gais bergers ?* l'Américaine sentit en son sein un mouvement trouble, une espèce de tremblement sourd et profond qui, dans d'autres circonstances, l'aurait complètement affolée. La voix de sœur Marie-de-l'Eucharistie, nasillarde et pointue comme une baïonnette, se détachait du chœur des fidèles.

Mais la jeune femme n'eut pas le temps de se poser plus de questions. La douleur au ventre, elle se leva comme les autres pour entendre beugler *Minuit, chrétiens,* interprété cette année-là par un notable de Fraserville auquel un flatteur avait eu un jour le malheur de dire qu'il avait une belle voix. À « Peuple à genoux, attends ta délivrance ! » l'Américaine sentit un nouveau mouvement en elle, comme si les paroles lui eurent été adressées personnellement. Si l'église Saint-François n'était remplie qu'aux trois quarts, ce n'était pas par manque de dévotion des paroissiens, ni parce que le curé Cousineau avait mal fait la promotion de son spectacle. Seulement, vers les vingt-deux heures, une neige épaisse s'était mise à tomber sur Fraserville, recouvrait déjà après un quart d'heure le parvis de l'église d'une couche de quelques centimètres et ne donnait aucun signe d'affaiblissement.

Par crainte de voir le premier souffle de vent transformer cette image d'Épinal en tempête infernale, de nombreux paroissiens ne s'étaient pas déplacés pour la messe de minuit, quitte à essuyer un refus de communion pendant une semaine, voire à se confesser. Quand l'office prit fin, le vent s'était levé sur Fraserville et si les fidèles avaient pris la peine d'ouvrir les portes de l'église Saint-François-Xavier, ils se seraient rendu compte qu'ils étaient prisonniers du lieu de culte tant la visibilité était mauvaise. La neige tombait maintenant en bourrasques compactes. Pourtant, ce n'est que lorsque le vent commença à faire siffler la toiture de l'église que l'inquiétude gagna vraiment les paroissiens. Qu'on se le tienne pour dit : le curé Cousineau eût sur-le-champ frappé d'anathème le premier qui eût osé suggérer un départ hâtif de l'église. La Nativité aurait lieu !

Alors que la messe latine se terminait doucement sur des vœux de Noël et de fraternité calqués sur ceux de l'année précédente, les acteurs s'étaient réunis dans la sacristie pour préparer leur entrée. L'Américaine se sentit prise d'un léger vertige. Seule sœur Marie-de-l'Eucharistie était restée dans le chœur, roulant un œil sur les pages du Nouveau Testament qu'elle s'apprêtait à lire. La peur cependant était en train de gagner les fidèles ; les sifflements se faisaient de plus en plus insistants : on craignait de ne plus pouvoir rentrer chez soi. Quelques familles s'excusèrent poliment et sortirent par l'allée centrale sous le regard courroucé de sœur Marie-de-l'Eucharistie, dont la laideur pâle et lancinante luisait dans l'éclairage tamisé.

Ces fuyards qui avaient attendu que le curé Cousineau disparaisse dans la sacristie durent cependant rebrousser chemin après s'être rendu compte, en ouvrant les portes de l'église, qu'un blizzard épouvantable s'abattait sur Fraserville. On ne voyait pas à trois mètres devant soi, le vent jetait par terre les quelques téméraires qui avaient préféré la perspective d'un repas bien chaud dans leur douillette demeure à une scène de Nativité dans une église mal chauffée et traversée par des sifflements lugubres. Quelques familles qui habitaient dans les maisons voisines se risquèrent dans la tempête. Les autres revinrent s'asseoir, non sans informer ceux qui étaient restés de ce qu'elles avaient vu. La panique commençait à gagner l'assistance. Allait-on devoir passer la nuit dans cette église ? Un murmure inquiet naissait parmi les quelque deux cents personnes qui avaient résisté à la tentation de filer.

Sœur Marie-de-l'Eucharistie se racla la gorge comme pour attirer l'attention. Elle venait d'entendre le signal du curé Cousineau lui signifiant qu'on était prêt à commencer. Quelqu'un baissa l'éclairage. Entre deux sifflements, on entendit monter dans l'église la voix nasillarde de la religieuse. « Il y eut aux jours d'Hérode, roi de Judée, un prêtre du nom de Zacharie, de la classe d'Abia, et il avait pour femme une descendante d'Aaron, dont le nom était Élisabeth. Tous deux étaient justes devant Dieu, et ils suivaient, irréprochablement, tous les commandements et observances du Seigneur. Mais ils n'avaient pas d'enfant... » Personne encore à Fraserville ne pouvait se vanter d'avoir déjà entendu sœur Marie-de-l'Eucharistie lire à voix haute.

On connaissait la religieuse de loin, figure fantomatique et furtive parfois aperçue descendant la rue Lafontaine d'un pas décidé. Derrière les portes closes, sœur Marie-de-l'Eucharistie devenait, selon la fantaisie, la Corneille, le Corbeau, Carabosse ou tout simplement, la Sœur-qui-fait-peur. Il ne serait venu à l'idée de personne de l'associer à un tableau vivant de la Nativité. Loin d'évoquer la grâce du vol des anges, son visage rappelait davantage l'effondrement du mur de Jéricho que l'Annonce faite à Marie. Quant à sa voix, un filet rauque émis par une gorge grise et ridée, on l'eût crue sortie d'un trou profond et fumant sur une terre dévastée. Un frisson parcourut l'assemblée des fidèles.

Les personnages faisaient leur apparition côté cour au fur et à mesure qu'ils étaient nommés. Le curé Cousineau s'était attribué le rôle de Zacharie, tandis que le rôle d'Élisabeth était tenu par une jeune femme du nom de Marie-des-Neiges Plourde, la fille d'un notaire. La religieuse roulait affreusement ses *r*, appuyant sur la dernière syllabe de chaque phrase comme s'il se fût agi d'une sentence apocalyptique. Comble du malheur, elle était affligée d'un zozotement tragique. C'était, comme quelqu'un devait le dire quarante ans plus tard pour décrire cette voix sépulcrale, « comme si un chou de Bruxelles s'était mis à parler ». Dans l'obscurité, les deux petits garçons blonds étaient montés en silence dans la chaire à prêcher, cette espèce de petit balcon fixé sur une grande colonne à la hauteur des premiers bancs dont l'escalier s'enroulait le long de la colonne de gauche. Les fidèles en oubliaient un peu la perspective de quitter l'église dans cette épouvantable tempête. La sœur continuait d'ânonner : « Alors apparut l'Ange du Seigneur, debout à droite de l'autel de l'encens. À cette vue, Zacharie fut troublé et la crainte fondit sur lui. » La religieuse avait prononcé cette dernière phrase sur le même ton que les conteurs prennent pour dire : « et le loup la mangea ! » Un murmure parcourut l'assistance cependant que l'organiste, perché sur son jubé, attaquait les premières notes de la musique d'accompagnement dont les accords, loin de se faire rassurants ou de calmer les âmes, contribuaient plutôt à faire croître la nervosité chez les spectateurs. Dans la chaire à prêcher, les deux anges prirent la parole en même temps, au mépris des ordres du curé. « Sois sans crainte, Zacharie, car ta supplication a été exaucée ; ta femme Élisabeth t'enfantera un fils, et tu l'appelleras du nom de Jean. » À la longue tirade de l'archange Gabriel, la voix de basse du curé Cousineau – sous les traits de Zacharie – répondit : « À quoi connaîtrai-je cela ? Car moi je suis un vieillard et ma femme est avancée en âge. »

On se posa, et non sans raison, un certain nombre de questions pleines d'à-propos : pourquoi l'archange Gabriel avait-il deux têtes ? Pourquoi comptait-on quatre ailes ? Pourquoi avait-on confié le rôle d'*un* ange à *deux* garçons ? Le visage du curé, quand il entendit les deux garçons débiter l'Évangile d'une même voix, leva la tête et ne put maîtriser l'expression de surprise qui se peignait sur son visage, expression si cohérente avec la scène qu'on entendit quelqu'un murmurer : « On voit qu'il a fait du théâtre, hein ? » Mais le pauvre metteur en scène n'était pas au bout de ses peines. Hormis le fait qu'ils parlaient en même temps, les garçons archanges avaient une diction assez hésitante, de sorte qu'au lieu d'entendre « ta supplication a été exaucée », on entendit : « ta sublimation a été déchaussée » ; au lieu de « tu vas être réduit au silence », on entendit plutôt « tu vas être enduit de science », mais on était prêt à leur pardonner ces écarts de prononciation. Le cortège Élisabeth-Zacharie se tut pour laisser la place au passage de l'Annonciation. Dans la pénombre, côté jardin, le curé Cousineau pria tous les saints pour que les garçons parlassent à tour de rôle. Sa prière ne fut pas entendue tant le vent soufflait fort sur Fraserville. Quand Napoléon, le frère de Louis-Benjamin, entra, menant au bout d'une laisse les deux agneaux, les fidèles laissèrent échapper un cri de bonheur. Le jeune homme souriait béatement, conscient de l'effet que les charmantes bêtes avaient sur un public catholique dont l'imaginaire était largement composé de scènes champêtres et qui, mieux que quiconque, était disposé à accepter cet animal comme un présage heureux. Les bêtes bêlèrent comme pour annoncer leur entrée dans l'hilarité générale. On se regardait.

– Ah ! Ce cher curé Cousineau ! Tout ce qu'il ne ferait pas !

– C'est-y les bêtes des Lévesque, ça ?

– Il ne manque plus que le bœuf et l'âne !

Ces derniers firent aussi leur apparition, mais en chanson seulement. Le chœur des nonnes entonnant *Entre le bœuf et l'âne gris* d'une voix cristalline « mille anges divins, mille séraphins... » Le spectacle se voulait un plaisir pour tous les sens : quelque part, on brûla de la myrrhe, une fumée lourde et parfumée s'éleva lentement dans les airs pour se répandre partout dans l'église.

Juste au moment de faire son entrée sur scène, l'Américaine fut prise d'une crampe au bas-ventre d'une violence telle qu'elle en tomba à genoux devant l'archange Gabriel, vers lequel elle étendit un bras tremblant. « Mais elle a du talent, cette petite ! » pensa le curé Cousineau, qui n'avait rien vu d'aussi bien joué depuis son interprétation de Charles VII dans *La Pucelle d'Orléans*. Et l'archange à deux têtes de s'écrier : « Réjouis-toi, comblée de grâce, le Seigneur est avec toi. » Le cri de douleur de l'Américaine fut enterré par l'orgue qui attaquait *Joseph est bien marié* de Balbastre, musique qui calma temporairement l'atmosphère électrisée qui régnait dans l'église. L'archange poursuivit : « ... tu concevras dans ton sein et enfanteras un fils, et tu l'appelleras du nom de Jésus. Il sera grand, et... » La religieuse continuait à débiter l'Évangile comme l'huissier déclame une condamnation à mort. La douleur avait laissé l'Américaine sonnée, comme éblouie de l'avoir ressentie. Louis-Benjamin l'aida à se relever. Dans l'assistance, on se disait que la petite était une actrice née pour pouvoir se pâmer d'une manière si convaincante devant un ange qui n'en était pas un. On parvint tant bien que mal à la naissance de Jésus. « Or il advint, en ces jours-là, que parut un édit de César Auguste, ordonnant le recensement de tout le monde habité. » À ces paroles, l'Américaine poussa un cri dont les échos retentissent aujourd'hui encore dans l'église Saint-François-Xavier. Debout devant la fausse étable, elle se tenait à deux mains aux épaules de Louis-Benjamin, dont la barbe factice venait de lui tomber sur la poitrine.

– *My God! Oh My Goooood!* hurlait la fausse Vierge Marie, comme transpercée par des lances.

Sous les yeux horrifiés des spectateurs, la pauvre femme se coucha en boule dans la paille en continuant de hurler.

– Elle perd ses eaux! cria Élisabeth, qui s'était approchée, maintenant certaine que ces cris ne faisaient pas partie de la mise en scène.

Un grognement effrayé traversa l'église. Ses eaux? Déjà? Une affreuse commère profita de ce moment pour murmurer à sa belle-sœur sur le ton de la calomnie: « Il me semblait qu'elle devait l'avoir *après* le jour de l'An. » Sur l'autel, la religieuse avait cessé de lire et s'approchait maintenant de l'Américaine. Louis-Benjamin, à genoux à côté de son épouse, la suppliait de se calmer. Le cœur du curé Cousineau avait cessé de battre dès qu'il avait entendu ce cri épouvantable.

– Qu'on aille quérir un docteur! hurla-t-on.

Deux gaillards ouvrirent les grandes portes pour laisser s'engouffrer dans l'église un blizzard glacé. De dehors, on entendait le bruit d'un élément d'architecture arraché par la tempête et qui claquait maintenant contre la pierre en produisant un bruit effrayant. Une branche d'érable fraîchement arrachée de son tronc, aussi grande qu'un homme, vola dans l'église sous les cris des femmes qui se tenaient les unes aux autres, parées à l'Apocalypse. Sur son lit de paille, Madeleine poussait maintenant des hurlements désespérés; de fortes contractions l'agitaient. Sœur Marie-de-l'Eucharistie lui avait posé la tête sur les genoux et lui murmurait une prière d'une voix rauque « ... vous êtes bénie entre toutes les femmes et le fruit de vos entrailles... » sous le regard agacé du curé Cousineau, qui voyait se terminer sa Nativité dans le drame. À la porte, le gros des fidèles s'était amassé pour rejeter au-dehors la branche d'érable. D'autres tentaient avec peine de refermer les portes que le vent avait plaquées contre le mur extérieur; il ne fallut pas moins de quatre hommes à chaque porte pour en venir à bout. Une fois les portes fermées, les quelque deux cents croyants qui étaient restés pour la Nativité regrettèrent amèrement leur décision. Il était hors de question d'aller quérir le docteur Lepage, qui vivait au bas de la ville. Aucune force humaine ou animale n'arriverait à lui faire gravir la pente qui menait à l'église Saint-François-Xavier. Loin de s'apitoyer sur le sort de l'Américaine, les fidèles planifiaient plutôt leur évasion de ce lieu de douleur. Tantôt par pudeur, tantôt par agacement, tantôt par pur dégoût, on refusait de s'attarder au milieu de ce drame. Une centaine de personnes, en majorité des jeunes dégourdis qui ne craignaient ni Dieu ni les vents et qui, entre la perspective de voir l'Américaine mettre un enfant au monde et la possibilité de mourir gelés dans un blizzard, avait sans hésiter l'espace d'une seconde choisi de braver les éléments. On ouvrit une dernière fois les portes de l'église pour laisser s'échapper les fuyards qui, pour la plupart, vivaient tout près de l'église et arriveraient probablement à regagner leur demeure. Pour les autres, ceux qui habitaient à plus de cinq cents mètres de l'église, une sortie était impensable.

– Il faudra prier! clama Madeleine-la-Mére, qui sortit de sa poche un chapelet tout blanc.

– Oui! Un rosaire! Un rosaire pour l'Américaine! ajouta une autre femme.

Les croyants qui avaient laissé leurs bancs de bois se rasseyaient maintenant, jetant un coup d'œil discret sur la scène terrible qui se déroulait devant l'autel. Maitenant plaquée sur la paille par la douleur, la jeune épouse de Louis-Benjamin haletait comme un chien assoiffé en poussant parfois de petits cris perçants ou des *«Nooooo!»* ou des *«Help me!»* déchirants. Son mari sanglotait tristement dans les bras du curé, qui tentait de le consoler. Les deux petits anges, toujours perchés sur la chaire à prêcher, s'étaient recroquevillés sous la balustrade pour ne pas être témoins de la scène. On voyait pourtant la courbe de leurs grandes ailes trembloter dans la pénombre. De la sacristie accouraient deux religieuses portant des serviettes et des instruments métalliques. Elles expliquèrent, entre deux spasmes, qu'il fallait transporter la parturiente à la sacristie au plus vite. Cette dernière se cabra soudainement à l'idée de bouger.

– *I can't move! Help me! Oh Lord, help me!* hurlait-elle. Ses cris se répercutaient trois ou quatre fois sur les murs de l'église presque vide.

Sœur Marie-de-l'Eucharistie prit les choses en main.

– Il faut que l'enfant vive! dit-elle d'un ton sentencieux qui laissait présager le pire.

Elle se plaça à genoux devant l'Américaine, et sous le regard médusé des croyants, du curé et de Louis-Benjamin, lui descendit le bas et la culotte pour lui écarter les jambes.

– Ne craignez rien. Cet enfant naîtra. Je sais mettre les enfants au monde, Madeleine, priez le Seigneur et respirez comme je vous l'indique. Quand je vous dirai de pousser, vous pousserez! martela-t-elle de sa voix de revenante.

Sur le banc trois, quelqu'un crut bon de crier: *« You have to push, Madeleine!»* même si la principale intéressée avait bien compris que la nonne était aussi sage-femme et qu'elle donnerait naissance sur cette paillasse. De puissantes contractions secouèrent l'Américaine. Joseph avait repris son courage et tenait la tête de sa femme sur son large poitrail. Les fidèles entonnèrent d'emblée un rosaire sur les ordres d'une religieuse.

– Le rosaire! cria-t-elle en brandissant un chapelet.

Et s'égrenèrent les prières en fond sonore, parfois interrompues par un cri perçant de la femme accouchant. Sœur Marie-de-l'Eucharistie tâtait le ventre de la mère, comme si elle y cherchait quelque chose. Elle prit un air contrit et désapprobateur. Une bonne heure de travail intense se passa pendant que sur les bancs, on ne cessait de prier. L'Américaine semblait épuisée ; ouvrant à moitié un œil effrayé, elle avait plaqué ses deux mains dans la paille et gémissait pitoyablement.

– Il se présente mal. Quand a-t-il bougé pour la dernière fois ? demanda-t-elle à l'Américaine, trop occupée à souffrir pour répondre. Cet enfant aurait dû être tourné il y a trois jours ! cria la religieuse en se lubrifiant la main avec une substance graisseuse que lui tendait une consœur. Madeleine, il faut que j'insère ma main en vous pour tourner votre enfant, il se présente trop mal.

Sœur Marie-de-l'Eucharistie inséra lentement sa main dans le vagin dilaté de l'Américaine. Des litres de liquide amniotique s'échappèrent en cascade sur la paille. Un homme assis dans la rangée trois s'évanouit. Madeleine hurlait à mort. « Poussez ! » criait la sœur. Elle retira sa main des entrailles de Madeleine qui, la bouche grande ouverte, suppliait maintenant qu'on la tuât. Il lui arrivait de jeter un coup d'œil, en arquant le cou, vers la religieuse qui l'aidait à mettre son enfant au monde, mais seulement pour pousser un cri d'épouvante en voyant son visage ingrat.

– Essayez de la calmer ! siffla la religieuse au père.

Louis-Benjamin chanta à l'oreille de sa femme la seule chanson anglaise qu'il connût : *Will you love me all the time ?* Le chant eut l'air d'apaiser la pauvre femme un peu et on crut presque deviner un sourire sur ses lèvres. Sœur Marie-de-l'Eucharistie semblait très contrariée.

– Madeleine, il vous faut pousser. Poussez de toutes vos forces !

L'assistance retenait son souffle ; les angelots sanglotaient dans la chaire ; les femmes qui avaient déjà enfanté ressentaient toutes les douleurs de Madeleine l'Américaine comme les leurs. Les hommes faisaient leur possible pour ne pas poser les yeux sur cette scène terrible. Madeleine ne leur facilitait pas la tâche : elle n'était plus qu'un cri. Soudain, son corps fut secoué par un spasme terrible et son cri perçant laissa la place à un son fluet et aérien, sorte de hurlement *pianissimo con forza* qui transperça les oreilles de Louis-Benjamin. Sœur Marie-de-l'Eucharistie hochait négativement la tête. Entre les jambes de l'Américaine, on devinait maintenant un petit bras gris. L'enfant s'était ainsi présenté au monde, mais cela parut être le cadet des soucis de sœur Marie-de-l'Eucharistie.

– L'enfant est mort depuis déjà un moment, il faut maintenant essayer de sauver la mère.

Sœur Marie-de-l'Eucharistie se leva d'un bond et courut en direction de la sacristie, où elle logeait avec ses consœurs. Elle en émergea après une minute armée d'un instrument étrange, une sorte de pince de métal arrondie qui luisait comme un bijou dans la pénombre. Déterminée, la religieuse longea le petit bras mort de sa main et rentra son bras jusqu'à saisir l'enfant au complet dans le ventre de la mère. La manœuvre causa des déchirures épouvantables, qui commencèrent à saigner abondamment. On sentit aussi l'odeur d'excréments mélangée à celle des cierges de Noël. Les doigts anguleux de la sœur trouvèrent le cou de l'enfant pour le saisir fermement. Puis, avec beaucoup de précautions, elle saisit de la main droite les pinces qu'elle avait prises dans la sacristie.

– Qu'est-ce que c'est que ça ? siffla Louis-Benjamin.

– Ce sont des forceps. Ils servent à tourner et à tirer les enfants naissants. Madeleine, je vais me servir de cet instrument pour aller chercher votre bébé, n'ayez pas peur, je m'en sers souvent, c'est absolument normal, des rois et des princesses naissent grâce aux forceps.

La sœur inséra les forceps dans le ventre de Madeleine, trouva la tête de l'enfant mort et la saisit. Elle attendait maintenant la prochaine contraction pour sortir l'enfant du ventre de sa mère.

– Poussez, Madeleine, poussez !

La résistance était spongieuse et forte. La tête du bébé, maculée de mucus et de sang, apparut logée entre les deux mains métalliques des forceps. Devant une assemblée traumatisée, la sœur parvint, non sans pousser un *« Han ! »* douloureux, à extraire l'enfant mort du corps de la mère, qui, après s'être arcboutée violemment, était retombée sur le dos, épuisée de douleur. Les plaies de Madeleine continuaient à saigner horriblement malgré les efforts de la sœur pour endiguer l'hémorragie. Dans l'assemblée, quelqu'un se mit à vomir bruyamment. La religieuse fixait le plafond, ne sachant à quel saint elle devait maintenant s'adresser. Elle tourna la tête vers le curé Cousineau, lui faisant signe de s'approcher. Elle lui murmura à l'oreille quelques paroles, le prêtre hocha deux fois la tête et s'agenouilla près de l'Américaine pour lui administrer les derniers sacrements. Tous les regards suivaient la même trajectoire triangulaire, commençant par l'enfant mort, se posant ensuite sur Madeleine pour retomber inévitablement sur le visage malgracieux et attristé de sœur Marie-de-l'Eucharistie. Aussitôt extrait du corps maternel, l'enfant avait été déposé sur la paille. Tous les regards étudiaient maintenant cette petite forme grise, blanchâtre et rigide aux yeux fermés.

– C'était une fille, entendit-on.

Les mains couvertes de mucus et de sang, la religieuse ne quittait pas des yeux le ventre ouvert de la mère, toujours secouée par des contractions. L'assistance était tétanisée. À l'approche de la naissance, certains s'étaient précipités en vitesse vers le jubé, montant les escaliers quatre à quatre pour y trouver refuge et échapper au regard de l'Américaine et à celui du curé et feindre, en quelque sorte, de n'avoir jamais été témoins de la scène. Là-haut, les petites sœurs de Louis-Benjamin se tenaient l'une contre l'autre en sanglotant. Deux femmes tentaient de les consoler.

– Votre frère aura d'autres enfants, allons. Chuuuut. Priez le Seigneur...

Un homme se tenait la tête en plaquant ses mains contre ses oreilles pour ne plus entendre les prières et les cris. De tous ceux que la tempête retint prisonniers dans l'église Saint-François-Xavier en cette nuit de Noël, bien peu s'en tirèrent sans séquelles psychologiques profondes. Dans le jubé, les fidèles tentaient d'amorcer quelque conversation qui les eût éloignés, du moins en esprit, de ce lieu de malédiction. Mais même de ces hauteurs, il fut impossible d'échapper à la clameur épouvantable qui suivit. Après cinq minutes où on n'entendit que des pleurs, des cris et quelques voix obstinées qui s'évertuaient à continuer le rosaire, monta dans l'église un cri d'une puissance inouïe. Le corps de l'Américaine avait recommencé à s'agiter cependant que la sœur tenait ses genoux bien écartés. La sage-femme ne semblait plus rien voir autour d'elle.

– Jésumariejoseph ! chuinta-t-elle.

Sur le ventre encore gros de l'Américaine, on venait de voir frapper un petit pied, bien vivant celui-là, qui semblait exiger qu'on s'occupât de lui.

– Madeleine ! Madeleine ! Il vous faut pousser ! Poussez plus fort !

L'Américaine était à bout de forces. Elle tenta une ultime contraction des muscles. La sœur replongea en elle pour saisir l'enfant qui était encore vivant et attendit, encore une fois, patiemment, que vienne la dernière contraction. À ce stade, la vie semblait avoir abandonné le corps de la mère, qui ne respirait plus que faiblement au son des prières ânonnées du curé Cousineau. Pourtant, quelque chose en elle vivait encore, ce deuxième enfant dont elle venait d'apprendre l'existence.

– Madeleine, pousse... murmura Louis-Benjamin.

Puis, Madeleine poussa, lentement et douloureusement, aidée par sœur Marie-de-l'Eucharistie qui, de l'intérieur, tenait fermement la tête du deuxième enfant. Un cri déchira l'église. « Elle en a un autre ! Il est vivant, celui-là ! » Toutes les têtes qui, par respect pour l'enfant mort-né, s'étaient inclinées, se relevèrent d'un coup. On entendit le tambourinement des pas de ceux qui, dans le jubé, s'étaient réfugiés pour échapper à l'horreur, et qui maintenant dévalaient les escaliers pour assister au miracle de leurs yeux. Agenouillée sur la paille sanguinolente, sœur Marie-de-l'Eucharistie, elle-même médusée par ce retournement de la situation, extirpait péniblement le deuxième enfant de l'Américaine. Depuis les premiers bancs déjà, on avait d'abord vu sortir la grosse tête de l'enfant, puis ses épaules et son bassin, et finalement les petits pieds. D'une couleur rose pâle, la chose agitait déjà les bras comme pour rassurer tout le monde quant à son état de santé. Sœur Marie-de-l'Eucharistie donna quelques tapes sur le dos du bébé en le tenant par les pieds. Il y eut un silence sourd, sombre et sinistre dans l'église. Envers ce petit être né par surprise, on avait déjà des attentes précises, bien que modestes : qu'il poussât un cri. On attendit encore cinq secondes, puis, la voix de Papa Louis se fit entendre pour la première fois, forte, claire et résonnante, aussitôt suivie par des « Dieu soit loué ! » qui venaient mettre un terme au très court deuil entamé en la mémoire de sa sœur jumelle.

Sur les genoux de Louis-Benjamin, l'Américaine ne donnait plus aucun signe de vie. Son visage, d'une pâleur luisante, dépassait en blancheur celui de la statue de la Madone. Figure de la Pietà inversée, le couple n'intéressait plus personne. Madeleine avait rendu l'âme dans les bras de Louis-Benjamin, qui lui avait fermé les yeux avec tendresse. On s'intéressait maintenant à l'enfant, cet énorme bébé qui vagissait à pleins poumons, tournant la tête à droite et à gauche comme un vieillard endormi agité par quelque mauvais rêve. « Un garçon ! » lança Madeleine-la-Mére, depuis le banc où elle était assise, tenant encore son chapelet entre ses doigts. Sous la charpente de bois, sœur Marie-de-l'Eucharistie tendit l'enfant au père, dont les bras tremblaient. La tête de l'Américaine frappa le plancher en produisant un bruit sourd. La sœur s'approcha d'elle et l'embrassa sur le front. Avant de s'en éloigner, d'un geste discret, rapide et furtif, elle lui enleva la chaîne et la petite croix en or que Louis-Benjamin lui avait offertes pour son anniversaire à la Saint-Jean-Baptiste. Le petit bijou disparut dans un des nombreux replis de son vaste habit.

Deux ou trois heures après la naissance de l'enfant, le vent cessa de s'acharner sur Fraserville. Tout le monde en profita pour sortir de l'église et rentrer chez soi. Il fut impossible d'enterrer Madeleine l'Américaine et son enfant mort-né, dont les cercueils furent entreposés tout l'hiver au charnier. Ce n'est qu'au printemps, après le grand dégel, qu'on put mettre en terre la mère et le bébé. Madeleine-la-Mére chercha longtemps la petite croix que la défunte avait reçue en cadeau de son époux. Elle ne la trouva nulle part. Elle demanda à tous les témoins de la scène, même à sœur Marie-de-l'Eucharistie, qui prétendit n'avoir jamais vu l'objet.

– Il faudrait qu'on l'enterre avec sa petite croix, soupira en vain la Mére.

Le croque-mort de Fraserville grava sur la pierre tombale : *Madeleine Lamontagne (L'Américaine),* pierre qui fut solidement plantée dans la terre au printemps, pendant les funérailles auxquelles Louis-Benjamin n'assista pas, puisqu'au 1er mars 1919, un an jour pour jour après l'arrivée de Madeleine l'Américaine à Fraserville, on retrouva son corps dans la rivière du Loup, juste au pied des chutes d'où il s'était jeté, inconsolable, désespéré et résigné. Il reçut la sépulture qu'on réservait alors à ceux qui choisissaient la mort par-dessus la vie, c'est-à-dire l'enfouissement dans un petit cimetière à part, loin de la dépouille de Madeleine l'Américaine, qui, morte de causes naturelles, avait, elle, eu droit à une sépulture chrétienne. L'enfant fut baptisé le jour même de sa naissance du prénom de Joseph-Louis-Benjamin Lamontagne, mais fut communément appelé Louis par sa grand-mère, Madeleine-la-Mére, qui l'éleva parmi les cinq enfants qui lui restaient.

De l'Américaine il n'était resté que quelques objets, des vêtements, un livre de prières, des photos de mariage et le *New England Cookbook* que la jeune femme avait dans ses bagages le jour de son arrivée à Fraserville, ouvrage que Madeleine-la-Mére n'eut pas le cœur de jeter et qu'elle n'arrivait de toute manière pas à déchiffrer. Elle réunit tous les objets dans quelques boîtes qu'elle fit livrer par son fils Napoléon aux sœurs de l'Enfant-Jésus, qui sauraient les distribuer à ceux qui en auraient l'usage.

Louis était un garçon d'une robustesse rare. À la naissance, il pesait déjà douze livres, un poids fort respectable pour un garçon né en 1918, et jumeau de surcroît. Quand Fraserville se fut calmée, quand Madeleine eut fait le deuil de sa bru, puis de son fils, on se retrouva au printemps de 1919, première année de paix après une longue guerre. Le curé Cousineau avait perdu le poids qu'il avait pris pendant le bref passage de l'Américaine à Fraserville. À ce nouvel enfant, Madeleine-la-Mére ne sut trop ce qu'elle devait raconter. Les gens de Fraserville s'en chargeraient, nul doute. Elle en prit donc soin, mais resta tout de même habitée par le doute, méfiante à l'égard de ce garçon trop gros qui mangeait comme deux et arrivait déjà à s'asseoir tout seul quelques semaines à peine après sa naissance. Toutefois, les soucis de Madeleine-la-Mére étaient d'un autre ordre. Un jour de juin, après les funérailles de l'Américaine, elle insista pour rencontrer le curé Cousineau seule au presbytère avec l'enfant. Elle voulait, disait-elle, lui demander son avis au sujet du bébé. Rien de bien grave, simplement un doute qui l'assaillait, une question posée par cette faculté située à mi-chemin entre le cœur et l'esprit et qui ne sert ni à réfléchir ni à adorer, mais qui permet à une femme de se sentir inquiète de bon droit.

Le curé accepta la rencontre avec enthousiasme.

Madeleine-la-Mére arriva donc au presbytère le lendemain avec l'enfant qu'elle portait difficilement et qui réclamait encore à manger bien qu'elle l'eut nourri à peine vingt minutes auparavant. Bizarrement, le bébé cessa de brailler dès que le curé l'eut pris dans ses bras.

– Comment puis-je donc vous conseiller, Madeleine ?

Pour toute réponse, Madeleine-la-Mére déposa l'enfant sur une table et entreprit de lui enlever ses langes. Quand l'enfant ne fut plus vêtu que de sa couche de coton et qu'il se fut mis à babiller sur un thème en ba-va-za, le curé répéta sa question. Il ajouta :

– Cet enfant m'a l'air tout à fait normal. Un peu costaud pour un si jeune bébé, mais quand on pense que d'autres enfants naissent maigrelets et chétifs, on ne peut que se réjouir de voir un sujet aussi robuste ! C'est un homme fort, votre Louis !

Du pouce et de l'index, le prêtre pinçait doucement les cuisses bien grasses de l'enfant qui lui souriait en laissant deviner une dent qui perçait. Madeleine soupira et libéra l'enfant de ses langes pour le montrer tel que Dieu l'avait créé au curé Cousineau. Elle montra du doigt en direction de l'entrejambe du petit Louis. Le curé Cousineau plissa les yeux, puis chaussa ses lunettes, car il souffrait d'une presbytie assez forte. Son visage tomba. Il y eut un moment de silence, puis il regarda Madeleine-la-Mére dans les yeux et lui dit à voix basse : « Que Dieu la lui préserve ! »

Dans le salon de la rue Fraserville, Papa Louis imitait la voix du curé Cousineau devant ses enfants qui se tordaient de rire. Il continua :

– Pis c'est en 1919 que Fraserville est devenue Rivière-du-Loup ! Officiellement, je suis aussi vieux que notre ville ! Que vous sachiez ça, mes enfants ! dit-il, finissant son quatrième gin de la soirée ; il était déjà un peu pompette.

Entre-temps, Madeleine et Marc avaient déshabillé leur frère Luc. Le petit dormait toujours d'un sommeil de plomb. À peine se lamenta-t-il quand sa sœur Madeleine lui retira sa camisole. Puis avaient eux-mêmes descendu leurs pantalons et s'inspectaient mutuellement. Madeleine se cachait le visage dans les mains, honteuse.

– Papa Louis ! Je ne l'ai pas, moi ! se lamenta Marc.

– Vous ne l'avez pas tous les trois, répondit Papa Louis. Ta sœur et ton petit frère en ont une.

Tout le monde s'approcha d'abord de Luc, toujours endormi sur le sofa. À deux centimètres au-dessus de la cheville, il avait une petite tache de naissance grande comme une pièce de dix cents et dont la forme rappelait grossièrement une clé de *fa*.

– Qu'est-ce que c'est ? demanda-t-il en s'éveillant enfin.

– Une clé de *fa*, répondit Papa Louis, c'est pour noter la musique sur les portées.

Les enfants considéraient la chose avec de grands yeux. Dans leur excitation, ils n'avaient pas entendu leur mère Irène rentrer du couvent. C'est dans cette posture qu'elle les surprit, l'heure du coucher depuis longtemps passée, Papa Louis éméché, Luc tout nu, Madeleine et Marc déculottés. Ce n'est que bien trop tard qu'ils se retournèrent pour voir la femme fulminante sur le pas de la porte du salon. S'il est possible de parler d'une telle chose, on peut dire qu'Irène avait la fin du monde gravée dans le visage. Il ne lui fallut pas une minute pour saisir par le cou le sans-culotte et pour l'envoyer *manu militari* vers sa chambre à l'étage. Sans dire un seul mot, par un simple regard, elle prit Luc et ordonna à Madeleine de monter. À l'étage, elle enferma sa fille dans sa chambre et lui ordonna sèchement d'aller dormir.

– Demain, on va parler de tout ça.

Dans un rêve à demi-éveillé, la petite Madeleine entendit encore les cris de sa mère monter depuis le salon. Le verre jeté sur le mur qui se brisait en mille morceaux. Un « Baptême de Christ ! » beuglé par Papa Louis. Le bruit mat que produit le corps d'une femme lorsqu'il est jeté avec violence sur un plancher de bois. Une fois. Deux fois. Puis le silence. Un bruit d'eau qui coule. Dans le deuxième salon, le corps de Sirois continuait de se corrompre dans l'indifférence générale.

Les morts se mêlent de leurs affaires.

# Un œil noir te regarde

*

Bien des années avant qu'un journaliste torontois la surnomme *Queen of Breakfast* à l'occasion de l'ouverture d'un de ses restaurants dans la banlieue de la Ville Reine, Madeleine avait été une petite fille presque comme les autres. Bien des gens auraient pu en témoigner comme Siegfried Zucker, sorte de colporteur alimentaire qui, une fois par mois, faisait la tournée des agglomérations du Bas-Saint-Laurent dans son camion rempli de produits alimentaires de base qu'il vendait au détail à des prix imbattables, même qu'il était ouvert au négoce. Zucker, un Autrichien arrivé au Canada après la guerre, avait choisi de faire de la maison Lamontagne le dernier arrêt de sa tournée. Il était toujours accueilli par Irène Caron, âpre négociatrice, et par sa petite fille Madeleine. C'est probablement l'Autrichien qui, le premier, eut signe du don de Madeleine pour les affaires. Quand elle avait huit ans, Zucker offrit à Madeleine un sucre d'orge en forme de feuille d'érable sur le perron de la maison pendant que sa mère transportait ses achats dans la cuisine.

– Je peux en avoir un pour mon frère Marc ?

– Mais bien sûr ! lui avait dit Zucker en lui tendant un deuxième bonbon.

Le mois suivant, quand Zucker vint livrer la commande d'Irène Lamontagne, la petite Madeleine était absente. Il trouva sur le balcon son frère Marc qui jouait avec un chat. Le garçon le remercia pour le sucre d'orge du mois précédent.

– À ce prix-là, c'est presque donné ! avait-il dit en riant à Zucker.

Zucker comprit que Madeleine avait revendu le sucre d'orge à son frère. Loin de trouver dans ce geste un vice, Zucker prit immédiatement Madeleine en affection. Elle devint en quelque sorte sa cliente préférée. Souvent il s'amusait à négocier avec elle des achats imaginaires, testant la perspicacité de la petite qui ne le décevait jamais. Madeleine s'attacha à ce bonhomme qu'elle associait à l'abondance, au profit et au sucre d'orge.

Hormis Zucker, personne dans la paroisse de Saint-François-Xavier n'aurait pu se douter que la fille du croque-mort Lamontagne allait un jour bouleverser le monde de la restauration en proposant à l'Amérique rien de moins qu'une révolution dans la manière d'envisager le petit-déjeuner. Rien ne semblait en effet prédisposer Madeleine à autre chose qu'une vie de

Canadienne française ordinaire, ennuyante et laborieuse. Dès son entrée au couvent cependant, les religieuses lui découvrirent un don pour le calcul mental. La chose tenait du prodige. En fait, ses frères l'avaient su avant tout le monde le jour où, alors qu'ils étaient tous les trois assis à observer le Cheval exécuter un développé couché avec haltère, Marc s'était demandé combien pesait ledit haltère.

– Là, il lève combien, tu penses, Madeleine ?

Dans l'espace d'une seconde et un quart de soupir, Madeleine avait, au grand étonnement de son frère, multiplié et additionné les rondelles et le poids de la barre.

– Deux cent trente-cinq livres.

À huit ans, elle avait, un peu sans le vouloir, avec cette désinvolture qui n'appartient qu'aux petites filles, étonné toute une famille d'endeuillés par ses dons en calcul. C'était pendant la veillée mortuaire de la veuve April. Madeleine, tenant un plateau de biscuits secs, suivait sa mère qui versait du café dans les tasses des membres de la famille venus veiller le corps ridé de cette vieille femme qu'une nièce avait trouvée morte assise dans une chaise berçante, le tricot d'une petite mitaine bleue encore à la main. La nièce, une femme dans la trentaine que le choc du deuil avait rendue volubile à l'excès, débitait des paroles que les autres parents, absorbés dans leur chapelet, semblaient ne pas entendre.

– C'est quand même pas drôle de partir bêtement comme ça. Elle n'était même pas malade. Il faudra calculer l'âge qu'elle avait, Seigneur... Je lui avais demandé si elle voulait que je sarcle un peu dans son jardin pour aider, vous savez, à son âge, se pencher comme ça sur la terre, elle aurait pu rester figée entre deux rangs d'oignons. Et quel âge elle avait donc, la tante Jeanne ? Attendez, elle avait trois ans de moins que son mari né en 1891, ça lui faisait, heu... attendez...

– Soixante-quatre ans, l'interrompit Madeleine en lui présentant le plateau de biscuits, lui clouant du même coup le bec, au grand soulagement du reste de la famille.

Hormis ce don pour le calcul et l'effet que lui faisaient les histoires du Cheval, cet homme qu'elle considérait comme un demi-dieu, elle avait un seul trait de caractère qui sortait de l'ordinaire ; il s'agissait d'une certaine jalousie, un poison qu'elle avait commencé à consommer sans modération le jour où la lettre de Potsdam, dans l'État de New York, était arrivée. En principe, la lettre de Potsdam n'aurait jamais dû tomber entre les mains de Madeleine, mais la fatalité en avait voulu autrement. Ce jour de septembre 1958, Irène avait gardé sa fille à la maison dans le but de lui faire attraper la varicelle au contact de son petit frère Marc, qui l'avait attrapée à l'école des garçons.

– Il vaut mieux qu'elle l'ait à son âge plutôt qu'une fois adulte. Ça sera fait.

Irène avait couché Madeleine encore endormie dans le lit de son frère en pleurs, à qui le Cheval avait noué les mains derrière le dos pour l'empêcher de se gratter au sang. C'est dans cette posture, ligoté et en proie à de furieuses démangeaisons qu'il vit sa sœur atterrir dans son lit. Irène avait dû s'absenter pendant un quart d'heure et Louis était parti cueillir une dépouille dans une maison de la rue Saint-Pierre. Les enfants étaient donc seuls quand la lettre tomba dans la boîte aux lettres de la rue Saint-François-Xavier. Madeleine avait entendu le déclic métallique et les pas du facteur sur le perron de bois. Curieuse, elle était descendue en ignorant les supplications de Marc.

– Détache-moé ou gratte-moé !

L'enveloppe au liseré rouge et bleu avait attiré son attention. Un timbre américain à l'effigie d'un vieillard. L'adresse, difficile à lire pour une fillette de huit ans :

*Cheval Lamontagne*
*Rivière-du-Loup*
*Province of Quebec, Canada*

L'expéditrice, une dénommée Floria Ironstone, avait inscrit l'adresse de l'expéditeur au dos de l'enveloppe. Potsdam, dans l'État de New York. Madeleine avait lu le nom avec application, trébuchant sur le mot Ironstone, impossible à prononcer. Le prénom Floria lui déplut immédiatement. Cette personne, elle le sentait, voulait lui voler son Cheval. Elle se mit dès lors à considérer cette lettre comme une menace à son bonheur et jugea qu'elle ne devait jamais se rendre jusqu'à son destinataire. Voyant sa mère approcher au bout de la rue, elle monta les escaliers quatre à quatre, tenant son butin à bout de bras. À peine le temps de cacher cette missive derrière une plinthe et de regagner la chambre de son frère, en proie à des démangeaisons affreuses, qu'Irène ouvrait la porte du rez-de-chaussée. Outre cette lettre américaine interceptée *in extremis,* Madeleine cachait derrière cette plinthe des trésors divers et variés, de petits objets luisants et brillants qu'elle avait « trouvés » un peu partout. Il lui arrivait, le soir, de détacher le morceau de plinthe, porte de son coffre-fort, pour admirer sa fortune à la lueur d'une lampe en verre poli. Brillaient dans ce nid de pie un peu poussiéreux les objets suivants :

- une alliance dérobée à un défunt à la faveur d'une veillée funéraire endiablée où tous les parents avaient décidé, juste avant de fermer définitivement le couvercle du cercueil, de régler certains comptes à poings nus sur la pelouse de Louis Lamontagne. Pendant que ce dernier séparait les belligérants, Madeleine s'était approchée du cercueil et avait dérobé au mort l'anneau qui l'appelait de tous ses rayons depuis deux jours ;
- une cuiller en argent offerte à son frère Luc et à tous les enfants du Commonwealth nés le 2 juin 1953 pour commémorer le couronnement de Sa Majesté la Reine Elizabeth II ;
- une boucle d'oreille de pacotille en forme de fleur trouvée par son frère Marc dans la boue au printemps 1957.

Irène était maintenant à l'étage. Madeleine referma la plinthe.

– Tiens, Madeleine, mets ça sur les boutons de ton frère. C'est de la calamine, ça va l'aider.

Madeleine eut un geste de dégoût. Marc suppliait sa mère de le détacher.

– Ça me démange !

– C'est normal. Ça va passer.

Dix jours plus tard, ce fut au tour de Madeleine d'être enduite de calamine rose, les poignets ligotés derrière le dos.

– C'est pour ton bien.

On est en droit de se demander pourquoi Madeleine s'était refusée à ouvrir la lettre de Floria Ironstone. L'explication est simple. Elle était persuadée que son contenu, tant qu'il restait prisonnier de l'enveloppe, ne risquait pas de venir perturber l'ordre des choses. Dans son esprit de petite fille, une lettre n'était considérée comme telle qu'une fois ouverte. En ouvrant cette enveloppe, elle risquait de libérer un virus qu'elle savait mortel pour le Cheval.

Loin de Rivière-du-Loup, dans le *St. Lawrence County* de l'État de New York, Floria Ironstone attendit longtemps la réponse du Cheval, pour finalement se faire une raison. Il n'écrirait pas. La lettre avait été livrée au mauvais étalon. Elle aurait tout de même essayé.

– *He was French Canadian, your daddy,* disait-elle à sa fille qu'elle avait fait baptiser Penelope après avoir attendu longtemps des nouvelles de Louis.

Penelope lui semblait un nom tout désigné pour une petite fille qui attendrait sa vie durant que son père daignât bien donner signe de vie. Floria avait aussi chanté avant de devenir acrobate, mais elle avait vite compris que son avenir était sur le trapèze. Penelope avait entendu l'histoire une bonne douzaine de fois, *he was French Canadian, your daddy...* Et repartait l'histoire de la rencontre entre la mère de Penelope et son *daddy,* en 1939, chiffre affreusement impair. Ce qui rend cette histoire tragique, c'est le fait que jamais elle ne serait racontée à Madeleine, qui aimait tant les histoires du Cheval Lamontagne. Elle en avait bien entendu des bribes choisies par le Cheval lui-même, mais pas tous les détails, pas ceux que Floria Ironstone racontait à sa fille aux yeux sarcelle, Penelope Ironstone. C'était à la *county fair,* la foire agricole.

La foire agricole du comté de St. Lawrence fut jusqu'à l'invention de la télévision la fête à la fois la plus prévisible et la plus surprenante de tout l'État de New York. La foire de 1939 ne ferait pas exception à la règle, si bien qu'on crut longtemps après que le diable lui-même avait marqué la date sur son calendrier. Floria Ironstone n'aurait pour rien au monde manqué la *St. Lawrence County Fair*. Pas moins de huit fois, elle avait vérifié auprès du vieux Whitman qu'il la cueillerait dans son camion avec sa sœur Beth le premier samedi d'août à sept heures pile. Ne voyant pas arriver le véhicule du bonhomme à l'heure prévue, Beth soupira.

– On ira l'année prochaine, il y aura encore de la musique, l'année prochaine, Floria.

Floria était en larmes sur le porche de la maison. Depuis l'âge de dix-huit ans, elle n'avait pas manqué une seule édition de la *St. Lawrence County Fair,* toujours elle avait trouvé un moyen de s'y rendre, soit dans le camion du vieux Whitman, soit par car, mais jamais elle n'eût accepté de mettre une croix sur l'événement. Mais où restait donc le vieux Whitman ? Au moment où tout semblait perdu, les sœurs Ironstone entendirent vrombir et cracho-ter le moteur du bonhomme.

– Désolé du retard, *ladies,* mon Adolf était récalcitrant. C'est un grand nerveux, un signe de caractère.

– Mr. Whitman ! Il est vraiment énorme, votre Adolf ! Vous ne rentrerez pas les mains vides, cette année, j'en suis certaine ! Vous avez vu cette jupe ? C'est maman qui l'a faite !

– Pas mal, mais pourquoi en rouge ? On te voit à dix milles à la ronde !

– Oui, je ne risque pas de passer inaperçue !

Le camion s'était immobilisé devant les deux jeunes femmes endiman-chées, maintenant rayonnantes dans le petit matin. Derrière les ridelles les contemplait d'un œil noir et curieux un veau surdimensionné, élevé au petit grain, engraissé avec soin, dans lequel reposaient tous les espoirs de Whit-man en ce samedi d'août 1939. Admirateur de l'Allemagne nazie depuis la première heure, le bonhomme Whitman avait baptisé son veau en l'honneur du führer, dont il avait même épinglé la photographie au-dessus de la stalle et de l'enclos dans l'espoir que le regard directif du dictateur opérât sur la bête une magie semblable à celle qui avait sauvé l'Allemagne de l'indigence et de la famine. Ses espoirs furent comblés au-delà de ses rêves les plus fous. La bête profita, grossit, transforma bravement en muscles tout le grain et le foin qu'on trouva pour elle, son poil prit le luisant qu'on connaît aux bêtes qui rapportent des rubans et l'animal, par quelque inexplicable phénomène de transsubstan-tiation, avait le regard de celui dont il portait le prénom : le veau avait l'air de vous regarder au fond de l'âme avec une certaine tendresse épuisée, un je-ne-sais-quoi de candeur alpine qui avait convaincu le bonhomme Whitman que la gloire l'attendait au tournant ; il rentrerait le soir même brandissant le ruban tricolore de la *St. Lawrence County Fair.* Oui, la discipline et le don de soi permettent tous les espoirs, l'État de New York en aurait bientôt la preuve.

– Il voit aussi loin que le führer ! avait tonné Whitman en fermant la portière de son camion Ford.

Non, Whitman ne rentrerait pas les mains vides. Le bonhomme consi-déra les deux sœurs de la tête aux pieds. Tout est dans la perception des choses, se disait Whitman : ces deux jeunes femmes avides d'aller faire tournoyer leurs jupes à la foire du comté pouvaient, pour les jeunes hommes de *St. Lawrence County,* passer pour *two fine ladies* ; aux yeux des dames de la ligue de la tempérance, pour deux pitoyables greluches.

– Accoutrées de la sorte, vous risquez de ne pas rentrer du tout !

Le bonhomme Whitman aimait ces deux filles un peu bizarres, élevées par une veuve hongroise rêche et peu avenante qui vivait dans une vieille maison de bois à la lisière de Potsdam depuis 1933. Née Nowak à Vienne pour être mariée à un Eisenstein de Budapest, la Hongroise était devenue, en Amérique Ironstone : Pierre de fer. Le nom, il lui semblait, évoquait bien la dureté de son caractère et la robustesse de sa constitution. Les deux filles, nées à Budapest de pères différents et ennemis, étaient arrivées en Amérique avant même d'avoir pu se faire un souvenir de l'Ancien Monde. D'abord, il y avait eu Floria, l'aînée, nommée en l'honneur de l'héroïne de la *Tosca*, opéra que la mère Eisenstein – devenue en Amérique Ironstone – avait entendu quelques fois à Vienne et dont elle était ressortie troublée, particulièrement par cette scène de l'Acte II où l'héroïne, Floria Tosca, poignarde à mort l'ignoble Scarpia, chef de la police de Rome pour retirer de ses doigts encore chauds le sauf-conduit qui lui permettra de fuir la ville avec son amant. La sœur de Floria Ironstone, Beth, née deux mois avant le grand départ pour l'Amérique, fut baptisée en l'honneur d'Élisabeth de Bavière, impératrice d'Autriche et reine de Hongrie. Tous les étés, Whitman amenait les sœurs Ironstone à la *St. Lawrence County Fair* par simple charité chrétienne. « Si je ne le fais pas, qui le fera ? » Ainsi s'énonçait la devise du vieil éleveur qui, en 1939, après des années de vaches maigres, s'apprêtait à présenter le bel Adolf, le veau le plus gros, le plus gras, le plus fort et le plus appétissant qu'on ait jamais vu au sud du fleuve Saint-Laurent et à l'est du Mississippi.

À la demande du bonhomme Whitman, qui voulait mettre son veau d'humeur festive, les sœurs Ironstone avaient chanté sur la route de Gouverneur. Puis, le Whitman avait brièvement entretenu les deux sœurs de l'industrieuse Allemagne et de la grandeur de son führer. Il avait expliqué entre autres choses que le chancelier allemand était parvenu à faire en quatre ans ce qu'aucun président américain n'arriverait jamais à accomplir en toute une vie : donner à chacun de ses citoyens une voiture.

– Ils ont des Volkswagen. La voiture du peuple ! Et regardez-moi ces crève-misère qui se font encore tirer par des chevaux. Elle est belle, l'Amérique !

Au risque de faire sauter le moteur de son vieux pick-up Ford, Whitman dépassa un attelage tiré par une picouille grisâtre et décharnée en criant à son équipage un *« Heil Hitler ! »* assez fort pour être entendu par-delà les Adirondacks. Les pauvres paysans, qui ne virent que la tête d'un grand veau brun qui les fixait depuis l'arrière du camion, crurent à une tentative d'abordage sauvage et violente. Le conducteur fit ce qu'il put pour éviter que le cheval affolé n'entraîne la carriole et ses occupants dans le fossé.

L'équipage était arrivé sur le terrain de la foire vers les huit heures, s'était donné rendez-vous dans l'après-midi à l'enclos où seraient décernés les rubans et les distinctions pour les bovins, pour ensuite se disperser dans la foule des visiteurs. Pendant la première heure, Floria et Beth avaient erré bras dessus, bras dessous entre les stands de tir, les tentes de toile écrue et les enclos où reniflaient des porcelets obèses et roses comme des pivoines. Par-delà les gradins érigés pour l'occasion, sous un ciel tracassé d'hirondelles, s'élevaient en colonnes des cages remplies d'oiseaux de basse-cour au plumage cocasse : des pintades sphériques picotées de blanc, des poules cochinchinoises immaculées, des Rhode Island à la crête écarlate, des oies allongeant le cou pour pincer les jarrets dénudés de Floria et Beth Ironstone, des cailles gloussant tendrement, quelques perdrix domestiquées et, trônant au-dessus de la basse-cour, sorti de sa cage pour s'exhiber devant le peuple de l'État de New York, un grand et magnifique paon dont la beauté figea les sœurs Ironstone comme des statues de sel.

– Regarde, Floria ! Un paon !

– Comme il est beau, c'est le plus beau de tous les oiseaux !

– Tu crois qu'il va se pavaner ?

– Il faudrait lui trouver une paonne.

– Pas de paonne... pauvre petit paon.

– Ne t'en fais pas pour lui, Beth, quand on est beau comme ça, on est incapable d'être malheureux.

Comme s'il avait voulu faire comprendre aux sœurs Ironstone que les pensées humaines n'avaient pour lui aucun secret, et pour leur seul émerveillement, le paon ouvrit à demi, sans toutefois la redresser, sa grande queue multicolore. Les visiteurs de la foire s'agglutinaient autour des cageots pour admirer le grand oiseau vaniteux et visiblement conscient de l'émoi qu'il causait. Puis, vers dix heures, le miracle se produisit : le paon fit la roue sous les applaudissements des spectateurs. L'oiseau semblait être le premier surpris de l'ampleur que son corps avait prise, comme si cette pavane matinale eût été sa toute première tentative de déployer ses plumes. La bête tanguait, tournait sur elle-même et considérait d'un œil suffisant les humains fascinés par ses couleurs. Quelque idiot en manque d'attention crut pertinent de lui lancer un bout de pain en guise de récompense. Le paon reçut la croûte comme une provocation, s'immobilisa, regarda en direction de la foule et poussa un long cri traînant : Léooon ! Léooon ! Floria et Beth Ironstone applaudissaient de joie. Le public, charmé par le spectacle, contemplait cette jeune fille à la jupe rouge émerveillée par un spectacle si attendrissant de simplicité.

– Sa fiancée s'appelle Léon ! Ha ! Ha !

Elles furent bientôt lasses d'admirer le paon qui, après avoir exhibé son plumage et crié « Léooon ! » encore quelques fois, n'avait plus rien à offrir à un public avide de sensations fortes.

À midi, après les premières courses de carrioles et de chevaux, les sœurs Ironstone mangèrent le bout de pain noir et les pommes qu'elles avaient apportés de Potsdam et achetèrent des limonades. Assises dans l'herbe sous un érable, elles devisaient des chances du bel Adolf de remporter le ruban tricolore. Ce qu'elles avaient vu dans les enclos les avait inquiétées. D'autres bêtes venues d'Utica, de Watertown, de Canton et même du Canada pouvaient tout aussi bien repartir avec les honneurs. Beth était pensive.

– Tu penses qu'Adolf comprend qu'il est observé et jugé ? Après tout, ce n'est qu'un veau !

– Bien sûr, le paon a bien senti notre regard, pourquoi pas le veau ?

– Tu as raison, il doit se curer les sabots à l'heure qu'il est, le bel Adolf.

Sur l'estrade principale, les musiciens de la fanfare d'Ogdensburg venaient de céder la place à un spectacle de danses carrées qui ennuya profondément Floria et Beth. Elles refirent leur coiffure, secouèrent la poussière et la paille qui s'agrippaient à leurs jupes et décidèrent d'explorer les coins de l'exposition qu'elles n'avaient jamais visités, au-delà de la piste de course de chevaux.

Devant elles se dressait une grande tente en toile grossière, identique à celles qui tenaient lieu de salle de concert et de restaurants. De cette tente un peu en retrait du terrain s'élevaient ponctuellement des clameurs masculines, graves et festives, des applaudissements, des bruits sourds et parfois, pendant quelques secondes, un silence absolu ; il se passait là des événements qui semblaient couper net le souffle du public. Chacun de ces silences était suivi d'une explosion spontanée de cris, de sifflements et de diverses exclamations marquant avec grande emphase l'étonnement et la stupéfaction. Floria et Beth s'approchèrent de l'entrée de la tente qu'on avait fermée à l'aide de cordages. Dévorées par la curiosité, elles appelèrent quatre ou cinq fois avant qu'un gros monsieur moustachu ne dénoue de ses doigts cylindriques un des cordons qui gardaient le mystérieux spectacle à l'abri des regards curieux.

– Que veulent ces *ladies* ?

– On veut voir ce qu'il y a ici ! clama Floria.

– C'est un spectacle pour *gentlemen*.

– Comment ça, pour *gentlemen* ? répliqua Floria, piquée.

– Des hommes forts, c'est pas un spectacle pour les *ladies*.

– Alors pour aujourd'hui, nous ne sommes pas des *ladies*, rouspéta Floria en poussant le gros bonhomme vers l'arrière.

Ce dernier regarda les deux sœurs entrer, laissa son œil traîner longtemps sur la jupe rouge de Floria et pensa : « ni aujourd'hui ni demain... » L'aînée avait tiré la cadette par la main, elles fendaient maintenant une foule d'hommes tous plus grands qu'elles, plus larges, plus massifs. Un parfum indéfinissable de cuir, de sueur et de testostérone flottait dans l'air. Floria nota tout d'abord que le portier avait menti : elles n'étaient pas les seules femmes dans l'assistance. Quelques mémères étaient assises sur les gradins les plus bas, l'une d'entre elles levait le poing en criant quelque chose dans une langue slave. Ce qu'elle comprit en posant les yeux sur la scène, c'est qu'elles étaient tombées sur un concours d'hommes forts et qu'elles arrivaient au terme de la première épreuve, qui consistait à lever de la terre battue une charge noire sur laquelle on avait peint en blanc : 300 lbs. Un grand blond aux yeux bleus se leva pour permettre aux nouvelles venues de s'asseoir dans les gradins. *« Please, ladies... »* Combien de spectateurs s'étaient entassés dans ces gradins disposés en V ? Trois cents ? Quatre cents ? Mille, eût-on dit à n'en juger que par leurs cris. Un maître de cérémonie, costume noir, nœud papillon, cheveux lisses, souliers vernis et montre en or annonçait, les yeux arrondis par la chaleur qui régnait dans la tente, la suite du concours. « Maintenant, Mesdames, Mesdemoiselles – il regarda avec insistance en direction des deux jeunes sœurs, dont les bas blancs détonnaient dans cette mer d'hommes – et Messieurs ; maintenant que nos concurrents se sont tous bien échauffés, nous pourrons passer aux choses sérieuses. Que l'on apporte les charges faites pour les vrais hommes ! » Le grand blond qui avait cédé sa place expliqua aux nouvelles venues qu'elles avaient manqué la première épreuve, un dévissé hallucinant qu'un Canadien venait de remporter les deux doigts dans le nez. Un dénommé Géant de Varsovie ainsi qu'un certain Idaho Bill s'étaient respectivement classés deuxième et troisième à cette épreuve.

Des hommes maigrelets installèrent à trois mètres de distance deux chevalets de bois sur lesquels ils déposèrent une porte de chêne épais. Il y avait, entre la grande porte et le sol, juste assez d'espace pour qu'un homme s'y tienne accroupi. Le maître de cérémonie faisait descendre des gradins tous les hommes de forte corpulence. Bientôt, sept gros et grands gaillards furent assis sur la porte de bois, qui ne broncha pas. Le public murmurait. C'était clair, on aurait droit à un lever de terre. Le voisin de Beth lui siffla dans l'oreille que les sept géants devaient tous ensemble peser au moins quatorze cents livres, *at least* ! L'homme assis derrière lui le contredit en faisant valoir que le gaillard assis à l'extrémité gauche de la porte, un dénommé Lipincott, devait à lui seul peser trois cents livres. Non, à son avis, c'était bien deux tonnes de chair, d'os et de muscles qui avaient pris place sur la porte de bois. Le maître de cérémonie tentait de calmer la clameur qui s'élevait des gradins de sa voix de ténor torturé. « L'épreuve suivante consiste à lever de terre, pendant dix secondes, la porte de bois avec ses passagers. Il est permis de toucher la porte des mains et de l'appuyer sur le haut du dos. Nous demandons à nos distingués cobayes de ne pas remuer et de garder le plus grand calme pendant ce numéro extrêmement dangereux. Nous ne voulons pas voir se produire ici à Gouverneur une répétition du triste incident de Buffalo, où quelqu'un se cassa une dent ! Je compte sur la participation de mon distingué public pour m'aider à faire le décompte ! Et que l'on accueille sans plus tarder le Samson du Michigan : The Great Brouyette ! »

Un homme trapu fit son entrée dans la tente par une fente. Le maillot rayé qui lui dénudait les épaules menaçait de fendre sous la pression. Floria et Beth éclatèrent de rire en voyant ce petit homme moustachu qui entendait soulever plus d'une tonne. Brouyette s'installa sous la porte, le silence se fit dans la tente. Puis, après qu'on l'eût entendu respirer profondément, l'impensable se produisit : la porte et ses sept passagers s'élevèrent de quelques pouces dans l'air. Floria poussa un sifflement admiratif.

– Ben ça alors, tu as vu, Beth ?

Beth avait bien vu et elle en verrait bien d'autres. Se succédèrent ainsi trois hommes forts qui réussirent tous à soulever les sept gaillards, dont les visages s'éclairaient d'incrédulité chaque fois qu'ils sentaient leur siège de bois vaciller. Défilèrent, après The Great Brouyette : Idaho Bill, le Géant de Varsovie et Alexander Podgórski, un Polonais dont le nom signifiait « de la montagne ». Ce dernier, un gaillard frisé de plus d'un mètre quatre-vingt-quinze au maillot noir, était affligé par un strabisme qui fit sourire les sœurs Ironstone. Fait étonnant, il cessa de loucher au moment où il soulevait la porte, comme si l'effort lui avait remis les yeux dans le bon axe.

– Regarde, Beth, il ressemble un peu à Adolf, le veau du vieux Whitman !

Beth se pinça jusqu'au sang pour réprimer un éclat de rire. Podgórski, triomphant, remerciait la foule qui l'acclamait. Après le Géant de Varsovie, c'était lui qui avait soulevé la charge le plus longtemps et le plus rapidement, si bien qu'on ne l'avait même pas entendu râler ou geindre comme ses prédécesseurs, notamment Idaho Bill, qui avait lâché un hennissement désolant en levant sa charge. La foule comptait à rebours, *ten, nine, eight, seven, six...*, il s'en était fallu de peu pour qu'Idaho Bill croule sous sa charge humaine. Un maître de cérémonie plus sévère l'aurait disqualifié pour avoir fléchi trop vite. Pour annoncer le cinquième et dernier concurrent de l'épreuve, le maître de cérémonie se fit plus grave. « Pour finir, *ladies and gentlemen,* accueillez pour la première fois dans l'État de New York, l'homme de fer du Canada, le Cheval Lamontagne ! » En disant *ladies,* le maître de cérémonie avait encore une fois regardé avec insistance en direction de Floria, comme s'il avait voulu faire comprendre que le personnage dont il annonçait la venue était destiné aux regards féminins. Floria sentit les regards de la foule braqués sur elle et, pour se donner contenance, replaça la petite fleur de tissu au-dessus de son oreille droite en pinçant les lèvres d'un air digne.

Apparut Louis Lamontagne. Pour le public de la foire agricole de Gouverneur, Louis ne devait jamais avoir d'autre prénom que Cheval. C'est ainsi que le maître de cérémonie l'avait présenté et c'est sous cette appellation qu'il resterait dans la mémoire des Américains. Les applaudissements durèrent plus longtemps que pour les autres concurrents qui, derrière leur toile, devaient se demander ce que le public pouvait trouver à ce Canadien, un blanc bec qui n'avait même pas vingt et un ans et avec lequel il fallait toujours parler avec les pieds et les mains parce que, comme son nom l'annonçait, *he was French Canadian.* Si les rivaux de Louis Lamontagne refusaient de parler ouvertement entre eux de ce qui rendait le Canadien tout à fait particulier aux yeux des spectateurs, les sœurs Ironstone, elles, n'en firent jamais de mystère. Surtout Floria qui, jusqu'au jour de sa mort subite devant le lecteur des nouvelles de la NBC annonçant l'élection de John F. Kennedy, le 9 novembre 1960, décrivit Louis Lamontagne comme le plus bel homme de l'Amérique. Simplement. Entre ce samedi d'août 1939 et le jour de l'élection de John F. Kennedy à la présidence américaine, Floria Ironstone dut affirmer au moins trente fois devant divers interlocuteurs, dont sa propre fille, Penelope Ironstone, que Louis Lamontagne lui avait fait perdre la raison. Quand elle était présente, sa sœur Beth hochait la tête comme pour confirmer les dires de sa sœur et pour indiquer à tous qu'elle avait été un témoin privilégié de la chose. Le maître de cérémonie fit un pas vers l'arrière pour laisser paraître la bête.

Louis Lamontagne devait mesurer juste un peu plus de deux mètres; il avait les cheveux noirs et ondulés, comme ceux des empereurs romains des péplums américains en noir et blanc. Contrairement à ses concurrents, qui semblaient tous avoir été moulés dans un baril, Louis Lamontagne n'avait pour ainsi dire que viande sur les os. Mais quelle viande! Quand il plia le bras droit pour faire bondir un biceps gros comme un cantaloup, un murmure admiratif se fit entendre dans la tente. Vêtu d'un maillot marine moulant, Louis Lamontagne ne semblait pas croire aux vertus que sont, aux yeux d'une certaine société l'humilité et la pruderie. Personne dans l'auditoire ne sembla s'en préoccuper. Ce corps était offert à leur regard de la même manière que celui d'Adolf le veau, qui était au même moment, à quelques centaines de mètres de là, observé, évalué, jugé et noté sur tous ses aspects. Absolument conscient de l'effet qu'il produisait, Lamontagne avançait, les pieds légèrement écartés pour exhiber le galbe impressionnant de ses cuisses et la rondeur improbable de ses muscles soléaires. « Des jarrets de cheval », disaient les vieux du troisième rang. Que dire des mains du colosse, sinon qu'elles auraient fait de lui, en d'autres temps et en d'autres lieux, un champion olympique de natation? Coupé au couteau dans le marbre, le corps de Louis Lamontagne était presque glabre, à l'exception de quelques petits poils sur son large poitrail. Le garçon souriait du sourire de celui qui est trop beau pour connaître la rancune. Et comme le paon qui s'était donné en spectacle aux sœurs Ironstone au matin, Louis Lamontagne étendit les bras à l'horizontale devant un auditoire sous hypnose. L'admiration pour ce corps était en train de devenir le cœur et l'âme du spectacle, si bien qu'on oubliait les pauvres bougres assis sur la porte de bois, attendant patiemment d'être soulevés par le Canadien. Ce dernier semblait plus préoccupé par les regards qui le parcouraient de la tête aux pieds que par l'épreuve qu'il devait remporter pour rester dans la compétition.

Il serait injuste pour la mémoire des sœurs Ironstone de passer sous silence les traits du visage de Louis Lamontagne. Car si c'est par la définition parfaite de sa musculature qu'il avait conquis les hommes présents à l'exposition de Gouverneur, c'est par son sourire qu'il devint à jamais un objet de désir dans l'esprit des quelques femmes présentes. Un enfant. Voilà. Il suffisait pour s'en faire une image de supposer un peu plus de douceur à Clark Gable, dont Louis Lamontagne avait d'ailleurs les fines et élégantes moustaches. Et les yeux. Sarcelle. À pleurer. Ces yeux d'une couleur rare qui firent qu'un jour, une femme lui cria: « Si tu franchis cette porte, ne reviens jamais! » et une autre: « Je n'existe que pour toi... » et finalement, qu'une suicidée écrivit comme ultimes paroles: « Je t'aimais, Louis, de tout mon cœur. »

Floria ovula.

Elle n'aurait pu le décrire en ces termes, ce mot lui était inconnu, mais il s'agissait bien de ça. Elle l'avait senti dans son bas-ventre, une sensation l'avait fait sourire, peut-être même au moment précis où le regard de Louis Lamontagne croisait le sien. Erreur fatale du destin. Début de la fin pour Floria Ironstone, qui reçut un clin d'œil en plein visage. Dans l'auditoire habitué à voir défiler des hommes forts venant du vaste monde, l'apparition de Louis plaisait autant qu'elle surprenait : beau comme Charles Atlas – dont le Canadien français avait dû, cela était absolument indéniable, apprendre les préceptes de la tension dynamique dans des cahiers envoyés par la poste – et taillé comme Eugen Sandow, le père du culturisme né à Königsberg, Louis avait dans le visage toute l'innocence des séraphins qui escortent la Vierge Marie. Sans la moindre hésitation, on aurait confié à Louis ses souhaits les plus fous dans l'espoir qu'il trouve un moyen de les exaucer, car développer un corps pareil pendant les années 1930 relevait du prodige. Sinon un fils de campagnard, qui serait parvenu à trouver assez de protéines animales pour se créer toute cette viande ?

– *He's the new Louis Cyr !*

Sornette. Louis Cyr avait été l'homme le plus fort du monde, mais certainement pas le plus beau. Louis Cyr ne provoquait pas l'ovulation spontanée des demoiselles de l'État de New York. Louis Cyr n'avait pas le sourire angélique de Louis Lamontagne. Cyr avait été une force brute sortie tout droit de l'Ancien Testament ; le colosse canadien qui s'accroupissait maintenant sous la porte de bois ressemblait davantage à un effort de la part de Dieu pour se faire pardonner l'affaire du déluge et les tristes dérapages du Deutéronome.

– *But he's too tall to be Louis Cyr's boy !*

Oui. Louis Lamontagne était trop grand pour être le fils de Cyr. À moins, évidemment, que Cyr eût pris pour femme une géante, ce qui n'était pas du tout le cas. La femme de Louis Cyr était de très petite taille, c'était un fait connu chez les amateurs d'hommes forts. « D'où sort-il donc ? » se demandaient les habitués des épreuves de force. L'idée de trouver réponse à cette question parut insignifiante aux yeux de tous lorsque Louis souleva sur ses épaules la porte et ses sept passagers. Coquin, le gaillard leva la tête, sourit à Floria Ironstone, lui envoya un nouveau clin d'œil et déposa tout doucement sa charge, après plus de vingt secondes, sans que les passagers sentissent l'impact de la porte atterrissant sur les chevalets. On se leva pour crier, applaudir, jubiler, faire signe au monde de manière bruyante qu'un événement rare venait de se produire. Les sœurs Ironstone suivirent la mouvance de la foule et se retrouvèrent à frapper des mains à s'en rompre les poignets, en criant assez fort pour être entendues jusqu'à Buffalo : bravo, encore, toujours et oui, bravo !

Le reste des épreuves de force devait avoir lieu le même après-midi à l'extérieur. Le cœur des sœurs Ironstone battait la chamade. Elles avaient suivi la foule enthousiaste des spectateurs précédés du peloton des hommes forts et du maître de cérémonie. Venez ! Venez tous ! Qui tirera la voiture sur cent mètres le plus vite ? Lequel de ces cinq colosses réussira à hisser un cheval jusqu'en haut d'un poteau de téléphone ? Il y avait au total quatre épreuves de force : le dévissé, la levée de la porte – qui venaient d'être remportés par Louis Lamontagne dans la tente –, puis, le tir de voiture et la levée du cheval. Une première place à une épreuve valait au gagnant trois points, une deuxième place, deux points, et une troisième place, un point. Celui qui finissait les quatre épreuves avec le nombre le plus élevé de points remportait la mise, soit la somme de deux cents dollars américains. Au terme de ces deux premières épreuves, Louis dominait le classement, suivi de près par le Géant de Varsovie, qui était par deux fois arrivé deuxième et finalement, *ex aequo* en troisième place, Idaho Bill et Alexander Podgórski, dit « le loucheur ».

La sortie des spectateurs de la tente n'était pas passée inaperçue parmi les visiteurs de la foire agricole dont certains, des hommes pour la plupart, suivaient des yeux l'étrange cortège mené par le maître de cérémonie, suivi de près par une grappe d'hommes forts en maillots, dont certains ressemblaient par leur physionomie aux bovins qui se disputaient les rubans tricolores de la foire de Gouverneur. Juste derrière le maître de cérémonie armé d'un porte-voix, filant un malin bonheur, le beau Louis, portant sur son épaule gauche la fesse droite d'Idaho Bill – la gauche reposant sur l'épaule droite de Alexandre Podgórski, qui louchait furieusement. Fermant la marche, The Great Brouyette – le Samson du Michigan – et le Géant de Varsovie, qui contractaient leurs biceps sous les regards amusés des visiteurs de la foire. Et le flot de paroles nasillardes vomies par le porte-voix du maître de cérémonie : « Mesdames et Messieurs, peuple de l'État de New York ! Après avoir médusé l'Iowa et l'Ohio, ces hommes forts vont stupéfier votre grand État ! Lequel d'entre eux sera le plus fort ? Lequel sera couronné Strong Man de l'État de New York ? Assistez en personne aux deux dernières épreuves du grand concours de force annuel de la foire de Gouverneur, au terme desquelles sera couronné le champion. Idaho Bill parviendra-t-il à conserver le titre qu'il a si durement gagné l'an dernier ? Sera-t-il détrôné par The Great Brouyette, son éternel rival ? Ou plutôt par le jeune et fringant Cheval Lamontagne, *the French Canadian* ? Après les deux premières épreuves, le dévissé et la levée de la porte, qui viennent de se dérouler dans la grande tente, Cheval est premier ! Parviendra-t-il à battre de si impressionnants concurrents ? Dans moins de deux heures, nous serons fixés ! En avant vers le pré, où aura lieu l'épreuve de tir de voiture ! Mesdames et messieurs, venez nombreux admirer ces forces brutes de la nature ! »

Suivaient tous les spectateurs qui avaient assisté aux premières épreuves sous la tente, c'est-à-dire deux ou trois cents personnes encore ébaubies par ce qu'elles avaient vu et dont les regards émerveillés, encore ronds d'admiration, finissaient de piquer la curiosité des autres visiteurs de la foire. Bientôt, on se mit à suivre le défilé, d'abord les jeunes hommes, puis leurs pères, et finalement les femmes qu'Idaho Bill et Louis Lamontagne avaient mitraillées de clins d'œil. Sur le pourtour du pré aménagé en prévision de l'épreuve des voitures, au moins deux mille personnes se tenaient debout, sous le soleil d'août. Sur l'herbe rase, on avait aligné cinq voitures rutilantes que des notables de la région avaient cédées, le temps de réaliser l'épreuve. La tâche des concurrents était assez simple, en fait. On reliait un homme à l'aide d'un câble et d'un harnais au parechoc d'une voiture. Au signal, l'homme devait se mettre à courir comme un diable dans la mélasse et parcourir cent mètres en traînant la voiture par la force de sa musculature. L'épreuve était habituellement chronométrée, mais dans le cas de la foire de Gouverneur, on avait réussi à trouver une voiture pour chacun des cinq concurrents : cinq Oldsmobile Coupé 1938, toutes noires, empruntées soit à Buffalo, à Gouverneur ou à Potsdam pour le plus grand plaisir des spectateurs. L'idée de faire sortir le spectacle de la tente pour faire défiler les hommes forts sous les yeux des visiteurs s'était avérée géniale. Personne en effet n'avait pu ignorer cet étrange et bruyant cortège mené par un homme en queue-de-pie gueulant dans un porte-voix, suivi de créatures moitié bête, moitié homme et d'un public visiblement sous leur emprise. Devant cette scène carnavalesque, il n'y avait qu'une chose à faire : emboîter le pas pour se joindre au glorieux défilé. L'irrésistible spectacle draina la foule des autres attractions en cours, notamment du concours de la plus grosse citrouille et du spectacle d'une fanfare interprétant des marches militaires dont le chef, un homme moustachu à l'uniforme impeccable, choisit de faire marcher ses musiciens derrière le cortège des hommes forts. Bientôt, les stands de tir, de jeux d'adresse et les tables de pique-nique furent désertés. Tous les visiteurs de la foire de Gouverneur, à l'exception de ceux qui assistaient à la remise des rubans devant les enclos des bovins et des chevaux, étaient maintenant debout autour des cinq Oldsmobile noires reliées par un câble à un homme fort. À bord de chaque voiture étaient assis cinq hommes pesant chacun 180 livres, tous pesés sous les yeux des spectateurs pour faire monter le suspense cependant qu'on arrimait les concurrents aux véhicules à l'aide d'un harnais. Les sœurs Ironstone, aux premières loges de cette extraordinaire course dans le pré, se protégeaient le visage des rayons impitoyables du soleil. Leur cœur ne leur appartenait plus depuis que le Canadien avait envoyé un clin d'œil dans leur direction pendant l'épreuve de la porte. De Floria et Beth, il était difficile de dire laquelle entretenait les espoirs les plus ardents pour la bête venue du Nord. Le silence s'installa. Dans les voitures, les passagers crânaient : « Hue ! Tire, Cheval ! Montre-nous ce que tu sais faire ! » Le maître de cérémonie dégaina un pistolet de sa ceinture, ce qui finit de calmer l'assistance.

– Au compte de trois !

Et le coup détona dans le ciel caniculaire de Gouverneur. Les cinq concurrents partirent comme des fusées. Arrivé au bout de son cordage, dont il avait mal évalué la longueur, The Great Brouyette tomba à la renverse, happé par le poids de sa charge. La foule poussa un cri. Il se releva, mais il était déjà trop tard : devant lui, avec une avance confortable, en quatrième place, avançait Alexandre Podgórski, qui ne louchait plus ! Ce miracle se produisait chaque fois qu'il devait fournir un grand effort. Malheureusement pour lui, son strabisme revenait en force dès qu'il débandait ses muscles.

Louis Lamontagne avait lui aussi connu un départ difficile, mais pour des raisons qui n'avaient rien à voir avec la lourdeur de sa charge ou la longueur du câble qui l'y rattachait. Il avait tout simplement entendu les cris perçants de Floria et Beth Ironstone, qui scandaient son prénom avec un accent américain non dépourvu de charme. Les voix des deux sœurs produisaient ensemble une harmonie qui rappela à Louis un chant liturgique de son enfance, une sonorité angélique qui le ramena dans l'église Saint-François-Xavier de Rivière-du-Loup, l'image furtive d'une procession de communiants apparut comme un film dans son esprit et, l'espace d'une trop longue seconde, il perdit contact avec la réalité et glissa en troisième place dès le départ, derrière le Géant de Varsovie et Idaho Bill.

Respirant comme un cheval au galop, aspirant presque son maillot, le beau Louis Lamontagne avançait, sa détermination attisée par les cris d'encouragement des passagers de l'Oldsmobile à laquelle il était relié. Une partie de la foule avait saisi le jeu de séduction entre Louis et les sœurs Ironstone, qui ne faisaient plus aucun mystère de leur amour pour le beau Canadien. Emportée par le charme innocent de ces deux jeunes femmes pâmées devant le colosse, la foule avait commencé, d'une voix d'abord sourde et hésitante, localisée autour de l'endroit où se tenaient les sœurs Ironstone haletantes, puis s'étendant comme une rumeur de bouche en bouche jusqu'à gagner les abords de la mer humaine qui entourait le pré, en vagues de plus en plus fortes, à scander avec les deux sœurs le nom du beau garçon. À mi-course, le reste de la foule entonna le nom La-mon-ta-gne d'une seule voix, comme pour exiger un sacrifice.

En deuxième position, soufflant comme un bœuf, rouge comme un radis, avançait Idaho Bill. Sur cet intéressant personnage, il est important de dire qu'il n'était pas originaire de l'État de l'Idaho, mais bien de la Californie, où il avait été baptisé Everett Sterling à Sacramento en 1918. Comment en était-il arrivé à faire des épreuves de force dans les États du Midwest et du Nord-Est des États-Unis ? La réponse dépendait beaucoup de la personne à qui on posait la question. Ce qu'on savait, c'est qu'Idaho Bill avait bel et bien séjourné en Idaho, où il avait été soit cow-boy ou bûcheron – les récits se contredisaient – et qu'il avait lui-même décidé de se faire appeler Bill après que la tête d'un dénommé Everett Berling avait été mise à prix – une sombre histoire de mœurs dans laquelle était aussi impliqué le frère du gouverneur de l'État de l'Oregon – dans quatre États juste au début de la présidence Roosevelt, événement qui nuisit gravement à l'ascension de sa carrière d'homme fort. C'est la version qu'on racontait le plus souvent, en tout cas, en sa présence. Et devant lui avançait sans effort apparent le Géant de Varsovie, dont le surnom se passait d'explication : il mesurait plus de deux mètres, dépassait ses concurrents d'au moins une tête, parfois deux, tant et si bien qu'il lui suffisait de marcher à vitesse normale pour remporter l'épreuve du tir de voiture, ce qu'il fit sous les clameurs déçues des spectateurs, qui s'étaient rangés en quelque sorte derrière le Canadien, par sympathie pour Floria et Beth. Le Géant de Varsovie, conscient qu'il venait par sa victoire de décevoir la foule et d'ajouter du piquant au concours, jeta un regard attristé à son public. Dans sa Pologne natale, on l'aurait porté aux nues ; ici, sa victoire ne semblait qu'attiser la volonté des visiteurs de la foire de voir advenir le triomphe du Canadien, issue qui devenait de moins en moins certaine. Et sous le regard catastrophé de Floria et Beth Ironstone, le Géant de Varsovie franchit, en imitant le pas léger d'une ballerine, la ligne d'arrivée tracée à la chaux dans l'herbe verte et chaude du pré. Pour ne pas briser le cœur du colosse, la foule l'applaudit quand même. Idaho Bill arriva loin derrière, maudissant le ciel de ne l'avoir pas fait plus grand. Suivirent dans l'ordre Louis Lamontagne, Alexandre Podgórski – qui recommença à loucher dès qu'on le libéra de son harnais – et, à la queue, le dorénavant The Not So Great Brouyette, qui n'avait jamais réussi à rattraper le retard qu'il avait pris en tombant sur le cul deux secondes après le départ, happé par son propre harnais. Les passagers qui avaient servi de lest descendaient un à un des Oldsmbobile, échangeaient leurs impressions de cette course incroyable, riaient aux bons mots du maître de cérémonie et saluaient la foule, sentant retomber sur leurs épaules des miettes de gloire du champion polonais. Les passagers de la voiture gagnante narguaient les perdants, s'attribuant par un raisonnement incongru la victoire de leur bête de somme.

Or, la victoire finale n'était pas pour autant entre les mains du Géant de Varsovie, loin de là. Il avait certes remporté grâce à ses jambes d'une longueur infinie la troisième épreuve du concours, mais cette victoire facile n'effaçait pas le triomphe de Lamontagne lors des deux premières épreuves sous la tente, la levée de l'haltère et la levée de la porte. Ainsi, Lamontagne était sorti des deux premières épreuves avec six points, loin devant le Géant de Varsovie qui n'en avait gagné que quatre au total, puisqu'il s'était classé deux fois deuxième. Après sa victoire au tir de voiture, le Géant de Varsovie avait sept points, à égalité avec Louis Lamontagne, qui avait dû se contenter d'un seul point pour sa troisième place à cette troisième joute. Déçu sans être découragé, Lamontagne se dit qu'il ferait mieux à la dernière épreuve.

Parmi la foule des visiteurs de la foire de Gouverneur, les sœurs Ironstone n'étaient pas les seules à prier de toutes leurs forces que le Canadien s'intéressât à elles. Louis avait, par sa candeur, sa jeunesse, sa vigueur et sa simplicité, conquis le cœur de tous les visiteurs. On l'aimait pour diverses raisons : les langueurs du cœur, l'admiration, la fascination pour son physique hors du commun. Et s'il est indéniable que certaines demoiselles eurent sur-le-champ et sans attendre l'assentiment parental accepté une invitation à danser du beau diable, il serait faux de prétendre que tout le *St. Lawrence County* s'intéressait à lui pour des raisons purement sentimentales. La présence de Louis Lamontagne fascinait, apaisait et excitait à la fois, inexplicablement. Il arrivait, par un simple regard, à éveiller chez son interlocuteur – et surtout son interlocutrice – le meilleur et le pire. Louis était à la foire de Gouverneur ce que Marlene Dietrich fut aux troupes américaines : le charme à la fois brut et sophistiqué d'un ailleurs indéfini, une promesse d'autre chose. En plein recrutement de part et d'autre des États-Unis, l'Oncle Sam n'était d'ailleurs pas absent de cette foire annuelle, et ses quelques membres éparpillés dans la foule avaient immédiatement remarqué les cinq concurrents du concours de force. On attendait la suite des choses.

Le maître de cérémonie avait décrété une pause de deux heures, histoire de laisser aux hommes forts le temps de reprendre des forces et au public de se rafraîchir dans l'air épais qui laissait présager un orage de fin d'après-midi. Probablement pour entretenir le mystère qui flottait autour de sa personne et qui semblait lui avoir profité jusque-là, Louis Lamontagne prit soin de rester à saine distance de la foule, qui s'était agglutinée autour des concurrents à peine ces derniers libérés de leur harnais. On voulait voir de près, toucher de ses mains, voir de ses yeux, mais le Canadien se laissait désirer et semblait chercher l'intimité vers une roulotte, un peu à l'écart du pré, flanqué de son comparse loucheur. Les sœurs Ironstone soupiraient.

– Viens, Floria, on va leur parler ! Je suis sûre qu'ils ont du whisky dans cette roulotte !

– Ouais, un p'tit coup de whisky canadien ! Ils en ont toujours, là-bas.

Beth fut étonnée par sa propre audace. Sa sœur la suivit en essayant de cacher sa nervosité. Les deux hommes disparurent dans la roulotte. À quelques mètres de là, deux chevaux efflanqués broutaient l'herbe du bout des dents. Combien de fois Floria replaça-t-elle ses cheveux en s'approchant de la roulotte de Louis Lamontagne ? Laquelle des deux était la plus nerveuse à l'idée d'adresser la parole au jeune homme ? Qui, parmi les autres spectateurs, n'avait pas remarqué que ces deux extravagantes osaient faire ce dont tout le monde rêvait ? Autant de questions qui restèrent sans réponse. Dans un bruit sec, un panneau s'ouvrit sur le flanc de la roulotte, découvrant Louis Lamontagne et Alexander Podgórski assis sur des tabourets en bois dans un intérieur minuscule pour deux hommes de leur taille. Ils s'étaient attablés devant ce qui ressemblait à une énorme volaille rôtie, une dinde sans aucun doute, que Podgórski avait rapportée des environs de Buffalo. Étranglé la veille et enfourné au matin par une brave femme de Gouverneur – les hommes forts étaient toujours, où qu'ils allassent, accueillis comme des rois –, l'oiseau était à la mesure des deux colosses. Pour les sœurs Ironstone, le tableau avait de quoi attendrir : deux gaillards au terme d'un effort physique exigeant partageaient un repas gargantuesque dans une roulotte où on se serait attendu à trouver des trapézistes, des dompteurs de lions, une femme à barbe ou un nain. Louis était occupé à arracher une cuisse au gigantesque oiseau. Sans autres salamalecs, Floria, dont l'espérance l'emportait sur la timidité, obéit aux exigences de sa nature et prit la parole.

– J'aurais tant voulu vous voir gagner, Cheval !

– Moi aussi, de renchérir sa sœur Beth, mais je suis certaine que vous allez remporter l'épreuve avec le cheval ! Nous vous avons vu dans la tente ! Comme vous êtes fort ! Moi, c'est Beth, et voici ma sœur, Floria, nous sommes de Potsdam.

Beth pointait l'est du doigt. Les deux hommes, bien occupés à engloutir leur repas, regardaient les deux femmes du coin de l'œil, mastiquaient la chair de l'oiseau, déglutissaient. Ils s'essuyèrent les lèvres et sourirent. Lamontagne s'exprimait dans un anglais élémentaire, entrelardait son discours de fragments de phrases françaises que Podgórski traduisait simultanément, parfois en hésitant à cause de l'accent canadien souvent mystifiant, puis reprenait, de sorte qu'on avait l'impression de discuter avec un homme à deux têtes, l'une parlant une sorte d'anglais aux forts accents slaves, l'autre un franglais impeccable agrémenté de grands gestes de bras, d'expressions faciales et de tics qui, autant que les mots, formaient la grammaire de son langage. Floria et Beth voulaient tout savoir : d'où ? Par quel chemin ? Comment ? Quand ?

Podgórski raconta qu'il était né à Varsovie en 1918 d'un père inconnu et d'une mère incertaine, il avait été élevé par tout un chacun, nourri le plus souvent par les nonnes du quartier Praga, qui furent les premières à se rendre compte de la force inhabituelle du jeune Alexander. À douze ans, il était employé du couvent et échangeait sa force brute contre pension complète. Quand il fut devenu trop grand pour que les nonnes pussent en toute décence le garder à leur service, on lui offrit d'intégrer un ordre religieux de Varsovie. Mais le jeune Alexander avait déjà commencé à se donner en spectacle sur les places publiques de Praga, des quartiers avoisinants et même au-delà de la Vistule dans les quartiers plus chics. C'est à l'occasion d'une épreuve de force qui consistait à lever à bout de bras un baril rempli de choucroute que le jeune Podgórski attira d'abord l'attention du Géant de Varsovie qui, à cette époque, s'appelait toujours Wlad. Impressionné par la performance de Podgórski qui, sans broncher et sans perdre pied, avait sous les yeux de plus de quatre mille spectateurs arraché du sol le baril rempli à ras bord de choucroute, le Géant avait gardé de lui un souvenir vivant et, au moment où, établi en Amérique, il s'était rendu compte qu'il y avait de la place dans cet immense pays pour plus d'un homme fort polonais, il avait écrit au jeune homme resté à Varsovie, l'invitant à traverser l'océan pour le rejoindre à Baltimore. Là l'attendait tout un continent friand de démonstrations de force, de muscles, et un accent slave suffisait à vous faire engager dans une troupe foraine. Le Géant se plaisait à se remémorer cette scène savoureuse à Varsovie où, sur l'estrade, le strabisme prononcé de Podgórski avait fait éclater de rire la foule venue admirer les prouesses des hommes forts. Ces rires sauvages et blessants avaient fait place à un silence ébahi au moment où le jeune homme avait saisi à bras le corps le baril, en pliant les genoux. À cet instant, ses yeux avaient repris un axe normal de sorte qu'il eut le regard bien droit tant et aussi longtemps que ses muscles étaient restés contractés.

– Il ne louche plus ! Regardez ! avait-on crié en le pointant du doigt.

Et sous le regard médusé des Varsoviens, Podgórski avait soulevé le tonneau de choucroute et cessé de loucher. Le Géant de Varsovie avait tout de suite compris le potentiel de la chose.

Alexander avait eu la gentillesse de partager le baril de choucroute – le gagnant du concours de levée en devenait le propriétaire – avec les sœurs de Praga qui recevaient son courrier et le lisaient à voix haute pour lui, car le garçon, contrairement au Géant de Varsovie, était complètement illettré. Les sœurs avaient été bien tristes de voir partir leur protégé et pourvoyeur de denrées, car ce baril de choucroute ne fut pas le seul butin qu'Alexander rapporta au couvent pendant ses derniers mois à Varsovie. Saucisson, bière, fromage frais, lait, œufs : les exploits du jeune homme étaient la plupart du temps récompensés en nature. Jamais les sœurs de Praga ne mangèrent mieux qu'à cette époque, de sorte que grande fut leur tristesse – et grand leur appétit – quand sur le quai de la gare de Varsovie, elles se résignèrent à faire leurs derniers adieux au jeune homme qui les regardait en louchant depuis la place qu'il avait réussi à payer grâce à l'immense générosité d'un archevêque.

– Je reviendrai, mes sœurs, je reviendrai très riche ! criait le garçon depuis la fenêtre du train qui quittait lentement la gare de sa ville natale qu'il ne reverrait jamais.

L'appel de l'Amérique avait longtemps résonné dans les oreilles de Podgórski, qui décida quand même de donner une dernière chance à la vieille Europe avant de traverser l'océan. Alexander partit donc pour Cracovie rejoindre un cirque ambulant.

C'est le Grand Krysinski, dompteur de fauves et associé du propriétaire d'un important cirque allemand, qui le déroba à la Pologne et l'emmena sur les routes d'Allemagne. Partout où il passait, Podgórski faisait un malheur. « Le Polonais qui louche ! Venez le voir guérir grâce à l'effort ! » À Berlin, en 1936, Podgórski avait fait fureur, l'estrade ayant été placée assez proche du public pour que chacun se rende bien compte du miracle pendant qu'il soulevait huit fräulein assises sur une porte. Au grand bonheur du public berlinois, Podgórski cessa de loucher à l'instant même où il releva la tête. Le silence ébahi habituel fut suivi par une salve d'applaudissements et de rires. Le cirque avait continué son chemin en Allemagne jusqu'à Strasbourg, où Podgórski avait choisi, après une dispute avec le gérant – un homme jaloux qui soupçonnait Podgórski d'avoir l'œil sur sa femme, une trapéziste ukrainienne –, de quitter la troupe dont l'atmosphère était devenue irrespirable. Après deux semaines d'errance, Alexander avait été repêché par un cirque français, qui eut grand bonheur de trouver en lui un numéro qui éveillât chez les spectateurs à la fois l'admiration, l'étonnement et l'hilarité, un exploit en soi pour un forain. Ainsi vagabonda Podgórski de ville en ville dans la Troisième République, de Troyes en Sète, d'Orange en Angers et de Cannes en Vannes ; il découvrit le beau pays de France et y apprit le langage de ses habitants, ou plutôt de ses habitantes. Oui, le gérant du cirque allemand avait vu juste : Podgórski était chaud lapin. Dans la France des années 1930, la chose passa inaperçue. Et s'il fallait croire les rapports amusés de ses nombreuses amantes françaises, le Polonais cessait de loucher au moment de jouir. Mais Podgórski tut ce détail dans le récit de ses origines qu'il fit aux sœurs Ironstone, dans le pré de Gouverneur. Quelque chose lui disait qu'avec un peu de chance et la collaboration de son acolyte canadien, Beth pourrait, avant le lever du soleil, devenir témoin privilégié de ce phénomène aussi rare qu'inexplicable.

Pendant qu'il racontait comment le destin l'avait déposé dans ce pré de l'État de New York, à tirer sur cent mètres une Oldsmobile noire, d'autres spectateurs avaient suivi les sœurs Ironstone, curieux de voir jusqu'où ces inconvenantes iraient pour ravir le cœur du beau Canadien. On les trouvait un brin déplacées, mais dans ces comtés excentrés de l'Amérique où rien ne passe que l'Ennui mortel, les foires agricoles devenaient des événements à saveur carnavalesque pendant lesquels certaines bienséances pouvaient être ignorées. N'y célébrait-on pas l'abondance et la générosité de la nature ? Devant la roulotte ouverte se tenaient maintenant une vingtaine de personnes fascinées par l'histoire de Podgórski. Lamontagne profitait de ces instants pour engloutir la dinde rôtie en l'effilochant morceau par morceau. Podgórski termina son histoire en racontant qu'à Calais, au terme d'une tournée qui avait failli virer au drame – encore une histoire de lit mal choisi –, il s'était embarqué pour l'Angleterre avec le dessein d'y trouver un navire qui l'emmènerait jusqu'en Amérique. C'est ainsi qu'il s'embarqua pour New York en mai 1937, frétillant à l'idée de découvrir un nouveau continent de femmes. Aux États-Unis, le Polonais avait découvert un pays morose, ennuyeux, des villes sales et agressantes et des gens sans intérêt de son point de vue. Les Américains, en revanche, le trouvèrent fascinant. Il réussit malgré son analphabétisme à repérer la trace du Géant de Varsovie, dont le surnom lui sembla très drôle. La rencontre entre les deux hommes, heureux de retrouver un compatriote en terre d'Amérique, fut très heureuse, mais le Géant ne put être d'une grande utilité à Podgórski. La troupe avec laquelle il avait voyagé avait fait banqueroute, dans le sillage de la grande dépression, et il ne restait plus aux deux hommes qu'à parcourir l'Amérique de ville en ville, de Sioux en Cheyenne, de Miami en Toledo, de Bismarck en Lafayette ; à s'inscrire dans les concours de force et à louer leur puissance brute à l'industrie, à l'agriculture et parfois même aux mines. Leurs trajectoires s'étaient séparées, mais il leur arrivait de se croiser, comme en ce mois d'août 1939 à Gouverneur, dans l'État de New York.

Podgórski et Lamontagne avaient fait connaissance à la salle Montcalm de Montréal, à l'angle des rues Saint-Zotique et De Lorimier. Les deux hommes étaient inscrits à une épreuve de dévissé que Lamontagne, fraîchement arrivé de sa province profonde, avait remportée haut la main. Podgórski, éberlué par la puissance du jeune homme, voulut s'en rapprocher dans le simple but de découvrir le secret de sa force. Il se noua entre les deux hommes une relation symbiotique admirable. Le jeune Lamontagne, absurdement beau et costaud, agissait comme un aimant sur les jeunes Montréalaises. Il gardait sa préférée – qui n'était pas à proprement parler *toujours* la plus jolie, puisqu'il avait une prédilection pour les grands yeux bruns, les cheveux bouclés et les mains graciles – et jetait son deuxième choix entre les bras de Podgórski, qui devint le commensal de Lamontagne, c'est-à-dire l'individu qui vit et se nourrit auprès d'un autre en se contentant des restes de son repas, sans lui nuire. En retour, Podgórski servait à Lamontagne d'interprète pour l'anglais. Louis semblait aussi rechercher chez ses demoiselles d'un soir des particularités que certains auraient appelées des « imperfections ». Un espace entre deux dents, quelques joyeux kilos, des taches de rousseur affolantes ; toutes ses conquêtes avaient un trait particulier qui restait à sa mémoire. Car pour lui, la grâce était toute pareille. Tel le braille pour l'aveugle, seules comptaient ces petites aspérités sur la surface lisse de la beauté féminine. Il voulait les palper toutes. Ils avaient ensemble acheté cette roulotte de bois bleu d'une famille de nains de la Nouvelle-Angleterre qui avait choisi le confort de la sédentarité en ouvrant dans la région d'Albany une résidence d'où, moyennant cinquante cents, il était possible de les observer à loisir à travers un miroir Argus. Lassés de loger dans des hôtels miteux, Podgórski et Lamontagne avaient acquis le véhicule – avec picouilles – pour une bouchée de pain et se déplaçaient à la vitesse de l'escargot sur les routes de l'Amérique.

– Mais vous, Cheval Lamontagne, depuis quand êtes-vous si fort ?

Beth Ironstone désirait par-dessus tout que le Canadien prît la parole. Louis déposa l'ossement de dinde qu'il venait de nettoyer à l'aide de ses dents pour expliquer qu'il n'avait pas souvenir d'avoir été faible. Louis se leva et devant le petit groupe de spectateurs qui s'agrandissait de minute en minute, il entreprit de raconter comment il avait gagné le surnom du « Cheval Lamontagne » à Rivière-du-Loup. Louis jeta une pomme à un petit garçon qui fixait avec appétit la dinde à demi dévorée. Quand Podgórski interprétait une histoire de Louis Lamontagne, il mettait au service du récit toutes ses facultés cognitives, il faisait des efforts pour trouver le mot juste, l'expression correcte. Par ailleurs, son accent slave libérait dans les récits de Louis Lamontagne un parfum exotique enivrant dont raffolait le public américain, fasciné d'entendre des histoires qui se passaient dans un pays si proche, racontées avec un accent si lointain. Peu importe la salle ou le pré où il se donnait en spectacle, Lamontagne attirait toujours vers lui deux ou trois demoiselles hardies, parfois même des garçons désireux de se développer une anatomie similaire. Il ne lui coûtait rien de déléguer une demoiselle à son compagnon de route. Et il n'aurait pas pu rêver d'un interprète plus dévoué pour faire résonner en anglais les histoires de son pays de neige.

– Cheval Lamontagne, avez-vous une femme ?

La question fatale qui avait échappé comme un rot à Floria amusa vivement le public. On s'attendait, tout en se préparant à la déception, à ce que le Canadien réponde qu'il était marié et qu'il sorte d'un sac une *French Canadian* miniature vêtue d'un tutu. On ricanait. À quoi pourrait bien ressembler la femme de Louis Lamontagne ? Quelle Dalila nordique avait réussi à apprivoiser ce Samson ? Sans trop laisser languir le public, Podgórski prononça le mot le plus doux aux oreilles de Floria et Beth : *unmarried.* Célibataire. Mot porteur d'espoirs et de promesses de lendemains meilleurs. Il était jeune, certes, mais ne disait-on pas de ces gens catholiques qu'ils répondaient avec diligence aux exigences de la nature ? Il était envisageable que malgré ses vingt ans, Lamontagne ait déjà engendré une famille nombreuse. La vérité n'était pas loin, mais de la vérité, Podgórski n'en connaissait que ce que Lamontagne avait bien voulu révéler. Il se doutait bien que son ami canadien avait laissé sur son passage – tout comme lui – plus d'un rejeton et par deux fois déjà, en dix-huit mois d'errance de gauche à droite de l'Amérique, il avait été témoin de la même scène : une femme éplorée retrouvait Louis après deux ou trois mois de recherches. Se présentait à une épreuve de force avec une face de carême. Attendait patiemment la toute fin du concours et demandait à parler à Louis *in private.* Pleurait. Partait, défaite. Des yeux sarcelle en Ohio, en Iowa, au Michigan... Et bientôt dans l'État de New York. Podgórski, né dans des circonstances similaires et lui-même père d'une multitude de petits bâtards américains, ne trouvait là rien de bien répréhensible. Les sœurs de Varsovie lui avaient toujours dit qu'il était un enfant de Dieu et que pour cette simple raison, il n'avait rien à craindre des hommes, ni de leur jugement.

– Cheval Lamontagne, d'où avez-vous ces yeux sarcelle ?

*« My mother was an American from New England, she had teal eyes. »* Les quelque trois cents personnes maintenant rassemblées devant la roulotte se regardaient entre elles. Une Américaine ? Le prodige avait donc des origines rouge, blanc et bleu ? Par le mystère qui entourait son passé et la candeur innocente que son souvenir inspirait, ce dernier avait trouvé une place de choix dans le cœur des visiteurs de la foire agricole de Gouverneur. Aux oreilles des demoiselles qui écoutaient attentivement les deux hommes forts raconter leurs aventures, Louis était presque un Américain. Une sorte de brebis égarée au Nord. Aux oreilles des deux recruteurs de la U.S. Army qui, depuis le dernier rang, n'avaient pas perdu un mot de toute l'histoire, Louis faisait plutôt figure d'agneau retrouvé. Et Podgórski interpréta avec son accent polonais l'histoire de la nativité de Louis Lamontagne le 25 décembre 1918 dans l'église Saint-François-Xavier de Rivière-du-Loup. Louis n'omit aucun détail ; il relata comment sa mère, l'énigmatique Américaine, avait abouti au Canada au printemps 1918. Comment elle avait réussi à mettre dans sa manche Madeleine-la-Mére, une femme pourtant méfiante qui en avait vu d'autres ; comment elle avait charmé le curé gourmand et comment,

sous les yeux horrifiés des paroissiens, elle avait donné naissance à Louis Lamontagne pendant une Nativité vivante avec l'aide de sœur Marie-de-l'Eucharistie, la sage-femme dont le simple regard suffisait à stopper net une hémorragie. Louis montra du doigt les légères traces que les forceps avaient laissées sur ses joues : deux minuscules sillons sur sa peau rose, trois centimètres sous ses yeux sarcelle, les yeux de Madeleine l'Américaine. À la fin du récit, des larmes coulaient sur les joues des femmes. Si Louis avait réussi par la douceur de ses traits et la générosité de son physique à charmer le public, le récit de sa naissance pendant la tragique messe de minuit de 1918 fit de lui un héros mythique dont on parla encore longtemps dans tout le comté de St. Lawrence.

– Mais si votre maman est morte en vous donnant naissance et votre papa peu après, qui donc vous a élevé, Cheval ?

On en redemandait. Après la fin tragique de Louis-Benjamin Lamontagne, père de Louis Lamontagne et veuf de Madeleine l'Américaine, la question de savoir qui élèverait l'orphelin trouva vite réponse.

– Ben j'vas l'garder, moé. J'ai toujours ben pas pardu un fils pour rien ! Au moins, y est pas mort dans les vieux pays !

Madeleine-la-Mére avait donc élevé l'enfant comme son propre fils, même qu'elle attendit qu'il ait dix ans pour lui raconter l'histoire de sa naissance, récit qu'il connaissait déjà par cœur grâce aux commères de Rivière-du-Loup. Prétendre que Madeleine-la-Mére avait élevé le petit tout seul serait mentir. Pour faire un colosse de cette taille, il faut tout un village. Louis Lamontagne avait été élevé autant par son oncle Napoléon Lamontagne, ses tantes, ses grands-parents et les sœurs de l'Enfant-Jésus de Rivière-du-Loup que par le curé Cousineau, qui avait gardé pour le garçon une affection toute particulière. Il avait même été le premier à déceler chez le gamin, au-delà de sa force inouïe, son talent pour le spectacle. Et Podgórski raconta comment, en août 1932, à l'âge de treize ans, Louis, déjà haut de deux mètres, avait commencé à s'appeler le Cheval Lamontagne.

C'était le dimanche des noces d'Alphonsine, une des petites sœurs de feu Louis-Benjamin qu'on avait offerte vive à un marchand du bas de la ville, un monsieur de Saint-Patrice qui cherchait une épouse pieuse et travaillante capable de tenir maison dans l'une des rues voisines de la baie. Le curé Cousineau, ému de voir la petite Alphonsine quitter sa paroisse, offrit aux Lamontagne de les accompagner dans sa carriole, un véhicule lui appartenant, mais tiré par une jument qui appartenait aux sœurs de l'Enfant-Jésus, une bête fourbue et imprévisible dont mêmes les religieuses ignoraient l'âge exact. On y alla donc tous, Madeleine-la-Mére et son mari, le père Lamontagne, leur fils Napoléon, les trois filles encore à marier et bien sûr le jeune Louis, qui marchait à côté de la carriole. Au sortir de la cérémonie, alors qu'on voulait remonter en haut de la ville pour le repas de noces, la jument décida de mourir. Comme ça. Raide. Cela avait dû se passer pendant que la jeune Alphonsine acceptait de prendre le joug du mariage. En tout cas, on ne put, au sortir de l'église, que constater le décès de la pauvre bête. De mauvaises langues commencèrent à faire porter le blâme de sa mort au curé Cousineau, plus obèse que jamais et qui ne se privait jamais d'une promenade en carriole jusqu'à Cacouna. La vérité était bien plus ennuyante : la jument était tout simplement trop vieille. C'est par pur hasard qu'elle était tombée morte pendant le mariage d'Alphonsine. Mais c'est souvent à la faveur d'un hasard que les hommes deviennent des héros.

– Mais notre beau Louis va nous tirer jusqu'en haut de la ville ! avait lancé à la blague le curé Cousineau, que le jeune homme avait décidé de prendre au mot.

Madeleine-la-Mére protestait, cherchait son air, tançait son petit-fils tandis que le grand-père l'encourageait, peut-être pour donner une leçon d'humilité à son Louis certes costaud, mais à ses yeux incapable de tirer toute une famille dans une carriole jusqu'en haut de la ville, avec en prime un curé sphérique. Le bonhomme riait dans sa barbe. Louis piaffait. Sur le parvis de l'église, les invités regardaient, amusés, la famille Lamontagne se donner en spectacle. Dans sa robe blanche, la petite Alphonsine tentait de dissuader Louis.

– Tu vas déchirer ton beau linge !

L'argument ne pesa pas lourd. En tout cas, pas aussi lourd que le curé Cousineau, déjà assis dans la carriole sur l'ordre du père Lamontagne, juste à côté de Madeleine-la-Mére et de ses quatre filles prêtes à subir l'humiliation mortelle sous les yeux de tous les noceurs. Pour détendre l'atmosphère, le curé Cousineau cria un « Hue ! » auquel le jeune Louis réagit en mouvant sa carcasse imposante vers l'avant. Et le miracle se produisit. Sans le moindre à-coup, dans un léger bruit d'essieu mal huilé, l'équipage avança sous les yeux médusés de ses occupants et de tous les autres témoins de la scène. Sans broncher, Louis Lamontagne gravit la longue pente de la rue Lafontaine, entre deux haies de passants endimanchés, puis la rue Saint-Elzéar et, finalement, immobilisa la carriole devant la maison familiale de la rue Fraserville, sous les applaudissements d'une foule en liesse. À bout de souffle, mais fier, Louis Lamontagne devint à partir de ce jour le Cheval Lamontagne. Podgórski négligea de spécifier que l'origine de ce surnom ne faisait pas l'unanimité à Rivière-du-Loup. Aux dires de certains, Louis avait acquis ce surnom pour d'autres raisons. Mais dans un concours de force, c'est l'histoire de la carriole que Louis préférait raconter. La noce avait duré deux jours pendant lesquels on avait mangé la moitié d'un bœuf, vingt-deux poulets, autant de cailles et deux cents épis de maïs fraîchement cueillis ; Louis en engloutit vingt à lui seul.

Mais c'est aux funérailles de sa grand-mère, Madeleine-la-Mére, que le jeune Louis Lamontagne fit la démonstration la plus convaincante de sa force herculéenne. Au matin du 30 janvier 1933, expliqua Podgórski au public de la foire agricole de Gouverneur, la mort faucha Madeleine-la-Mére dans la fleur de l'âge.

– C'est le jour de l'arrivée au pouvoir d'Adolf Hitler ! crut bon de préciser un spectateur bien informé.

Ce jour-là, personne à Rivière-du-Loup ne fut informé de ce qui se tramait à Berlin, mais tous furent frappés au cœur par la nouvelle du décès de Madeleine-la-Mére. Personne, pas même son mari, n'eut autant de peine que le curé Cousineau, qui fut le premier appelé pour psalmodier au-dessus du corps de la défunte les premières oraisons funèbres. Il n'était pas midi. Madeleine-la-Mére avait bâillé, puis avait annoncé qu'elle n'avait pas assez dormi, qu'elle se sentait quand même un peu raplapla et qu'une sieste d'avant-midi la remettrait d'aplomb.

– Et pis j'ai mal dans le bras. C'est souffrant au possible !

À midi, toute la famille affamée – Napoléon, Louis, les trois filles et le père Lamontagne – s'assit à une table vide. Pas un couvert, pas une assiette. On regardait l'heure. S'était-on trompé ? On la trouva dans son lit, souriante, pieds et mains croisés, la tête recouverte du fichu mauve dans lequel elle s'enroulait toujours la tête pour faire une sieste. On souleva son foulard. Son regard fixait la branche dénudée d'un érable ondulant sous le vent de l'hiver. Une lumière crue, froide et ingrate inondait la chambre. C'est le père Lamontagne qui lui ferma les yeux. Le curé Cousineau ne tarda pas.

– Son cœur.

– Ou l'âme ?

– Mais elle avait quel âge, Madeleine-la-Mére ?

Podgórski traduisit aussi bien qu'il put le fait que personne, à Rivière-du-Loup, n'était tout à fait certain de l'âge de Madeleine-la-Mére. Née à Kamouraska dans une famille disparue, elle avait vécu sans acte de naissance, de sorte que le jour de son mariage, elle s'était inventé une date d'anniversaire pour faire plaisir au curé et n'avait plus jamais parlé de ses origines. Son mari était perplexe. Le cœur ? Oui, son cœur s'était probablement arrêté de battre inopinément.

La veillée du corps eut lieu dans la maison des Lamontagne. Défilèrent devant le cercueil ouvert de Madeleine-la-Mére, dans l'ordre : trois de ses cousines toujours en vie qui avaient fait la route depuis Kamouraska, toutes les sœurs de l'Enfant-Jésus, le curé Cousineau, les notables de Rivière-du-Loup, ses enfants, son gendre, et finalement, le jeune Louis Lamontagne, dernier à s'agenouiller devant le cercueil de sa grand-mère pour ânonner une prière au milieu des lamentations et des larmes. On profita de la présence des cousines de Kamouraska pour leur poser des questions d'ordre pratique.

– Pour la pierre tombale, que devrions-nous écrire à l'année de naissance ?

– Nous ne le savons pas. Madeleine était notre aînée. Elle était déjà mariée quand nous sommes devenues des femmes.

– A-t-elle laissé un acte de naissance ? Un baptistaire ?

– Rien. Nous avons gardé d'elle une paire de chaussettes qu'elle a tricotées pour son père en 1898 ou 1899, nous ne sommes plus sûres.

– Mais elle doit bien avoir une date de naissance.

– Elle n'en parlait pas. Elle ne parlait jamais d'elle-même. C'était une femme humble et simple.

Et Louis hachait son *Notre Père* en sautant quelques syllabes.

– Donnez-nous aujourd'hui notre pain et pardonnez nos offenses...

– Notre pain de ce jour ! précisa Madeleine-la-Mére, étendue dans son cercueil, faisant taire tous ceux qui étaient présents à la veillée funèbre.

– Elle a raison, Louis, tu oublies des mots. Il faut dire : « notre pain de ce jour ».

Honteux, Louis reprit en fermant les yeux. Le curé Cousineau lui donna une claque derrière la tête.

– ... notre pain de ce jour et pardonnez nos offenses comme nous pardonnons à ceux qui nous ont offensés et délivre-nous du mal, Seigneur.

– Amen, répondirent en chœur les quelque vingt personnes qui peuplaient le salon de la maison Lamontagne

De chaque bouche s'échappa un petit nuage blanchâtre puisqu'on avait, à la demande du père Lamontagne, ouvert toutes grandes les fenêtres pour éviter une décomposition trop rapide de la dépouille de Madeleine-la-Mére et permettre à la parenté éloignée d'assister à la veillée funèbre. C'est la chance qu'elle eut de mourir en janvier, alors que les morts de juillet doivent être enterrés trop vite pour entendre les prières de leurs petits-enfants. Les filles de la défunte servaient le thé chaud pendant que le curé Cousineau reprenait seul les oraisons, en latin cette fois, langue dans laquelle il ne risquait pas d'être repris par la défunte illettrée. Vinrent encore dans la maison froide rendre visite à la morte quelques sœurs contemplatives de la congrégation des clarisses fraîchement installées à Rivière-du-Loup, notamment sœur Marie-des-Cinq-Plaies, sœur Marie-Saint-Paul-de-Jésus et sœur Jésus-Marie-Joseph, de redoutables prieuses venues désencombrer les endeuillés de leurs devoirs envers la défunte. Non que les sœurs de l'Enfant-Jésus fussent de piètres prieuses, bien au contraire. Leurs oraisons valaient bien celles des clarisses, mais à chacun son métier et les âmes seront bien gardées. Pour la prière, rien ne vaut une sœur clarisse. S'il s'était agi d'enseigner à lire ou de mettre un enfant au monde, on ne se serait épargné la visite des contemplatives, qu'il avait d'ailleurs fallu aller quérir en traîneau tout en bas de la ville par des chemins glacés et dangereux. Elles arrivèrent au moment même où l'estomac du curé Cousineau commençait à gargouiller.

– J'ai encore du rôti pis des patates dans la chaudronne en fonte, avait marmonné Madeleine-la-Mére à l'intention du curé, dont elle connaissait l'appétit insatiable

La Mére poussa un soupir. On lui demandait maintenant, puisqu'elle semblait lucide, de dire où elle rangeait le sucre. Au lieu de s'épuiser à donner des directives qui seraient de toute manière à répéter le jour suivant, la Mére décida de se lever pour trouver le sucrier et se recoucha ensuite dans son cercueil.

Cousineau et Louis allèrent se réfugier dans la cuisine, seule pièce encore chauffée de la maison, pour se disputer les restes du rôti, cependant que les clarisses attaquaient une série de rosaires qui durèrent trois jours et quatre nuits, se relayant l'une l'autre, indissociables et identiques dans leurs habits qui ne laissaient deviner que la partie centrale de leurs visages exsangues et anguleux, jusqu'à ce qu'elles obtiennent la certitude absolue que l'âme de Madeleine-la-Mére reposait en paix. Cette dernière répondait aux *Ave,* au *Je crois en Dieu* avec ferveur, heureuse de voir toute la peine qu'on se donnait pour elle. Les clarisses finirent par retourner à leur monastère, laissant derrière elles une maison endeuillée et une Madeleine-la-Mére perplexe. Avant de partir, sœur Marie-des-Cinq-Plaies chuchota à l'oreille de la morte quelques paroles rassurantes :

– Le vrai repos reste encore à venir. Cette première mort vous a libérée de vos obligations terrestres. Vous pourrez rester ici encore longtemps, jusqu'à votre vrai repos. Mais rassurez-vous, la Mére, on ne meurt que deux fois.

Ce qu'elle entendait par là sans l'exprimer clairement, c'est que Madeleine-la-Mére n'aurait plus jamais à balayer le plancher de bois, à pétrir la pâte, à clouer des bardeaux, à pelleter la neige, à mettre au monde des enfants à la douzaine, à les habiller de lainages, à fendre les bûches, à lever les pierres, à prendre soin des indigents et des innocents, à dompter les bêtes, à transporter d'immenses quartiers de viande pour satisfaire l'appétit de Louis, à veiller les malades et à consoler les malheureux, à souffrir l'hiver de la grattelle et l'été des piqûres de maringouins, à écraser d'un coup de talon les souris qui grugeaient ses réserves de farine, à se méfier des voisins, à prier à genoux, couchée, debout, bref, elle était libérée de sa vie de *French Canadian woman.* Aucune fleur ne vint embaumer le salon des Lamontagne, c'était janvier. Quelques couronnes mortuaires tressées en saule, en sapin et en cèdre libéraient dans l'air glacial leur parfum résineux. Ainsi mourut Madeleine-la-Mére le jour où, à Berlin, Adolf Hitler était nommé chancelier. Elle n'était pas du genre à faire de scène, la brave femme, et n'offrit à la prieuse pour réponse qu'un faible « Je me demandais, aussi… » Elle voulait dire qu'elle avait compris. Qu'elle resterait tranquille jusqu'à sa deuxième mort. De légers travaux ménagers lui seraient permis : équeuter les fraises, écosser les pois, écœurer les pommes, ce genre de bagatelles, pour se désennuyer pendant les récoltes. On demanda à la Mére ce qu'elle en pensait, si elle était plutôt contente d'être morte ou si elle aurait voulu vivre encore.

– Chus pas mal soulagée, j'vas vous dire.

À Gouverneur, la température était en train de battre un record, mais pour rien au monde on se serait éloigné de la roulotte d'où Podgórski racontait ces histoires glacées, souffle rafraîchissant sur ces fronts luisants de sueur. On s'imaginait la caresse apaisante de la neige sur la peau moite, on se mit à rêver de vitres givrées et de cet écho qui n'existe que dans les pays d'hiver, c'est-à-dire cette tonalité cassante que prennent les cris lancés à travers les champs enneigés : le son du froid. Mieux qu'une averse de mai, l'histoire des funérailles de Madeleine-la-Mére avait apporté aux gens de Gouverneur et des environs un soulagement de la chaleur accablante. Louis leur faisait du bien et Floria était tout à fait disposée à lui rendre la pareille, au nom de tous ses concitoyens de l'État de New York. Un flash de photographe partit. Immortalisés dans leur roulotte, les deux hommes forts attablés autour d'une dinde à demi dévorée souriaient. Les épreuves allaient bientôt recommencer. On laissa les deux hommes à leurs étirements.

Excitées jusqu'à la racine des cheveux, Beth et Floria Ironstone avaient été les premières à atteindre le site de la dernière épreuve de force : la levée du cheval. La bête se tenait déjà debout à côté d'un mât qui rappelait, par sa hauteur, un poteau de téléphone, et dans lequel on avait inséré des tiges de fer à tous les trente centimètres. Il s'agissait pour le concurrent de monter le cheval, la bête la plus docile du comté, et, en quelque sorte arrimé à la selle à l'aide d'un harnais dont les larges courroies lui recouvraient les épaules, de se hisser à dix mètres du sol – avec le cheval ahuri accroché à son derrière – en s'agrippant aux tiges de fer plantées dans le poteau, lui-même profondément ancré dans le sol ; une « épreuve d'été » comme on l'appelait dans le milieu, tout simplement parce qu'elle était difficile à organiser dans les salles de théâtre qui accueillaient les spectacles d'hommes forts pendant la saison froide. À cet obstacle s'ajoutait la difficulté de trouver d'abord une bête suffisamment obéissante pour endurer de faire le lent voyage vers le ciel cinq fois et ensuite, cela va sans dire, un propriétaire de cheval aux nerfs d'acier qui consentît à laisser l'animal participer au dangereux manège. Par chance, toutes ces conditions étaient réunies à Gouverneur et la foule se rassemblait lentement autour de cet étrange mât de cocagne à l'appel du maître de cérémonie. Le Géant de Varsovie, Idaho Bill, The Great Brouyette et, finalement, Podgórski et Lamontagne formaient un cercle autour du maître de cérémonie, tirant à la courte paille pour déterminer qui monterait le cheval en premier. C'est le Géant qui s'y colla, suivi dans l'ordre de Podgórski, Idaho Bill, Brouyette et finalement du beau Louis.

Le cheval accueillit sans broncher les cent kilos du Géant de Varsovie. On arrima le participant à la selle à l'aide du harnais et on s'assura que le cheval était bien attaché. On retint ensuite son souffle. L'épreuve était particulièrement dangereuse : le concurrent arrivé en haut du poteau pouvait à tout moment lâcher prise et s'écraser sur la terre avec sa monture. Il s'agissait donc pour le Géant et pour les autres concurrents de faire preuve de jugeote et de bien évaluer ses forces. Le Géant s'était hissé jusqu'à mi-hauteur du poteau, mais fut forcé de rebrousser chemin avant d'arriver en haut : ses avant-bras commençaient déjà à trembloter, signe clair qu'il était sur le point de lâcher prise. Un murmure affolé parcourut l'assistance. Une larme à l'œil, le Géant attendit qu'on le détachât de son harnais pour lâcher ce qui devait être un juron polonais. Podgórski se signa en prenant un air choqué. Le Géant cracha par terre en s'éloignant des lieux. On le savait orgueilleux, mieux valait ne pas se mettre sur son chemin dans ces moments de colère.

Pendant qu'on l'attachait au cheval, Podgórski regardait Beth dans les yeux, qu'il avait secrètement décrétée plus jolie que sa sœur. Or, Beth n'avait aucune idée que le Polonais la dévorait du regard. Triste destin pour l'orphelin de Varsovie, à cause de son strabisme, les filles ne savaient jamais quand il les regardait. Résolu à graver son image dans la mémoire de Beth, Podgórski agrippa de la main droite la première tige d'une poigne ferme. Dès que ses muscles se bandèrent, ses yeux retrouvèrent un axe normal. La foule poussa un « Ahhh ! » admiratif. Quelques rires fusèrent. À mesure qu'il gravissait les échelons, Beth se disait qu'il était en fait beau garçon. Podgórski était lui-même incrédule.

– Dommage qu'il louche le reste du temps, avait-elle murmuré à sa sœur, elle aussi sous le charme du regard bien droit de Podgórski, qui forçait comme un bœuf à tirer du sol un cheval placide et somnolent.

Dopé par la pensée de Beth Ironstone, Podgórski atteignit le sommet du poteau sans même s'en rendre compte, redescendit lentement et quand les pattes du cheval se posèrent sur la terre ferme, on soupira d'admiration. Beth frétillait de plaisir.

Idaho Bill prit son tour. Força, ahana, hurla et réussit à faire s'élever la monture presque jusqu'au sommet du poteau, en tout cas, plus haut que le Géant de Varsovie, mais pas jusqu'en haut comme Alexander Podgórski. Il dut rebrousser chemin à 4 degrés du sommet. The Great Brouyette, pour sa part, n'avait rien à perdre à la levée du cheval. À peine remis mentalement de sa chute honteuse au départ du tir de voiture, il n'avait d'autre choix que de triompher s'il voulait sauver la face. Le brave homme réussit lui aussi à se hisser plus haut que le Géant de Varsovie, mais pas tout à fait au sommet du mât. Il lui restait trois tiges à gravir quand il prit la décision de redescendre, sous les applaudissements de la foule.

Alors on attacha solidement Louis Lamontagne à la monture qui s'apprêtait à subir sa cinquième ascension du poteau en une demi-heure. Or la patience de toute bête a ses limites. Quand la jument reçut le poids du Canadien sur son épine dorsale, elle ressentit ce qu'un humain appellerait sans exagérer de l'exaspération. Louis, en retard dans le pointage, se devait de réussir l'épreuve pour battre le Géant de Varsovie. Peut-être accorda-t-il trop d'attention à la distance qui séparait les tiges sur le poteau et pas assez aux tressaillements de la bête qui commençait à s'agiter entre ses jambes. À peine était-il arrivé au milieu du poteau que le cheval sortit de sa torpeur, poussa un hennissement aigu et se cambra, agitant ses pattes, donnant des coups de tête, ruant, bref, exerçant sur les bras endoloris de Louis une tension simplement trop forte. La bête affolée le força à redescendre. La foule poussa un soupir de déception : le favori venait de perdre une épreuve cruciale. On tenta de convaincre le maître de cérémonie de donner une chance à Louis Lamontagne, ce contre quoi s'élevèrent tous ses rivaux, à l'exception de Podgórski qui, de toute façon, n'avait aucune chance de remporter le concours. Le maître de cérémonie restait de glace devant les supplications des spectateurs. Les règles du concours étaient claires. Pour réussir la levée du cheval, l'homme fort devait non seulement compter sur ses muscles, mais aussi sur sa capacité à apaiser la monture, ce que Lamontagne n'avait de toute évidence pas réussi à faire. Trois points furent accordés à Alexander Podgórski, deux au Great Brouyette et un à Idaho Bill. Au final, les deux grands rivaux, Louis Lamontagne et le Géant de Varsovie, se retrouvaient à égalité. Or rien ne déçoit plus qu'un nombre pair au sommet. Il ne peut y avoir qu'un gagnant. Le maître de cérémonie avait paré à cette éventualité et annonça que conformément aux règlements officiels du concours, une joute de bras de fer serait disputée entre les deux concurrents. Ledit match aurait lieu immédiatement sur une scène extérieure en bois, où un orchestre de cuivres venait de massacrer sauvagement quelques valses viennoises.

Une table de bois. Deux chaises. Deux bras. Un arbitre.

Il ne devait rester dans les stands de planches que ceux qui n'avaient d'autre choix que de s'y trouver. Le reste des visiteurs était debout devant la scène décorée de drapeaux tricolores et attendait le dénouement du match de bras de fer. À l'autre extrémité du site, il y avait les stalles et les enclos dans lesquels on venait de décerner les prix aux bovins et aux volailles. Une dinde répondant au nom de Jeanette et un bœuf appelé Moby Dick avaient remporté les grands honneurs. Une mention spéciale avait été décernée au propriétaire du paon vaniteux. Au grand malheur du bonhomme Whitman, le pauvre Adolf était arrivé troisième dans la catégorie des veaux.

– C'est un très bel animal, votre Adolf, mais à côté de la concurrence, il ne fait pas le poids.

Les juges avaient été impitoyables devant un Whitman en larmes. Pas le poids, son Adolf? Lui que Whitman avait nourri au biberon depuis la naissance, cajolé, choyé et aimé ? Ils avaient mal regardé, cela n'était pas possible ! En êtes-vous bien sûrs ? Moi, je ne trouve pas qu'il est plus petit que les autres, bien au contraire, et sa couleur ? Vous avez bien vu sa magnifique couleur brun foncé ? Et ses grands yeux ? Cette intelligence dans le regard qu'on dirait presque de la détermination, oui ! De la détermination ! Je veux voir le président de la foire ! Quoi, il est trop tard ? Vous entendrez parler de moi ! Cela ne se terminera pas ainsi ! Foi de Whitman ! J'en ai vu d'autres, moi ! Regardez-moi dans les yeux et dites-moi, si vous avez des couilles, que mon Adolf n'est pas le plus beau veau du comté ! Que dis-je ? De tout l'État de New York ! Allez ! Mais de qui se moque-t-on ? Je veux parler au président ! Ouvrez cette porte !

Le bonhomme Whitman était devenu fou. Suffoquant, haletant, se saisissant le bras gauche, cherchant désespérément dans l'enclos et partout un appui, un soutien moral, quelqu'un qui lui eût dit qu'il rêvait, qu'il s'agissait d'une mauvaise plaisanterie. Seul dans l'enclos, attendant que son propriétaire vienne le chercher, Adolf ruminait de sombres pensées. Hypersensible, il absorbait et intégrait toutes les émotions de Whitman comme si les deux êtres s'étaient compris à un niveau métaphysique. Whitman tenait son Adolf par le cou, lui murmurait à l'oreille des paroles consolantes entrecoupées de sanglots déchirants. Des témoins s'éloignaient, gênés. Et l'animal finit par ressentir comme Whitman que les dés étaient pipés, qu'il faisait partie d'une mise en scène pitoyable et insultante dont l'unique objectif était de le ridiculiser aux yeux du monde, de l'humilier. Et pourquoi ? Pourquoi cette injustice ? Adolf piaffait, ne supportait plus de voir Whitman pleurer, s'agitait et au lieu de rentrer sagement dans le toril, partit en courant, toutes pattes devant en poussant un beuglement, sorte de *ré* dièse annonciateur de la fin du monde.

Sur la scène, à l'autre extrémité du site de la foire, Louis Lamontagne, assis en face du Géant de Varsovie, remerciait le ciel de ne pas l'avoir fait affronter en finale son brave compagnon Podgórski, dont le strabisme l'aurait déconcentré, voire fait éclater de rire. De toutes les épreuves de force qu'il lui avait été donné d'accomplir, cette partie de bras de fer était sans doute celle dont il se souviendrait le plus longtemps. Battre le Géant de Varsovie ne serait pas une mince affaire, mais il comptait sur l'énergie que lui envoyaient les spectateurs pour désarçonner son adversaire et prendre l'avantage. Il suffisait de bien le fixer de ses yeux sarcelle, de lui montrer ses pupilles semblables à celles des madones et des martyrs des vitraux de certaines églises catholiques dardées par les rayons du soleil. Tomberait-il sous le charme ? Le Géant, lui, n'attendait que le signal du maître de cérémonie pour en finir avec cet insignifiant Canadien qui, non content de lui avoir chipé son compatriote, était en train d'attirer par quelques histoires inventées de toutes pièces la sympathie du public. Beau, ce blanc-bec ? Et ces moustaches singeant gauchement celles de Clark Gable ? N'avaient-elles pas de quoi faire pouffer de rire le monde entier ? Et en vertu de quel droit ce jeune coq se permettait-il d'envoyer des clins d'œil aux dames ? Je vais t'en faire moi, des demoiselles. Quand je t'aurai fracassé le poignet sur cette table, quand ses planches auront volé en éclats sous l'impact de tes phalanges, quand je t'aurai broyé le métacarpe, tu comprendras pourquoi on m'appelle le Géant de Varsovie. Si le public avait pu lire dans les pensées des deux hommes, le Géant aurait été selon toute vraisemblance conspué.

– *I love you, Cheval Lamontagne !* entendit-on crier.

Une voix de femme. Beth fixait la pelouse, honteuse de sa sœur. Le Géant fronça les sourcils pendant que le maître de cérémonie saisissait de sa petite main grêle les poignets des deux hommes.

– En garde !

Allez ! Les premières secondes furent insoutenables pour les sœurs Ironstone. Le Géant avait presque réussi à plaquer la main de Louis sur la table de bois. Ce dernier, un instant décontenancé, s'était ressaisi au dernier moment pour ramener le poignet vers le haut. La force du Géant était colossale. Sous l'effort, Louis sentit ses orteils s'écarter les uns des autres comme les cinq branches d'une étoile de mer. Rouges, gonflés à bloc, les deux hommes forts donnaient à Gouverneur un spectacle extraordinaire dont on savait qu'il allait se terminer dans quelques secondes. Des prières s'élevaient. On criait le nom du Canadien. Le Géant écumait. Certains spectateurs prenaient des paris, d'autres perdaient tout simplement la tête dans la chaleur suffocante et ne désiraient qu'une seule chose : qu'un gagnant soit désigné pour pouvoir aller se jeter à l'eau. On s'apostrophait, on criait, c'était un tapage épouvantable dans lequel les deux concurrents avaient peine à garder leur concentration. Le Géant de Varsovie roulait un œil noir très peu rassurant. Cet œil n'avait jamais été si gros, si noir et si animal. Au moment où Louis pensait avoir réuni les forces pour faire fléchir le poignet de son adversaire, on entendit un hurlement épouvantable venant de la pelouse.

– Adoooooolf !

Le cri se multiplia, grandit jusqu'à devenir une clameur à travers laquelle des appels à Dieu en personne se discernaient clairement. Alarmés par ce vacarme qui ne ressemblait plus du tout à des cris d'encouragements, Louis et le Géant de Varsovie se virent forcés de jeter un coup d'œil à la foule. Vision incroyable : le vieux Whitman courait derrière son veau qui galopait vers les spectateurs affolés. Aucun doute : la bête se dirigeait à toute vitesse vers la scène, manifestement énervée par les banderoles tricolores qui la décoraient. La foule se fendait en deux comme les eaux de la mer Rouge sous le bâton de Moïse, laissant au pied de la scène les sœurs Ironstone, pétrifiées par la terreur, fixant le bovin furieux qui chargeait, front baissé. Le veau s'était arrêté à vingt mètres de Floria – qui n'était plus qu'un cri strident –, hypnotisé par le rouge de sa jupe. Tous les cris cessèrent d'un coup. On *entendait* la foule respirer au même rythme que le veau. Subitement, il s'élança ! Mais Alexander Podgórski, n'écoutant que son courage, surgit de l'arrière-scène d'où il avait choisi de regarder le match de bras de fer et tomba juste devant Floria et Beth comme un acrobate. Ses années de cirque en France lui avaient apporté quelque chose. Louchant comme jamais, il attendait, ses immenses bras écartés, que le bovin s'avance, ce qui ne tarda pas. Le voilà qui vient ! Qui frappe ! De ses petites cornes, il entaille le Polonais ! La bête est furieuse ! Le public se sauve, franchit les clôtures, s'échappe comme il peut de cette scène de carnage épouvantable. Podgórski, toujours debout mais chancelant, ne vit pas venir la deuxième charge du veau. Voilà le pauvre garçon qui roule dans l'herbe après avoir reçu un coup de butoir d'Adolf. C'est le bruit sec et douloureux des ossements de Podgórski piétiné par Adolf qui fit sortir Louis Lamontagne de sa torpeur. Des cris de désespoir montaient.

– Mais aidez-le ! Faites quelque chose !

Ordre auquel Lamontagne obéit. Il se campa devant la bête qui le contemplait. Dieu fut de nouveau imploré à pleins gosiers. Et peut-être le diable aussi, car la bête eut moins de chance avec le Canadien. Ivre de colère, l'Adolf piqua droit vers Louis qui, à la dernière seconde, s'esquiva pour laisser le veau aller s'assommer sur les madriers de chêne. La bête disparut sous la scène, sembla tourner une ou deux fois sur elle-même, poussa un beuglement amplifié par la structure de bois qui la tenait prisonnière. Puis Louis se décida et se faufila à son tour sous la scène.

– N'y va pas, Cheval ! Il n'est pas mort ! hurlait Floria.

Et c'est bien ce que Louis espérait, trouver la bête vivante. Il sortit la tête et cria quelque chose au maître de cérémonie, qui s'était terré sous une bâche dès qu'il avait, le premier, vu arriver au galop la bête enragée. Il apporta à Louis un grand câble qui avait servi à attacher un des hommes forts à une Oldsmobile. Le Canadien replongea sous les planches. S'ensuivit une lutte bruyante, mais de courte durée dont on ne vit rien du tout. Le veau beuglait, piaffait, frappait ; on entendait Louis jurer en français. Puis plus rien. Après ce qui sembla une éternité à Floria et à Beth, Louis émergea lentement au grand jour, tirant derrière lui le veau, pattes liées et yeux écarquillés. Bientôt, vingt gaillards armés entouraient la bête, se disputant l'honneur de lui mettre le premier plomb entre les deux yeux. L'âge l'emporta.

– Mais c'est mon Adolf, vous ne pouvez pas...

Plus personne n'écoutait le vieux Whitman. Quatre détonations se firent entendre. Adolf n'était plus. Les mots « sale bête », « bon débarras » et « que le diable l'emporte » volaient de bouche en bouche. Autour du corps de Podgórski, une foule silencieuse formait un cercle. Quelqu'un cherchait un prêtre. Murmures atterrés. Le spectacle était bouleversant. Podgórski avait cessé pour toujours de loucher, le ventre déchiré, les côtes fracturées ; Beth, les larmes aux yeux, lui tenait la main et, s'agenouillant juste à temps pour bénir son âme, un prêtre catholique marmonna quelques paroles latines au-dessus de cet orphelin si loin, si loin de Varsovie. Quelques tressaillements nerveux animaient encore sa dépouille. Un ultime râle monta dans le ciel américain. Louis s'approcha, reprenant en français les prières que le prêtre débitait en anglais comme pour être mieux compris par Dieu, parce que les *French Canadians* sont les seuls au monde à croire que Dieu est francophone. Et Podgórski continuait de mourir, s'entêtait à disparaître.

– On ne meurt que deux fois, Podgórski, murmura Louis, bien inutilement, oubliant dans sa peine qu'un miracle, s'il se répète trop souvent, cesse d'être considéré comme tel.

Et trop vainement il psalmodia « notre pain de ce jour, notre pain de ce jour, notre pain de ce jour, notre pain de ce jour » jusqu'à ce qu'on l'écarte doucement de la scène.

Louis fut déclaré grand gagnant du concours et empocha la coquette somme de deux cents dollars. Étant donné les circonstances, il n'y eut pas de festivités. Louis, à la fois victorieux et défait, regagna seul sa roulotte. On allait enterrer le Polonais dans le cimetière voisin le lendemain, le prêtre qui lui avait administré l'extrême-onction ayant accepté de célébrer ses funérailles. Le Géant promit d'écrire aux religieuses de Varsovie, qui pleurèrent longtemps le destin de leur homme fort chéri. Elles ne reçurent toutefois la lettre que des mois plus tard, après la capitulation de Varsovie, en plein martyre polonais. Elles se dirent que Dieu avait voulu épargner la souffrance à Alexander d'être le témoin de la mise à mort de son peuple. Le Géant tut les détails de la mort de son compatriote pour parler d'un triste incident de ferme. Les recruteurs de la U.S. Army, éberlués par les exploits de Louis, l'observèrent de près pendant qu'il réglait les détails de l'enterrement de son ami. Ils attendaient, patients comme des Sioux, que le jeune homme retournât à sa roulotte. Ils laissèrent même Floria frapper et passer la nuit chez le Canadien avant de se manifester.

Louis était étendu seul dans sa roulotte, priant. On frappait. Il allait devoir parler. Il n'en avait aucune envie. Ne pas répondre. Ne rien dire. Rester les bras croisés. Peu importe qui se tenait de l'autre côté de la porte. Une voix de femme se fit entendre. La voix d'une qui est jolie.

– Cheval ! Ouvrez, c'est moi, Floria !

– Je suis en train de prier.

– Alors laissez-moi prier avec vous. Je suis toute retournée. Comme cette porte est étroite pour un homme si large d'épaules !

– Mais nous ne pouvons pas rester ici seuls, qui vous a vue entrer ?

– Personne, Beth est avec le prêtre. Elle veut être là pour les funérailles. Elle s'était drôlement attachée à lui ! Il ne lui aura fallu qu'un clin d'œil pour gagner son cœur. Je n'aurais jamais cru ça de ma sœur.

– Vous vous appelez Floria ?

– Oui, comme dans Floria Tosca. C'est un opéra. Vous aimez l'opéra ?

– Je n'en ai jamais entendu. Vous pouvez rester un peu avec moi ?

– Bien sûr. Je suis venue pour ça, pour vous tenir compagnie. C'est vraiment terrible ce qui est arrivé à ce pauvre garçon... Oh, mais vous pleurez, Cheval !

– Qui va traduire mes histoires ? Vous m'entendez ? Je parle anglais comme un pied ! Qui va faire avancer la roulotte pendant que je dors ? Qui va me tenir compagnie ?

– Mais votre anglais n'est pas si mauvais. Il faut attendre. Il faut laisser le temps passer. Tenez, prenez mon mouchoir.

– Merci, vous êtes très gentille. Podgórski dormait mal. Quand il n'arrivait pas à dormir, il me disait : « Hé, Lamontagne, envoie-moi une de tes histoires à dormir debout du Canada ! » Et je lui racontais une histoire. N'importe laquelle.

– Et il s'endormait ?

– Ben non. Il voulait entendre la fin. Après il s'endormait. C'est comme ça. Il connaissait beaucoup de mes histoires par cœur. Vous avez un tout petit nez, Floria...

– Je sais, mais vous vous moquez... c'est méchant, Cheval Lamontagne.

– Mais non ! J'adore votre nez ! Je le trouve si mignon, votre nez !

– Et mes jambes sont trop maigres, maman me le dit toujours...

– Vos jambes sont magnifiques. Voilà que vous pleurez aussi...

– Vous savez ce qui nous ferait du bien ?

– Non, quoi ?

– Un peu de whisky ! Si seulement on en avait...

– Mais j'en ai, moi, juste là. Du vrai, du Canada.

– Oh ! Mais quelle chance ! Je me disais aussi qu'un Canadien ne voyage jamais sans whisky !

– Vous en voulez un coup ?

– Pourquoi pas ? Si vous me tordez le bras !

– Voilà...

*Glou glou glou.*

– Hé, doucement ! Pas trop vite !

– Ah ! Je suis toute à l'envers à cause de cette histoire. Merci, Cheval. Vous êtes non seulement l'homme le plus beau que je n'ai jamais vu, mais aussi un *gentleman*. Oh... cette main est si grande, si forte.

– Une femme du Michigan m'a déjà dit ça.

– Embrassez-moi, Cheval.

Le soir de la mort de Podgórski, il plut à Gouverneur. Des orages torrentiels comme dans un opéra de Wagner. Des nuages épais envoyés pour laver la terre de sa souillure humaine. Après le départ de Floria, qui dormit à Gouverneur en prévision des obsèques de Podgórski, Louis dormit profondément au milieu de la foudre et du tonnerre. Au matin l'attendaient patiemment les recruteurs de la U.S. Army.

– *Your mother was an American, we heard you say...*

Deux ans plus tard, vêtu d'un uniforme d'infanterie et bien engraissé à la cantine de l'Oncle Sam, le beau Louis s'embarquait pour l'Angleterre à bord d'un navire escorté par un démineur. Il avait dans le cœur cette chanson : *Will you love me all the time* et, pour toute connaissance de l'Europe, que l'image floue et amusante d'un pays très petit, densément peuplé exclusivement de nonnes polonaises, d'hommes forts et de dictateurs fous. De tous les membres de sa division, Louis Lamontagne était probablement le seul à s'être embarqué par amour pour la Pologne. Il y était aussi le plus attirant. Cela est indiscutable.

Ce n'est qu'au 31 décembre 1999, à l'âge de quarante-neuf ans, que Madeleine considéra sécuritaire d'ouvrir la lettre de Floria Ironstone interceptée en 1958. Elle y trouva deux pages remplies de baisers, de supplications. Le mot *please* y revenait six fois. Jointe à la lettre, la photographie d'une petite fille conçue à la foire agricole de Gouverneur en août 1939, Penelope Ironstone qui, sa vie durant, attendit la réponse de son père. Jamais Madeleine n'essaya d'entrer en contact avec sa demi-sœur, se privant ainsi d'une des plus belles histoires du Cheval Lamontagne.

À l'instar de Floria Tosca, héroïne puccinienne, Madeleine Lamontagne n'aimait pas la concurrence. À sa décharge, il est nécessaire de préciser que la plupart des femmes malades d'aimer le Cheval Lamontagne ne s'en remettaient jamais. Sa fille ne pouvait faire exception à cette règle.

# La voisine

*

Toute première [illegible]
[illegible] avec, dans un [illegible]
[illegible]

[illegible]
[illegible] bien mort. [illegible]
[illegible] de toute [illegible]
[illegible] n'avait pas [illegible]
[illegible]

[illegible] qui est déjà passé [illegible]
[illegible] Closter, le calei[illegible] Pas de [illegible]
[illegible] avait reconnu [illegible]
[illegible] que bon [illegible]
[illegible] Luc qui [illegible] le portrait [illegible]
[illegible]
Je ne bouge pas. [illegible]

Pour la toute première fois, elle l'avait aperçue par-delà la haie de saules. À cinq ans. Elles n'allaient pas encore à l'école. Les dimanches, les Lamontagne allaient à la Pointe dans l'Oldsmobile de Papa Louis, dit le Cheval Lamontagne, manger une crème glacée. Irène Caron, la mère, faisait invariablement claquer la portière de la voiture avant d'entrer dans la grande maison. Cachée derrière les saules, à quelques mètres seulement, Solange Bérubé posait les yeux pour la première fois sur le visage de Madeleine Lamontagne qui elle, s'agrippait au pantalon gris de son père, sorte de géant aux fines moustaches, bête de somme notoire et croque-mort de son état.

– Solange, tu ne vas pas chez les Lamontagne. C'est clair ? Tu ne vas pas chez le croque-mort. Dis à Maman que tu n'iras pas chez les Lamontagne. Dis-le-moi tout de suite, sinon tu ne manges pas.

Solange n'avait pas mangé.

Parce qu'on était en juin et que les feuilles des saules étaient sorties un peu hâtivement cette année-là, Solange Bérubé ne fut pas découverte, ce qui lui conférait déjà un certain avantage. Elle avait l'habitude, accompagnée de son frère Marcel, d'épier Louis Lamontagne depuis la haie de saules, de le regarder descendre les cercueils de sa véranda pour les glisser dans le corbillard, la plupart du temps sans aucune aide. Elle aimait aussi, cachée derrière un lilas, regarder défiler les endeuillés qui allaient veiller le corps d'un proche chez les Lamontagne. Solange entendait depuis sa cachette Madeleine-la-Mére accueillir les parents de quelque parole apaisante. Qu'une morte fasse office de comité d'accueil dans un salon funéraire tombait sous le sens. Qui de mieux pour rassurer une famille en deuil que quelqu'un qui est déjà passé par là ? Mais ce dimanche-là, ce dimanche du premier contact, le salon funéraire était vide. Pas de mort. Seule dans la cour, Madeleine Lamontagne semblait chercher quelque chose des yeux.

Elle s'était retournée. Du coin de la grande maison, un petit chat s'était avancé en direction des saules, menaçant de découvrir l'espionne. La mère venait quérir Luc, qui était resté dans la voiture. Et le petit chat continuait sa démarche incertaine vers Solange.

– Si je ne bouge pas, il ne me verra pas.

Trop curieux, les chats. La bête s'approcha de la haie, sentit une présence enfantine. Madeleine courut vers le buisson pour l'empêcher de passer chez les voisins, se pencha pour le saisir et, en se relevant, posa pour la première fois son regard sarcelle sur Solange Bérubé. Faisant mine de n'avoir rien vu, elle partit avec le petit chat gris et blanc qui, lui, fixait toujours Solange. Arrivée devant la porte de bois, avant d'entrer dans la maison, Madeleine Lamontagne, cinq ans, se retourna une dernière fois et regarda Solange droit dans les yeux. Une seconde plus tard, la petite Bérubé s'effondrait en silence derrière le feuillage vert tendre des saules, à Rivière-du-Loup. Madeleine-la-Mére, à bout d'âge, voûtée comme un vieux chêne, poussait péniblement une chaise berçante sur la véranda des Lamontagne pour s'y asseoir. C'est elle qui avait d'abord remarqué le corps de la petite Solange étendu dans l'herbe de l'autre côté des saules. Elle frappa à la porte des Bérubé, effrayant tout le monde comme à son habitude.

– Votre petite n'est pas bien ! avait-elle lancé à la famille Bérubé à travers la moustiquaire de la porte.

On ne l'avait d'abord pas bien entendue, parce que depuis son décès soudain en 1933, Madeleine-la-Mére ne parlait pour ainsi dire que lorsque cela était absolument nécessaire, de sorte qu'elle n'avait qu'un filet de voix rauque. Il faut dire aussi qu'il était très difficile de se faire entendre chez les Bérubé, même pour une personne dotée d'un appareil phonatoire normal. Étaient-ils dix ou douze entassés dans cette cuisine enfumée à attendre l'arrivée d'un jambon ? Solange, la cadette, n'arrivait pas toujours à placer un mot. Madeleine-la-Mére, observant tout ce monde grouiller, gesticuler, tousser, raconter, parler, rire et roter, perdait patience. Elle cogna trois grands coups sur le cadre de la porte.

– Vous feriez mieux d'aller quérir votre fille avant que les fourmis la mangent !

On se tut enfin. Une femme armée d'un balai sortit sur le perron pour chasser la vieille Lamontagne. On avait pourtant été clair avec Papa Louis : qu'il garde sa grand-mère pour lui. Certes, on lui était reconnaissant de servir de croque-mort à la paroisse, mais il ne fallait quand même pas exagérer et il ne faudrait surtout pas qu'il pense qu'on se réjouissait de vivre à côté d'un salon funéraire, où à tout moment une morte pouvait frapper à votre porte, comme ça, pour vous embêter à l'heure du souper. Mais la vieille ne bougeait pas, montrait le jardin du doigt, sifflait, esquivait les coups de balai de la mère Bérubé, saisissait cette dernière par la manche – lui faisant par ce geste pousser des cris perçants de vierge effarouchée – et exigeait qu'on l'écoutât. C'est le quatrième fils des Bérubé, un simplet, qui trouva finalement la petite Solange dans les pommes, à côté des saules.

Depuis sa chambre, Madeleine Lamontagne contemplait la scène. Tous ces gens autour de la petite voisine à qui elle venait pourtant de sourire. S'était-elle trouvée mal ? Solange, qu'on transporta sur le sofa du salon, reprenait ses esprits. Eau glaciale. Soufflets. Prières. Madeleine-la-Mére était rentrée chez elle, au grand soulagement de tous. Le père Bérubé l'avait remerciée, quand même. Solange avait l'impression d'avoir une citrouille à la place du cœur, une baleine dans la tête. La mère Bérubé la secouait. « Mais parle ! Parle donc ! Qu'as-tu ! Vivras-tu ? » Deux choix s'offraient à Solange : le premier consistait à décrire précisément le mal dont elle venait d'être la victime ; le deuxième consistait à mentir. Pour dire la vérité, il eût fallu qu'elle explique aux douze têtes penchées sur elle qu'elle venait de voir le reste de sa vie défiler devant ses yeux, que cela s'était produit pendant que Madeleine-Lamontagne-tenant-chaton-debout-devant-la-porte l'avait toisée de haut en bas de ses yeux sarcelle. Solange mentit, elle ne dit pas à sa famille les paroles qu'elle ne trouva que des années plus tard – alors que tant de témoins avaient disparu –, comme quoi nos meilleures pensées ne nous viennent toujours que trop tard. Elle n'aurait pas su bien exprimer l'expérience de toute façon, parce qu'elle n'avait pas encore commencé l'école et qu'elle ne savait pas encore comment dire : *Je viens de voir un être tout à fait inhabituel qui m'a regardée comme jamais on ne m'avait regardée. J'ai lu au fond de ses yeux sarcelle les réponses à l'angoisse de l'existence. Il ne me sera plus possible de commencer une journée sans la dédier à cet être de lumière qui vit dans la maison voisine. En son absence, je ne serai plus qu'un animal perdu et sans espoir. J'ai compris en tombant sur l'herbe verte du jardin que je ne serais plus jamais la même et que la vie sans cet être ne serait qu'une comédie détestable et pénible. Inutile de préciser que je passerai le reste de mon existence à prier Dieu pour que cet être pose sur moi son regard une deuxième fois. Jusque-là, le reste de mes gestes, de mes paroles, les gens qui peuplent mon quotidien, ce que je mange, les astres, les animaux de la création, tout ça est relégué au rang de balivernes et de sottises. Mon nom est Solange Bérubé et je n'existe plus que pour les yeux de Madeleine Lamontagne.*

La mère Bérubé avait servi de nouvelles remontrances à sa fille. « Tu ne vas pas là. Je te l'interdis. Tu ne vas pas chez les Lamontagne, est-ce bien clair ? Là tu manges tes patates jaunes pis tu n'approches même pas des saules ! » Ces paroles, toutes les mères de Rivière-du-Loup les répétaient à leurs enfants, demandez à ceux qui s'en souviennent, ils sauront encore vous expliquer.

– Ben, lui était croque-mort... pis les corps étaient exposés dans son salon...

– C'est pas seulement ça, il prenait un coup, le Cheval Lamontagne, et il était pas commode !

– Ouin, surtout depuis qu'il était revenu de la guerre. Y en a jamais parlé. Mais c'était plus le même homme. Vous savez qu'il a libéré Dachau ?

– Vous oubliez sa femme ! Irène Caron ! Du poison vif...

– Et les frères de Madeleine, Marc et Luc, tous les deux anormaux, inquiétants, ahuris, déboîtés...

– Forts comme des bœufs !

– Pas assez fous pour mettre le feu, mais pas assez fins pour l'éteindre !

– Non, je vous jure que je ne voudrais pas les avoir comme voisins !

– Et cette grand-mère qui refuse de mourir ! Quel encombrement !

Pourtant, les Lamontagne étaient des gens plutôt tranquilles. À part Madeleine-la-Mére à qui il arrivait de frapper à la porte des voisins pour les aviser de veiller sur leur progéniture, les Lamontagne se tenaient dans leur coin. Le dimanche au matin, ils occupaient le banc numéro quatre de l'église Saint-François-Xavier, à une dizaine de mètres du lieu où l'Américaine avait donné naissance à Louis en mourant. En après-midi, Papa Louis emmenait sa famille manger une crème glacée à la Pointe. Malgré son passé d'homme fort et son état de croque-mort, Louis Lamontagne tenait à ce que son comportement demeurât en tout temps un gage de sa normalité et que jamais ses gestes ne fussent interprétés comme des extravagances. Il y avait déjà, avec sa grand-mère morte-vivante, de quoi faire jaser, sans qu'il faille là-dessus en rajouter. Madeleine-la-Mére profitait des sorties dominicales – elle n'aimait pas la crème glacée – pour se bercer seule sur la véranda et pour envoyer la main aux passants. Pour se donner contenance, elle tirait parfois sur une pipe éteinte. Solange ne connut la vieille Madeleine-la-Mére que très peu et ne garda d'elle que le souvenir de cette aïeule morte en 1933 qui se berçait toujours, en 1955, sur la véranda des Lamontagne.

C'est au couvent que Madeleine Lamontagne avait pour la toute première fois adressé la parole à Solange Bérubé. Classe de première année A. En septembre 1957. La mère Bérubé avait été claire :

– Là, fais bien attention, Solange Bérubé. Tu m'écoutes. Si la petite Lamontagne te parle, tu ne réponds pas. Tu ne t'approches pas d'elle, tu ne t'assois pas à côté d'elle, pis tu ne lui parles pas non plus sur le chemin du retour. Ni à elle ni à son frère Marc. Je sais que nous sommes voisins, mais ça ne veut pas dire que nous devons être amis. Donc tu prends l'autre trottoir pour t'en venir à la maison. Si Maman te voit en train de parler avec Madeleine, ben ça va aller mal. As-tu compris ? Aussi mal que samedi passé, tu te souviens ?

L'enfant ne répondait pas.

– Solange Bérubé, je te parle ! As-tu compris ? criait-elle en tordant le bras de la fillette.

– Oui, maman.

La mère Bérubé brandissait devant sa fille cadette le spectre d'une punition magistrale qu'elle lui avait administrée deux jours avant. Une situation regrettable qui aurait pu être évitée si on avait porté attention aux détails. Mais la mère Bérubé, quand elle avait fait baptiser son neuvième enfant Solange – parce que le prénom rime avec « ange » – avait juré en son for intérieur que c'était son dernier. Sainte Solange, vierge et martyre, fut décapitée pour avoir refusé de céder aux avances du comte de Poitiers, qui l'avait enlevée alors qu'elle gardait tranquillement son troupeau. Fière et farouche, elle se débattit jusqu'à ce que son ravisseur la décapite de son glaive. Jamais la mère Bérubé ne se serait doutée que la petite deviendrait en quelque sorte une réincarnation de la sainte. En 1950, la Bérubé avait mis neuf enfants au monde. Deux filles et sept garçons. Cagneux, parfois tuberculeux, les marmots Bérubé vivaient règle générale dix ou douze ans avant d'être affligés de quelque maladie incurable sans être mortelle. Diabète, maigreur, poliomyélite, bronchites, ataxies diverses et variées. Seule Solange fit exception à cette règle.

– Toujours de quoi de travers dans le derrière, les Bérubé ! disaient les commères de la rue Lafontaine au passage d'un de ces garçons chétifs et rétifs.

L'aînée de cette famille très piquée des vers, une grande fille au teint hâve prénommée Antonine, avait pleuré de joie à la nouvelle de la naissance de sa petite sœur Solange. Enfin un être à catiner, à langer, à rendre pareil à soi ! Plus qu'heureuse de prendre le relais de sa mère épuisée par neuf maternités en douze ans, Antonine s'était proclamée nourrice de la petite Solange. Disons plutôt qu'elle assumait avec beaucoup de ferveur son rôle de grande sœur. Le médecin ayant décrété un boycottage généralisé sur toute naissance par césarienne, la mère Bérubé avait mis quatre mois à se relever de l'accouchement.

– Elle en a eu huit déjà, je ne vois pas pourquoi le neuvième ne passerait pas ! avait-il lancé entre deux hurlements de la mère Bérubé.

Or Solange était plus costaude que les autres et il s'en fallut de peu pour qu'on voie se répéter à Rivière-du-Loup le drame de Noël 1918. Mais la mère Bérubé tint bon. Immédiatement, Antonine s'était approprié la petite sans savoir qu'une déception lui pendait au bout du nez. Il serait injuste envers Solange de dire d'elle qu'elle avait déjà, à la naissance, mauvais caractère. Un caractère ne se forme qu'après quelques années de combat sur terre. Dans le cas des nourrissons, il faut, paraît-il, parler de *nature,* et cette nature était pour le moins sauvage dans le cas de Solange. Elle en avait assez pour s'attirer les ennuis que connaissent les libres penseurs. Par exemple, quand la mère Bérubé, en mettant en garde Solange contre les Lamontagne le premier jour d'école, avait évoqué l'incident de *samedi passé,* c'était pour rappeler le triste incident du tutu de ballerine.

Antonine, vingt ans, fiancée mais encore chez ses parents, n'avait pas abandonné l'idée que Solange était une poupée que le Seigneur lui avait offerte au printemps 1950 au terme de quelques neuvaines bien envoyées. Antonine avait prié le Très-Haut avec la ferveur d'une martyre pour qu'il lui envoyât une petite sœur tant elle en avait assez de ces garçons maladifs qu'il fallait traîner de sanatorium en hôpital en pèlerinage (et vice-versa) et qui ne grandiraient que pour donner naissance à d'autres enfants toussoteux. Antonine avait vu en sa petite Solange un exutoire pour ses penchants artistiques. Il n'est donc pas surprenant que le samedi précédant la première journée d'école de Solange, Antonine eût décidé de lui faire une surprise toute féminine. Elle l'avait emmenée dans sa chambre, vêtue d'une robe de ballerine – avec tutu – trouvée chez la mercière, maquillée comme Shirley Temple et décorée de broches, de barrettes et d'autres accessoires qui brillent dans le noir. Pas peu fière de son œuvre, elle avait ensuite fait monter la petite sur un banc pour qu'elle puisse contempler son reflet dans la glace de sa commode. La scène qui s'ensuivit passa à l'histoire dans la maison Bérubé. Antonine avait oublié que deux semaines auparavant, toute la famille avait veillé le corps d'une cousine, Annette Rossignol, morte à douze ans de fièvres et de maux de ventre. L'image de la morte en robe blanche dans son cercueil était restée imprégnée dans la mémoire de Solange qui, en se voyant dans la glace fardée et habillée de mousseline, crut qu'elle était morte à son tour et que sa grande sœur préparait ses obsèques. Elle s'était mise à hurler et à pleurer, avait viré la chambre d'Antonine sens dessus dessous, tentant de se démaquiller avec un coin de couvre-lit, mordant, frappant, assenant sur le crâne de l'aînée désespérée un coup du tiroir qu'elle avait retiré de la commode. Alarmée par le vacarme, toute la famille Bérubé avait clopiné et boité jusqu'à la chambre d'Antonine. Trois de ses frères avaient dû maîtriser la petite enragée pendant que la mère Bérubé lui administrait les vingt coups de battoir, sentence habituelle pour ce genre d'inconduite. Ce n'est que beaucoup plus tard, une fois installée à Montréal, que Solange osa s'enduire le visage de produits cosmétiques sur l'avis d'un conseiller en image.

– Autrement, vous aurez l'air d'une morte ! lui avait dit ce jeune homme bien peigné, sans soupçonner l'ironie de son commentaire.

La première fois qu'elle s'était maquillée, Solange avait cru mourir. La seconde, c'était pour ne pas avoir l'air d'un cadavre. Décidément, elle entretenait une relation trouble avec le maquillage et avec tous les signes traditionnels de la féminité.

Solange avait accepté les nattes du couvent et les robes, pourvu que ces vêtements fussent confectionnés d'étoffes unies, sans motifs, sans fleurs, sans petites girafes, sans rien. À huit ans, elle s'était pris vingt-cinq coups de battoir pour avoir tenté de faire démarrer la voiture de son père Armand Bérubé, endormi pour une sieste un après-midi d'hiver. La petite s'était glissée lentement jusqu'à lui, avançant à la faveur des ronflements de l'homme, puis lui avait dérobé ses clefs d'un geste félin. Assise dans la Dodge 1952, elle était arrivée à faire tourner le moteur et s'apprêtait à effectuer un embrayage arrière quand Irène Lamontagne l'avait aperçue depuis la fenêtre de sa cuisine et avait alerté la mère Bérubé. Mais la petite ne s'avoua pas pour autant vaincue et jura entre le quinzième et seizième coup de battoir que lui donnait son père qu'elle se reprendrait. Ce dernier, un homme autrement assez doux, ne frappait pas par conviction, mais parce que sa femme l'avait, par ses hurlements, tiré d'un sommeil profond dont il était sorti marabout, impatient et irrité. La fascination que Solange avait depuis toujours pour les véhicules motorisés l'amusait, à vrai dire, mais le sommeil d'un homme est chose sacrée.

Si la mère Bérubé avait interdit à sa fille de fréquenter la maison des Lamontagne, si elle lui avait interdit à coups de gifles d'adresser la parole à Madeleine, si elle tirait les rideaux pour que sa progéniture ne voie même pas sa maison depuis le salon, ce n'est pas tant à cause de Luc Lamontagne, enfant envahissant, criard, vulgaire et violent, ni à cause du fait que Louis Lamontagne tenait dans sa grande maison de la rue Saint-François-Xavier un salon funéraire à son goût trop fréquenté, ni à cause de Madeleine-la-Mére, morte pour la première fois en 1933 et qui attendait toujours en compagnie de son petit-fils la libération finale de ses souffrances terrestres, ni à cause de la petite Madeleine, fillette tranquille qui passait le plus clair de son temps dans une remise derrière chez elle, non, toutes ces choses, aussi étranges et inhabituelles qu'elles pussent paraître, ne dérangeaient pas la mère Bérubé. Ce contre quoi elle tenait à protéger sa fille et ses fils déjà éprouvés par le sort, c'était Irène Lamontagne, née Caron.

– Elle, si elle te regarde, la Caron, tu t'en viens à la maison. Tu ne lui parles pas. As-tu compris ?

La mère Bérubé tordait le bras de sa fille. Elles passèrent devant le collège des garçons, tournèrent à gauche et s'avancèrent vers le couvent. Dans la cour, les nonnes tentaient, en donnant à gauche et à droite des coups de frappoir, de faire s'aligner les écolières surexcitées par la rentrée. Les plus grandes assistaient ou terrorisaient les petites, selon les dispositions de leur *nature*.

Le couvent. Sorte de cube de brique qui abritait la résidence des sœurs de l'Enfant-Jésus, complète avec cuisine, parloir, réfectoire et buanderie, en plus d'une école pour filles. On y entrait par une porte latérale, l'entrée de la façade étant réservée aux visiteurs du parloir. Devant cette mer de femmes et de filles, la petite Solange prit panique, planta ses talons dans la gravelle et refusa d'avancer. Elle n'irait pas. Pourquoi ne l'avait-on pas inscrite avec ses frères au collège des bons frères des écoles chrétiennes ? Des hommes si beaux et si propres qu'on voulait être comme eux ? Pourquoi ce châtiment ? Et ces affreux bas de cachemire ! En petites vagues menaçantes, la mer de filles se rapprochait déjà ; une sœur accueillait la mère Bérubé assez contente de se libérer de son fardeau. Solange ne pleura pas. Par principe. Elle se souvint non sans un pincement au cœur de ce samedi après-midi dans la cour, où son frère Marcel lui avait expliqué, preuve à l'appui, la raison pour laquelle elle fréquenterait le couvent et lui, le collège. Pendant qu'il remontait sa braguette, Solange se demandait quand la chose lui avait poussé entre les jambes et surtout, à quelle vitesse ? En réponse à quelle prière ? En récompense de quelle bonne action ? La chose, si petite en apparence, recouverte d'une sorte de chapeau d'évêque, semblait conférer à son propriétaire des pouvoirs et des privilèges incroyables : conduire une voiture, porter un chapeau de cow-boy, ronfler sur le canapé du salon, prendre la parole à table, exister. Sa mère lui cria encore :

– Si la petite Lamontagne te parle, dis-le à la sœur, on va arranger ça !

Comme si le traumatisme d'avoir été abandonnée dans un lieu peuplé exclusivement de femmes n'était pas suffisamment décourageant, le destin voulut que Madeleine et Solange fussent voisines de pupitre dans la classe de première année A, juste devant l'institutrice, sœur Saint-Arsène, qui jappait maintenant les noms des écolières.

– En entendant votre nom, dites « oui, ma sœur » et venez prendre ces livres. Ne les échappez pas. Ne les écornez pas. Prenez-en bien soin ou vous serez punies ! Silence ! Raymonde April !

– Oui, ma sœur !

Solange contemplait la salle, tentait de ne pas regarder du côté de Madeleine Lamontagne. De petits pas se firent entendre. Raymonde April recevait en tremblant ses premiers manuels scolaires. Des affiches recouvertes de lettrages tapissaient les murs. Une mappemonde. Un crucifix. La sœur avait bien expliqué qu'il s'agissait de photographies de religieux : notre Saint-Père le pape Pie XII coiffé de sa mitre. Solange se dit que son couvre-chef ressemblait au pénis de son frère Marcel. Un pénis chaussé de petites lunettes rondes, ce Pie XII. Oui, c'était la même forme. Cette présence masculine la rassura un peu.

– Solange Bérubé !

– Oui, ma sœur.

Solange avançait, voyait grandir l'image de sœur Saint-Arsène qui lui tendait un catéchisme et un livre de lecture en souriant. Quelques fillettes ricanèrent en voyant sa démarche qui rappelait celle d'un bûcheron. Solange fusilla une blondinette du regard et retourna s'asseoir.

– Marie Castonguay !

– Oui, ma sœur !

Madeleine Lamontagne souriait. Solange ne la voyait pas, mais l'*entendait* sourire. Comme elle l'entendait respirer et transpirer. Son regard s'arrêta sur sa voisine de gauche. Une fille qui pleurnichait encore de se savoir séparée des siens.

– Simone Dumont !

– Oui, ma sœur.

La braillarde s'appelait Simone. Le spectacle de ses larmes exaspérait Solange. Mais où poser les yeux sans risquer d'être éblouie par la lumière qui émanait du corps de Madeleine Lamontagne ? Elle se concentra un instant sur la photographie de l'archevêque de Sainte-Anne-de-la-Pocatière, bonhomme au visage rassurant.

– Madeleine Lamontagne !

Silence de plomb. Madeleine se leva de sa chaise et avança vers la sœur. Cette dernière semblait déjà connaître l'enfant, lui souriait peut-être avec plus de sincérité qu'aux autres. Madeleine retourna s'asseoir. Trente fillettes défilèrent ainsi sous les yeux de Solange. Puis eut lieu le test de la jupe.

À tour de rôle et en ordre alphabétique, les fillettes furent invitées à s'agenouiller devant le reste de la classe. Il fallait qu'une fois à genoux, la jupe de leur austère uniforme arrivât à égalité avec le plancher, sans y toucher et sans faire de plis. Madeleine et Solange, filles de mères scrupuleuses, passèrent le test haut la main. D'autres furent moins chanceuses et reçurent leurs premières menaces. « Corrigez la situation, Mademoiselle, où vous aurez des problèmes. » Sœur Saint-Arsène commença la première leçon de lecture. Ce n'est qu'en après-midi que les choses se gâtèrent pour Solange. Jusque-là, elle avait réussi à ignorer complètement la présence de Madeleine Lamontagne. Ne l'avait même pas graciée d'un regard. Pas même quand sœur Saint-Arsène lui avait fait ânonner une prière à la Vierge. Puis le malheur frappa la pauvre Solange. Pendant que la religieuse aboyait les premières lettres de l'alphabet en frappant le tableau noir d'une règle de bois, Madeleine avait commencé à s'intéresser à Solange. D'abord discrètement, puis elle avait dit son nom. Une fois en chuchotant, et une fois de pleine voix.

– Solange !

Solange avait d'abord ignoré sa voisine. Elle avait dû la reconnaître de la rue Saint-François-Xavier, elle venait d'apprendre son nom et voulait en faire l'essai. Sœur Saint-Arsène dardait les deux fillettes de son regard sévère. Madeleine ne lâchait pas le morceau.

– Solange ! Solange Bérubé !

Pourquoi lui fallait-il tant souffrir ? Pourquoi, Seigneur ? Solange leva les yeux. Sœur Saint-Arsène se tenait maintenant entre son pupitre et celui de Madeleine. Solange commit une erreur : elle regarda Madeleine dans les yeux. Dans le fond de ses yeux sarcelle. Elle y distingua clairement une promesse. Madeleine souriait. Deux secondes plus tard, le contenu de l'estomac de la petite Bérubé s'échappait de sa bouche en un jet puissant et jaunâtre pour éclabousser la guimpe immaculée de sœur Saint-Arsène dans un bruit mouillé.

– Ah ! On voit bien de quelle famille malade vous nous arrivez, Solange Bérubé !

Et Solange aboutit, traînée par le bras, groggy d'avoir vomi, un peu ivre, dans le bureau de la sœur infirmière, sœur Marie-de-l'Eucharistie. Si les premières heures au couvent l'avaient terrorisée, si le fait d'entendre son nom prononcé de la bouche de Madeleine Lamontagne avait provoqué en elle un vomissement violent, la vue du visage de sœur Marie-de-l'Eucharistie vint à bout de ce qui lui restait d'aplomb et de courage. Un nez. Un très grand nez. Une sorte de crochet de chair. Voilà ce qu'elle vit se pencher sur elle avant de perdre définitivement connaissance.

– Il faudra l'avoir à l'œil, elle est fragile, votre fille, disait sœur Marie-de-l'Eucharistie à la mère Bérubé, venue cueillir sa fille qui s'était trouvée mal au premier jour de classe.

Mais c'était chose commune pour les petites filles de Rivière-du-Loup de vomir ou de s'évanouir à la vue de sœur Marie-de-l'Eucharistie. Celle-ci fut d'ailleurs étonnée qu'on lui amène à l'infirmerie une petite qui avait déjà vomi.

Quelques heures à peine après avoir restitué son déjeuner sur la guimpe de sœur Saint-Arsène, Solange se lança à corps perdu dans une neuvaine adressée à Notre-Dame, lui demandant une faveur presque inavouable, en tout cas pas à sa mère, ni à ses frères, encore moins aux sœurs du couvent qui seraient probablement les dernières à comprendre le désir enfantin de Solange : que Dieu lui donnât un pénis.

Avec un pénis, Solange serait envoyée au collège avec les gentils frères, comme les gens normaux, et n'aurait plus à côtoyer cette Madeleine qui la troublait si profondément. Le lendemain matin, la mère Bérubé décida de garder Solange à la maison. Ce n'est que deux jours plus tard que l'enfant fut renvoyée au couvent, la mort dans l'âme. À son retour dans la classe de première année A l'attendait la photographie de Pie XII, qui la narguait avec sa grosse mitre de pape bien droite qu'on devinait tiède, molle et spongieuse à l'intérieur.

Le manque d'enthousiasme de Solange pour le couvent n'avait pas échappé à l'attention de la mère Bérubé, qui s'inquiétait de voir sa cadette rentrer plus démoralisée de jour en jour. Il s'en fallut de peu pour que la petite se mette à détester franchement le couvent et tout ce qui y était associé. Or, peu de temps après son entrée dans la classe de sœur Saint-Arsène, Solange fit une découverte fabuleuse : le potinage dans la cour de récréation, activité décriée par les unes, appréciée par les autres et pratiquée par toutes. Un matin d'octobre, donc, sans se douter de la volupté qui la guettait, Solange avait intercepté les messes basses de deux commères en herbe de sixième année abritées sous le préau.

– Il a sauté la clôture, le croque-mort. C'est ma sœur qui me l'a dit.

– Et comment elle le sait, ta sœur ?

– Elle me l'a pas dit. Mais ce que je sais, c'est que le petit de madame Lagacé, tsé la grosse torche de la rue Saint-André ? Ben, il a les yeux sarcelle, comme ceux de Madeleine Lamontagne, tu remarqueras la prochaine fois que tu lui parleras...

– T'es pas sérieuse !

– Il paraît qu'ils se sont rencontrés quand le Cheval est allé chercher le corps du grand-père Lagacé. C'est la bonne femme qui a appelé, pis était toute seule. Les voisines ont tout entendu ! Le corps était même pas encore frette !

– Tant qu'il ne fait pas ça avec les mortes !

– Ouache ! T'es t'écœurante !

En tendant l'oreille à divers commérages dans tous les coins de la cour du couvent, dans les alcôves, à côté des statues des saints au regard pâmé – Sainte-Blandine et Saint-Laurent étaient ses préférés –, Solange en apprit davantage sur les Lamontagne que sur tout autre sujet, scolaire ou non. Quand elle remarquait qu'une fille semblait en savoir un peu plus long qu'une autre sur le sujet Louis Lamontagne, elle essayait de multiplier les occasions de se retrouver en sa présence et tentait de devenir sa confidente. Combien d'amitiés força-t-elle entre la première et la sixième année, rien que pour entendre les bribes du passé ou du présent de Louis Lamontagne et de sa femme Irène Caron ? N'eût été de ces commérages de préau et de ces chuchotements de réfectoire, Solange Bérubé serait probablement morte de tristesse et d'épouvante au couvent des sœurs de l'Enfant-Jésus. Mais chaque récréation, chaque déplacement dans les couloirs de l'édifice, chaque attente en file indienne sous le préau apportaient la possibilité d'en apprendre encore un peu sur les Lamontagne ; et ce n'est que pour ces bribes narratives que l'enfant vécut et porta la moindre attention à l'école jusqu'à la sixième année. De l'une elle apprit les circonstances de la rencontre de Louis Lamontagne avec son épouse Irène Caron ; de l'autre, tout ce qu'il fallait savoir sur la relation tendue entre Madeleine-la-Mére et sa bru. Véritable service de renseignement, les élèves du couvent en savaient probablement plus que Madeleine Lamontagne elle-même sur la genèse de sa propre famille. Et les langues se faisaient aller... Ces potinages, parfois complaisants, parfois méchants, mais toujours informatifs finirent au fil des années par constituer, sans qu'elle ait jamais eu à poser la moindre question indiscrète, la trame de tout ce que Solange savait sur ses voisins Lamontagne, c'est-à-dire l'histoire de Louis Lamontagne depuis son retour triomphal à Rivière-du-Loup le jour de la Saint-Jean-Baptiste 1948. Les commérages et les lettres d'amour interceptées ont toutefois ce revers particulier de ne pas vous raconter les histoires en ordre chronologique.

Quand Louis Lamontagne rentra au pays en 1948, trois ans après la fin de la guerre, il trouva la maison paternelle presque vide. Son oncle Napoléon, marié, était parti s'installer dans un village de l'arrière-pays sis au bord d'un lac où vivait, selon les légendes, un monstre marin. Ses tantes, toutes plus jeunes que lui, étaient mariées à des cultivateurs et à des employés du chemin de fer. Le père Lamontagne s'était éteint en 1946 alors que Louis attendait toujours son rapatriement. Seule dans la grande maison de bois du chemin Fraserville, Madeleine-la-Mére était occupée à équeuter des fraises quand son petit-fils Louis Lamontagne était reparu. Elle n'avait pas ressenti plus grand soulagement depuis qu'on lui avait annoncé sa propre mort, treize ans auparavant. Il venait, lui racontait-il, de clore le défilé de la Saint-Jean-Baptiste à Rivière-du-Loup.

– T'as-tu faim, mon Louis ? lui avait-elle demandé avant toute chose.

Un poulet, huit pommes de terre et quatre verres de cidre plus tard, elle commença à poser des questions sur les vieux pays qu'elle ne verrait jamais. Les morts ne voyagent pas. Louis en parla peu. La Mére lui raconta les funérailles de son mari, le mariage de Napoléon et narra quelques baptêmes récents. Louis avait rapporté un cadeau de l'Europe, une petite peinture étrange. Assis à la table de bois où on l'avait langé tout petit, il en fit cadeau à Madeleine-la-Mére, qui la considéra avec un regard curieux. C'était une image pieuse que l'aïeule n'avait jamais vue. Sur une grande table de granit était étendu quelqu'un, une femme. Marie. Oui, bien sûr. Recouverte d'un vêtement ample, sorte de drap, bleu. Elle avait fermé les yeux, probablement pour toujours. Autour d'elle, les apôtres. La Mére reconnut André, grand et fort, Pierre et les autres. Penché au-dessus du corps de sa mère, Jésus tenant un bébé dans ses langes. Quelques séraphins voltigeaient dans le coin supérieur gauche.

– C'est-y toué qui l'a dessinée ? C'est-y ta mére, ça ?

Louis riait pour la première fois depuis la libération de Dachau. Il n'avait pas idée de ce que pouvait représenter la scène. On lui avait offert la peinture là-bas. L'image, avec tous ces hommes debout autour du corps d'une femme morte, lui avait rappelé la veillée du corps de Madeleine-la-Mére, le clair halo qui entourait la tête du Christ lui avait rappelé les statues de l'église où il était né. Tout dans cette image le ramenait à Rivière-du-Loup et sans qu'il le comprît très bien lui-même, cette représentation de la mise au tombeau de la Vierge l'avait inspiré, après cinq années de service dans la U.S. Army, à retrouver le calme de ses rivages nordiques.

– Si c'est point toué qui l'a fait, le portrait, ben c'est qui, d'abord ?

La Mére tenait l'image entre ses deux mains osseuses. Louis n'en savait rien. De l'Europe il n'avait rapporté que cette image. Et dans les histoires qu'il continua de raconter, il parla souvent des vieux pays, des Allemands, des Français. De la libération de Dachau, il avait parlé une fois, des années plus tard, assis au bar l'Ophir. Un imbécile lui avait crié quelque chose, une maladresse sur les camps de concentration. L'imbécile devint projectile, puis se tut. Très longtemps. Quand il reprit connaissance, des semaines plus tard, il se trouva un autre bar.

La Mére avait suivi son petit-fils, seul être vivant qui lui restât sur terre, dans la maison de la rue Saint-François-Xavier, plus grande et plus moderne que la maison du chemin Fraserville. Louis l'avait achetée avec tout l'argent qu'il avait gagné aux États-Unis, les prix remportés dans les foires, sa solde de la U.S. Army et le fruit de la vente de la maison du chemin Fraserville, qui fut achetée par des gens ennuyeux. C'est peu après son retour d'Allemagne qu'il avait ouvert son salon funéraire. De Dachau, il avait rapporté le parfum de la mort. Cette odeur lui colla à la peau jusqu'à ce qu'il ne fasse plus qu'un avec elle.

L'intérêt pour les morts lui était venu, de son propre aveu, un jour particulièrement gris en Bavière. Il avait neigé et il avançait dans un champ avec les autres fantassins quand il trébucha sur une pierre qui poussa un gémissement. La pierre était entourée d'autres pierres, mortes celles-là. La pierre lui avoua s'appeler David Rosen. Il avait marché avec d'autres prisonniers de Dachau pendant six jours, escorté par des S.S. Bientôt, les gardes allemands avaient compris qu'ils n'arriveraient jamais au Tyrol, les Américains leur barraient la route de partout. Autour de lui, les prisonniers mouraient de fatigue. Ceux qui tentaient de s'échapper étaient tirés à bout portant. Au matin, dans une clairière, les Allemands avaient ordonné à tous de se coucher par terre, puis le miracle s'était produit. Il s'était mis à tomber une neige alpine en gros flocons paresseux et denses. Enroulé dans sa couverture, Rosen s'était endormi sur le sol en espérant mourir enfin. S'apercevant que les Américains n'étaient plus qu'à quelques centaines de mètres, les

Allemands avaient pris la fuite, non sans envoyer quelques coups de feu sur les corps étendus dans la clairière. Mais il avait tant neigé qu'ils ne virent pas le corps de Rosen enseveli sous la neige. Quand il se réveilla, il tira sur sa couverture et ne vit qu'une masse blanche qu'il prit pour la mort, et s'en trouva content. La masse blanche se désagrégea cependant sous ses doigts. Devant lui se dressait un homme immense aux yeux sarcelle. Des dents de la même couleur que la neige qui l'avait sauvé des balles allemandes. Louis fut chargé d'empiler les corps frigorifiés dans un camion. Ils étaient tous vêtus de pyjamas à rayures, avaient les yeux ouverts, la main parfois immobilisée dans un geste. Certains étaient morts sur le ventre de sorte qu'ils levaient une main comme pour envoyer au monde un ultime au revoir glacé. Les corps s'empilaient mal dans le froid, comme de petits soldats de plomb qu'on essaie de ranger dans une boîte de cigares. Puis le camion était parti, laissant derrière lui les soldats américains et David Rosen, seul survivant de cette marche de la mort.

– S'il n'avait pas neigé, ce matin-là, les Allemands m'auraient vu et fusillé. Je dois ma survie à la neige, avait expliqué David à Louis.

Il ne répétait que ça et rien d'autre.

Il manquait de tout en Allemagne en 1945, sauf de cadavres. De ça, on en avait des montagnes. Des jeunes, des vieux, des gentils, des ahuris, des méchants, des idiots, des perspicaces, des retardataires et de jeunes loups qui disparurent tous sans sépulture dans les entrailles de la terre allemande. C'est cette erreur que Louis se donna comme mission de corriger à son retour au Canada. « On ne devrait jamais avoir honte de ses morts », avait été son premier slogan. C'est pourquoi Louis fit une longue escale à Québec avant de rentrer chez lui. Il mit six mois à apprendre, chez Henri Bellerose, un croque-mort d'expérience, les soins à apporter aux dépouilles et la gestion d'une entreprise de pompes funèbres. La chose n'était pas complètement éloignée des épreuves de force: donner malgré les circonstances l'impression du naturel, ne jamais négliger le théâtre et doser ses paroles avec science. Chez son maître croque-mort de Québec, Louis apprit qu'un seul mot de travers peut voyager comme une maladie dans une famille et finir par vous priver de votre clientèle. Il fallait même soigner ses regards, avait souvent répété Bellerose, évoquant la grande susceptibilité que le deuil était à même d'éveiller chez les plus stoïques. Avant de laisser partir son apprenti, Bellerose lui avait donné ce dernier conseil:

– Vous êtes bel homme, Louis. C'est important pour un croque-mort. Et soyez toujours élégant. Les morts vous en seront reconnaissants. Ne misez pas seulement sur votre beauté naturelle et n'oubliez jamais: en noir, on ne se trompe pas.

Chez les Bérubé, voisins du salon funéraire Lamontagne, on goûta très peu l'arrivée du nouveau commerce dans la rue Saint-François-Xavier. Des morts? Affreux! Et on se désola de voir défiler les cercueils dans la rue; Papa Louis, au volant de son corbillard, souriait aux Bérubé dégoûtés. Et cette Irène...

Pour bien comprendre le fondement de cette haine viscérale que ressentait la mère Bérubé – et de nombreuses autres femmes de Rivière-du-Loup – envers Irène Caron, il faut remonter à ce jour de la Saint-Jean-Baptiste 1948 où Louis Lamontagne fit son retour triomphal dans sa ville natale. Il était arrivé par la route 2, en bas, près du fleuve, sans s'annoncer. Puis, la nouvelle de son arrivée s'était mise à remonter les rues de la ville. La rumeur était partie du coin de l'église Saint-Patrice, puis, de bouche à oreille, de boutique en garage, de commère en mémère, avait fait son chemin vers le haut de la ville en remontant la rue Lafontaine comme un saumon remonte les rapides de la rivière où il est né pour y frayer et mourir.

– Le Cheval Lamontagne est revenu !

– Pas possible ! Le beau Louis, le fils de l'Américaine ?

La ville entière était déjà d'humeur festive et s'apprêtait à regarder passer le défilé de la Saint-Jean-Baptiste sur la rue Lafontaine, mais on ne parlait que de lui. La foule était divisée en quelques groupes bien définis. D'abord ceux qui l'avaient connu et qui avaient même assisté à sa naissance le 25 décembre 1918 dans l'église Saint-François-Xavier : sa famille immédiate, les gens qui avaient fréquenté l'école avec lui, les sœurs de l'Enfant-Jésus – dont sœur Marie-de-l'Eucharistie, frétillante de bonheur à l'heureuse nouvelle –, puis, ceux qui, sans trop le connaître, l'avaient côtoyé. Figuraient dans ce groupe les voisins, la parenté lointaine et nombreuse, les marchands de la ville, ses tout premiers adversaires aux épreuves de force du comté de Rivière-du-Loup, quelques curés qui connaissaient sa légende et les commères, innombrables, éternelles et affamées. Finalement, le groupe le plus important était composé de familles qui s'étaient établies à Rivière-du-Loup après la Grande Misère, c'est-à-dire une majorité de gens qui ne connaissaient de Louis Lamontagne que des légendes fantastiques. Étrangement, c'étaient ceux-là précisément qui se réjouissaient le plus de son retour. Ceux qui l'avaient connu ressentaient certes une grande fierté à voir rentrer au pays un fils dont ils n'avaient pas à rougir, mais éprouvaient quand même une certaine appréhension. Louis avait-il changé ? On serait bientôt fixé.

Bien naïfs ceux qui s'imaginèrent que Louis Lamontagne était arrivé *par hasard* à Rivière-du-Loup en plein défilé de la Saint-Jean-Baptiste. C'était bien mal connaître le bonhomme et son sens du spectacle. Encore plus naïfs furent ceux qui crurent que c'est par modestie qu'il avait défilé à pied, vêtu pour la dernière fois de son uniforme de la U.S. Army. Les chars allégoriques, la procession des Lacordaire, les voitures de luxe, même le pauvre petit Saint-Jean-Baptiste, un enfant pourtant adorable, s'étaient fait voler la vedette par l'enfant prodigue. L'armée américaine avait enlevé à Louis Lamontagne un peu de sa candeur, c'est la première chose que les sœurs de l'Enfant-Jésus se dirent. Quand elle le vit passer devant le fleuriste Moisan, sœur Marie-de-l'Eucharistie ne put se retenir et courut vers Louis, étonné de revoir celle qui l'avait mis au monde. Sa laideur n'avait pas pris une ride. Souriante à faire peur, sœur Marie-de-l'Eucharistie criait à la foule d'applaudir le fils retrouvé. Et la clameur partit. Peut-être plus fort encore que pendant le défilé de la victoire des troupes canadiennes à leur retour d'Europe. Louis avait, *lui,* combattu au sein des troupes du vrai vainqueur. Qu'on le sache ! Peut-être Hollywood avait-elle trop bien traité l'armée américaine... Quoi qu'il en soit, Louis Lamontagne apparaissait sous les yeux des Louperivois comme celui qui, de ses mains nues, avait étranglé le serpent du fascisme. Que Staline aille se rasseoir ! Contrairement à ses concitoyens, Louis avait servi dans une *vraie* armée, une armée qu'on voit au cinéma ! Louis marchait, souriant, sous les yeux de toute la ville, avec au bras la religieuse, folle de joie. Car elle s'était fait du mauvais sang, cette pauvre sœur. Ce garçon, elle le considérait un peu comme le sien. Pour la première et dernière fois de sa vie, sœur Marie-de-l'Eucharistie versa une larme. Une seule, furtive et heureuse, qui s'évapora avant de toucher la terre battue. Ému aussi, Louis se sépara de la foule en liesse pour tenir compagnie à Madeleine-la-Mére qui ne manquait jamais un défilé.

– Ça me fatigue et ça fait du bruit, mais j'aime ça.

Elle n'avait pas tout à fait tort. Irène Caron assistait elle aussi à tous les défilés.

– Ça m'amuse et ça ne coûte rien !

Irène Caron. Elle venait de la paroisse Saint-Ludger, ce qui déjà la rendait suspecte aux yeux des bonnes gens. Les Caron n'avaient jamais été du genre à perdre le compte de quoi que ce soit. Il s'agissait de gens à qui il est toujours possible de demander à brûle-pourpoint combien d'argent ils ont dans leur compte de banque. Ils le savent. Comme ils connaissent avec une précision effrayante le solde des comptes d'épargne d'un grand nombre d'habitants de Rivière-du-Loup. Les Caron savent combien de maisons il y a dans la ville, combien de terrains cadastrés et combien d'adresses. Ils savent où sont garées toutes les voitures, connaissent leur prix d'achat et savent aussi combien ont coûté les machines agricoles qui défilent dans la rue Lafontaine à la Saint-Jean-Baptiste. Les Caron sont des gens bien informés. En tout et pour tout, il y avait dix-sept enfants chez eux. Treize filles et quatre garçons. D'une piété irréprochable et d'une pingrerie inimaginable, il n'était pas rare que les vêtements dont quelque ménagère s'était servie pour habiller un épouvantail se retrouvassent sur le dos d'un Caron. Rien là de bien exceptionnel pendant les années de misère, mais en 1948, il y avait de quoi faire jaser.

Une autre histoire sur les Caron mérite d'être racontée, non seulement parce qu'elle en dit long sur la famille, mais aussi parce qu'elle est appuyée par des documents écrits dont Solange eut la chance de prendre elle-même connaissance. Irène Caron, la cadette de cette interminable fratrie, avait un frère plus vieux d'un an, un brave garçon sain de corps et d'esprit que ses origines humbles destinaient au clergé, au service militaire ou au dur labeur. Le garçon avait d'abord mis un certain temps à balbutier ses premiers mots, beaucoup plus longtemps que les autres. Quand vous lui parliez, il vous regardait de ses grands yeux bruns, souriait, puis son attention se portait sur quelque oiseau ou papillon qui le faisait rire. Les matins d'hiver, assis derrière les vitres givrées de la chambre des garçons, Armand suivait du doigt la trajectoire onduleuse des flocons de neige en souriant béatement. À l'école, le gamin apprit vite à lire, mais, ô malheur, n'arrivait pas à s'intéresser aux chiffres. Son père, un vieillard déjà pelé et édenté, presque sourd, n'était plus en mesure d'intervenir. Ses deux sœurs, Irène et Marthe, essayèrent donc de lui faire rattraper ses mathématiques. Rien n'y fit. Bientôt, les séances de calcul devinrent pour le garçon de véritables supplices. Mais la mère y tenait. « Tout ce qui compte, c'est de savoir compter. » Il n'était pas absolument bête, non. Il maîtrisait les quatre opérations de base, quelques tables de multiplication, mais n'arrivait pas à mettre ses connaissances en application dans la vie quotidienne. Un jour, à table, la mère Caron perdit patience. En pointant du menton le plat de lapins rôtis qu'elle venait de déposer sur la table, elle soumit son Armand à un test.

– Armand, tu peux me dire combien de pattes il y a dans ce plat ?

– Non, je ne sais pas.

– Essaye.

Le garçon compta lentement.

– Sept !

– Comment ça, sept ?

– Ben, il y a sept pattes.

– Comment veux-tu qu'il y ait sept pattes alors que je compte quatre têtes ? S'il y a quatre têtes, c'est qu'il doit y avoir...

– ...

– Allez ! Parle !

– Je... ben... six pattes ?

Ailleurs que chez les Caron, dans une famille aimante et indulgente, la réponse eût engendré des cascades de rires attendris, peut-être une caresse rassérénante sur la tête du cancre, voire un baiser sur son front. Pas chez les Caron. La mère Caron se leva, saisit Armand par l'oreille et le mit au coin pendant deux heures en le privant de souper. Les choses n'en restèrent pas là. Au fur et à mesure que le garçon grandissait, il devenait clair qu'il ne maîtriserait jamais les subtilités du calcul. Il fut donc rossé par ses frères et aussi par ses sœurs. Il devint en quelque sorte le souffre-douleur de cette famille de matheux. À ses mauvaises dispositions pour les chiffres s'ajoutait un manque flagrant d'esprit de frugalité. Un jour, sa jeune sœur Irène le surprit en train de jeter les pelures d'un grand oignon que la mère venait de couper en dés. La petite dénonça immédiatement son frère, qui eut droit à une correction sévère, rien d'affolant, quelques coups de cuiller en bois et deux gifles bien senties.

– Les pelures d'oignon, on s'en sert pour se moucher. Les jeter, c'est du gaspillage !

Il fut en plus privé du ragoût qui mijotait. Parce qu'il était en larmes, la mère Caron l'autorisa à se moucher dans les pelures d'oignon qu'il avait sottement jetées. Conscient de son anormalité et de ses limites intellectuelles, le pauvre Armand se mit en quête d'un moyen de gagner les faveurs de sa famille. Il se découvrit un talent certain pour raconter des histoires drôles, des facéties, et pour inventer des saynètes dont les personnages étaient des notables de Rivière-du-Loup. Un soir, il avait alors seize ans et sa jeune sœur Irène, quinze; il voulut prendre la parole à table pour raconter une histoire de son cru, une anecdote très cocasse et très bien tournée inspirée par un incident dont il avait été témoin dans la paroisse Saint-Patrice. Il raconta à sa famille qu'il avait entendu Madeleine-la-Mére, toujours illettrée, dicter au maître des postes une courte lettre à son petit-fils Louis Lamontagne, devenu militaire américain, posté quelque part dans les vieux pays. Il reprit les propos de la vieille, imita son parler ancien, mima même avec un certain talent les gestes et les rictus du maître des postes. Quand il eut fini, il se rendit compte qu'on ne l'écoutait que d'une oreille distraite. Irène leva les yeux de son assiette de chiard.

– Le timbre lui a coûté combien, à la Mére ?

– Ben...

Il ne le savait pas. Il n'avait pas retenu cette information, parce qu'elle lui avait paru sur le moment marginale et peu intéressante. Son but était de faire vivre, dans la maison des Caron, une scène dont lui seul avait été témoin parce que son père l'avait chargé de poster une lettre. Il avait cru les amuser, les faire voyager en dehors de leur salle à manger par la magie d'une narration. Il avait tout remarqué : les inquiétudes de la Mére, le ton suppliant, « dites-lui que sa grand-maman l'attend pis qu'a y charche une petite femme », le sourire en coin du postier, en vain. Rien n'avait déridé ses frères et sœurs, encore moins sa mère, qui ne l'écoutait même pas. Irène mit fin à son supplice.

– En tout cas, ils ont du temps à perdre et de l'argent à dépenser, chez les Lamontagne !

À dix-sept ans, parce qu'il était né beaucoup trop tard pour s'engager dans les zouaves pontificaux et beaucoup trop tôt pour aller se réfugier dans un collège de la grande ville, c'est avec empressement, ferveur et joie qu'Armand s'engagea dans l'armée canadienne, prometteuse d'éloignement, deux mois avant l'adoption de la conscription par le gouvernement King. De Hollande, il écrivit un certain nombre de lettres, très courtes, dans lesquelles il tenait à rassurer sa mère sur son état de santé et sur l'avancée des troupes canadiennes. Après la guerre, au lieu de rentrer chez lui et sans qu'on sache pourquoi, Armand s'embarqua à Halifax sur un navire marchand pour une destination inconnue et on n'entendit plus jamais parler de lui jusqu'à ce qu'une lettre parvienne à Irène Caron en 1950. Armand était parti très loin. Il expliquait dans sa lettre qu'il avait appris à calculer le « point antipodal » de Rivière-du-Loup, calcul qui l'avait mené dans le sud-ouest de l'Australie, où il disait avoir trouvé femme et fondé famille. On ne revit jamais Armand. Il n'avait pas indiqué son adresse. Quand Irène reçut la lettre, elle la lut plusieurs fois sans trop comprendre. Déjà enceinte de Madeleine, elle demanda à Louis de la lui expliquer.

– C'est quoi le point antipodal ? Je ne comprends pas.

– Ben, il l'a expliqué. C'est le point le plus éloigné d'ici.

– Oui, mais pourquoi est-il allé là-bas au lieu de revenir ?

– Parce qu'il avait envie de voyager !

– Et pour aller là-bas, comment on fait ?

– S'il faut le croire, il suffit de creuser d'ici un tunnel avec une pelle et après un bout de temps, on sortira chez ton frère Armand.

– Chez lui ? Je pensais que si on faisait ça, on arrivait en Chine.

– Pas selon lui.

– En tout cas. Qui va creuser si longtemps pour rien ? Et voyager, ça rapporte quoi ?

La lettre d'Armand survécut aux années de sorte qu'à la mort d'Irène, Madeleine adulte en devint l'héritière. Elle aussi lut plusieurs fois la lettre de cet oncle énigmatique sans pouvoir en percer le sens. Armand devint pilote de baleinier et mourut en mer à proximité du point antipodal de Rivière-du-Loup en 1976, à l'insu de sa famille restée au Canada. Il laissa dans le deuil sa femme, une Australienne d'une douceur légendaire, et quatre enfants dont aucun, s'était dit Solange, n'avait dû devenir comptable, ni banquier.

Toujours est-il qu'il est vrai que Madeleine-la-Mére cherchait une petite femme à son petit-fils Louis Lamontagne pendant sa longue absence. Car dans la tête de l'aïeule, il était clair que Louis avait quitté Rivière-du-Loup en 1936, après avoir remporté toutes les épreuves de force de la région, pour se trouver quelque part une Madeleine. Elle avait donc gardé l'œil ouvert dans l'éventualité qu'il revînt bredouille et avait inspecté toutes les Madeleine d'âge nubile du comté, avait même poussé des missions de reconnaissance dans les villages de l'arrière-pays dont les rangs sinueux étaient parsemés de maisons grouillantes de marmaille. Aucune ne faisait l'affaire. Trop maigre, trop osseuse, trop rêveuse, trop pieuse, les Madeleine mariables de 1948 avaient toutes quelque chose à se faire pardonner aux yeux de la Mére. Mais elle ne désespérait pas. Preuve que la coïncidence des besoins existe bel et bien, Irène Caron, âgée de vingt ans en 1948, était en recherche active de mari après que sa mère lui eut servi cet ultimatum :

– Si tu n'es pas mariée à l'automne, tu entres au couvent.

À la parade de la Saint-Jean-Baptiste, Irène n'avait rien perdu de l'arrivée de Louis. Quand quelqu'un lui expliqua que la femme qui l'avait mis au monde n'était nulle autre que sa propre tante, sœur Marie-de-l'Eucharistie, Irène se mit à considérer Louis – et la religieuse – d'un œil intéressé. Inutile de spécifier qu'elle approcha d'abord Madeleine-la-Mére pour tâter le terrain. N'ayant que très peu d'expérience avec les morts et ne se doutant pas de ce qui pouvait les irriter ou les indisposer, Irène marcha accompagnée de sœur Marie-de-l'Eucharistie vers Madeleine-la-Mére pour faire le dépôt officiel de sa candidature. Louis était déjà ailleurs, saluant quelques amis d'école.

La Mére reçut sœur Marie-de-l'Eucharistie avec politesse tout en lui faisant bien comprendre que son Louis avait l'embarras du choix. Mais la Mére aimait cette religieuse hideuse. Elle sentait chez elle comme une communauté d'âme.

– Mais vot' Irène, ben, elle s'appelle pas Madeleine.

– Non, mais elle pourrait mettre au monde une Madeleine.

Madeleine-la-Mére avait fait la moue. Donner naissance ? C'était mettre la charrue devant l'homme fort. Et c'est exactement ce qui se produisit en ce défilé de la Saint-Jean-Baptiste 1948 à Rivière-du-Loup. Le beau Louis gravissait d'un pas martial la rue Lafontaine sous les applaudissements de la foule quand la charrue qui transportait le petit saint Jean-Baptiste assis sur une balle de foin s'immobilisa. L'attelage était pourtant tiré par deux chevaux fiables, mais qui furent soudainement frappés par une émotion vive, comme s'ils avaient vu paraître devant eux le diable en personne. Le licou mal fixé par un homme pressé lâcha prise et la charrette et son saint occupant commencèrent à dévaler la pente. Et pour un instant, Louis lâcha le bras de sœur Marie-de-l'Eucharistie pour saisir à deux mains les ridelles de la charrette folle ; il se pencha vers l'avant pour faire contrepoids et, tout en souriant, poussa sa charge vers le haut de la rue Lafontaine. Une photographie de cet exploit existe toujours dans les archives de la Société d'histoire de Rivière-du-Loup. On y voit le petit saint Jean-Baptiste agrippé à son agneau, le grand Louis Lamontagne en uniforme pousser en souriant la charrette, et des douzaines de gens qui semblent rire, montrer du doigt et se réjouir. Dans le coin supérieur gauche de la photo, sœur Marie-de-l'Eucharistie, la main devant la bouche pour marquer la surprise, saisit sa croix de bois de la main droite, probablement pour implorer l'aide divine en ce moment difficile. Une photographie comme on n'en voit plus.

Rien de trop difficile pour Louis Lamontagne qui, par cette prouesse, rappela à ceux qui par hasard ne l'auraient pas reconnu – les moustaches à la Clark Gable auraient pu confondre – qui il était précisément et les raisons pour lesquelles on se souvenait de lui. Pour que ceux qui savent expliquent à ceux qui ne savent pas et à ceux qui ne connaissent que la légende que Louis Lamontagne, fils de feue Madeleine l'Américaine et de feu Louis-Benjamin Lamontagne est rentré au pays, couvert de gloire militaire et disposé à prendre épouse, du moins, c'est ce qu'on pensa ou espéra. Irène Caron avait été témoin de la scène. Bientôt résonnèrent autour d'elle des histoires douces à ses oreilles : le beau garçon nous revient riche, on raconte qu'il voudrait s'acheter une maison dans la paroisse Saint-François-Xavier. Il aurait gagné de l'argent aux États-Unis dans les foires, à lever des barils remplis d'eau et à tirer des Oldsmobile dans un pré.

Irène attendit encore la fin du défilé avant d'aller se présenter à Louis, et c'est devant l'église Saint-François qu'Irène Caron regarda pour la première fois son futur mari dans les yeux. Celui-ci cherchait chez elle l'imperfection qui la rendrait désirable. Tâche ardue, car Irène, est-il nécessaire – et pénible – de le dire, était jolie fille. Des années de privations et une éducation axée sur la frugalité avaient fait d'elle une femme d'une sveltesse inhabituelle en ces terres agricoles généreuses. Économe, certes, mais pas au point de sortir de chez elle en haillons, Irène portait pour la Saint-Jean-Baptiste une très jolie robe fleurie que sa mère lui avait faite d'un bout de tissu échangé contre un cageot de radis. Blonde, les dents droites et nombreuses, elle aurait pu poser pour un catalogue ou servir de mannequin dans les magasins de la rue Lafontaine. Louis continuait de chercher chez elle le charmant hic, le bégaiement qui la rendrait désirable, le strabisme qui le ferait craquer. Rien. Irène se comportait comme une jeune fille bien élevée, parlait du nombre de personnes qui, selon elle, avait assisté au défilé et de l'argent qu'aurait coûté le remplacement d'une charrette si Louis n'avait pas été là. Aucune femme n'est parfaite, se disait le beau garçon, son défaut, c'est de cacher ses défauts, voilà. Irène voulut savoir combien gagnait un soldat américain. Louis sourit et lui répondit: « Assez pour vouloir faire autre chose. » Puis, il se dit qu'il n'allait quand même pas traiter cette gentille fille autrement des autres et, avant de partir retrouver Madeleine-la-Mére sur le chemin Fraserville, il donna rendez-vous à Irène à la messe du dimanche.

– J'aime beaucoup les chapeaux sur la tête des femmes, avait-il tenu à préciser, en guise d'invitation.

Le dimanche qui suivit, Irène, ignorant le souhait de son prétendant, se présenta à l'église la tête couverte d'un petit foulard de soie bleue. Assis à côté de Madeleine-la-Mére, Louis riait des efforts que cette pauvre Irène déployait pour lui résister. Sur le parvis, Irène ignora royalement Louis, lui tournant même le dos en faisant mine d'envoyer la main à une personne au loin. Louis et Madeleine-la-Mére s'approchèrent de la jeune femme, qui se retourna et prit un air contrarié. Louis souriait; la Mére pinça les lèvres.

– Vous connaissez mon petit-fils, Louis...

– Oui, je l'ai vu au défilé de la Saint-Jean, vous savez qu'il a poussé la charrette du petit saint Jean-Baptiste jusqu'en haut de la rue Lafontaine? Quel homme fort!

– Je sais tout ça. Mon Louis voudrait vous inviter à souper avec nous demain soir. Accepteriez-vous, Mademoiselle Caron?

– Demain soir? Non, merci. C'est impossible, je ne peux pas.

– C'est un souper qui ne vous coûtera rien, insista la Mére, qui connaissait la pingrerie légendaire des Caron.

Irène hésitait. Louis, gêné, regardait par terre. Non que l'homme fût timide, mais il ne voulait pas, à peine rentré au pays, donner l'impression qu'il s'en appropriait toutes les beautés et se comportait en conquérant. Voilà pourquoi il avait confié à sa grand-mère la mission d'inviter Irène.

– Non, merci. Je ne peux pas.

Louis rentra chez lui un peu fâché. La Mére jubilait silencieusement comme les vieilles savent le faire. Non seulement le ciel avait écarté la menace de se retrouver avec la Caron entre les pattes, mais les circonstances avaient fait qu'elle ne pourrait jamais être accusée d'avoir fait échouer un mariage. La Mére se foutait éperdument des raisons qui avaient poussé cette enfant sournoise et détestable à refuser une invitation à souper chez le célibataire le plus désirable de toute l'histoire de Rivière-du-Loup et probablement du Bas-Saint-Laurent. Louis se demanda où il avait erré, s'il sentait mauvais ou si ses moustaches avaient déplu à Irène. Plus blessé que peiné, c'est son orgueil plus que son cœur qui avait encaissé le coup.

Le dimanche qui suivit apporta à Louis une nouvelle dose d'humiliation et à Madeleine-la-Mére, une nouvelle raison de chanter les louanges du Seigneur. Irène se pointa à la messe accompagnée de sa famille entière – moins Armand – et d'un inconnu de la paroisse Saint-Ludger, une sorte de maigrichon teigneux et mal embouché que les paroissiens de Saint-François-Xavier considéraient comme une verrue sur pattes. Quelques commères virent clair dans le jeu de la Caron. Car c'est ainsi qu'on l'appelait et qu'on l'appelle encore dans la paroisse Saint-François-Xavier. Le pauvre type n'était qu'une sorte d'alibi, un pantin dont l'unique utilité était de faire monter les enchères. Quant à la Caron, les gens de la paroisse Saint-François-Xavier posaient sur elle le même regard méfiant et effrayé que l'homme volage pose sur le chancre mou. Pour faire réfléchir Louis, Irène portait ce dimanche-là un magnifique chapeau, propriété de sa voisine qui le lui avait prêté en échange de son silence dans une affaire embarrassante. Elle poussa la vulgarité jusqu'à présenter son cavalier à Louis et à la Mére, sereine comme une image de la bonne sainte Anne.

– Il lui convient parfaitement. Qu'ils retournent dans leur paroisse et qu'ils y vivent heureux ! avait sifflé la Mére avec mépris dès qu'Irène eut tourné les talons.

Il était en effet bien étrange qu'Irène, fille de Saint-Ludger, assistât à la messe à Saint-François. Et si les marches du parvis de l'église Saint-François pouvaient répéter ce qu'elles entendirent à l'été 1948...

– Si c'est rien que pour narguer not' beau Louis, pourquoi elle reste pas chez elle ?

– Ouin. Pourquoi vous pensez qu'il est revenu icitte si c'est pas pour marier une fille de la paroisse ? Franchement... Pis vous trouvez que ça fait un beau mélange, vous autres, Lamontagne-Caron ?

Non, non, non, quatre fois non. On secouait la tête. On riait. L'union d'un Lamontagne avec une Caron paraissait aussi probable aux yeux des commères de Rivière-du-Loup que les épousailles du roi d'Angleterre avec un ouaouaron, le ouaouaron étant, par son caractère agressif et territorial, associé d'emblée à Irène. D'autres évoquaient avec une méchanceté à peine dissimulée les motifs véritables derrière le petit jeu que jouait Irène.

D'autres parlaient du mélange impossible du sirop d'érable et du vinaigre, laissant à leur interlocuteur le soin de déterminer lequel des deux représentait le sirop d'érable.

Et Louis ? Perdait-il de sa superbe ? S'en tenait-il à son quant-à-soi ? Cet été-là, pendant une épluchette de blé d'Inde où il avait invité presque toute la paroisse Saint-François, Louis recommença, au grand plaisir de tous, à raconter des histoires. Et qu'il en avait à conter ! Rien que les récits sur Idaho Bill et le Géant de Varsovie durèrent une heure. Plus besoin d'interprète, son public le comprenait parfaitement ! Le pauvre Podgórski eut droit à son heure de gloire au soleil couchant de Rivière-du-Loup, heure que Louis choisit pour raconter la fin tragique du pauvre Polonais qui louchait. Les parents et la sœur aînée de Solange se trouvaient à cette fête pendant laquelle Louis, juché sur une caisse de bois, racontait en mimant comment il avait vaincu le veau Adolf et sauvé deux pauvres Américaines d'une mort épouvantable. Ces histoires furent reprises, transformées, racontées comme toutes les histoires à Rivière-du-Loup. C'est de sa mère que Solange tenait le récit de l'épluchette de blé d'Inde de 1948 chez Louis Lamontagne, dans la cour de la maison de Madeleine-la-Mére.

Selon madame Bérubé, le nom d'Irène ne figurait même pas dans la liste des invités. Elle s'était tout simplement présentée à la fête, candide. Toujours selon elle, c'est au moment où Louis achevait le récit de la mort tragique du pauvre Podgórski – qu'elle appelait Podborovitch – qu'Irène était arrivée. La tristesse qui régnait sans partage sur la fête cédait le pas au mépris naturel qu'inspirait la personne d'Irène Caron. Fraîche et souveraine, Irène se serait assise sur une botte de foin, élément de décoration de la fête. En voyant ressourdre l'intruse à l'épluchette, Madeleine-la-Mére était rentrée dans la maison, dépitée. La commère raconta à sa fille comment Louis avait sauvé le climat de la fête en secouant les musiciens qu'il avait engagés pour l'occasion. Il aurait ainsi dansé une bonne partie de la nuit avec toutes les femmes présentes, sauf avec Irène qui était restée sur sa botte de foin à mordiller un épi de blé d'Inde.

– Même qu'on était surpris qu'elle avale pas le trognon tellement elle était gratteuse, la Caron.

Sur le coup de minuit, alors que tous les fêtards l'avaient oubliée, Irène Caron disparut, comme un diable de légendes.

La mère de Solange avait évidemment un peu romancé le récit de cette épluchette de blé d'Inde. Vérité : Irène s'y était présentée sans y être invitée. Fait prouvé : Louis avait pris un air triste en la voyant arriver. Réalité : en voyant l'intruse, la Mére était rentrée dans sa maison en claquant la porte. Rectification : Irène avait en réalité mangé *deux* épis de blé d'Inde et en avait glissé un troisième dans son sac à main. Correction : Le beau Louis n'avait dansé qu'avec neuf des douze femmes présentes. Précision : la Caron avait quitté la fête bien avant minuit pour arriver chez elle avant le couvre-feu imposé par sa mère. Ce qui n'est pas un mensonge, c'est que Louis, le lendemain matin, avait une gueule de bois épouvantable, et qu'Irène Caron était devenue son unique pensée, sa désolation, sa zone sinistrée. Jamais Louis n'avait rencontré de résistance à ses charmes. Même les femmes des pays vaincus où il avait fait la guerre l'avaient accueilli comme un prince. Ne venait-il pas de recevoir une lettre enflammée d'une splendide et voluptueuse fraülein croisée en Bavière ? *Wann kommst du wieder, Louis ?* Louis quand reviendras-tu ? La dernière fois qu'une chose lui avait résisté si farouchement, c'était à Gouverneur dans l'État de New York, et la chose avait quatre pattes et un museau.

En août 1948, pour garder la forme, Louis se fit livrer des poids et haltères, objets étranges aux yeux de ses voisins. Pour montrer à la Caron de quel bois il se chauffait, il s'acheta une Chrysler Windsor vert forêt, qu'il conduisait de haut en bas de la rue Lafontaine, même dans la paroisse Saint-Ludger. Il devint vite le chauffeur attitré des sœurs de l'Enfant-Jésus, qui l'avaient toujours considéré comme leur enfant chéri. En vérité, Louis s'était imaginé qu'en mettant les sœurs dans sa manche, il parviendrait plus facilement et plus vite au cœur de la farouche Irène. Il les emmena donc partout, les sœurs. À Cacouna se mettre le pied à l'eau, dans les tourbières pour cueillir des bleuets et même jusqu'à Sainte-Anne-de-la-Pocatière pour rendre visite à Monseigneur.

Solange ne sut jamais exactement, en tout cas pas de sa mère, quand et comment Louis et Irène avaient commencé à se fréquenter sérieusement. Les deux auraient été aperçus en promenade à la Pointe et ensuite au chemin du Lac pendant la première semaine de septembre 1948. Puis, il y eut ce matin de novembre 1948 que Madeleine-la-Mére avait vu arriver avec appréhension – les morts sentent venir ce genre de choses – ce matin, donc, où Irène Caron s'était présentée flanquée de sa mère chez les Lamontagne. Vision qui ne laissait augurer rien de bon.

– Louis, mon pauvre Louis, te voilà bien pris !

Madeleine-la-Mére les aurait volontiers toutes les deux étranglées. Elles s'étaient assises en silence, l'air morne, au salon. La mère Caron, encore droite pour son âge, tenait d'une main peut-être trop assurée la tasse de thé qu'on lui avait servie. Louis regardait par terre. Il n'y eut que peu de mots. Il faudrait se hâter.

– Oui, avant les neiges, avait sifflé la mère Caron.

Et l'horloge avait fait tic-tac. Sonné dix coups. Irène défiait Madeleine-la-Mére du regard. Celle-ci refusait de s'avouer vaincue. La Mére eût préféré mourir une deuxième fois plutôt que de vivre cette heure pénible. La Caron et sa mère parlèrent en chiffres pendant dix ou quinze minutes. Ce qu'allait coûter ceci et cela. Qui il convenait d'inviter. Où. Les vêtements à porter. La Mére décida de se vêtir de gris foncé et d'avoir l'air aussi morte que possible. En l'église de Saint-François, la chose eut donc lieu. Irène fut la première et dernière conquête de Louis Lamontagne, au sens strict du terme. Comme quoi il est moins dangereux de s'offrir comme proie que de chasser. On ne sait jamais ce qu'on peut attraper.

– Essaye de t'arranger pour que tes enfants ne lui ressemblent pas.

Ainsi Madeleine-la-Mére bénit-elle le mariage de Louis Lamontagne avec Irène Caron, fille indésirable à la cuisse légère de la paroisse Saint-Ludger.

– Pis si tu penses que la Caron l'avait pas fait exprès, Solange, c'est que t'es ben aussi naïve que ton pauv' pére !

À Rivière-du-Loup, les noces de Louis et d'Irène furent traitées comme des funérailles. Mourut : l'espoir dans le cœur de toutes les femmes. Naquit : la rancœur éternelle envers la Caron de Saint-Ludger. Même les rivaux de Louis, ceux qui lui enviaient tout, sa force, sa beauté, son courage, ses moustaches, sa Chrysler Windsor, sa maison, son argent, ses histoires et ses chansons, même ceux-là en eurent pitié. Et c'est sans la moindre ironie qu'on lui envoya, anonymement bien sûr, des litres et des litres de gin pour noyer son chagrin et préparer l'avenir.

– Je tiens à répéter, Solange, qu'elle n'était pas de la paroisse ! Il faut que tu le saches ! Une fille de Saint-Ludger ! Jamais on n'aurait cru. Pauvre, pauvre Louis !

La mère Bérubé montrait la maison Lamontagne du doigt. Les choses étaient allées très vite. Il fut entendu que Madeleine-la-Mére emménagerait avec les nouveaux mariés dans la nouvelle maison qui, malgré sa vocation de salon funéraire, accueillit quand même la naissance de tous les enfants de Louis Lamontagne. Madeleine naquit le 6 juin 1950, trois mois après Solange Bérubé. La Caron ne s'arrêta pas là. En 1951 vint Marc. Puis, en 1953, Irène donna naissance à Luc, enfant frêle et maladif qui ne fut que fièvres, toux, diarrhées et otites pendant les cinq premières années de son existence.

– Elle leur donnait des noms d'évangélistes pour faire plaisir au curé Rossignol, les pauvres enfants...

Qu'il soit dit et compris que la mère Bérubé n'avait nullement l'impression de commérer, mais plutôt de rendre service à sa fille par ses mises en garde qui, d'ailleurs, firent bientôt partie de l'éducation de toutes les petites filles de la paroisse Saint-François-Xavier. L'histoire de Louis servait d'exemple édifiant à la jeunesse de Rivière-du-Loup au même titre que les légendes racontées par les Indiens malécites et les avertissements des curés contre les émissions de radio musicales.

– Vous y risquez votre âme !

Toutes ces histoires n'empêchèrent pas Louis Lamontagne de mener des affaires florissantes avec la mort. Et les commères de la paroisse raconteront ce qu'elles voudront, jamais commerce ne fut mieux administré à Rivière-du-Loup que celui du croque-mort. À défaut d'être une épouse charmante et divertissante, Irène Caron se révéla être un modèle d'industrie et de vaillance. Son visage de carême s'avéra parfait pour les veillées funéraires qui avaient lieu presque tous les soirs dans l'un des trois grands salons que comptait la maison de la rue Saint-François-Xavier. Dans l'entrée, stationnés en permanence, deux véhicules : un corbillard, une Chrysler Windsor. S'ajouterait bientôt une décapotable, qui fut le plus ancien souvenir de Solange. À quatre ans, elle avait déjà pris l'habitude d'épier les activités de la maison Lamontagne, les allées et venues, les innombrables endeuillés qui défilaient sur le perron, les cris de la Caron toujours scandalisée par le prix des choses, Madeleine-la-Mére qui marchait de long en large sur la grande véranda, comité d'accueil tout désigné pour les familles des défunts.

Louis et Irène avaient aménagé un petit salon avec des fauteuils et des chaises où parents et amis pouvaient s'asseoir en attendant la prière, discuter et boire un café que leur servait Irène avec quelques biscuits secs. Madeleine-la-Mére, présente à presque toutes les funérailles, devint la clé de voûte du succès de l'entreprise de Louis. Elle se prêtait avec une patience infinie à l'interrogatoire des parents attristés sur toutes les affaires entourant le trépas. Est-ce douloureux ? Pas plus que l'enfantement. Est-ce vrai qu'on voit une lumière au bout d'un tunnel ? Non, on ne voit rien, surtout si ça se passe le soir. Entend-on en vérité un chœur d'anges ? À moins de mourir pendant la messe comme ma première bru, non. Seriez-vous prête à mourir une seconde fois, la Mére ? Naturellement. Mourez tranquilles ! J'ai adoré l'expérience et je la recommande à tout le monde, mais il faut laisser les choses venir en leur temps. Quels conseils donnez-vous à ceux qui viennent de perdre un être cher ? Priez. Priez pour le salut de son âme, rendez grâce à la Vierge et communiez régulièrement.

Chez la concurrence de la rue Lafontaine, on goûtait très peu l'arrivée sur le marché des pompes funèbres de l'homme fort, qu'on accusait d'exploiter une grand-mère morte, avantage déloyal aux yeux de tous. Mais la clientèle était au rendez-vous. Être exposé chez Louis Lamontagne devint pour les défunts dans le vent un rite de passage incontournable. Parce qu'il pratiquait des prix abordables, Louis permit à de nombreuses familles de Rivière-du-Loup de s'offrir la première veillée funèbre en dehors de leur domicile, luxe inaccessible pour la plupart avant 1945, comme quoi cette guerre avait véritablement changé la manière d'aborder la mort. Un sous-groupe important de la population, composé d'ouvriers qualifiés, de salariés et de commerçants, comprit soudain que les égards funéraires jadis réservés aux mieux nantis lui étaient maintenant permis.

Mais qui, exactement, Louis enterrait-il ? Sur qui posait-il ses puissantes mains ? Celui ou celle dont la dépouille finissait chez Louis était habituellement une personne consciente de la mode, souvent propriétaire d'un récepteur radio et d'un tourne-disque et aimait la musique américaine. Les morts de Louis allaient au cinéma, se confessaient rarement et avaient connu – pour la plupart – le chagrin d'amour. Nombreuses furent les gifles allongées par les mères à des fils de bonne famille qui, dans le dessein de provoquer leurs parents, déclaraient en plein souper vouloir être exposés chez Louis Lamontagne après leur décès. Jamais! Tu m'entends? Jamais! Les notaires, médecins, curés et autres notables ne finissaient jamais chez Louis, justement parce que cette clientèle fortunée s'offrait les services de la concurrence, un monsieur Quévillon dont l'inflexibilité légendaire en matière de paiement et l'humeur généralement maussade décourageaient les gens plus humbles de fréquenter son établissement. Quant aux religieuses, elles s'enterraient toutes seules quand venait le temps, sans déranger personne. On voyait aussi de jeunes veuves prendre chez Louis des arrangements pour leur service funèbre. Ces dernières avouaient à leurs confidentes qu'elles aboutiraient un jour, cela était certain, entre les mains du beau Louis. Pas de leur vivant, certes, mais qui sur terre a tout ce qu'il désire? Louis comptait également parmi ses clients les hommes qui avaient le goût de l'aventure, de sorte que son salon devint plus d'une fois le théâtre de révélations embarrassantes, le lieu de rencontres redoutées entre l'épouse et d'improbables amantes qui tenaient mordicus à rendre un dernier hommage à leur bien-aimé. Combien de fois avait-il dû désamorcer des scènes de rage et de colère quand arrivait, derrière un voile noir, celle dont on soupçonnait bien l'existence, mais dont on sous-estimait l'audace? Louis implorait le respect pour le mort, calmait les plus impétueux et devait souvent – on est homme fort ou on ne l'est pas – faire sortir de force les jeunes coqs que le deuil révélait cocus. On dit aussi, et personne, ni de Louis, ni de son épouse, ne l'eût nié, que les hommes portés sur la bouteille préféraient prendre leur dernière bière chez Louis. Oui, il avait réussi à s'approprier cette vaste clientèle aussi.

Au grand dam de sa femme, Louis pratiquait des prix légèrement moins élevés que ses concurrents et offrait la cueillette de la dépouille gratuitement, à domicile, peu importe l'heure du jour ou de la nuit. Il suffisait de téléphoner ou de sonner à sa porte. Souple quand il parlait argent, Louis eût certainement déclaré faillite dès la première année sans le sens inné de l'arithmétique d'Irène Caron, qui n'hésitait d'ailleurs jamais à suggérer le chêne au lieu du pin, la soie au lieu de la laine, et d'insister sur l'importance d'accorder à la parenté éloignée le temps de venir faire ses hommages au mort. Plus l'exposition du corps durait, plus montaient les honoraires. Qu'importe s'il fallait à Irène endurer quelques odeurs inquiétantes dans sa maison! Quand on vit de la mort, certaines réalités touchent différemment.

Madeleine-la-Mére accompagnait presque toujours les visiteurs dans le deuxième salon pour la veillée du corps, qu'on avait vêtu et coiffé en fonction des moyens de la famille et du talent d'Irène Caron, sa bru. Aux hommes, elle aimait ajouter un œillet blanc à la boutonnière. Pour les enfants que Dieu rappelait à lui, Irène trouvait, peu importe la saison, quelques fleurs blanches. C'est la Mére qui lançait la ronde des prières et des neuvaines; il lui arrivait aussi, quand on la flattait dans le sens du poil, de psalmodier quelques prières oubliées pour les morts et même, les jours où elle se sentait particulièrement d'attaque, de faire office de pleureuse pour des gens qu'elle ne connaissait que de nom. Oui, Louis et Irène devaient une fière chandelle à Madeleine-la-Mére. Ainsi, Louis n'eut-il pas à insister longtemps auprès de son épouse pour que sa fille unique soit baptisée Madeleine.

Solange se retrouva donc assise à côté de Madeleine dans la classe de première année A, juste devant sœur Saint-Arsène qui, depuis l'incident de la rentrée, gardait ses distances. Peuplaient la classe d'autres petites filles à blouse immaculée, soixante nattes qui pendouillaient de part et d'autre de trente têtes remplies de prières, de chants sacrés et de questions sans réponse. Sœur Saint-Arsène perdait régulièrement le contrôle de sa classe ; c'est pour cette raison précise qu'on lui confiait les plus petites, qu'on supposait plus faciles à gérer. Aux dires de sœur Marie-du-Grand-Pouvoir, mère supérieure et directrice de l'école Saint-François-Xavier, sœur Saint-Arsène aurait été dévorée vivante par les grandes. « On pourrait lui donner les troisièmes, aux forçailles... », soupirait-elle avec dépit. Malgré tout, sœur Saint-Arsène n'arrivait pas à faire régner dans sa salle de classe le calme dont rêvait la directrice, à qui il arrivait de faire irruption sans s'annoncer. Elle tombait souvent sur un groupe indiscipliné, des fillettes en plein bavardage et parfois même marchant librement dans la salle de classe. Sœur Marie-du-Grand-Pouvoir ordonna donc à sœur Saint-Arsène de faire usage de méthodes plus efficaces. Comme renfort, la mère supérieure pria sœur Marie-de-l'Eucharistie de patrouiller dans les couloirs du couvent en prêtant l'oreille au chahut et d'intervenir quand cela lui semblait nécessaire. Cette dernière s'acquitta de cette tâche avec un soin particulier. Sorte de passe-muraille à cornette, elle apparaissait comme un esprit quand on s'y attendait le moins et maîtrisait l'art de surgir de nulle part comme par enchantement. Elle devait son autorité à l'ingratitude de son visage dont les yeux, une fois qu'ils se posaient sur une indisciplinée, avaient le pouvoir de traumatiser à vie.

Quand Solange et Madeleine parvinrent en quatrième année, elles furent confiées aux soins de sœur Saint-Alphonse. Plus robuste psychologiquement que sœur Saint-Arsène, sœur Saint-Alphonse savait tenir sa classe d'une main de fer. Fini les messes basses entre les rangées, les bouts de papier échangés à la sauvette et les têtes appuyées nonchalamment sur les mains.

– Vous n'êtes pas faites de guenilles, Mesdemoiselles ! Et vous, Madeleine Lamontagne, êtes-vous déjà prête à étrenner l'un des cercueils de votre père ? Tenez-vous bien droite, pour l'amour du ciel ! Redressez la tête et pensez aux secrets de Fatima !

Sœur Saint-Alphonse visait toujours la jugulaire. Quand une fillette commettait un geste à ses yeux répréhensible, elle ne se gênait pas pour décocher une flèche empoisonnée dans sa direction. Combien de fois, en entendant Solange toussoter à la venue des premiers rhumes d'automne, avait-elle passé des remarques désobligeantes sur la « petite santé » de la famille Bérubé ? C'est dans cette classe de quatrième année, surtout pendant les événements mémorables de l'automne 1960, que se souda l'amitié entre Solange Bérubé et Madeleine Lamontagne. Le lien qui unissait les deux fillettes aurait pu s'étioler comme meurent presque toutes ces amitiés qui naissent dans les couvents et qui se veulent éternelles, mais le destin en décida autrement. Pour dire vrai, s'il avait fallu expliquer la pérennité du lien qui unissait les jeunes filles depuis novembre 1960, l'explication se serait résumée en deux parties : la fin du monde et les Chinois. Voilà les choses qui firent de Solange et Madeleine des amies à la vie à la mort, des atomes inséparables, une donnée binaire que rien ne fissurerait jamais.

En dépit de l'impitoyable méchanceté de sœur Saint-Alphonse, la classe commença à s'agiter entre l'Action de grâce et le congé de la Toussaint. La religieuse vit peu à peu sa salle de classe se transformer en parloir clandestin, l'attention de ses élèves fléchir après la récréation de l'après-midi et trouva même par terre – ô sainte horreur ! – une image pieuse du pape Pie XII sur laquelle une petite effrontée avait dessiné des moustaches hitlériennes. Personne n'avait été témoin de cet instant étrange où Madeleine Lamontagne, propriétaire de ladite image, avait tracé un court trait noir sous le nez du pontife, puis avait souri. Sans comprendre pourquoi. Elle avait eu l'impression à cet instant que sa main avait été guidée par un ange, une force extérieure à elle-même qui lui disait : « Dessine une petite moustache à ce vieux bonhomme ! » Puis, comme effrayée par son geste, elle avait jeté l'image dans un coin de la classe, sous une étagère, pour la faire disparaître. Tenant l'image de la main droite pour que toutes puissent bien la voir, sœur Saint-Alphonse crachait plus qu'elle ne parlait.

– Quand je pense que nous venons de dire adieu à notre Saint-Père le pape et que quelqu'un a eu l'audace de défigurer sa mémoire de la sorte ! Qui ! J'exige de voir la coupable se présenter devant moi immédiatement !

Le silence régnait dans la salle de classe. La sœur descendait et remontait les allées de pupitres en mettant sous le nez de chaque fillette l'image du Pie XII à moustaches. On la sentait prête à exploser en mille morceaux noir et blanc. Impavide, elle ouvrit le tiroir de son grand pupitre de bois et en sortit sa férule. Solange ravala sa salive. Simone Dumont, une fille qui avait appris trop tard à se taire, se mit dans la tête de raisonner la sœur. Sous les yeux effarés de ses compagnes, elle leva la main. La sœur prit un grand souffle.

– Oui, Mademoiselle Dumont !

– Ma sœur, peut-être que l'image n'a pas été changée ! Vous vous fâchez peut-être pour rien !

– Mais qu'est-ce que tu veux dire, petite buse ?

– Peut-être que le pape avait des moustaches comme ça, je...

– On dit « notre Saint-Père le pape » ! vociféra la religieuse en scandant chaque syllabe d'un coup de férule sur son pupitre.

– Je m'excuse, ma sœur. Je veux dire, peut-être que notre Saint-Père le pape Pie XII a eu à un moment donné des moustaches comme ça et que le portrait date de cette époque-là ? C'est peut-être ça...

Dans la classe, on entendait la sœur transpirer de rage. N'eût été de la candeur de Simone Dumont et de l'hypersensibilité du clergé à l'égard de Pie XII et de ses moustaches, Solange et Madeleine n'auraient probablement jamais connu l'apocalypse, ni les Chinois, et ne seraient peut-être jamais devenues les meilleures amies du monde. La sœur avait ordonné à Simone Dumont de se lever, de se tenir debout devant la classe, de tendre la main et de se prendre vingt coups de férule bien administrés.

– Cesse de pleurnicher ! Assume tes bêtises, Simone Dumont ! Est-ce que notre Seigneur a pleuré sur sa croix ? Non ! Ben endure ton mal, petite gueuse !

La petite, qui n'arrivait pas à contrôler ses sanglots, fut ensuite giflée. Rien n'y faisait. Elle continuait de pleurer. Lasse de ce spectacle, sœur Saint-Alphonse saisit la poubelle, vida son contenu sur la braillarde et la déposa sur sa tête. On n'entendait plus que le son caverneux de sanglots éloignés, un peu amplifiés dans les graves par les parois de bois de la poubelle.

– Ça t'apprendra à dire des bêtises.

Simone resta ainsi debout pendant une demi-heure et fut ensuite renvoyée à son pupitre. Sœur Saint-Alphonse n'en resta pourtant pas là. Elle voulait la coupable et elle l'aurait. Corpulente, myope comme une taupe et affublée du surnom peu flatteur de « la Grosse Sœur », la religieuse ne reculerait devant rien pour arriver à ses fins. On la vit l'après-midi même dans l'infirmerie mener de grands palabres avec sœur Marie-de-l'Eucharistie, qui eut l'audace de sourire en voyant le portrait profané de Pie XII. Elle fit remarquer, peut-être sans trop de jugement, que les moustaches hitlériennes lui allaient quand même bien. Sœur Saint-Alphonse se cabra.

– Comme ça, vous trouvez ça drôle, ce qui se passe dans ma classe !

– Ben non, ben non. Et vous pouvez compter sur mon aide. Je serai là demain matin à huit heures et demie. Calmez-vous, nous l'attraperons, votre artiste !

– Je ne m'attendais pas à moins de vous, sœur Marie-de-l'Eucharistie !

Le lendemain matin, la Grosse Sœur se composa un visage sévère pour assener à ses élèves une dictée intitulée *L'Ascension de la Vierge Marie*. Rien de tel qu'une dictée pour créer l'atmosphère propice à ce qui devait suivre. Solange révisait sa copie. Soudain, sans qu'on sût d'où elle était sortie, sœur Marie-de-l'Eucharistie fit son apparition. Coup de panique froide. Une fille cria. Simone Dumont chia dans son uniforme.

– Mesdemoiselles, on nous informe à l'instant que notre Saint-Père le pape Jean XXIII s'adressera à tous les croyants de la terre. Priez pour que les nouvelles soient bonnes. Je serai là pour vous informer.

Sœur Marie-de-l'Eucharistie laissa le temps à son intervention de faire son effet et se présenta à nouveau en fin de journée devant la classe. Encore une fois, personne ne savait par où elle était entrée. En cet après-midi d'octobre 1960, elle prit un air ténébreux, toussota une fois ou deux pour se dégager la luette, puis livra la nouvelle suivante d'une voix mince et blanche :

– Mesdemoiselles. J'ai pour vous une terrible nouvelle. Le Saint-Siège nous annonce une fin du monde imminente ! La date est connue : cela aura lieu le jeudi 10 novembre en avant-midi. D'immenses blocs de glace enflammés tomberont du ciel pour châtier l'humanité. Seuls les purs de cœur et ceux qui craignent Dieu seront sauvés. Notre Saint-Père le pape nous demande de prier sans cesse pour que soient rescapées le plus d'âmes possible. Il est temps, Mesdemoiselles, de mettre de l'ordre dans vos cœurs ! Sortez vos chapelets ! Ouvrez vos missels ! Repentez-vous !

Elle recommença le même manège dans toutes les autres classes du couvent, de sorte qu'avant quinze heures, la terreur et la peur du Jugement dernier tenaient déjà, entre leurs griffes, l'esprit de toutes les écolières. Pour les plus jeunes, les semaines précédant la date fatidique furent un temps marqué par des prières effrénées, des neuvaines en rafales et des confessions nerveuses. Solange et Madeleine n'échappèrent pas à la panique générale. Étrangement, l'idée que la fin du monde était proche rassura Solange, qui jusque-là avait confondu Dieu et les Lamontagne. Il y avait donc un être plus puissant que son voisin croque-mort... Et Madeleine se révéla à ses yeux être une mortelle comme toutes les autres, agenouillée à côté de son pupitre à implorer la clémence du Seigneur, tout comme elle. C'est donc un peu grâce à cette mise en scène morbide que Solange trouva le courage d'aborder Madeleine Lamontagne, après quatre ans de retenue, sans s'évanouir, faire dans sa culotte ou couvrir de vomissures la guimpe d'une religieuse. Et faisant fi de toutes les interdictions de sa mère, Solange courut pour rattraper Madeleine Lamontagne sur le chemin du retour. Madeleine était avare de paroles. Elle confia à Solange être terrorisée par l'idée de la fin du monde imminente et affirmait consacrer tous ses temps libres à la prière et aux actes de contrition.

– J'ai mis une image de la bonne sainte Anne dans la remise. Le jour de la fin du monde, j'irai me cacher là. Le Bon Dieu ne va quand même pas détruire la bonne sainte Anne !

Solange fut battue ce soir-là sur ordre de sa mère. Quelqu'un l'avait balancée. Probablement son frère, qui marchait derrière elle.

– Avec qui t'es rentrée de l'école aujourd'hui, Solange ?

– Personne.

– Regarde-moé dans les yeux, p'tite juive !

– J'étais toute seule !

Solange avait le mensonge gravé sur le front. Vingt coups de ceinturon, ce qui lui parut bien peu cher payé. Le lendemain, c'est Madeleine qui rattrapa Solange.

– Tu n'as pas le droit de me parler. Mon père m'a battue parce que je t'ai parlé, hier.

– Viens me retrouver dans la remise derrière chez moi, frappe cinq coups.

Solange rentra chez elle, se débattit avec sa conscience pendant douze secondes, puis, mue par une force extérieure à elle-même, ouvrit la fenêtre de la chambre qu'elle partageait avec une de ses sœurs, agrippa du bras gauche la gouttière et se laissa glisser le long de la maison, jusque sur la pelouse. Avec la grâce d'un chat, elle traversa la haie de saules qui séparait le terrain des Bérubé de celui des Lamontagne. Elle eut un instant l'impression d'avoir franchi à jamais une frontière sans possibilité de retour. Hors d'haleine, Solange frappa cinq petits coups à la porte de la remise de Madeleine. Trois siècles s'écoulèrent, puis la porte s'entrouvrit.

– T'as fait ça vite !

– J'ai descendu le long de la gouttière. J'aurais pu me tuer.

– De toute façon, on va mourir. Viens, entre.

La porte se referma derrière Solange, qui se retrouva dans les ténèbres d'une petite cabane que Louis Lamontagne avait d'abord construite pour abriter ses outils et une tondeuse à gazon, mais qui servait maintenant de cachette à Madeleine. Pendant que ses yeux s'habituaient à la pénombre, Solange sentait les odeurs. Pas de doute, il y avait un chat et une autre bête, probablement un lapin, dans cette remise. Elle eut assez tôt confirmation de ses doutes. Madeleine avait allumé une bougie dont la lumière éclairait un clapier de bois où un immense lapin grignotait quelques fleurs de trèfle fraîchement cueillies. Sur ses genoux, le petit chat gris devenu grand, le même que Madeleine tenait le jour où, de son seul regard sarcelle, elle avait terrassé la pauvre Solange depuis son balcon. Au-dessus du clapier étaient épinglées des images pieuses : sainte Anne, la Vierge miraculeuse du Sourire (qui a guéri la petite Thérèse à l'âge de dix ans), sainte Véronique tenant le suaire et sainte Jeanne d'Arc, toutes épinglées minutieusement à la même hauteur, veillant de leur regard bonasse sur le gros lapin orange qui continuait de brouter ses trèfles. Punaisé sur le cadre du clapier, le nom de l'animal, Lazare, écrit sur un bout de papier ciré.

– Il s'appelle Lazare, chuchota Madeleine en l'attrapant par les oreilles.

Solange fit une grimace de douleur.

– Il faut les prendre par les oreilles, autrement, ça leur fait mal. Je vais le mettre sur tes genoux.

Solange n'avait jamais touché de lapin vivant. Elle caressa Lazare, qui lui sembla à ce moment la chose la plus douce et la plus charmante que la terre eut jamais portée.

– Nous allons prier pour qu'à la fin du monde, les blocs de glace ne tombent ni sur le couvent ni sur Lazare, déclara Madeleine.

– Ouin, pour le couvent, toutes les filles vont demander la même chose au Bon Dieu, pis les sœurs aussi. Ça devrait marcher. Mais pour Lazare ?

– C'est pour ça que j'ai mis les images au-dessus de son clapier, pour que Dieu ne détruise pas la remise.

– Pis ta maison ?

– Ben, mon arrière-grand-mère est déjà morte, pis j'ai dit aux autres de prier.

– Moi aussi.

Et sortirent de la poche de Madeleine deux petits chapelets roses de pacotille, du genre qu'on reçoit à sa première communion.

– C'est le chapelet que mon frère Marc a pris à la petite fille qui était exposée chez nous l'été passé. Il l'a pris quand Papa lui a demandé de fermer le cercueil. Maman dit que la petite, ben c'était une sainte. Son chapelet devrait marcher mieux que le mien, tiens, prends-le.

À la fois intriguée et horrifiée, Solange souleva de l'index le chapelet dérobé à cette infante défunte. Elle le hissa à hauteur d'yeux. Dans la fin de l'après-midi, les premières gouttes d'une averse froide commençaient à percuter la tôle de la remise. Le petit chapelet rose brillait dans la pénombre. Solange caressait Lazare avec douceur, comme on effleure au printemps les pétales du premier lys, de la première pivoine. Le lapin orange fermait et ouvrait lentement les yeux, heureux. Comme des sœurs clarisses, Solange et Madeleine psalmodièrent leurs incantations, l'une répondant à l'autre, duo divin sous une averse automnale. Lazare s'endormit sur les genoux de Solange.

– Veux-tu être mon amie ? avait murmuré Solange après un *Notre Père*.

– Oui, mais je serai ta seule et unique amie, avait répondu Madeleine après un *Je vous salue, Marie*.

Pour Solange, la chose allait de soi.

Elles avaient fait le tour du chapelet quelques fois déjà quand retentit dans la cour un cri.

– Madeleine !

C'était la Caron qui appelait sa fille. Lazare s'éveilla, s'agita, bondit des genoux de Solange et commença à courir dans tous les sens. Madeleine eut à peine le temps de supplier sa nouvelle amie.

– Il faut que tu partes, Solange ! Reviens demain. Mais parle à personne de Lazare, c'est un cadeau de Papa. Maman sait même pas que je le garde dans la remise !

Solange profita d'un moment où la Caron cherchait sa fille devant la maison pour sortir de la remise et retraverser la frontière de saules. Arrivée chez elle, sous la pluie, elle se glissa dans la maison par la porte de la cave et remonta dans la cuisine chargée de quelques pommes de terre qu'elle éplucha sous les yeux de sa mère.

– T'as décidé de te rendre utile, Solange ?

La mère Bérubé ne savait plus si elle devait s'étonner ou se réjouir de voir sa garçonne de fille s'adonner à une activité de ménagère. « Ça leur met quand même du plomb dans la tête, la fin du monde », pensa-t-elle en souriant, remerciant en silence les bonnes sœurs de l'Enfant-Jésus. Dehors, la Caron continuait d'appeler sa fille. Baignant encore dans la félicité de l'heure qu'elle venait de vivre en compagnie de Madeleine et de Lazare, Solange se dit que le Seigneur pouvait tranquillement lui envoyer toutes les glaces du Groenland sur la caboche. Elle aurait vécu.

S'égrenèrent à partir de ce moment des journées lourdes et pénibles au couvent. Tous les matins, sœur Marie-de-l'Eucharistie surgissait de nulle part dans les classes pour rappeler aux fillettes terrorisées, l'index levé, que la fin approchait, puis disparaissait comme elle était venue. Conséquence directe de ces apparitions terrifiantes, l'atmosphère s'était sensiblement calmée dans les classes et dans les couloirs du couvent, les sceptiques, par crainte d'être punies, n'osaient pas démentir les promesses d'apocalypse des sœurs, de sorte que la semaine qui mena au jeudi 10 novembre 1960 fut vécue par toutes comme un long calvaire. Presque chaque soir, Solange arrivait à échapper à la vigilance de sa mère pour rejoindre Madeleine et Lazare dans la remise, où elles continuaient leurs prières à la bonne sainte Anne. Chez les Bérubé et les Lamontagne, on nota une amélioration sensible du comportement des fillettes et une nouvelle attention portée aux bienséances. Solange se surprit à aimer les derniers jours de l'humanité parce qu'ils l'avaient rapprochée de cet être de lumière que représentait à ses yeux Madeleine Lamontagne.

Le jeudi 10 novembre, Solange et Madeleine se rendirent séparément au couvent. Une à une, les fillettes de la quatrième année arrivaient dans la cour, le visage défait. Debout, elles psalmodièrent les prières matinales, qui résonnèrent ce matin-là plus fort dans toute l'école. « Asseyez-vous, Mesdemoiselles... » Et la matinée passa. Le ciel ennuyé de quelques nuages blancs à neuf heures connut un ennuagement graduel et, aux yeux des filles, prévisible au fur et à mesure que la matinée avançait. À dix heures quarante, une masse de nuages gris et sombres couvrait le ciel du Bas-Saint-Laurent, plongeant tous et toutes dans une lumière blafarde et blanchâtre, luminosité de novembre des pays du Nord. Par-delà le fleuve immense, les montagnes de Charlevoix disparurent derrière un brouillard épais et apocalyptique. Dans la classe, dont les fenêtres donnaient juste au-dessus de la cour de récréation, régnait une tristesse huileuse et silencieuse que personne ne voulait déranger d'un mot, d'un geste, d'un bruit. On attendait les onze heures comme Zachée attendit Jésus : avec de petits tremblements dans les membres inférieurs. Douze minutes avant l'heure dite, Solange supplia le Seigneur de lui épargner une fin du monde nauséabonde en faisant en sorte que Simone Dumont ne chiât pas à nouveau dans son uniforme. Il fallait redouter le pire de cette pauvre Simone qui n'avait rien dit depuis deux jours, hormis d'interminables prières, par crainte du Jugement dernier, et qui avait vainement supplié sa mère au matin de la garder avec elle pour vivre les dernières minutes de l'humanité en sa compagnie.

La religieuse, qui avait le sens de la mise en scène, avait préparé le moment en assignant à ses élèves, quinze minutes avant l'heure, une tâche silencieuse : recopier le passage suivant dans un cahier autant de fois que le temps le permettrait :

*Mon Dieu, je ne suis que cendre et poussière ; réprimez les mouvements d'orgueil qui s'élèvent dans mon âme, et apprenez-moi à me mépriser moi-même, vous qui résistez aux superbes et qui donnez votre grâce aux humbles.*

De la troisième rangée monta un rire nerveux. Solange avait déchiré un coin de son cahier et avait décidé, avant d'être envoyée en Enfer, de le faire passer à Madeleine Lamontagne, qui recopiait dans son propre cahier l'acte d'humilité que la Grosse Sœur avait écrit au tableau. Cette dernière qui, pour l'occasion, s'était composé un visage exécrable, attrapa du coin de l'œil le petit papillon blanc qui virevoltait de main en main, du dessus en dessous, du pupitre de Solange à celui de Madeleine.

– Madeleine Lamontagne !

– Oui ?

Madeleine leva la tête, interrompue dans sa concentration.

– Oui qui ?

– Oui, ma sœur...

– Vous êtes habitués aux morts, vous autres, les Lamontagne... La fin du monde doit pas vous effrayer ben gros !

Le sens des propos de la religieuse échappait à Madeleine. Parlait-elle de son arrière-grand-mère ou de la clientèle de son père, ou des deux ? Une férule apparut dans la main de la sœur.

– Vas-tu me répondre ? Il ne vous reste plus beaucoup de temps... Je vois ton petit manège. Tu penses pouvoir tout te permettre parce que ton père a servi dans l'armée américaine, hein ?

– Non, non, ma sœur.

Des spasmes commençaient à agiter les boyaux de Madeleine.

– Tu penses que s'occuper des morts donne le droit de profaner l'image des saints ! martela la sœur en brandissant le portrait de Pie XII, hitlérisé.

– Je... ce n'était pas moi, ma sœur..., fit Madeleine en sanglotant.

– Tu te penses plus forte parce que ton père est capable de tirer le chariot de saint Jean-Baptiste ? C'est ça ? Ben sache, pauvre idiote, que tout ce que ton bellâtre de père soulève ces jours-ci, ben c'est son verre de gin ! Haut vers le ciel ! Pis on voit bien le salaire de son péché dans ton comportement, petite démone !

Sœur Saint-Alphonse tenait bien haut l'image pieuse du pape, vociférait, fixait Madeleine comme la mésange considère le vermisseau qu'elle s'apprête à avaler.

– Apporte-moi ce bout de papier !

Madeleine s'avança jusque devant la classe sous les yeux consternés de ses camarades. Simone Dumont se mordait les lèvres en se tenant le ventre à deux mains. Madeleine tendit le bout de papier que la sœur saisit de ses doigts potelés. Plus personne ne riait. Des gouttes de sueur perlaient sur le front de Simone Dumont. Le papier fut déplié lentement et lu.

– Pour toujours. Toi, moi et Lazare. S.

Un voile d'incompréhension couvrait le visage de la sœur. Le cœur de Solange battait la chamade.

– Qu'est-ce que ça veut dire, ça ? Qui est « S. » ? siffla la religieuse.

Dans la classe, une Sylvie et une Suzanne crièrent en chœur leur innocence. Simone Dumont se prenait la tête d'une main, le ventre de l'autre, poussait les gémissements que produisent les reines anglaises quand elles ont la tête sur le billot. Solange suffoquait.

– Ma sœur... Je...

– Tais-toi, Solange Bérubé. Je veux que la coupable parle ! Que la fille du Cheval Lamontagne avoue ses péchés !

Sœur Saint-Alphonse secouait Madeleine comme un prunier. Sur ces entrefaites, une neige molle et paresseuse, la première de la saison, commença à tomber au-dehors. Depuis la cour monta un cri rauque qui acheva d'électriser l'atmosphère. « C'est la fin du monde ! Repentez-vous ! » Au mépris de l'autorité de leur enseignante, les filles de toutes les classes qui donnaient sur la cour se précipitèrent vers les fenêtres. En bas, les bras en croix, sœur Marie-de-l'Eucharistie accueillait la première neige en riant aux éclats.

– Repentez-vous et faites vos prières ! Saluez ces flocons annonciateurs de la fin ! Dans quelques minutes, ils grossiront, prendront la taille de maisons et châtieront l'humanité entière !

Dans les classes plus hautes, où les filles avaient depuis quelques jours compris le jeu des religieuses, des rires s'élevèrent, se firent entendre jusque dans les classes plus basses. Les filles de quatrième année se collaient le nez sur les vitres, comme des poissons rouges sur le verre d'un aquarium. Sœur Marie-de-l'Eucharistie laissa éclater un dernier rire et cria encore :

– Ne bougez pas, je monte !

Elle marcha vers le préau, laissant dans la neige les marques de ses pas. Les visages se tournèrent d'un mouvement vers l'avant de la classe. Une scène horrible : sœur Saint-Alphonse assenait sur les mains de Madeleine des coups de férule frénétiques, puissants et fiévreux. En transe, ne sentant pas la douleur, la petite accusait les coups comme sainte Blandine, les coups de glaive des légionnaires romains.

– Ça va t'apprendre !

Et au compte de vingt-cinq, sœur Marie-de-l'Eucharistie apparut, secouant les flocons de neige de ses épaules. La tortionnaire s'arrêta net, la férule immobilisée dans l'air, hypnotisée par le regard de sa consœur. Sœur Marie-de-l'Eucharistie, d'un geste du menton, renvoya Madeleine se rasseoir. Pendant tout ce temps, la petite n'avait pas versé une seule larme, l'esprit concentré sur l'image de sainte Blandine dans les arènes lyonnaises. Les deux religieuses se toisaient. Sœur Saint-Alphonse baissa les yeux, puis le front, puis le menton. Sœur Marie-de-l'Eucharistie s'adressa aux filles.

– Comme vous le voyez, le Seigneur a épargné encore une fois l'humanité. Il est onze heures et quart et le monde tient encore debout !

Dans le fond de la classe, une fille levait la main.

– Ma sœur, la fin du monde n'est pas arrivée. Pourquoi ?

Sœur Marie-de-l'Eucharistie esquissa un sourire.

– C'est grâce à vos prières, Mesdemoiselles. Vous vous êtes vous-mêmes sauvées. Maintenant, suivez-moi toutes ! Allons jouer dans cette belle neige ! Je vous rejoins dans la cour !

Les filles sortirent dans un hurlement de joie. Sœur Marie-de-l'Eucharistie avait certes du règlement et comprenait autant que toute religieuse canadienne-française la mécanique de l'humiliation et du châtiment. Elle savait d'ailleurs que Madeleine avait dessiné ces moustaches. C'est elle-même qui avait offert à la petite cette image du Saint-Père pour ajouter à sa collection. Elle avait reconnu le coin droit légèrement écorné de l'image. Pour quelle raison et sous le coup de quelle étrange inspiration Madeleine avait-elle donné au pape la moustache du führer ? Elle n'en avait pas la moindre idée. Ce qu'elle savait, c'est que Madeleine ne recommencerait pas. Une fois toutes les filles sorties, elle se retrouva seule avec la Grosse Sœur encore suintante de l'effort qu'elle venait de fournir. Elle alla vers elle d'un pas lent, effaça son sourire et pinça les lèvres, plus laide que jamais. Sœur Saint-Alphonse tremblotait, bégayait des paroles inaudibles. Sœur Marie-de-l'Eucharistie s'approcha assez près pour souffler son haleine fétide et froide dans les nasaux de sa consœur.

– Si jamais vous levez la main encore une fois sur cette enfant, c'est *vous* qui prierez pour qu'*arrive* la fin du monde, sœur Saint-Alphonse.

Raccrochant son sourire apocalyptique, elle alla rejoindre les filles qui batifolaient dans la neige. Dans la classe, un parfum fécal et fruité s'éleva, tournoya et resta longtemps figé dans l'air sans que la petite Simone pût en être déclarée responsable. Défaite sans être vaincue, la Grosse Sœur regagna sa chambrette pour s'y changer.

Dehors, la neige continuait de tomber, maintenant soulevée par un vent d'ouest. Sœur Marie-de-l'Eucharistie marcha jusqu'à l'église, où elle croisa Madeleine-la-Mére venue prier pour les âmes du purgatoire.

– Accompagnez-moi sur le parvis, la Mére. Venez voir notre pays tout blanc !

Et les deux femmes s'étaient plantées sur le parvis de l'église Saint-François-Xavier, droites et noires dans la tempête, mains en manchons, le regard fixant le nord, en silence. Les flocons s'accumulaient sur leur voile et leurs épaules, un sourire inexplicable ornait leur visage. La Mére parla de neiges anciennes.

Longtemps, sœur Marie-de-l'Eucharistie avait contemplé la première chute de neige en compagnie de sa sœur jumelle hétérozygote, sœur Sainte-Jeanne d'Arc. Cette dernière, peu après avoir prononcé ses vœux, s'était portée volontaire pour les missions étrangères.

– Avant d'être sœurs, elles étaient déjà des sœurs, aimait à plaisanter Papa Louis, une plaisanterie que seuls les moins de dix ans étaient à même de goûter dans toute sa candeur.

Sœur Sainte-Jeanne d'Arc en photo avant son départ au Japon en 1934, pour aller peupler la maison provinciale nipponne de Nagasaki, fondée par les sœurs de l'Enfant-Jésus. Juste à côté du fauteuil où Papa Louis faisait se dissoudre le sucre dans son gin pendant qu'il racontait ses histoires, un meuble en noyer, sorte de vaisselier art déco recouvert de photographies dans des cadres. Une morne nonne devant une maison japonaise, un pêcher en fleurs ; dernière image de la sœur jumelle de sœur Marie-de-l'Eucharistie, saisie le 16 juin 1945 par une religieuse sur le point d'être rapatriée au Canada. Puis vint la terrible douleur pour sœur Marie-de-l'Eucharistie, cette onde vive qu'elle avait elle-même ressentie dans la nuit du 10 août 1945 dans la maison provinciale de Rivière-du-Loup, au soir de ce jour atomique. Une faiblesse venue de l'Ouest, aurait-elle dit, une tristesse profonde dans son rosaire. Il n'avait pas été nécessaire de lui en faire l'annonce officielle. Les voies de communication entre saintes se sont toujours passées des télégraphes et des autres béquilles humaines. De cette douleur ressentie par soeur Marie-de-l'Eucharistie, aucune image ne fut prise, aucun portrait ne fut fait. Mais Irène, sa nièce, s'en souvenait, et elle répéta à table, en guise de grâces avant le repas tous les 9 août, et ce, jusqu'à sa mort :

– Elle se tenait là, juste devant le couvent, elle s'appuyait sur un arbre. Sous la lune naissante, son visage irradiait, brillait comme mille soleils. Elle ne pleurait pas, elle ne riait pas. Elle a juste dit : « Ma petite sœur au Japon. » On ne lui avait même pas encore annoncé la nouvelle. On ne pouvait pas le savoir, d'ailleurs, on ne l'a pas su tout de suite. Il a fallu attendre des semaines après l'explosion de la bombe atomique pour que le décès de sœur Sainte-Jeanne d'Arc soit confirmé. Mais sœur Marie-de-l'Eucharistie le savait déjà. Elle ne le sentait pas, elle le *savait*.

Et Papa Louis l'avait confirmé lui-même plus d'une fois, sœur Marie-de-l'Eucharistie n'avait pas pleuré quand on lui avait appris la mort de sa sœur jumelle à Nagasaki.

– Si, elle le savait déjà ! Pourquoi se serait-elle mise à pleurer, soudainement ? Pour faire du théâtre ? disait-il en levant le doigt vers le ciel à la hauteur de l'épaule comme pour désigner un mystère insondable.

Puis, on n'avait plus reçu de nouvelles de Nagasaki pendant longtemps, jusqu'à ce qu'un jeune père revienne un jour d'une mission chrétienne canadienne au Japon avec des nouvelles pour sœur Marie-de-l'Eucharistie. Il était allé à Nagasaki et avait parlé à des gens qui avaient connu la sœur défunte, des enfants qu'elle avait aidés loin dans la campagne japonaise, juste avant d'aller se réfugier à Nagasaki où, on en était certain, il n'y aurait pas de bombardement. Tous les chrétiens de la région s'étaient d'ailleurs bêtement précipités vers cette ville où le malheur les attendait.

– Les Américains pourraient payer très cher cet affront au Seigneur, avait raisonné le jeune père en regardant le plancher.

Étrangement, ce n'est pas vers les Américains que la rancœur de sœur Marie-de-l'Eucharistie se tourna, si on peut appeler rancœur cette espèce de désapprobation sévère dont seules les religieuses sont capables ; non, c'est plutôt au Japon entier qu'elle en voulut. À son sens, il était indéniable que ce peuple sans Dieu s'était rendu coupable de quelque crime épouvantable que les Américains – voisins chrétiens d'une propreté impeccable et dont la réputation d'hommes justes n'était plus à faire – avaient de plein droit voulu châtier par le feu de la colère divine. À l'égard du Japon, des Japonais ou de tout mot ou objet pouvant rappeler le pays du Soleil levant, sœur Marie-de-l'Eucharistie cultiva un mépris secret, un sentiment qui s'inscrivait en porte-à-faux de son engagement divin, mais qu'elle soigna comme on torture avec patience et application un petit bonsaï. Ainsi, quand le couvent des sœurs de l'Enfant-Jésus fit, en 1966, l'acquisition d'un téléviseur pour entendre et voir, *oui voir !* – les piaillements qu'on entendit ce soir-là au couvent ! – l'adresse papale de Jean XXIII aux missionnaires du Canada, le choix de la sœur économe se porta sur un récepteur de marque RCA fabriqué aux États-Unis. Sœur Marie-de-l'Eucharistie fut l'une des premières religieuses du couvent à développer une dépendance au petit écran. On la surprenait parfois, seule, à genoux devant l'écran, frôlant la vitre bombée de sa main blanche pour palper le champ magnétique en souriant béatement. Quand, en 1975, le téléviseur fut remplacé par un appareil de fabrication nipponne, la religieuse se désintéressa abruptement des émissions de télévision et ne daigna même pas regarder les funérailles de Paul VI. Elle prétexta un malaise. Inutile de dire qu'elle préférait marcher quatre milles sous la neige de mars plutôt que d'être transportée en Toyota et qu'elle eût préféré être dévorée vivante une nuit d'hiver canadien par une meute de loups bien dentés plutôt que d'adresser la parole aux religieuses japonaises qui rendaient régulièrement visite à leurs consœurs canadiennes. Ces jours-là, sœur Marie-de-l'Eucharistie les passait dans la buanderie ; la haine du Japon et de toutes ses manifestations était devenue pour elle une mortification dont elle entendait sortir purifiée. Elle n'en glissa jamais un mot à personne, pas même au père Lecavalier quand elle se confessa à lui en juillet 1968.

Chaque religieuse porte en elle un petit cratère atomique. Une zone sinistrée.

Et ce jour d'octobre où le jeune père missionnaire était venu décrire les dernières souffrances de sa sœur jumelle à Nagasaki, la sœur en deuil avait déjà pris le lustre cireux des irradiés et avait déjà distillé tout le chagrin que la mort de sa jumelle lui avait causé ; son visage au teint vert pré, ses yeux cernés de lilas, semblaient eux-mêmes avoir péri pendant les attaques américaines sur Hiroshima et Nagasaki. Sœur Marie-de-l'Eucharistie avait souri au missionnaire comme pour lui demander de continuer, de lui dire ce qu'il savait sur ces gens qui avaient connu sa sœur jumelle. Savait-il à quoi elle avait occupé ses derniers instants ? Avait-elle souffert ? Tout ce que le sourire d'une religieuse peut contenir comme questions ! Et que les paroles d'un père, si belles et poétiques, si tendres et apaisantes, peuvent parfois tomber comme goutte d'eau sur pierre brûlante ! Le jeune père avait regretté d'avoir fait un si long voyage pour livrer un évangile aussi triste. En guise de réponse, il lui avait donné la photographie qui se trouvait chez Papa Louis sur le meuble art déco. C'était en fait une copie qu'Irène Lamontagne (née Caron) avait fait imprimer pour ses huit frères disséminés un peu partout dans le comté de Rivière-du-Loup. Pour l'éternité, elle resterait dans l'esprit de Madeleine et de ses frères un être qui répondait au nom de « la sœur jumelle de notre tante sœur Marie-de-l'Eucharistie, mais dont le vrai prénom était... euh... c'était quoi son prénom, déjà ? Marc, te souviens-tu de son prénom ? Oui, je veux dire le prénom de sœur Marie-de-l'Eucharistie ? Non ? Pis sa sœur jumelle ? Tu sais, celle qui est morte à Hiroshi... non, non, Nagasaki, c'est ça. Elle, tu sais, la photo ? Caron ? Oui, ça c'était son nom, mais son prénom ? Tu le sais plus ? Marie ? Qui a gardé la photo ? Tu sais pas non plus. Ah. » Le nom de sœur Saint-Jeanne d'Arc fut vite remplacé dans la mémoire de la famille et de Rivière-du-Loup par celui de Sainte-Marie-de-Nagasaki, un nom beaucoup plus évocateur pour cette pauvre Québécoise morte au service de la foi en des contrées hostiles.

Toujours est-il que le jeune père, si fier de rentrer du Japon pour raconter comment les neuf sœurs de l'Enfant-Jésus étaient mortes, non pas sur le coup, mais des effets des radiations, une fois arrivé devant sœur Marie-de-l'Eucharistie qui souriait comme sourient les saintes sur les images pieuses, avait gardé pour lui ce détail. Elle savait. Peu de réponses ont la belle envergure de celle qu'elle fit au jeune père en ce matin d'automne : « Puis il parut dans le ciel un grand signe : une femme revêtue de soleil. » C'est ainsi que sœur Marie-de-l'Eucharistie s'était imaginé le calvaire de sa sœur jumelle, par cette image de l'Apocalypse selon saint Jean. Le jeune père n'eut pas le courage de demander qu'elle s'étendît sur la chose.

Sœur Marie-de-l'Eucharistie ne pleura pas, mais perdit tous ses cheveux. À la Noël 1945, elle avait le crâne complètement dégarni et le reste du corps imberbe, ce que personne, bien entendu, ne put confirmer. De sorte que la religieuse, une fois que la congrégation des sœurs de l'Enfant-Jésus eut permis à ses membres de porter des vêtements civils, s'agrippa à son habit. Dépourvue de sourcils et de cils, sans aucun duvet pour la protéger du froid, elle avait un visage lunaire que nombre d'anciennes élèves de l'école Saint-François-Xavier de Rivière-du-Loup voient encore la nuit quand elles se réveillent en sursaut aux termes de mauvais rêves.

C'est peut-être par pitié pour elle que Madeleine-la-Mére aimait à lui tenir compagnie pour regarder la première neige tomber à l'automne, sur le parvis de l'église.

– Vous croyez que nous serons libérées cet hiver ?

– Je ne crois pas, la Mére. Par grand froid, je pense que cela arrivera. Peut-être pas cette année.

– Depuis combien de temps errons-nous dans ce pays, ma sœur ?

– J'ai cessé depuis longtemps de compter, hélas.

– Cette neige est douce, ce vent glacial me réconforte. Mais quand serons-nous enfin libérées ? Dites-le-moi ! Quand irons-nous rejoindre votre sœur morte à Nagasaki ?

– Il faut d'abord que Madeleine parte, puis qu'elle revienne ; et qu'elle reparte encore, cette fois pour de bon. Après, il faudra compter encore quelques années. Nous le saurons à la visite de l'archange.

– Lequel ?

– Le beau garçon. L'archange. Tout viendra en son temps. Ce sera un soir froid. Je vous promets un dernier voyage d'hiver, la Mére.

L'après-midi se déroula dans une atmosphère tout à fait exceptionnelle dans la classe de Solange et Madeleine. Vêtue d'un habit propre, sœur Saint-Alphonse avait, avec ruse et psychologie, profité de l'ahurissement causé par la levée de la menace de la fin du monde et la première chute de neige pour procéder à la vente hebdomadaire de petits Chinois. Elle avait fixé au mur une grande affiche couverte de petites silhouettes grises ombragées : des visages à colorier. C'était la vente de Chinois de la Sainte-Enfance pour les missions étrangères.

– Mesdemoiselles, comme vous le savez, la Sainte-Enfance vous permet de sauver, par votre générosité, l'âme d'un petit Chinois autrement promise à l'enfer. En achetant un Chinois, vous permettez à nos missions étrangères de le baptiser et de lui donner ainsi une âme. Il restera par sa race, hélas !, chinois, mais il aura au moins une âme chrétienne et un nom bien chrétien, ce qui lui évitera de brûler dans les feux de l'enfer comme *certaines*.

Regard accusateur vers Solange, puis vers Madeleine. Elle poursuivit.

– En achetant un petit Chinois, vous recevez un feuillet bleu si c'est un petit garçon, ou un feuillet rose, si c'est une petite fille. Vous aurez aussi la permission de colorier l'un des petits visages sur cette affiche. N'oubliez pas que la bonne sainte Anne vient de nous éviter la fin du monde. Ne la décevez pas ! L'année dernière, à la fin de la quatrième année, c'est Lucie Cotnam qui en avait acheté le plus grand nombre ! Deux cent cinquante ! Imaginez ! Pour battre son record, vous devrez redoubler d'efforts, car cette année, le prix des Chinois a augmenté. Oui, il nous faut maintenant les vendre vingt-cinq cents au lieu de dix cents. Alors, Mesdemoiselles, j'attends vos trente sous. Que celles qui veulent acheter tout de suite lèvent la main !

Acheter des Chinois était, tout le monde le savait, une manière simple mais onéreuse de se faire valoir aux yeux des religieuses, le nombre de coups de férule assené étant inversement proportionnel au nombre de Chinois acquis pendant l'année scolaire. À cet adoucissement des punitions corporelles s'ajoutait une sorte de bonne volonté, des attentions particulières comme des livres de piété et une avalanche d'images pieuses à l'effigie de la Vierge et de saint François-Xavier, patron des missions étrangères. De plus, ces transactions garantissaient souvent des permissions spéciales, comme accompagner les sœurs dans leur salle à manger privée. Quelques mains se levèrent, de rares filles de familles plus aisées traînant sur elles des pièces de monnaie. Peut-être pour faire oublier les événements de l'avant-midi, Madeleine acheta pour elle-même une petite Chinoise et fit cadeau d'un petit Chinois à Solange, qui en rougit. Debout devant l'affiche, coloriant leur nouvelle acquisition, elles n'échangèrent pas un mot.

Le reste de l'après-midi fut consacré à ce que sœur Saint-Alphonse appelait « le combat ». Il s'agissait d'un duel entre deux écolières plantées l'une devant l'autre. Le sujet: les tables de multiplication; l'enjeu: un petit Chinois. La sœur lançait le problème.

– 6 x 8!

Celle qui répondait le plus vite gagnait un point. Les manches étaient des trois de cinq. Depuis septembre, Madeleine sortait invariablement triomphante de ces joutes arithmétiques. Malheur à celle que le sort plaçait devant elle. En français, géographie, catéchisme, Madeleine gardait tout juste la tête hors de l'eau, faisait même figure de cancre – surtout en dictée –, mais des combats de mathématiques, elle ressortait toujours victorieuse. Comme la première place était hors d'atteinte, l'objectif pour le reste des filles était de se retrouver en finale devant Madeleine Lamontagne, gagnante permanente de ces concours dont on ne se lassait pourtant pas : les neurones de la fille fascinaient autant que les muscles du père. Ce jour de la fin du monde ne fut pas une exception : Madeleine fracassa toutes ses adversaires. Mais pour la première fois – et au grand dam de sœur Saint-Alphonse –, Solange Bérubé réussit à se hisser en deuxième place pour se retrouver seule devant Madeleine en finale. Cette dernière fut tentée un instant de laisser gagner sa voisine et amie, mais se souvint des paroles de son père.

– La pitié est la politesse des faibles.

Sur le chemin du retour, Solange et Madeleine marchaient ensemble, au mépris des admonestations de la mère Bérubé. Dans le cœur de Solange, un carnaval d'émotions contradictoires : le bonheur de voir la menace de la fin du monde levée et la perspective de passer le reste de l'année scolaire dans la classe d'une religieuse folle furieuse; puis, ce rapprochement de Madeleine que les neuvaines dans la remise avaient rendue si avenante, si disponible, de sorte que Solange avait dû, à contrecœur un brin, faire ses adieux à sa langueur et à son mal. Rien n'est plus étrange au cœur de l'amant tourmenté que de voir s'envoler cette douleur causée par l'absence, comme si c'était justement ce mal d'être qui avait fait carburer son cœur depuis sa rencontre avec Madeleine, de l'autre côté de la haie de saules. Restait à faire abolir l'interdiction de fréquenter la maison Lamontagne. Les deux filles se lançaient des mottes de neige, glissaient sur les trottoirs pentus de la rue Fraserville, entonnant cette chanson pour cœurs froids afin de goûter jusqu'au dernier flocon ce commencement d'hiver, sur l'air de *Vive la Canadienne*:

*C'est pas la fin du monde*
*Vole mon cœur vo-o-o-le!*
*Les sœurs ont la face longue*
*Et la tête pleine de poux!*

Madeleine saisit Solange par les épaules.

– Je vais dire à mon père qu'il t'invite à souper samedi.

– Mes parents vont me tuer.

– Non, c'est ma mère que tes parents détestent, pas mon père. Tout le monde aime mon père, tout le monde aime le Cheval Lamontagne!

– Oui, je sais, mais si tu m'invites à souper, mon père va encore me dompter!

– Laisse-moé faire!

Et ce bonheur dura jusqu'à la rue Saint-François-Xavier où, inquiétée par cette petite tempête de novembre, la mère Bérubé attendait dans sa véranda vitrée le retour de sa cadette. De la voir s'épivarder avec la petite Lamontagne, son sang ne fit qu'un tour. Battre encore une fois cette tête de cochon? La dernière fois, elle s'en était presque démis l'épaule. Puisqu'elle y tenait tant, à ces Lamontagne, qu'elle y aille donc! Qu'elle aille donc se faire enfermer dans un cercueil par la folle à Irène Caron!

– Solange Bérubé, rentre dans maison, t'es toute mouillée! C'est quoi ces affaires-là de se lancer des mottes de neige? Tu vas tomber malade! C'est ça que tu veux? Tu veux qu'on t'expose chez les Lamontagne? Toé, Madeleine, rentre chez vous, tu vas attraper ta mort!

Folle de rage, la mère Bérubé.

– Attraper ma mort? Je vais dire ça à Grand-Maman Madeleine, elle va bien rire!

– Fais donc ça, enfant infâme, pis laisse ma Solange tranquille.

La Solange courait vers sa mère en brandissant l'image pieuse que lui avait value sa deuxième place au combat d'arithmétique, dans l'espoir que cette récompense lui évite quelques coups de ceinturon. La mère fut peu impressionnée.

– Des multiplications? Va donc multiplier les patates épluchées, p'tite démone! Pis arrête de marcher comme tes fréres! T'es une fille, Solange!

Les Bérubé eurent droit, ce soir-là, à une Solange qu'ils ne connaissaient pas. Ses paroles tombaient avec un aplomb nouveau, son ton rappelait celui de son père à l'âge de vingt ans: la défiance de la jeunesse. Respectueuse du règlement, elle ne parla pas à table, mais se rattrapa pendant qu'elle faisait la vaisselle. La journée fut racontée sur le ton que prennent les témoins d'une catastrophe aérienne pour raconter ce qu'ils ont vu, de sorte qu'elle brisa un verre en voulant imiter la mimique de sœur Marie-de-l'Eucharistie avalant les premiers flocons de neige de l'hiver.

– Pis y paraît que la Grosse Sœur a chié dans ses culottes !

– Solange Bérubé, fais attention à ce que tu dis, hurla la mère Bérubé en brandissant une cuiller de bois recouverte de mousse de savon.

À deux pas, chez les Lamontagne, une tout autre atmosphère régnait. Avant le souper, Madeleine avait raconté comment le monde avait été sauvé grâce à ses prières. Elle avait aussi raconté la première neige, le combat d'arithmétique qu'elle avait encore gagné et avait précisé que le prix des Chinois avait connu un bond de quinze cents.

– Vingt-cinq cents ? avait répété Irène Caron, incrédule.

– Ben, la sœur dit que le prix a monté parce que les baptêmes coûtent plus cher.

– D'accord.

Irène s'énervait. Madeleine sentait s'éloigner petit à petit ses chances d'inviter Solange à souper samedi. Il lui fallait trouver un moyen de se rendre adorable, voire pitoyable. D'un geste nonchalant, elle laissa voir ses mains encore rouges des coups de férule de l'avant-midi. Les yeux d'Irène s'agrandirent.

– Mon Dieu, Madeleine ! Qu'est-ce que t'as aux mains ?

– C'est la sœur, elle m'a donné des coups de bâton...

Madeleine montrait ses deux mains tout en offrant une imitation assez convaincante du visage de sainte Blandine entourée par les lions. Irène paraissait peu émue, mais à cela, Madeleine était habituée.

– Tu me montres ça pour que j'aie pitié ?

– Ben non, je...

– Pourquoi la sœur t'a frappée ?

Madeleine resta interdite. Il lui fallait maintenant avouer son méfait, avouer comment ses mains, mues par une force extérieure, avaient saisi le crayon-feutre pour donner à Pie XII une petite moustache, et comment ce petit trait noir avait causé la fureur des sœurs.

– C'est à cause de Pie XII...

– Comment ça, Pie XII ? Y est mort, Pie XII !

Madeleine prit le parti de sangloter. Elle avait compris que les sanglots exprimaient l'émotion qui recueillait le plus grand respect chez les autres. Dans son esprit mathématique, Madeleine avait dressé une classification des comportements possibles en fonction des sentiments et des émotions qu'ils étaient à même de susciter. Tout en haut de la liste trônait « le visage de sainte Blandine », presque aussi efficace que de s'agenouiller devant la radio pendant le chapelet en famille, quoique ce dernier geste fût, cela était évident, beaucoup plus efficace auprès d'Irène Caron que de Papa Louis. Mais la générosité, se disait Madeleine, condition essentielle au succès de son entreprise, était une qualité davantage associée à Louis Lamontagne.

– Ousqu'yé, Papa?

– Ton pére est descendu ramasser un corps en bas de la ville. La vieille Lévesque est morte avant-midi. Ton pére est content, c'est juste s'il priait pas pour que quelqu'un se tue sur la route.

La vieille Lévesque, trouvée raide morte au matin du 10 novembre 1960, fut donc la seule et unique victime de cette fin du monde. Madeleine choisit d'attendre le retour de Louis dans son corbillard. Il ne fut pas long. Depuis la fenêtre de la cuisine, elle observa son père et son frère Marc transporter la vieille Lévesque dans le sous-sol de la maison, lieu interdit où Louis préparait les dépouilles avant de les exposer dans son salon funéraire. Madeleine se dit que l'arrivée d'une nouvelle morte dans la maison ne pouvait que contribuer à la réussite de son projet d'inviter Solange à souper samedi. Elle patienta. Louis remonta bientôt. Irène, elle, était sortie en expliquant à sa fille qu'elle avait une course à faire avant le souper.

– Tu éplucheras une dizaine de patates, pis tu mettras la table, Madeleine. Tu surveilleras la soupe, aussi.

Irène était sortie sans même fermer son manteau. Une affaire pressante, de toute évidence. Louis trouva sa fille occupée à déplier une nappe. L'esprit de Madeleine calculait, cherchait le talon d'Achille de Louis, la manière d'obtenir de lui ce qu'elle voulait. Demander de but en blanc: « Est-ce que Solange Bérubé peut souper avec nous samedi? » était voué à l'échec. Pour quoi faire? N'ont rien à manger, chez les Bérubé? Voilà ce qu'il répondrait. Il faudrait trouver mieux, pensait Madeleine. Louis se lavait les mains.

– Ousqué ta mére?

– Partie au magasin.

– Pis, la fin du monde? s'enquit Louis, un sourire narquois aux lèvres.

– C'était juste de la neige, la sœur a dit que c'était grâce à nos prières.

– C'est probablement ça.

Louis continuait de sourire. Les choses s'annonçaient bien.

– Je me suis fait une amie.

– Ah ouin! Quelqu'un qu'on connaît?

– Solange Bérubé.

Louis étouffa un rire. Il avait connu, dans son enfance, la mère Bérubé, autrefois Cormier, avec qui il avait flirté alors qu'elle n'avait que douze ans, en 1930. Trop timide. Trop coriace. Il s'était rabattu sur autre chose.

– Mais c'est la voisine!

– Ben oui. En tout cas, elle parle toujours de toi, mentit Madeleine.

– Comment ça, elle parle de moi?

– Sa mère lui a dit que tu racontes des histoires, pis elle, ben elle aime ça, les histoires!

– Va falloir que tu l'invites, un jour, si elle aime les histoires.

D'un geste précis, Madeleine enlevait l'œil noir d'une patate, décontenancée par son propre pouvoir. « Maintenant, le silence », se disait-elle.

Laisser faire les choses. Louis s'essuya les mains et s'accroupit pour être à la hauteur de sa fille. Ses yeux sarcelle fixaient les siens.

– Regarde, Madeleine, dis pas un mot à personne. Samedi, je fais une grosse surprise à toute la famille. Si tu veux, je vais parler à la mére Bérubé pour que la petite Solange soit là elle aussi. Qu'est-ce que t'en penses ?

Épouvantée par sa propre perspicacité, Madeleine afficha un regard ébahi que le père interpréta comme la joie mal contenue d'une petite fille. Dix minutes plus tard, Louis sonnait à la porte des Bérubé. Bien au courant des sentiments que la mère Bérubé entretenait à l'égard de sa femme, il insista pour parler en privé au bonhomme Bérubé, dans le salon. Dans la cuisine – qui faisait aussi office de salle à manger – Solange retenait son souffle. Elle entendait les rires des deux hommes, des mots, « samedi... » et « si ça peut te faire plaisir, mon cher Louis ». Son cœur battait la chamade. Au bout de cinq minutes, le Cheval partit. Le père Bérubé prit sa place à table.

– La petite va souper chez les Lamontagne, samedi, laissa-t-il tomber.

La mère Bérubé tordait son tablier dans un geste nerveux.

– Ah ben moé j'pense pas ! Ah non !

– Annette, Solange va manger chez le Cheval samedi, c'est final. As-tu compris ?

Un silence de plomb tomba dans la cuisine des Bérubé. Solange se demanda si la fin du monde n'avait pas bel et bien eu lieu sans qu'on s'en aperçoive. Elle pensa que le Seigneur, dans sa bonté, avait réservé à sa création une agonie si courte que personne ne s'en était rendu compte. « Nous sommes maintenant tous au paradis, et je vais souper chez Madeleine samedi », se dit-elle en épluchant un navet. Dans sa tête, un tableau chagallien dans lequel tournoyaient, au-dessus du doux visage de Madeleine Lamontagne, des tables de multiplication, des lapins orange et des sœurs volantes.

Alors même que se déroulaient ces âpres négociations dans la rue Saint-François-Xavier, Irène Caron, elle, bravait les éléments pour régler une affaire pressante. Elle traversa la rue Fraserville sans regarder à droite, ni à gauche. Continua jusqu'au couvent et monta les marches vers le parloir. Après avoir secoué ses chaussures et son manteau, elle attendit qu'on l'accueillît. Jour de chance : c'est sa tante, sœur Marie-de-l'Eucharistie, qui vint à sa rencontre. Irène tira toutes les ficelles à sa disposition pour obtenir ce qu'elle voulait, c'est-à-dire que la mère supérieure du couvent, sœur Marie-du-Grand-Pouvoir, la reçût sur-le-champ.

– Mais tu n'y penses pas, Irène ! Il faut prendre rendez-vous pour parler avec Mère supérieure !

– Dis-lui que c'est Louis qui m'envoie, répliqua Irène.

Armée du nom de son mari comme seul sauf-conduit, Irène Caron réussit à se faire admettre à seize heures trente de l'après-midi dans l'antichambre de soeur Marie-du-Grand-Pouvoir. Assise sur une chaise, une adolescente aux yeux rougis se rongeait les ongles. De l'autre main, elle enlevait et remettait une chaussure trop grande pour elle. Du bureau de la mère supérieure, on entendait bruire des paroles incertaines. « Je m'attends à ce que vous changiez... » puis, plus rien. La porte s'ouvrit sur une femme d'une cinquantaine d'années, visiblement la mère de l'élève la rogneuse d'ongles. Sans mot dire, la mère et la fille quittèrent l'antichambre pour disparaître dans le couloir, d'où on entendit résonner le bruit sec d'une gifle suivi d'un gémissement aigu.

– Madame Lamontagne, bonjour.

Irène se leva. Pendant qu'elle attendait dans l'antichambre, la neige qui était restée collée à ses bottes avait fondu et formé une petite flaque d'eau juste devant la chaise où elle était assise. Mère Marie-du-Grand-Pouvoir fixa le dégât en pinçant les lèvres. Irène pénétra dans le bureau de la directrice. La porte fut refermée par une main invisible. Derrière un grand pupitre, la religieuse au menton belliqueux souriait. Que dire de cette brave femme, sinon qu'elle ne souffrait pas les paresseux, qu'elle avait assisté – elle servait l'histoire à toutes les sauces – à une messe papale à Rome en 1953 et qu'elle ne mangeait jamais en présence de ses consœurs ? Elle se faisait plutôt servir son repas à midi pile dans son bureau et le mastiquait dans la plus stricte intimité. L'eucharistie demeurait le seul aliment qu'elle acceptât d'insérer dans sa bouche devant témoins. Encore que cela ne put être considéré « manger » au sens strict du terme ; Mère eût sans doute préféré, dans ce cas précis, entendre dire : « se nourrir ». Personne, donc, ne l'avait jamais vue mordillant un filet de sole ni sirotant un jus de tomate.

Si Mère souriait, ce n'était pas de joie, non. Elle montrait les dents pour une raison bien différente. Habituée du couvent depuis l'enfance, Irène accompagnait son père deux ou trois fois par année pour visiter, au parloir, ses demi-sœurs. Mère Marie-du-Grand-Pouvoir profitait souvent des générosités de Louis Lamontagne sous forme de dons, de transport ou d'autres services que l'homme rendait au couvent. En principe, Irène et elle auraient dû bien s'entendre, mais quelque chose chez cette pauvriote de la paroisse Saint-Ludger agaçait profondément Mère Marie-du-Grand-Pouvoir. Était-ce la ferveur fiévreuse avec laquelle Irène s'était précipitée sur Louis dès sa démobilisation de l'armée ? À ses yeux, l'ascension sociale n'était pas un péché, à condition qu'on procédât dans le respect des convenances, règle élémentaire qui semblait avoir échappé à Irène Caron. Et ce n'était pas la première fois, aujourd'hui, que les Lamontagne étaient rappelés à sa mémoire. Peu après le repas du midi, sœur Saint-Alphonse – oui, maintenant elle en était sûre, elle avait encore grossi – était venue confesser des gestes « regrettables » commis sur la petite Madeleine, sans évidemment que la mère supérieure s'informât de la nature exacte desdits gestes. Quelques coups de férule mal gérés, s'était dit mère Marie-du-Grand-Pouvoir. Mais la grosse religieuse avait insisté pour livrer les détails en versant même quelques larmes. Le chat, sorti du sac, tenait dans sa gueule une image profanée du pape Pie XII. Elle trônait sur le pupitre de mère Marie-du-Grand-Pouvoir, qui en fut choquée à un point indescriptible. Toute l'histoire lui parut si invraisemblable qu'elle était sur le point de convoquer Louis Lamontagne pour s'entretenir avec lui quand on avait annoncé la venue d'Irène. C'est donc de la moustache d'Hitler qu'elle s'attendait de discuter. Grande fut sa surprise quand elle comprit les véritables motifs de sa visite.

– Que puis-je pour vous, chère Irène ? Comment va notre beau Louis ?

– Il va très bien, Mère, je...

– Vous comprenez que nous, les sœurs de l'Enfant-Jésus, le considérons un peu comme le fils que nous n'avons jamais eu. J'espère que vous en prenez bien soin. Il n'a pas un peu engraissé ?

Il y avait dans cette dernière remarque un sous-entendu, une inflexion qui hérissa légèrement Irène, qui dut prendre sur elle pour cacher son agacement. En prendre bien soin ? Que voulait-elle dire, au juste ? De quoi se mêlait cette vieille corneille ? Pendant tout l'entretien, Irène déclina trois fois l'invitation à s'asseoir de mère Marie-du-Grand-Pouvoir. Elle resta debout, droite comme la justice descendue de son socle.

– Il se porte très bien, mère. Je ne vais pas vous déranger très longtemps, je suis venue vous parler d'une affaire assez délicate.

– Je sais, je sais. On m'a mise au courant de ce qui s'est passé aujourd'hui en salle de classe. Je trouve toute l'affaire bien regrettable, mais il y a sûrement deux côtés à la médaille. Madeleine vous a probablement donné sa version des faits. Peut-être voudrez-vous entendre la nôtre ?

– Vous voulez dire que Madeleine m'aurait menti ?

– Non, mais vous savez, les enfants se sentent souvent injustement punis et racontent souvent les choses à leur avantage.

– Je crois bien que c'est le cas ici. Je ne pense pas que Madeleine, ni sa famille, ne méritent ce qui est arrivé aujourd'hui à l'école.

– Je suis bien d'accord avec vous. J'ai parlé avec sœur Saint-Alphonse. C'est d'ailleurs elle qui est venue me raconter toute l'affaire, en larmes... Imaginez-vous-la ! Pleurant devant moi ! Mais asseyez-vous donc, Irène...

– J'vas rester debout. Ah ! Pis ça la fait pleurer ?

Irène s'agitait. Quelques gouttes d'eau tombèrent de son manteau.

– Mais ne vous vexez pas comme ça, Madame Lamontagne, je suis certaine que sœur Saint-Alphonse avait ses raisons. Elle n'en est pas à sa première année d'enseignement ! Asseyez-vous, je vous prie.

– Non, je ne resterai pas longtemps. En tout cas, moi je trouve ça assez difficile à prendre.

Mère leva les yeux au ciel, non pour exprimer l'exaspération, mais pour désigner la source de toute autorité sur terre.

– Moi aussi, Madame Lamontagne, moi aussi. Sœur Saint-Alphonse m'a assurée que cela ne se reproduira plus...

– Ben j'espère ben ! Imaginez donc ! Faire des affaires de même au pauvre monde ! Quinze cents, c'est quand même pas rien ! fit Irène, énervée.

Le visage de Mère se figea dans une expression perplexe.

– Quinze cents ? Mais de quoi parlez-vous, au juste ?

– Coudonc, c'est ben vous qui êtes directrice d'école ? Les Chinois ont toujours coûté dix cents. Pis là, tout d'un coup, il faut les payer vingt-cinq cents la pièce ! Qu'est-ce qui a ben pu se passer en Chine pour l'amour du ciel ? Moé, je trouve ça cher, Mère. Je sais que vous pensez que Louis roule sur l'or, mais il a aussi des frais. S'il faut que ses trois enfants commencent à acheter des Chinois à vingt-cinq cents au lieu de dix cents la pièce, ben y va falloir qu'il monte ses tarifs ou qu'il se trouve d'autres morts ! Le pauvre fournit déjà pas comme c'est là ! C'est tout juste si on a de quoi s'arracher la vie...

Le visage de mère Marie-du-Grand-Pouvoir passa en deux secondes de la perplexité à l'étonnement, puis à l'ahurissement, sans même passer par la stupéfaction. Il s'agissait donc de ça : l'augmentation du prix des Chinois. « Se contenir », se disait-elle.

– Mais, Irène, ce n'est pas nous qui décidons du prix des Chinois, c'est décidé ailleurs...

Irène, tenace et insistante comme une mouche d'octobre, l'interrompit :

– Vous comprenez pas. Si votre but est de vendre des Chinois, je trouve que vous vous y prenez mal. À moins que vous décidiez de vendre des produits dont personne ne peut se passer, comme le beurre ou le lait, je vous conseille de mieux contrôler vos prix. Vos Chinois, là, ben personne en a vraiment besoin ! On les achète pas parce qu'on a faim ! C'est eux autres, les affamés ! S'ils veulent vendre, qu'ils nous fassent un prix ! Moé j'vous dis, par exemple – Irène regarda au plafond, comme pour effectuer un calcul difficile – oui, c'est ça ! Disons que je vous donne dix-sept cents du Chinois ! On s'entend ?

À ce moment précis, la question d'offrir des rabais à l'achat de Chinois pour la Sainte-Enfance parut à mère Marie-du-Grand-Pouvoir aussi pertinente que celle qui consiste à se demander si les marsupiaux aiment Ravel. Elle cherchait un moyen d'attirer l'attention de quelqu'un, se demanda un instant si elle n'allait pas tout simplement crier à l'aide. Quelle journée ! Et que dire à cette pauvre folle qui continuait son délire ?

– Non ? Alors que diriez-vous, mère, si on vous en achetait cinq au prix de quatre ? Non plus ?

Les bras de la religieuse tombèrent sur le plancher. Irène les ramassa et les lui rendit tout en continuant.

– Vous êtes dure, mère. Pour le petit monde, c'est cher, tout ça. Attendez, je suis sûre que nous allons nous entendre. Ha ! Je l'ai ! Disons que les filles se mettent en équipe pour acheter des Chinois...

– En équipe ? demanda la religieuse, curieuse de voir jusqu'où l'esprit malade de cette femme les emmènerait.

– Oui ! Des équipes ! Par exemple, si ma Madeleine se mettait en équipe avec, disons, la petite Bérubé. Je les ai vues l'autre jour se cacher dans la remise pour prier – en passant, la fin du monde, c'était une fichue de bonne idée ! Ça les a calmées ! Faites-le pas trop souvent, là ! Elles y croiront plus !

En tout cas. Disons que ma Madeleine vous achète le Chinois, ou la petite Chinoise – elles coûtent le même prix? Oui? – à dix cents, comme avant, mais qu'elle le revende quinze cents à Solange. Madeleine vous donne ensuite les quinze cents que Solange lui aura donnés, et vous avez votre compte! Vingt-cinq cents! Non seulement vous avez votre prix, mais Solange et Madeleine payent moins cher que les autres! Ça reste entre nous... Si elles sont les seules à faire ça, vos ventes n'en souffriront pas trop.

Sœur Marie-du-Grand-Pouvoir s'était surprise à écouter le boniment d'Irène, comme d'autres se surprennent à écouter les dialogues d'un film pornographique: avec grande honte et beaucoup d'intérêt. Elle réfléchissait. Il y a à peine dix minutes, quand on lui avait annoncé l'arrivée intempestive d'Irène, elle avait remercié le ciel de ne pas lui avoir envoyé le Cheval. À vrai dire, elle s'attendait à devoir expliquer les coups de sœur Saint-Alphonse, qu'elle avait vertement semoncée. « Mais frappez-en une autre! Pas la petite de notre Louis! » avait-elle hurlé à la Grosse Sœur. Elle voyait déjà Louis mettre le couvent en morceaux... Elle s'était aussi attendue à ce qu'Irène chante toute une aria de cette histoire de fin du monde que les sœurs avaient pourtant annoncée au moins deux ou trois fois en dix ans. Rien ne calme les nerfs d'une classe de fillettes mieux qu'une bonne fin du monde, toute sœur sait au moins cela. Bref, elle s'était préparé un argumentaire qui resterait inutile devant une Irène préoccupée par le prix des Chinois. « Je m'en tire à bon compte », se dit sœur Marie-du-Grand-Pouvoir, souriant elle-même de son bon mot. Après tout, la pauvre Irène méritait bien qu'on la prît en pitié; Dieu ne lui avait-il pas envoyé comme épreuve un enfant simplet, ce petit Luc, qui n'apprenait rien?

– Je suis d'accord, Irène. Cette dernière proposition me semble acceptable. Elle est certes accompagnée d'un désavantage... Nous vendrons un tout petit peu moins de Chinois. En revanche, Madeleine et Solange apprendront la vertu de l'épargne et la noblesse de la collaboration, comme nous au couvent! lança-t-elle en souriant, pinçant au sang l'une de ses larges fesses pour ne pas éclater de rire.

Irène rayonnait. Mère Marie-du-Grand-Pouvoir acceptait son marché! Ô joie! Les deux femmes se serrèrent la main, Mère bénit Irène qui quitta le bureau. Avant de fermer la porte derrière elle, la Caron, comme pour avoir le dernier mot sur la religieuse, envoya ces paroles, sorties tout droit de son cœur de mère:

– Ah, pis Mère, pourriez-vous dire à votre sœur Saint-Alphonse de donner ses coups de férule sur le dos de la main? Autrement, Madeleine n'arrive plus à éplucher les patates, ni à vadrouiller le plancher. Elle dit que ça brûle. Je vous serais éternellement reconnaissante, mère.

La porte se referma. Pendant trois minutes, Mère resta immobile à regarder la neige tomber, en s'imaginant Louis Lamontagne entrer au paradis au volant d'une décapotable américaine. Seul. Tout à fait seul. « Tous les enfers ne sont pas mérités », se dit-elle avant de bâiller longuement. Irène, quant à elle, rentra à la maison d'un pas preste et fier, la tête haute. Sur le pupitre de mère Marie-du-Grand-Pouvoir, le portrait de Pie XII à moustaches semblait avoir perdu de sa pertinence. Plus personne ne s'en souciait.

Quand ils apprirent que leur sœur cadette était invitée à souper chez les Lamontagne, les garçons Bérubé marquèrent une minute de silence. C'était comme leur annoncer qu'elle allait mourir, ce qui n'était pas tout à fait faux, si on considère la mort comme un nouveau départ. À l'incrédulité qui suivit la déclaration du père Bérubé succédèrent quelques plaisanteries sur ce qu'il convenait de porter dans une occasion pareille. Du noir, quoi d'autre ? Ces plaisanteries pleuvaient sur une Solange imperméable et stoïque. Ils sont jaloux. Voilà. Et c'est bien un mélange d'admiration et d'envie qu'elle avait lu dans leurs regards en les voyant observer de loin Papa Louis soulevant ses haltères les jours d'été dans sa cour. Lequel de ces fanfarons pouvait prétendre que le corbillard et la décapotable stationnés devant la maison Lamontagne le laissaient indifférent ? Le vendredi soir, Solange repassa ses leçons de catéchisme en hurlant dans sa chambre pour être certaine d'être bien entendue dans toute la maison.

– L'envie est une tristesse que l'on ressent à la vue du bien du prochain, ou une joie coupable du mal qui lui arrive !

Ce à quoi répondait l'un de ses frères, entre deux quintes de toux, mais d'une voix non moins retentissante :

– L'orgueil est une estime déréglée de soi-même, qui fait qu'on se préfère aux autres et qu'on veut s'élever au-dessus d'eux !

Toujours boudeuse depuis que son mari l'avait rabrouée, la mère Bérubé écoutait en silence ses enfants se bombarder de la description des péchés capitaux. Elle avait réussi à convaincre sa fille de porter une jupe brune et une blouse blanche pour le souper chez les voisins ; elle lui avait ensuite expliqué de ne jamais aborder certains sujets à table : les maladies de ses frères, le fiancé de sa grande sœur Antonine – devenu pilier de bar –, et pas un mot non plus sur le nombre de jours que son père travaillait par semaine. Cela ne regardait personne.

– Je te dirais aussi de ne pas parler d'argent à table, c'est malpoli, mais étant donné que tu vas souper chez la Caron...

Et vers les dix-huit heures le samedi 12 novembre, Solange marcha dans la neige toute seule pour traverser la haie de saules, armée d'un bouquet d'œillets blancs pour toute offrande. Chez les Lamontagne, Louis n'avait rien ménagé pour accueillir la petite voisine. Irène, étonnée de ne pas avoir été consultée, accepta, sans la célébrer, la présence de cette intruse dans son quotidien. Elle avait d'abord protesté qu'on n'avait pas les moyens de nourrir toute la rue – faux, à cette époque, Louis aurait encore pu offrir un souper à toute la paroisse sans toucher à ses économies –, que les Bérubé ne leur avaient jamais adressé la parole en dix ans –, mensonge, le bonhomme Bérubé était fréquemment copain de bière de Louis dans les bars de la rue Lafontaine, Irène le savait très bien –, et que les garçons n'avaient rien à se mettre – encore une fois faux, Louis venait de les vêtir fort convenablement chez le tailleur à un prix imbattable. Irène fit finalement valoir que la vieille Lévesque serait exposée samedi dans le grand salon, que la présence d'une invitée chez les Lamontagne pourrait indisposer les endeuillés et que – sornettes ! – la petite Bérubé, peu habituée aux veillées funéraires, pourrait être traumatisée par cette atmosphère lugubre.

– Lugubre ? Qu'est-ce qu'il y a de lugubre à vouloir donner une sépulture aux morts ? Et puis la vieille Lévesque sera exposée dans le deuxième salon, loin de la salle à manger, personne ne dérangera personne.

Louis avait eu la main haute. Solange fut reçue comme une reine. Dans le salon adjacent au salon funéraire, il avait mis de la musique, son air préféré : *Que ma joie demeure,* de Bach. Ce choix musical pourrait laisser croire que Papa Louis prisait la musique baroque. Il n'en est rien. Il s'agissait du seul et unique disque de musique baroque qu'il possédait. Comment *Que ma joie demeure* était-il devenu la mélodie préférée de Louis ? L'Allemagne, *natürlich.* Ce pays d'où l'on rapporte le meilleur, si l'on n'y tombe pas.

À Solange assise sur le sofa vert du salon, le Cheval raconta comment il avait trouvé le petit tableau qu'il avait offert à Madeleine-la-Mére à son retour au pays. En s'installant chez Louis, l'aïeule avait trouvé naturel de suspendre le tableau dans la pièce où étaient exposés les morts. Cette image de la Vierge Marie morte, étendue sur son tombeau, entourée de Jésus et des apôtres, avait de quoi réconforter les familles en deuil. L'image semblait dire : « Personne n'est seul dans la mort. » C'était comme une manière de souligner l'importance que Louis Lamontagne accordait à la sépulture et aux rites funéraires. Solange écoutait le Cheval raconter l'histoire du tableau, les yeux écarquillés, ahurie de bonheur.

C'était le jour après avoir trouvé David Rosen, le survivant des marches de la mort sauvé par les neiges alpines matinales. Papa Louis avait voulu le déposer dans un camp construit à la hâte par les forces alliées sur les rives du lac Starnberg pour accueillir les déportés d'Europe de l'Est en attente de leur émigration vers des terres plus hospitalières. Le camp, construit à même une ancienne école d'élite pour les Jeunesses hitlériennes, avait beaucoup impressionné Louis : des milliers de visages hagards, éberlués d'être vivants. Ces mains squelettiques qui le touchaient, effleuraient son uniforme américain, ces femmes aux langues incompréhensibles, ayant échappé de justesse aux flammes d'Auschwitz, qui lui envoyaient des regards remplis de caresses.

– Et les morts, partout. Partout, Madeleine... devait-il dire des années plus tard à sa fille au terme d'une longue beuverie, avant de tomber endormi.

Au camp de réfugiés de Feldafing – ainsi s'appelait le village bavarois –, on lui avait bien fait comprendre qu'il n'y avait plus de place pour son David Rosen. Il fallait le déposer dans une sorte de grande villa bavaroise construite au sommet d'une colline, plus près du village. Louis avait laissé Rosen là-haut, dans cette villa qui ressemblait de loin à une horloge coucou : balcons de bois, tourelle en forme d'oignon, fresques peintes sur les murs blanchis à la chaux. Une carte postale pour son mourant.

Louis avait conduit le véhicule militaire jusqu'à la porte de la villa, dans un jardin magnifique surplombant le lac. Le vent sifflait entre les branches des pruches majestueuses. Rosen, à qui on venait de donner une tasse de bouillon clair, se tenait le ventre. Ses intestins n'étaient plus habitués à digérer quoi que ce soit.

– Je me sens lourd, dit-il.

Louis le hissa sur son épaule droite, comme on transporte un copain soûl en fin de veillée du jour de l'An. Dans la villa, on l'informa qu'il n'y avait pas de place pour Rosen, que la maison était déjà pleine de malades, d'autres déportés des camps de l'Est. Qu'il essaie ailleurs. C'est à ce moment que Louis avait perdu patience. À ce qu'il considérait comme des mensonges s'ajoutait la difficulté qu'il avait à se faire comprendre par les gens de l'endroit. Son anglais s'était certes amélioré depuis la foire agricole de Gouverneur, mais il devait parler très clairement pour que les gens de la villa le comprennent ; ces derniers, qui géraient ces sortes de dépôts de morts-vivants, n'étaient pas des Allemands, c'est d'ailleurs la première chose qu'ils dirent à Louis :

– Ne vous fâchez pas. Nous ne sommes pas allemands.

Louis obtint la permission d'installer Rosen par terre au pied d'un mur dans la grande salle à manger bourgeoise vidée de tous ses meubles. Il prit le temps de lui confectionner un grabat à l'aide de branches de pruche et de couvertures, cacha dans les vêtements de Rosen des rations de chocolat, du sucre, des chewing-gums américains et quelques cigarettes, en lui murmurant à l'oreille de ne pas manger trop vite, que ça pourrait le tuer de tout manger tant son estomac avait rétréci à Dachau.

– Un petit morceau au matin, pour passer la journée, David.

Rosen, à demi-conscient, souriait à ce géant qui l'avait sauvé de la mort.

– Vous êtes français ? demanda-t-il.

– Canadien.

– Vous parlez comme un Français.

Louis lui expliqua en quelques mots d'où il venait, sans trouver tout à fait pertinent de lui parler de ses origines allemandes. Il resta un peu avec David Rosen, histoire qu'on comprenne dans cette maison remplie de réfugiés que son protégé était important. La respiration de Rosen ralentit, l'homme se sentit en confiance et s'endormit. Au rez-de-chaussée de la villa, une pièce sombre sans fenêtre, une femme corpulente accroupie allumait un petit feu dans un grand poêle en faïence. Louis n'en avait jamais vu. La femme se releva et regarda le soldat dans les yeux sans dire un mot. Blonde, elle pouvait avoir vingt-cinq ans. Mais la guerre lui en avait donné quarante. Sa carrure contrastait avec le décharnement des corps qui gisaient un peu partout dans la villa. Elle semblait être la seule Allemande en ces lieux. Louis comprit qu'elle devait être femme de ménage ou intendante. La vie dans ces contrées vallonnées lui avait donné des jarrets remarquables, qui ne passèrent pas inaperçus au regard du Cheval. Charmée, elle se présenta. Maria. Elle le mena jusqu'à la cave, où elle occupait un réduit humide. Dans cette pièce sans soupirail qui empestait la moisissure, ils firent plus ample connaissance. Louis omit évidemment cette partie de l'histoire devant Solange et Madeleine.

Dans l'immense sous-sol de la villa, on avait entassé les tableaux et les meubles qui avaient jadis orné les étages supérieurs. Louis inspecta les tableaux appuyés sur le mur. Ils étaient presque tous enveloppés dans de la toile brune salie par le temps. Le seul dont l'image fut visible était ce petit tableau de quarante sur vingt centimètres. Maria remarqua que Louis s'intéressait à l'image. Tout en replaçant ses seins lourds dans son corsage, elle montrait du doigt l'image en disant : *« Die Grablegung der Mariæ »,* le titre de l'œuvre en allemand, c'est-à-dire *La Mise au tombeau de la Vierge*. Louis crut que Maria voulait dire que la toile lui appartenait. Ses yeux n'arrivaient pas à se détacher de cette image de la Vierge morte qui le ramenait dans son pays natal. Autour de la défunte, le Christ et ses apôtres auxquels il sentait pour la toute première fois le désir d'appartenir. Il saisit le tableau entre ses larges mains et lui demanda en anglais s'il pouvait l'acheter.

– *Me buy the Maria ?*

Maria comprit seulement que Louis voulait dire : *Good-bye, Maria*. Elle était habituée à ce que les soldats américains partent dès qu'ils avaient fini leur affaire. Mais elle trouvait celui-là si beau qu'elle voulut lui faire un petit cadeau. Elle dénicha donc quelque part un bout de toile, emballa le tableau et l'offrit à Louis, qui crut de bon droit que Maria lui offrait une image qui lui appartenait. Il ne comprit qu'une semaine plus tard le malentendu, mais il était déjà loin et le tableau était en route pour l'Amérique. À Solange, il expliqua qu'il avait échangé le tableau contre un paquet de cigarettes. Ce qui n'était pas tout à fait faux, car il avait offert une Marlboro à Maria quand ils remontèrent à la cuisine. Le tableau sous le bras, il quitta la villa sans être importuné. La U.S. Army avait ensuite acheminé le tableau jusqu'à New York, où il l'avait récupéré à son retour. Il n'eut jamais conscience d'avoir volé quiconque, pas plus que Maria ne comprit qu'elle avait dilapidé un morceau de la fortune de ses maîtres. Elle demanda à Louis de lui écrire son nom sur un bout de papier, et son adresse *in Kanada*.

Dans le matin glacial, Louis avait signifié à ses camarades d'infanterie qu'il voulait marcher, histoire de se remettre les idées en place. Il était descendu le long de la route qui menait vers Feldafing jusqu'à une vieille église. Il y était entré au moment où l'organiste attaquait les premières notes de *Que ma joie demeure*. Et il était resté, avec les fidèles, à écouter cette musique de Bach qui lui semblait racheter toute l'incongruité de ce qu'il avait vu depuis Dachau. Après la messe, on l'avait dévisagé et contemplé dans toute son américanité. Il s'était approché de l'organiste, une jeune femme tétanisée par ce grand gaillard aux yeux sarcelle qui parlait l'anglais comme une vache espagnole. De qui est cette musique ? Si elle est de moi ? C'est pour ça qu'il me montre du doigt, ce sauvage ? Vous vous moquez ? Mais que vous dire, pauvre homme ? Sinon ce simple mot :

– Bach !

De peur qu'il ne se fâche, on lui avait donné la partition, qu'il s'était le lendemain postée avec le tableau, encore aux frais de la U.S. Army. C'est mère Marie-du-Grand-Pouvoir qui la lui avait jouée sur l'orgue de l'église Saint-François-Xavier, deux semaines après son retour dans son pays où la joie était demeurée.

– Mais ne pleurez pas comme ça, Louis, cette musique est porteuse de joie !

Louis n'avait parlé à la mère supérieure ni de David Rosen, ni de l'église de Feldafing, ni de la grande maison aux balcons de bois remplie à ras bord de rescapés des camps. Touchée par l'effet que cette musique avait eu sur le cœur de son grand Louis, mère Marie-du-Grand-Pouvoir avait instruit l'organiste de l'église de jouer la pièce régulièrement. On l'entendit donc abondamment pendant l'avent, à l'anniversaire de Louis le 25 décembre, à la fin du carême – le curé avait refusé qu'on la jouât pendant les jours maigres – et, bien évidemment, à Pâques.

– Mais n'est-ce pas là musique par et pour des protestants, ces gens au cœur glacial ? avait-on entendu geindre un ennuyeux, un dimanche de décembre.

– Peut-être, mais la joie demeure pour tout le monde ! avait répliqué mère Marie-du-Grand-Pouvoir, agacée.

À Noël 1950, les religieuses, en remerciement des menus services que Louis leur rendait régulièrement, lui avaient offert un disque de la cantate *Herz und Mund und Tat und Leben* dont *Que ma joie demeure* est le dernier mouvement, commandé en secret de Québec. Dix ans après, dans l'espoir que cette musique eût sur Solange un effet apaisant, Papa Louis avait pour la millième fois fait jouer le dernier mouvement de la cantate, que toute la famille connaissait par cœur. Le disque grésillait, sautait même un peu. Luc dodelinait de la tête sur le rythme de la musique pendant que Marc et Madeleine prenaient des poses d'église pour faire rire leur père. Madeleine, excitée comme une puce, montra à Solange toute la maison, même le salon où reposait la vieille Lévesque qu'Irène avait coiffée le matin même. Personne n'était encore là pour la veillée de cette femme étendue comme une reine égyptienne, les traits déformés par le trépas, entourée de chrysanthèmes et d'œillets. Les deux fillettes se recueillirent un instant devant la vieille et ânonnèrent une prière avant de rejoindre le reste de la famille dans le salon. Madeleine-la-Mére, que Solange touchait pour la toute première fois en personne, souriait, debout à côté de la défunte, attendant parents et amis, à son habitude. Solange avait aimé le contact de la peau froide de la morte quand elle lui avait serré la menotte.

– Sa main est froide comme celle de sœur Marie-de-l'Eucharistie ! avait-elle soufflé à l'oreille de Madeleine.

Irène aux chaudrons, le beau Louis avait le champ libre.

– Tu aimes les histoires, Solange ?

L'œil de Papa Louis brillait, ses fils s'agitaient...

– Raconte celle de la tornade au Kansas ! supplia Madeleine.

– Non, je veux entendre celle du veau qui s'appelait Adolf ! lança Marc en chignant.

Minuscule sur le sofa vert bouteille, Solange entendit pendant une heure des histoires qui la firent voyager dans des endroits aux noms imprononçables : Wyoming, Ohio, Iowa. Des noms qui portaient en eux toute la poésie du monde : Idaho Bill, le Géant de Varsovie... et ce récit incroyable de Podgórski et celui de Papa Louis poursuivi par un Cheyenne enragé sur les routes du Nebraska. La présence de la petite voisine inspirait le conteur, qui voyait en cette visite un excellent prétexte pour servir une nouvelle histoire à ses enfants, plus ancienne celle-là... mais il entendait les proches de la vieille Lévesque se mouvoir dans le salon voisin, un silence lourd et des paroles qui leur parvenaient... Solange écoutait avec attention la voix de Madeleine-la-Mére qui essayait de consoler ce qui semblait être deux ou trois personnes de l'autre côté de la cloison.

– Vous savez, elle est mieux là où elle est... déclara Madeleine-la-Mére pour commencer.

– Oui, et nous aussi ! l'interrompit sèchement une voix de femme.

Dans le salon où Louis était assis avec ses enfants et Solange, on tentait de ne pas rire. Madeleine-la-Mére continuait.

– Le Seigneur rappelle vers lui ceux qu'il préfère, voyez...

– Il a pris son temps ! Huit ans qu'on a dû en prendre soin, de la vieille ! lâcha la même voix de femme. Astheure, on va pouvoir mettre la télévision dans sa chambre.

– Si vous voulez vous joindre à moi pour une prière... « Ô Dieu miséricordieux qui veille... », poursuivit Madeleine-la-Mére avec dignité.

Irène coupa court à ce théâtre invisible en ordonnant à tous de s'installer à table, dans la salle à manger. Solange fut placée entre Madeleine et Papa Louis, qu'elle ne quittait pas des yeux. Irène voulut savoir si Solange aimait la soupe aux pois. Habituée aux repas où il est interdit de dire un mot, Solange mit un certain temps à s'habituer à l'atmosphère festive qui régnait à la table des Lamontagne. Tout le monde parlait en même temps, une louche menée par une main habile remplissait les auges, les bouts de pain voyageaient du nord au sud de ce monde échevelé où personne ne semblait s'écouter. Entre la soupe et le plat principal – du poulet, se réjouit Solange –, Louis s'absenta pour faire acte de présence auprès de la famille Lévesque. Il revint du salon le sourire aux lèvres. La famille était déjà partie, laissant la Mére veiller toute seule avec la vieille. La voix de la Mére se fit entendre, exigeant un bol de soupe.

– Pourquoi vous venez pas le manger ici, la Mére? demanda Louis, les yeux fixés sur la place réservée à la Mére juste à côté d'Irène.

– Les morts sont mieux avec les morts, dit-elle pour toute réponse.

Louis regardait sa femme.

– Tu pourrais faire un effort, Irène.

Irène soupira, se leva lentement et, avec l'entrain et la ferveur d'une condamnée à mort, alla quérir la vieille qui refusait de bouger. On l'entendit parler avec elle d'une voix douce, quelques mots se glissèrent jusqu'aux oreilles de Solange: « Je suis désolée de vous avoir parlé sur ce ton... manqué de respect... avec nous. » Puis, les pas des deux femmes qui revenaient vers la salle à manger. La Mére, le bec pincé. Assise juste devant Solange, elle étirait le cou pour réduire le fanon qui pendouillait, souriait quand même à l'invitée et s'informa même de ses progrès scolaires.

– Ta petite copine est une championne de mathématiques. C'est sa mère qui l'entraîne. Rien ne lui échappe...

Irène prit une grande respiration. Madeleine expliqua plus tard à Solange que les deux femmes s'enduraient tout juste, qu'il ne se passait pas une journée sans que la Mére menace de quitter la maison pour aller s'installer chez les vieux ou au couvent. Toujours, Louis devait s'interposer entre sa femme et sa grand-mère. Celle-ci continua.

– La soupe est un peu claire.

Irène ne broncha pas. Solange la trouva presque courageuse. Louis, visiblement soucieux de distraire son nouveau public, tint, au désespoir de sa femme, à raconter comment, alors que Madeleine n'était encore qu'une toute petite fille, il avait reçu une lettre de l'archevêque de Rimouski.

– De l'archevêque ! fit Solange, étonnée.

Les enfants Lamontagne et leur mère dévoraient leur volaille en silence, ils connaissaient aussi cette histoire par cœur. Un jour, en 1954, Louis *forçait* avec deux compères dans un garage du chemin Fraserville, local mal chauffé où ils avaient installé un banc, quelques haltères et des poids variés. Louis avait toujours refusé de se laisser aller, la paternité ne lui paraissant pas une excuse valable pour accumuler la graisse. Il était donc resté en excellente forme. Il arrivait que des passants, en manque de divertissements, observassent les trois hommes s'entraîner; la scène était devenue un spectacle gratuit auquel quiconque pouvait assister. Très légèrement vêtus en été, les trois gaillards offraient, en plus d'une démonstration de force, une leçon d'anatomie assez précise pour que se pointât un samedi matin, devant le garage, le prêtre de la paroisse Saint-François qui avait eu vent de la chose à la faveur de la confession d'un homme qui s'était senti « avili » après avoir regardé Louis pousser ses haltères.

– Mais Louis est un homme fort, c'est une question de constitution, mon prédécesseur, le curé Cousineau, m'a raconté qu'il est venu au monde comme ça, qu'il était si gros que sa mère n'a pas résisté à la naissance, avait murmuré le prêtre à travers la grille en guise de consolation pour le pauvre homme.

– Je ne vous parle pas de ça ! On connaît sa carrure ! On le sait qu'il est large d'épaules ! Ma propre mère était assise dans l'église Saint-François la nuit de sa naissance en 1918 !

Le curé Rossignol, un gringalet manufacturé par le séminaire de Sainte-Anne-de-la-Pocatière, avait voulu en avoir le cœur net. Quelques minutes lui suffirent pour comprendre le sens que son ouaille avait voulu donner à « avilir ». Encore, tout est proportion, se disait-il, mais mieux valait en parler à quelqu'un de confiance. Ce que toutes les femmes savaient déjà depuis belle lurette, donc, voyagea de confessionnal en sacristie, de couvent en jubé et de parloir en réfectoire : la nouvelle se répandit à tous les niveaux du clergé du Bas-Saint-Laurent, tant et si bien que l'archevêque de Rimouski eut vent de la chose par un séminariste qui la tenait de la bouche du curé Rossignol lui-même.

Un jour, Louis reçut par la poste une lettre écrite de la main de l'archevêque. Pour étayer son propos, Louis fourragea un moment dans un tiroir du buffet de la salle à manger pour produire le document. Monseigneur, qui avait eu vent des exploits de Louis « tant à l'étranger qu'au Canada », était à la fois intrigué et honoré de savoir si près de Rimouski, à quelques heures de voiture, une telle force de la nature. « Je vous invite, Louis Lamontagne, à venir vous entraîner devant moi ici, à l'archevêché de Rimouski, à votre convenance, afin que tous soient témoins du talent que Dieu vous a donné. » Fier comme un paon, Louis était descendu jusqu'à Rimouski, emportant avec lui haltères et comparses le long d'une route cahoteuse parfois dépourvue de bitume, pour offrir à Monseigneur et à quelques autres soutanes présentes une démonstration de force très convaincante : quelques développés couchés, un arraché et deux ou trois dévissés. De cette expédition sportive, Louis avait rapporté une photographie de lui debout à côté de l'archevêque, un homme aimable vêtu d'une robe noire. Louis, magnifique, portant un simple maillot et un short moulant, souriait de toutes ses dents. À l'arrière, quelques jeunes prêtres que Louis appelait *les Vobiscoums* et des frères qu'il surnommait *les Orapronobisses*. Il y avait aussi d'autres photographies de Louis en petit format. Sur l'une d'entre elles, il apparaissait au sommet de sa forme en 1955, à 37 ans. Une vague dans les cheveux. Les muscles saillants.

– Là, j'étais plus gros qu'Eugène Sandow ! Tu sais ? Le père du culturisme ?

Solange fit non de la tête. Et sans qu'elle sache d'où lui était venue cette question, d'où provenait son audace, Solange demanda à Papa Louis si elle pouvait garder l'une des photographies. À la table, les frères de Madeleine souriaient. Le beau garçon, habitué aux égards des dames, ne put refuser.

– Choisis celle que tu veux, Solange.

Elle fit d'une pierre deux coups : Papa Louis flanqué de l'archevêque de Rimouski. La photo glissa dans sa poche. Solange contemplait cette famille inhabituelle, différente de celle qu'on voyait dans son manuel de bienséances.

Non que les Lamontagne fussent des malappris, loin de là ! Irène veillait à ce que chacun de ses enfants eût de bonnes manières. Au bout de la table, Marc, assis bien droit, grand garçon silencieux et mystérieux. On voyait déjà qu'il deviendrait aussi beau que son père, mais avec les yeux marron. Luc, âgé de sept ans, semblait vivre dans son propre monde. Marc lui coupait ses morceaux de poulet. Luc semblait d'ailleurs particulièrement absent, comme dans une autre orbite. Il arrivait au petit dernier de se mettre à frapper sur la table à l'aide de son couteau, geste interrompu sèchement par sa mère, ou d'attirer l'attention par des bruits de bouche, des rires spontanés et d'autres manifestations corporelles sonores. La paix était obtenue grâce à une bonne claque et quelques grognements de Papa Louis. Luc ne parlait presque pas, enfin, pas par phrases complètes et sensées ; il se contentait d'écouter, de rire et de pousser des petits « ha ! » marquant tantôt l'étonnement, tantôt la déception – quand il se rendit compte, par exemple, qu'il n'y avait plus de petits pois sur la table. Devant ce tableau familial, Solange fut prise d'une certaine émotion. Il lui faudrait, dès la dernière bouchée avalée, complimenter madame Lamontagne comme sa maman le lui avait expliqué, puis, après le dessert, ne pas rester plus de dix minutes et partir. C'était le savoir-vivre. Madeleine-la-Mére, qui venait d'entamer son assiette, changea soudainement d'air.

– En tout cas, Irène, tu ne sais pas faire la soupe aux pois, je te le dis. Prends-le comme tu voudras. Ton lapin, par contre ! Je ne sais pas ce que tu lui fais, mais je n'en ai jamais mangé de meilleur, pas même chez ma propre mére. C'est bien la grosse bête orange que t'as fait cuire, hein ? Tu ne trouves pas que c'est délicieux, petite voisine ?

Solange venait d'avaler sa dernière bouchée. Un instant, elle fut privée d'air. Elle ne sentait plus ses jambes. Lazare. Elle venait d'ingurgiter le pauvre Lazare. Papa Louis bondit de sa chaise.

– Tu as fait cuire Lazare ? Mais t'es folle, ma parole !

L'homme hurlait. Madeleine, habituée à ces débordements, interrompit la scène.

– C'est moi qui le lui ai demandé, Papa. À cause de Solange.

– Comment ça, à cause de Solange ?

– Solange m'a écrit un mot dans la classe de sœur Saint-Alphonse. Attends, je l'ai retrouvé...

Et Madeleine sortit de sa poche le petit billet qui avait causé tant de tumulte au couvent. *Pour toujours. Toi, moi et Lazare. S.* Louis le considérait avec attention. Sa respiration ralentit, il semblait charmé par toute l'histoire. Il leva son verre de cidre.

– Ben, ma Solange, on dirait que ton souhait est exaucé ! Vous serez toujours ensemble, toi et Lazare.

– Pas seulement Lazare, j'ai aussi envoyé les deux autres petits et un autre que mon Juif de Montréal m'a vendu, dit Irène, la bouche encore pleine. Il était gros, mais pas assez pour nous nourrir tous. Il m'a aussi vendu des patates la moitié du prix de chez Damours, pis tu devrais voir la pièce de veau que j'ai dans le Frigidaire. Tu sais combien j'ai payé ? Devine. Allez, dis un chiffre...

Siegfried Zucker. Ce Juif de Montréal n'était ni juif, ni de Montréal, mais plutôt catholique de Linz. C'était ce jeune marchand ambulant, celui qui, en offrant un sucre d'orge à Madeleine, lui avait donné sa première occasion de faire des affaires. Comme il pratiquait des prix imbattables, qu'il était ouvert au dialogue – contrairement aux marchands canadiens traditionnellement dogmatiques sur les prix – et parlait avec un accent autrichien très marqué, Irène l'avait tout simplement appelé le Juif de Montréal, car dans son esprit, tous les Juifs venaient de Montréal et parlaient comme ça. L'appellation lui était restée. Quand elle s'adressait à lui, Irène l'appelait « Monsieur Zouquère », mais autrement, on l'appelait le Juif de Montréal. Irène entretenait pour ce marchand des sentiments inavouables. Dans la paroisse, on racontait que Zucker n'était pas tout à fait indifférent au charme d'Irène.

Surtout, ne pas vomir, se répétait Solange. Irène continuait.

– Pis on n'allait quand même pas les garder tout l'hiver ! Et tu sais ce que ça coûte à nourrir ? Non, moi je me dis, le Bon Dieu a fait les petites bêtes pour que les grosses les mangent. Hein, la Mére ? C'est quand même ben juste un lapin, Louis. Tu lui en trouveras un autre au printemps quand la neige sera partie.

Comme emportée par l'élan de sa mère, Madeleine renchérit.

– Oui, l'année passée, on a mangé le lapin Thomas avec un poulet, Solange. Je voulais vraiment que tu sois là pour Lazare, parce que tu le connaissais.

– Les Lamontagne adorent le lapin, ajouta Marc.

– Et c'est moi qui l'ai appelé Lazare, parce que c'est mon personnage préféré du Nouveau Testament ! fit Madeleine-la-Mére, pour conclure.

Tout tournait autour de Solange. Fallait-il que Madeleine prenne ce message à la lettre ? Tous fous ? Dangereux ? L'idée de manger un animal qu'on élevait dans la cour ne lui était pas étrangère, les gens de la campagne le faisaient tout le temps. Mais fallait-il pour autant le baptiser ? Une chose restait certaine : elle tenait autant à devenir une Lamontagne que la veille. Lazare ou pas. Tant pour se donner contenance que pour montrer aux Lamontagne de quoi elle était faite, Solange se raidit l'échine, déposa sa fourchette et déclara d'une voix très claire :

– Est-ce qu'il reste du lapin ?

S'ensuivit une salve d'applaudissements, de couteaux qui tintent sur les verres, de bravos et de rires. Les Lamontagne étaient au fond des gens simples. Heureusement pour Solange, il n'y avait plus, au fond du plat, que quelques bouts de carottes surcuits. Elle fut ce soir-là pour ainsi dire accueillie dans le giron des Lamontagne comme une brebis égarée. Oui, la note qu'elle avait fait passer à Madeleine prenait tout son sens : *Pour toujours. Toi, moi et Lazare. S.* Pendant le souper, Solange apprit aussi que le premier mot de Madeleine avait été un chiffre. Avant même d'avoir dit « Maman » ou « Papa Louis », elle avait dit « douze ».

Il y eut encore un gâteau au café et des divertissements que seul Louis Lamontagne savait organiser. Une fois la nappe pliée, il monta coucher Luc et redescendit. Solennel, il annonça au reste de la famille que la vieille Lévesque lui faisait pitié. Vivre si longtemps et mettre au monde neuf enfants pour se retrouver seule dans un salon inconnu en plein cœur de novembre. Non, la mort se devait d'être autre chose. Proposition fut faite d'organiser pour la morte une veillée funèbre, de faire comme si elle était un membre de la famille et de lui faire des adieux dignes de ce nom. Irène levait les yeux au ciel, mais ne protesta pas.

– Puisque ça ne coûte rien !

Dans la pénombre, debout autour du cercueil de la vieille Lévesque, on pria. L'horloge sonna neuf heures. Louis remercia tout le monde. Solange avait l'impression que la soirée allait se terminer là, qu'elle devrait remettre ses bottes et son manteau et regagner sagement sa demeure. C'était bien mal connaître Louis. Jamais la compagnie des morts ne parut plus agréable à Solange. Louis se glissa furtivement en dehors du petit salon funèbre, sans dire un mot. Parti à la toilette, se disait Solange en continuant d'ânonner sa prière aux morts. Louis s'éternisait. Madeleine-la-Mére menait le rosaire... « Je vous salue, Marie, pleine de grâces... » Irène avait allumé quelques cierges autour du cercueil, la voix des enfants terminait à l'unisson les prières lancées par l'aïeule. Solange crut un instant voir se dessiner un sourire sur la bouche de la vieille Lévesque. Serait-elle un nouveau Lazare ? Et où étaient les enfants de cette pauvre femme ? Ne valait-il pas mieux disparaître au soir de sa vie, emportée par les flots du Saint-Laurent vers l'océan magnifique et glacé, que de finir seule au milieu d'étrangers, fussent-ils aussi bienveillants que les Lamontagne ? Entre un *Ave* et un *Notre Père*, on entendit, provenant du grand salon, un petit déclic, puis un craquement aigu, intense et bref. Après un passage à vide, le bruit de fond se fit entendre à nouveau, plus fluide, plus doux. Et soudain, cette phrase nette et cassante comme la neige de mars : « Le cardinal de Montréal se réjouit de savoir qu'un catholique a été élu à la Maison Blanche et invite tous les fidèles à inclure dorénavant et plus que jamais l'Amérique dans leurs prières. »

Le rosaire s'arrêta net.

Un à un, Irène et les enfants entrèrent lentement dans le grand salon. Là, Louis se tenait debout devant un meuble de bois doté d'un écran. Un homme lisait un bulletin de nouvelles. Dans la lumière bleutée, la famille Lamontagne et Solange Bérubé regardaient les premières images retransmises du couple présidentiel victorieux. Une foule en liesse, des cris en anglais. Un vent froid traversa la maison.

– La télévision !

Marc et Madeleine étaient tombés dans les bras de leur père, qui venait de passer du rang de Papa Louis à celui d'Empereur de toutes les galaxies et Créateur de tous les bonheurs. Irène passa le doigt sur le meuble.

– Et on peut se permettre ça ?

– Mais, Irène, quasiment tout le monde dans la paroisse... Tout le monde l'a sauf les sœurs !

– Combien tu l'as payée ?

– C'est ma surprise, Irène, pour les enfants.

– Tu vas m'expliquer en quoi cette affaire-là est indispensable à nos vies, Louis Lamontagne !

Il pointa le menton en direction du salon où gisait la défunte, comme pour faire comprendre à sa femme que les pompes funèbres de la vieille Lévesque, entrée de fonds inattendue, lui avaient permis l'achat de l'appareil.

– Tu penses que le magasin va la reprendre ? laissa tomber Irène, au désespoir des enfants.

– Voyons, Irène !

– Tu arranges ça comme tu voudras, Louis, mais c'est une dépense folle. Je l'aurai au moins dit. J'veux pas de ça dans ma maison.

Du salon funéraire où était restée Madeleine-la-Mére, on entendait monter un bruit, comme un sifflement ; quelqu'un était en détresse respiratoire.

– Grand-Maman va pas bien !

Madeleine, qui avait couru voir ce qui se passait, avait trouvé la Mére assise, cherchant son air, montrant du doigt la télévision, le regard révulsé. Sons gutturaux... crachats... sifflements... la vieille avait une syncope.

– Papa, éteins la télévision, supplia Madeleine.

Aussitôt que Louis se fut exécuté, Madeleine-la-Mére reprit ses esprits.

– C'est quoi, ça ? se lamenta-t-elle.

Jamais, depuis sa première mort en 1933, la Mére n'avait été malade ou s'était plainte de quelque affection que ce soit. Pourtant, dès l'instant où Louis avait allumé cet engin infernal, la vieille avait senti une pression insupportable dans son crâne, avait entendu des voix qui hurlaient, avait eu le souffle court, la tremblote.

– C'est la télévision, Grand-Maman.

Madeleine-la-Mére s'avança à son tour dans le grand salon tout noir. S'arrêta devant la télévision éteinte, puis scruta les visages de son petit-fils et de ses enfants, où elle ne lisait que joie et contentement. Madeleine-la-Mére se sentit pour la première fois de sa vie dépassée, en orbite, loin de son monde. À la seule idée de devoir endurer cet appareil sorti tout droit des enfers, la Mére se prit la tête à deux mains.

– Tu dis que les sœurs en ont pas ? demanda-t-elle à son petit-fils.

– Non, elles n'en veulent pas.

Et d'un pas lent, Madeleine-la-Mére était montée à l'étage. Ce meuble était là pour rester, elle l'avait compris par le regard de son petit-fils. C'est elle qui partirait. Les morts n'ont besoin que de peu de choses pour vivre, notamment de tranquillité. Ces voix métalliques, ces images bleu-gris d'autres mondes annonçaient le pire. La Mére fit une petite valise et emporta avec elle la peinture que Louis lui avait rapportée d'Europe : *La Mise au tombeau de la Vierge*. On crut qu'elle était montée se coucher, mais elle était sortie par l'escalier de la cuisine, sans bruit, comme le font les fantômes. En chemin vers le couvent, car c'était sa destination, elle s'arrêtait parfois devant les demeures baignées de cette lumière azurée qui donnait à tous le teint bleuâtre qu'avait pris le visage de son Louis-Benjamin quand on l'avait repêché de la rivière du Loup, où il s'était jeté après la mort de Madeleine l'Américaine. Jamais elle ne songea prendre le même chemin, mais eut un peu de peine pour tous ces gens assis devant la même image, chacun chez soi. Et elle entendit mourir les histoires, les palabres et les questions. « Plus rien d'intéressant ne peut se dire, maintenant », pensa-t-elle. Et ses pas ne crissaient même pas sur la neige de novembre tant les morts ne font pas de bruit, tant ils glissent élégamment au-dessus et en dessous de la neige que Dieu envoie sur les pays du Nord. Au loin, la lune brillait sur le Saint-Laurent comme elle brille sur le lac Starnberg : avec extrême violence.

Au couvent, les religieuses s'apprêtaient à aller dormir quand Madeleine-la-Mére sonna. C'est sœur Marie-de-l'Eucharistie qui l'accueillit dans sa chambre et la garda avec elle jusqu'au moment de sa deuxième mort, des années plus tard. Mère Marie-du-Grand-Pouvoir n'eut aucune objection à loger la grand-mère de Louis. Après tout, se disait-elle, cette Irène, aussi étrange et avaricieuse fût-elle, avait bien le droit de régner sous son toit comme les autres mères de famille. Pourquoi fallait-il qu'elle endurât la présence d'une belle-mère dont personne ne pouvait prévoir la date de départ définitif ? La Mére n'eut pas à prononcer de vœux : la mort lui servit de sauf-conduit. Dès lors, les religieuses partagèrent avec elle leur gruau et leurs raisins secs du matin ; à midi, leur hachis. En retour – et au grand bonheur de toutes les sœurs –, Madeleine-la-Mére accrocha *La Mise au tombeau de la Vierge* sur un mur du réfectoire du couvent, où toutes purent l'admirer pendant des années. Ce petit tableau les intrigua longtemps. Au début, chacune s'arrêtait devant comme pour y chercher un détail qui aurait échappé aux autres. Certaines comptaient les apôtres, tentaient de les identifier par leur prénom. On ne s'entendait pas sur celui qui devait représenter saint André. Aucune d'entre elles n'eut la maladresse d'avouer à Madeleine-la-Mére le malaise que cette image provoquait en elles. La Vierge n'était-elle pas montée entière au ciel ? Pourquoi insister sur la corruption de son enveloppe charnelle ? Qu'en dirait Monseigneur ? Ce tableau leur servait un rappel quotidien de la détérioration de toute chose vivante, pensée à laquelle elles réagissaient en redoublant l'ardeur de leurs prières.

Chez Louis, la disparition de Madeleine-la-Mére ne fut constatée qu'au matin. Affolé, Louis chercha partout sa grand-mère, appela à gauche et à droite jusqu'à ce que sœur Marie-de-l'Eucharistie apparaisse en personne pour expliquer la situation. Papa Louis protesta en grognant. Il arriverait quand même à s'occuper de sa grand-mère ! Et sœur Marie-de-l'Eucharistie regardait en direction du téléviseur comme pour signifier : « Au point de vous débarrasser de ça ? » Allusion aussitôt saisie par Irène, présente et alerte qui, sans laisser le temps à son mari de compromettre cet heureux dénouement, riva le dernier clou du cercueil :

– La télévision est devenue indispensable. Nous devons regarder en avant. Et elle sera bien, au couvent, belle-maman. Pour le salon funéraire, on va se débrouiller, elle commençait à trouver tout ça un peu fatigant, je pense.

Et c'est ainsi que Madeleine vit partir son arrière-grand-mère vers le couvent. La morte avait encore de la force dans les poignets et fut assignée à la buanderie – elle ne sentait ni le froid ni le chaud. Elle n'apparut plus que très rarement devant Madeleine, qui finit presque par oublier son existence. Sœur Marie-de-l'Eucharistie et Madeleine-la-Mére formèrent un duo touchant qui jamais ne s'approcha d'un téléviseur ; la première parce qu'elle voyait dans l'appareil une diablerie japonaise, la seconde parce que ce bruit vide et strident la rendait folle. La prière fut leur divertissement.

Et Dieu sait que Madeleine et Solange auraient bientôt grand besoin de gens qui, quelque part, prieraient pour elles.

Et Solange ? Après son premier bulletin de nouvelles télévisées, Solange rentra chez elle imprégnée de l'odeur de formol du salon funéraire, convaincue qu'il n'existait pas, au monde, de plus doux parfum. Les parents Bérubé attendaient le retour de leur fille, morts d'inquiétude. C'est une autre fille qui leur revint, différente. Serrant sur sa poitrine la photographie que Papa Louis lui avait offerte, celle où il posait en maillot moulant à côté de l'archevêque de Rimouski, elle considéra son frère encore éveillé, celui-là même qui lui avait montré son zizi dans le jardin. Elle pouffa de rire et monta à sa chambre ranger précieusement la photographie dans un endroit secret. Son cri réveilla toute la maisonnée.

– Je m'appelle Solange Lamontagne ! Vive les lapins ! Vive les morts ! Vive John F. Kennedy !

Au lendemain, on lui fit comprendre l'envergure de son effronterie. On l'ignora pendant presque toute la journée, puis, vers les seize heures, son père vint la chercher.

– Ta mére te demande dans la cuisine.

Une corvée de patates l'attendait. Et pas n'importe laquelle. Le 13 novembre 1960, Solange Bérubé fut installée sur un tabouret de bois entouré de sacs de pommes de terre de toutes les variétés offertes dans les magasins de Rivière-du-Loup. On lui donna un petit couteau très tranchant en lui intimant l'ordre d'éplucher tous les tubercules jusqu'au dernier.

– Et tu feras attention de bien enlever les yeux, Solange.

Et Solange éplucha. Des jours, des semaines, des mois, des années durant. Des tonnes de pommes de terre, probablement autant qu'il en fallait pour nourrir Rivière-du-Loup pendant un siècle. Au fur et à mesure que les pelures grisâtres tombaient dans le fond du seau de fer blanc, Solange grandissait, ses pieds finirent par atteindre le sol, ses doigts s'allongèrent et devinrent plus habiles à manier le couteau. Sans que jamais elle n'eut l'impression de se lever de son tabouret d'éplucheuse, des années passèrent, on lui enfila de nouveaux vêtements, d'horribles jupes, alors qu'elle avait pourtant prié la bonne sainte Anne de lui envoyer des pantalons. Des blouses à col rond quand elle eût préféré enfiler les chemises à carreaux de ses grands frères. Et les pommes de terre blanches dont elle avait sculpté les yeux tombaient une à une dans le grand bol de faïence. La procession de la Fête-Dieu passa devant Solange-épluchant-patates. Sœur Marie-de-l'Eucharistie lui posa la main sur l'épaule en signe de solidarité. Nous portons tous une croix, ma belle. Les cheveux de Solange poussèrent, lui tombèrent devant les yeux. Sa mère les lui coupait pendant qu'elle continuait d'éplucher, de rincer les pommes de terre. Toutes les variétés y passèrent : blanches, grelots, patates jaunes, rouges, bleues et Yukon Gold. Pendant que Louis Lamontagne conduisait son corbillard du haut en bas des côtes de Rivière-du-Loup, pendant qu'Irène Lamontagne née Caron coiffait et maquillait les défunts, pendant que Madeleine-la-Mére priait au couvent, Solange, elle, épluchait des pommes de terre. Ses tantes du Nouveau-Brunswick passaient en visite, lui murmuraient des paroles d'encouragement en anglais. « *Do you like the Beatles ? We got you a record in Moncton !* » Les sacs tombaient à côté d'elle dans un bruit mat sur le rythme de *I want to hold your hand, I want to hold your hand, I want to hold your ha-a-a-a-a-nd !* Enlever les yeux, amincir les pelures, accélérer la cadence. Chaque pomme de terre est la bille d'un chapelet infini récité pour les yeux sarcelle de Madeleine Lamontagne. *All my loving,* Madeleine. Parfois s'interrompait le labeur : Solange allait à l'école, Solange marchait aux côtés de Madeleine, Solange faisait sa confirmation solennelle. La radio de la cuisine jouait : « *I give her all my love. That's all I do.* Et si vous la voyiez, vous l'aimeriez aussi. *And I love her. And I love her. And I love her.* » D'affreux seins lui poussèrent, pareils aux pommes de terre qu'elle épluchait. À Madeleine aussi. Solange devint une femme en épluchant les pommes de terre. Parfois, des tantes venaient lui tenir compagnie dans son goulag. On l'encourageait. Les plus sensibles l'aidaient même. Ce qu'elle avait fait était grave : préférer une autre famille à la sienne, mais la force du travail rachète tout au Canada français ! Épluche, malheureuse ! De temps en temps, une balade en voiture avec Papa Louis et Madeleine. Manger une crème glacée d'une main pendant que l'autre épluchait. Le père Bérubé mourut. On mangea des pommes de terre à ses obsèques. Les religieuses du couvent se succédèrent, toutes plus sévères les unes que les autres, toutes plus étrangement et improbablement amoureuses de Dieu. Et les hivers, cinq ? Six ? Huit ? Elle n'en était pas sûre. Et l'église qui commença à se vider tranquillement, puis brusquement, peut-être deux ans avant le passage au large de Rivière-du-Loup du *yellow submarine.*

Un soir que sa mère venait de lui faire des nattes pendant qu'elle arrivait au fond d'un sac de Yukon Gold, sa tante Louisa déposa sur la table de la cuisine un gâteau dans lequel elle avait fiché dix-sept chandelles. Solange leva la tête de son travail. Toute sa famille la considérait avec de grands yeux. Ils portaient leurs habits du dimanche. La mère Bérubé la regardait droit dans les yeux.

– Tu peux t'arrêter d'éplucher, Solange. C'est ton anniversaire. Ta peine est purgée. Ton nom, encore ? Tu peux nous le rappeler ?

– Solange Bérubé. J'm'appelle Solange Bérubé, répondit-elle en crachant par terre.

Ce fut le geste le plus féminin qu'elle posa en ce jour d'anniversaire.

# Un nouveau confesseur

*

Sur le portrait de famille fait par le photographe Marmen en juin 1968, Louis Lamontagne et sa femme sont assis sur une causeuse recouverte d'un tissu à imprimé floral magenta sur fond marron. Vêtue de noir, Irène a le regard de ceux qui ont perdu un objet important et qui se demandent où ils ont bien pu le fourrer. Entre les époux, une place vide, assez d'espace pour y asseoir un enfant. Debout, derrière eux, leurs deux enfants plus grands. D'abord Marc, jeune homme au visage austère et attirant, qui ressemble à s'y méprendre à l'autoportrait de Botticelli : les mêmes lèvres pulpeuses, les mêmes yeux affamés et langoureux, la main sur l'épaule frêle de sa grande sœur Madeleine, droite et fière comme une Lamontagne, bien que chacun sache, sans trop savoir expliquer comment et pourquoi, que son esprit est occupé à un calcul complexe, comme l'est d'habitude l'esprit d'une Caron. Elle porte une petite robe pâle. Un collier. Bien coiffée. Bien sûr qu'elle est jolie ! N'est-ce pas qu'elle ressemble à Mireille Mathieu avec cette coupe carrée ? Les parents Lamontagne, assis sur leur causeuse, ont pris un coup de vieux. Surtout Irène. Cernes, pattes d'oie – presque d'autruche. Papa Louis a maintenant le ventre rond, les tempes grises et le regard lourd. Néanmoins encore le plus beau sur la photo, suivi de près par son fils Marc, concurrent dangereux.

Mais où est passé le petit Luc ? L'enfant lunaire à qui il fallait couper la viande ?

Cela avait dû se passer peu après l'assassinat de John F. Kennedy, Luc, alors âgé de neuf ans, jouait avec un cousin Caron, un garçon un peu plus jeune que lui. Pas encore sorti du monde imaginaire qu'ils s'étaient créé, ils n'admettaient personne dans leurs jeux de gamins. Papa Louis leur avait formellement interdit de tourner autour des cercueils dans le sous-sol ou de s'approcher de la salle où il embaumait les dépouilles. Si la peur du père les en avait tenus éloignés, la curiosité, elle, les avait attirés. C'est ainsi que pendant une partie de cache-cache, Luc s'était glissé dans un grand cercueil de chêne, qu'il avait réussi de peine et de misère à ouvrir, mais qui s'était vite refermé sur lui. Le cousin avait compté jusqu'à cent au rez-de-chaussée, sous les yeux de Marc, à qui on avait vaguement confié la garde des garçons pendant l'après-midi. Papa Louis avait une affaire à régler en ville, Irène était partie faire des courses. Le cousin avait commencé à chercher Luc dans les chambres de l'étage, ce qui, au dire de plusieurs, avait contribué au malheur. Ne le trouvant nulle part, il descendit au sous-sol. Ne trouva rien. Alarmé, le cousin rapporta la disparition de Luc à Marc, qui l'aida encore une fois à chercher partout. Ce n'est que quand Madeleine rentra de chez Solange que la lumière fut faite – littéralement – dans les ténèbres. Plus perspicace que ses frères, Madeleine avait depuis longtemps remarqué l'intérêt que le benjamin portait à tout ce qui se passait au sous-sol, et bravant l'interdit de Papa Louis, Madeleine, aidée de Marc, souleva le couvercle des quatre cercueils qui occupaient la moitié du sous-sol. Dans le plus petit, elle trouva le petit Luc asphyxié, la peau bleue, avec quelques égratignures sur le visage. Il s'était arraché les cheveux. C'est surtout ce détail qui devait hanter Madeleine dans ses rêves. Dans la pièce voisine, un mort attendait le retour de Papa Louis pour démarrer sa veillée funéraire. Le premier réflexe de Madeleine fut d'aller quérir Solange, qui ne put rien faire d'autre que d'appeler du secours. Bientôt, les cris du cousin, traumatisé à vie, commencèrent à alerter les voisins de la rue Saint-François-Xavier, puis du reste de la paroisse. La nouvelle de la mort accidentelle de Luc voyagea dans Rivière-du-Loup comme une coulée de lave qui aurait jailli juste en haut de l'église Saint-François pour descendre le long de la côte Saint-Pierre et de la rue Lafontaine, en passant par le couvent, qui se vida en une seconde de toutes ses sœurs. La nouvelle descendait de maison en maison, entrant par une fenêtre, ressortant par un soupirail, de haut en bas. Tous y passèrent, même Louis, qui sirotait un gin au château Granville, même Irène, qui hésitait entre deux cravates chez Ernest et Paul. Plus la nouvelle descendait la pente, plus elle se déformait. Encore à l'état presque pur à la hauteur du couvent, c'est-à-dire clamée ainsi : « Le petit Luc Lamontagne a été retrouvé mort asphyxié dans un cercueil », elle était devenue à mi-pente : « Marc Lamontagne a enfermé son petit frère Luc dans un cercueil, où il est mort asphyxié. » Au bas de la pente, l'information distordue, méconnaissable et torturée voyageait encore plus vite. On en était à : « Marc Lamontagne a étranglé de ses mains le petit Luc et a essayé de masquer son crime à l'aide d'un cercueil » et à « Marc Lamontagne descend la rue Lafontaine armé d'une hache, cachez vos enfants ! » Et la nouvelle se déversa finalement dans l'eau du Saint-Laurent, qui en garda pour toujours à cette hauteur une couleur verdâtre, la couleur de la calomnie.

Irène arriva un peu avant Louis sur les lieux du drame. On raconte encore qu'elle était entrée dans la maison en courant, la chevelure encore rousse, et qu'elle en était ressortie la tête complètement blanchie comme Marie-Antoinette sur l'échafaud. Papa Louis avait dû fendre la foule pour se faire un chemin jusque chez lui tant la nouvelle avait ameuté de gens. Quelques sœurs de l'Enfant-Jésus priaient à voix haute, la main levée, comme pour conjurer un sort. Sur son balcon, la mère Bérubé regardait au sol.

– Un enfant sans défense, soupira-t-elle.

Le petit Luc fut enterré dans le cercueil qui l'avait tué. Sa veillée funèbre ne dura que quelques heures, le temps que la moitié de la ville défile dans le petit salon de Papa Louis. Le service religieux, chanté par un curé Rossignol hoquetant et sanglotant, resta longtemps marqué dans la mémoire de ceux qui eurent le privilège d'y assister, non seulement à cause de la gravité et de l'horreur de l'événement, mais aussi parce qu'ils observèrent en ce dimanche maudit le début du déclin du Cheval Lamontagne. L'organiste, croyant bien faire, avait décidé de jouer, au début du service funèbre, un air grave et solennel tiré des *Trois cents cantiques*. Les Lamontagne, assis au premier rang, les traits tirés, ne portaient même pas attention à l'environnement musical, sauf Papa Louis qui se leva, traversa l'église entière, monta au jubé et interrompit le musicien.

– Je veux que tu joues *Que ma joie demeure*.

L'organiste, petit homme grêle, dogmatique et efféminé, resta l'espace d'un soupir interdit.

– Je... Non. Ce n'est pas de circonstance. On ne joue pas ça pour des funérailles, Monsieur Lamontagne.

Toute l'assemblée levait la tête vers le jubé. On entendait clairement la voix de Louis, manifestement éméché.

– Joue Bach, que j'te dis !

L'organiste s'était levé, et prenant un ton docte et didactique, commit la pire erreur de son existence.

– Je sais que vous êtes triste, Monsieur Lamontagne, mais on ne joue pas cet air pour des funérailles. Cette musique que vous aimez tant doit être jouée à Noël ou à Pâques, mais pas pour des funérailles.

On retenait son souffle. Louis s'apprêtait-il à commettre un meurtre sur son lieu de naissance ? On voyait son grand corps balancer vers l'avant et vers l'arrière, son bras saisir lentement l'inconvenant par la gorge et les cris...

– Toé, mon apôtre à lunettes, tu vas me jouer ma musique, sinon...

Mère Marie-du-Grand-Pouvoir, qui avait tout de suite deviné les intentions de Louis, était montée en vitesse vers le pupitre de l'organiste pour empêcher le pire. Quand elle posa la main sur le bras de Louis, les pieds de l'organiste battaient déjà l'air depuis d'interminables secondes.

– Louis, pour l'amour du ciel, murmura-t-elle.

La main du colosse s'était ouverte, laissant choir l'organiste sur le sol comme un sac d'épis de blé d'Inde. En bas, on soupirait de soulagement. Louis regagna son siège seulement après qu'il eut compris que mère Marie-du-Grand-Pouvoir allait elle-même exécuter *Que ma joie demeure*. Il se rassit à côté d'une Irène paralysée par le chagrin qui n'avait même pas eu connaissance de la scène. Madeleine sanglotait bruyamment, accompagnée par Marc. Le cousin, lui, était tétanisé. Il ne quittait pas le cercueil des yeux. À vrai dire, il espérait de toutes ses forces que cette partie de cache-cache se terminât au plus vite. Le jeu avait assez duré. Et, sous les yeux des croyants horrifiés, il se leva, avança jusqu'au cercueil beaucoup trop grand pour un enfant et y frappa trois coups. Il est impossible de dire combien de gens dans l'église espérèrent, ou crurent voir se produire sous leurs yeux la répétition du miracle de la résurrection de Madeleine-la-Mére en 1933. Mais le cercueil resta muet. C'est Marc qui se leva pour aller chercher le cousin par la main, les yeux perdus dans on ne sait trop quel monde. La musique de Bach jetait sur la scène une lumière irréelle, inattendue et magnifique.

La mort du petit Luc fut vécue comme une tragédie collective. Longtemps, les Lamontagne avaient été l'objet des racontars, des commérages, mais surtout de l'admiration de leurs semblables. Ils étaient maintenant devenus des martyrs parés en permanence du joyau de la tragédie. À la fin de la messe, le cercueil fut porté par les survivants du drame : d'un côté, Louis, Marc et Madeleine ; de l'autre, Irène, Solange et Siegfried Zucker, qui s'adonnait à être à Rivière-du-Loup le jour de la mort de Luc. C'est avec un regard fier frisant la présomption et sans donner l'impression de fournir le moindre effort qu'ils sortirent le cercueil de l'église, d'un pas lent et mesuré, comme Papa Louis le leur avait montré, comme des G. I. américains. Nous sommes dévastés, mais nous sommes forts. Voilà le message qu'envoyait cette marche funèbre agrémentée de la musique de Bach. « Que sa joie demeure », voilà ce que se dirent tout bas les sœurs de l'Enfant-Jésus, qui avaient toutes tenu à assister aux obsèques de Luc, même sœur Saint-Alphonse qu'on vit verser quelques larmes au passage du cercueil. Dehors, une neige fine de début d'hiver tournoyait follement dans l'air, comme pour couvrir la terre d'une nappe blanche évoquant la pureté de l'âme que Dieu rappelait à lui. C'est du moins ce que le curé Rossignol crut bon de faire valoir quand la famille se retrouva réunie autour de la fosse. Une semaine après les funérailles, alors que le corps du pauvre garçon avait à peine entamé sa putréfaction dans son cercueil trop grand, le même curé Rossignol se pointa chez les Lamontagne pour une visite. Il insista pour parler seul à seul avec Papa Louis et Irène, puis seul avec madame. Il fut clair et ne se laissa pas démonter par l'expression incrédule sur le visage d'Irène. Il fallait qu'elle fasse un autre enfant.

– Monsieur le curé, je viens d'en enterrer un, pis là, ben... comment vous dire ?

– Raison de plus pour le faire au plus vite, votre famille s'est étiolée ! Il vous faut la regarnir !

– J'ai trente-cinq ans, Monsieur le curé.

– Raison de plus pour vous dépêcher, Irène. Bien des femmes donnent naissance à votre âge. Juste hier, nous baptisions le huitième enfant de Louisa Desjardins, qui a exactement votre âge.

– Oui, mais j'en ai déjà deux et...

– Madame Lamontagne, l'interrompit le curé d'un ton sec, vous ne voudriez pas empêcher la famille ? C'est la télévision qui vous a mis ces idées dans la tête ? Je n'ai rien d'autre à vous exprimer que ma joie à la perspective de baptiser un nouveau Lamontagne l'été prochain, ou peut-être est-il déjà en route ? Le petit Luc avait tout de même déjà neuf ans... Je me demande ce que vous attendez. Pensez aux conséquences.

Irène s'était tue. Le curé sortit du salon où il avait été reçu en saluant une dernière fois Louis, occupé à dorloter une ponce dans la cuisine. Irène avait autant envie de mettre un enfant au monde que de boire une bouteille d'eau de Javel. Sans glisser un mot à son mari, elle l'aida à venir à bout de ce qui restait de gin. Depuis quelques mois, c'est encore ce qu'ils faisaient de mieux ensemble : anéantir le gin. Papa Louis s'alluma une cigarette et fuma en silence.

Trois mois plus tard, alors que le ventre d'Irène s'obstinait toujours à rester plat, le curé Rossignol mit ses menaces à exécution. Devant une église pleine à craquer, il refusa l'eucharistie à Irène. Sans trop comprendre, elle tenta de saisir l'hostie, croyant à une plaisanterie du curé qui la repoussa d'un geste brusque. Honteuse, Irène retourna s'asseoir sur son banc. Un murmure voyagea de la nef au jubé, aller-retour. Le sermon du dimanche suivant avait pour thème le danger des nouveaux médias sur la vigueur de la famille canadienne-française. Irène était stupéfaite. L'humiliation, comme un solvant puissant, pénétrait lentement dans le roc de sa piété, laissant derrière elle des cicatrices, ouvrant des failles à des endroits qu'on eût cru impénétrables. Le silence venait parfaire l'ouvrage de destruction commencé par le curé Rossignol : Irène s'imaginait maintenant un dimanche sans eucharistie. En mourrait-elle de faim ? Périrait-elle foudroyée par un éclair ou écrasée par un bloc de glace tombé du ciel ? Pour la première fois, elle était tentée de trouver une réponse à ces questions. Qui vivrait verrait. La honte la suivit ; pendant des mois, on se retourna sur son passage. Finalement, on le savait : c'était *elle,* la fin du monde.

Les curés savent mettre les choses au clair.

Le petit Luc n'apparaît donc pas sur la photographie de juin 1968. Cinq ans après son départ, on le devine pourtant partout : dans les rides qui labourent le visage d'Irène, dans la blancheur des fines moustaches de Papa Louis, dans le regard ahuri de son frère Marc et sur le front tourmenté de sa sœur Madeleine. Elle vient d'avoir dix-huit ans, la Madeleine. Elle et Solange ne vont plus au couvent depuis deux ans et sont inscrites à l'école des métiers où elles apprennent la cuisine. Leur rêve ? Ouvrir ensemble un restaurant. Tous les frères et la soeur de Solange ont quitté la maison, elle reste seule avec sa mère, elle peut donc se permettre quelques extravagances comme cette motocyclette qu'elle fait pétarader de haut en bas de Rivière-du-Loup, autour de la Pointe ou sur les routes de campagne du Bas-Saint-Laurent. Quand elle porte son casque, on l'appelle la fourmi atomique, un surnom qui la remplit de fierté et d'orgueil. Sa mère obtint d'elle qu'elle ne coupât pas ses longs cheveux noirs. Autrement, Solange marchait comme Louis Lamontagne, parlait comme Louis Lamontagne et roulait à la vitesse d'une fusée V2 dans des villages paisibles où son engin diabolique – une Triumph T120R Bonneville jaune serin – semait la terreur. Il ne lui manquait que l'aigle sur le dos. Passagère occasionnelle de ces folles balades, Madeleine Lamontagne aime surtout les promenades le long du fleuve, jusqu'à Kamouraska. Il est presque impossible de dire ce que Solange et Madeleine comprennent de la vie et de la nature du sentiment qui les unit.

Dans Rivière-du-Loup, on considère Solange et Madeleine comme des nonnes en herbe. La première en a, selon les langues calomnieuses, la démarche ; la seconde, la piété. Ainsi s'attend-on à les voir entrer au couvent incessamment. Leur fascination pleinement affichée pour sœur Sourire en est, selon les ragots, la preuve irréfutable, même après que cette dernière eut quitté l'ordre des Dominicaines et se fut abandonnée à des passions *contre nature*.

On ne connaît pas de prétendant ni d'admirateur à Madeleine, qui se fait encore des tresses de temps en temps.

– C'est plus pratique quand je cuisine, explique-t-elle en souriant.

Irène a bien tenté de présenter Madeleine à quelques beaux garçons. Or les rares candidats qui parvenaient à surmonter leur peur du Cheval Lamontagne avaient ensuite à affronter Solange, présence encombrante autour d'une Madeleine qui ne semblait pas, pour l'instant, intéressée aux choses du cœur. Juin 1968 s'apprêtait à remettre les horloges biologiques à l'heure.

– Elle aura bien le temps ! répétait Louis, que la mort du petit Luc avait rendu philosophe.

Tant et si bien qu'il n'avait plus levé la main sur quiconque depuis l'incident de l'organiste. Louis se ramollissait. Personne ne s'en plaignait, surtout pas Irène. Les tavernes de la rue Lafontaine, elles, s'en trouvèrent gagnantes. Le bonhomme payait des verres à qui voulait l'écouter. Pour boire à peu de frais, il s'agissait d'arriver à l'Ophir en après-midi, une fois le Cheval un peu éméché, le saluer, échanger quelques mots en lui laissant voir une disposition à l'écoute. Il payait la traite en échange d'une paire d'oreilles. Parfois, au bout de ses gins, le Cheval tombait endormi, souvent au beau milieu d'une histoire, ronflait en pleine taverne sous le regard amusé et compréhensif des autres buveurs.

En l'absence de Papa Louis, Solange s'était donné comme mission de veiller sur Madeleine. Elle attendait d'ailleurs les Lamontagne au sortir de la boutique du photographe. Il est aussi difficile de savoir ce que les Lamontagne pensaient vraiment de Solange. Marc la trouvait horriblement masculine et ne se gênait pas pour le dire en zozotant légèrement. Il éprouvait pour cette virago un mélange de peur, d'envie et de haine. Il la craignait comme on craint un adversaire qu'on sait trop fort, lui enviait sa moto et haïssait l'emprise qu'elle avait sur sa sœur Madeleine. Irène considérait Solange comme un garçon manqué fort sympathique qui avait le sens de l'économie. Cette manière que Solange trouvait d'allier motocyclette et piété l'amusait fort.

– Une sœur en moto ! On aura tout vu !

Quant à ce que Madeleine éprouvait à cette époque pour Solange, nul ne le saura jamais. Par contre, ce que tout le monde savait parce qu'elle ne le cachait pas, c'est le chagrin qu'elle éprouvait à observer la déchéance du Cheval.

De chez le photographe, les Lamontagne avaient marché jusque chez eux, escortés de Solange. Parvenus à la hauteur de l'église Saint-François, ils avaient constaté avec bonheur la floraison des premiers lilas. Leur parfum léger flottait dans la paroisse. Ils s'arrêtèrent un instant pour contempler le fleuve d'un vert presque irréel. À leur gauche, l'ancien couvent des sœurs de l'Enfant-Jésus, qui logeaient maintenant dans cette immense maison provinciale qu'elles avaient fait bénir en 1961, un bâtiment si grand qu'on pouvait facilement s'y perdre. Sur ce promontoire naturel, en ce jour embaumé du printemps 1968, Solange et les Lamontagne étaient sur le point de devenir les témoins privilégiés de l'événement qui devait marquer la mémoire de toute la ville et précipiter l'accomplissement de leur destin.

Cela avait commencé par un bruissement imperceptible sous quelques vaguelettes mourantes près de la Pointe. En traversant la baie, le frémissement avait froncé l'eau de quelques rides. Sur la rive maintenant, il était devenu audible, un mot, et deux, puis finalement quelques phrases. « Il est arrivé de Québec par la route, c'est pour le chemin de croix. » La phrase, devenue rumeur, avait suivi à rebours le chemin que suivent les potins à Rivière-du-Loup, c'est-à-dire qu'elle avait gravi la pente plutôt que de la descendre. Bientôt, elle fouetta les portes et les fenêtres des bicoques désolées de la rue Saint-Marc, réveillant les désœuvrés de leur sommeil diurne. « Il est à la fois peintre et prêtre, croyez-vous ça ? » Mais les pauvres n'ont que faire de ces nouvelles qui ne demandent qu'à monter dans les beaux quartiers ; ils ne savent pas les retenir et, comme l'argent, elles fuient entre leurs doigts trop maigres. Et la voilà qui monte la rue Lafontaine. Il est trop tard, il est mille fois trop tard. La nouvelle est maintenant audible, presque bruyante, dans les vingt décibels. Le prêtre est passé devant le fleuriste Moisan sans s'arrêter, pas plus qu'il ne s'est arrêté à l'église Saint-Patrice. On sent qu'il veut monter, il a de l'ambition, les paroisses trop proches de la plaine ne lui sont d'aucun intérêt. Et il monte, à pas lent, traînant sa valise pleine de pinceaux, une petite croix en or sur le revers de son veston de tweed – il a un goût vestimentaire impeccable, c'est la première chose que remarquera Papa Louis. Même son col romain semble plus chic que celui des collègues qui ont financé son séjour à Rivière-du-Loup. Question brûlante : combien le prêtre-peintre aura-t-il coûté aux gens de la paroisse Saint-François-Xavier ? Calculée en dollars, la somme ne paraît guère impressionnante, pas de quoi fouetter un castor, mais assez pour solliciter la générosité des marchands. Papa Louis y aura d'ailleurs contribué, à ce nouveau chemin de croix. Prodigalité bruyante criée sur tous les toits de bardeaux d'asphalte de la ville et qui lui apporterait, l'espérait-il, quelques morts pour renflouer ses coffres. En 1968, la concurrence était devenue féroce et les gens de Rivière-du-Loup retardaient l'heure du trépas, affamant ainsi les Lamontagne. Les affaires étaient difficiles, mais en finançant le nouveau chemin de croix, Louis faisait d'une pierre deux coups. Il continuait de faire rayonner son nom dans le cœur des ouailles du curé Rossignol, tout en enseignant à sa fille Madeleine une leçon qui lui servirait toute sa vie et dont elle ferait presque sa devise : l'ambition va toujours plus loin quand elle se déguise en vertu. Papa Louis avait un jour, sans qu'elle comprenne pourquoi, parlé d'argent à sa fille.

– L'argent à la banque, dans les coffres pis les matelas ne sert à rien. Il faut que l'argent circule, qu'il aide les gens à faire des choses. Tu ne peux pas rester impassible devant ton frère qui a soif. Ton verre est plein ? Tu lui en donnes la moitié. Il te reste une pointe de tarte ? Tu la coupes en deux. Comprends-tu, Madeleine ? Maman pense autrement parce que chez elle, ils étaient pauvres. Mais la pauvreté, c'est dans la tête que ça commence. Toi, tu n'es pas pauvre.

Madeleine n'avait pas compris grand-chose à ce boniment, seulement que son père avait financé une partie du chemin de croix de la paroisse, et que cela était une bonne chose. Sur le commerce de Papa Louis, le malheur s'était abattu lentement, comme ces cancers qui rongent les vieillards. Si, à la fin des années 1950, le salon funéraire de Louis avait été l'un des endroits les plus courus en ville, il n'était plus fréquenté, en 1968, que par quelques rares soûlons morts dans leur gin. Seule Madeleine avait observé la diminution de la clientèle de son père en fonction de certains événements clés. Personne ne lui avait posé la question, mais à dix-huit ans, Madeleine aurait pu expliquer à quiconque le déclin des affaires de son père. Selon elle, le départ de Madeleine-la-Mére en 1960 avait marqué le début de la fin. En effet, on avait observé une baisse de la clientèle peu après, et ce, malgré un réajustement audacieux de la structure tarifaire. La présence rassurante d'une défunte dans le salon de Louis lui avait attiré une clientèle effrayée par l'au-delà. À cette perte s'ajoutait un certain changement dans le comportement de Papa Louis. Le Cheval n'était plus ce qu'il était. Nul doute que si l'archevêque l'avait vu, en 1965, grisonnant et bedonnant, il n'eut probablement pas pris la peine de se faire prendre en photo avec lui et aurait cherché ailleurs une inspiration masturbatoire. Cet affaissement de son physique n'était pas resté sans conséquence sur ses clientes du sexe féminin, qui commençaient à chercher ailleurs les mains qui les manipuleraient une fois mortes. La mort accidentelle du petit Luc n'arrangea rien. Personne n'avait envie de se retrouver, même mort, dans la pièce où un drame aussi horrible s'était produit. Le mot « négligence » était sur trop de lèvres. De sorte qu'en 1968, Papa Louis pouvait se féliciter d'enterrer un mort par mois. Les économies de la famille furent entamées. Irène dut recommencer à faire des ménages à l'hôtel Saint-Louis et l'aura de succès et de gloire qui avait toujours flotté autour du Cheval avait fait place à un parfum éthylique légèrement écœurant. Quoi qu'il en soit, Madeleine avait tiré de cette déchéance un enseignement important : il faut soigner sa clientèle, morte ou vivante.

Il est absolument inintéressant de demander combien ce satané chemin de croix aura coûté en dollars canadiens, en francs ou en sesterces. Après son départ de Rivière-du-Loup, le prêtre-peintre aura laissé derrière lui un passif dont Madeleine Lamontagne, malgré la fortune qu'elle finirait par amasser à force de labeur, ne réussirait jamais à rembourser le centième du capital. Inutile de parler du coût réel de son passage sur ses parents, ses frères et, par conséquent, sur tout ce qui gravite autour de Louis Lamontagne : les soeurs de l'Enfant-Jésus, Madeleine-la-Mére, Solange Bérubé et toutes celles – et ceux, faut-il l'admettre ? – qui un jour ont soupiré pour les yeux sarcelle du beau Louis. Sur son passage les femmes s'arrêtent. Non, pas devant Louis, devant le prêtre-peintre. C'est de lui qu'il s'agit. Elles s'arrêtent comme Bernardette Soubirou s'arrêta devant la Vierge. La rumeur continue de saillir de chaque part de la rue Lafontaine, remonte les chutes comme un saumon, suinte sur les murs des cuisines enfumées, fait le tour des restaurants, des commerces et des cuisines jusqu'à Saint-Ludger. La nouvelle de son arrivée traversa la ville comme la petite vérole traversa le Nouveau Monde au seizième siècle. Tous et surtout toutes furent atteints. Pas moyen de s'en cacher ni de s'en prémunir. Il prend à droite la rue Saint-Elzéar. On le voit bien maintenant monter jusqu'à l'église Saint-François-Xavier. Il aurait fallu prendre une photographie des Lamontagne à ce moment-là. On aurait pu la classer entre la photo faite à Hiroshima fin juillet 1945 et celle de Dresde à Noël 1944, ou de n'importe quel endroit dont la destruction est imminente.

– Il n'est pas si beau que ça.

C'est la première chose que Louis pensera tout bas en le voyant de près. L'étranger s'approche. Dans quatre secondes, il sera trop tard. Son regard croise les yeux marron de Marc, s'arrête sur le sarcelle de Madeleine et fixe Louis droit dans les yeux.

– Bonjour, je suis le père Lecavalier. J'arrive de Québec.

Il est maintenant trop tard.

Il tendit la main d'abord à Marc, puis, après avoir regardé l'adolescent longtemps dans les yeux, à son père Louis et au reste de la famille. Solange lui serra la main. Elle détesta le contact de sa peau moite. L'homme avait transpiré en montant la pente. Elle pinça les lèvres comme si elle venait de mastiquer un citron.

– C'est vous, le peintre ? s'enquit Madeleine, dont la voix tremblait légèrement.

– Oui, je suis le prêtre qui peint ! Le Frère Marie-Victorin était botaniste ; moi, je suis peintre !

– Et moi, je suis croque-mort ! tonna Louis pour détendre l'atmosphère, tout en faisant mine de mesurer la longueur du bras du beau prêtre, qui perdit un instant sa contenance royale.

Ils parlèrent pendant deux ou trois minutes, puis Lecavalier disparut dans l'église, où l'attendait le curé Rossignol. L'arrivée du père Lecavalier avait interrompu une discussion dont personne ne semblait se souvenir du thème.

La nouvelle n'avait pas épargné la Maison provinciale des sœurs de l'Enfant-Jésus.

– Il est là ! C'est lui !

Sœur Marie-de-l'Eucharistie tambourinait de ses petits poings osseux sur la porte de Madeleine-la-Mére.

– Vous l'avez vu ?

– Non, mais tout le monde en parle. Il faut y aller !

– Je vous suis.

Sœur Marie-de-l'Eucharistie maudissait en silence le jour du déménagement de la congrégation dans la Maison provinciale. Certes, l'immense demeure avait fière allure et la vue sur le fleuve depuis le jardin et les étages était belle à pleurer, mais il fallait maintenant, pour se rendre à l'église, couvrir une distance à ses yeux déraisonnable. Elles arrivèrent dans l'église en même temps que Madeleine, Louis et Solange, intrigués par ce prêtre survenant. Ils n'étaient pas seuls. Quelques femmes – dont une jeune veuve – rôdaient devant l'église comme si elles y avaient perdu quelque chose. Les Lamontagne, en voyant Madeleine-la-Mére et sœur Marie-de-l'Eucharistie arriver au pas cadencé, s'étaient demandé ce qu'elles avaient mangé au matin pour marcher avec tant d'énergie.

– Où est-il ? demanda la Mére, haletante.

Marc montra l'église du doigt. Gagnés par la frénésie des aïeules, tous y entrèrent.

Dans l'église, le curé Rossignol, lui, ne contenait plus sa joie. Sur un grand chevalet, à côté d'une madone, un immense canevas vierge attendait un peintre. Le curé expliqua, frénétique et tremblant, que le père Lecavalier revenait de France, où il avait suivi des cours aux Beaux-Arts. Depuis son retour, il parcourait le Canada pour peindre des fresques, des portraits d'ecclésiastiques et, notamment, les stations du chemin de la croix. Pendant que le curé parlait, le père Lecavalier s'était désintéressé de tous et fixait maintenant son canevas, en attente de l'inspiration divine. Il lui arrivait d'interrompre le curé pour le reprendre sur un point de son parcours ou pour laisser tomber des commentaires élogieux sur la France et sur tout ce qui s'y trouve.

– Vous devriez voir tout ce que les Allemands ont volé, ces sauvages ! disait-il.

– Les Allemands ont payé pour tout ça, tenta de le rassurer Papa Louis.

– Payé ? Qu'en savez-vous ? Jamais ils ne rembourseront leurs dettes, jamais ! C'est à notre mère patrie qu'ils s'en sont pris, je vous le rappelle. Et ne dites pas « payer pour », c'est calqué sur l'anglais, rétorqua le prêtre sèchement. En France, on a encore le respect de notre langue, à défaut d'avoir du respect pour l'Église !

– Êtes-vous Français ? demanda Solange.

– Non, pourquoi, Mademoiselle ? fit le prêtre, piqué.

– Je ne sais pas, on dirait que vous parlez comme un Français, répondit la jeune Bérubé.

– Je rends hommage à notre langue belle et fière ! répondit Lecavalier, pour finir, en lui tournant le dos.

Il était maintenant complètement absorbé par son canevas vide.

Un peu gêné par toute la scène, le curé Rossignol expliqua que le père Lecavalier aurait probablement besoin, pour peindre les stations de son chemin de croix, de quelques modèles volontaires.

– Peut-être vos enfants voudront-ils collaborer, Louis ?

Louis ravala sa salive. Pourquoi ses enfants ? Pourquoi ne pas lui demander à lui de poser pour le chemin de croix ? Le père Lecavalier profita de ce silence pour se réinviter dans la conversation.

– Je pense que votre fils Marc ferait un Simon de Cyrène parfait. Montrez-moi votre bras, jeune homme.

Le prêtre tâtait Marc comme on tâte un ananas pour en tester la maturité.

– Oui, je pense que je pourrais bien avoir besoin de vous, Marc... Et vous, Mademoiselle, votre nom est bien Madeleine ?

– Voui... Je...

Solange respirait bruyamment. Le prêtre poursuivit.

– Seriez-vous disposée à me servir de Marie-Madeleine ? J'adore vos yeux... cette couleur, c'est turquoise ?

– Sarcelle, corrigea Louis, vous semblez manquer de vocabulaire, mon père.

Un silence gêné accueillit la réplique de Papa Louis, sauf, évidemment, de la part de Solange, qui crut bon de laisser s'envoler un rire viril et sonore. Il fut convenu que Marc et Madeleine repasseraient à l'église dans les jours qui suivaient. Sur le chemin du retour, les Lamontagne et Solange restèrent pensifs, chacun pour des raisons bien personnelles. Le père Lecavalier avait éveillé chez chacun des sentiments complètement différents, qui allaient du mépris le plus profond à la curiosité sentimentale. Inutile de préciser à quel bout du spectre se tenait Solange, qui quitta les Lamontagne sans mot dire et rentra chez elle en claquant la porte pour ressortir, furibonde, munie de la clé de sa Triumph qui pétarada bientôt jusqu'à Cacouna.

– Je n'aime pas quand elle sort sans casque, soupira Madeleine.

Les religieuses, elles, étaient restées encore un peu à l'église, non pas pour servir comme modèles pour les femmes de Jérusalem, mais parce que l'arrivée de ce nouveau prêtre, peintre de surcroît, les intriguait au plus haut point. On leur en avait certes annoncé l'arrivée au terme de la campagne de financement du nouveau chemin de croix, mais les deux religieuses n'avaient accordé que peu d'attention à ce qu'elles considéraient comme une dépense inutile. Le curé Rossignol, lui, espérait, en offrant à son église un chemin de croix original, geste encore inédit dans le diocèse, endiguer le flot des départs. Rien de bien affolant, mais certains se faisaient tirer l'oreille. Sœur Marie-de-l'Eucharistie fit un geste qui étonna la Mére.

– Avez-vous eu la chance de visiter notre Maison provinciale, mon père ?

– Non, je suis arrivé ce midi de Québec, je n'ai encore rien vu de cette ville. En la regardant d'en bas, je me disais qu'on devait en faire le tour quand même assez vite... Cette Maison provinciale, c'est le long bâtiment de briques jaunes pas loin d'ici ?

– Je crois que la couleur est plutôt crème, mais oui, c'est bien ça. Écoutez, mon père, les religieuses seraient ravies de vous accueillir pour souper demain soir, si monsieur le curé nous permet évidemment de vous enlever pour une soirée. Accepterez-vous notre invitation ?

Madeleine-la-Mére trouva la religieuse bien audacieuse. Lecavalier souriait. Mais que lui voulait cette affreuse nonne ? Un souper chez les sœurs avec tout ce travail ? L'idée de se mettre à table entouré de dizaines de religieuses silencieuses qui le reluqueraient immanquablement du coin de l'œil l'intéressait autant que la perspective de sauter à pieds joints sur un nid de guêpes, mais la curiosité le rongeait. Il se demandait d'ailleurs comment cette sœur laide à faire tourner le lait des vaches avait trouvé le courage de lui lancer cette invitation. Pour ne pas se mettre à dos la population locale, Lecavalier accepta. Les deux vieilles marchaient maintenant, seules, vers la Maison provinciale.

– Il est vraiment très beau. Sœur Marie-de-l'Eucharistie, vous croyez que c'est lui ?

– Je ne suis vraiment pas sûre, la Mére. Il faut encore que je l'observe de plus près. Impossible, dans cette pénombre, de distinguer quoi que ce soit, ma vue n'est plus ce qu'elle était, vous savez.

– Mère supérieure sera furieuse quand elle apprendra que vous l'avez invité sans d'abord lui en parler ! Comment comptez-vous régler l'affaire ?

– Mère supérieure sera ravie, comptez sur moi.

– Avertissez-la, du moins ! Un gâteau, pour notre beau garçon ? N'est-ce pas ?

– Oh oui ! Avec des tranches d'ananas et des cerises au marasquin !

– Vous êtes consciente qu'il s'agit d'un péché capital...

Le rire de la religieuse fit rougir une pivoine.

Chez les Lamontagne, l'humeur n'était pas aux fruits tropicaux, mais au gin. Chacun de son côté, cette fois. Débarrassé de ses vêtements du dimanche, Papa Louis était descendu à pied à son bar préféré, l'Ophir. Irène se terrait dans sa cuisine et sirotait un triste tonic. Oui, chacun but de son côté, même Marc, qui lui se contentait d'avaler verre d'eau par-dessus verre d'eau. La chose avait échappé à la vigilance des parents Lamontagne qui, quelques années auparavant, avaient tout de même été des parents normaux. Aussi normaux qu'un couple d'entrepreneurs de pompes funèbres pouvait l'être. Mais Marc avait grandi dans leur angle mort, préoccupés qu'ils étaient par leur petit Luc qui avait demandé tant de soins pour disparaître si bêtement, et par Madeleine qui continuait ses neuvaines et ses confessions comme si la fin du monde était toujours imminente. Le beau Marc avait grandi de manière discrète, tortueux comme le mélèze. Il préférait le silence aux palabres de son père, n'avait d'ailleurs adopté de ce dernier que le maniement des haltères et envisageait un avenir d'homme fort sur les routes de l'Amérique, bien qu'il fût absolument conscient que les hommes forts étaient démodés. Lutteur, peut-être. Ou héros de ces sports qui consistent à mettre quelqu'un par terre. En attendant, il s'exerçait sur sa sœur.

Il attendait que la maison fût vide, et, comme un chat, s'introduisait dans la chambre de Madeleine, souvent assise à son pupitre, occupée à lire un livre de cuisine ou à se peigner devant son miroir. Elle le sentait toujours venir et parait les attaques comme Solange le lui avait montré. Mais Marc était plus fort. Elle avait eu beau faire planer au-dessus de sa tête la menace d'une dénonciation auprès de Solange – dont il avait une peur bleue – ou pire châtiment encore: faire croire à la grosse Lise Thibodeau qu'il était follement amoureux d'elle, rien n'y faisait.

C'est à peu près à cette époque que Marc commença à manifester d'étranges symptômes. Bien que vigoureux et fringant, il lui arrivait depuis quelques semaines d'être terrassé au soir par une grande fatigue, que son père mettait sur le dos d'une poussée de croissance et de la découverte de nouveaux horizons sensoriels. Ces crises d'abattement étaient toujours accompagnées d'une soif âpre et insistante qu'il tentait vainement d'éteindre en engloutissant des litres d'eau. Potomanie ? Non, Irène montrait du doigt les friandises salées dont ses enfants aimaient se goinfrer. Dors, si tu es fatigué. Et Marc dormait, au grand plaisir de sa sœur qui profitait alors de quelques moments de paix. Jamais elle n'avait soufflé mot à quiconque des visites de Marc dans sa chambre, peut-être parce qu'elle les avait d'abord confondues avec leurs jeux d'enfants. Madeleine et Marc avaient grandi sans jamais avoir conscience de leur différence d'âge ou de sexe. À cela s'ajoutait un certain isolement par rapport aux autres enfants de la paroisse, à la fois conséquence de la peur qu'on avait du croque-mort et de l'admiration qu'on vouait à l'homme fort. Bref, peu d'enfants, Solange en était un témoin privilégié, avaient le droit ou l'envie de s'approcher du clan Lamontagne, de sorte que Madeleine et Marc, quand ils faisaient ensemble la sieste, à onze et douze ans, avaient moins l'impression de bousculer l'ordre divin que d'assouvir un besoin de sommeil. Madeleine et Marc étaient proches, au grand déplaisir de Solange Bérubé, qui ne voyait en ce garçon qu'une ridicule imitation de son père, dont il n'avait même pas les yeux sarcelle. Marc avait reçu d'Irène de grands yeux marron, profonds comme les ténèbres. Madeleine restait la seule à éprouver pour le garçon une certaine empathie quand s'emparaient de lui ces accès de sommeil et de soif. Elle lui montait des cruches d'eau dans sa chambre, veillait sur son sommeil et attendait en lisant qu'il s'éveillât. Marc profitait de ce demi-sommeil pour faire voyager ses mains.

– Ne fais pas ça !

– Pourquoi pas ?

– Parce que nous ne sommes pas mariés !

– Tu veux qu'on se marie ?

– Niaiseux !

Et Madeleine prenait soin de son petit frère, mettait sur le dos de sa maladie inconnue son comportement étrange et continuait de prier pour lui. Et c'est peut-être en septembre ou en octobre qu'Irène, de son côté, s'était mise à s'intéresser aux petites annonces des journaux, notamment celle-ci :

**TROUBLES DE FAMILLE**

**MADAME, voulez-vous tenter d'améliorer le sort de votre foyer ? Consultez un conseiller familial. Écrire et donner détails sur les difficultés ou troubles familiaux. Mentionnant âge, nombre d'enfants, si vous travaillez à l'extérieur, années de mariage, âge de votre conjoint. Conseils CONFIDENTIELS.**

**Peu importe vos difficultés**
**Consultez-nous en toute confiance**

**MEXIQUE INVENTION**

**Case postale 400 – Station Delorimier Mtl 34, Qué.**

**NOM** ..............................................................................................

**ADRESSE** ......................................................................................

**TEL**.....................................................

Au lendemain de l'arrivée du père Lecavalier à Rivière-du-Loup, les sœurs de l'Enfant-Jésus préparèrent un gâteau renversé à l'ananas, conformément aux souhaits de Madeleine-la-Mére. Mère supérieure, qui depuis toujours caressait le rêve d'être immortalisée par la peinture, félicita sœur Marie-de-l'Eucharistie d'avoir pris l'initiative d'inviter le prêtre-peintre dans l'école. Elle priait maintenant Dieu que l'homme fût inspiré par la sagesse de ses traits. Elle avait mis un peu de poudre. L'invité arriva à dix-huit heures pile, avec une ponctualité germanique. Seul homme parmi les dizaines de sœurs dans l'immense salle à manger de la Maison provinciale, il fut pendant deux heures l'objet de mille pensées inavouables. Des murmures à peine audibles s'échangeaient entre les religieuses.

– Il a le cou un peu long...

– ... mais de beaux grands yeux marron.

– Il a gardé son lard de bambin...

– ... et des lèvres de chérubin.

– Mais nos vœux sont perpétuels...

– ... bof, passez-moi donc le sel.

Ainsi se déroula dans une atmosphère édénique le souper du père Lecavalier chez les sœurs. Bien assis entre mère Marie-du-Grand-Pouvoir et sœur Marie-de-l'Eucharistie, juste en face de sœur Saint-Alphonse et de Madeleine-la-Mére, le regard du prêtre oscillait entre *La Mise au tombeau de la Vierge* au mur et le visage silencieux de Madeleine-la-Mére. Il avait constaté que cette dernière n'était pas vêtue de l'habit religieux comme les autres femmes.

– Puis-je vous demander pourquoi vous êtes vêtue ainsi, ma sœur? s'était-il enquis, la voix chargée de respect.

De petits rires fusèrent.

– Pour ne pas être toute nue! laissa échapper sœur Saint-Alphonse, toujours aussi malicieuse, assise non loin du groupe.

Tout le couvent fut possédé sauvagement par un rire divin, vierge et cristallin. Père Lecavalier souriait niaisement.

– Madeleine-la-Mére est la grand-mère de notre Louis Lamontagne, dont vous avez fait la connaissance hier. Elle s'est réfugiée chez nous pour se protéger de la télévision. En retour, elle aide à la buanderie, expliqua mère supérieure au jeune prêtre, visiblement amusée par sa question.

– De la télévision?

– Oui, elle ne supporte pas le chuintement des lampes.

Madeleine-la-Mére plaqua un instant ses mains sur ses oreilles en grimaçant en guise d'illustration pour Lecavalier.

– Mais vous souffrez d'acouphènes, voilà. C'est tout.

Les sœurs souriaient, attendries. Le prêtre continua.

– Vous êtes la grand-mère de monsieur Lamontagne? demanda-t-il, incrédule.

– Oui, je suis déjà morte une fois. J'attends que le Bon Dieu finisse le travail, dit Madeleine-la-Mére avec tout le sérieux du monde, après avoir péniblement mastiqué un morceau de poulet.

Le prêtre, gêné, voulut changer le sujet de la conversation.

– Cette peinture au mur, d'où l'avez-vous? demanda-t-il à mère Marie-du-Grand-Pouvoir.

– *La Mise au tombeau de la Vierge*? C'est un petit cadeau que notre Louis a rapporté d'Allemagne à sa grand-maman, je pense. Enfin, il ne nous a jamais dit où il l'avait prise. Nous l'avons suspendue dans la salle à manger. Elle est amusante, n'est-ce pas? Le peintre devait être une sorte de débutant. Il n'y a aucune perspective et regardez-moi ces affreuses couleurs délavées! Et ces dessins! Un enfant de dix ans s'en sortirait mieux!

Pendant que mère supérieure parlait, le prêtre, sans l'ombre d'un doute myope, sans demander la permission de quitter la table et sans finir ses petits pois, s'était levé pour s'approcher de l'œuvre dont il distinguait mal les détails depuis sa chaise. Les mains derrière le dos, le cou étiré, il considérait l'image comme on étudie un horaire de train.

– De l'Allemagne, dites-vous, ma mère?

– Oui, de l'Allemagne. Enfin, on ne sait pas. Louis parle assez peu de la guerre. Il en parlait plus avant. Quand on lui en parle, il se rembrunit.

Le reste du repas fut consommé dans une atmosphère plus détendue, maintenant que les sœurs avaient ri. On posait des questions à Lecavalier sur ses intentions quant au chemin de croix. Il reprit deux fois du gâteau à l'ananas en insistant pour obtenir chaque fois une cerise au marasquin, gourmandise qui ne passa pas inaperçue chez les sœurs qui, pendant les trois mois qu'il logea au presbytère, lui firent livrer deux pains aux raisins, trois livres de sucre à la crème, deux tartes aux bleuets fraîchement cueillis, quatre pots de confiture de framboises sauvages et une tarte au citron. Siegfried Zucker, fidèle fournisseur, leur avait trouvé des agrumes hors saison à un prix imbattable. C'est la manière qu'elles trouvèrent de caresser les sens de l'angelot sans compromettre leurs engagements envers le Très-Haut. Ils discutèrent ensuite de Paris, des Beaux-Arts et, sujet incontournable : de la tour Eiffel. Le père Lecavalier confia aux religieuses que c'est à Rome qu'il rêvait d'aller, comme peintre ou comme abbé, il s'en moquait, mais que la Ville éternelle lui paraissait comme l'aboutissement logique de son existence.

– Je sais que le Seigneur veut pour moi mieux que ces patelins perdus du bout du monde, dit-il pour conclure.

Quand il fut parti, Madeleine-la-Mére, anxieuse, courut vers sœur Marie-de-l'Eucharistie qui se dirigeait d'un pas lent et résigné vers sa chambrette.

– Alors, c'est lui, notre beau garçon ?

– Non, ma sœur, vous pouvez dormir tranquille.

– Mais comment le savez-vous ?

– Il est myope comme une taupe, comme moi. Il ne fera pas l'affaire. Il nous faut plus costaud, plus, comment vous dire ? Enfin, je vous souhaite la bonne nuit, la Mére, je suis lasse maintenant. Il me faut me reposer. Priez la Vierge. Continuez de prier la Vierge.

Une à une, les portes des chambres des sœurs se refermèrent en produisant le bruit lugubre et métallique des grilles d'Alcatraz quand elles se referment sur leurs captifs.

Quand le curé Rossignol eut vent des velléités romaines du père Lecavalier, il en profita pour délester sur son invité quelques responsabilités apostoliques ennuyeuses, notamment les confessions du mercredi. À son grand étonnement, Lecavalier accepta avec plaisir sa proposition et, un mercredi de la fin juin, s'installa dans un confessionnal vide et attendit les pécheurs estivaux qui ne se firent pas trop attendre, étant donné que Rossignol avait eu la gentillesse d'aviser ses ouailles du changement de personnel. Le nouveau confesseur en eut pour son argent. Avant son arrivée dans la paroisse, seule une douzaine de vieilles désœuvrées trouvaient encore le temps d'aller réchauffer les bancs des confessionnaux de l'église. Quand on sut que Lecavalier allait prendre la relève du vieux Rossignol, on observa un regain de ferveur à l'égard du sacrement du pardon. De nouveaux pécheurs certes, mais surtout de nouvelles et d'anciennes pécheresses commencèrent à affluer les mercredis après-midi dans l'église Saint-François-Xavier. Lecavalier regretta vite d'avoir accepté l'invitation. Mais Rossignol lui avait assuré qu'aucun archevêque ne songerait à recommander à Rome un prêtre sans expérience. Si le chemin vers l'enfer est pavé de bonnes intentions, se disait Lecavalier, la route vers Rome, elle, est jonchée de dépravations et de fautes épouvantables.

Des voix anonymes de femmes d'âge mûr lui murmuraient leurs manquements : mensonges, petites haines, calomnies, jalousies diverses et variées. *Seigneur, je m'accuse d'avoir levé la main sur ma fille.* Les aveux des plus jeunes s'aventuraient dans les mers agitées des péchés reliés à la chair : pensées impures, attouchements inconvenants, adultère, orgasmes en tous genres. *Mon Dieu, ses seins pendaient comme des fruits trop mûrs.* Les contritions, toutes plus ou moins sincères, semblaient à Lecavalier venir davantage des lèvres que du cœur. C'est ainsi qu'il en apprit en deux semaines davantage sur les femmes de Rivière-du-Loup (et sur la femme tout court) que la décence lui aurait permis d'espérer, car la confession catholique ne compte que si on mentionne l'endroit précis du corps qui a péché. Par où exactement la volupté est-elle entrée ? Le prêtre qui défroquait en savait plus qu'assez pour se débrouiller avec une femme. *Mon père, il m'a prise alors que je nettoyais mon four.* Elles trompaient leur mari. Un mot était sur toutes les lèvres : le Cheval. Multiplication des yeux sarcelle dans la paroisse. Il s'agissait bien de ce gros malabar aviné que Lecavalier avait croisé à son arrivée, le père de ce magnifique jeune homme et de cette étrange Madeleine. Cette dernière s'était d'ailleurs placée en tête de queue dès le premier mercredi des confessions du père Lecavalier. Mais qu'est-ce que ces pauvres femmes pouvaient bien trouver à ce rustre ? Voilà la question que se posa le jeune prêtre alors qu'il entendait la description parfois gênante des rêves coquins dans lesquels Louis Lamontagne régnait sans partage. Dans l'obscurité du confessionnal, Lecavalier se tenait la racine du nez entre le pouce et l'index en priant le Seigneur de l'envoyer au plus vite à Rome. Il se plaignit d'ailleurs au curé Rossignol du fait que, pour chaque pécheur qui défilait dans son confessionnal, il y avait dix pécheresses.

– Vos hommes sont tous des saints ?

Rossignol avait souri. Non, mais les femmes vous considèrent comme un ange, pauvre Lecavalier. Le chemin de croix, lui, prenait forme. Avec son *Jésus tombe pour la première fois,* il avait complété, en date du 10 juillet, son troisième tableau. Lecavalier travaillait du matin au soir et avait insisté pour peindre dans l'église, car, disait-il, la lumière y était meilleure. Il valait mieux, avait-il fait valoir, que le tableau soit créé là où il serait suspendu pour éviter des surprises causées par le changement d'éclairage. Une toile recouverte d'un drap sale était donc en permanence installée sur un chevalet pendant toutes les messes. Dès l'eucharistie célébrée, le père Lecavalier reprenait son travail et ne l'interrompait que pour manger, dormir, et entendre les confessions.

C'est à la mi-juillet qu'il commença à peindre la station représentant Simon de Cyrène aidant Jésus à porter sa croix.

– Tu sais, Marc, que le vrai Simon de Cyrène était noir ? Il venait de Libye.

– Je ne savais pas, mon père. Est-ce qu'il faut que j'enlève aussi le pantalon ?

– Oui, et tu te vêtiras de ce drap que les sœurs m'ont prêté ; attends, il faut que je te fasse une tunique avec, ne bouge pas.

– Une chance que c'est l'été ! En hiver, j'aurais eu froid.

– Voilà, tu tiendras le madrier comme ça, de la main gauche. Fais comme si tu marchais derrière Jésus. Voilà, exactement. Ce n'est pas trop lourd ? Tu sembles assez fort.

– Oui, je force avec Papa Louis des fois, mais plus maintenant.

– Quoi, Louis Lamontagne a abandonné ses haltères ?

– Pas mal, oui. Il passe plus de temps à l'Ophir.

– L'Ophir ?

– C'est une taverne de la rue Lafontaine. Ses amis sont là.

– Et pourquoi tu ne t'entraînes plus ?

– Souvent, je suis trop fatigué pour m'entraîner. La voisine vient parfois lever des poids.

– La fille qui a une moto ?

– Oui, elle est souvent chez nous.

– C'est un peu comme une sœur, cette Solange.

– Pour Madeleine oui, pour moi, c'est la voisine.

– Attends, tourne ta tête par là, oui. Comme ça. Tu peux tenir cette pose au moins dix minutes ? Le temps que j'esquisse la scène.

– Oui, mon père, sans problème.

– Comme ça, tu n'es pas fou de Solange...

– Non. Je ne suis pas fou de Solange.

– C'est vrai qu'elle est un peu garçonne.

– Qu'est-ce que ça veut dire, *garçonne* ?

– Ben, comme un garçon, comme toi.

– Et comme vous ?

– Oui, c'est ça. Mais tu ne lui fais pas trop de misères ?

– C'est plus elle qui m'en fait. Elle n'arrête pas de se mêler de mes affaires.

– Quelles affaires ?

– Elle ne me laisse jamais seul avec Madeleine. Ou rarement. Les seules fois où je peux voir ma sœur tout seul, c'est au souper, ou le matin.

– Mais pourquoi tu as besoin de voir ta sœur tout seul ? Es-tu pour Madeleine ce qu'Hamlet était à Ophélie ?

– C'est qui, Ophélie ?

– Bon, oublie ça. Pourquoi tiens-tu tant à être avec ta sœur ?

– Ben, pour jouer, ben sûr !

– Jouer ?

– Jouer à rire !

– Comment ça, jouer à rire ?

– Comme avant, comme quand on était avec Luc.

– Veux-tu garder ta tête droite, Marc ? Oui, comme ça. Avec Luc, tu dis ?

– Oui, mais depuis que Luc est parti, Madeleine ne veut plus qu'on joue comme avant.

– Quand nous aurons terminé cette pose, tu pourrais me montrer ce jeu ?

– Ben, non.

– Comment ça, non ? J'aime bien rire, moi !

– Oui, mais avec vous, c'est pas pareil.

– Tu ne me trouves pas drôle ?

– Je... je... ne sais pas.

– Et, là, si je fais ça, tu n'as pas envie de rire ?

– Peut-être un peu.

– Et là ?

– Hi ! hi ! hi !

Le rire de Marc fut interrompu par un éternuement bruyant et viril dans la sacristie. Le père Lecavalier retourna prestement derrière son canevas et tout redevint silencieux dans l'église. Seuls les grattements de son crayon et le gargouillis dans le ventre de Marc venaient troubler la quiétude des lieux. Bientôt, des pas résonnèrent, le curé Rossignol sortait de la sacristie. Lecavalier détestait les intrusions du curé pendant ses séances de travail, mais avait appris à les tolérer. Avait-il le choix ? Le curé sembla surpris de trouver Marc Lamontagne vêtu d'un simple caleçon et d'une sorte de drap en pleine église. Mais avait-on permis au Seigneur de choisir sa tenue pendant la Passion ? Il se dit que Lecavalier avait décidément un très grand talent, retourna à la sacristie sans manquer de remercier une millième fois Marc du service qu'il rendait.

– Pourvu que tu n'attrapes pas un rhume, mon pauvre Marc. Tu es encore fatigué ?

– Aujourd'hui, pas trop, mais avant-hier, j'ai dormi toute la journée.

– Il faudra que je parle à ton père.

L'été 1968 passa à la vitesse d'une fusée *Apollo* ; l'automne avançait avec le désespoir de Solange, qui voyait chaque jour une Madeleine changeante, parfois brusque à son égard. Elle esquivait ses questions, passait du temps, beaucoup trop de temps à regarder peindre le père Lecavalier. Ce dernier avait permis à toute la famille Lamontagne, en retour des services rendus par Marc et Madeleine, de le regarder peindre. Seule Madeleine s'était prévalue de ce privilège, les autres ayant mieux à faire. C'est à la mi-août que Madeleine mentit pour la première fois à son amie Solange. Elle ne savait même pas pourquoi. Cela lui était venu, comme ça. Son cœur lui disait que c'était la chose à faire.

– Tu veux venir en moto après les cours ? On ira au chemin du Lac.

– Euh... Après-midi je ne peux pas. Maman veut que je l'aide pour le souper.

Solange pinçait les lèvres et pour se venger du monde, faisait pétarader sa Triumph du haut en bas du chemin du Lac. C'est aussi à cette époque que Madeleine dénoua ses tresses, coupa ses cheveux aux épaules et se livra avec abandon à la douce volupté du fixatif à coiffure.

– Qu'est-ce que tu as dans les cheveux, pour l'amour du ciel? sifflait Solange.

Et la Triumph terrorisait un autre village. Une robe à fleurs fit aussi son apparition. Cette dernière ne passa pas inaperçue aux yeux de Lecavalier qui, probablement par flagornerie, complimenta Madeleine sur son achat.

– Je fais des ménages à l'hôtel Saint-Louis, disait-elle comme pour justifier une folle dépense.

La plupart du temps, Madeleine restait en silence derrière le père Lecavalier et le regardait peindre ses stations. Elle le félicita sur Simon de Cyrène, qui ressemblait comme deux gouttes d'eau à son jeune frère Marc.

– Il a même ses yeux, père Lecavalier. Il a les yeux marron de maman.

– Mais, toi, tu as les yeux sarcelle de ton père, Madeleine, répondit-il en passant sa main dans ses fins cheveux blonds.

– Oui, moi j'ai les yeux de papa, et Luc avait les yeux de maman, comme Marc.

– Il a de très beaux yeux, ton frère Marc. Très foncés, regarde comme ils ressortent dans le tableau. On pourrait ne regarder que ça.

– Vous ne préférez pas les yeux sarcelle?

– Ils sont beaux aussi. Mais ceux de Marc sont si profonds, si, comment dire... rieurs. N'est-ce pas, Madeleine, que ton frère est rieur?

– Pas plus que Luc l'était, mon père. C'est lui qui riait le plus dans la famille, après Papa Louis. Marc ne rit pas tant que ça.

– Mais il m'a dit qu'il adore rire... Que vous adorez rire, tous les deux.

Madeleine resta interdite, fixa le plancher de l'église.

– Je ne vois pas ce que vous voulez dire.

– Il faudra peut-être que tu parles à ton père, Madeleine. Est-ce que tu peux venir demain? Je voudrais commencer la station avec Marie-Madeleine.

Pour toute réponse, Madeleine essuya une larme furtive, se leva du banc où elle était assise et laissa le prêtre à son travail. Elle trouva son frère le soir même dans un état second. Elle s'approcha de lui. Il y eut quelques cris que Papa Louis, depuis l'Ophir, n'entendit pas. Le son mat d'un corps qu'on plaque sur un plancher, un son qu'on n'avait plus entendu dans cette maison depuis que Papa Louis avait, pour le salut de l'âme de son fils Luc, cessé de lever la main sur Irène. *Tu me fais mal. Tu me fais mourir.* Des gémissements qui ne réveillèrent pas une Irène soûle devant son téléviseur, et qui ne traversèrent jamais les murs de la maison Lamontagne mais que, bizarrement, toute la ville finit par entendre. Les gens de Rivière-du-Loup ont l'oreille fine. Le lendemain, Madeleine refusa de parler à Solange.

– Je dois poser pour le père Lecavalier. C'est aujourd'hui qu'il dessine Marie-Madeleine.

– Madeleine...

– Oui, Solange ?

– Madeleine, il faut que tu fasses quelque chose.

– Tu veux dire quoi ? Tu te mêles de quoi, Solange Bérubé ? T'es rien que la voisine ! Depuis quand c'est tes affaires, ça ?

– Madeleine, écoute-moé...

– Parsonne sauf les sœurs a jamais voulu s'occuper des enfants Lamontagne, pis là, toé, tu veux faire la sainte, c'est ça ? Tu te penses meilleure que nous autres ? Pis quand ton pére te domptait à grands coups de bâton, pis qu'on t'entendait crier jusqu'icitte, on s'en est-y mêlés ? Ben non ! Faque fais pas ta smatte, OK ? Embarque sur ta moto pis va donc réveiller les morts de Saint-Arsène !

Solange assena à Madeleine une gifle wagnérienne. Nuit blanche pour les morts et les vivants de Saint-Arsène. Quand elle arriva à l'église le lendemain matin, Madeleine avait le visage d'une femme qui vient d'assister à sa propre crucifixion.

– Tu es parfaite, Madeleine ! s'exclama le père Lecavalier.

Prostrée, à genoux devant un Christ en croix, morte de fatigue à six mètres de l'endroit où son père était né, Madeleine pria pendant que le prêtre la dessinait.

– Les larmes ne sont pas nécessaires, Madeleine.

– Je sais. Je ne peux pas m'empêcher.

– Qu'est-ce qui te fait pleurer ?

– Les souffrances de notre Seigneur, mon père.

– Tu peux me parler sérieusement, Madeleine.

Sans quitter la pose, Madeleine reprit.

– Je pleure parce que vous allez bientôt partir. La station avec Marie-Madeleine, c'est la douzième de quatorze. Vous aurez bientôt fini. Vous retournerez à Québec, et après, vous irez à Rome.

– Oh... Rome, dans le meilleur des cas. Il faudra compter sur la bonté de notre archevêque.

– Vous allez partir et je resterai toute seule.

– Tu as parlé à ton père ?

– Mon père boit, il n'entend plus.

– Et ta mère ?

Madeleine ne répondait plus aux questions du prêtre, elle semblait perdue dans une sorte de transe, les yeux fixés sur le crucifix, psalmodiant on ne sait quelle prière. Lecavalier jura plus tard l'avoir entendue marmonner des mots allemands, *« Zucker, ja Zucker. »* Il n'aurait pu le jurer, toutefois, puisqu'il ne parlait pas l'allemand. Mais il mit le phénomène sur le compte d'une grande fatigue et remercia Madeleine dès qu'il eut fini son croquis.

– Vous aurez fini quand ?

– Dans trois jours, j'aurai mis les couleurs. Tu pourras revenir voir.

Madeleine quitta l'église sans dire un mot, s'arrêta à l'épicerie Damours en chemin et, pendant que le commis était occupé à rendre la monnaie à une cliente, glissa une boîte de sirop d'érable dans son sac. Elle sortit après avoir acheté quelques navets, deux oignons et trois radis.

– Ce sera tout, Mademoiselle Lamontagne ? lui demanda le caissier.

– Oui, Monsieur, répondit-elle en le regardant droit dans les yeux.

Elle cacha son larcin dans un tiroir, sous une pile de soutiens-gorge, et s'enferma pendant deux jours à clé. Elle entendit son frère se lever dix fois pour uriner, cette nuit-là.

Le jour où les circonstances firent en sorte que Madeleine dut prendre en charge le destin de la Tosca coïncida avec l'anniversaire de Lecavalier. Madeleine se présenta à l'église. Solange l'avait vue sortir de chez elle en début d'après-midi et l'avait suivie. Elle avait attendu que Madeleine entre dans l'église. Sans bruit, elle était entrée à son tour par une des portes latérales et s'était cachée derrière un confessionnal. Rossignol et Lecavalier, engagés dans une discussion, n'eurent pas connaissance de son entrée. Madeleine les observait depuis le vestibule. Le son de leurs voix lui parvenait. Madeleine comprit que les deux hommes étaient en train de discuter du chemin de croix. Par la porte entrouverte, Madeleine observait une scène dont elle ne comprit que trop tard la signification. Lecavalier avait installé côte à côte les stations V et XII, respectivement *Simon de Cyrène aide Jésus à porter sa croix* et *Jésus meurt sur la croix*. Depuis l'entrée déjà, Madeleine était subjuguée par la ressemblance entre Simon et Marc. La ressemblance était si frappante que les gens de la paroisse pourraient, des années durant, pointer le tableau en disant : « C'est le fils du Cheval Lamontagne, voyez comme il lui ressemble. Il a même ses yeux foncés. » Dessiné en trois quarts, le portrait de Marc avait même sur le visage l'expression de la sollicitude que le croyant aime prêter à Simon. À droite, sur un autre chevalet, le tableau représentant la mort du Christ était encore plus saisissant. Lecavalier avait fait des choix de couleurs audacieux, voire téméraires. On reconnaissait à l'arrière-plan un coucher de soleil familier sur les montagnes de Charlevoix. C'était la même lumière rose orangée qui enveloppe au soir les êtres et les choses de Rivière-du-Loup. Cette poésie n'avait pas échappé au peintre, qui avait poussé l'audace jusqu'à représenter des essences d'arbres typiquement canadiennes : des sapins baumiers et une épinette blanche. Au centre, le Christ, le visage défait, venait d'expirer. En dessous de lui, deux femmes : la Vierge Marie, dont on ne voyait presque rien du visage, et Marie-Madeleine, fidèle comme une photographie à son modèle. Madeleine eut quelques secondes de stupéfaction à la vue de sa propre image. Jamais elle ne s'était vue peinte ou représentée autrement que sur les photos de monsieur Marmen. L'image qu'elle avait sous les yeux la transfigurait, la clouait sur place. Personne ne douterait qu'il s'agissait bien d'elle et cette perspective la remplissait d'un sentiment impossible à décrire. La paix intérieure ? Le bonheur ?

La félicité ? Une chose rare, sans nul doute. Elle entendait les deux hommes discuter. Le curé Rossignol semblait plus que satisfait.

– Je ne saurais vous dire, père Lecavalier, lequel des deux me plaît davantage. Le portrait de Marc est très ressemblant. Celui de la petite Madeleine aussi. Pour le sapin, je ne suis pas sûr... Nos gens sont assez conservateurs...

– Vous ne croyez pas qu'ils seront contents de reconnaître le fleuve Saint-Laurent ?

– Pas pour une scène de crucifixion. Vous voyez, nous ne sommes pas habitués à ce que des choses terribles se produisent ici. Le Canada est un pays béni. Le malheur, c'est pour l'Allemagne, la Pologne, le Moyen-Orient, les endroits sableux... Les gens de Rivière-du-Loup ont vraiment l'impression de vivre dans le pays que Dieu a choisi pour ses enfants.

– Grand bien leur fasse, mais moi, je ne suis pas fâché d'avoir fini mon travail.

– Vous n'avez pas aimé votre séjour ici, père Lecavalier ?

– Ne le prenez pas mal, Monsieur le curé, mais je trouve l'atmosphère de la ville un peu étouffante. Pas moyen pour les gens de vivre leur vie sans être constamment observés et jugés par leurs semblables. Et certaines de vous ouailles sont, comment le dire sans blesser quiconque ? Disons qu'ils ont besoin de sortir d'eux-mêmes. Prenez ces Lamontagne, par exemple. Il faut qu'ils sortent de leur salon funéraire. Les enfants du Cheval sont beaucoup trop proches l'un de l'autre.

– Mais il n'y a rien de mal à bien s'entendre avec son frère ou sa sœur, père Lecavalier.

– Vous ne me suivez pas. Et tout ça ne me regarde pas de toute façon. C'est dommage pour ce garçon ; en ville, Dieu sait ce qu'il pourrait devenir.

– Marc me parle de vous. Vous avez sur lui une grande influence, il ne parle que de peinture depuis que vous êtes arrivé.

– Je crois que c'est le plus beau des enfants Lamontagne, Monsieur le curé. Enfin, ce sont deux beautés, si différentes, et qui se complètent. Marc a la carrure de son père, Madeleine, la beauté lunaire de sa mère. Quand je regarde Marc, je pense tout de suite à ces sculptures du Bernin et je maudis le ciel de ne pas avoir le talent d'en faire de pareilles. La vue de Madeleine, elle, me fait me poser des questions sur mes vœux.

Le curé Rossignol avait perdu le fil de la conversation, son regard semblait voguer ailleurs. Il regardait sa montre.

– Tout ça est bien beau, mais j'ai à faire au presbytère. Vous allez continuer votre travail encore longtemps ?

– Encore deux jours pour finir le Christ au tombeau et on pourra annoncer le vernissage.

Le curé sortit par une des portes latérales. Lentement, Madeleine s'avança entre les bancs vers la nef où Lecavalier continuait de peindre. Se croyant seul, il s'était mis à fredonner un chant que Madeleine ne connaissait pas, dans une autre langue. Prenant de l'assurance et de grandes respirations, le peintre beugla :

*Reccondita armonia*
*Di bellezze diverse !*
*È bruna Floria,*
*L'ardente amante mia...*

– Père Lecavalier ?

Le prêtre, qui n'avait aucune conscience d'être observé, jaillit de ses chaussures en poussant un cri perçant, aigu et féminin, probablement un *sol* dièse.

– Madeleine ! Tu es là depuis longtemps ?

– Je viens d'entrer.

– Tu... tu as vu ton portrait ?

– Oui.

– Qu'est-ce que tu en penses ?

– Vous m'avez fait les yeux noirs, dit Madeleine d'une voix éteinte.

– Oui, je t'ai fait les yeux noirs, enfin, marron foncé, comme à tous les personnages. Je t'explique...

– Vous allez me faire les yeux sarcelle.

– Mais, comme je te dis...

– J'ai les yeux sarcelle.

Le ton de Madeleine était glacial.

– Oui, mais sur le tableau, ce n'est pas toi, c'est Marie-Madeleine, et Marie-Madeleine avait les yeux marron foncé. Voilà, précisa le prêtre.

– Comment le savez-vous ?

– Mais comment ne le sais-tu pas ? Les gens en Terre sainte n'avaient pas les yeux sarcelle, pauvre Madeleine !

– Les gens en Terre sainte n'avaient pas de sapins ni d'épinettes, et ils ne regardaient pas le soleil se coucher sur les montagnes de Charlevoix ! hurla Madeleine avant de reprendre son souffle. Là, j'ai mon voyage ! Père Lecavalier, vous allez me faire les yeux sarcelle tout de suite, sinon je le dis à mon père ! Marc a eu la couleur de ses yeux ; moi, je veux avoir la mienne !

– Madeleine, calme-toi, je suis sûr qu'on peut en discuter. Il faut que tu comprennes que Marie-Madeleine, ce n'est pas toi. C'est un personnage de la Bible... je me suis servi de tes traits parce que...

Pendant que le prêtre parlait, Madeleine s'était assise sur les marches, à l'endroit précis où son père était né, et avait commencé à sangloter. Lecavalier s'était approché d'elle et l'avait prise dans ses bras pour la consoler. Improbable Cavaradossi étreignant une Tosca incertaine. Autour d'eux, le parfum infect de la jalousie qui percolait de l'épiderme de Solange, cachée derrière le confessionnal, torturée par l'envie de donner à la scène une fin shakespearienne. Ils restèrent dans cette posture jusqu'à ce que Madeleine se calme. Tapie derrière son confessionnal, Solange profita de ce que la porte latérale ne se trouvait plus dans le champ de vision du prêtre pour s'éclipser comme un chat. Elle en avait assez entendu, se disait-elle, pour vomir pendant des semaines. Vingt minutes plus tard, elle fracassait un record de vitesse et de bruit sur la rue Principale de Saint-Antonin. Quelqu'un porta plainte.

Malgré ses intentions de regagner la ville le plus rapidement possible, le père Lecavalier resta à Rivière-du-Loup encore jusqu'en novembre, décision qui fit croire aux sœurs à leurs talents de cuisinières. Elles continuèrent donc de lui préparer des desserts de toutes sortes. Le vernissage du chemin de croix eut d'ailleurs lieu à la Maison provinciale à la demande des sœurs. Dernières soirées de normalité pour tout ce petit monde, avant que le vent glacial ne vienne renverser tout ce qui avait, jusque-là, signifié quelque chose à Rivière-du-Loup. Dans le hall d'entrée du couvent, les paroissiens tournoyaient, s'arrêtaient de temps en temps devant une image. Jamais on n'avait rien vu de si beau dans cette paroisse. Glanées à gauche et à droite, des phrases exprimant tantôt l'émerveillement, tantôt la surprise, de « Mon Dieu, c'est le fils de Louis tout craché ! » à « Regarde ! Les femmes de Jérusalem ressemblent aux sœurs Lévesque de la rue Saint-Grégoire ! » en passant par « Il lui a même fait les beaux yeux sarcelle qu'elle a de son père ! Comme elle a l'air triste, notre petite Madeleine. » Dans un coin, Irène accueillait son quatrième verre de vin blanc, tandis que Louis, chancelant, arraché par sa femme au comptoir de l'Ophir, admirait les toiles qu'il avait en partie financées. Grande absente de la soirée : Solange Bérubé, qui avait prétexté une migraine. Les paroissiens furent aussi comblés par le travail du père Lecavalier. Malheureusement, tous les tableaux du chemin de croix de l'église Saint-François-Xavier furent dérobés par un cambrioleur au début du mois de juin 1975. La lumière ne fut jamais faite sur les circonstances de ce vol qui plongea le curé Rossignol dans le désarroi. La tristesse fit place à la consternation quand, trois jours plus tard, un promeneur trouva les restes des encadrements à demi calcinés sur la plage de Notre-Dame-du-Portage. Il ne s'agissait de toute évidence pas d'un vol motivé par l'argent.

Pour accompagner le vernissage, on avait demandé au père Lecavalier de chanter, car ses talents lyriques n'étaient pas passés inaperçus. Paris ne s'était pas contenté d'en faire un peintre, elle lui avait aussi placé la voix. L'organiste de l'église, celui-là même que Louis avait failli anéantir aux funérailles de Luc, avait insisté pour que Lecavalier chantât au moins une fois pour les gens de Rivière-du-Loup avant de partir.

– Je vous accompagnerai, votre timbre est si beau !

– Que je chante quoi ?

– Ce qu'on vous a entendu chanter dans l'église en italien cet été !

Des airs en italien, il avait dû en entonner une bonne douzaine pendant qu'il se croyait seul dans l'église. Considérant qu'il avait déjà assez fait pour les gens de Rivière-du-Loup, il refusa l'invitation de l'organiste.

Il se passa une semaine. La veille de la Toussaint, Marc s'était endormi sur son lit après une autre journée de fatigue. Cette fois, Irène avait obtenu de Louis qu'il amenât son fils chez le docteur Panneton.

– C'est quand même pas normal qu'il dorme tout le temps ! avait-elle fait valoir.

Les sœurs n'étaient pas les seules, cet automne-là, à s'intéresser à la cuisine canadienne-française. Ce fut un soir de novembre, un peu avant les neiges et en l'absence de ses parents, que Madeleine avait ouvert la boîte de sirop d'érable volée à l'épicerie Damours. La recette de la tarte au sirop d'érable est assez simple. Cinq ingrédients. Mais Madeleine apporta à sa préparation le soin et la minutie que les Japonais apportent à la confection des sushis. Elle travailla dans un silence religieux, sans salir, sans faire lever inutilement la farine. Le parfum sucré du sirop d'érable qui bouillait avec la crème épaisse envahit bientôt la cuisine, puis le salon. Une odeur à réveiller les morts, à leur faire regretter de ne plus être. Madeleine lavait les ustensiles au fur et à mesure qu'elle finissait de travailler pour ne laisser derrière elle aucune trace. Quand la tarte fut au four, son odeur gagna encore en force et en épaisseur. C'est à ce moment que Solange sonna. Trois fois. Madeleine fit semblant de ne pas avoir entendu, mais la voisine, qui ne lâchait pas prise, entra sans qu'on lui ouvrît. Elle fit hurler de peur Madeleine, occupée à la cuisine.

– Qu'est-ce que tu fais là ?

– Je suis venue te dire bonsoir. T'es toute seule ?

– Non, Marc dort. Qu'est-ce que tu veux ?

– Madeleine, il faudrait qu'on se parle. Es-tu encore fâchée ?

– Je suis surtout occupée, il faut que tu reviennes plus tard. Viens demain, Solange.

Pour ne pas irriter Madeleine, la jeune Bérubé était partie, avait attendu chez elle. De nouveau seule, Madeleine avait sorti la tarte du four et l'avait placée au milieu de la table, bien en évidence. Puis, elle était descendue à la cave armée de son chapelet et avait prié. Il ne fallut que quelques minutes pour que la bête soit tirée de son sommeil par le doux fumet. Ses pas se firent entendre jusque dans la cuisine. Madeleine continuait ses oraisons... *pardonnez-nous le mal que nous avons fait...* Elle l'entendit sortir des couverts du tiroir, une assiette, une pelle à tarte. La porte du Frigidaire qui s'ouvre. Un verre de lait. Déglutissements bruyants. Puis, il remonta se coucher. Madeleine eut le temps de remonter à la cuisine, où elle trouva l'assiette à tarte vide. Il n'avait laissé que quelques miettes. Tout laver en vitesse. Aérer toute la maison pour ne pas qu'on sente le sucre. Encore une tache suspecte au fond du four, qu'elle grattait au couteau. Du sucre caramélisé. Quand tout fut propre, elle monta à l'étage. Des râles lui parvenaient de la chambre de Marc. Il appelait sa sœur. Madeleine alla se coucher. Avant de s'endormir, elle entendit son père et sa mère rentrer.

Et la nuit, longue. Sans sommeil. L'aube au regard creux. Au matin, Madeleine se leva avant tout le monde pour aller vomir, comme tous les matins depuis quatre semaines.

On trouva Marc inconscient dans son lit. Ce sont les cris d'Irène qui alertèrent Papa Louis et Madeleine. L'adolescent fut transporté à l'hôpital, où le médecin de garde, dès qu'il sentit l'odeur d'acétone dans l'haleine de Marc, diagnostiqua un coma diabétique provoqué par une surdose de sucre. Marc mourut de dysfonction rénale au bout de trois jours sous les yeux de ses parents ahuris de douleur. Le jour de sa mort, le père Lecavalier quitta Rivière-du-Loup pour ne plus jamais y remettre les pieds et manqua les plus belles funérailles organisées par Papa Louis. Les dernières, aussi. *« Death by Maple Syrup »*, aurait-on dû graver en guise d'épitaphe. Mais personne ne découvrit jamais que la veille de la Toussaint, Madeleine Lamontagne avait préparé la tarte au sirop d'érable qui avait tué son frère, pas plus qu'on ne sut comment la jeune femme avait compris que Marc était diabétique et que ce dessert lui serait fatal. Mais il est bien des choses qu'on sait et qu'on ne sait pas sans pour autant que la vie nous devienne impossible. Cette fois, l'organiste joua spontanément *Que ma joie demeure*. Marc fut mis en terre à côté de son petit frère.

Contrairement à la mort de Luc, la disparition de Marc eut comme effet d'éloigner Irène et Louis l'un de l'autre et de rapprocher Solange et Madeleine. Il ne fut jamais question de la tarte au sirop d'érable. À la fin novembre, une bordée de neige d'un demi-mètre s'abattit sur la région, puis encore une autre le 1er décembre. L'hiver s'annonçait long et neigeux. Le 3 décembre, Irène, dangereusement sobre, attendit le retour de sa fille qui mangeait chez les Bérubé. Sur la table, devant elle, cette annonce découpée dans un journal à côté d'une enveloppe ouverte, oblitérée à Montréal quelques jours auparavant. Sur la lettre qui accompagnait le coupon qu'Irène avait rempli et envoyé, une adresse new-yorkaise figurait avec un paragraphe.

– C'est la solution à ton problème, Madeleine, dit Irène d'une voix de croque-mitaine.

– J'ai pas de problème, maman.

– Ton frère Marc est mort, pis c'est peut-être une bénédiction. Ce qu'il t'a fait est un péché très, très grave, Madeleine. Ce qu'il t'a laissé, tu ne peux pas le garder. Maman va pas te laisser tomber. J'ai trouvé l'argent nécessaire, mais il faut que tu partes assez loin. Tu devras être discrète.

– Je ne sais pas de quoi vous parlez, maman.

– Tu vas le savoir dans cinq minutes. Tu vas aller chercher ton amie Solange. Dis-lui que je veux lui parler. L'heure est grave, Madeleine. Dépêche-toé avant que ton père revienne.

Affolée, haletante et ébranlée, Madeleine reparut deux minutes plus tard accompagnée d'une Solange inquiète.

– Solange, fit Irène pour commencer, tu parles assez l'anglais pour aller à New York pis revenir ?

– Ben, je pense que oui. Pourquoi, Madame Lamontagne ?

– Parce que tu pars demain matin pour New York avec Madeleine pour régler le problème que son frère Marc lui a laissé avant de mourir. J'ai acheté vos billets d'autobus. Vous allez prendre l'autobus jusqu'à Montréal. Arrivées là, vous prenez un autre autobus pour New York, la nuit. Vous vous rendez à cette adresse-là avec l'argent que je vais vous laisser. C'est un docteur, un juif. Solange, c'est toé qui vas trouver l'adresse, Madeleine se retrouvera pas dans une ville qui parle anglais. Le soir, vous allez reprendre l'autobus pour Montréal pis, au matin, un autre autobus pour Rivière-du-Loup. Demain matin, c'est mercredi. Vendredi soir, vous êtes de retour. Je dirai à ton père, Madeleine, que vous être parties chercher du travail dans les cuisines des hôtels de Québec. Comprenez-vous ?

Assommées, les deux jeunes femmes échangeaient des regards inquiets.

– Maman, je ne veux pas y aller.

Irène se leva de son siège, marcha lentement jusqu'à sa fille, la gifla de toutes ses forces et la jeta sur le plancher avec une violence telle que même Solange, habituée aux coups les plus durs, en fut effrayée.

– Je pense que tu m'as mal comprise, Madeleine Lamontagne. Tu peux pas mettre cet enfant-là au monde. C'est un monstre que tu portes !

Madeleine gisait, prostrée sur le linoléum, et Solange tremblotait. Irène continua :

– Pis juste une dernière chose. Jamais, jamais vous allez en parler à personne. Sinon, je vous jure que je vous égorge toutes les deux.

Irène disparut à l'étage. On entendit sa porte claquer. Le silence se fit dans la maison.

Le matin du 4 décembre, Madeleine emprunta le même chemin que nombre de ses concitoyennes québécoises dans les années 1960. Des milliers ? Des centaines ? Nul ne le saura jamais. Elles n'en ont jamais parlé, sinon à la faveur d'une thérapie, d'une soûlerie, d'un aveu avant de mourir. Elles sont parties, seules sur les routes de l'Amérique comme des pestiférées, et sont revenues transformées par ce voyage qui, pour certaines, avait duré plus de trente heures. Elles n'en parlent plus.

Une neige légère tombait sur la ville. Assise sur la banquette avant d'un car bondé en direction de Montréal, Solange tenait la main de Madeleine, qui avait la paume de sa mère toujours estampée sur la joue gauche et qui fixait l'asphalte recouvert de blanc. Trois fois le chauffeur avait annoncé l'annulation du voyage pour finalement partir, visiblement à contrecœur, sur une route glacée. Derrière les deux jeunes femmes, quelqu'un alluma une cigarette. Madeleine vomissait dans un sac. Solange lui caressa le dos. Le chauffeur s'alluma aussi une cigarette. Madeleine recommença à vomir.

– Z'avez pas déjeuné ? s'enquit le chauffeur, un bonhomme qu'on eût dit fait d'os.

– C'est vot' cigarette, protesta Solange, courroucée.

– Bof, j'en fumerai pas trop. Qu'elle s'endurcisse, la petite !

Aucun des passagers de cet autocar qui roulait vers Québec n'avait la moindre idée du drame qui se déroulait sur les deux premiers bancs, ni ne savait ce qu'il fallait en penser, car rien n'était, en ce matin de décembre, plus désolant – ou plus réjouissant – que l'image de ces deux oies blanches catapultées sur les chemins enneigés du Nouveau Monde. Désolation devant cette pauvre fille envoyée de force vers une ville inconnue et mystérieuse pour y subir l'innommable ; réjouissance devant sa compagne qui rêvait depuis longtemps de l'immensité du continent, mais qui jamais ne se serait doutée que son vœu de voir l'Amérique serait exaucé par la pingre Irène. Trois cents dollars dans une enveloppe, en billets américains. Quelques sandwiches, des pommes. Voilà ce qu'elles traînaient dans leurs besaces. Solange se souvint de cette rare émotion qu'elle avait ressentie, celle qui vient de la satisfaction d'être en contrôle des événements, car elle était enfin seule avec sa Madeleine.

Après quatre-vingt-dix minutes de route poudreuse, elles atteignaient déjà des records d'éloignement de Rivière-du-Loup, car hormis les rares excursions en décapotable ou en moto vers Cacouna, Pohénégamook ou Trois-Pistoles, jamais Solange et Madeleine n'avaient quitté Rivière-du-Loup. Les rares panneaux routiers que la tourmente blanche leur laissait voir annonçaient des lieux inconnus : Saint-Roch-des-Aulnaies, Sainte-Anne-de-la-Pocatière, Montmagny. À cet endroit précis, Madeleine éclata pour la huitième fois en sanglots. Les autres passagers, parmi lesquels on reconnaissait quelques commères de Rivière-du-Loup, avaient déjà mis en service leurs minuscules antennes réceptrices. Elles n'allaient rien manquer du spectacle. Mais que faisait la fille du Cheval assise dans l'autobus pour Québec un matin de tempête ? Seule avec Solange Bérubé ? Et malade, en plus ! L'air froid qui s'immisçait par les vitres mal calfeutrées venait fouetter leurs sens.

Solange eut la sagesse d'attendre leur arrivée à Québec pour faire part à Madeleine de sa visite éclair au couvent la veille. Une fois Madeleine enfermée dans sa chambre et la maison Lamontagne transformée en forteresse par une Irène désaxée, Solange, qui ne s'était pas laissé impressionner par cette folle, avait couru vers le seul endroit qui lui inspirât encore confiance en ces heures démentes : la Maison provinciale des sœurs de l'Enfant-Jésus, où, à une heure tardive, elle exigea de parler à sœur Marie-de-l'Eucharistie. Cette dernière, visiblement contrariée par le récit de Solange, semblait chercher dans le ciel une inspiration. Elle laissa Solange pleurer seule au parloir et revint en tenant de ses mains squelettiques deux objets.

– Regarde, Solange. Vu que c'est comme ça que les choses vont se passer...

– C'est quoi ça ?

– Ça, c'est un vieux livre que la grand-maman de Madeleine a apporté de Nouvelle-Angleterre. C'était son livre de recettes. Lui, tu vas le laisser chez toi, ici à Rivière-du-Loup, et le donner à Madeleine à votre retour.

– *The New England Cookbook* ?

– Oui, elle l'avait avec elle à sa descente du train en 1918. Il ne la quittait jamais. Et tu donneras aussi cette petite croix en or à Madeleine. C'était aussi à sa grand-mère, Louis-Benjamin la lui avait donnée, à leurs fiançailles. Madeleine l'Américaine l'avait sur elle quand elle est morte en donnant naissance à Louis. Je l'ai gardée tout ce temps-là pour la protéger des convoitises. Je veux que tu expliques à Madeleine ce que c'est pis d'où ça vient. Es-tu capable de faire ça, Solange ?

– Oui, je pense.

– Il faut que tu lui dises qu'elle ne doit jamais l'enlever. Même pas pour se laver, comprends-tu ? insista la sœur en saisissant Solange par le poignet.

– Ben, oui, ma sœur.

– Pourrais-tu me regarder dans les yeux quand tu me parles, Solange Bérubé ?

C'est à la gare routière de Québec que Solange avait choisi de donner la croix à Madeleine, dans l'intimité relative d'un banc de la salle d'attente. Étrange obole en ce jour de malheur. Madeleine contemplait le bijou, incrédule, essayant de deviner son prix au détail, tentait en serrant l'objet dans le creux de sa paume de s'imaginer le visage de l'Américaine dont n'avaient survécu que les photographies du mariage. Jamais elles ne se demandèrent pourquoi sœur Marie-de-l'Eucharistie avait attendu ce jour pour rendre la croix à l'héritière de l'Américaine. Elle devait avoir ses raisons.

– Les initiales sont les mêmes, elle devait te revenir ! disait Solange en voulant remonter le moral de son amie.

Entre Québec et Montréal, Madeleine cessa de restituer et de pleurer. Le ciel, lui, cessa de neiger. Le soir tomba tôt. La tête appuyée sur la vitre, elle contemplait le monde qu'elle n'avait jamais vu pendant que Solange, son ange gardien, dormait. Sous un ciel bleui par la lumière de décembre, il lui sembla qu'elles avaient été jetées injustement dans un enfer dont les girons portaient les noms de Victoriaville, Drummondville, Saint-Hyacinthe, un univers froid et plat qui ne semblait pas connaître de fin, une série de cercles concentriques dont le centre serait immanquablement New York. On saurait qu'on y était quand on verrait s'introduire dans l'autocar la longue queue rouge et fourchue du démon. Après, il ne resterait plus à Madeleine qu'à bien serrer sa croix. La traversée du pont Jacques-Cartier vers Montréal lui donna pourtant l'impression, un court instant, de voler dans le ciel. Sur sa gauche, les vestiges d'Expo 67 que Papa Louis avait suivi à la télévision et dont des cousins avaient envoyé une carte postale. La gare routière de Montréal la fit sortir brutalement de ses pensées. C'est à cet endroit que Madeleine comprit pourquoi sa mère l'avait confiée aux soins de Solange. Seule le soir dans ce lieu glauque qui empestait le tabac, elle n'aurait pas survécu un quart d'heure. Solange dut disparaître pendant de longues minutes pour acheter les billets vers les États-Unis. Seule sur son banc, Madeleine devint la proie d'un bonhomme aviné, charmé par sa jeunesse et son petit manteau de laine couleur carmin. Il lui parlait un anglais dont elle ne comprenait absolument rien. Une immense moustache cachait sa bouche, il ressemblait à ce portrait de Staline qu'elle avait vu dans ses livres d'histoire. Staline ne fit pas le poids devant une Solange sifflante d'impatience et alla rejoindre les autres ivrognes dans un coin sombre du terminal.

– Il faut qu'on attende le Greyhound pendant quatre heures. Nous serons à New York au matin. Es-tu fatiguée ?

– Non, j'ai de la peine, c'est pas pareil. Pis j'ai peur.

– T'as peur de quoi, Mado ?

– J'ai peur de me retrouver seule sans toi.

À ces mots, Solange sentit les os de sa cage thoracique s'ouvrir, et monter en elle une vibration qui avait trouvé naissance dans son périnée, avait agité ses fondements et montait maintenant vers Dieu en traversant ses poumons, son pharynx, ses cordes vocales, ses cavités nasales pour faire frémir son occiput. Le son qu'elle produisit, pur et clair, était transporté par les paroles : « Je ne te quitterai pas » qui résonnèrent dans la gare routière comme le chant d'un ange éclatera un jour dans le monde que Dieu a promis aux fidèles. C'est peut-être à ce moment que Solange fut, de toute sa vie, la plus lucide, la plus belle aussi.

Le voyage le long de la route 87 vers New York s'effectua dans l'obscurité complète. Plattsburgh, Albany. Les douaniers voulurent savoir ce que ces deux jeunes femmes allaient faire à New York. Vous y avez de la famille ? Oui, mentit Solange, à qui on avait expliqué que le mot *« family »* était le sésame de l'Amérique. À Montréal, une vingtaine d'hommes et de femmes noirs s'étaient installés au fond de l'autocar. Madeleine les avait observés monter un après l'autre sans même se demander si son regard les choquait. À leurs sourires amusés, on comprenait qu'ils comprenaient qu'elle n'avait tout simplement jamais vu des gens de cette couleur. Elle passa les deux premières heures du trajet à se retourner pour les observer se mouvoir, essayer de les entendre parler. Jamais elle n'avait vu de gens plus fascinants, tant par leurs vêtements amples et colorés que par l'aspect satiné de leur peau. Ces voyageurs parlaient peu et lui envoyaient parfois un sourire qui signifiait : « Es-tu folle ? De quelle forêt émerges-tu, pauvre buse ? » qu'elle interprétait comme des invitations au bonheur. À l'escale d'Albany, deux femmes blanches, qui s'étaient retrouvées prises en sandwich au milieu de la troupe de Noirs, demandèrent à Solange et à Madeleine, confortablement placées sur la première banquette, de changer de place avec elles.

– *We're just too old for this !* geignit la plus couarde.

Trop vieille pour quoi ? se demanda Solange. Quand Madeleine eut compris ce que les deux Américaines voulaient, elle supplia Solange d'accepter. Solange n'en avait cure et ne souhaitait que dormir un peu plus. Dans la pénombre de l'autocar, Madeleine passa son temps à observer ses voisins, d'abord à la dérobée, puis, au fur et à mesure qu'ils s'endormaient, à les contempler comme d'autres contemplent les tableaux de Degas. Une des femmes noires, qui ne s'était pas endormie, trouva la scène fort amusante et, ayant tout de suite deviné que la petite n'avait jamais croisé que ses semblables, décida d'entreprendre une conversation que Solange dut interpréter dans les deux sens. Ils étaient musiciens, enfin, choristes. Revenaient d'une église de Montréal. *Little Burgundy ? Vous connaissez ?* La dame s'appelait Deborah. Montrait en parlant deux rangées de dents blanches. Ne bougeait les mains qu'à la toute fin de ses phrases. Portait autour du cou une sorte d'écharpe blanche, de la laine ? Non, c'était plus fin que la laine. Une réponse rapide. Nous ne connaissons rien que le couvent et la paroisse qui nous ont protégées du monde jusqu'à hier soir. *Pourquoi New York ?* Pour voir la statue de la Liberté. *N'oubliez jamais qu'il ne s'agit que d'une statue.* (Grands rires.) *Savez-vous chanter ?* Des cantiques, des oraisons, mais nous faussons. *Really ? Vous n'avez jamais vu des gens de couleur ?* Non. Jamais. *Ça vous dérange si on chante ?* Non. Non, chantez ! Pour l'amour du ciel chantez et donnez à ce voyage vers les enfers ce qui lui manque de solennité et de réconfort ! Chantez avant que je ne recommence à vomir ! Chantez pour mon frère Luc, pour mon frère Marc et pour toutes les âmes du purgatoire ! Chantez pour le repos de ma grand-mère américaine dont je viens de récupérer la croix ! *Please black lady, sing !*

La *Harlem Eternity Gospel Choir* ne se fit pas prier pour prendre en charge l'accompagnement musical de la migration tardive de ces deux oies des neiges. Transformé en église baptiste roulante, l'autocar avalait les kilomètres dans le noir de la nuit. La tempête de neige semblait vouloir suivre Madeleine dans son voyage vers le sud. À chaque arrêt, on voyait quelques flocons tomber, signe qu'il fallait repartir avant de se retrouver dans la tourmente. Le chauffeur finit par prendre un peu de vitesse pour creuser l'espace qui le séparait du système dépressionnaire venu du Nord. Cette tempête s'annonçait par un vent glacial. Malgré le chauffage à bloc, les passagers grelottaient, surtout les trois barytons assis à l'arrière. Au matin, Solange et Madeleine eurent droit, cela va de soi, à un *My Lord, What A Morning* qui dura au moins douze minutes. De part et d'autre du véhicule, la ville commençait à se préciser, à grandir. La circulation se densifiait. On sentait qu'on était aux abords d'une chose très grosse et très bruyante, assez puissante pour faire taire les chanteurs maintenant habités par la frénésie du retour de voyage. On traversa un pont, puis encore des autoroutes. On arriva finalement à Port Authority Bus Terminal, déclaré l'endroit le plus laid au monde en ce jour du 5 décembre 1968. À ce stade, ni Madeleine ni Solange n'avaient dormi depuis le soir du 3. Elles sentaient leur raison peu à peu les abandonner. Ainsi, en foulant le trottoir du coin de la 8e avenue et de la 42e rue, Madeleine oublia presque pourquoi elle était à New York. Son regard cherchait le ciel matinal blafard dissimulé par les gratte-ciel gigantesques. La main de Solange s'agrippa à la sienne et elles avancèrent, suivies de près par les chanteurs de la *Harlem Eternity Gospel Choir* qui avaient exigé qu'on leur montrât le papier sur lequel était inscrite l'adresse où Madeleine était attendue. Il fut décidé qu'on les accompagnerait; autrement, elles se perdraient. Gênées par cet excès de sollicitude, elles protestèrent, non vous êtes trop gentils, trop bons. Déjà votre musique nous fait oublier nos souffrances. Un cadeau? Deborah ne put s'empêcher de remarquer la convoitise dans le regard de Madeleine. Elle enleva sa belle écharpe blanche.

– *New York City is a very windy city. This will protect you.*

Son premier cadeau américain: une petite écharpe de soie blanche. Madeleine se demanda ce qui motivait Deborah à lui faire pareil cadeau et se sentit pour toujours redevable à cette femme. Deborah montrait maintenant du doigt le nord de la ville où elle vivait. Solange et Madeleine fixaient la paume blanche de sa main dans le ciel gris de New York.

– *You know where you're goin'?*

Non, pas plus qu'elles ne savaient exactement où elles étaient. Loin de chez elles, pour sûr. Le soleil s'entêtait pourtant à jeter sur la ville quelques tristes rayons à travers de rares ouvertures dans la couverture nuageuse. La chorale disparut dans un trou doté d'un escalier au fond duquel on entendait monter comme le mugissement d'une bête atteinte. Ou était-ce le crissement que produisent les freins d'un train?

Seules à New York. C'est l'estomac qui leur rappela leur humanité. Manger, peu importe quoi, mais manger. Les filles partirent en direction des tours les plus élevées, convaincues d'y trouver de quoi se nourrir. La recherche fut longue. Tous les endroits qu'elles trouvaient le long de la 42e rue étaient soit fermés, soit trop inquiétants pour s'y risquer. Convaincues qu'elles auraient plus de chance dans une autre rue, elles errèrent pendant au moins une demi-heure pour aboutir sur ce qui, selon Solange, devait être la 55e ou 56e rue. Madeleine commençait à montrer des signes d'impatience attribuables à la fois à son appétit et au fait qu'elle n'avait pas dormi depuis plus de trente-six heures. Ainsi peut-on qualifier de miracle l'apparition devant les deux filles de Tosca's Diner. Elles y entrèrent, ou plutôt, y furent aspirées.

Le Tosca's Diner de New York fut fondé en 1927 par une famille d'émigrés italiens du nom de Donatello. Érigé dans la folie furieuse des années 1920, l'endroit avait d'abord accueilli des gens d'affaires, puis des gens de *certaines affaires,* qui étaient souvent les mêmes. Longtemps les fines rayures blanches des complets de coupe italienne avaient embelli le décor. Le couple avait légué à leur fille unique, Donatella, le restaurant qui, au fil du temps et des modes culinaires, avait fini par devenir un incontournable du *American breakfast* et du *quick lunch.* L'endroit ressemblait à un pub irlandais trop éclairé duquel on aurait enlevé les fûts et les barils. Plein à craquer à neuf heures du matin en ce 5 décembre, l'endroit résonnait du bruit de centaines de convives visiblement heureux de se trouver là. Donatella Donatello, femme dans la cinquantaine intense dont la coiffure style Louis XIV et le maquillage Mae West pétrifièrent Solange sur place – qui se crut un instant tombée au beau milieu d'une sorte de Mardi gras new-yorkais –, ne laissa pas aux deux jeunes femmes le temps de se demander si elles ne devaient pas mieux trouver une place ailleurs. Donatella Donatello avait le don de deviner deux choses chez l'être humain, et ce, avec une précision étonnante : la faim et le mensonge. Ce double don d'élection avait fait d'elle une femme à l'aise et une célibataire endurcie. Donatrice généreuse au Metropolitan Opera, Donatella y passait ses samedis soirs, tous sans exception, sauf quand le théâtre faisait relâche. La passion de l'opéra courait depuis des siècles dans la famille, ainsi ne fallait-il pas se surprendre de voir sur les murs des reproductions d'affiches d'opéra du Met, des photographies signées d'Elizabeth Schwarzkopf, et même, debout au milieu de la salle à manger, un mannequin vêtu d'une reproduction de la robe que portait Dorothy Kirsten pour la cinq centième représentation de *Tosca,* tout juste présentée en novembre 1968 au Met. À sa main, une dague en bois pour faire sourire les invités et pour faire réfléchir ceux qui auraient songé à partir sans régler l'addition.

– *I know you are hungry, girls ! Please ! Be my guests !*

Donatella fondit sur Solange et Madeleine comme un aigle sur sa proie. En moins de deux, elles furent installées à une table fraîchement nettoyée par un garçon noir auquel Madeleine fut tentée de demander s'il connaissait le *Harlem Eternity Gospel Choir*. Véritable moulin à paroles, Donatella avait entendu dans les quelques mots de remerciements de Solange un accent étranger qu'elle aima. Gloussements d'extase en voyant l'écharpe blanche de Deborah. Est-ce de la laine ? Nous ne savons pas. C'est très joli. Un cadeau, d'une chanteuse... Elle décida de prendre en affection ces deux affamées – son sixième sens ne la trompait pas, ces deux filles *mouraient* de faim. Donatella distribua des menus aux voyageuses et disparut l'espace d'un instant. Devant la serveuse tout sourire, elles montrèrent du doigt le *Manhattan Breakfast Special*. Comme par magie, des tasses de café chaud atterrirent sur la table, des couverts, des serviettes, des *welcome dear*. *Sugar* pour le *coffee, milk or cream* ? *Are you French* ? Madeleine était excitée comme un chihuahua. Son cerveau assimilait tout ce qu'elle voyait, le ballet des serveuses, le jeu des commandes. Elle multipliait, soustrayait et divisait à une vitesse dont elle ne se savait pas capable. Elle voyait sur les tables au moins vingt-quatre assiettes qu'elle multiplia par le prix indiqué sur le menu, soustrayait ce qu'elle croyait être le salaire du garçon de table et de la serveuse, indexait les frais fixes ; bref, c'est dans son estomac vide que son rêve d'empire agroalimentaire germa.

– Solange, regarde autour de toi !

– Quoi ?

– C'est plein ! Et regarde dehors, les gens font la file !

– Ouin, pis ?

– Écoute, si on avait un resto comme ça, on serait riches dans le temps de le dire !

– Avant de les vendre, il faudra les acheter, les œufs !

– On demandera à monsieur Zucker de nous faire un prix !

– Zucker ?

– Oui, Zucker. C'est écrit sur son camion : « Tout au meilleur prix » !

– Les camions n'ont pas toujours raison, Madeleine.

Solange ne releva pas la lubie de sa compagne, qu'elle mit sur le compte de la fatigue. Comment Madeleine arrivait-elle à réfléchir à des choses si prosaïques en des heures si graves ? Si loin de chez elle ? Donatella revint leur tenir compagnie. Elle leur raconta, comme si cela devait les intéresser, comment le restaurant avait trouvé son nom après que ses parents, encore sonnés par le voyage de Naples à New York, s'étaient rencontrés dans la queue de la billetterie du Metropolitan Opera. Les seuls billets qu'ils purent se permettre étaient pour *Tosca,* qu'ils décrétèrent leur opéra favori pour toujours et le reste de l'éternité. Donatella essuya une larme de sa grosse joue. Madeleine et Solange sentaient que le reste de la salle à manger assistait à une sorte de spectacle dont elles faisaient partie. De nulle part surgirent les assiettes. Deux œufs, des crêpes, du bacon, des pommes de terre rissolées, tout nageait dans l'huile.

– *Would you like some ketchup, darlings ?*

Pendant qu'elles engloutissaient ce qui, elles le jurèrent elles-mêmes plus tard, fut le meilleur repas de leur vie – encore meilleur que la tendre chair du pauvre Lazare –, Donatella Donatello, consciente d'avoir en son pouvoir un public silencieux et captif, leur demanda si elles connaissaient *Tosca,* puis leur raconta la rencontre entre Cavaradossi et Tosca, leur union amoureuse, la jalousie fatale de Tosca, l'immonde Scarpia et son piège infâme. Les filles n'écoutaient qu'à moitié. Madeleine ne comprenait pas un mot et Solange était trop occupée à mastiquer pour se concentrer sur cette extravagante. Donatella ne s'arrêta pas là ; pour illustrer ce qu'elle considérait son instant préféré de l'opéra, c'est-à-dire le meurtre du baron Scarpia, elle saisit la dague en bois de la main du mannequin, et après avoir jeté un regard entendu à un serveur visiblement habitué à jouer la scène, mima l'assassinat sous les yeux amusés de Solange et Madeleine. La scène dura quelques instants, le cuisinier s'en mêla même, poussant depuis sa cuisine les cris que Cavaradossi, torturé par les sbires de Scarpia, pousse depuis la coulisse. Le baiser de la Tosca. Un homme s'effondre. L'espoir renaît. Mais pour combien de temps ? Applaudissements à tout rompre dans le *diner* de Donatella Donatello. Même la photo autographiée de Maria Callas semblait apprécier.

Donatella, décidément fascinée par les deux *French girls,* s'installa à leur table et leur raconta toutes ces histoires mythiques qui circulent sur les diverses productions. Comment, par exemple, la grande Régine Crespin, pendant sa deuxième représentation de *Tosca* au Met en 1965, devint à son tour victime de la malédiction qui plane depuis toujours sur cet opéra. En essayant de saisir le couteau pour tuer Scarpia qui lui tendait les bras, le regard fourbe et excité, Crespin rencontra une résistance : les accessoiristes avaient cloué le couteau sur la table pour ne pas qu'il bouge pendant la représentation, oubliant dans leur zèle que c'est d'un coup de couteau que Floria Tosca doit tuer le baron Scarpia. Sous les regards amusés des spectateurs, la diva tentait en vain de soulever le couteau, qui s'obstinait à rester collé à la table. C'est donc à coups de fourchette qu'elle assassina Scarpia, prouvant par son geste que c'est l'intention qui compte et non l'outil. Moins chanceuse fut la pauvre Maria Callas à Londres pendant une répétition de la même scène : une bougie mit le feu à sa perruque. Callas, dont la concentration était légendaire et qui jamais ne sortait de son personnage, se demandait, raconte-t-on, pourquoi le baryton Tito Gobbi la fixait de ses yeux affolés. Ce dernier éteignit adroitement l'incendie et la répétition continua. Donatella racontait ces histoires dont Madeleine ne saisissait pas un traître mot. Solange la comprenait, mais comme elle ne connaissait rien à l'opéra, elle se contentait de sourire aux passages qui, à son sens, devaient être drôles. Donatella l'amusait. Elle leur demanda ce qu'elles faisaient à New York. Elles se regardèrent pendant quelques secondes. Elles avaient un trou de mémoire ! Tosca's Diner leur avait fait oublier, l'espace d'un instant, ce pourquoi elles avaient voyagé près de quinze heures en autocar ! Elles rirent de ça. Solange sortit le nom et l'adresse du médecin que Madeleine devait rencontrer à onze heures, histoire de se faire indiquer le chemin précis par Donatella. Cette dernière figea en voyant le nom et l'adresse du médecin, mais de manière imperceptible, car elle savait quand même se contenir. Vous n'êtes plus très loin, leur dit-elle et, avec courtoisie, dessina au dos du morceau de papier l'itinéraire à suivre pour s'y rendre. Peut-être vingt, vingt-cinq minutes de marche à tout casser. Victime d'un abattement soudain, Donatella Donatello s'excusa et disparut dans la cuisine.

En quittant le restaurant, repues et ragaillardies, Solange et Madeleine demandèrent à dire au revoir à Donatella, qu'on alla chercher dans sa loge. Elle avait les yeux un peu rougis. Elle serra d'abord Solange dans ses bras, puis Madeleine, plus longuement, avec insistance, comme une tante. Assez pour la mettre un peu mal à l'aise. Elle tenait à offrir à Madeleine un petit cadeau, un souvenir de son passage au Tosca's Diner. Une fleur séchée, une rose du bouquet de la Tosca. Elle la plaça dans ses cheveux. Une rose pour veiller sur toi, *French girl*. Elle expliqua qu'elle avait rescapé la fleur d'un bouquet qu'un admirateur avait jeté à Maria Callas en mars 1965, le soir où, pour la dernière fois, elle avait chanté *Tosca* au Metropolitan Opera.

– Les gens avaient fait la queue pendant trois jours et trois nuits pour des places debout ! Vous vous rendez compte ? Moi, j'étais au parterre.

La diva, croulant sous les fleurs et les applaudissements, avait jeté dans le public cette rose que Donatella avait fait sécher pour en préserver un peu de la couleur. Les filles insistèrent pour régler l'addition. Donatella balaya l'air de la main. Pas question. *My treat.*

– C'est une personne sensible, fit Madeleine pour conclure, une fois arrivée sur le trottoir.

Six fois, elle se retourna vers Tosca's Diner. C'est Solange qui la tirait vers l'avant.

Pendant que Solange et Madeleine battaient la semelle sur les trottoirs de Manhattan, Papa Louis pestait contre sa femme qui lui avait caché le voyage de Madeleine vers Québec. Il n'approuvait pas du tout cette idée d'aller travailler dans les hôtels de la capitale. Pour quoi faire ? Dans quel but ? Qu'aurait-elle à y gagner ?

– Sa place est ici avec nous ! Pourquoi tu ne m'en as pas parlé ?

– Je ne te raconte pas tout.

Louis ne décolérait pas. Il était hors de question que sa fille devienne éplucheuse de légumes dans une gargote infâme de la basse-ville de Québec. Pourquoi ne s'ouvrait-elle pas un restaurant ici ? Elle pourrait commencer par travailler au Saint-Louis ou au Granville si elle tenait tant à se faire servante du tout-venant !

– Deux petites filles du Bas-du-Fleuve toutes seules en ville ? Des jeux pour qu'elles nous reviennent enceintes !

Irène soupirait. Se mordait la lèvre inférieure tout en étendant une motte de margarine sur une tranche de pain rôtie.

– Solange Bérubé ? Enceinte ? dit-elle, dubitative.

– Pourquoi pas ? Elle est belle fille ! Les garçons vont lui tourner autour !

– Tu la trouves attirante ?

– Ben oui, dans son genre. Une fille solide. Avec Solange, on sait à quoi s'en tenir ! Elle est toute d'un bloc, moé j'aime ça, des filles de même !

– Ben justement, mon Louis, Solange va veiller sur Madeleine. Tu sais à quoi t'en tenir, comme tu dis.

Exaspéré par ces secrets de femmes, Louis avait quitté la table en jurant. Irène avait levé les yeux au ciel en marmottant quelque chose sur l'insondable stupidité des hommes. Nul doute que si le beau Louis avait vécu à New York, il aurait choisi de manger tous les matins au Tosca's Diner. Faute de pouvoir se payer ce plaisir, il descendit comme presque tous les avant-midi à l'Ophir et s'y installa. Le temps froid l'aigrissait, toute cette neige qui tombait lui rappelait l'Allemagne et ce pauvre bougre trouvé sous la neige, comment s'appelait-il, déjà ? Rosaire ? Non, Rosen, oui, il s'appelait Rosen. La bière nappait tous ses souvenirs bavarois d'un voile sépia. Les habitués de l'Ophir, tous des hommes, arrivaient peu à peu, saluaient Louis, claque sur l'épaule, grognements poussifs exprimant la salutation. Déjà ivre à quatorze heures, Louis allait d'une table à l'autre, chantant les louanges de sa fille, pleurant ses fils morts. L'homme était devenu une sorte de ruine parlante, un morceau de patrimoine dont il était impensable de se départir, qu'on tolérait comme on endure le prof sénile sur le point de prendre sa retraite.

– Ma... Ma fille va devenir cuisinière au Château Frontenac ! balbutiait-il pitoyablement sous les regards attendris de ses concitoyens.

Une voix venue du bar lui répondit :

– Ah oui ? Pourtant, elle n'a pas l'air partie pour ça !

Les buveurs se turent. Qui avait osé ? On ne parlait pas sur ce ton à Louis Lamontagne, pour la même raison qu'il ne viendrait à l'idée de personne de gifler un orang-outang. Le malvenu était un homme qu'on connaissait peu. Un Marcoux. Oui, il y avait eu cette histoire entre sa femme et Louis, de sorte que le bougre s'était retrouvé coiffé des cornes des cocus, une coiffure si commune dans cette ville. Louis souriait en pensant aux cornes du veau de Potsdam. L'ivresse battait ses tempes comme les essieux d'une locomotive allemande. Quelle journée ! Mis à part le gin auquel on pouvait encore s'abandonner, rien ni personne ne semblait marcher de son bord. Et ces trois cents dollars américains qui manquaient dans sa réserve de billets ? C'était toujours ben pas Madeleine qui lui avait trouvé sa réserve de comptant ! Travaillante, la petite. Comme sa mère. Il relança le bonhomme Marcoux.

– As-tu de quoi à dire, Marcoux ?

Marcoux se tut un instant. Pour détendre l'atmosphère, le barman alluma un téléviseur qui ne servait habituellement qu'à suivre les matches de hockey sur glace. Une émission de variétés. Un chanteur français filiforme se déhanchait, ondulait comme les bienséances proscrivent de le faire dans le Nouveau Monde.

– Il te rappelle pas ton fils, Louis ? C'était Marc, son nom ?

La salle retenait son souffle. Pour rien. Un homme fort ne mord pas à d'indignes appâts. Le barman éteignit la télévision. Il fut difficile aux témoins qu'on interrogea au lendemain de dire si le Cheval Lamontagne avait tout compris des calomnies de Marcoux. Louis était, s'était-on accordé pour dire, plus éméché ce soir-là que de coutume. Marcoux, en revanche, s'en était tenu au soda au gingembre pendant tout ce temps et n'avait pas l'excuse de l'ivresse. Ses paroles fouettaient l'air enfumé de l'Ophir, écorchant les tympans, torturant les consciences. Lui était-il nécessaire de gueuler en ces lieux tout ce que le vent des commérages avait déposé dans sa maison mal nettoyée ?

– Non, il ressemble plutôt à l'autre, là, le prêtre peintre. C'est vrai qu'ils étaient si souvent ensemble qu'on finissait par prendre l'un pour l'autre. Il paraît que c'est rendu légal, ces affaires-là.

Le front appuyé sur la main, Louis fixait le vide, sourd aux attaques de Marcoux. Il était ailleurs, là où l'alcool faisait parfois voyager son esprit, au bord du lac Starnberg. Une lune allemande illuminait le paysage alpin. Marcoux, en quelque sorte vaincu, sortit du bar, laissant derrière lui un parfum nauséabond. Personne n'eut la vulgarité de commenter l'incident ni la bassesse d'adresser à Louis quelque idiotie supposément réconfortante. Comme une gifle pourtant, les vomissures de Marcoux avaient éclaboussé le visage de Louis, qui ne tarda pas non plus à rentrer chez lui. Il pensait à

Podgórski, à la roulotte bleue. Son esprit aviné le transportait dans les souvenirs voluptueux d'une fräulein bavaroise, une blonde costaude qui riait tout le temps. Maria, la jolie. D'immenses seins... S'était offerte à lui, qui lui avait en retour offert sa ration de chocolat. C'est Ti-Pit Saint-Pierre qui avait aidé Louis, trop saoul, à enfiler son paletot. Avant de quitter l'Ophir, il avait encore souri au barman.

– Eh, Louis, tu vas pas lui partir après ? C'est un cave, Marcoux... avait murmuré ce dernier sur un ton presque suppliant.

– Partir après qui ? J'm'en vas souper, bout d'viarge ! avait répliqué Louis pour rassurer le barman.

C'est peut-être pour ça qu'on n'avait pas compris pourquoi Louis, au lieu de monter vers chez lui, avait traversé la rue Lafontaine en direction de la gare. La neige tombait dru, tournoyait, rappelait le nom du juif trouvé dans la neige. Les buveurs le perdirent de vue après quelques secondes. Louis s'arrêta pour pousser un soupir, fredonna les premières notes de *Que ma joie demeure* avant de continuer son chemin. « En train, qu'ils les transportaient », marmottait-il. Bon sang que ce bruit de métal torturé avait dû leur être pénible, se disait-il. Quand on sait où le train va. L'image lancinante des corps gelés empilés dans les wagons ne bougeait plus de son esprit. Bach aidant, il arriva à la chasser. Il lui semblait entendre le crissement des roues des trains allemands sur les rails. Un son qu'on n'oublie pas. Qu'on entendait partout en Allemagne. « *Bahnhof,* qu'ils disaient. *Zug* ! » Oui, c'était ça. Les trains ! Il ne fallait pas prendre le train ! Pour nulle part ! Plus jamais ! Ne plus jamais bouger de chez soi. Rester là. Dans notre beau pays de neige, dans la lumière rose orangé du couchant. Louis dégrisait lentement. Regarda autour de lui. Il n'était pas sur la rue Saint-François-Xavier, ni même proche de chez lui. Il avait marché ailleurs. Encore l'errance, se dit-il. Pourquoi ces rails de chaque côté de ses pieds ? Et ce phare blanc qu'il devinait à travers les flocons de neige ? Pourquoi tant de lumière ? En quel honneur ?

Donatella Donatello n'avait pas menti, le cabinet du docteur David Beck était dans le même quartier que Tosca's Diner. Solange se félicitait doublement, d'abord d'avoir demandé son chemin aux choristes, ensuite de l'avoir suivi. D'ailleurs, il n'était pas impossible, se disait-elle, que le docteur Beck mangeât son petit-déjeuner à Tosca's Diner. Combien de temps marchèrent-elles le long de la 10e avenue pour arriver au cabinet ? Très exactement vingt-trois minutes, comme Donatella l'avait annoncé.

Solange s'était imaginé une sorte de clinique ressemblant soit à l'hôpital de Rivière-du-Loup ou au cabinet du docteur Panneton de la rue Lafontaine. Sa surprise fut grande quand elle comprit que le docteur Beck tenait son cabinet au-dessus d'une blanchisserie. Son nom était gravé sur une petite plaque dorée à peine visible : *Doctor David Beck. Physician.* Elles montèrent un long escalier de bois jusqu'à un couloir mal éclairé au bout duquel une porte était entrouverte. Décoration sobre. Quelques fauteuils, et un comptoir derrière lequel s'affairait une jeune femme qui sourit et salua Solange et Madeleine dans un français cassé. Elle précisa qu'elle s'appelait Rachel Beck et qu'elle était la fille et l'assistante du docteur. Elle voulut savoir si Solange et Madeleine avaient fait bon voyage. Elles restaient muettes. Où cette fille, qui avait environ leur âge, avait-elle appris le français ? Rachel avait de longs cheveux bouclés noués derrière sa nuque par un élastique vert. Le reste de sa personne respirait la sobriété et le calme. Une enfant sur laquelle personne n'avait jamais levé la main, se dit Solange. Elle expliqua que son père, un Européen, avait tenu à ce qu'elle apprît le français et qu'elle s'apprêtait à s'inscrire dans une des facultés de l'Université Columbia, sans être toutefois sûre de ce qu'elle voulait faire. Rachel était pleine de sollicitude, ses gestes offraient un contraste apaisant à ceux de Donatella Donatello qui, probablement sans le savoir, avait éveillé chez les deux filles une certaine frénésie. Personne n'était jamais sorti de Tosca's Diner habité par un sentiment de calme et de paix intérieure. Rachel disparut pendant quelques instants au fond d'un couloir invisible depuis la salle d'attente. Elle revint accompagnée de son père, David Beck. Homme maigre dont le visage se dissimulait derrière une barbe taillée avec soin, Beck retira une paire de lunettes de sa blouse de médecin. Il parlait, lui aussi, un français approximatif. Son entrée dans le décor rappela brutalement aux deux voyageuses la raison pour laquelle elles venaient de parcourir plus de mille deux cents kilomètres en autocar. Solange tenait la main de Madeleine.

– Elle est votre sœur ? s'enquit Beck.

– Non, ma voisine.

Beck sourit. Par un geste du bras, il invita Madeleine à le suivre. Les filles échangèrent un regard furtif. Madeleine suivit le médecin jusqu'au bout du couloir. Une porte blanche se referma sur eux. Solange resta seule avec Rachel dans la salle d'attente et entreprit de s'anéantir les ongles à l'aide de ses incisives. Un téléphone sonna. Rachel s'excusa. Solange prit le parti de prier. Que faire d'autre ? Une fois l'appel fini, Rachel redevint très liante. Elle était visiblement heureuse de pratiquer son français avec une fille de son âge.

– Mes professeurs sont tous vieux !

– Ils sont Français ? demanda Solange.

– Oui, pourquoi vous dites ça ?

– Parce que vous parlez comme une Française.

– C'est parce que mes profs sont de France. Ils sont venus ici, dans les États-Unis, après le guerre.

Le compliment – du moins le prit-elle comme tel – avait fait rougir Rachel et fouetté son élan.

– Vous aimez les blagues ? demanda-t-elle, l'œil soudainement lumineux.

– Ben, oui. Comme tout le monde, répliqua Solange, qui trouva cette Rachel déplacée.

Une blague ? Était-ce bien le moment ?

– Papa raconte toujours une blague pour me faire rire, voulez-vous l'entendre ?

– Pourquoi pas ?

– Alors, c'est une vieille dame qui toujours allait lire dans les parcs. Un jour, elle s'installe sur son banc préféré dans Central Park pour lire le journal. Un pigeon arrive qui parle avec elle. Les deux deviennent vite de bons amis, tellement que la vieille dame invite le pigeon à prendre un café chez elle le jour suivant, à quatre heures après-midi. Le pigeon est content et dit oui.

– C'est drôle, mentit Solange.

– *It gets better !* Le jour après, à quatre heures après-midi, la dame attend le pigeon. Mais le pigeon n'arrive pas. À quatre heures et demie, il n'est toujours pas là. La dame est très triste. À quatre heures quarante-cinq, le pigeon sonne à la porte. La dame ouvre vite : « Ah ! Mais vous êtes en retard ! Je vous attendais ! Où étiez-vous ? » Et le pigeon, il répond : « Je suis très désolé, Madame, mais il faisait si beau que j'ai décidé de marcher. » Ha ! Ha ! Ha ! *Isn't it funny ?*

Solange sourit. Non. Elle ne trouvait pas ça drôle. Elle ne comprenait pas pourquoi cette vieille folle perdait son temps à lire dans les parcs. À Rivière-du-Loup, les gens avaient mieux à faire que de lire assis sur un banc et de converser avec des oiseaux. D'ailleurs, en dehors de juillet et d'août, il faisait trop froid pour ça. Elle voulait pourtant rester courtoise.

– Votre français est vraiment très bon.

Elle le pensait réellement. Oui, Rachel avait un fort accent américain, mais elle parlait un excellent français pour une fille de New York.

Le bureau du docteur Beck était flanqué à l'arrière par une salle d'examen où Madeleine, au-delà de la porte entrouverte, devinait des objets, des bonbonnes d'oxygène, une civière, un plateau couvert de petits instruments : des spéculums, des pinces. Des gants de latex gisaient sur un autre plateau d'acier inoxydable. C'est tout ce que Madeleine arrivait à voir. Beck l'invita à enlever son manteau d'hiver, son chapeau et son écharpe blanche. Elle raconta plus tard à Solange que Beck avait été très gentil. Son accent, d'abord difficile à comprendre, rappelait celui de monsieur Zucker, le vendeur ambulant d'Irène. Il avait invité Madeleine à s'asseoir sur une petite causeuse. Une simple lampe torchère éclairait la pièce sans fenêtre où il devait faire 18 degrés, à tout casser. Madeleine grelottait. Beck discuta un peu avec elle.

– Vous êtes une très jeune femme, vous avez beaucoup de temps, hum ?

Gênée, Madeleine répondait par simples hochements de tête.

– Vous devrez aller chez un médecin dans deux mois, juste pour voir si tout se déroule bien, hum ?

Madeleine restait muette.

– Vous avez apporté le règlement ?

Madeleine sortit de son sac l'enveloppe que le médecin ouvrit sous ses yeux. Il compta les billets, adressa un regard approbateur à Madeleine et rangea l'enveloppe dans le tiroir de son grand pupitre de bois. Ce faisant, il alluma la lumière qui, en tombant sur la surface du pupitre, fit briller les objets qui s'y trouvaient. Des papiers, des stylos, une photographie de Rachel, petite. Nulle part une photographie de madame Beck. Quelques livres sur le coin supérieur droit. Un calendrier. Une soucoupe de porcelaine dans laquelle brillait quelque chose d'une lumière dorée intense. Beck disparut dans la salle d'examen pour revenir avec une jaquette de tissu mince.

– Vous devez déshabiller. Je vais revenir dans cinq minutes. Tout enlever.

– Tout ?

– Oui, tout. Après, vous étendre sur table, là-bas.

Beck quitta le bureau. Madeleine enleva lentement ses vêtements jusqu'au dernier et se vêtit de la jaquette qui lui sembla glaciale. En s'approchant du bureau du médecin, son regard fut happé par la lumière dorée qui émanait de la soucoupe de porcelaine. Une douzaine de petites croix en or brillaient sous les soixante watts de la lampe de table. Certaines croix portaient des initiales, comme celle de Madeleine, d'autres étaient anonymes. Les rayons qu'elles projetaient semblaient éclairer toute la pièce de leur luminescence et couvrir toute chose de leur lumière dorée. Madeleine se souvint que le docteur Beck avait insisté pour qu'elle enlevât tout et retira sa petite croix. Effrayée par la perspective de la perdre, elle la plaça à côté de la soucoupe de porcelaine, sous la lampe de table verte, et entra dans la salle d'examen à pas lents, comme les Grecs montent vers l'Olympe.

Beck tint promesse et revint au bout de quelques minutes, cette fois avec son stéthoscope. Il s'arrêta un instant devant son pupitre. Madeleine entendit un petit bruit métallique. Le voilà dans la salle d'examen. Quelques larmes tombèrent sur la table pendant que le stéthoscope froid de Beck lui sillonnait le bas ventre. Le regard de Madeleine s'arrêta sur une rangée de trois petits flacons en verre brun. Des écritures fines indéchiffrables à ses yeux.

– Qu'est-ce que c'est ? demanda-t-elle.

– *Morphium.*

– C'est pour quoi ?

Le médecin semblait chercher ses mots.

– C'est pour... euh. Comment dire. Quand on a de... *Schmerzen ? Pain ?* Vous comprenez ?

– Oui.

Quand on a de la peine. C'est ce qu'elle avait compris. Le médecin lui posa encore quelques questions, puis lui demanda de lever les genoux. Madeleine sentit ses doigts froids sur les rotules, puis à l'intérieur des cuisses où son regard était maintenant posé. Il s'arrêta net et recula d'un pas, comme si l'entrejambe de Madeleine lui avait révélé, dans un murmure, le troisième secret de Fatima.

– *What is this ?* s'exclama-t-il.

– Je ne comprends pas, répondit Madeleine.

– Là ! Ça !

– C'est une tache de naissance, je l'ai de mon père.

– C'est une *treble key* ?

– Une clé de *fa* ? Oui, mon petit frère Luc avait la même, mais il est mort. Il paraît que ça ressemble à une clé de *fa*. Moi je ne sais pas, je ne fais pas de musique.

Le médecin considérait sa patiente avec un regard nouveau, un mélange d'ahurissement et d'incrédulité. Soudain, des tambourinements affolés assenés sur la porte du bureau se firent entendre. La voix de Rachel, nerveuse, aiguë. *Papa, Papa, come !* Des pas dans le couloir. À travers la porte laissée entrouverte, des voix se faisaient entendre, quelqu'un pleurait, disait « *No !* » Du moins, c'est ce qu'il sembla à Madeleine. Puis, comme elle devait le raconter plus tard à Solange, Madeleine fut parcourue par un immense frisson, l'air s'engouffrait dans la salle d'examen. Dehors, le vent s'était levé. Impossible, dirait-elle, d'expliquer l'enchaînement de ses gestes, tout était flou. Une pneumonie, voilà ce qu'elle attraperait, étendue sur cette table, presque nue par ce froid. Elle ne pensait plus qu'à une chose : la chaleur de ses vêtements. Elle s'était rhabillée en toute hâte, comme les matins où Irène oubliait de la réveiller pour aller à l'école. Lentement pourtant, en se regardant dans un miroir qui pendait au mur, elle avait replacé la rose séchée de Maria Callas, qu'elle avait enlevée. Elle aima cette image d'elle avec une rose rouge dans les cheveux.

La croix avait disparu de l'endroit où Madeleine l'avait laissée. Beck, en passant devant son pupitre, avait dû croire qu'il s'agissait d'une des siennes et l'avait placée dans la soucoupe où brillaient toutes les autres petites croix. Cette lumière dorée, presque palpable dans la pénombre, semblait irradier une chaleur. Impossible d'en détacher les yeux, l'or exerçait sur l'esprit de Madeleine son pouvoir asservissant. « Prends-moi », semblaient murmurer les petites croix en or. Madeleine pensa à son trésor de petits objets brillants derrière la plinthe, dans sa chambre, à Rivière-du-Loup. C'est là que ces croix lui demandaient de les emmener, vers le nord. Les prendre toutes ?

Elles produisirent un tintement métallique en tombant dans le fond de sa poche.

Maintenant, l'enveloppe ! Madeleine n'allait quand même pas laisser à ce médecin trois cents dollars pour une chose qu'il n'avait pas faite. Le tiroir n'était même pas verrouillé, se dit-elle. Vite, déguerpir ! Voilà ce que cette voix intérieure lui vociférait depuis qu'elle était arrivée dans cette ville. Décamper. Fuir comme une voleuse en emportant Solange avec elle. Madeleine noua maladroitement ses bottillons, agrippa son sac, son manteau, sprinta vers la salle d'attente, où elle ne prit même pas le temps de s'attarder à l'étrange opéra qui y était donné. Rachel, assise derrière son comptoir, argumentait avec un homme en complet gris, un gros bonhomme moustachu visiblement mécontent de quelque chose, brandissant dans les airs un carnet qu'il pointait de l'autre main en criant des mots qui se terminaient en *ing*. Beck tentait de le calmer, tout le monde avait perdu son calme depuis déjà deux ou trois minutes et Madeleine en savait assez sur la nature humaine pour comprendre qu'on allait bientôt en venir aux coups. Elle tira sur la main de son amie.

– On s'en va. Viens-t'en, Solange !

Elles dévalèrent l'escalier cinq par cinq pour se retrouver sur le trottoir de la 10e avenue. Course folle vers l'avant, entre les klaxons et les cris, jusque l'autre côté de la rue. Bientôt Beck qui émerge et cherche du regard sa patiente, suivi de près par Rachel, les mains sur les bras pour se protéger du froid.

– Mais qu'est-ce qui se passe, Madeleine ? Es-tu folle ?

– Il faut qu'on parte avant qu'il nous voie, viens. Cours !

Et c'est ce qu'elles firent. Bien maladroitement, d'ailleurs. Si elles s'étaient contentées d'entrer dans le premier magasin, jamais Beck ne les aurait retrouvées. Mais comment voulez-vous manquer deux filles qui courent en criant sur un trottoir glacé de la 10e avenue, quand l'une d'entre elles porte une rose rouge dans les cheveux, et l'autre, un manteau orange ? Elles avaient, dans leur fuite, toute la discrétion d'un tank soviétique. La jeunesse, oui, la jeunesse, cette malédiction qui, jusqu'à ce jour, avait été le plus grand handicap de Madeleine, devait cette fois la sauver.

– Ils sont derrière nous !

Les filles zigzaguaient entre les passants, bousculaient les grands-mères. *Sorry,* madame. Beck vociférait, sa voix semblait se rapprocher, celle de Rachel aussi. *Come back !* À droite ? À gauche ? C'est le hasard qui commandait.

– Ne te retourne pas ! disait Solange, hors d'haleine.

Le vent prit soudainement de la vigueur. Beck n'était plus qu'à vingt mètres. Madeleine cherchait des yeux une issue, sentait ses jambes faiblir. Et voilà maintenant que d'immenses flocons de neige tombaient de partout, comme si un ange avait explosé en un milliard de petites larmes glacées. Peu impressionnées par la neige, les Canadiennes continuaient de courir à grandes enjambées tandis que Beck et sa fille ralentissaient, tentant de se protéger les yeux de ce blizzard soudain et inopportun, juraient. On ne distinguait plus la tête des gratte-ciel tant la neige était devenue compacte. Madeleine, serrant toujours la main de Solange, avait l'impression d'avancer dans un nuage. Elles tournèrent encore à gauche et poursuivirent dans une direction inconnue. Jeunesse tant qu'on veut, mais à un moment, le cœur ne suit plus. Elles ne parlèrent pas. Elles se contentèrent de marcher dans la neige. Elles les avaient semés. Les passants du West Side, surpris par cette tempête – dont la météo avait pourtant fait mention – auraient pu témoigner de ces deux jeunes folles qui, mortes de rire, s'étaient mises à former des balles de neige et à se les lancer en poussant des cris stridents. *French girls. Very annoying and loud French girls*. Dans la neige elles marchèrent, se perdirent un peu, autant qu'on peut se perdre à Manhattan.

– Il faut retourner à la gare, Madeleine. Si tu as décidé que tu partais. Moi, je te suis.

– Maman va me tuer.

– Tu viendras vivre chez nous.

– Pis ta mére ?

– Ma mére ? Elle en a eu neuf ! C'est pas ton marmot qui va l'impressionner ! T'as bien fait, Madeleine, pour le reste, on verra.

Il ne fallut que quelques instants à Solange pour comprendre où elles étaient. Le trajet à pied vers le Port Authority Bus Terminal leur sembla interminable. Elles avaient froid, maintenant. Pour économiser leurs forces, elles se turent. Une mince couche de neige s'était formée sur la rose séchée de la Tosca. Arrivée devant l'édifice de la gare routière, Madeleine fut prise d'un mauvais pressentiment, qui se concrétisa dès qu'elles mirent les pieds à l'intérieur. Dans le hall immense de la gare, le docteur Beck et sa fille Rachel faisaient le pied de grue. Comment avaient-elles pu être aussi sottes ? Chacun savait que les *French girls* qui arrivaient à Manhattan *with that intention* repartaient par le trou d'où elles avaient surgi : Port Authority. Pour elles, New York n'avait qu'une entrée. Comme le chat installé devant le trou de la souris, Beck attendait en scrutant le hall, à l'affût d'un manteau orange. Solange et Madeleine s'étaient tapies derrière une colonne. Impossible de gagner les quais d'embarquement sans se faire repérer. Beck savait ce qu'il faisait.

– Ils sont là ! Maudit, Madeleine, qu'est-ce qu'on va faire ? Pis qu'est-ce qu'ils te veulent, pour l'amour ?

– Je ne sais pas, Solange. J'ai repris l'enveloppe qu'il avait mise dans un tiroir. C'est peut-être ça qu'il veut.

– Quand même ! Il a le front de venir te la réclamer, faut le faire !

Il est de ces instants où on décide qu'on est, ou pas, la fille du Cheval Lamontagne. Le plan était simple : entrer comme si de rien n'était dans la gare routière et se diriger vers les escaliers mécaniques qui mènent au niveau des quais d'embarquement. Le succès de l'affaire dépendait tant de la capacité des filles à passer inaperçues dans le flot des voyageurs que de la ponctualité du chauffeur d'autocar. Après l'escalier mécanique, un dernier sprint vers la porte d'embarquement derrière laquelle, si Dieu existe, elles seraient les dernières à monter dans l'autobus. Solange hésitait encore à entrer dans l'édifice, convaincue qu'elles seraient débusquées dans la seconde qui suivrait.

– C'est risqué, Madeleine.

– Je sais, mais on ne va pas rester ici toute la nuit à errer dans les rues de New York. Il faut qu'on rentre chez nous.

– Regarde, on pourrait aller se promener dans la ville et prendre l'autobus de onze heures du soir. Il va quand même pas poireauter là avec sa fille pendant onze heures !

– Se promener ? T'as vu la neige qui tombe ? Pour aller où ? Le bus part dans cinq minutes. Viens !

Elles se glissèrent parmi un groupe d'étudiantes de leur âge, se disant qu'on n'est jamais plus invisible que lorsqu'on ressemble aux autres. Les sœurs de l'Enfant-Jésus avaient compris cette règle élémentaire du camouflage depuis longtemps. La ruse fut payante : Beck et sa fille regardaient ailleurs, visiblement à la recherche de deux filles seules. Autour de Madeleine, les voix nasillardes des étudiantes new-yorkaises, des paroles qu'elle ne comprenait pas, *really, I think a woman should be able to decide,* elle faisait mine de les regarder pour avoir l'air de faire partie du groupe, *I agree with you, it's really a personal decision between a woman and her doctor,* cet interminable couloir ne voulait pas finir, *this isn't Texas after all,* et enfin, l'escalier mécanique en vue ! Elles franchirent la zone de danger, mais, peu habituées à la ville et au mouvement des foules, elles n'avaient pas anticipé que le groupe de filles qui leur servait de couverture changerait de cap si brusquement. À cinquante mètres des escaliers mécaniques, Madeleine et Solange se retrouvèrent à découvert. Il ne fallut pas plus de trois secondes pour que retentissent les cris de Rachel : *« Papa, look ! Quick ! »* La course, encore une fois, sur un plancher rendu humide par la neige qui tombait des vêtements des voyageurs par petites plaques, la même neige qui avait humecté la rose séchée de la Tosca, laquelle avait presque repris l'apparence de ses plus beaux jours. Grossie et alourdie par l'humidité, la fleur de Callas ne tenait plus à la chevelure de Madeleine que par la grâce de Dieu, qui se lassa de porter ce fardeau. Au moment où Beck, sous les yeux des voyageurs intrigués par cette poursuite, allait mettre la main sur l'épaule de Solange, la fleur tomba mollement juste sous la chaussure gauche du médecin – un derby de cuir pleine fleur noir doté d'une semelle de caoutchouc et d'un intercalaire coussiné –, qui dérapa bêtement, envoyant son propriétaire au sol. Cheville foulée, rotule fracassée, Beck s'était aussi blessé au poignet en tentant de ne pas percuter le plancher avec son menton. Le Port Authority Bus Terminal ne fut plus qu'un grand cri de douleur que les fuyardes n'entendirent même pas dans leur course folle. Trois dames furent bousculées dans l'escalier mécanique. Au quai 32, Archibald Jackson, un homme noir comme la nuit, jetait un dernier coup d'œil à sa montre avant de fermer définitivement la porte d'embarquement. Ce n'est qu'au dernier moment qu'il vit fondre sur lui Solange et Madeleine, hors d'haleine, les épaules encore couvertes de neige, le visage épouvanté et tenant à bout de bras leur billet de retour.

Le Greyhound quitta son aire de stationnement à midi pile. Solange jeta un dernier coup d'œil sur la ville, ou du moins sur ce que la tempête permettait d'en voir, en se disant qu'elle y reviendrait un jour. Peut-être avec l'enfant que Madeleine mettrait au monde, et à qui elle dirait : « C'est ici que tu es né. Tu es un enfant de New York. *A New York City boy.* » Car c'était un garçon, elle le savait. Avant de tomber endormie d'épuisement, elle s'imagina qu'il aurait les yeux sarcelle.

Madeleine tomba endormie aussi, tâtant à travers le cuir de son sac les trois petits flacons de morphine qu'elle avait dérobés au docteur Beck. Sur sa poitrine, elle chercha sa petite croix en or sans la trouver. À son réveil, elle dut attendre que Solange se soit endormie avant de chercher parmi les croix qu'elle avait prises si la sienne s'y trouvait. Elle n'y était pas. Un nœud se forma dans sa gorge. Sa croix portait les initiales de sa grand-mère, c'est-à-dire les siennes, M. L. Elle se souvint qu'en se déshabillant, elle l'avait laissée *à côté* de la soucoupe. Elle l'aurait donc oubliée là, sur le bureau du docteur Beck ? Madeleine fut stupéfaite par sa propre bêtise. Trop tard pour rebrousser chemin.

Elle y aurait laissé sa croix. La perte de cet objet devait la hanter et peupler ses insomnies pendant des années, jusqu'à ce qu'elle cesse d'y penser. Elle chercha parmi les petites croix volées celle qui ressemblait le plus à celle qu'elle avait perdue pour arrêter son choix sur l'une d'elles, qui portait les initiales L. B. Qui cela pouvait-il bien être ? Lisette Bernier ? Louise Breault ? Qui était cette femme ? Mais surtout, comment récupérer sa croix ? Celle que son grand-père avait offerte à l'Américaine en 1918 ? Elle attacha la chaînette derrière sa nuque. Madeleine était secouée par des sanglots qui tirèrent Solange de son sommeil.

– Pourquoi tu pleures ?

– J'ai oublié quelque chose à New York, fit Madeleine en sanglotant.

– Pas la croix toujours ! Sœur Marie-de-l'Eucharistie m'a fait promettre que tu ne t'en séparerais jamais !

Madeleine resta interdite. La perte de cette croix était inavouable. Elle réfléchit un instant, chercha sans le trouver un mouchoir pour sécher ses larmes, porta la main à son cou pour y saisir l'écharpe blanche qui n'y était pas. Son visage s'illumina.

– C'est mon écharpe blanche, le cadeau de Deborah ! Je l'ai perdue ! dit Madeleine en continuant de sangloter.

– Je pense que tu es fatiguée, Madeleine. C'est toujours ben juste une écharpe de soie, on t'en commandera une autre de chez Dupuis ! Dors. La route est longue.

Le voyage interminable fut ponctué par les vomissements de Madeleine, les arrêts prévus et forcés à cause de la météo exécrable, la longue attente à Montréal, le chapelet des petites villes, Rivière-Ouelle, Saint-Pascal, Notre-Dame-du-Portage, et au bout de ce calvaire blanc, l'autocar laissa les deux filles à Rivière-du-Loup, là où elles étaient montées deux jours plus tôt, mais vingt ans plus jeunes.

Elles retrouvèrent leur ville enneigée en proie à une agitation rare. Comme elles n'étaient attendues que le soir, personne ne les cueillit à l'arrivée de l'autocar. À demi folles de fatigue, nauséeuses et furibondes d'avoir subi ce qu'elles appelleraient dès ce jour leur voyage au bout de l'enfer, Solange et Madeleine montèrent à pied les trottoirs de la rue Lafontaine, la tête haute, prêtes à affronter Irène, à lui cracher au visage s'il le fallait. Solange s'était déjà imaginé une scène particulièrement violente où elle lui ferait payer l'humiliation subie deux jours auparavant. Dans la rue, les gens les dévisageaient. Ceux qui les connaissaient ne les saluaient pas, pas même les anciennes camarades d'école.

– Veux-tu me dire pourquoi tout le monde nous regarde comme des extraterrestres ?

– Probablement parce que je suis verte, attends, il faut que je... Ah, Jésus...

Madeleine n'arrivait plus à se contenir et rendait aux heures depuis le matin. Alors qu'elles montaient vers la paroisse Saint-François, les regards se firent encore plus insistants. Des femmes sortaient sur leur galerie, un châle hâtivement jeté sur leurs épaules. « Madeleine, monte chez toi, ta mére t'attend. » Des têtes d'apocalypse. Devant la maison Lamontagne, deux voitures de police étaient stationnées. Quand les filles entrèrent dans le salon, une douzaine de regards rougis se tournèrent vers elles.

Après avoir essuyé les sarcasmes stériles de Marcoux, Louis Lamontagne était sorti de l'Ophir au crépuscule d'hiver. « Un peu plus éméché que d'habitude », avait avoué le barman. De sorte que Louis, sans qu'on sache pourquoi, avait traversé la rue Lafontaine au lieu de monter vers son domicile et s'était de fait retrouvé sur la voie ferrée. Là, on suppose qu'il aurait marché encore un peu avant d'être heurté de plein fouet par la locomotive du Canadien National.

– Il a dû mourir sur le coup.

Paroles de peu de réconfort pour une Madeleine en état de choc. Louis avait manqué à l'appel pendant quelques heures. On l'avait cru, conséquemment, dans le lit d'une maîtresse quelconque, jusqu'à ce que des cheminots, au matin, notent un monticule de neige à quelques mètres de la voie ferrée. Il était là, sous les dix centimètres tombés pendant la nuit. Les commères, magnifiques dans leurs rôles de pleureuses, accouchèrent d'imbéciles hypothèses pour expliquer sa mort : tant de calomnies l'auront poussé au suicide.

Aucun cercueil ne s'était avéré assez grand pour contenir Louis. Il avait fallu en commander un tout spécialement de Québec, qui arriva une heure après le retour de Solange et Madeleine, de sorte que lorsqu'elles pénétrèrent dans la maison, la dépouille de Louis était étendue à même une porte montée sur deux chevalets. Irène avait fermé le système de chauffage de la maison pour retarder la putréfaction de la dépouille. Louis avait le visage bleui par la neige, l'air en paix, les mains croisées sur la poitrine.

– Comme un roi, devait dire quelques heures plus tard une Solange tremblotante à sa mère.

On craignait que la nouvelle ne tuât sur le coup sœur Marie-de-l'Eucharistie. Ainsi désigna-t-on un émissaire adroit pour porter la nouvelle chez les religieuses. Le curé Rossignol voleta de branche de sapin en fil électrique jusqu'à la rue Saint-Henri, réfléchissant à ce qu'il allait dire à mère Marie-du-Grand-Pouvoir, car c'est elle qu'il fallait d'abord aviser. Elle était droite et superbe, et sa réaction fut à la hauteur de l'homme qu'elle avait protégé.

– Vous pourrez dire à Irène que les religieuses vont prendre en charge l'organisation des funérailles, qu'elle se repose et qu'elle prie pour l'âme de Louis.

Dans le grand hall du couvent devenu palais des larmes, on avait réuni toutes les religieuses, sauf sœur Marie-de-l'Eucharistie, qui restait introuvable. Elle arriva enfin, les pieds enneigés d'une promenade dans la sapinière qui borde la Maison provinciale. Elle se secoua les pieds consciencieusement, enleva son manteau et regarda, sans montrer la moindre surprise, la soixantaine de religieuses, mère supérieure et le curé Rossignol qui la fixaient. Le double menton de sœur Saint-Alphonse était encore secoué par quelques trémulations, deux grosses larmes coulaient sur ses joues comme des perles polaires. Dans la sapinière, les mésanges à tête noire s'étaient tues. Sœur Marie-de-l'Eucharistie savait déjà, comme elle avait su pour sa sœur jumelle à Nagasaki.

Elle les regarda, fière, presque hautaine, et clama bien clairement pour que toutes s'en souviennent :

– Que sa joie demeure !

La question qui flottait sur toutes les lèvres était la suivante : qui d'entre elles trouverait le courage de jeter la première poignée de terre sur le cercueil de Louis Lamontagne ?

– Avoir le courage ? Comment ça, courage ? Vous voulez sans doute dire : « Qui aura l'*honneur* de jeter la première poignée de terre sur le cercueil de Louis Lamontagne ? » Ben laissez-moi vous instruire, mes chères sœurs ! Je veux que ce soit moi ! Parce que c'est moi qui l'ai mis au monde, qui l'ai arraché des griffes de la mort, moi qui l'ai ensuite présenté à sa grand-mère hébétée en pleine nuit de Noël comme une offrande, une manière que Dieu avait de s'excuser d'avoir pris sa mère, une pauvre fille adorable qui est venue mourir en pays étranger !

Sœur Marie-de-l'Eucharistie avait déclamé ces paroles sur un ton théâtral qui, en d'autres circonstances, lui eût mérité une récompense, un trophée ou quelque bourse. Aucun des fidèles de l'église remplie au maximum de sa capacité ne s'opposa à sa volonté, pas plus que les retardataires qui avaient dû entendre le service funéraire depuis le parvis de l'église dont on avait laissé une porte ouverte, et ce, en plein mois de décembre. D'une épaisseur de six ou sept têtes, la colonne humaine qui accompagna Louis Lamontagne vers son dernier repos devait mesurer un quart de mille de longueur. Pour creuser la terre qui était déjà presque gelée sur deux pieds de profondeur, on avait dû faire venir une pelle mécanique d'un chantier du Témiscouata.

– Pas question de le faire geler au charnier, on l'enterre maintenant.

La religieuse était catégorique. Louis ne gèlerait pas parmi les vivants jusqu'au retour du printemps. Dans l'église où tonitruait la mélodie de Bach si chère aux oreilles du défunt, les rescapés de la famille Lamontagne avaient mine d'avoir été eux-mêmes déterrés au matin. Presque amorphes de chagrin, les Lamontagne, ces Atrides du Nouveau Monde, n'étaient plus certains de parler la langue que Dieu comprend, de sorte qu'ils s'abstinrent des jours durant de toute parole. La Mére, assise au bout du banc familial, retenait ses larmes. Entre elle et Napoléon, une Irène détruite.

À l'écart, car il ne leur était plus permis de s'asseoir à côté d'Irène, Madeleine et Solange. La première étouffant quelque nausée, la seconde, engloutie par un chagrin insondable. Depuis leur retour des États-Unis, Madeleine logeait chez les Bérubé. Assis à côté d'elles, Siegfried Zucker, le vendeur itinérant qui a tout ce qu'il vous faut au meilleur prix. Louis n'était pas encore en terre que Zucker avait déjà organisé l'évasion de Madeleine. C'est en marchant vers le cimetière, à voix basse, à la faveur des sanglots des femmes de Rivière-du-Loup, qu'il tendit cette perche à la jeune Lamontagne, cette occasion d'éviter l'opprobre noir et profond dans lequel les commères de la ville s'apprêtaient à la précipiter pieds et poings liés. Tenant les deux amies par le coude, Zucker chuchotait, ce qui rendait son parler germanique encore plus chuintant, plus mystérieux. Seule Solange trouva la force de lui répondre. Madeleine avait ouvert au matin le premier flacon de morphine volé au docteur Beck et s'en était mis une petite goutte sous la langue. Il avait raison, sa peine s'en trouva diminuée. Elle était prise d'une douce nausée, les couleurs autour d'elle avaient changé. Une autre goutte avant le service. Elle flottait au-dessus de l'autel, entendait le rire de Louis Lamontagne, voyait le ciel de décembre couleur sarcelle. Elle prit goût à la morphine comme on prend goût au pouvoir et à l'absinthe.

– Ici, vous ne pouvez pas rester...

– Ici, c'est chez nous, Monsieur Zucker.

– La ville, c'est la ville qu'il faut.

– Nous en revenons de la ville et nous préférons rester, je vous dis.

Zucker se fit grave.

– Vous ne comprenez pas. Madame Irène m'a dit, pour, je veux dire... Pour votre frère Marc...

– Marc est mort.

– Justement. Voulez-vous, Madeleine, que quelqu'un un jour jette ce mort au visage de votre enfant ?

– Monsieur Zucker, vos oignons d'un bord, pis les nôtres de l'autre. Pour un monde meilleur. OK ?

– *Na* ! Écoutez-moi, vous ne pouvez pas infliger ça à cet enfant ! *Du hast keine Ahnung, wie dies ist,* Solange. Moi, je sais, ma mère aussi... Je... Elle aussi... son frère...

– Monsieur Zucker, d'abord, vous êtes déplacé. (Le ton de Solange commençait à s'assombrir.) Pis Madeleine ne va pas le garder, elle va le donner. Il ne connaîtra ni son père ni sa mère.

– Comme vous voulez. Je pars demain pour Québec et dans une semaine pour Montréal. J'ai là, rue Saint-Hubert, un local que j'ai acheté. Il y a cuisine. Vous êtes des travailleuses ? En haut, il y a appartement. Vous pourrez rester là un bout de temps. Pensez-y. Personne ne connaît personne, en ville. Je suis prêt à passer pour le père.

– On va l'ouvrir *ici,* notre restaurant.

– Ah oui ? Et vous croyez qu'ils seront nombreux à vouloir manger chez la fille du croque-mort ? Vous pensez servir des viandes froides ?

Zucker était habité par le démon du sarcasme, un mal inexorcisable.

Il n'y a rien comme le bruit effrayant de la terre qui tombe sur le chêne d'un cercueil pour faire comprendre à l'homme son insignifiance. Louis fut enterré le lendemain de l'Immaculée Conception. Irène se mura dans la maison Lamontagne, d'où elle ne sortit plus qu'une fois par semaine, subsistant de la rente de veuve que la U.S. Army lui versa jusqu'à sa mort par coma éthylique en mars 1985.

Elle ne devait plus jamais adresser la parole à sa fille ni à Solange.

Hypnotisée par l'éclat scintillant des boules de l'arbre de Noël des Bérubé, Madeleine commençait à émerger de sa torpeur. Les paroles de Zucker lui revenaient comme des avertissements lancés d'une fenêtre très haute à Manhattan. Elle s'adonnait à la mathématique de la rumeur, tentant d'élaborer une équation. Le problème s'énonçait comme suit : dans une ville, il y a toujours un nombre $x$ de gens qui savent, et un nombre $y$ de gens qui ne savent pas. En vertu de la Loi de l'oubli, le nombre des seconds finit toujours par dépasser celui des premiers. Le contraire ne s'est jamais vu. Par exemple, en juin 1919, tout un chacun connaissait les circonstances précises de la naissance de Louis Lamontagne, les témoins portaient en eux l'histoire. Or, au fur et à mesure que s'écoulaient les années, le nombre de gens qui ne savaient pas exactement comment Louis était venu au monde avait commencé à croître. Afflux de nouveaux venus, naissances multiples, bref, les ignorants avaient fini par constituer la majorité, et ce, vers avril 1964, avait calculé Madeleine. La question était maintenant de savoir à quelle vitesse la population de Rivière-du-Loup allait oublier les origines de l'enfant que Madeleine allait mettre au monde dans quelques mois. Le chiffre le plus conservateur l'amenait à juin 1990. Vingt et un ans, donc, pour que s'estompe de moitié une rumeur. Le calcul était complexe, il fallait prendre en considération de nombreux facteurs, notamment le fait qu'elle était une Lamontagne, ce qui en soi faisait fléchir la valeur du coefficient de l'oubli de quelques points. À ce détail s'ajoutaient les sornettes qu'on racontait sur le compte de Marc, le nombre effrayant de femmes que Louis avait aimées de son vivant et la vitesse affolante à laquelle les nouvelles voyageaient du haut en bas de la ville. Et les regards des commerçants, déjà braqués sur son bas-ventre comme des baïonnettes pointues, ne lui laissaient pas envisager de miracle. On savait et on saurait encore longtemps. Ô pays aux fragiles lumières, comme tu aimes mal tes enfants... se disait Madeleine. Un autre calcul, plus pratique celui-là, la ramenait au Tosca's Diner. Combien de petits-déjeuners fallait-il servir avant de devenir riche ? Ce calcul-là était beaucoup plus facile.

– Riche, ça veut dire quoi ? lança Solange, comme pour la convaincre d'arrêter ses calculs.

– Riche pour dire qu'on a de l'argent.

– Tu tournes en rond, Madeleine.

– On pourrait faire comme Donatella Donatello.

– Tu ne seras pas capable toute seule, Madeleine.

– Je sais. Viens avec moi.

Elles partirent en janvier, peu après que Solange eut réussi à vendre sa Triumph. Sœur Marie-de-l'Eucharistie fut seule à les accompagner à la gare routière.

– Madeleine-la-Mére vous a fait des galettes aux raisins, disait-elle en sanglotant.

Elles ne se retournèrent pas. Jamais Madeleine ne devait remettre les pieds dans sa ville natale. Solange y retourna quinze ans plus tard pour y ouvrir un restaurant, et vingt ans plus tard pour y enterrer sa mère. Quand elles débarquèrent chez Zucker, rue Saint-Hubert, le ventre de Madeleine commençait déjà à s'affirmer.

– Je savais que vous viendriez. Il faut que je vous montre la cuisine.

Le local, car c'est de cela qu'il s'agissait, ne payait pas de mine. Sis coin Saint-Hubert et Beaubien, il avait appartenu à des Polonais partis faire fortune à Toronto. Un comptoir-lunch appelé bêtement Polska Deli Counter dont ils tentaient depuis cinq ans de se départir. Les acheteurs potentiels que l'odeur de graisse n'avait pas rendus malades ne poursuivaient leur visite que pour tomber sur des comptoirs infestés de souris. L'enseigne rouillée et délavée qui grinçait au vent finissait d'effrayer les plus enthousiastes. Zucker avait acheté l'endroit pour une bouchée de pain rassis, avec l'appartement du dessus qui hurlait : « Repeignez-moi ! » et un espace de stationnement à l'arrière où dormaient, au matin, rats et clochards pêle-mêle. Malgré le scepticisme de Solange, Madeleine restait fidèle à son idée de faire de son restaurant une version miniature de Tosca's Diner. Le premier hiver, elles le passèrent seules dans l'appartement à l'étage, la tête penchée sur le *New England's Cookbook* légué par Madeleine l'Américaine, Solange faisant office de traductrice. Elles y trouvèrent entre autres choses la recette des *pancakes* aériennes et légères comme des cumulus qui avaient fait la réputation de l'aïeule en 1918. Si les pages consacrées aux fruits de mer ne leur furent d'aucune utilité, celles qui traitaient de la préparation des petits-déjeuners furent en revanche une source inestimable d'inspiration.

– Regarde les grandes fenêtres ! T'as vu le nombre de gens qui passent devant ? Imagine-toi que chacune de ces personnes te paie deux piasses pour manger. Qu'est-ce que tu lui sers pour réussir à faire un profit ? Mieux encore, qu'est-ce que tu lui sers pour qu'elle revienne te donner deux autres piasses la semaine qui suit ? Qu'elle ramène ses tantes ? Ses cousins ?

Et commença le sacerdoce de Solange, qui ne fut plus, à partir de cet instant, que l'assistante de Madeleine, dopée par les hormones de la grossesse. Zucker, contemplant son œuvre, ne se mêlait presque pas de leurs affaires. Sa mansuétude s'était arrêtée là où l'ardeur au travail de Madeleine avait commencé. Il fut même surpris quand, en mai 1969, deux jours avant l'ouverture de Chez Mado, les filles lui proposèrent de lui racheter le restaurant.

– Vous n'en avez pas les moyens.

– C'est combien ?

– Non, il n'est pas à vendre. Vous travaillez, je vous verse un salaire et tout le monde est content.

– Combien ?

Zucker ne savait pas si le ton de Madeleine lui déplaisait ou s'il devait trouver cet entêtement amusant. À vrai dire, il n'avait pas besoin de ce restaurant pour vivre. Doté d'un sens inouï du commerce, l'Autrichien aurait pu vendre une tonne de sucre à Fidel Castro. Son entreprise de distribution d'aliments avait par ailleurs profité, ce restaurant ne lui rapporterait que la satisfaction d'avoir sorti la fille du Cheval Lamontagne de la misère et de l'avilissement. S'il hésitait à leur vendre l'endroit, c'est bien davantage parce qu'il craignait leur ruine en cette ville où elles ne connaissaient personne. D'ailleurs, où auraient-elles pris la mise de fonds ? Louis était mort sans laisser d'autre héritage que la maison familiale où Irène macérait dans son gin.

– Papa avait des assurances.

Des assurances ? Aux yeux de Zucker, l'idée d'un Louis Lamontagne souscrivant à une police d'assurance lui paraissait improbable. Une idée d'Irène, le doute n'était pas permis. Elle seule savait compter, dans cette famille. Elle, et sa fille, de toute évidence.

– Vous être trop jeunes et c'est trop cher.

– Combien ?

La détermination de Madeleine l'amusa. Solange, debout derrière elle, le fixant des yeux comme pour le supplier d'obtempérer, le fit presque rire.

– *Ach ! Mädels !*

– Je vous donne trois mille.

L'Autrichien éclata de rire.

– Mais je l'ai payé bien plus que ça !

Madeleine ne broncha pas.

– Je vous donne trois mille maintenant, et on vous doit le reste.

Zucker réfléchissait. Dix-huit ans à peine et le sens des affaires ? Il avait envie de s'amuser, de voir un peu comment cette Solange, qui se prenait pour un garçon, allait devenir une hôtesse souriante et gracieuse. Qu'avait-il à perdre ? Au pire, le restaurant lui reviendrait. Il pensa à sa propre mère, une fille que la campagne autrichienne avait catapultée à Linz à l'âge de dix-neuf ans, engrossée par son frère. Engagée chez un aubergiste, Ferdinand Zucker, qui l'avait du même coup épousée ; le front de l'Est l'avait faite veuve en 1943, la laissant à vingt ans avec un *Gasthaus* de quarante places à gérer et un enfant turbulent entre les pattes. *Zum Hirsch,* s'appelait l'endroit qui avait par miracle survécu aux bombardements alliés, où il avait grandi de schnitzels en strudels, de knödels en Linzertorten. Il eut la larme à l'œil.

– Je pense qu'on peut passer chez le notaire.

Madeleine lui sauta dans les bras, versa quelques larmes de femme enceinte et reprit son balai et ses torchons. Le 2 mai 1969, le premier restaurant

Chez Mado ouvrait ses portes. Un monstre était né. Le restaurant, qui ne comptait à son ouverture qu'une trentaine de places – dont six au comptoir –, connut tout de suite un succès étonnant. Madeleine, qui passait pour la fille de Zucker, amusait les clients, pour la plupart des commerçants de la rue Saint-Hubert, étonnés de voir cette enfant enceinte tourner crêpes et frire bacon dès l'aurore. Solange apprit à sourire. Chez Mado devint leur vie, leur raison d'être et leur unique pensée, jusqu'au matin du 15 juin où Madeleine dut fermer boutique. L'enfant avait deux jours avant cessé de la frapper violemment. Zucker avait refusé de confier Madeleine aux sœurs de la Miséricorde depuis qu'il avait entendu dire que ces dernières, à des fins pédagogiques, refusaient d'administrer des analgésiques aux filles-mères déchirées par les douleurs de l'enfantement.

– Tirez-en un enseignement, ma fille !

Madeleine s'était imaginé mettre l'enfant au monde dans cet appartement qu'elle partageait avec Solange au-dessus du restaurant. Zucker refusa. Trop dangereux. Il la livra au soin du personnel infirmier de l'Hôtel-Dieu, un endroit pourtant encore infesté de nonnes. Toutes refusèrent le soulagement à une Madeleine hystérique de douleur. Dans les couloirs où résonnaient ses appels à l'aide, Solange s'arrachait les cheveux par poignées. Des cris qui retentirent jusqu'en Alberta. On refusa de laisser entrer Solange dans la salle d'accouchement.

– Êtes-vous le père ? s'enquit l'infirmière sur un ton sarcastique.

L'hôpital accepta, après que Zucker lui eut versé un don généreux, de ne pas porter plainte pour voie de fait. Le médecin avait choisi de ne pas intervenir et laissait la religieuse se débattre seule avec cette amazone du Bas-du-Fleuve. Il était bien plus préoccupé par la position que l'enfant avait choisie pour naître et par les bruits que son stéthoscope lui envoyait.

– Tasse-toé, maudite vache !

La sœur prit le parti de se taire. C'est pendant que le médecin était sorti chercher de l'aide que Madeleine supplia Solange de fouiller dans son sac.

– Sors le flacon du docteur Beck.

– Es-tu sûre, Madeleine ?

– Fais ce que je te dis ou je t'arrache le nez avec mes dents !

Le médecin trouva une Madeleine apaisée et dangereusement dilatée.

– Vous avez une clé de *fa* à l'intérieur de la cuisse ! Il sera musicien ! plaisanta-t-il.

Madeleine laissa s'envoler dans l'air un rire morphinique.

Solange prit le parti de sourire. L'enfant, une créature énorme, se présenta par le siège comme s'il avait eu l'intention de tuer sa mère. Au moment où il sortit, la ville de Montréal fut déchirée par un cri sorti du fond des âges. Madeleine faillit d'ailleurs, comme son aïeule l'Américaine, y rester. C'est à ce médecin qu'elle devait d'avoir survécu à la naissance de Gabriel, qui resta longtemps l'enfant le plus costaud qu'on n'eut jamais vu à l'Hôtel-Dieu.

Quand, dans une dernière poussée, Madeleine l'éjecta de son ventre, le médecin cueillit l'enfant et se mit à rire.

– Vous ne faites pas les choses à moitié ! Mais vous n'êtes pas au bout de vos peines, Madeleine, il y en a un autre.

Madeleine chantonnait un hymne appris au couvent.

– Comment ça, un autre ? glapit Solange.

– Votre amie n'a pas consulté de médecin pendant toute sa grossesse ?

– Ben... Non, je ne pense pas. Au début, oui. Le docteur Panneton.

– Panneton ? Où est son bureau ?

– À Rivière-du-Loup.

– J'ai clairement entendu deux cœurs. Ce sont des jumeaux dans deux poches différentes.

– Des poches ?

– Ils ne se ressembleront pas, l'autre pourrait être une fille.

La religieuse avait éloigné le bébé que Madeleine venait d'expulser, dès le cordon ombilical coupé. Il ne faudrait pas qu'elle s'attache, lui avait dit le médecin. Solange avait bien vu l'énorme enfant ensanglanté, presque bleu, passer des bras du médecin à ceux de la religieuse qui lui décochait de temps à autre des regards assassins. Quittant un instant Madeleine aspirée par un délire voluptueux peuplé d'anges aux yeux sarcelle, elle s'approcha de l'enfant que la religieuse était occupée à laver. Solange souriait. Elle n'avait jamais rien vu d'aussi beau. Louis Lamontagne en miniature, les yeux encore fermés.

– Il ressemble à Papa Louis, Madeleine !

– Ô Vierge chérie reine des cieux...

Madeleine chantonnait maintenant un cantique. C'est presque sans s'en rendre compte qu'elle donna naissance à Michel, une demi-heure plus tard, tant Gabriel avait ouvert un chemin large dans les entrailles de sa mère. La religieuse, qui n'avait pas digéré l'entrée violente de Solange dans son quotidien, était maintenant prête à mordre pour se défendre.

– Ne les regardez pas. Il ne faut pas s'y attacher. C'est mieux pour vous, et pour votre sœur.

– C'est pas ma sœur.

– Alors qu'est-ce que vous faites ici ?

– Et vous ?

Elles faillirent encore en venir aux mains, n'eut été du petit Michel qui, dès qu'il fit son entrée dans le monde, se mit à charmer son entourage. Les deux garçons furent couchés ensemble, dans la même bassine.

– Le deuxième est plus petit que le premier, pas mal plus petit ! Eh, Madeleine, il faut les garder, Madeleine ! Faut pas que tu les donnes ! Madeleine, j'vas t'aider ! Garde au moins le premier, Madeleine !

Madeleine s'était évanouie. Gabriel leva un bras en direction de Solange, fascinée par la perfection de ses petits doigts. Elle glissa son index dans la main de Gabriel qui le serra dans un mouvement de préhension d'une vigueur étonnante, même pour un nouveau-né. Il serait le petit-fils du Cheval et rien d'autre, se dit Solange. Elle était charmée, le serait toujours. Le reste n'importait pas. Et c'est ce jour-là, peut-être, devait-elle le raconter plus tard, qu'elle était elle-même venue au monde après dix-huit ans d'existence inutile et sans but. Dieu lui envoyait ce cadeau pour se faire pardonner du reste, et elle n'avait jamais osé dire à personne qu'elle se trouvait gagnante au change.

– Madeleine, il faut que tu l'appelles Gabriel, comme l'archange ! Tu as fait des anges !

La religieuse serra les dents, faillit s'étouffer de colère, et d'envie.

Dans le plus pur style Lamontagne, Madeleine se releva de son accouchement après trois jours, ramassa ses affaires et exigea son congé. Zucker avait en vain tenté de convaincre les deux filles de ne pas garder ces deux bébés. Et vous allez faire comment avec le restaurant ? Et leur père ? Qui sera leur père ? Solange souriait en entendant cette question. Folles, oui, elles étaient devenues folles. Zucker pensa alerter les autorités, puis, dans un geste très autrichien, décida de se mêler de ses affaires et de laisser les choses suivre leur cours. Elles auraient leur amusement, il garderait un œil sur la situation et quand les choses seraient au pire, les enfants seraient confiés à l'État. Au moins, elles auraient essayé, se disait-il.

C'était la fin juin à Montréal, les roses embaumaient les rues de la Petite-Patrie ; dans la rue, des écoliers chantaient des hymnes à la liberté. Sur la ville soufflait un vent qui retroussait les jupes et décoiffait les messieurs. Les cheveux s'allongeaient, les églises se vidaient. Les deux nouveau-nés furent installés dans une chambre du quatre pièces qu'occupaient Solange et Madeleine au-dessus du restaurant, cet appartement qu'elles montreraient du doigt, à peine quelques années plus tard, en disant : « C'est là. C'était votre première maison. » Pour se permettre de survivre à sa maternité, Madeleine avait décidé que Solange s'occuperait d'un des garçons. C'est donc Madeleine qui, dès juin 1969, poussa Gabriel dans les bras de son amie, pavant la voie, sans le savoir, à d'inutiles souffrances.

– Il me rappelle trop Papa Louis, tu peux le prendre.

Elle garda pour elle le petit Michel, plus frêle, et dont le développement corporel accuserait toujours un an de retard sur celui de son frère. Madeleine fut claire : pas question que les garçons sachent. Jamais. Elle leur révélerait leurs origines quand le temps serait venu. Pas question non plus de parler de Rivière-du-Loup, des sœurs, d'Irène et de ce monde qui, de toute manière, n'avait pas voulu d'eux. Zucker reçut l'ordre d'être discret et de ne jamais mentionner l'existence de Louis Lamontagne mort au bout de son gin ou de quoi que ce fût qui le rende tangible à l'esprit des garçons. Ils seraient Montréalais. La rancœur d'Irène en avait décidé ainsi. De leur patelin aux lumières maritimes, les filles gardèrent leurs accents aux voyelles écourtées, leurs *r* bien grattés dans le fond de la gorge et une obsession maladive de la propreté et du travail physique. À cet héritage s'ajoutaient aussi quelques images pieuses, notamment une sainte Cécile très attendrissante, la croyance en Dieu et la fréquentation des églises, comme elles l'avaient promis à sœur Marie-de-l'Eucharistie. Cette dernière, pas plus que ses consœurs, ne tenta d'ailleurs jamais d'entrer en contact avec Solange et Madeleine.

# Appelez-la Venise

*

Chez Mado devint la gargote à déjeuners la plus courue du quartier. On venait y regarder ces deux petites femmes s'activer au-dessus des plaques chauffantes. Madeleine aux fourneaux, Solange au service. Toutes deux vêtues d'un uniforme de serveuse bleu poudre, les cheveux noués en chignon. *Chez Mado* brodé en lettres cursives bleu sarcelle sur le sein gauche. Personne ne se doutait encore que cette tenue toute simple était sur le point de devenir l'habit quotidien de centaines de jeunes Québécoises, pas même Madeleine. Une serveuse fut engagée, puis une autre. Deux filles du quartier à peine plus âgées que Madeleine et Solange.

Peut-être les choses auraient-elles été normales pour les jumeaux et leurs « mères » si ce matin-là, Venise Van Veen avait décidé de manger ailleurs ou de ne pas manger du tout. Jusqu'à cet instant, l'avenir des deux filles était encore incertain. Pour que leur destin fût vraiment digne d'être raconté, il leur manquait encore cette aura que confère la notoriété. Bref, il fallait qu'au-delà de cette petite victoire sur l'adversité, un événement les propulsât encore plus loin vers l'avant, que les projecteurs médiatiques qui balaient follement le monde s'arrêtassent net sur elles et sur les jumeaux archanges. Des années plus tard, Solange devait repenser à l'été 1969 comme l'époque où elle était encore en contrôle total et absolu de tout. Que si elle devait figer sa vie en un seul instant, pour qu'il dure l'éternité, elle choisirait ces jours d'été dans le petit *diner* bien fenestré de la rue Saint-Hubert, avec sa Madeleine aux fourneaux, ses clients assis sur les petits bancs recouverts de cuir rouge, la radio qui passait une chanson de Michèle Richard et le tiroir-caisse *honnêtement* rempli. Là-haut, dans l'appartement, les jumeaux qui dormaient et qu'il fallait parfois descendre dans le restaurant quand ils pleuraient. Solange cherchait le moment où cet équilibre parfait s'était rompu. Elle se souvint de l'arrivée de cette journaliste dans leur vie comme les Américains se souviennent de Pearl Harbor. Difficile de dire ce qui aurait pu être ou ne pas être si Venise Van Veen n'avait pas décidé, en ce matin de juin 1969, qu'elle voulait commencer sa journée par une crêpe. Quelques jours avant la Saint-Jean-Baptiste, donc, le destin fit une nouvelle intervention dans la vie de Madeleine Lamontagne. Il choisit cette fois de prendre la forme d'une animatrice-vedette de Radio-Canada. C'est Solange qui la remarqua la première.

– Ne regarde pas maintenant, je pense que c'est Venise Van Veen... là, elle entre...

Venise Van Veen, animatrice de la nouvelle émission culturelle *Appelez-moi Venise* diffusée tous les soirs à Radio-Canada. Femme sans façon, capable de regarder un premier ministre dans les yeux et de lui dire : « Allez-vous me parler franchement, Monsieur ? » Femme sans gêne qui côtoyait tout ce qui, à Montréal, avait un nom : artistes, politiciens, écrivains, universitaires. Femme sans détour qui, à vingt-sept ans, avait été engagée pour apporter un point de vue féminin sur les grands enjeux de l'heure. Elle était arrivée au restaurant un vendredi matin très tôt, vers les sept heures, s'était installée au comptoir et avait commandé la « Crêpe à Solange » d'un ton impérieux. Solange l'avait regardé entrer lentement, inspecter les lieux pour s'assurer qu'elle pouvait bien risquer d'y être vue avant de choisir une place ; elle se dit, en l'observant, qu'elle choisirait, cela était certain, le menu de crêpes. Née d'un père français, elle parlait un peu pointu, ce qui avait charmé Madeleine et exaspéré Solange. En attendant son assiette, Venise avait reluqué avec un sourire narquois le Sacré-Cœur et l'image de sainte Cécile punaisés sur un mur. Le bouquet de rameaux tressés enroulé autour d'un crucifix faillit la faire éclater de rire. Solange lui apporta son assiette dont elle avala le contenu d'une traite, comme si elle eût craint qu'on la lui volât.

– Je suis une femme de peu de mots, mentit-elle, mais je dois dire que cette crêpe était particulièrement, comment dire ? Ah, oui... aérienne ! Mais au sens strict, il ne s'agit pas exactement de crêpes, mais de *pancakes* à l'américaine, n'est-ce pas ? Mes compliments, Mademoiselle, lança-t-elle à Madeleine, affairée telle une pieuvre entre la plaque chauffante et la planche à découper.

C'est Solange qui se chargea de la conversation.

– Merci, Madame Van Veen !

– Vous m'avez reconnue ?

– Oui, vous êtes à la télévision. On vous connaît.

– Et vous vous appelez ?

– Solange Bérubé, et elle, c'est Madeleine Lamontagne.

L'invitée avait l'air intrigué.

– Vous me semblez être des femmes bien jeunes pour travailler si tôt, vous êtes étudiantes ?

Solange sourit. Venise prononçait le mot « femme » comme s'il se fût écrit « fâme », comme elle le faisait en moyenne vingt fois dans chacune de ses émissions.

– Non, nous ne sommes pas étudiantes, c'est notre restaurant.

– Ah bon ! Vous travaillez pour vos parents, comme d'autres jeunes femmes, c'est ça...

– Non, non. Chez Mado est à nous. Mado, c'est elle ! C'est notre restaurant, insista Solange.

– Des femmes de votre âge ? Mais comment cela est-il possible ?

– Comme vous voyez. Je vous sers encore du café, Madame Van Veen ?

– Oui, encore un peu. Mais vous faites tout ? Cela me semble beaucoup pour deux femmes !

– Monsieur Zucker nous aide à faire les chiffres, mais Madeleine est presque capable toute seule, maintenant. Autrement, il est là pour nous aider. Il nous fournit tout ce qu'il faut.

– Zucker ?

– C'est un Autrichien, comme Mozart. Son nom, ça veut dire « sucre » dans sa langue.

– Hum... Et c'est toujours plein comme ça, Chez Mado ?

– Presque, sauf en début de semaine, c'est plus tranquille. Les lundis pis les mardis, on ferme parce que c'est trop mort.

– Il faut bien qu'une femme se repose !

Elles furent interrompues dans leur conversation par une clameur. Deux hommes aux airs peu recommandables semblaient donner du fil à retordre à Juliette, la serveuse. Ils étaient arrivés juste après Venise, un gros et un maigre. Un Laurel et l'autre, un peu trop hardi, s'étaient installés et cuisinaient maintenant la jeune femme de leur langage grivois. Les échos de leurs turpitudes éclaboussaient jusqu'au comptoir, laissant des taches brunes dégoulinantes dans tous les esprits. Solange s'excusa auprès de Venise.

– Un instant, Madame, je vais régler ça.

Les deux fantasques avaient passé la nuit à bambocher et s'étaient retrouvés aux aurores affamés, sans douce compagnie. Solange craignit un instant que leur haleine fétide ne fît se décoller le papier peint à motif de fraises des champs qu'elle avait eu tant de mal à appliquer. La scène fut brève, mais efficace. À peine quelques paroles, quelques coups de pied au cul et les deux lascars, ahuris, s'étaient retrouvés sur le trottoir de la rue Saint-Hubert. On entendit encore Solange leur adresser quelques menaces puisées dans un vaste répertoire avant de les voir prendre la fuite. Comme si rien ne s'était passé, Solange reprit la conversation avec une Venise Van Veen aux yeux écarquillés. Cette dernière régla son addition, laissa un pourboire presque embarrassant à Solange et annonça qu'elle reviendrait le lendemain à la même heure.

– Vous êtes déjà passées à la télévision ?

– Jamais.

– Alors à demain, chère Solange.

– À demain, Madame Van Veen.

– Appelez-moi Venise.

Venise Van Veen revint manger le lendemain et le surlendemain. Elle ramenait chaque fois un collègue journaliste, une petite célébrité. En septembre 1969, elle prenait son petit-déjeuner Chez Mado trois fois par semaine. C'est à l'automne qu'elle mit son plan à exécution. S'étant acquis la confiance de Madeleine et de Solange, Venise leur proposa de tourner *Appelez-moi Venise* sur les lieux et d'en profiter pour présenter au Québec ces deux femmes qu'elle trouvait fascinantes. Elle le leur disait d'ailleurs tout le temps.

– Je vous trouve fascinantes.

Solange refusa net. Pas question d'encombrer le restaurant déjà trop petit avec tous ces gens qui parleraient pendant des heures en sirotant un café ou en mordillant une rôtie.

– Nous n'avons que trente places, Venise... et des frais, avait-elle répondu, rébarbative.

Madeleine voyait les choses d'un autre œil. Elle se souvint du commerce de son père et repensa à ce qui avait fait défaut au Cheval pour réussir. Des morts, il y en avait, mais ils ne voulaient pas tous se faire embaumer par lui. Pourquoi ? C'était selon elle une question de commérages et de perceptions. Quelqu'un lui offrait maintenant l'occasion de forger les commérages, de les faire marcher pour elle, pour une fois. Elle dut convaincre Solange, qui obtint quand même une chose de Venise : ne jamais être filmée par les caméras. Elle se moquait bien de ce que les gens de Rivière-du-Loup pourraient penser ; non, son souci était ailleurs. Solange n'avait tout simplement pas envie d'être éternelle. Ce qu'elle avait toujours voulu, elle l'avait déjà. Le reste, c'était des « caprices », comme elle se plaisait à le dire.

L'émission eut donc lieu un matin d'octobre après l'heure du *rush*. L'équipe de production était venue des jours avant pour déplacer ceci, arranger cela, corriger les éclairages, rendre l'endroit invitant. Venise tenait à ouvrir l'émission par un plan américain d'elle-même devant le restaurant au coin de Saint-Hubert et Beaubien. Après quelques salutations pour expliquer le changement de décor au public habitué aux studios intérieurs, Madeleine devait entrer dans le cadre en tenant à la main une cafetière. S'ensuivraient des entretiens avec les invités du jour à une table choisie. Au menu, un philosophe français, une chanteuse d'opéra canadienne, un ministre du gouvernement fédéral et, bien évidemment, la crêpe à Solange. L'intro fut courte, Madeleine, absolument charmante. Sa ressemblance avec Mireille Mathieu fut relevée par tous les téléspectateurs. Elle éclipsa par le sourire, qu'elle avait hérité de sa grand-mère américaine, tous les invités. Il lui suffisait d'entrer dans le cadre de la caméra pour que le monde se mette à graviter autour d'elle.

Solange obtint pendant un temps que les garçons fussent tenus à l'écart du cirque médiatique. Le destin devait en décider autrement. Ils étaient, après tout, les héritiers du Cheval. Venise termina son émission par une courte entrevue avec Madeleine à qui elle demanda d'expliquer, entre autres choses, son menu.

– Ce sont des recettes que j'ai héritées de ma grand-mère.

– Ah oui ? Elle était cuisinière ?

– Euh... oui. Je pense.

Le caméraman avait aussi filmé Madeleine soulevant chaudrons de fonte et sacs de farine.

– Madeleine, nous vous avons vue soulever des charges assez lourdes. Mais d'où tenez-vous cette force, dites-moi ?

– Oh, vous savez, quand on travaille dans les cuisines, on finit par se faire du bras !

Dans son coin, Solange crut s'étouffer.

– Et dites-moi, Madeleine, vos parents... vous m'avez confié que vous avez perdu vos parents. Où trouvez-vous votre inspiration ? À qui demandez-vous conseil ?

– D'abord à Dieu. Puis, à monsieur Zucker, qui m'a aidée à ouvrir mon restaurant. Il est toujours de bon conseil.

– Vous parlez de Siegfried Zucker de la Zucker Food ?

– Oui, c'est un monsieur très gentil.

– Et vous portez toujours votre petite croix ?

– Oui, elle me protège.

– Alors, Madeleine, en vous remerciant encore une fois de ce chaleureux accueil. Que Dieu vous protège, qu'il protège votre restaurant et tous ceux que vous aimez.

Pour remercier Madeleine d'avoir accueilli son émission dans son restaurant, Venise lui offrit devant la caméra un petit pendentif, un bijou au-dessus des moyens de la jeune femme. L'espace d'un instant, toute la province put voir son regard se poser sur l'objet scintillant, la commissure de ses lèvres s'affaisser, ses doigts le saisir, son visage rester un moment hypnotisé par la lueur réconfortante de l'or et des métaux précieux. Venise dut faire claquer ses doigts pour sortir Madeleine de son rêve. On entendit des rires. Venise se tourna vers la caméra pour finir son émission.

– C'était tout pour aujourd'hui, Mesdames et Messieurs. Merci d'avoir été avec nous pour une édition spéciale d'*Appelez-moi Venise* chez cette femme d'exception qu'est Madeleine Lamontagne. Ceux qui auront la chance de passer au coin de Saint-Hubert et Beaubien pourront aussi admirer la couleur des yeux de Madeleine. Qu'est-ce que c'est, turquoise ?

– Sarcelle, répondit Madeleine.

– Sarcelle. Charmant ! En passant, je ne pourrais plus vivre sans la crêpe à Solange. Bon week-end et Mesdames, osez !

– Coupez !

L'émission fut diffusée le lendemain soir, un vendredi. Dans les chaumières du Canada français, l'accent de Madeleine fut reçu comme le chant d'un ange. Sa candeur, sa jeunesse, son sourire attendrirent les cœurs les plus cyniques. À Rivière-du-Loup, les réactions furent partagées. D'une part, on était fier de voir la fille du Cheval porter jusqu'en ville le charme de la région. Mais pourquoi n'avait-elle pas profité de l'occasion pour faire honneur à la mémoire de son papa ? Certains y virent un désaveu de la part de

Madeleine, une sorte de reniement de ses origines, ce qui n'était pas tout à fait faux.

Au lendemain de l'émission de Venise, Solange et Madeleine s'éveillèrent d'un sommeil qui avait duré deux heures. Les jumeaux perçaient leurs dents. C'est Solange qui descendit la première, à six heures, Gabriel hurlant encore dans ses bras. Un escalier reliait directement l'appartement au restaurant.

– C'est *praktisch* l'hiver, avait expliqué Zucker.

Solange fit chauffer les plaques, ouvrit les robinets, déposa Gabriel sur le comptoir, alluma la radio, puis resta immobile. Elle se sentait observée. Quelque chose ou quelqu'un la regardait. De l'autre côté des grandes vitres, des silhouettes étaient debout, des gens lui souriaient, lui envoyaient la main. Solange prit peur, alla quérir Madeleine qui descendit avec Michel dans les bras.

– Qu'est-ce qu'ils veulent ? siffla Solange.

– Des crêpes, ma Solange. C'est ça qu'ils veulent. Appelle monsieur Zucker et Juliette, et dis à Juliette d'emmener sa sœur.

– Elle a quatorze ans !

– Aujourd'hui, elle en a seize. C'est l'âge légal pour travailler. Allez, du nerf !

– Mais Madeleine !

Quand Zucker arriva enfin au restaurant, les filles avaient déjà servi des dizaines de clients. Sur le trottoir, une queue s'était formée.

– *Jo, Mädels,* quelle idée de passer à la télé !

Madeleine et Solange furent à la hauteur. En mars 1970, elles ouvrirent un deuxième restaurant au coin de Papineau et Beaubien. Zucker leur fut d'une aide infinie. C'est lui qui organisa la formation des serveuses et des nouvelles cuisinières et qui prit en charge la comptabilité, tout en veillant à l'approvisionnement des restaurants. Des mois de labeur s'ensuivirent, et un troisième restaurant en 1972 (coin Saint-Denis et Jarry), puis un quatrième en 1973 (coin Mont-Royal et Chabot). Sans la structure administrative de la Zucker Food, jamais les restaurants Chez Mado n'auraient connu cette fulgurante ascension. C'est Zucker qui enseigna à Madeleine les joies de l'intégration verticale et les subtilités de la gestion d'entreprise. Les succursales continuèrent donc de pousser comme des champignons dans la province, chaque ouverture célébrée comme il se doit par la population locale. Avoir son Chez Mado commença à devenir gage de civilisation. Chaque fois qu'elles ouvraient un restaurant, Solange et Madeleine donnaient à une ville une nouvelle preuve de son existence. Bientôt, le grand œuf monté sur trois roses que Madeleine avait choisi comme emblème fit partie du paysage de toutes les agglomérations comptant plus de vingt mille habitants.

Solange devait rester une alliée de taille, toujours. C'est elle qui s'occupait des immeubles et de tout ce qui était doté d'un moteur ou d'un mécanisme, réfrigérateurs, congélateurs, cuisinières, camionnettes, etc. Une nounou fut engagée pour s'occuper des garçons, qui grandissaient en bavant l'un sur l'autre, adorables petits bonshommes joufflus qui furent les bébés les mieux nourris de la ville. En 1974 (inauguration coin Sainte-Catherine et Pie-IX), Solange décréta qu'il était temps de les laisser dormir séparément. Ils avaient jusque-là dormi dans le même lit. Madeleine, qui ne croyait pas au crédit, avait décidé qu'elle ne sortirait pas de l'appartement au-dessus du premier restaurant tant qu'elle ne pourrait pas se payer une demeure libre de tout emprunt. Gabriel fut très heureux de trouver un petit lit à lui, enfin séparé d'un frère encombrant d'un naturel nerveux, et sujet aux cauchemars, alors que lui dormait toujours d'un sommeil profond. Michel ne le prit pas sur le même ton. Le premier soir, quand on le coucha dans son petit lit à deux mètres de celui de Gabriel, l'enfant se mit à hurler.

– Non, veux pas ! Moi veux Gabriel ! Wouah !

Solange devait plus tard leur raconter que ce soir-là, Michel avait fait une crise telle qu'on avait dû l'étendre à côté de son frère. Ce dernier avait pourtant trouvé le sommeil dans ce vacarme. Le sommeil de Gabriel était profond comme celui du Cheval. Lové contre son frère, Michel s'était calmé. Gabriel s'agrippait du bras gauche à une sorte de grosse grenouille verte en peluche et ronflait, la tête sur l'oreiller. Il était et resterait pour toujours le premier à s'endormir. Collé sur lui comme une odeur, Michel, de nature geignarde et toussoteuse, tenait son frère par le pénis, condition indispensable à son repos.

« C'est quand même un peu bizarre... », avait fait remarquer Solange à Madeleine qui, elle, avait trouvé l'image attendrissante au possible.

– C'est complètement inoffensif, mes frères Luc et Marc faisaient la même chose à cet âge-là. Si ça l'aide à tomber endormi !

Dubitative, Solange avait laissé passer cette fantaisie de Michel comme elle devrait en faire passer bien d'autres... Notamment quand il commença à parler et qu'au lieu de dire « maman » en prononçant de belles voyelles nasales canadiennes-françaises, comme son frère, comme Madeleine et comme tout le monde, il poussa un inexplicable « mamôn » avec l'accent de l'Île-de-France. Madeleine en avait ri. Solange s'était mordu la lèvre supérieure. Mon Dieu, tout, mais pas ça, pas l'accent chiançais... s'était-elle hurlé en son for intérieur.

– Il parle déjà comme les beaux messieurs de Radio-Canada ! Il va faire un ministre !

Madeleine délirait. Gabriel, enfant peu bavard et d'autant plus turbulent, requérait toute l'attention de Solange, qui l'éleva avec une poigne d'une virilité dont peu d'hommes auraient été capables. C'est qu'il fallait, avec ce gamin trop fort pour son âge, être d'une vigilance de tous les instants.

En 1975 (Longueuil et Laval), les garçons furent envoyés à l'école, où une enseignante découvrit à Michel un don pour la musique.

– Je pense qu'il a l'oreille absolue, Madame Lamontagne.

– Qu'est-ce que ça veut dire ?

– Il chante juste. Il sait distinguer les notes.

– C'est payant ?

Michel, enfant docile qui ne demandait qu'à plaire, fut donc envoyé à un professeur de chant qui le trouva adorable. Gabriel refusa d'accompagner son frère. Il préférait faire de la moto avec Solange, qu'il avait affublée du surnom attendrissant de Suzuki à cause de la marque de l'engin qu'ils chevauchaient ensemble les dimanches après-midi pendant que Michel prenait ses cours de chant. Solange en avait fait l'acquisition auprès d'un client de Zucker, qui trouvait le modèle trop « nerveux ». En 1977 (Sainte-Foy), Solange et Madeleine réussirent à acheter une magnifique demeure dans le quartier Outremont à la faveur des départs massifs des anglophones du Québec après l'élection du Parti Québécois. Dans l'Outremont-ma-chère, les garçons fréquentèrent donc des camarades de jeu qui n'avaient jamais entendu parler d'hommes forts, de salons funéraires à domicile, de religieuses éternelles, de défilés de la Saint-Jean-Baptiste et de Fête-Dieu.

En septembre 1980 (Rimouski), Siegfried Zucker reçut un diagnostic de cancer du pancréas. Six semaines plus tard, il vivait dans la douleur ses dernières heures à l'Hôtel-Dieu, Madeleine et Solange priant à son chevet.

– Avez-vous mal, Monsieur Zucker ?

Zucker était dans cette zone, peu avant la mort, où la raison abandonne le corps.

– Soyez gentilles avec les garçons, Madeleine.

– Pourquoi vous dites ça, Monsieur Zucker ?

– Parce que vous n'êtes pas toujours gentille.

– Vous souffrez, Monsieur Zucker. Voulez-vous plus de morphine ?

– Non, je veux mourir. N'oubliez pas le Cheval, Madeleine.

Ce furent les dernières paroles de l'Autrichien. Au cimetière, Solange les rappela à Madeleine, qui pinça les lèvres.

– Le Cheval est mort, Solange. Nous sommes toutes seules, maintenant.

Madeleine hérita des affaires de Zucker, notamment des installations d'empaquetage, d'un abattoir, d'une flotte de trente-deux camions réfrigérés, d'un entrepôt, d'une bâtisse commerciale dans le quartier Pointe-Saint-Charles et des actifs boursiers et immobiliers dont la valeur réelle dépassait celle de toutes les maisons et de tous les terrains de Rivière-du-Loup réunis. Sur le bureau de Zucker, on trouva une enveloppe contenant cinq billets pour *Tosca,* que l'Opéra de Montréal avait décidé de présenter pour son inauguration en octobre. Madeleine les considérait d'un œil intrigué.

– Il voulait probablement nous emmener. Il disait souvent qu'il avait toujours voulu aller à l'opéra. Des affaires d'Européens... On devrait y aller avec les garçons.

– Ils ne sont pas un peu jeunes ? Il y a une scène de meurtre, là-dedans, lança Solange, inquiète.

– S'ils sont assez grands pour voir la *Passion du Christ* le Vendredi saint à la télévision, c'est qu'ils sont assez grands pour voir *Tosca.*

– Comment peux-tu comparer un opéra aux souffrances du Seigneur, Madeleine ? La passion du Christ nous enseigne quelque chose, elle change nos cœurs. C'est pas juste un divertissement.

– *Tosca* non plus, je pense. Les chanteurs font pas ça juste pour mettre des beaux costumes pis chanter à pleine tête devant du monde. On y va. Je suis sûre que ça va être bon.

– Pis le cinquième billet ?

– La petite fille haïtienne qui prend des cours de chant chez madame Lenoir avec Michel, comment elle s'appelle, déjà ? Celle qu'il a invitée à son anniversaire...

– Anamaria di Napoli ?

– Appelle sa mére.

# Le voleur de livres

*

Königs Wusterhausen – Westend
28 avril 1999

Cher Michel,

Voilà bien longtemps que tu attends la réponse à cette lettre que tu m'as envoyée à Pâques. Ai téléphoné dimanche soir dernier à notre chère Suzuki pour savoir si tu étais à la maison, pour te parler. C'était encore l'après-midi à Montréal, j'étais certain de ne pas tomber sur Mère supérieure, qui est toujours à son bureau à cette heure-là. Elle était surprise d'entendre ma voix. Elle m'a appris la grande nouvelle pour toi et Anamaria. Suis très fier de vous deux. Vous êtes donc à Rome ? Suzuki me dit que c'est un tournage important. *Tosca*. C'est drôle, c'est le premier opéra que nous avons vu juste après les funérailles de monsieur Zucker. Te souviens-tu du bonhomme et des sucres d'orge en forme d'ourson qu'il te donnait les samedis quand il passait au restaurant de la rue Saint-Hubert ? Tu sais, ceux que tu essayais de me revendre ? Coquin !

Ta lettre est remplie de questions. Mais par où commencer après dix ans d'absence ? Essaierai de t'informer de mon mieux. Sache d'abord que je ne suis pas devenu fou. Ai effectivement, comme tu l'insinues dans ta lettre, une raison infiniment blonde d'être à Berlin. Tu sauras tout en temps et lieu. Elle s'appelle Claudia. Non pas Schiffer, encore mieux que ça. Me suis confortablement assis sur un banc du S-Bahn – c'est un train de banlieue – pour t'écrire. C'est encore la meilleure façon d'admirer Berlin, ce S-Bahn.

Tu me demandes pourquoi je ne t'ai pas donné de nouvelles depuis mon départ précipité de la maison en 1990. Ai dû relire ta question quelques fois. C'est bien simple, Michel. J'en avais tout simplement assez d'être le dindon de la farce dans cette demeure. Voilà. Dois-je tout t'expliquer ?

Déjà, quand nous étions enfants, tu montrais une tendance inquiétante à me torturer. Que je te rappelle le jour où, à l'école, nous avions dix ans, je crois, ce prof débile a voulu faire une pièce de théâtre sur la colonisation du Canada. Tu m'avais proposé pour personnifier un Indien. Évidemment, toi, tu jouais le rôle d'un navigateur français, personnage qui t'allait comme un gant. Le prof m'avait déguisé avec une espèce de pagne en peau de je ne sais quel animal mort et m'avait enduit le corps de cette poudre rougeâtre. La pièce avait eu lieu l'après-midi devant les autres enfants, les plus petits.

Puis, après la pièce, je n'avais plus trouvé mes vêtements. Je les avais pourtant mis dans un sac, mais je ne les voyais nulle part, ni dans la classe, ni dans la salle de théâtre. Quelqu'un les avait pris. Et toi, petit con, tu es arrivé en catastrophe en disant que Suzuki ne pouvait pas venir nous chercher, que tu lui avais parlé, qu'elle était trop occupée pour nous prendre et qu'il nous fallait rentrer à pied ! Tu m'as forcé à traverser la moitié d'Outremont à demi nu pendant que toi, tu riais ! Les gens dans leur voiture me montraient du doigt en souriant bêtement. Évidemment, tu t'es caché en arrivant à la maison pour ne pas être là quand je me rendrais compte de ta mauvaise plaisanterie. Claudia a trouvé ça drôle, c'est parce qu'elle ne te connaît pas. Tu vas me dire : « Tant de rancœur pour une cruauté enfantine ? » Cet épisode n'était qu'un des premiers symptômes de ta maladie.

Tu vas me dire qu'on ne claque pas la porte du nid familial pour si peu de choses, qu'une bonne discussion aurait pu tout régler. Raisonner avec Madeleine Lamontagne ? Si tes arguments ne se traduisent pas en profits à court ou moyen terme, l'entreprise est vouée à l'échec.

Tu as commencé à gagner des concours. À dix-huit ans, tu chantais déjà dans des récitals aux côtés de chanteurs établis. Je pense que c'est le jour où Maman t'a acheté cette apparition à la télé (oui, je te l'apprends, c'est Suzuki qui me l'a confirmé, tout était acheté, la pièce qu'ils t'ont demandé de chanter, c'est Maman qui l'avait choisie, elle savait qu'en te faisant chanter *La donna è mobile* à cinq heures de l'après-midi, tu irais consolider la présence du Groupe Mado inc. dans les chaumières québécoises. Après le mélange à crêpes, les cretons et les plats préparés surgelés : le ténor ! Il ne manquait plus que ça...) Je me souviendrai toujours du jour où ta professeure de chant a demandé à parler à Maman pour lui dire qu'il fallait absolument que tu fasses des études en musique, que jamais elle n'avait rencontré de talent plus pur à un si jeune âge. À l'entendre, tu étais le nouveau Pavarotti. D'ailleurs, tu te souviens, elle avait dit à Maman : « Vous ne trouvez pas que son timbre ressemble à celui de Fritz Wunderlich ? » L'air ahuri de Madeleine, je ne te dis pas ! Elle n'avait pas la moindre idée de qui ce Fritz *vous-avez-dit-comment* pouvait être. Elle a pourtant répondu : « Oui, je trouve aussi. » J'ai failli éclater de rire dans la cuisine de la maison d'Outremont. Déjà, quand tu t'appelais Michel Lamontagne, je n'existais pas tant que ça aux yeux de Maman ; dès que tu es devenu Michel *de la* Montagne, moi. j'ai été condamné pour toujours à l'ombre.

En 1990, elle a mis une semaine pour se rendre compte de mon départ, Michel. Ensuite, elle m'a fait rechercher. Quand elle m'a trouvé, je lui ai raccroché au nez. Notre mère est folle, Michel. Folle furieuse. Folle comme un balai. Folle à enfermer. Pour l'instant, cette folie t'avantage ; Maman te couve, elle t'entretient dans la ouate et t'achète même une carrière de ténor, mais un jour, les choses vont changer brusquement. Quand tu auras pour une raison quelconque entaché la réputation du Groupe Mado inc., quand tu te seras mis un scandale sur le dos, cette même folie qui t'a créé se retournera contre toi. Il ne te restera plus qu'à implorer la clémence de maman. Et à te taire.

J'aurais encore tant à te raconter, à te dire, mais je sens que je vais m'emporter et écrire des choses que je devrai raturer après pour ne pas te choquer, ce qui n'est vraiment pas mon intention. De toute façon, mon S-Bahn arrive à Westend. Je t'écrirai encore demain. Très content de te retrouver, mon frère.

Gabriel

Sraußberg Nord – Westkreuz
30 avril 1999

Mon cher Michel,

Ai relu aujourd'hui la lettre que je t'ai écrite avant-hier. En la lisant je me rends compte qu'elle ne répond surtout pas à la question que tu ne poses pas, à savoir ce que je suis devenu depuis 1990. En métrique ou en système impérial ? Me suis pesé au gym ce matin – j'ai trouvé un endroit pour m'entraîner sur Landsberger Allee, le SEZ, c'est très bien, presque mieux que l'endroit où j'allais à Toronto –, j'en suis presque à quatre-vingt-dix kilos ! Je me suis repesé sur la balance de la gare de S-Bahn. Les Allemands ont des balances sur le quai des gares. C'est pratique, comme ça, en attendant le train, tu peux toujours te peser pour voir si tu as pris du poids. Tu vois, ça aussi ça fait partie des raisons pour lesquelles je vous ai quittés. Toute cette malbouffe tout le temps ! Tout ce dont ton corps a besoin, Michel, c'est de deux tasses de yogourt, de quelques fruits, d'un ou deux œufs et de viande maigre tous les deux jours. Le reste du temps, tu devrais boire de l'eau. Point.

Quand j'ai quitté la maison d'Outremont, je me suis retrouvé, comme on te l'a probablement raconté, chez Chantal Villeneuve, notre ancienne prof de français de Brébeuf. Je t'entends rire. Elle et moi, on se voyait déjà depuis quelques années, mais toujours discrètement. Quand je l'ai rencontrée, elle avait trente-trois ans et un mari. Tu te souviens ? Nous terminions le secondaire. Tu sais, on comprend très jeune qu'on est beau. Si les écoles n'étaient pas administrées par une majorité de femmes et un personnel masculin souvent homosexuel, on l'apprendrait peut-être un peu plus tard. Par exemple, à l'école Lajoie, j'ai vite noté que les institutrices me regardaient autrement. Peu importe les bêtises que je faisais, je m'en tirais avec une remontrance, quand les autres écopaient de suspensions d'une journée ou deux.

Sauf qu'il faut que je te raconte quelque chose.

Tu te souviens de la monitrice d'anglais de l'école Lajoie, avant que Maman ne nous gâche l'existence en nous envoyant au collège Brébeuf?

Elle s'appelait Caroline, elle venait de la Saskatchewan. Tu t'étais assis devant, comme d'habitude, pour que la prof te voie bien. Moi, j'étais assis derrière, parce que l'anglais, je n'en avais rien, mais vraiment, vraiment rien à foutre ; jusqu'à ce que Caroline fasse son apparition dans notre école. Nous avions douze ans. Portrait d'elle : vingt ans. Longs cheveux roux et plats. Moins de maquillage que la plupart de nos institutrices. Venait souvent à l'école vêtue d'un jean et d'une longue blouse blanche à travers laquelle on voyait qu'elle avait les mamelons foncés. Un petit espace entre les deux incisives supérieures, un peu comme Madonna. Français très difficile à comprendre, mais ça n'avait pas d'importance puisqu'elle était là pour nous parler en anglais. Gros seins pendulaires.

Le jour de son arrivée, en septembre, la prof d'anglais lui avait confié les étudiants les plus faibles, c'est-à-dire moi et cinq autres garçons qui n'en avaient rien à cirer. Toi, tu étais resté dans la classe pour continuer à y être *a-do-ra-ble*. Je me souviens, elle nous a emmenés dans un local vide avec une guitare. Elle nous a fait asseoir en tailleur par terre.

– *So guys, do you know any songs in English ?*

Elle zozotait un peu. Un des gars s'est mis à beugler *I was made for lovin' you* en faisant des gestes obscènes et en se saisissant le sac. Caroline avait l'air un peu idiot, de loin, mais elle a tout simplement regardé le gars dans les yeux et lui a envoyé :

– *Are you sure you have what it takes, little fucker ?*

Nous n'étions pas sûrs d'avoir bien compris. Enfin, moi j'étais certain d'avoir compris, je n'étais pas si nul que ça, mais pas les autres. Alors, j'ai ri à gorge déployée, jusqu'aux larmes. Les autres élèves étaient un peu hébétés. Caroline n'avait même pas l'air de s'inquiéter que ses paroles soient rapportées tellement elle était certaine de la profonde perplexité de ses élèves. Elle me regardait avec un petit sourire en coin. L'imbécile exigeait qu'on lui traduise ce qu'elle venait de dire.

– Elle veut savoir si tu as c'qui faut, pauv' con ! que je lui ai dit.

Je crois que je l'ai entendu mourir en dedans. Tu sais, c'était le gros Français qui ne savait pas patiner et qui avait été mis à la porte du lycée Stanislas pour « grossière indécence ». Guillaume, qu'il s'appelait. En tout cas. Il s'est tu pendant le reste du cours et a demandé de rester avec la prof le lendemain. La belle Caroline a saisi sa guitare qu'elle avait déposée à côté d'elle et, ce faisant, a rabattu sa longue crinière rousse d'un geste de la main. Je revois toujours ce geste, la couleur des cheveux... Et ça s'est produit à ce moment-là. Elle utilisait le même shampoing que Suzuki à cette époque-là, un parfum d'agrumes. L'effluve m'est arrivé en plein visage comme un seau d'eau glacée. J'avais l'impression de naître, de découvrir l'Amérique, de marcher sur la Lune, de piloter *Apollo 11*, de terrasser King Kong, d'assassiner Adolf Hitler d'une balle entre les deux yeux, d'enfin habiter mon corps. Caroline a appuyé sa guitare sur ses seins, et je me suis imaginé être l'instrument pleurant sous sa main.

– *So, you guys don't know any songs in English ?*

Les gars jouaient avec les lacets de leurs chaussures, la bouche ouverte en la regardant comme les singes regardent la lune. Je ne pensais qu'à Suzuki et à son regard désapprobateur, aux cheveux de Caroline et encore à la voix de Suzuki qui chantonnait : « *Will you love me all the time...* », tu sais, la chanson qu'elle disait avoir apprise de notre grand-père ?

– *Oh Lord !* Où tu apprenais ce chanson ? a-t-elle demandé avec son accent de champ de blé.

Je ne savais pas comment lui parler de Suzuki. Je n'ai jamais su comment parler de Suzuki, comment la définir devant les autres, comment justifier son existence dans notre vie. J'ai tout simplement dit :

– *My mother.*

– *Your mother knows very old songs ! Is she American ?* a-t-elle répondu.

Et puis c'est vrai. Suzuki, c'est ce qui, dans ma vie, ressemble le plus à une mère. Après, elle nous a fait chanter la chanson de Suzuki. J'étais amoureux jusque par-dessus les oreilles.

Quand elle ne portait pas sa grande blouse blanche révélatrice, Caroline aimait enfiler des pulls moulants à col roulé. Elle nous a expliqué qu'elle venait d'une petite ville de Saskatchewan appelée North Battleford et que son père était prof de musique. En tout cas, elle devait surveiller la bibliothèque les mardis midis pendant que la bibliothécaire prenait sa pause. Je m'étais soudainement découvert une passion pour la lecture. La bibliothèque de l'école Lajoie était habituellement vide sur l'heure du midi, alors Caroline en profitait pour lire elle-même en paix. Je me souviens, parce que c'est gravé dans ma mémoire, qu'elle lisait un roman intitulé : *The Apprenticeship of Duddy Kravitz.* Elle m'a regardé m'approcher avec son sourire en coin.

– *What do you read ?* ai-je bégayé.

– *A book about a boy who tries to remain honest in a corrupt world.*

Je n'avais pas trop compris, alors elle a expliqué en français que c'était un livre racontant l'histoire d'un garçon qui essaie de rester honnête dans un monde corrompu.

– *Are you an honest boy, Gabriel ?*

– Pas toujours, *but I go to confession.*

Et c'était vrai. À l'époque, Maman nous traînait encore deux ou trois fois par année jusqu'à l'église Saint-Esprit à Rosemont pour que nous nous confessions au père Huot. Je pense que c'est à partir de cet instant que le père Huot a commencé à réagir à mes confidences. En lui confessant l'épisode avec Caroline, je l'ai senti nerveux, et parfois, il me semble même l'avoir entendu pleurer. Quel homme sensible, ce père Huot ! Quand Caroline a entendu que je me confessais, elle a ri. Un beau rire bien égal, pas trop aigu, juste assez pour charmer.

– *Really ? What do you confess ? I mean, what can you possibly be guilty of ?*

– Je ne peux pas vous le dire. *It's a secret between me and God.*

– *Catholics are adorable !* a-t-elle dit en secouant la tête.

Son effluve m'atteignait. Elle me faisait vraiment de l'effet.

Je me suis installé à une table pour ne pas qu'elle remarque mon érection. Elle a commencé à refaire son ombre à paupières. J'étais tout seul dans la bibliothèque, elle n'avait aucune raison de refaire son maquillage. Elle m'a regardé. Puis, elle est venue voir ce que je lisais. À cette époque-là, je finissais de lire *Vingt mille lieues sous les mers*. J'en étais justement au passage où le capitaine Nemo voit la pieuvre géant de face pour la toute première fois. Juste avant un corps-à-corps héroïque contre une meute de poulpes, combat pendant lequel il sauve la vie du personnage appelé « Le Canadien », qu'un poulpe avait saisi dans ses tentacules. Le livre était très bien illustré. Elle a regardé distraitement la page.

– *Octopuses ? You never read in English, Gabriel ?* a-t-elle commenté avec un léger reproche dans la voix.

Je lui ai avoué que je n'aimais pas lire en anglais parce que c'était trop difficile. Elle m'a demandé si elle pouvait m'aider à mieux lire en s'assoyant juste à côté de moi. Elle avait une petite croix en or dans le cou, exactement comme celle de Maman. Je ne sais toujours pas comment elle trouvait le courage de venir enseigner dans une école primaire vêtue comme elle l'était. Elle m'a mis la main sur la cuisse. J'ai été aussitôt pris d'une érection de béton, et bien sûr, elle s'en est aperçue.

– *You have such lovely curly black hair, Gabriel.*

Puis elle a passé ses doigts dans mes cheveux. Je la trouvais drôle, je n'avais vraiment pas l'impression de faire quelque chose de mal. Elle s'est lentement approchée et a mis ses lèvres sur les miennes. Elle m'a demandé de la suivre dans une espèce de petit bureau dont elle avait la clé. Là, elle a baissé mon pantalon et s'est agenouillée devant moi. Elle tenait ma main dans la sienne et la serrait quand mes gémissements se faisaient trop forts, comme pour m'indiquer de baisser le ton. Il y a eu Hiroshima. J'étais en nage. Après, elle m'a embrassé sur la bouche et elle a dit :

– *You're quite a big boy, Gabriel !*

À l'époque, je n'avais pas compris, j'ai cru qu'elle voulait dire que je venais de passer une espèce de rite initiatique.

– *Make good use of it !* a-t-elle conclu.

J'ai mis des années à comprendre ce qu'elle voulait dire : fais-en bon usage. Je me suis retrouvé dans le couloir avec les autres garçons, un peu sonné. Où restait le capitaine Nemo ? Je te le demande. Avant de sortir de la bibliothèque, j'ai senti qu'elle me devait quand même quelque chose. Sans qu'elle s'en aperçoive, je lui ai pris son livre, *The Apprenticeship of Duddy Kravitz,* et je l'ai glissé dans mon sac d'école. Je l'ai toujours gardé. Je t'en conseille la lecture, c'est très bien raconté.

Caroline n'en est pas restée là. Tous les mardis, j'allais la retrouver à la bibliothèque, je pense qu'on était en novembre. Dès que j'arrivais, elle recommençait son petit jeu et venait me toucher. J'ai remarqué qu'elle verrouillait la porte derrière moi pour ne pas que nous soyons dérangés. Et toujours dans ce petit bureau de la bibliothécaire, qui s'appelait Florence Bilodeau ; elle avait des photos de ses deux enfants et de sa mère sur son pupitre, les deux petits garçons me regardaient pendant que Caroline était à genoux. Je m'en souviens encore, l'un d'entre eux portait un col roulé bordeaux démodé que sa mère avait dû lui enfiler pour la photo et qu'il avait dû enlever tout de suite après. Ma plus grande crainte, c'était que madame Bilodeau rentre dans son bureau plus tôt que prévu après la pause du midi. On a dû se voir comme ça jusqu'en décembre. Et il y a eu les examens. C'était la Caroline qui faisait passer les examens oraux d'anglais. Tu te souviens de la note que j'ai eue sur le bulletin ? Maman n'en revenait pas.

– Pour une fois que tu as un 100 %, il faut que ce soit en anglais !

Bien sûr, pour Madeleine, c'étaient les mathématiques qui comptaient. En janvier, Caroline est repartie pour la Saskatchewan. Je ne l'ai jamais revue. Puis, il y a eu la dame de la cafétéria. Diane ? C'est ça ? À demi italienne, je pense. Comme j'attendais toujours que les autres aient fini pour aller chercher mon repas, elle m'avait remarqué. « Mon petit dernier », qu'elle m'appelait. Moi, j'étais gentil avec elle. Elle avait au moins trente-cinq ans. Un midi, c'était juste après le départ de Caroline, elle a posé sa main sur la mienne en me rendant la monnaie. Il n'y a rien eu avec elle, rien d'autre que la confirmation de ce que Caroline m'avait enseigné. C'était la dernière année du primaire et, rappelle-toi, Maman et Suzuki voulaient nous faire entrer à Brébeuf. Il fallait de bonnes notes. Caroline m'avait montré comment les obtenir. Outre elle, il y avait encore d'autres profs qui m'attribuaient des notes. Tu te souviens de monsieur MacIntyre, l'Irlandais ? On l'appelait *Gay Jesus*. Tu sais, celui qui se pointait aux fêtes de Noël avec son amant vietnamien ? Il enseignait la musique. Il te vouait un culte ! Moi, il n'osait même pas me regarder dans les yeux tellement je le mettais mal à l'aise. Il était un peu maigrichon, tu sais de qui je parle ? Il dirigeait la chorale et jouait de la trompette, tellement qu'il en avait les lèvres enflées.

Le jour des examens d'interprétation, j'avais mis un jean hypermoulant. Monsieur MacIntyre était du genre *peace and love,* c'est vrai qu'il ressemblait un peu à Jésus avec sa barbe. Il nous laissait choisir l'heure de notre examen.

– J'ai pour vous la plus grande estime ! lançait-il avant de commencer chaque cours.

Pendant la période des examens, il fixait une date – qu'il négociait avec nous – pour l'épreuve d'interprétation. Parce qu'il refusait de nous soumettre *aux regards cruels de nos pairs,* comme il le disait en fixant les brutes de la classe, ceux qui l'insultaient ouvertement, il nous permettait d'exécuter seul devant lui la pièce que nous avions apprise.

Il avait laissé la porte du local ouverte, mais je l'ai fermée en prétextant que j'étais embarrassé que les autres m'entendent faire des fausses notes. Il n'y a pas eu grand-chose à faire. J'ai joué ma pièce au tuba avec une érection que je m'étais donnée en pensant à Caroline, puis je me la suis pour ainsi dire *replacée* pour être certain de faire mon effet. Son front s'est tout de suite mis à luire. Je pense que j'aurais pu le faire pleurer si j'avais ouvert ma braguette. En tout cas, il m'a donné une note bien au-delà de mes espérances, avec, en plus, l'assurance tacite qu'il n'en parlerait jamais à personne.

– Merci, Gabriel, je... je pense que ça ira...

– Vous ne voulez pas que je joue *Scotland the Brave*?

– Non, non. Je t'assure, j'entends que tu maîtrises ton... euh, ton instrument.

– Mais je l'ai tant répété!

– Bon. OK. J'écoute. Mais il y a d'autres élèves qui attendent encore dehors? a-t-il demandé.

– Non, il n'y a plus personne, je suis le dernier, lui ai-je répondu sans trop savoir si c'était vrai.

– Alors, oui, je veux bien entendre *Scotland the Brave*.

L'essentiel, c'était qu'il se sente en sécurité, qu'il comprenne bien que cela resterait entre nous. Caroline me l'avait bien fait comprendre. Je lui ai alors joué la seconde pièce, tout en maintenant mon érection. Je l'ai vu sourire en coin. Je n'ai jamais retouché à un tuba depuis ce jour-là. Il me restait la prof titulaire, celle à qui Maman envoyait toujours des coupons repas pour ses restaurants; tu sais, madame Boulay? Avec elle, les choses ont presque mal tourné... Je suis resté un après-midi pour effacer et laver les tableaux. Les autres profs étaient dans leur classe vide, en train de faire la même chose. Puis, j'ai demandé à madame Boulay si elle était mariée. Elle a ri.

– Oh, je l'ai été, mais les choses changent dans la vie.

– Il était plus vieux ou plus jeune que vous?

Elle est restée interdite.

– Ben, un peu plus jeune, oui, il avait sept ans de moins, a-t-elle avoué, pensive.

J'avais frappé dans le mille.

– Il est parti?

– Non, c'est moi qui suis partie. Mais tu en as des questions, mon petit Gabriel!

– En tout cas, il a dû être très triste que vous partiez! ai-je eu l'audace d'affirmer avec l'aplomb d'un lecteur de nouvelles de Radio-Canada.

Elle m'a regardé pendant un moment, le stylo en l'air, la bouche ouverte. Madame Boulay avait quarante-deux ans, elle nous l'avait dit. Elle vivait avenue Van Horne, on la voyait faire ses courses le samedi, et parfois, on la croisait au Bilboquet quand Suzuki nous emmenait manger une crème glacée. Belle, bien conservée, elle faisait son cardio trois fois par semaine. Je le sais parce qu'on la voyait sautiller avec les autres femmes à travers les fenêtres de son centre sportif de l'avenue du Parc.

Elle y a mis le temps, j'ai dû m'y reprendre à trois fois. Puis, comme elle résistait, j'ai sorti les armes féminines.

– Tu pleures, Gabriel ?

– Voui...

– Un beau garçon comme toi... Mais pourquoi ?

– Parce que je n'ai pas de copine.

Nous étions seuls dans la salle de classe. Elle s'est approchée de moi.

– Laisse-moi te faire un câlin, mon petit Gabriel ; moi, je suis ta copine, a-t-elle dit, sans qu'à ce jour je sache exactement ce qu'elle a voulu dire.

Pendant qu'elle me serrait dans ses bras, je lui ai mis la main entre les cuisses. Elle s'est figée, puis elle m'a regardé, ahurie. Elle s'est éloignée, a ramassé son sac et a quitté l'école en vitesse. J'étais encore dans la classe qu'elle trottinait déjà vers l'avenue Van Horne. Je la regardais de la fenêtre. J'étais certain qu'elle était descendue au bureau de la directrice pour porter plainte. J'imaginais déjà Maman et Suzuki, catastrophées, l'inévitable visite chez le père Huot qui aurait suivi, et probablement aussi les psychologues. Mais les choses en sont restées là. Il ne me restait plus beaucoup de temps avant que madame Boulay rende les notes qui seraient soumises au collège en vue des admissions. Elle évitait de se trouver seule en ma présence, me sortait de la classe au moindre prétexte : « Gabriel, je pense que tu serais plus tranquille à la bibliothèque. » Depuis le départ de Caroline, la bibliothèque était effectivement devenue un endroit très tranquille dont le silence n'était perturbé que par le chantonnement de la bibliothécaire, madame Bilodeau, qui mettait de l'ordre dans des étagères de livres que personne ne lirait sauf moi.

J'étais encore en train de lire *Vingt mille lieues sous les mers* quand le ciel m'ouvrit une nouvelle fenêtre. Madame Boulay avait dû s'absenter un jour d'hiver. J'étais par hasard dans le secrétariat au moment où elle a appelé ; il était question de copies qu'elle devait corriger et qu'elle ne pouvait pas prendre parce qu'elle n'avait pas le temps. La secrétaire – tu te souviens, Laurence, qu'elle s'appelait – l'a rassurée.

– J'vais te les apporter, ma belle. Prends soin de toi ! Repose-toi bien !

Puis, elle a raccroché. Tout de suite après, la directrice est arrivée comme une fusée en tirant un marmot par l'oreille. C'était le gros Guillaume qui avait encore fait des attouchements à une petite Mexicaine, qui pleurait dans le couloir.

– Laurence, j'ai besoin de toi immédiatement, il faut que tu appelles les parents de Guillaume.

Moi, je traînais souvent dans le secrétariat pour toutes sortes de raisons. La plus importante était probablement le décolleté apocalyptique de Laurence, la secrétaire, qui ne semblait pas du tout s'opposer à ce que, une fois par semaine, je m'assoie à côté d'elle. Elle me posait toujours des questions sur les restaurants de Maman. Je pense qu'elle avait aussi une petite curiosité malsaine.

– Ma cousine est hôtesse au Chez Mado de Trois-Rivières ! m'avait-elle appris, fièrement.

– Il y en a deux. Lequel ? avais-je répondu.

– Euh... Ben c'est dans Trois-Rivières Ouest...

– Ah...

– Pis ta maman, là...

– Oui ?

– Ben, vous vivez aussi avec la madame qui vient vous chercher *dins* fois, hein ?

– Suzuki ?

– Elle s'appelle Suzuki ?

– Non, son vrai nom c'est Solange, mais moi et Michel, on l'appelle comme ça parce qu'elle a des motos japonaises.

– Elle conduit des motos ! Ah...

Après, elle ne m'a plus posé de questions sur Maman et Suzuki. Elle avait le visage apaisé de celle qui vient de résoudre une équation très difficile. Les gens sont simples, Michel. Trop simples. En tout cas, quand elle s'était mise au garde-à-vous pour s'occuper du cas de Guillaume, elle s'est subitement rendu compte qu'elle ne pourrait pas trotter jusqu'à l'avenue Van Horne pour apporter les examens à corriger à madame Boulay. Or, mon petit Michel, c'est à ce moment précis que j'ai pensé me rendre utile.

– Je peux apporter les examens à madame Boulay, si vous me donnez son adresse.

– Ah ! Tu ferais ça pour moi, mon petit Gabriel ? T'es pas juste beau ! T'es un vrai cœur !

– C'est pas loin, c'est sur le chemin du retour ! (Je mentais...)

– Attends, son adresse, c'est... 1272, Van Horne, c'est ça. Merci, là ! Pis dis à ta maman que ses cretons sont pas mal bons !

Elle m'a remis les examens dans un sac de plastique. Il devait faire moins vingt-cinq, c'était un jour glacial de janvier. Ce que je sais, c'est que ce n'était pas un vendredi après-midi, parce qu'il y avait des juifs orthodoxes partout sur Van Horne, leurs silhouettes noires se découpant sur la neige blanche comme des pierres tombales de granit dans un cimetière d'hiver. Des nuages de buée s'échappaient de leur bouche. Tu te souviens que Maman nous a emmenés une fois à la synagogue pour parler au rabbin ? Je me suis toujours demandé pourquoi. Elle qui ne s'est jamais intéressée à autre chose qu'à la restauration... Sur l'avenue Van Horne, je t'ai vu, ce soir-là ; tu avais dû quitter l'école juste avant moi et tu t'apprêtais à prendre le métro pour aller chez ta prof de chant à Villeray. Tu étais déjà dans la station Outremont quand je t'ai vu, il était trop tard pour crier ton nom, puis tu ne m'aurais pas entendu à cause du bruit des souffleuses. Cet hiver-là, on a eu la neige aux mollets jusqu'à la fin mars, jamais plus et jamais moins. Maintenant que tout ça est loin, il me semble encore entendre le bruit que fait Montréal en plein hiver, ça se décrit mal. Les sons sont à la fois plus clairs et plus rares parce que moins de gens se risquent au-dehors, mais ils sont aussi feutrés par la neige. Et il avait dû neiger, parce que j'entendais qu'on vidait quelque chose violemment dans la benne vide d'un camion de la rue. Je reconnaîtrais ce son-là entre mille. Comme un immense sac de patates qu'on viderait sur un toit de zinc. Mes bottes prenaient l'eau, mais je ne voulais pas en demander une nouvelle paire à Maman parce que j'avais décrété un boycottage de sa personne cette semaine-là ; je ne parlais qu'à Suzuki. En me dépêchant, j'aurais peut-être le temps de rentrer et d'aller faire un tour à la patinoire pour passer à la salle d'haltérophilie avant souper. Je me disais, en marchant, que la Boulay ne devait pas être malade, mais plutôt déprimée ou tout simplement trop couarde pour affronter le froid.

Elle vivait juste au-dessus d'un blanchisseur. J'ai sonné, puis elle a ouvert. Elle avait dû croire que Laurence en personne livrerait les examens puisque sur le palier, en haut d'un escalier en bois peint en gris bleu, la porte de son appartement était ouverte. Elle laissait ses chaussures et ses bottes à l'extérieur sur le palier. Il y avait des bottes de femmes et les bottes d'un garçon d'à peu près notre âge. Je ne connaissais pas d'enfant à madame Boulay, peut-être allait-il dans une autre école ? T'en souviens-tu ? A-t-elle jamais parlé d'un garçon ?

– Entre, Laurence, je suis dans la cuisine.

J'espérais de tout cœur la trouver seule. Dieu m'a entendu. Elle, en revanche, a failli s'évanouir quand elle m'a vu. Elle a éteint la cigarette qu'elle venait de s'allumer et m'a regardé d'un œil sévère.

– Qu'est-ce que tu fais ici, toi ?

– Madame Laurence m'a demandé de vous apporter les examens. Elle était trop occupée.

Madame Boulay n'était vêtue que d'une espèce de grande blouse de satin qui lui descendait presque aux genoux et d'un pantalon. Elle n'avait pas du tout l'air grippé et ne semblait pas non plus « prise d'un malaise ». Moi, je devais avoir les joues rose vif à cause du grand froid qu'il faisait. Elle m'a toisé pendant une demi-minute, incertaine de ce qui allait se passer. Puis, elle s'est ressaisie.

– Tu as froid ?

– Oui, que je lui ai dit pour éveiller sa sympathie.

– Tu veux un thé ? Je viens de le faire.

– Oui, je veux bien.

Elle m'a fait asseoir dans le salon, à l'autre extrémité de l'appartement. Pendant qu'elle préparait le thé, je regardais les murs. Il y avait là un papier peint à motifs floraux et de nombreux cadres, des photos de famille, certaines assez anciennes. Sur un guéridon, elle avait placé un bouquet de roses rouges séchées dans un vase de porcelaine qui avait les mêmes motifs que ceux de la tasse, de la soucoupe et de la théière. Un peu partout, des dessous d'assiette en dentelle. Elle avait un oiseau dans une cage, pas une perruche ni un perroquet, mais un oiseau beaucoup plus petit, une bête magnifique au plumage vibrant, à la tête rouge et au corps mauve et jaune. Je n'avais jamais rien vu d'aussi beau.

– C'est Scarpia, m'a-t-elle appris.

– C'est quelle sorte d'oiseau ?

– Un diamant de Gould.

– Ça vient d'où ?

– D'Australie, du Queensland.

Madame Boulay connaissait les provinces de l'Australie et leur faune aviaire. Je commençais à la trouver assez *cool*. L'oiseau exotique et la lourdeur du décor suranné m'avaient plongé dans une atmosphère un peu irréelle. Je me souviens m'être demandé si le capitaine Nemo était allé dans les mers australes. Probablement. Oui, c'est certain.

– Est-ce que tu aimes le pudding chômeur, Gabriel ?

– J'adore ça.

Elle est retournée à la cuisine, tout au fond de son appartement très long comme il y en a tant à Montréal, et est revenue avec un morceau gigantesque de pudding chômeur dans un bol de porcelaine à motif floral. Je ne croyais pas pouvoir en venir à bout en une seule séance. Elle m'a invité à m'asseoir à côté d'elle sur le grand sofa rouge. J'avais sous-estimé mon appétit. Pendant que je mangeais, elle me parlait de sa sœur qui vivait à Gaspé – « où ta mère a aussi un restaurant, mon petit Gabriel » – évidemment, pas moyen d'y échapper. Elle a commencé à poser des questions sur notre père.

– Ton papa ne vient jamais chercher les bulletins, c'est toujours, l'autre, là... C'est quoi son nom ?

– Suzuki, je veux dire, Solange.

– Ouin, Solange. C'est ta tante ?

– Non.

– Pis ton père ?

– On le connaît pas. On l'a jamais vu. Il est mort avant notre naissance.

Elle a pris un air triste. Ça ne répondait pas à ses questions sur Suzuki, mais sur le père, elle savait maintenant à quoi s'en tenir. Elle a eu soudain l'air de me prendre en pitié. Pour tirer avantage du creux mélancolique que l'annonce de la mort de notre père avait engendré, je me suis informé sur son père à elle.

– Oh ! Il est mort aussi ! Il était malade !

Son pudding chômeur était presque aussi moelleux que celui de Suzuki. Elle m'avait apporté, bizarrement, une cuiller à soupe en argent pour le manger. Habituellement, on mange le pudding chômeur à la petite cuiller. En me la tendant, elle avait dit :

– Tiens, pour les grands garçons, une grosse cuiller !

Elle avait pris la peine de faire tourner le dessert quelques secondes au four micro-ondes, de sorte qu'une violente odeur de sucre pénétrait la pièce ; cette odeur, presque une entité, donnait ses ordres, contrôlait mes sens. Le caramel chaud me coulait dans la gorge. Je pense qu'elle avait dû mettre du sucre d'érable dans le mélange. Le contraste entre le froid de la crème glacée et le chaud du caramel me faisait grimacer, mais je continuais à avaler l'énorme portion qu'elle m'avait servie. Scarpia poussait de petits piaillements plaintifs comme si, tout seul dans sa cage, il avait envié notre pitance humaine. Dehors, juste en bas de la fenêtre du salon, j'entendais les pneus des voitures rouler sur la neige compactée de l'avenue Van Horne. Le soir était tombé. Dans la rue, j'ai entendu quelqu'un crier « Mordecai ! Mordecai ! », puis un klaxon s'est lamenté trois fois. Un autobus est passé, faisant vibrer le plancher et soupirer madame Boulay. Plus je m'empiffrais, plus les talents de cuisinière de l'institutrice se précisaient. Elle avait de l'expérience, mes papilles ne me trompaient pas. J'essayais de ne pas avoir l'air trop impressionné ou trop intimidé par le dessert. J'avais avalé la crème glacée un peu trop vite, si bien que je me tenais le front d'une main. Pendant que je pelletais vaillamment avec ma grosse cuiller dans son épaisse génoise dégoulinante de sucre, l'image du capitaine Nemo combattant les poulpes à l'aide de son harpon me tournait dans la tête. J'ai enfourné une énorme bouchée. Madame Boulay a poussé un cri.

– Gabriel, tu vas t'étouffer !

Et elle me retenait la main pour que je ralentisse, pour que je ne finisse pas trop vite.

– Il faut faire fondre doucement les bouchées dans sa bouche, comme ça, on n'a pas mal, a-t-elle murmuré.

Je suivais ses conseils et grattais de ma cuiller trop grosse le bord du bol de porcelaine à motifs *Moonlight Rose* peints à la main – c'était écrit en dessous, quand je l'ai retourné, *Royal Albert, England* – avant de la plonger profondément dans le cœur de la chose. Les masses charnues du dessert offraient une résistance molle à mon appétit, j'ai toujours eu faim après l'école, comme tous les garçons. Tu sais, Michel, à cet âge-là, on ne mange pas, on engloutit !

– Tu avais faim, Gabriel. Maintenant, tu vas bien prendre ton thé. Lentement, doucement, ne te brûle pas !

Elle aussi a pris un thé. J'avais presque léché le fond du bol de porcelaine. Le visage de madame Boulay rayonnait d'un bonheur que je ne lui connaissais pas. Elle avait allumé une cigarette.

– Ça ne te gêne pas si je fume ?

– Non.

– Je ne t'en offre pas parce que tu es trop jeune.

– Je sais, et c'est pas bon pour les poumons.

– Ah ! Tu as bien raison, Gabriel.

– Et ma mère n'aimerait pas ça.

À la mention de Maman, elle s'est rembrunie. J'aurais voulu la rassurer : tout le monde réagissait de la même manière à l'évocation de son nom.

– Et tu veux aller à quelle école l'année prochaine, Gabriel ?

– Ma mère veut que j'aille à Brébeuf.

– À Brébeuf ? Mais il faut des notes excellentes pour y entrer !

– Oui, je sais...

Je savais exactement ce que madame Boulay pensait à ce moment précis. J'avais envie de crier « Brébeuf, me voici ! » mais en fait, c'était surtout pour ne pas que Maman me renie que j'avais envie d'être admis là. Et il fallait que je te suive pour te protéger, Michel. Brébeuf en tant que tel me laissait plutôt froid. Honnêtement, je me considérais comme assez costaud pour affronter une école publique. Toi, c'était autre chose, ils t'auraient mangé tout rond, les gars du public. Un ténor ! Grassouillet ! Qui zozote ! Qui marche comme une dinde ! Mon pauvre Michel, que le ciel a été dur à ton égard ! Toi, il te fallait absolument un collège privé à l'abri de la plèbe ! Une institution où tu passerais inaperçu. Madame Boulay a écrasé son mégot. Son téléphone a sonné. Elle s'est levée pour aller répondre dans la cuisine. Le son de la conversation me parvenait un peu étouffé, la cuisine était vraiment trop loin. J'en ai profité pour jeter un coup d'œil sur sa bibliothèque.

Madame Boulay avait de toute évidence fait des études en littérature avant de se résigner à enseigner à l'école primaire. Il y avait beaucoup de classiques, des livres des mêmes auteurs que Maman avait achetés en Pléiade au mètre pour décorer le salon d'hiver. À la hauteur de mon nez, il y avait un vieux livre de poche, *Le Grand Meaulnes* d'Alain Fournier, avec en couverture un beau château au toit bleu au fond d'un bois invitant. L'image avait quelque chose de très français, comme une carte postale des vieux pays. Sans savoir pourquoi, j'ai pris le livre. Madame Boulay avait écrit son nom à la première page : *Lucie Boulay, Chicoutimi, 1963.* J'avais l'impression de tenir une antiquité, la relique d'une sainte. J'ai fourré le livre dans mon sac. Ce fut le deuxième d'une bibliothèque volée dont le nombre d'ouvrages t'impressionnerait, mon frère. Tous *acquis* dans des circonstances comparables. *Nothing is free*. Madame Boulay est revenue de la cuisine en souriant.

– Mon petit Gabriel, il faut que je m'en aille. Je vais être obligée de te mettre à la porte, par un froid pareil... Tu veux que je t'appelle un taxi ?

– Non, non, je vis à dix minutes.

En m'accompagnant à la porte, madame Boulay a pris un ton plus sérieux.

– Il est presque cinq heures et je viens de te couper l'appétit pour le souper ! Qu'est-ce que ta mère va penser ?

– Je ne suis pas obligé de lui dire, je peux encore manger mon souper.

– C'est vrai, à ton âge, on ne mange pas, on engloutit ! Le pudding chômeur, ça restera notre petit secret, je ne voudrais pas opposer une concurrence à Chez Mado ! Ah ! Ah !

– Je vous promets que je n'en parlerai pas à ma mère.

– Ni à personne, mon petit lapin, sinon tous les garçons de l'école Lajoie vont débarquer ici pour un bout de pudding chômeur !

– Ça restera un secret.

– Il faut que tu me le promettes, Gabriel.

Et j'ai fait ma première vraie promesse. Que Dieu me pardonne de la briser maintenant, Michel.

Elle m'a embrassé sur la joue et a fermé la porte. Dehors, une neige épaisse avait commencé de tomber, les juifs hassidiques qui descendaient l'avenue Van Horne en grappes serrées se hâtaient de rentrer chez eux. La température s'étant un peu adoucie, j'ai enlevé mes gants à l'aide de mes dents. Ils étaient, comme mes doigts, imprégnés du parfum de madame Boulay. J'avais hâte de rentrer à la maison pour me laver.

Chez nous, il n'y avait que Suzuki. Tu étais toujours à ton cours de musique et Maman, partie ouvrir un de ses restos dans je ne sais plus quel trou perdu. Suzuki était dans la cuisine. Je pense qu'elle a dû sentir le pudding chômeur, son ton était sec.

– On mange des nouilles, Gabriel. Va te laver les mains. Cinq minutes.

Nous avons mangé en silence, tous les deux. Puis, je ne sais pas pourquoi, et je te le dis en toute confidentialité, j'ai vu Suzuki verser une larme. La seule fois. Il ne faut pas que tu en parles, tu sais à quel point elle est fière de cette carapace qui s'est formée autour d'elle.

Il n'y a pas eu de dessert.

Tu es rentré assez tard, ce soir-là. Tu avais une répétition avec ta prof à Villeray. Tu te souviens, celle qui vivait près du marché Jean-Talon ? Elle t'avait fait chanter *Ständchen* de Schubert à ton premier récital. J'étais tout seul, étendu dans notre chambre après le souper. Je lisais toujours *Vingt mille lieues sous les mers*. J'en étais au passage où ça dit : « Le capitaine Nemo, rouge de sang, immobile près du fanal, regardait la mer qui avait englouti l'un de ses compagnons, et de grosses larmes coulaient de ses yeux. » On obtient tous les deux le même résultat, Michel. Toi, avec de l'argent. Moi, avec ce que Dieu m'a donné.

Avant d'arriver à Westkreuz, il faut que je te raconte une chose bizarre qui s'est passée hier soir lorsque je revenais du gym. Je suis rentré chez moi par l'ascenseur qui ne monte qu'au neuvième étage, alors que je vis au dixième. Pour monter au dixième, il faut que je passe devant la porte d'un certain Berg. Ici, ils ont tous leur nom sur une petite plaque bien propre. Figure-toi que j'ai senti qu'on m'observait à travers l'œil magique ; j'étais certain d'avoir entendu un bruissement. J'ai donc regardé en direction de la porte de Berg. Je n'ai plus rien entendu, preuve que quelqu'un avait l'œil rivé sur la porte et m'épiait. J'ai eu envie de frapper, mais qu'est-ce que j'aurais dit ? « Pardonnez-moi, mais j'ai l'impression que vous m'observez ? Me trompai-je ? » J'aurais eu l'air d'un idiot. Je me suis contenté de sourire. Je ne suis ici que depuis quelques mois et je ne connais pas encore très bien les voisins. Enfin, j'en ai rencontré deux aux étages plus bas, deux Allemandes de l'Est, elles sont très drôles. Je pense qu'elles m'ont un peu adopté parce qu'elles insistent pour faire ma lessive et qu'elles m'offrent toujours du beurre, du lait, des trucs qu'un de leurs neveux rapporte de la laiterie où il travaille. On se croirait encore à l'époque du socialisme où les gens chipaient à droite et à gauche ce qu'il leur fallait pour vivre. Ce monsieur Berg me fait un peu peur. On verra bien.

Mais je dois te quitter, Michel,

Gabriel

Blankenfelde-Bernau
4 mai 1999

Mon cher Michel,

Ai relu en rentrant la lettre que je t'ai écrite le 30. Je tiens à dissiper tes craintes : je suis capable d'aimer. D'ailleurs, j'en ai la preuve depuis l'automne dernier. Tu t'es bien rendu compte que je ne résiste pas aux charmes des enseignantes. C'est sans grande surprise que tu apprendras que j'ai rencontré Claudia dans une salle de classe, il y a un peu plus de deux ans. Je n'ai jamais été si bien, si libre, si heureux.

Tu penseras peut-être, comme Maman, que je souffre le martyre de ne plus vous voir, que je m'impose cette séparation de vous comme une mortification ou je ne sais trop quoi. Laissez-moi vous dire que vous avez tort. Je ne me suis jamais mieux porté que pendant ces dix dernières années où je ne vous ai pas eu tous les jours en face de moi pour me rappeler à quel point je suis insignifiant et à quel point tu es extraordinaire. Tu me parles de ta carrière de chanteur qui réussit finalement à décoller. Il n'y a même pas un petit peu de carburant Mado dans ton moteur ? En es-tu absolument certain ?

Mais avant, laisse-moi te rassurer. Tu me reproches, dans ta lettre, d'être froid à l'égard de Maman. T'as du culot. Non, Michel, qu'elle aille se faire voir, Maman. Qu'elle ouvre toute seule ses restaurants qui ressemblent à des réfectoires de couvent. Qu'elle aille confesser elle-même ses vieux péchés. Tu n'as jamais remarqué que chaque fois qu'elle nous emmenait nous confesser à l'église Saint-Esprit à Rosemont, elle ne restait que deux minutes dans le confessionnal avec le père Huot ? Comme si elle n'avait rien eu à lui dire ! Moi, j'aurais pu lui dicter une confession digne de ce nom, à commencer par le péché d'orgueil dont elle s'est rendue coupable plus de fois qu'il n'y a de sapins au Canada. Et c'est elle qui insistait :

– Gabriel et Michel, je ne veux pas vous voir sortir du confessionnal avant quinze minutes. Videz-vous le cœur ! Surtout toi, Gabriel !

Surtout moi ! Elle disait ça toutes les fois, et tu me reproches de lui en vouloir ? Te souviens-tu aussi de ses leçons de catéchisme ? On y avait droit dans la voiture en chemin pour l'église. Maman nous faisait répéter les réponses. Allons ! Essaie celle-ci qui est gravée dans ma mémoire, imagine-toi sa voix de nonne manquée !

– Question 224 : « Quels sont les péchés que nous sommes obligés de confesser ? » Gabriel ? Michel ? Quels péchés êtes-vous obligés de confesser ?

Et toi, onctueux petit ange, tu répondais : « Nous sommes obligés de confesser tous nos péchés mortels, mais il est bon aussi de confesser ses fautes vénielles. » Laisse-moi te confesser une faute vénielle, Michel : à ce moment-là, j'aurais pu t'arracher le nez. Elle te regardait en souriant. Moi, j'aurais voulu ouvrir une portière et me jeter sous les roues d'un autobus pour en finir. J'ai aussi le mauvais goût de te rappeler la fameuse question 229.

– Celle-là est pour toi, Gabriel : « Que doit-on faire quand on ne peut pas se souvenir du nombre de ses péchés ? »

Honnêtement, je ne le savais pas. Elle avait dû me le dire dix fois avant, mais je n'avais pas retenu la réponse. *Who gives a fuck ?* Voilà la seule réponse recevable à cette question.

– Gabriel, Maman t'a posé une question, là, insistait-elle.

Je ne trouvais pas. Faire un chiffre rond ? En donner la racine carrée ? Donner un chiffre pair pour la chance ? Tu trépignais pour qu'elle te laisse répondre. Elle continuait de me fixer du regard derrière son catéchisme.

– Gabriel ? Réponds ! Qu'est-ce qu'on fait quand on ne se souvient plus du nombre de ses péchés ?

Je restais muet. Elle perdait patience. Puis, elle me faisait répéter : « Quand on ne peut pas se souvenir du nombre de ses péchés, on doit déclarer, aussi exactement que possible, combien de fois par jour, par semaine ou par mois, on a commis un tel péché et ajouter combien de temps a duré la mauvaise habitude. » Remarque que l'Église faisait preuve d'une grande souplesse quant au choix de l'unité de temps. Le reste était une simple multiplication. Si je calcule que Maman nous a emmenés, à partir de l'âge de six ans, trois fois par année à la confesse, et ce, pendant au moins douze ans, j'en arrive au compte de trente-neuf. Voilà peut-être un chiffre dont elle pourrait se souvenir la prochaine fois qu'elle ira se confesser.

Tu te souviens de la fois où tu avais fait une crise dans la voiture et qu'elle t'avait collé une baffe pour que tu te la fermes ? Tu te souviens de ce qu'elle t'avait dit ? C'est pas pour dire du mal d'elle, mais si jamais tu cherches des pistes pour expliquer tes névroses, remémore-toi ses paroles : « Michel Lamontagne, arrête de pleurer. Là, tu vas te confesser. Point final. C'est pas un choix, c'est un devoir. Si tu n'y vas pas, je te place. Est-ce que c'est clair ? » Ton psy trouvera peut-être, dans cette anecdote, des réponses à des questions lancinantes...

En passant, tu me fais rire. Je sais que ce que tu ressens est dramatique, mais tu me fais quand même rire. Si tu n'étais pas mon frère, si je ne te connaissais pas si bien, je pense que je ne rirais pas. Mais vois-tu, quand je te lis, j'entends ta voix et je vois tes gestes. Quand tu écris, par exemple : « Le regard que pose Suzuki sur moi me traverse, telle une épée. Heureusement que Maman est là pour apaiser son courroux, autrement, elle m'aurait depuis longtemps servi en petits cubes marinés sur des biscottes au carvi... » Non, Michel. Le regard de Suzuki n'est pas une épée. Le regard de Suzuki est la seule présence humaine que je connaisse dans la maison d'Outremont. Elle ne te veut aucun mal. Laisse-la tranquille.

Suis confortablement installé dans le S-Bahn Blankenfelde – Bernau pour rédiger ma lettre, loin du confessionnal du père Huot. C'est bizarre, avant, je me contentais de lire dans le S-Bahn ; maintenant, j'y écris aussi. Je trouve qu'on y est bien assis. La première fois, j'ai été épaté comme tout le monde de voir ces petits trains si efficaces, si rapides, si ponctuels transporter les gens d'un côté à l'autre de cette immense ville sans les plonger dans les entrailles de la terre comme nos wagons de métro à Toronto et à Montréal. Au début, c'était bien, le S-Bahn me permettait de voir un peu la ville. Maintenant, je m'y assois plus par résignation qu'autre chose. Mais c'est le seul endroit où j'ai encore le sentiment d'avancer. Et, malgré le fait que les gens y entrent et en sortent toutes les cinq minutes, on a la paix. Personne ici en Allemagne n'adresse la parole à un étranger, si ce n'est pour lui rappeler un règlement ou lui indiquer une faute qu'il vient de commettre sans le savoir. *Das ist verboten...* Comme il n'est pas *verboten* à un jeune homme sagement assis sur une banquette de S-Bahn de lire ou d'écrire, ils ne m'adressent pas la parole. S'ils savaient à quel point je goûte cette froideur ! Toi qui as l'oreille musicale, tu comprendras ce qui suit. Peu importe où l'on se trouve à Berlin, on entend, au loin, le crissement que produisent les roues du S-Bahn sur les rails d'acier. Ce bruit rappelle l'efficacité allemande. Le week-end, on l'entend toute la nuit. Impossible de ne pas s'imaginer, une fois les yeux fermés, tout un peuple en voyage sur des rails, inexorablement jeté vers l'avant, de Grunewald à Anhalter Bahnhof, d'Oranienburg à Ostbahnhof. Les rails sont à Berlin ce que les canaux sont à Venise. Les gens y montent par dizaines à chaque station, un peu hagards. On y voit même de jeunes hommes qui, en toute légalité, y tètent de grandes bouteilles de bière. Rien de plus fascinant que ces trains allemands, mon frère. La trame sonore de Berlin, c'est le crissement des S-Bahn sur les rails, la voix des contrôleurs de quai qui crient *« Zurückbleiben ! »* aux passagers attardés qui tentent, après avoir couru ventre à terre, d'ouvrir les portes des wagons sur le point de partir, comme s'il s'agissait du dernier train, comme s'il n'y en aurait jamais d'autre. Mais un autre train arrive toujours, tant qu'il y aura des gens à Berlin, il y aura des trains.

En réponse à tes questions d'ordre pratique, sache que je vis depuis janvier dans l'un de ces édifices qu'on appelle *Plattenbau,* au sein du quartier Lichtenberg de l'ancienne Berlin-Est où il n'y a, à perte de vue, que ces grands édifices étroits qu'on dirait construits en blocs Lego pastel. Quand on les voit, la première chose qui passe à l'esprit est : « Le vent va finir par les mettre par terre comme des dominos. » Mais ils tiennent bon. Ce n'est pas très beau, mais c'est assez confortable. Ce que je fais en Allemagne ? C'est simple, j'ai suivi une femme. Je suis donc là par amour. Je t'entends grincer des dents. Rassure-toi, Claudia et moi ne vivons pas ensemble.

Quand elle a quitté Toronto l'an dernier après avoir soutenu sa thèse sur la littérature médiévale – elle s'intéresse au *Minnegesang,* la version allemande de l'amour courtois –, je l'ai vue partir et je ne sais pas si tu peux comprendre ça, toi qui es si semblable à Maman, mais je me suis senti seul pour la première fois. Veux-tu savoir où je l'ai rencontrée ? Est-ce que les histoires de cœur de ton frère t'intéressent ? Ou est-ce que je cours le risque, en te parlant de cette femme que j'aime, que tu sautes dans le premier vol d'Alitalia à destination de Berlin pour venir l'assassiner dans son sommeil ?

Je dois te laisser. Le train arrive à Bernau. Je continuerai demain, ou un autre jour.

Gabriel

Teltow Stadt – Hennigsdorf
5 mai 1999

Mon petit Michel,

J'ai même trouvé un circuit de S-Bahn appelé le Ring qui fait le tour de Berlin dans le sens des aiguilles d'une montre. Il suffit de monter à n'importe quelle gare située sur ce cercle et on peut en quelque sorte passer la journée dans le train sans jamais en descendre. C'est sur ce Ring que je trouve le plus de temps pour écrire, car le paysage qu'on y voit n'est guère intéressant. Des zones industrielles. Une fois l'Est, puis l'Ouest, puis encore l'Est dans un mouvement circulaire perpétuel, espèce de spirale berlinoise. *Perpetuum Mobile.* D'ici, loin du centre, l'Est a encore l'air de l'Est, et l'Ouest ressemble toujours à l'Ouest. Au loin, le logo de Mercedes, divinité germanique tournant sans cesse dans le ciel de Berlin. Remarque qu'il est aussi possible de parcourir le Ring dans le sens contraire des aiguilles d'une montre, ce que j'évite de faire parce que pour une raison que je ne saurais t'expliquer, ce sens directionnel me donne la nausée.

Tu sais quand je t'ai raconté que je m'étais senti épié, en attendant l'ascenseur dans mon édifice, par un certain Berg ? Je ne crois pas m'être trompé. Hier soir, en rentrant, j'ai encore senti que quelqu'un, derrière cette porte, me regardait. Cette fois-là, j'ai tout simplement envoyé la main à l'inconnu qui m'épiait, comme pour l'inviter à sortir de sa cachette. On ne m'a pas fait trop attendre. Je suis monté chez moi. Je n'avais fermé ma porte que depuis une vingtaine de minutes qu'on y frappait trois coups secs. Je n'ai même pas regardé avant d'ouvrir. Devant la porte, il y avait une vieille dame qui a dit habiter en dessous de mon appartement. Elle venait me demander d'enfiler une aiguille.

– Je m'appelle Magdalena Berg, j'ai presque quatre-vingts ans et je suis votre voisine du neuvième. D'où venez-vous ? a-t-elle demandé en allemand sur un ton martial.

– Gabriel Lamontagne, je suis de Montréal.

– *Ach ! Kanada !* Je vous pensais Italien avec ces cheveux noirs ondulés, ou Slave. Comment se fait-il que vous parliez l'allemand ?

Les Allemands sont toujours étonnés qu'on parle leur langue, de sorte qu'ils posent souvent cette question avec une touche de suspicion dans la voix, comme s'ils vous prenaient pour une sorte d'espion. J'ai dû lui expliquer que je m'étais sérieusement mis à l'allemand et que j'étais à Berlin depuis cinq mois, sans évidemment lui dire que j'avais appris l'allemand pour une femme appelée Claudia avec qui je n'habite même pas. Elle était un peu insistante, comme si elle se méfiait de ma présence. Elle a voulu savoir comment j'avais trouvé l'appartement. Il faut dire que des Québécois, à Lichtenberg, je crois qu'il n'y en a jamais eu. Comment te la décrire ? Elle est d'une stature assez imposante, du genre à faire dérailler un tram en marche d'un simple coup d'épaule. Un mètre soixante-quinze, je dirais. Plus lourde que moi. Elle portait une sorte de robe de velours bordeaux nouée à la taille – ou à son équateur plutôt – par un ceinturon de cuir rouille. Ses cheveux gris étaient coupés à la mode de 1935, un peu ondulés sur les côtés. Elle tenait de la main droite une aiguille, et de la gauche un bout de fil jaune.

– Tenez. Je ne vois plus rien, aidez-moi, m'a-t-elle demandé en me les mettant sous le nez.

Elle voulait que je fasse passer le fil dans le chas. C'était une aiguille à coudre très fine dont j'arrivais à peine à voir le trou tant il était petit. Je me concentrais en sortant la langue. Je n'ai pas l'habitude de ce genre de travaux de précision. Elle me regardait de la tête aux pieds pendant que je lui enfilais son aiguille. J'avais déjà enlevé ma chemise et j'étais là, devant elle, en camisole blanche. Elle a dû remarquer mes bras et mes pectoraux.

– Aimez-vous le riesling ? m'a-t-elle demandé.

– Oui, mais je dois me lever tôt demain, lui ai-je répondu.

Elle me faisait un peu peur.

– Je ne vous demande pas les détails de votre emploi du temps, mais de me dire si vous aimez le riesling ! a-t-elle sifflé.

– Ben, euh, oui. C'est bon, le riesling.

– C'est tout ce que je voulais savoir. Je vous remercie. *Gute Nacht.*

As-tu déjà vu des manières pareilles ? Elle m'a repris l'aiguille enfilée et est repartie en répétant mon nom avec son accent allemand : « *Kapriel Lamontagne aus Kanada...* », puis elle a descendu l'escalier. Je suis resté là, hébété.

Les répétitions ont commencé ? Si j'ai bien compris, c'est un nouveau film qu'on tourne sur les lieux de Tosca, comme le DVD que tu m'as envoyé ? Tu suis la trace de Placido Domingo ? La marche est haute, mon frère. Tu sais que Bruno-Karl d'Ambrosio s'appelait Marcel Truchon à la naissance ? Ouin. Il vient de La Malbaie, dans le comté de Charlevoix, j'ai lu ça quelque part. Il a changé de nom en arrivant à Montréal.

C'est le même d'Ambrosio qui a fait tout un scandale ici, à Berlin, l'an dernier, avec sa mise en scène *trash* d'un opéra de Wagner, *Le Hollandais volant,* c'est possible ? Je ne connais que le titre allemand. Enfin, on en a parlé abondamment dans le journal parce qu'il paraît qu'un des personnages – Erik, je pense – descend une femme à bout portant à la fin et viole son cadavre dans une scène de nécrophilie qui, même à Berlin, n'est pas passée inaperçue. C'est lui aussi, je pense, qui a fait chanter *Madame Butterfly* par Werner Oberhuber et Andrea Apfelbaum, complètement nus, dans je ne me souviens plus quelle ville autrichienne ou allemande. Bregenz ? Munich ? Il faudrait que je demande à Claudia. On raconte que Werner Oberhuber avait une semi-érection à la première. D'Ambrosio a expliqué qu'il voulait exprimer, par ce dénuement, la pureté et l'innocence de l'amour entre Pinkerton et Cio-Cio San. J'ai bien hâte de voir ton film, mon cher Michel... T'es sûr que tu ne veux pas te mettre au sport ?

J'avais commencé à te raconter un peu ce qui m'était arrivé après mon départ d'Outremont. Comme je te disais, déjà à Brébeuf, je fréquentais notre prof de français, Chantal Villeneuve, qui m'a invité à venir vivre avec elle quand son mari est parti avec un garçon juste un peu plus âgé que nous deux. Je ne saurai jamais si elle avait tout simplement voulu, en prenant elle aussi un amant très jeune, rendre la monnaie de sa pièce à son mari. Il m'avait fallu attendre que j'aie fini le collège pour m'installer chez elle. Ce matin où tu pleurais dans ton lit, c'est là que je suis parti. J'ai pris avec moi la photo de Papa Louis, celle que Suzuki m'avait donnée. Je suis monté dans le métro à Outremont pour descendre à Jean-Talon, où vivait Chantal. Je l'ai attrapée juste au moment où elle sortait de chez elle. Elle a accepté de m'héberger pendant quelques semaines, pas plus, mais en fait, je suis resté chez elle un an. Le temps de retomber sur mes pattes et de devenir quelqu'un.

Pour le reste, c'est assez simple. Je me suis inscrit en éducation physique à McGill et j'ai fait un certificat d'enseignement pour devenir prof. Les chances de te croiser dans les gymnases de McGill étaient plutôt minces. Tu diras en persiflant qu'il ne s'agit pas là d'un grand accomplissement et que les facultés d'éducation acceptent par désespoir à peu près tous les candidats qui veulent se joindre à leur contingent. Je te répondrai que tu n'as pas tout à fait tort. Je te bernerais en te disant avoir trouvé à la faculté d'éducation un milieu intellectuel stimulant. À défaut de ça, j'ai un permis d'enseigner avec lequel j'ai gagné ma vie honnêtement pendant six ans à Toronto, exploit dont tu ne peux pas encore te vanter. Quand on n'a que soi-même, il faut parfois accepter de faire des choses essentielles à la survie. Souviens-toi de Cyrano : « Lors même qu'on n'est pas le chêne ou le tilleul. » Ne pas monter bien haut, peut-être, mais tout seul ! » Nous l'avions lu avec Chantal Villeneuve à Brébeuf, tu avais même aimé ça. Mais comme la plupart des acteurs et des chanteurs d'opéra, il t'arrive rarement de mettre en application les précieuses leçons que vos personnages enseignent.

En 1994, j'ai répondu à une petite annonce pour un poste de prof d'éducation physique dans une école catholique de Toronto. J'ai dû passer un test d'anglais et produire une référence pastorale d'un prêtre qui me connaît depuis longtemps, simplement pour prouver que je suis bon catholique et que je n'avais pas l'intention d'inciter les jeunes au péché. Il y a eu une courte entrevue avec la directrice et le directeur adjoint et l'affaire était conclue. Une fois cette condition remplie, l'embauche est à peu près assurée. Toronto offrait un avantage de taille : Maman n'y avait pas encore de restaurants. Les choses ont vite changé, mais pendant les premières années du moins, j'ai vécu le bonheur d'habiter une ville où elle n'était pas omniprésente.

Je devais remplacer un enseignant que la Commission scolaire avait forcé à démissionner parce qu'il avait avoué son homosexualité à une élève, qui avait rapporté la confidence à sa mère. La nouvelle avait voyagé par téléphone jusqu'à ce qu'un parent plus pointilleux rappelle à la directrice que les enseignants ontariens sont tenus, selon la loi, d'adopter un style de vie *empreint des valeurs chrétiennes*. Au Québec ou dans une école publique de l'Ontario, on aurait bâillé sur l'orientation sexuelle de ce pauvre bougre, mais pas à la Holy Canadian Martyrs Catholic Secondary School. La mère hystérique a fini par faire du raffut à l'archevêché, puis ils ont commencé à faire comprendre au type qu'il devait partir, ce qu'il a fait, mais non sans grabuge. La cause est allée devant les tribunaux. Tout le monde disait qu'il allait gagner et réintégrer son poste, mais en attendant, moi, j'avais du boulot.

À mon premier jour dans l'école, le 2 septembre, la directrice, Mrs. Delvecchio, m'a parlé « en secret » de ce prof – Gerald Lemon, qu'il s'appelait. Mon Dieu que les élèves ont dû le narguer avec un nom pareil ! Elle avait l'air de bien l'aimer et paraissait encore frustrée d'avoir dû, sur les ordres de ses supérieurs, laisser partir un prof qui accomplissait très bien sa tâche. Ils ont même enlevé, dans le hall, les photos où il apparaissait, tu sais ces photos *coach with team* ? Comme il était là depuis quatre ans, on voyait des rectangles plus pâles là où on avait retiré les cadres.

– *Honestly, Gabriel, if we had to fire every gay teacher in the province of Ontario, we'd have nobody left to teach French, drama and music ! Please don't repeat that...*

Elle prononçait mon prénom à l'anglaise, comme dans *Peter Gabriel*. Puis elle a ri très longtemps de sa blague en gloussant. Donc, si on foutait à la porte tous les homos des écoles de l'Ontario, plus de profs de français, de théâtre ou de musique ! Puis, elle a voulu savoir si j'étais le fils de Madeleine Lamontagne, *Queen of the Eggs*.

– *You know, the breakfast restaurants... Chez Mado,* qu'elle a dit en prononçant « Madow ».

Pour la première fois de ma vie, j'ai menti sur le sujet. J'étais donc enseignant d'éducation physique à la très sainte Holy Canadian Martyrs Catholic

Secondary School. Pour te dire, comparé au collège Brébeuf de Montréal, pourtant nommé en l'honneur d'un saint martyr canadien, Holy Canadian Martyrs fait figure de couvent de sœurs cloîtrées. Prières et hymne national tous les matins par voie d'interphone. L'hymne national, c'est pour faire comme les Américains ; les prières, c'est pour rappeler qu'on est dans une école catholique.

Le premier matin à la Holy Canadian Martyrs, donc, je n'avais pas de cours. J'étais seul dans le gymnase en train de démêler les filets de volley quand, à huit heures trente précises, le système d'interphone a commencé à transmettre l'*Ô Canada*. Je suis sorti dans le hall pour voir ce qui se passait. J'y ai trouvé quelques enseignants et quelques élèves debout, immobiles, comme pétrifiés. J'ai innocemment marché vers le secrétariat, ignorant que j'étais en train de commettre un geste répréhensible. Une prof que je ne connaissais pas a gueulé : *« Stand still for the national anthem ! »* C'était Mrs. Robinson, une Irlandaise desséchée à bout d'âge qui a ensuite porté plainte auprès de Mrs. Delvecchio. *« He's a separatist ! He walked during the O Canada ! »* J'ai eu droit à une leçon de savoir-vivre de ma directrice. Comment pouvais-je être au courant de manières aussi obséquieuses ? On se serait cru aux États-Unis.

Ce petit incident avait cependant suffi à attirer sur moi l'attention de toute l'école. À Lemon-le-pédé avait succédé un terroriste séparatiste du Québec ! Quelle affaire ! Je suis retourné dans mon gymnase. L'interphone n'en est pas resté là, l'hymne national a été suivi d'un *Lord's Prayer* très bien senti, lu par la prof d'anglais, et d'un *Je vous salue Marie* en français qu'une élève du programme d'immersion, à la voix onctueuse, a récité avec une conviction et une émotion absolument charmantes. Elle avait un accent très *sexy,* quelque part entre l'anglais et l'italien. Rien qu'à l'entendre dire « le fruit de vos entrailles », je savais qu'elle était différente. J'allais en avoir la confirmation assez tôt.

Les élèves de Holy Canadian Martyrs ont un uniforme. Les garçons sont vêtus d'un pantalon gris charbon et d'une chemise blanche et doivent porter une cravate rayée bordeaux et gris qu'ils oublient souvent à la maison ou dans leur casier. C'est leur manière de se rebeller. Une grande partie de nos interventions consistait à leur rappeler de mettre la chemise *dans* le pantalon et de nouer leur cravate. Les filles, elles, ont droit à une blouse blanche à manches longues l'hiver et à manches courtes à partir du premier jour de mai. Bien que le pantalon leur soit permis, la plupart portent la jupe à motif tartan bordeaux et charbon aux couleurs de l'école. Dans leur cas, le défi consiste à les empêcher de raccourcir ladite jupe qui, en vertu du règlement de l'école, doit descendre jusqu'au genou. Garder l'ourlet de ces jupes aussi près que possible des rotules des jeunes filles est aussi une tâche à la Sisyphe. Certaines roulent le rebord de la jupe vers l'intérieur et retiennent le rouleau ainsi formé à l'aide d'une épingle qu'elles retirent dès qu'elles détectent un prof ou la directrice. Encore là, elles font des exceptions...

La plupart des jupes ne se déroulaient pas quand il s'agissait de moi ou du jeune prof de mathématiques, un débile profond du nom de Zbornak.

Après l'incident de l'hymne national, je suis retourné au gymnase pour me préparer aux cours qui commençaient l'après-midi. Il n'y avait pas beaucoup d'inscrits sur mes listes, et c'étaient surtout des garçons. Il faut dire qu'au-delà de la neuvième année, les cours d'éducation physique sont optionnels à Holy Canadian Martyrs. Je pense que Lemon avait dû se faire une planque pas trop épuisante dans cette école. Un coup d'œil sur ses préparations a suffi à me faire comprendre qu'il ne se cassait pas le cul à inventer des cours très compliqués. Plutôt du genre qui tend, en septembre, un filet de volley-ball, pour l'enlever juste avant Noël. Puis, de janvier à mai : basketball. L'été, il les emmenait jouer au base-ball dehors. Pas étonnant que les élèves se désintéressent du sport. À l'enseignant d'éducation physique échoit aussi la tâche d'enseigner aux élèves, autant garçons que filles, les bases d'une saine nutrition, les modes de vie favorisant une bonne santé mentale, l'éducation relative aux drogues et à l'alcool, les règles de sécurité au volant – notamment et principalement les dangers associés à la conduite en état d'ébriété – et, *last but not least,* l'éducation sexuelle. À Toronto, tout ça relève du prof d'éducation physique. À en juger par le vide des classeurs de Lemon, la direction ne s'était pas intéressée depuis longtemps à l'évaluation de ses enseignants. Je voyais déjà quelques motifs de licenciement beaucoup plus pertinents qu'une banale homosexualité, mais il ne m'appartenait pas de porter un jugement sur le travail de Mrs. Delvecchio. Il s'agissait donc de construire tout un programme.

Ce dont je n'étais pas au courant et qui me fut raconté plus tard par une élève prénommée Melikah, c'est que mon arrivée avait causé une sorte de commotion dans l'école. Aucune des filles ne s'était jamais inscrite au cours d'éducation physique au-delà de la neuvième année. Assises à la cafétéria, l'une d'entre elles avait lancé à la volée qu'il faudrait peut-être jeter un coup d'œil sur le nouveau prof d'éducation physique et que ça pourrait changer des cours d'art dramatique qui relevaient de Mrs. Robinson, la vieille Irlandaise du Nord qui m'avait surpris en flagrant délit d'antipatriotisme matinal.

Parce qu'elle avait voulu être la première à répandre la nouvelle, la jeune Melikah – elle devait avoir seize ans – était partie en mission de reconnaissance au nom des autres. Il était absolument normal pour les élèves de Holy Canadian Martyrs d'étudier d'abord la tête de l'enseignant avant de choisir un cours. Normalement, un simple rapport des anciennes suffisait pour que les nouvelles fassent leur choix. « Ne prends pas art dramatique, la Robinson est folle furieuse depuis que son mari l'a laissée » ou « En français de treizième, c'est Mr. Loser. » Il ne s'appelait pas *Loser* mais *Moser,* c'était un Suisse allemand arrivé au Canada en 1967 et qui enseignait encore – comme en 1967 –, des auteurs français qu'il trouvait très modernes comme Nathalie Sarraute. On l'appelait aussi « somnifère ». Melikah, et c'est elle qui devait me le raconter plus tard – une pie ! – s'était avancée à pas de chat vers la porte du gymnase pour l'entrouvrir avec toute la précaution dont elle était capable. À l'intérieur du gymnase où je me croyais seul, j'avais enlevé mon pull et je me tenais là, debout, vêtu d'une simple camisole et d'un jean, occupé à défaire les nœuds dans un filet de volleyball qu'on avait jeté dans un coin. Malgré l'éclairage peu flatteur des tubes fluorescents, je devais lui paraître très différent de ses autres professeurs. Il faut dire que je m'étais entraîné beaucoup l'été avant de partir de Montréal et que mes biceps avaient l'air de deux cantaloups ; même moi, je commençais à trouver que c'était un peu trop. De l'autre côté de la porte, Melikah retenait son souffle. Elle a dû m'observer pendant une minute ou deux, puis j'ai entendu la porte se refermer sans savoir qui, exactement, l'avait ouverte. Des bruits de pas très rapides ont ensuite résonné de l'autre côté de la porte.

Melikah aurait couru ventre à terre jusqu'à la cafétéria pour rendre compte de ce qu'elle venait de voir à ses copines. Apparemment, elle leur aurait décrit un demi-dieu – c'est elle qui me l'a dit plus tard, je ne te rapporte pas ça par simple vanité –, de sorte que la vingtaine de filles qui traînaient dans la cafétéria se sont précipitées vers le secrétariat pour s'inscrire à mes cours d'éducation physique. En chemin, deux d'entre elles, Kayla et Candice, se sont arrêtées au gymnase pour constater la nouvelle de leurs yeux. Plus fantasques que Melikah, elles sont carrément entrées, faisant mine de chercher quelqu'un ou quelque chose, puis, feignant gauchement la surprise en me voyant, elles avaient ricané – j'adore le ricanement des filles de seize ans – et elles s'étaient excusées pour ressortir en piaillant. À cause de ce petit détour, elles avaient pris un retard considérable sur les autres filles qui s'étaient déjà ruées vers le secrétariat comme autant de lionnes sur un troupeau d'antilopes.

Derrière un comptoir, il y avait la secrétaire, une sorte de vieille fille plutôt moche et toujours de mauvaise humeur, aux oreilles décollées, qu'on avait méchamment surnommée « Zira », du nom de la guenon dans le film *La Planète des singes*. Tout le secrétariat était d'ailleurs surnommé *« Planet of the Apes »*. Dans cet espace réduit se tenaient une vingtaine de filles et quelques garçons alertés par les cris de leurs compagnes. Tous et toutes voulaient s'inscrire au cours d'éducation physique optionnel qui devait commencer l'après-midi même, pour que l'homme que Melikah leur avait décrit les entretienne de maladies honteuses, de premiers rapports sexuels, d'usage d'alcool, des effets des drogues douces et de Dieu seul sait ce que pouvaient leur dicter les espoirs de leurs seize ans. On se bousculait, on jouait du coude. Une fille répondant au nom d'Anderson suggéra avec appui que les filles se rangent par ordre alphabétique. Une autre, nommée Ziegler, lui intima avec encore plus d'aplomb d'aller se faire foutre. Dans tout ce raffut, Zira la secrétaire tentait de rétablir le calme et de rappeler les élèves au règlement très strict de l'école sur le langage grossier. Elle farfouillait en maugréant dans des listes de classe qu'elle avait préparées avant la rentrée et qu'il fallait maintenant modifier.

– Vous voulez toutes vous inscrire au cours d'éducation physique ? Voilà qui est nouveau. Il n'y aura peut-être pas de place pour tout le monde ! protestait-elle en toisant les élèves indisciplinées.

Elle distribua des formulaires de changement de cours aux vingt-six filles et aux deux garçons qui s'étaient agglutinés devant son comptoir. Les formulaires furent remplis en un temps record et dans un silence absolu, l'une se servant du dos de sa copine pour écrire, l'autre empruntant un stylo, une autre retenant de la main droite un toupet vertigineux pour voir ce que sa main gauche écrivait. Les formulaires voyageaient de main en main vers Zira, qui se mit à trépigner et à élever la voix pour obtenir un peu de calme de la part du groupe de filles électrisées. Les deux garçons, qui avaient eux aussi rempli le formulaire, s'étaient de suite éclipsés comme s'ils venaient de commettre un geste obscène et inavouable.

– Mettez-vous en rang ! avait aboyé Zira, excédée, en jetant le paquet de formulaires à la tête des jeunes élèves, qui venaient soudainement de comprendre qu'elles s'étaient mises dans le pétrin.

La secrétaire simiesque fit bien comprendre aux élèves qu'elle n'accepterait aucun formulaire tant qu'elles n'auraient pas formé un rang bien droit, chose qui était presque impossible étant donné l'exiguïté des lieux. Une file ondulante d'inspiration soviétique se forma de manière quasi organique, comme si le don de former rapidement une queue avait été inné aux élèves de Holy Canadian Martyrs. Une à une, en souriant, les filles déposèrent leur formulaire entre les pattes de la secrétaire qui en faisait le décompte à voix haute. Candice fut l'avant-dernière à déposer son formulaire, sous le nez de Kayla, à qui la secrétaire lança un regard rempli de pitié et agrémenté d'un brin de sarcasme.

– Vingt-cinq, plus de place pour toi, Kayla !

Kayla a secoué la tête en signe de dénégation. Comment ça, plus de place pour elle ? Mais de qui se moquait-on ? Vous allez en faire, de la place ! Elle parlait en martelant du poing le comptoir du secrétariat. Les autres filles assistaient, impuissantes, au triste spectacle de l'adolescente que des règles bureaucratiques arbitraires et cruelles aliénaient cruellement de ses pairs. Kayla criait à l'injustice, que s'il y avait de la place pour vingt-cinq, il y en avait bien pour vingt-six. Mais Zira restait ferme et hochait tout simplement la tête en souriant, ivre de pouvoir. Si tu veux savoir, Michel, je pense qu'elle les détestait toutes. En réaction à ce laideron mal baisé qui résistait à sa volonté de s'inscrire à mon cours, Kayla a perdu le contrôle.

– *I want to take gym with Monsieur Lamontagne!* a-t-elle finalement hurlé, hystérique.

Les communications avec la secrétaire avaient lieu en anglais. La directrice Delvecchio, assise dans son bureau, fut tirée de son sommeil par ce cri. Que se passait-il dans le secrétariat ? Elle avait d'abord dû passer une partie de la matinée à calmer la pauvre Robinson, paniquée à l'idée de devoir travailler avec un séparatiste sanguinaire, pour ensuite régler quelques affaires avec des parents insatisfaits, et voilà maintenant qu'on hurlait dans le secrétariat et qu'il semblait, selon toute apparence, encore s'agir de moi ! Il paraît que c'est juste au moment où elle a surgi derrière le mur que Kayla a craché les mots suivants au visage de la secrétaire :

– *Let me register in gym class or I'll fucking kill you, ape woman !*

En gros : si tu ne me laisses pas m'inscrire, je te tue, sale guenon ! Honnêtement, mon cher frère, je n'aurais pas dû enlever ma chemise en préparant mes affaires pour le gymnase. Tout ça était un peu ma faute.

L'incident a eu l'effet d'une bombe nucléaire dans l'école. La petite Kayla Evangelista avait en effet été, jusqu'au jour de mon arrivée, une élève modèle accumulant depuis la première année du primaire les récompenses scolaires et les prix de bienséance. Cet incident avait terni pour toujours sa réputation. Les conséquences furent assez graves : trois jours de suspension, présentation d'excuses sincères et officielles sous forme écrite à Zira – tu m'excuseras, je n'arrive pas à me souvenir de son vrai nom – et l'interdiction de pénétrer dans le secrétariat à moins d'y être appelée *par la directrice.* Zira avait obtenu de son syndicat cette dernière concession, sous peine de poursuivre les parents de Kayla. En voyant surgir la directrice de nulle part, Kayla avait d'abord cessé de respirer, puis, s'apercevant de l'ampleur du désastre, s'était mise à sangloter bruyamment.

– *I'm so sorry...* disait-elle en reniflant.

Évidemment, l'histoire m'a été racontée plusieurs fois, d'abord par Zira, puis par Mrs. Delvecchio, et ensuite par les filles qui s'étaient inscrites au cours de l'après-midi. C'est donc dans cette atmosphère que j'ai fait mes débuts à Holy Canadian Martyrs Catholic Secondary School à l'automne 1994. J'étais loin de me douter que j'étais sur le point de rencontrer la fille la plus bizarre au monde.

Mais mon S-Bahn arrive au bout de son circuit. J'essaierai de t'écrire demain.

Gabriel

Erkner-Spandau
8 mai 1999

Mon cher Michel,

Voilà trois jours que je ne t'ai pas écrit, je me sens un peu coupable. La voisine d'en bas s'est encore une fois manifestée. J'ai eu un flash : elle s'appelle Magdalena Berg, ce qui est plus ou moins l'équivalent allemand de Madeleine Lamontagne. Tu ne trouves pas ça bizarre ? Surtout que les Lamontagne de Rivière-du-Loup sont d'origine allemande, leur nom a été francisé au dix-huitième siècle, c'est Suzuki qui me l'a dit. Mais Berg est un nom si commun en Allemagne, presque autant que Schmit, Schmidt ou bien Schmitt ! En tout cas, la vieille a encore frappé à ma porte hier soir. Je lisais un livre que j'ai piqué à Delphine – une étudiante française qui suit des cours avec moi au Goethe. Elle me regardait très discrètement depuis le début des cours en janvier. Avant la fin du mois, j'étais chez elle. Les gens chez qui elle loge, à Kreuzberg, étaient dans l'autre pièce, alors il ne fallait pas faire de bruit. C'était étrange parce que le couple, des gens dans la cinquantaine, était engagé dans une dispute épouvantable. Je pense qu'il était question d'argent. On les entendait s'insulter en allemand pendant que nous faisions le contraire. *« Du Dreckstück ! »* et lui de répondre *« Du, unverschämte Kuh ! »,* l'un a giflé l'autre, puis il y a eu le bruit d'un meuble renversé. Nous avons profité d'une crise de larmes de la femme pour jouir. Quand Delphine s'est faufilée dans la salle de bain, j'en ai profité pour lui chiper *Hotel New Hampshire* de John Irving. Je ne l'avais jamais lu. Hier soir, donc, j'en étais à l'épisode où l'avion transportant la mère et le petit frère Egg est en train de s'écraser dans l'Atlantique. Je me disais « Non ! Non ! Non ! C'est pas vrai ! Il ne va pas la faire mourir ! Pas elle ! Pas maintenant ! » quand la voisine a frappé à la porte. Elle portait une robe de coton à imprimés psychédéliques très République démocratique allemande, tu sais le genre de motifs qu'on voyait sur le papier peint dans les années 1970 ? Des cercles bruns, orange et jaunes... On aurait dit qu'elle s'était faite belle pour frapper à ma porte. Elle tenait encore un fil, vert cette fois, et une aiguille qu'elle voulait que j'enfile.

– Je n'arrive pas à voir le trou ! Il est trop petit !

Pendant que je lui rendais ce petit service, elle a pris une grande respiration.

– Prendrez-vous un verre de riesling chez moi demain soir ? Vers huit heures ? Je vous invite.

Comme je n'avais rien au programme et que je lui avais déjà avoué aimer le riesling, j'ai accepté. Je suis donc invité ce soir chez Magdalena Berg pour un verre de riesling allemand. Elle avait l'air d'être contente que j'accepte l'invitation. Elle m'a dit qu'elle pourrait me parler de Potsdam et de l'ancienne RDA. Les voisines des étages inférieurs m'ont déjà un peu parlé d'elle. Magdalena Berg ne s'est jamais mariée et elle habite cette tour depuis les années 1970. Elle travaillait à la commission des monuments nationaux de la RDA. Depuis la chute du mur, elle touche une petite rente de l'État allemand. Elle ne semble pas très appréciée de ses voisines. « Elle a un caractère de chien », m'a dit un jour Germana, du septième étage. Hilde, du troisième, s'est carrément brouillée avec elle. Il faut dire que Hilde, à l'époque de la RDA, était membre du Parti et qu'elle avait comme tâche de surveiller les activités de tout le monde dans la maison et d'en faire rapport. Je ne pense pas qu'elle ait balancé quiconque, mais on sent que les autres lui en veulent, il y a des comptes non réglés. J'imagine que Magdalena Berg va me raconter tout ça ce soir.

Tu ne croirais pas l'étendue de cette ville. Pourtant, il n'y a pas tant de monde, mais elle ne finit pas. Impossible de la traverser d'un bout à l'autre à pied en moins d'une journée. Ces merveilleux S-Bahn sont vraiment très pratiques. Je me demandais, avant d'arriver, si on distinguait, encore en 1999, une séparation entre l'Est et l'Ouest. Oui, bien sûr. Le mur est tombé, mais il n'y a qu'à regarder dehors pour savoir si le S-Bahn se trouve dans un quartier de l'Est. Les gens sont encore très différents, aussi. Par exemple, les filles de l'Est que je rencontre parfois essaient de cacher qu'elles sont de l'Est. Cela m'est arrivé par deux fois de rencontrer une fille qui m'a déclaré être de Berlin-Ouest alors que c'était faux. Mais il y a un truc : il suffit de les déshabiller assez pour connaître la vérité. Les Allemandes de l'Est de notre âge ont toujours, sur le bras, une sorte de cicatrice laissée par un vaccin, celui contre la polio, je pense. Chez nous, au Canada, et en Allemagne de l'Ouest, seuls les gens de l'âge de Suzuki l'ont reçu. Cette pratique a dû être arrêtée un peu avant notre naissance. C'est comme si tout un peuple portait une espèce de scarification communiste. De toute façon, je ne comprends pas pourquoi elles essaient de me cacher qu'elles sont de l'Est. Pour moi, *Deutsch ist Deutsch !*

Pendant que le train avance vers Warschauerstraße, je me rappelle qu'il n'y avait presque pas de jeunes Allemands à l'école Holy Canadian Martyrs. Comme c'était une école catholique, on y retrouvait surtout des enfants d'immigrants italiens, polonais, et des descendants d'Irlandais. Un mélange bien romain. Mes listes de classe devaient d'ailleurs ressembler à la liste des noms qui dort quelque part dans les caves du Vatican : Pantalone, di Franco, Kubica, Murray... Joyeux synode ! Le premier jour d'école, juste après l'incident qui avait sérieusement compromis les chances de la petite Kayla d'obtenir un jour son diplôme d'études secondaires, la secrétaire Zira est venue me voir pendant le lunch.

– Vos classes sont remplies !

Elle m'avait remis les listes que j'avais commencé à étudier soigneusement pour avoir une idée de ce qui m'attendait. Les élèves ont commencé à envahir le gymnase bien avant l'heure du cours. En majorité des filles qui s'étaient inscrites au matin. Quelques garçons m'ont même demandé si je prenais des stéroïdes et si je pouvais leur en trouver. Je leur ai expliqué que tout vient avec l'effort. Ils voulaient savoir si nous allions faire de la muscu et s'ils pouvaient espérer eux aussi avoir des pectoraux semblables aux miens avant juin. Ils étaient très drôles.

Quelques secondes avant que la cloche sonne, une fille est entrée toute seule. À son irruption dans le gymnase, les autres filles se sont mises à ricaner, et pour cause. Même si elle portait un uniforme identique à celui de ses compagnes, la petite détonnait par son allure. Petite, boulotte, elle portait d'épaisses lunettes noires et deux affreuses tresses qui lui encadraient le visage, qu'elle avait encore plus poupin que les autres élèves. J'ai cru un instant que sa jupe était différente de celle des autres, jusqu'à ce que je me rende compte qu'elle était la seule à ne pas l'avoir raccourcie. Je lui ai demandé comment elle s'appelait.

– Stella Thanatopoulos, Monsieur, a-t-elle dit en regardant le plancher.

– Sainte Stella ! a ajouté un garnement.

J'avais tout de suite reconnu la voix de Stella. C'était la petite qui, au matin, juste après l'hymne national et le *Our Father,* avait récité le *Je vous salue Marie* en français en guise de bienvenue au nouvel enseignant du Québec. Elle vivait seule avec sa mère, qui lui faisait fréquenter une école catholique, faute de pouvoir l'envoyer dans une école orthodoxe. C'est elle qui chantait aux messes qui avaient lieu tous les premiers vendredis du mois. Les filles qui s'étaient inscrites au matin à mon cours étaient allées en vitesse chercher leurs vêtements de sport à la maison et prêtaient même certains vêtements à celles qui habitaient trop loin. Pas question de les laisser entrer sans les vêtements appropriés.

Les élèves sont allés se changer dans les vestiaires, à l'exception de Stella, qui est restée penaude sur son banc. Plus tard, j'ai appris que Stella avait été inscrite au cours d'éducation physique à la demande de sa mère, avant même que je sois embauché.

– Tu ne vas pas te changer ?

– J'ai oublié ma tenue de sport.

Stella parlait déjà assez bien le français, mieux que ses camarades de classe en tout cas. Jamais elle ne me regardait dans les yeux, ce que je trouvais très agaçant au début. Quand les autres sont revenus des vestiaires, je leur ai fait faire quelques exercices de réchauffement, puis une partie de volley-ball s'est organisée. La petite Stella se tenait devant le filet comme une martyre dans une arène romaine. Loin de s'intéresser au ballon, elle tentait plutôt de l'éviter à tout prix. Les autres levaient les yeux au ciel chaque fois qu'elle manquait l'occasion de renvoyer la balle dans l'autre camp. Quand son tour vint d'assurer le service, une fille a crié : « Elle n'y arrivera pas, Monsieur Lamontagne, elle est trop gauche ! » Ce qui n'était pas loin de la vérité. Stella ne parvenait à frapper la balle qu'une fois sur deux, poussait des « Han ! » et des « Oh ! » au grand désespoir de ses coéquipiers. Elle est allée finalement se rasseoir sur le banc, dépitée. Je lui ai ordonné de retourner sur le court, mais elle fixait le plancher sans dire un mot. « Laissez-la faire, Monsieur, elle est toujours comme ça ! » La partie a donc continué sans Stella. Une des filles les plus fortes a ensuite frappé un service d'une violence inouïe, de sorte que la balle, sans qu'on sache si elle l'avait fait exprès, a frappé Stella en plein front. La petite Grecque est tombée à la renverse du banc où elle était assise, occupée à se ronger les ongles. Dans sa chute, sa petite jupe à carreaux lui était remontée sur le ventre pour dévoiler une culotte blanche immaculée. Les autres ont d'abord ri comme des malades, puis, constatant qu'elle était inconsciente, ont pris un air apeuré qui en disait long sur l'importance de Stella à la Holy Canadian Martyrs.

J'ai couru vers elle ; heureusement, elle respirait encore. La balle l'avait tout simplement assommée. Elle gisait là, sur le plancher, les bras en croix, les yeux fermés.

– Stella ! Stella ! Ça va ? lui ai-je demandé en lui pinçant les joues.

Elle a lentement ouvert les yeux. Elle m'a regardé comme si la Vierge venait de lui apparaître.

– *The Archangel !* a-t-elle murmuré.

Les autres ont poussé un soupir de soulagement qui m'a fait comprendre que Stella jouissait, dans l'école, d'un statut spécial et qu'elle occupait quand même une certaine place dans leur cœur.

– Je vais t'emmener au secrétariat, Stella.

– Je n'arrive pas à me lever.

Il a fallu que je la porte comme on porte un enfant. Malgré ses rondeurs, la petite n'était pas vraiment lourde, enfin, pas pour moi. Au secrétariat, Zira a failli s'évanouir en me voyant arriver avec Stella dans les étoiles.

– *Oh my God ! What happened to Stella ?*

Elle a immédiatement appelé une ambulance, et la mère de Stella. À l'hôpital, on s'est rendu compte qu'elle avait eu plus de peur que de mal. Elle s'en est tirée avec une prune sur le front et la honte d'avoir montré sa culotte à ses camarades de classe. C'est ce jour-là que je fis la connaissance de Mrs. Thanatopoulos. Tiens, juste pour rendre les choses plus solennelles, disons que je pourrais, si tu me le demandais, te donner l'heure exacte de notre rencontre, un peu comme les femmes se souviennent de l'heure à laquelle elles ont donné naissance à leur premier enfant. Après les classes, Zira m'a appelé au secrétariat par le système d'interphone. Là m'attendaient la directrice, Mrs. Delvecchio, et Mrs. Thanatopoulos. C'était une toute petite femme qui ressemblait à une version plus ronde de Nana Mouskouri, avec les mêmes lunettes. Maquillage impeccable et étudié avec soin. Coiffure à la fois classique et moderne. L'élégance anachronique et aguichante du Vieux Monde avec une touche d'Asie Mineure. L'antonyme – ou l'avenir ? – de sa fille.

– *Mrs. Thanatopoulos wants to talk to you,* m'a dit la directrice avant de nous laisser seuls dans une petite pièce attenante au secrétariat.

Je m'attendais à me prendre les reproches les plus virulents du monde, à ce que la mère me menace de poursuite, qu'elle me fasse renvoyer, qu'elle me décapite à coups de pelle, qu'elle me transforme en méchoui pour la Pâque orthodoxe. Elle s'est assise devant moi en posant son sac sur ses genoux. J'ai remarqué, à son habillement, que Mrs. Thanatopoulos n'était pas sans moyens. Tout, dans sa personne, exhalait l'argent, le vieil argent, celui qu'on ne peut pas cacher. La mère de Stella parvenait par son port à vous faire comprendre qu'avant d'arriver à Toronto, ses parents n'avaient pas trait les chèvres sur les flancs du mont Olympe. Ils étaient arrivés au Canada par la grande porte et s'y plaisaient beaucoup. Elle m'expliqua que son mari, un homme d'affaires accompli, était mort d'une crise cardiaque alors que la petite Stella n'avait que cinq ans. Embonpoint. « Un mal grec », selon son propre aveu. L'enfant n'avait gardé presque aucun souvenir de son père, puisqu'il passait le plus clair de son temps entre Londres et New York, où il était banquier. Il avait installé sa femme et sa fille au Canada parce qu'il avait trouvé les grandes villes américaines, surtout New York, trop vulgaires et trop dangereuses. Il avait été conquis par la courtoisie torontoise des années 1970. Après sa mort, la mère avait décidé de rester au Canada pour permettre à sa fille d'apprendre l'anglais et de terminer l'école. Elle avait ensuite l'intention de retourner s'installer à Athènes, où elle avait grandi. Mrs. Thanatopoulos parlait un français presque parfait, avec l'accent de Melina Mercouri. Elle n'arrivait pas, par exemple, à prononcer les « ch » correctement, ou encore elle savait, mais feignait de ne pas savoir pour se rendre adorable. Elle avait compris, la Thanatopoulos, qu'en se montrant imparfaite à mes yeux, elle s'attirait mes grâces.

– Que Dieu vous bénisse, Monsieur Lamontagne, qu'Il soit béni de vous avoir mis sur notre jemin !

Je suis resté un peu interloqué. Je m'attendais à des menaces de représailles graves pour avoir presque permis l'assassinat de sa fille en cours de gym et voilà qu'elle me bénissait !

– Je suis sincèrement désolé pour l'incident de cet après-midi. Comment va Stella ?

– Stella va bien, grâce à Dieu ! Je l'ai laissée à la maison avec de la glace sur le front, elle ira mieux demain. Elle m'a beaucoup parlé de vous.

Je me demandais bien ce que la petite avait pu lui raconter de moi. Nous nous étions vus pendant une heure, tout au plus.

– Elle vous trouve très gentil et très poli avec elle. Vous savez, ma petite Stella est une enfant bien particulière.

Je m'en étais déjà rendu compte. Je voulais d'ailleurs demander à la mère pourquoi elle laissait la petite aller à l'école affublée de ces horribles tresses et de ces lunettes de débile.

– Ma petite Stella est très appliquée, elle travaille du matin au soir dans ses livres, elle ne s'interrompt que pour ses leçons de musique. Son dictionnaire lui sert d'oreiller.

– Elle joue du piano ?

– Non, Stella jante. Vous aurez d'ailleurs bientôt l'occasion de l'entendre. Elle jante à toutes les messes de l'école, mais j'ai pour elle des espoirs bien plus grands.

Quand elle a prononcé le mot « jante », j'ai failli lui parler de toi, puis je me suis ravisé. Je ne tiens pas à ce que les gens sachent que je suis le fils de Madeleine Lamontagne. Comme elle a banni ses propres parents de sa vie, je ne vois pas pourquoi je devrais garder ma mère dans la mienne.

– Le Seigneur a fait le don le plus beau à ma fille, il lui a donné la voix d'un ange. Mais comme vous le savez peut-être, il faut bien plus que ça pour faire carrière, ajouta Mrs. Thanatopoulos.

– Oui, il faut de la discipline et beaucoup de patience.

– Elle a déjà ça. Je vous parle d'autre jose.

– Que voulez-vous dire ?

– Il ne vous a sûrement pas éjappé que Stella est un peu, comment dire, encore très petite fille.

– Elle va grandir.

– Je voudrais surtout qu'elle amincisse, fit-elle en pinçant les lèvres.

– Mais pourquoi donc ? Qu'est-ce que cela a à voir avec le chant ?

La Thanatopoulos prit une grande respiration.

– Monsieur Lamontagne, le Seigneur vous a gracié d'un corps de dieu, regardez-vous !

– Je vous remercie, lui ai-je dit, sans lui préciser que c'est davantage toutes les heures passées dans les salles d'entraînement de l'avenue du Parc qui m'avaient donné un corps de dieu, mais il est toujours impoli de reprendre une mère.

– Je crois que ma petite Stella a tout ce qu'il faut pour devenir une grande diva, une étoile qui redéfinira la notion même de diva. Mais pour ça, elle doit comprendre qu'elle doit janter avec tout son corps et que ce corps doit plaire au public, qu'on la désire, que les femmes veuillent être comme elle ; et les hommes, la posséder. Pour l'instant, elle est le vilain petit canard. Je me présente humblement à vous aujourd'hui pour vous supplier de m'aider à faire d'elle une femme.

Je suis presque tombé de ma chaise. Faire de Stella une femme ?

– Je suis peut-être croyante, mais pas assez naïve pour ignorer que Stella n'habite pas encore son corps. Elle doit perdre du poids et apprendre à s'aimer. Vous qui semblez si à l'aise dans votre corps, vous pouvez l'aider. Elle vous admire déjà. Elle m'a dit : « Maman, il n'est pas d'homme plus beau sur terre, il a le jarme d'un ange et le corps d'un dieu ! » Accepterez-vous, Monsieur Lamontagne ?

– Madame, je ne suis pas entraîneur privé, je suis professeur d'éducation physique. Votre fille peut s'inscrire à un club de natation ou commencer à faire du jogging. Je peux lui donner des conseils, mais la volonté de changer doit partir d'elle-même. Et honnêtement, je ne sais pas si vous êtes dans la bonne voie...

Pour me montrer de quel bois elle se chauffait, Mrs. Thanatopoulos a sorti de son sac une enveloppe brune très épaisse.

– On peut commencer comme ça. Si Dieu le veut, il y aura d'autres enveloppes. Une pour jaque kilo que Stella perdra grâce à vous.

Je n'en croyais pas mes yeux. Enfin, je suis d'accord pour que les chanteurs, et surtout toi, perdent quelques livres pour se rendre plus esthétiques, mais il faut que ça vienne d'eux. Mrs. Thanatopoulos a déposé l'enveloppe sur la table, s'est levée et est partie en me laissant son adresse sur un bout de papier.

– Vous serez jez moi samedi à dix heures, je vous remercie de votre temps ; passez une belle journée, Monsieur Lamontagne.

Je suis retourné un peu sonné à la salle des enseignants. Il y avait mille dollars dans l'enveloppe. Sans le vouloir, je me suis mis à évaluer le nombre de kilos que Stella devait perdre pour devenir une diva svelte. Dix ? Non, quinze ! Peut-être même vingt mille dollars si je réussissais à faire fondre la pauvre Stella. La valeur de mon prêt étudiant.

La semaine a passé. Entre-temps, je m'étais lié d'amitié avec Jodi, la bibliothécaire, une fille de Thunder Bay assez charmante, une grande blonde qui ressemblait de loin à Jodie Foster. Je lui ai raconté l'histoire de Stella.

– Si j'étais toi, je sauterais sur l'occasion. D'ailleurs, t'as pas trop le choix.

– Comment ça, pas le choix ?

– Holy Canadian Martyrs est une école bien particulière... Elle est financée par l'État comme les autres écoles catholiques de l'Ontario, mais elle dépend aussi de dons privés, dont ceux de Mrs. Thanatopoulos.

– Tu veux dire que si je refuse le marché, elle risque de cesser de donner de l'argent à l'école ?

– Tu ne comprends pas, elle va continuer de donner de l'argent à Holy Canadian Martyrs, *à certaines conditions...*

– Quoi ?

– Elle n'en serait pas à sa première offense, apparemment. Tu ne t'es jamais demandé pourquoi ton prédécesseur était parti ?

– Il était gai et ça ne passe pas aux yeux d'une école catholique, c'est ça ?

– Mais non, mais non... Lemon était pédé, oui, ça, tout le monde le savait. Mais ça ne créait pas de problème tant qu'il se la fermait. Il s'est toujours bien comporté, jusqu'au jour où il a refusé une faveur à Mrs. Thanatopoulos.

– Quelle faveur ?

– Exactement ce qu'elle t'a demandé ! Que tu fasses maigrir sa petite truie !

– C'est pour ça qu'ils l'ont viré ?

– Pas exactement, mais disons que Mrs. Thanatopoulos a tout fait pour que le monde entier sache qu'il était pédé. Je pense aussi qu'elle avait un œil sur lui et qu'il a refusé ses avances. Une histoire... Tu sais, Gabriel, il faut que tu fasses bien attention aux gens à Holy Canadian Martyrs, ils sont si catholiques qu'ils en oublient souvent le bon sens. Si j'étais toi, je ferais du jogging trois fois par semaine avec cette boule de graisse et qu'on n'en parle plus ! D'ailleurs, elle te paye grassement ! Ha ! Ha ! Grassement ! Pas mauvais, hein ? Tu rends service à tout le monde ! Tout le monde y gagne ! Tu sais ce que c'est d'être grosse au secondaire ? L'enfer !

– De qui d'autre dois-je me méfier, Jodi ?

– De la Robinson, l'Irlandaise. Une folle furieuse. Les catholiques d'Irlande du Nord sont les pires après les Polonais. Ensuite, du vieux Suisse qui enseigne le français. Une bête puante. Tiens-toi loin de lui. Delvecchio, la directrice, a l'air d'un char d'assaut, mais elle a plus de bon sens que tu ne le crois. Selon les rumeurs, elle serait gouine, pas de chance pour toi, mon vieux ! Ah oui ! Zbornak, le prof de maths, je ne suis pas sûre de celui-là... Dis-toi aussi que de toute cette bande d'arriérés mentaux, Zira-la-guenon est probablement la plus sincère, après moi, bien sûr.

– Merci de tes précieux conseils !

– Une autre chose, Gabriel, mon petit ange : dans les écoles catholiques de l'Ontario, tout est permis, il faut juste éviter de se faire prendre. Donc, tu rayes les mots suivants de ton vocabulaire : *avortement, homosexualité, union libre, drogues douces, sexe* et bien sûr, *alcool.*

– Mais ils boivent tous, même la Robinson ! J'en suis sûr !

– T'as rien compris. Tous les profs engagés dans les écoles catholiques doivent fournir une lettre de recommandation pastorale, tu en as une, toi ? Tu sais, pour prouver que tu es un bon catholique ?

– Ben oui...

– Bon. Conserve-la bien. C'est ton passeport. Tout le monde, ici, a une lettre comme ça, dans certains cas fausse, comme la mienne. Je ne suis même pas catholique, mais j'ai besoin de ce boulot. Alors, je me suis inventé un prêtre du Manitoba et ma lettre de recommandation pastorale a passé. Il ne faut pas que tu en parles où je me fais virer sur-le-champ ! Tu n'y penses pas ? Une protestante ! Une souillure antipapiste qui ose proposer des lectures à de purs catholiques ! Même le concierge doit être catholique ! Autrement, les parents gueulent.

– Mais c'est illégal !

– Justement, non. Tout ça est parfaitement légal. C'est comme vivre sous un régime politique hyperchiant où il y a des avantages et des inconvénients. Les avantages, c'est que nous avons un emploi, l'école est bien, on a la paix. Tant qu'on a l'air irréprochable, personne ne nous accuse de mal enseigner ou d'être incompétents. Il suffit d'être « catholique ». Mais ce régime a aussi ses inconvénients, pour ceux qui ne savent pas cacher ce qu'il faut cacher. Alors, Gabriel, si jamais l'envie te prend d'aller faire un tour chez les garçons de Church Street et que tu aimes ça juste un peu trop, je te conseille de te la fermer. Baise toutes les filles *majeures* qui te tomberont sous la main, mais pas touche aux garçons. Tu ne veux pas avoir les prêtres sur le dos ! Ha ! Ha ! Les prêtres sur le dos ! Je suis en feu, aujourd'hui ! *Believe me !* Oublie Montréal, tu es en Ontario ! *This is God's country ! One last thing,* petite mise en situation pour vous, élève Lamontagne : une de nos petites idiotes se présente à toi désespérée. Elle est enceinte. Elle a dix-huit ans et te demande conseil. Tu fais quoi ?

– Ben, euh... Je la réfère à la psychologue.

– Bonne réponse, deux points. Maintenant, la fille te demande si tu connais un médecin qui pourrait l'aider. Tu réponds quoi ?

– Je cherche dans les pages jaunes ?

– Mort ! Mort ! Mort ! Quatre fois mort ! Tu fais le signe de la croix, tu lui dis non, tu lui jures que tu ne connais personne et tu pars en courant. Et quand on te gestapotisera pour savoir ce que tu lui as dit, tu nieras l'avoir rencontrée. Voilà ce que tu fais. Compris ?

– Je pars en courant vers Church Street ?

– T'es vraiment trop con. Tu aimes le haschich ?

C'était quand même une chic fille. Comme pour m'encourager à rester dans la bonne voie et pour mieux me préparer à la survie dans les écoles catholiques de l'Ontario, elle m'a invité chez elle.

– Va ! Je fais un poulet, ce soir, tu veux de la cuisse ? Je vis pas loin de chez toi, sur Bloor Street...

Jodi avait un humour assez gras, je dois dire. Elle vivait dans ce beau quartier de Toronto qu'on appelle l'Annex. Elle partageait un petit appartement avec une fille de la Colombie-Britannique, au premier étage d'une maison dont le rez-de-chaussée était habité par une famille chinoise. Son appartement sentait l'ail et le gingembre en permanence. Nous nous sommes vus quelques fois chez elle, puis, un matin, elle s'est levée pour m'annoncer qu'elle voudrait bien qu'on soit simplement amis. Je n'avais honnêtement rien contre, surtout qu'il est toujours déconseillé de choisir ses amantes parmi ses collègues. « Les chiens ne mangent pas là où ils chient », qu'elle avait dit. J'étais entièrement d'accord avec elle, d'autant plus qu'elle n'avait pas le talent de ma première monitrice d'anglais, Caroline de la Saskatchewan.

– Alors, Gabriel, je te fais tes œufs et tu fous le camp ? m'a-t-elle demandé au dernier matin.

Pendant qu'elle préparait les œufs, je lui ai pris *Oranges are Not the Only Fruit* de Jeannette Winterson. C'est pas mal, mais un peu triste. Ça raconte l'histoire d'une Anglaise qui grandit dans une famille chrétienne fondamentaliste. Le drame, c'est qu'elle devient lesbienne et que sa mère la considère comme une possédée. Elle la fait même exorciser. Ça m'a encore rappelé Maman qui nous faisait confesser trois fois par année. Tu trouveras peut-être que j'enfonce encore le clou, mais je réitère à ma décharge que je n'ai jamais vu ça ailleurs. Peut-être chez les familles immigrantes très religieuses. Peut-être Stella avait-elle un confesseur ? Je serais bientôt fixé.

Le samedi, je me suis levé assez tôt pour finir mon entraînement avant d'arriver chez Mrs. Thanatopoulos. Elle vivait assez loin, dans le coin de Don Mills, dans une grande maison cossue. Une BMW dans le garage ouvert. C'est la mère qui m'a accueilli à la porte.

– Ah ! Monsieur Lamontagne... Je savais que vous seriez ponctuel. Stella vous attend déjà.

Je m'attendais à trouver la petite en pyjama, à peine éveillée d'une longue nuit de sommeil adolescent. En fait, elle venait de faire deux heures de solfège avec un prof, toujours installé, d'ailleurs, devant un Bösendorfer luisant. La jeune fille était très heureuse de me voir. Elle avait toujours ses grosses lunettes noires et ses affreuses tresses. Le prof de musique, un petit homme chauve, m'a poliment salué et est sorti en chantonnant la mélodie que Stella venait de répéter. Mrs. Thanatopoulos voulait assister à notre première rencontre, qui consistait à évaluer le régime alimentaire de Stella. Là, déjà, il fallait apporter des modifications importantes. En parlant avec la mère et sa fille, je me suis rendu compte que cette dernière était engraissée comme un pourceau à la cuisine grecque : viandes grasses, baklavas à volonté, yogourt complet et *tutti quanti*. Je lui ai préparé sous ses yeux un régime assez spartiate. La mère a acquiescé sans broncher. Je pense que si je lui avais ordonné de mettre sa fille aux épinards et à l'eau pendant trois mois, elle l'aurait fait sans poser de questions. Ensuite, j'ai demandé à Stella de se mettre en tenue de sport. Elle a disparu pendant quelques minutes. Seul avec la mère, j'ai mis sa détermination à l'épreuve.

– Êtes-vous bien certaine de vouloir continuer ?

En guise de réponse, Mrs. Thanatopoulos a sorti du tiroir d'un meuble ancien un grand album rempli de photos de sa jeunesse en Grèce. Elle avait été très belle. Quand je te dis qu'elle ressemblait à Nana Mouskouri, je n'exagère pas. Sauf qu'il faut que tu t'imagines une Nana Mouskouri plus ronde, plus joviale et très, très bien portante. Il y avait des photos de scène. Elle avait chanté dans des productions d'opéra à Athènes et même en Italie. Toujours des rôles secondaires, rien de sérieux.

– J'étais trop paresseuse pour maigrir. Je n'ai jamais pu faire carrière.

– Mais il y a plein de chanteuses d'opéra voluptueuses qui ont fait carrière...

– Comme Montserrat Caballé ? Je l'ai vue dans *Tosca* à Londres en 1976 ! Une voix magnifique, mais incapable de bouger sur scène ! Et à l'Acte II, quand Scarpia veut la posséder, c'était carrément improbable ! Elle aurait pu l'étouffer entre ses cuisses ! Attendez, je vais vous la faire entendre.

Elle a sorti un CD de *Tosca* pour me faire entendre Montserrat Caballé. J'avais envie de lui dire que si Dieu donnait à sa fille ne fut-ce que le quart de la beauté de la voix de cette femme, le public se moquerait bien de son apparence et elle pourrait bien apparaître sur scène avec la tête d'un orang-outang. Elle parviendrait quand même à charmer les gens. Stella est revenue vêtue de vêtements de sport griffés qui avaient sûrement coûté une fortune.

– Je suis prête, Monsieur Lamontagne !

Nous avons commencé par des étirements, puis je l'ai emmenée, toujours accompagnée de sa mère, courir au parc. Et là, il est important que je te dise, mon frère, pour que tu saisisses bien l'essence de la créature qui m'avait été livrée vive par sa propre mère, que jamais Stella n'a versé une larme. J'ai vu des gars pleurer de douleur après avoir accompli la moitié de ce que je lui faisais faire. Au moment de la programmer, le Grand Informaticien avait dû oublier d'activer la fonctionnalité « apitoiement ». Les gens nous regardaient, incrédules. Stella soufflait, haletait, ahanait comme une jument fourbue. Elle obéissait à tous mes ordres malgré la douleur qui déformait son visage. La mère nous observait, les bras croisés, près de la piste de course. Après une heure, j'ai eu pitié de la jeune fille.

– Ça ira pour aujourd'hui, Stella. On reprend lundi après l'école.

Et on a continué comme ça pendant trois mois. Vélo. Natation. Poids et haltères. Aérobie. Mes prescriptions diététiques ont été observées à la lettre. Si bien qu'au deuxième dimanche de l'avent, Mrs. Thanatopoulos m'a remis une enveloppe contenant dix mille dollars. J'avais réussi à faire perdre dix kilos à sa fille.

– Vous reviendrez après Noël, il y a encore du travail.

Moi, honnêtement, je me serais bien arrêté là. À l'école, les autres filles avaient évidemment remarqué que Stella fondait à vue d'œil. La pauvre avait même dû s'acheter de nouveaux uniformes tant elle avait maigri. Candice, Kayla et Melikah, les trois inséparables de la onzième année, restaient souvent avec moi dans le gymnase pour jacasser après l'école. Je crois qu'elles devaient être un peu amoureuses. Mais je me souvenais des paroles de Jodi sur ce que les chiens ne font pas là où ils mangent. Surtout pas dans une école catholique.

– Monsieur Lamontagne, la Stella est trop dingue depuis que vous êtes là ! disait Melikah un soir de décembre que je corrigeais des tests dans le gymnase.

– Comment ça ? lui ai-je répondu en levant la tête de mon travail.

Les autres élèves ne savaient pas que j'étais devenu l'entraîneur de Stella. Mrs. Delvecchio elle-même n'était pas au courant. Elle avait cru, le jour où Mrs. Thanatopoulos avait voulu me parler en privé, que la mère tenait à me rappeler en personne les règles de sécurité élémentaires dans un gymnase. C'était, pour ainsi dire, une affaire très privée que Mrs. Thanatopoulos ne voulait pas ébruiter, elle avait été claire sur ce point.

– On devait lire un poème de notre cru en anglais, a-t-elle continué. Stella avait écrit un poème intitulé *The Archangel* !

– Et puis ? Vous savez toutes que Stella est très pieuse. Normal qu'elle s'intéresse aux anges.

J'essayais de détourner leur pensée vers autre chose.

– Vous ne comprenez pas, le poème était d'un sulfureux ! Tu te souviens, Candice ? a insisté Melikah.

*– In your arms of steel, all truth is above / In your eyes of teal, I'm waiting for love,* récitait Candice en se pâmant.

Les filles ont éclaté de rire.

– C'est pas tout ! Le reste du poème ne parle que de l'Annonce faite à Marie et toutes sortes de conneries ; ça, c'était juste deux vers, il y en avait une vingtaine encore plus brûlants !

– N'importe quoi, lui ai-je répondu, agacé.

– Monsieur Lamontagne, vous n'avez pas remarqué qu'elle a maigri depuis votre arrivée ?

– Oui, mais à votre âge, c'est normal de perdre du poids rapidement...

– Vous ne voulez pas voir la vérité ? a dit Melikah d'un ton moqueur.

– La vérité, c'est que tu devrais laisser la pauvre Stella tranquille et te concentrer sur autre chose.

– Quoi, par exemple ?

– Je ne sais pas, des choses plus importantes que le poids de tes camarades de classe.

– Et vous, Monsieur Lamontagne, vous la trouvez jolie, la nouvelle Stella ?

Je les ai chassées du gymnase pour pouvoir finir mon travail en paix. Pour te dire, Michel, malgré le fait que mes collègues étaient à peu près tous timbrés, surtout la vieille Irlandaise, j'étais très heureux à Toronto. J'avais toutes les filles que je voulais, et chaque fois que Stella perdait un gramme, je gagnais un dollar. J'avais mon petit appartement au vingt et unième étage au coin de Spadina et Harbord, avec vue sur la tour du CN. J'aurais pu continuer comme ça pendant au moins vingt ans. Puis Claudia est arrivée, comme un miracle, comme un printemps. Il faut que je te dise comment.

Il y avait une enseignante de géographie et d'histoire à l'école, du nom de Véronique Poisson. Une autre Québécoise qui, comme moi, devait enseigner ses matières en français pour satisfaire aux exigences du programme d'immersion française de la Holy Canadian Martyrs. Elle était là depuis quatre ans. Les élèves l'appelaient Miss Fish pour la taquiner. Moi, je n'ai jamais su vraiment comment on m'appelait. Melikah et Candice m'ont appris une fois que les garçons m'avaient surnommé Arnold Physedteacher, mais ils ne me l'ont jamais dit en plein visage. De toute façon, j'aurais pris ça comme un compliment. Toujours est-il que j'avais eu, à Noël 1994, une très courte aventure avec Miss Fish, qui faisait partie de ces femmes qui passent leur vie à prendre des cours du soir. Espagnol, italien, cuisine thaïlandaise ; tout pour tromper l'ennui. En janvier 1995, elle m'avait convaincu de m'inscrire avec elle à un cours d'allemand à l'Institut Goethe. Je lui ai tout de suite dit que l'allemand, ça ne m'intéressait pas.

– C'est vrai, les profs d'éducation physique, il vous faut des choses concrètes. La culture, c'est pas votre fort.

Tu vois, Michel, c'est exactement le genre de commentaires condescendants qu'on pourrait te prêter. Ce que Véronique voulait dire, c'est qu'un prof d'éducation physique, c'est une sorte de gorille à qui on ne demande pas de savoir compter plus haut que cent, un gros inculte qui rote dans le fond de son gymnase. C'est peut-être vrai que la plupart des profs d'éducation physique ne lisent rien d'autre que la section des sports dans les tabloïds, mais il y a aussi des profs de français qui n'ont jamais lu Molière. Juste pour lui montrer que j'étais bien capable de passer un cours d'allemand, j'ai suivi Véronique, un soir, à l'Institut Goethe.

À Véronique, j'avais piqué *Les oiseaux se cachent pour mourir*. Tu sais, ils en ont fait une série pour la télé, une affaire à l'eau de rose à faire pleurer les grands-mères. Ça se passe en Australie. Plus cucul que ça, tu meurs. Véronique n'avait que des romans de ce genre dans sa bibliothèque. Et c'est elle qui me donnait des leçons de culture ? En tout cas, au premier cours d'allemand, j'étais assis entre Véronique Poisson et un Polonais étudiant en philosophie à l'université de Toronto.

Rien de plus hétéroclite que la composition d'un groupe d'apprenants de l'allemand à l'Institut Goethe, ai-je remarqué en observant du coin de l'œil la vingtaine de personnes installées autour d'une table, feuilletant leur manuel d'allemand. Les motifs pour apprendre l'allemand sont aussi difficiles à saisir que la langue elle-même, et on retrouve, dans ces groupes, tout et son contraire. D'abord, il y a ceux qui apprennent l'allemand par obligation : les agents de bord d'Air Canada, les gens d'affaires qui voyagent souvent en Allemagne, les diplomates et leurs familles. Ceux-là sont plutôt résignés et peu intéressés. La plupart du temps, c'est l'employeur qui leur a payé le cours et leur attention est directement proportionnelle au montant qu'ils ont eu à débourser. À défaut d'être motivants, ces condamnés à l'allemand ne sont pas du tout encombrants : ils manquent régulièrement des cours, ne posent pas de questions et s'arrangent pour avoir la note de passage pour faire taire leur employeur. De toute façon, ils se disent que tous les Allemands parlent anglais, alors à quoi bon faire un effort ? Il y a ensuite les étudiants au doctorat en philo, en littérature comparée ou en histoire différentielle du yiddish médiéval, qui ont choisi leur champ d'études pour faire différent de leur colocataire qui pond une thèse sur la culture toltèque. Ceux-là sont un peu chiants. Il ne s'écoule pas cinq minutes avant que l'un d'entre eux – habituellement un maigrichon qui n'a pas touché à un haltère de sa vie ou un boudin imbaisable à la voix de fausset – lève la main pour poser une question visant à planter le prof, des trucs dont tout le monde se fout éperdument, du genre : « Voulez-vous dire la *Vorstellung* au sens heideggerien du terme ? » Imbuvables et prétentieux, ils ont toujours dans leur vieux sac de cuir une copie d'un livre de Nietzsche en allemand qu'ils laissent traîner sur la table pour bien faire comprendre qu'ils s'intéressent à des choses qui vous dépassent. Puis, il y a les retraités qui n'ont rien d'autre à faire et qui réalisent un rêve de jeunesse. Ceux-là viennent en deux modèles : le pépé silencieux qui fait ses devoirs avec application et la mémé qui pérore, qui n'arrête pas de parler, rapporte tout à elle-même, parle de ses enfants et de ses petits-enfants et se trouve très drôle. Elle apporte parfois des muffins aux noix et parle de sa mère qui lui a donné la recette. Il y a aussi ce que j'appelle les « anciens Allemands », ces gens qui sont vaguement d'origine allemande, mais dont la famille a oublié la langue dès la première génération en Amérique. Ceux-là ne durent pas longtemps. Ils comprennent vite, après les premiers exercices de grammaire, pourquoi la grand-maman de Hanovre a toujours refusé de parler l'allemand à la maison. Et il y a toujours un ou deux juifs que j'inclus dans le groupe des anciens Allemands, parce qu'ils ne restent jamais très longtemps non plus. Je ne sais pas ce qu'ils cherchent à l'Institut Goethe. Moi, si j'étais juif, c'est le dernier endroit où je suivrais des cours. J'apprendrais le chinois, le ballet jazz ou la cuisine cambodgienne, mais pas l'allemand. S'ajoutent à cet heureux mélange quelques âmes perdues comme Véronique Poisson et moi, qui n'avions aucun motif valable de nous trouver dans cette salle, si bien que je me suis dit, en posant les yeux sur un étudiant de philo à la chevelure particulièrement hirsute et malpropre, que j'allais partir à la pause pour faire un peu de natation avant la fermeture de la piscine.

Puis Claudia est entrée dans la salle.

D'abord de profil, puis de face.

Comment te la décrire ? Imagine-toi un monde où Claudia Schiffer aurait une grande sœur plus jolie qu'elle. Imagine-toi qu'en Allemagne, à Cologne, cette femme est née cinq ans avant nous, en 1964. Imagine-toi qu'elle est devenue prof d'allemand pour étrangers et qu'elle donne son premier cours un lundi soir glacial à l'Institut Goethe de Toronto sur la rue Yonge, dans une vieille villa de briques rouges. Imagine-toi qu'elle a le regard brûlant de Marlene Dietrich et la silhouette de Brigitte Bardot. Maintenant, imagine-toi qu'elle a un léger défaut de prononciation qui la fait zozoter légèrement. C'est Claudia. Un vague souvenir : elle mesurait un mètre soixante-quinze, pas moins. Chevelure blonde retenue du côté gauche par une barrette bleu opale, entre Marlene Dietrich et Claudia Schiffer. Yeux bleu ciel-de-mai. Le sein généreux, mais discipliné. Elle portait un pantalon chino acheté chez Gap, un ceinturon daim et un chemisier lavande à col droit. Ses chaussures, des escarpins à empeigne haute, produisaient de petits claquements secs à chaque foulée, probablement à cause du talon en bois qui frappait les lattes du plancher de la vieille baraque de l'Institut Goethe. Chaussettes accordées au bleu opale de sa barrette. Une paire de lunettes, toutes discrètes, de fil doré qu'un ange invisible lui tenait sur le nez. Une chaîne en or avec une toute petite croix sur sa peau crème. À trois centimètres à l'est de cette croix, un grain de beauté autour duquel gravite le monde. Pour la protéger des courants d'air dans cette vieille bicoque mal isolée, un pull qu'elle portait en équilibre sur les épaules. Tricoté main. Grosses mailles. Bleu Baltique. Elle a déposé la pile de manuels qu'elle tenait de la main droite, a sorti une feuille de papier d'un classeur et a fait mine de l'étudier en portant le bout d'un stylo Bic bleu à ses lèvres. Puis, elle a levé les yeux.

– *Guten Abend* !

Quand elle nous a regardés, je me suis immédiatement demandé quel livre j'allais lui piquer. Quelque chose de massif. *Le Tambour* de Günther Grass ou *La Montagne magique* de Thomas Mann. Une œuvre que je lirais *in texto* pendant des années sans me lasser. Je n'ai pas manqué un seul cours. Je faisais mes devoirs avec le zèle d'une carmélite et le sérieux d'un jésuite. Je regrettais amèrement de posséder toute cette bibliothèque volée et priais le ciel de ne jamais avoir à lui expliquer comment j'avais accumulé tous ces livres avec des noms de femmes griffonnés à l'intérieur.

Claudia exultait tous ces clichés sur les beautés allemandes. Classe, érudition, tenue, bienséance, tout chez elle était perfection. La beauté stupéfiante d'une arme secrète. La promesse de lendemains qui chantent. La vengeance du Kaiser. Tu me suis ? Évidemment, je n'osais pas l'approcher. J'avais – et j'ai toujours l'impression – que je la souillais de mon regard. Je pense ne pas avoir dormi pendant trois nuits complètes. Inutile de te dire que j'ai appris l'allemand à vitesse grand V. Au terme de la session, en avril, j'ai trouvé le courage d'aller lui parler en privé à la fin du cours. Un Polonais, je pense qu'il s'appelait Wlad, avait lui aussi profité de l'occasion pour s'entretenir avec elle. Tant que le cours n'était pas fini, je pense que lui et moi avions respecté la règle non écrite en vertu de laquelle on ne drague pas ses profs. Mais après... Le Polonais était du genre grande asperge, il ne faisait tout simplement pas le poids. Je l'ai laissé faire son petit numéro pathétique. Claudia parlait quelques mots de polonais, qu'elle a probablement débités pour lui faire plaisir. Elle a des manières impeccables. Puis, le con lui a donné sa carte et a foutu le camp sans même me regarder. Lui, en revanche, pourrait apprendre à se tenir. Je me dis que Jodi avait raison quand elle parlait des Polonais : des catholiques hystériques à éviter à tout prix. Seul dans la salle de classe avec Claudia, je me sentais tout nu et heureux de l'être. J'ai essayé de lui parler en allemand, mais j'avais le trémolo dans la voix.

*– Ich, Ich... Sie... Es... Vielleicht... Möchten Sie mit mir Freitag Abend essen ?*

Je n'en revenais pas de mon culot. Claudia a souri, puis elle m'a répondu en anglais.

– Peut-être pas dîner avec vous, Gabriel, mais vous pourriez m'accompagner à la messe dimanche.

La messe ? Je suis resté interdit. Autant ma question m'avait échappé, autant le sens de sa réponse me dépassait. La messe ! Elle était donc pratiquante. C'était ça ou rien.

Au dimanche, je me suis présenté à l'église où elle m'avait donné rendez-vous. Je n'avais même pas pris la peine de lui demander si elle était catholique ou protestante ; en Allemagne, on ne sait jamais. C'était une église luthérienne sur la rue Bond au centre-ville, un pasteur y célébrait l'office luthérien en allemand. Une chose doit être dite sur l'office des luthériens : à défaut de savoir décorer leurs églises, ils savent chanter. Jamais je n'avais entendu de chorale plus harmonieuse.

Ensuite, j'ai invité Claudia à prendre un thé sur la rue Yonge, dans un café québécois, tu sais, le Kilo ? Il y en a un à Toronto. Elle m'a parlé un peu d'elle, de son engagement dans l'Église luthérienne, et m'a posé un tas de questions sur mes habitudes religieuses. Évidemment, j'en ai profité pour parler de nos confessions chez le père Huot. Elle avait l'air épatée. Il paraît que dans l'Église luthérienne, le pasteur fait une absolution générale pour les croyants. On ne s'attend pas à ce que chacun fasse l'énumération des fautes qu'il a commises contre Dieu et son prochain. D'ailleurs, selon Claudia, les luthériens ne croient pas qu'il soit possible, voire utile d'énumérer tous ses péchés. Voilà qui aurait clos le bec de tu-sais-qui. L'important, c'est la foi. Je me suis timidement informé sur ses amours. Comme ça. Elle m'a répondu qu'elle n'avait pas encore, à l'âge de vingt-quatre ans, rencontré un homme qui vaille la peine qu'elle se compromette. J'ai trouvé dans cette réponse, cher Michel, toute la splendeur de la pureté. J'avais l'impression d'être assis dans un café en face d'un lys blanc parlant. Elle a eu la politesse de ne pas s'informer sur mes activités amoureuses. J'aurais tout nié de toute façon. Nous avons continué à nous revoir tous les deux dimanches.

Si Maman savait que j'ai fréquenté pendant trois ans l'office luthérien, elle deviendrait folle. Mais noterait-on une différence de son état normal ? Je te pose la question.

Voilà donc comment j'ai rencontré cette femme. Le motif de ma présence à Berlin.

Je suis amoureux, Michel. Et ça me tue.

Gabriel

P.-S. : Véronique Poisson n'a pas fini le cours d'allemand pour débutants. Elle trouvait la grammaire trop difficile.

Neuthen/Grünen – Hohen Neuendorf
9 mai 1999

Mon cher Michel,

Midi et je viens à peine de tomber de mon grabat. Un conseil, mon frère : quand, un jour, ta carrière de ténor te mènera en Allemagne, et que tu occuperas un appartement dans une tour, peut-être un *sozialistischer Plattenbauten* ; une vieille dame t'invitera peut-être à partager une bouteille de riesling un soir, par curiosité pour la bête qui vient d'emménager au-dessus de chez elle. Peu importe les circonstances et les exigences inhumaines de tes horaires de répétition, accepte l'invitation. Quand je suis rentré hier d'une longue journée passée à admirer l'immensité de Berlin depuis le S-Bahn, il était déjà huit heures. J'avais presque oublié le rendez-vous que m'avait donné Magdalena Berg la veille, et ce n'est qu'en voyant sa porte que je me suis rappelé sa curieuse invitation. Me suis changé en vitesse pour arriver à l'heure, car rien n'est plus navrant, aux yeux du Prussien, que le retard. Pendant que j'attendais qu'elle vienne m'ouvrir, j'ai clairement entendu le regard de quelqu'un qui, derrière l'une des quatre autres portes du palier, venait voir qui sonnait chez Magdalena Berg.

– Kapriel ! Comment allez-vous ? Entrez !

Magda Berg habite un appartement plus grand que le mien. Elle a, en plus d'un salon, une chambre à coucher et un petit couloir qui relie toutes les pièces. Dans son couloir, il y a une grande bibliothèque remplie de livres neufs et anciens. Déco RDA; papier peint aux mêmes motifs que sa robe, électroménagers aux marques inconnues en Allemagne de l'Ouest, moquette orange qui absorbe le bruit des pas. Elle m'a emmené au salon, où un large sofa remplissait une bonne partie de la pièce. Sur une table basse, elle avait mis une bouteille de riesling de la vallée du Rhin à refroidir dans un seau à glace. Dans un bol, elle avait placé avec soin ces petits poissons croustillants qu'on grignote en buvant, comme des cacahuètes.

– Asseyez-vous, Kapriel.

Magda Berg parle l'allemand en détachant chaque mot avec une diction parfaite. L'étranger arrive très bien à la comprendre, mieux en tout cas que les Allemands des régions du Sud, qui ont un accent difficile à déchiffrer aux oreilles étrangères. Elle s'est assise à ma droite dans un grand fauteuil. De sa fenêtre aux longues tentures de velours brun et orange, elle a la même vue que moi sur les édifices de Lichtenberg.

– C'est un petit riesling inoffensif de la vallée du Rhin, je fais venir les bouteilles à la caisse, c'est moins cher.

Magda touche une rente très modeste. Elle m'en a spécifié le montant. On se demande effectivement comment elle arrive à survivre avec si peu. Pourtant, Magda ne semble pas souffrir de sous-alimentation, on dirait qu'elle déjeune chez Maman tous les matins et qu'elle y commande le spécial « Louis Cyr » avec jambon, saucisses et bacon. J'évalue grossièrement son poids à cent vingt kilos. Elle a une ossature assez large et des membres généreux. On est loin de Claudia, ma sirène. Magda aime raconter des blagues.

– Aimez-vous les plaisanteries ?

– Euh, oui. Vous en avez une ?

– Oui. Elle est très drôle. Je l'ai entendue il y a longtemps, mais je continue de la raconter parce qu'elle me fait rire chaque fois. Êtes-vous disposé à l'entendre ?

– Oui, allez-y.

– Alors, Kapriel, il était une fois une vieille dame qui aimait dans les parcs aller lire. Un jour, elle s'installe sur son banc préféré dans un parc près de chez elle. Soudainement arrive un pigeon, avec lequel elle entame une charmante conversation. Les deux s'entendent à merveille. Mais le temps passe. La vieille dame donne rendez-vous au pigeon chez elle au jour suivant à seize heures pour prendre le thé. Le pigeon accepte avec joie l'invitation.

– C'est très drôle, ai-je menti.

– Attendez, ce n'est pas fini ! Au lendemain à seize heures, la dame attend chez elle, mais le pigeon n'arrive pas. À seize heures vingt, il n'est toujours pas là. La dame se sent découragée et très déçue. À seize heures trente sonne enfin le pigeon à la porte. La dame s'empresse d'ouvrir : « Ah ! Vous voilà enfin, mais où étiez-vous donc ? » demande-t-elle au pigeon retardataire.

« Vous me voyez absolument navré, Madame, mais le temps était si beau que j'ai décidé de marcher. » Ha ! Ha ! Ha ! N'est-ce pas charmant ? C'est un médecin qui me l'a racontée. J'étais triste et il a voulu me faire rire. Comment il s'appelait, déjà ? Beck ! Oui, c'est ça. Il s'appelait Beck !

Magda a ri pendant au moins deux minutes de sa propre plaisanterie. Je n'étais pas habitué à ce que quelqu'un raconte de bon cœur une plaisanterie aussi banale.

– Vous voyez, si le pigeon avait volé, il serait à l'heure arrivé ! Ha ! Ha !

Je riais tout en sachant que Magda et moi ne riions pas pour les mêmes raisons.

– Vous connaissez des plaisanteries ? m'a-t-elle demandé.

J'étais un peu pris au dépourvu, parce que les seules plaisanteries que je connaisse auraient été déplacées devant une vieille dame. Je lui ai raconté cette histoire de la grenouille à grande gueule qui va chez le photographe. Il serait inutile de te l'écrire, d'ailleurs, tu la connais déjà, c'est Suzuki qui nous l'avait racontée. Magda l'a trouvée très drôle.

– J'adore les plaisanteries qui mettent en scène des animaux, et vous, Kapriel ?

Elle m'a ensuite dit être née à Königsberg en 1920 et avoir grandi à Berlin. C'est une femme très intéressante, le genre qui n'a pas peur d'ouvrir une deuxième bouteille de riesling. Elle m'a posé beaucoup de questions sur moi et sur le Canada. Magda est, comme beaucoup d'Allemands, très curieuse. Contrairement aux Français qui semblent toujours avoir la réponse aux questions qu'ils n'ont pas encore posées, les Allemands sont toujours pleins de *wann ? wie ? wo ? warum ? wer ?* et ne vivent pas dans la peur panique d'avoir un jour à admettre : « Je ne sais pas. » Elle dévore les livres et n'écoute que de la musique classique. Je crois que c'est cette qualité qui me plaît le plus chez les Allemands, et surtout chez les Allemands de l'Est, cette curiosité presque enfantine pour tout ce qui est étranger. Depuis la chute du Mur, Magda fait de petits voyages en Europe pour visiter des ruines.

– Les ruines ne changent pas, elles restent ce qu'elles sont. Tenez, voici une photo de moi à Athènes l'été dernier. Quelle joie de pouvoir enfin voyager ! Car vous savez qu'avant la chute du Mur, les Allemands de l'Est n'avaient pas le droit de partir en voyage. Enfin, on pouvait aller en Pologne ou en Roumanie, mais je ne m'intéresse qu'aux ruines gréco-romaines, alors Bucarest et Cracovie, pour moi...

Me suis demandé comment une rentière de soixante-dix-neuf ans pouvait se permettre des voyages en avion. Les voisines des étages inférieurs m'ont raconté plus tard que Magda leur emprunte régulièrement de petites sommes qu'elle ne rend pas. Comme elles la connaissent depuis longtemps et qu'il semble y avoir entre elles quelque chose comme de l'amitié, elles acceptent de lui prêter l'argent, sachant fort bien qu'elles n'en reverront probablement jamais la couleur. Elle m'a aussi montré des photos d'elle très touchantes. C'était pendant la guerre, alors qu'elle était en Prusse orientale, à Königsberg. Elle est photographiée dans un zoo avec un groupe d'enfants devant un enclos à zèbres. Sur une autre, elle est sur la plage au bord de la mer Baltique avec deux ou trois de ces mêmes marmots en maillot de bain. Sur ces vieilles photos sépia, Magda n'est pas du tout grosse. Elle a les traits d'un garçon de seize ans qui me rappellent un des élèves de la Holy Canadian Martyrs.

– C'est moi, à Cranz, sur la mer Baltique. Et là, à Königsberg, au zoo devant les zèbres. Vous connaissez la Prusse orientale ? C'était l'Allemagne, avant...

Elle a marqué un silence comme pour annoncer un moment de recueillement. Tu connais ça, toi, la Prusse orientale ? Je connaissais la Prusse, mais je ne savais pas qu'il y avait une Prusse « orientale ». En tout cas, Magda y est allée pendant la guerre et s'y est fait prendre en photo. Nous avons continué à boire et à discuter de nos lectures.

Elle m'a ensuite promis de me faire visiter Potsdam, qu'elle connaît comme le fond de sa poche. Dimanche prochain, elle veut m'emmener me promener aux Schrebergärten près d'ici, je ne sais pas ce que ce mot veut dire, mais ce que j'ai compris, c'est qu'il y a là un *Biergarten* où les Berlinois aiment aller passer leurs après-midi d'été. J'ai quitté l'appartement de Magda à minuit, un peu soûl. Comme je ne bois pour ainsi dire jamais, je me suis plus ou moins évanoui. Ce midi, je me suis jeté dans le S-Bahn pour t'écrire. Comment pourrais-je te parler encore de Magda sinon pour te dire qu'il me semble l'avoir toujours connue ? En sa compagnie, j'oublie presque que Claudia est absente de Berlin depuis près d'un mois et demi.

Elle m'a demandé si j'aimais l'opéra ; j'ai donc été obligé de lui parler de toi. Ses yeux se sont illuminés quand elle a su que j'avais un frère chanteur. Je n'osais pas lui dire que *Tosca* n'est pas du tout ma tasse de thé. Mais elle m'a quand même expliqué le sens de l'expression « les yeux noirs de la Tosca ». J'avais oublié. Il faut dire que je n'ai pas trop fait attention. La première fois, en 1980, je dormais. La deuxième fois, j'étais trop occupé à lire les surtitres. Magda m'a rappelé que dans l'Acte I, Tosca entre dans l'église où son amant Cavaradossi peint le portrait d'une Madeleine. Il s'est servi, comme modèle, d'une femme aux yeux bleus qu'il a vue prier dans l'église. Tosca, qui a les yeux noirs, reconnaît la prieuse et pique une crise de jalousie. Elle ne supporte pas que Cavaradossi peigne le portrait d'une autre femme. En quittant l'église, elle lui fait promettre de donner à la Madeleine les yeux noirs de la Tosca. Jalouse à ce point ! Incroyable ! Pour un simple portrait !

Même en fréquentant Claudia tous les deux dimanches pendant trois ans, j'ai continué de papillonner dans Toronto. Il y a eu quelques enseignantes suppléantes, puis les soirées de rencontres avec les parents, où il y a toujours quatre mères pour chaque père présent. À la rencontre des parents d'octobre 1996, il y avait une longue file d'attente devant mon pupitre, surtout des mères qui venaient voir de leurs yeux cette chose que leur fille avait décrite. Mrs. Thanatopoulos était là, elle aussi. Elle avait accordé un répit à sa fille dans ses séances d'entraînement pour la forcer à se concentrer sur la musique. Stella avait déjà perdu quinze kilos.

– Encore dix kilos et elle sera prête, disait Mrs. Thanatopoulos.

Sur le conseil de sa prof de chant, Stella avait aussi cessé de se produire pendant les messes de l'école, au grand désespoir de Mrs. Delvecchio, la directrice, qui n'avait de plus grand plaisir que de l'entendre chanter *Ave Maria*. Stella restait timide et discrète avec moi. À mon arrivée à Holy Canadian Martyrs, elle n'avait que quinze ans. On lui avait fait sauter une classe complète au primaire parce qu'elle était tout simplement trop forte, et aussi parce que Mrs. Thanatopoulos avait – apparemment – contribué généreusement à la caisse de l'école, de sorte que Stella était arrivée au secondaire un an avant les autres de son âge. Or dans les classes d'éducation physique, une simple année peut faire une grande différence. Plus jeune que ses compagnons, obèse, timide et myope, la petite Stella devait compter sur l'indulgence de ses pairs pour survivre. Il serait faux de dire qu'ils la martyrisaient, disons plutôt qu'elle leur faisait peur et que leurs railleries se voulaient une sorte de mécanisme de défense contre l'autorité que sa personne imposait. Je crois d'ailleurs pouvoir dire sans me tromper que nous en avions tous un peu peur, peur par exemple de la croiser le soir dans un couloir de l'école, un peu comme on craint d'avoir une apparition de la Vierge parce qu'un tel événement nous forcerait à changer le cours de notre existence, à construire une cathédrale ou à convertir des hérétiques, bref, à ne plus posséder notre vie. À ne plus être à soi. À être comme Maman et ses restaurants. Je m'explique encore mal cet effet presque religieux que Stella produisait sur tous les gens qu'elle croisait.

D'abord elle faisait étalage d'une piété presque grotesque, même dans une école comme la Holy Canadian Martyrs. En plus des prières qu'elle lisait au matin pour toute l'école, Stella participait aussi activement à tous les offices religieux célébrés à l'école, d'abord en qualité de chanteuse, puis comme servante de messe. Elle observait le jeûne de l'avent *et* celui du carême et s'absentait régulièrement les jours saints orthodoxes qui tombaient toujours quelques jours après les congés catholiques. Bien qu'inoffensive et pacifique à l'extrême, Stella s'était attiré quelques surnoms peu flatteurs, dont Sainte Stella, Immaculée Conception, Mère des pauvres et, sur un ton moins flatteur : *The Nun*. Régulièrement, et par là, je veux dire au moins une fois par mois, Stella amassait des fonds auprès des autres élèves et du personnel pour des œuvres caritatives qu'elle choisissait au gré de ses inspirations. En juin 1995, par exemple, elle a organisé une grande collecte de fonds pour les enfants d'Haïti. Elle se munissait d'une sorte de petit seau en plastique, du genre qu'on donne aux enfants pour jouer sur la plage, et elle faisait ainsi le tour des classes et des salles où se terrait le personnel. Stella ne lâchait pas facilement prise. Par exemple, en décembre 1996, je n'étais déjà plus son entraîneur personnel secret à cette époque, elle a fait irruption dans un de mes cours. Je venais de dessiner au tableau le schéma d'un utérus flanqué de deux ovaires en guise d'introduction à un cours sur les infections transmises sexuellement. Stella avait frappé discrètement.

Devant l'immense utérus où j'avais même dessiné l'ouverture pelvienne, elle tendait son petit seau de plastique vert. Les trompes de Fallope semblaient lui sortir par les oreilles.

– C'est pour le *Sick Children's Hospital* ! disait-elle, le visage glorieux.

Les autres avaient l'air de bien se marrer à la regarder, cette pauvre Stella-avec-utérus qui, malgré tous les efforts que j'avais fournis, avait quand même réussi à reprendre la moitié du poids que je lui avais fait perdre, depuis que sa mère avait interrompu nos rencontres. Les élèves extirpaient nonchalamment quelques pièces de leurs poches. Stella était radieuse.

– Et vous, Monsieur Lamontagne ?

Ai sorti mon portefeuille de ma poche et lui ai donné les cinq derniers dollars qui s'y trouvaient en déposant le billet dans le petit seau qu'elle tenait à bout de bras. Elle continuait de me fixer avec ses grands yeux de chèvre mystique. Elle a secoué le seau brièvement, comme pour faire comprendre que je devais en mettre plus.

– *It's for sick children, Monsieur...*, a-t-elle répété en insistant sur le mot *children,* comme si je n'avais pas compris son boniment.

Les enfants malades... Elle avait l'air d'y tenir. Je me suis excusé et lui ai promis de lui donner davantage à la pause du midi. Il me faudrait l'emprunter à Jodi ou à Zira-la-guenon, mais inutile d'essayer de lui faire comprendre la notion de manque de liquidités. Mes dons de pédagogue ont leurs limites.

– Mrs. Robinson m'a donné dix dollars..., a-t-elle laissé tomber pour que je double mon offrande.

Elle est sortie de la classe comme elle était entrée. Les autres élèves ont soupiré de soulagement.

– *Monsieur, she's really annoying...*, a dit Candice, qui n'en pouvait plus de cette sainte à tresses qui lui piquait son argent de poche.

– Je sais qu'elle nous embête, mais elle le fait pour le bien des autres, ai-je tenté de leur expliquer.

– C'est acceptable de faire chier tout le monde pour faire le bien ? a relancé Candice.

– Candice, soigne ton langage. Oui, je pense que dans certains cas, il est acceptable de transgresser certaines règles si c'est pour faire le bien.

– Ah oui ? Lesquelles ?

– Les règles de la courtoisie.

– Je vais vous prendre au mot, Monsieur Lamontagne.

Et Stella amassait des fonds pour toutes les causes nobles contre lesquelles il est impossible de s'élever, les enfants malades, la pauvreté en Haïti et toutes ces misères dans lesquelles l'humanité se trouve plongée contre son gré et au-delà de toute morale. Il n'avait jamais été question pour Stella de quémander de l'argent pour une équipe sportive ou pour des causes dont la moralité était douteuse comme le sida. Il fallait que ses causes soient absolument inattaquables, qu'il soit impossible d'y résister sans faire de soi-même un sans-cœur. À la pause du dîner, dans la salle des enseignants, j'ai emprunté cinq dollars à Jodi, que j'ai remis en souriant à la pauvre Stella.

– Oh ! Merci, Monsieur Lamontagne ! Vous êtes si généreux !

C'est ce jour-là qu'une faille s'est ouverte dans le mur de sainteté qui entourait le personnage de Stella. J'étais dans une pièce attenante au secrétariat, où Zira et Mrs. Robinson jacassaient en attendant que la cloche sonne. La Robinson se plaignait d'avoir dû encore une fois affronter Stella et son petit seau en plastique. Zira acquiesçait tout en avouant lui avoir donné un dollar pour s'en débarrasser.

– Moi, je ne lui ai pas donné un sou, cette fois-ci. Qu'elle demande à sa mère !

La Robinson n'était pas femme à mentir ni à faire étalage de sa propre méchanceté. Elle n'avait fort probablement rien donné à Stella qui, pour me faire cracher mon foin, m'avait menti devant tous les autres élèves. L'incident m'a amusé et réconforté. Stella Thanatopoulos n'était pas une sainte ; elle était, comme toutes ses camarades, capable de manipuler les autres et de leur mentir pour arriver à ses fins.

Les élans philanthropiques de Stella n'avaient pas commencé à la Holy Canadian Martyrs. Non, déjà enfant, elle avait manifesté son intérêt pour les bonnes causes. Mais de toutes ces histoires d'œuvres caritatives et de bonnes actions, rien ne bat l'anecdote du Centre Eaton. Il faut que je te la raconte pour que tu saisisses bien le personnage. Je l'ai entendue de Jodi la bibliothécaire, qui avait même gardé les coupures de presse parce que le coup d'éclat de Stella avait fait tous les quotidiens de Toronto. C'était un an avant mon arrivée à Holy Canadian Martyrs. Plus personne n'en parle parce que tout ce qu'il y avait à dire là-dessus s'est dit, paraît-il, pendant les quelques jours qui ont suivi l'incident. Je persiste à croire qu'il y a dans cet événement une clé importante pour l'avenir, une espèce de présage de ce qui pourrait advenir de Stella. L'histoire m'a été racontée par Jodi pendant qu'elle roulait un joint dans son appartement de l'Annex, après le souper. Tu vas voir, ce n'est pas piqué des vers. Imagine-toi la bibliothécaire un peu pompette qui roule son herbe en train de te raconter cette histoire de fou.

À l'automne 1993, Stella était consommée par une nouvelle lubie : les droits des animaux. Elle recueillait des fonds au nom d'un refuge pour chats, distribuait des feuillets dénonçant les mauvais traitements réservés aux animaux de laboratoire et sergentait ses enseignantes qui portaient du maquillage, tu sais, le genre :

– Madame Poisson, savez-vous si votre rouge à lèvres a été testé sur des animaux ?

– Je... Je ne crois pas, Stella...

– Vous ne croyez pas ou vous ne *savez* pas ?

– J'espère bien que non... Je vais m'informer.

Tu vois le portrait ? Un jour d'automne 1993, donc, la mère Thanatopoulos décide d'aller dépenser un fleuve de billets de banque au Centre Eaton, à l'étage des magasins chics. La Stella, accompagnée d'une copine grecque, décide de visiter une grande animalerie dans le centre commercial et là, elle asticote le personnel sur les conditions de vie des animaux. Pourquoi les garder dans des cages minuscules ? Pourquoi couper les ailes des perroquets ? Il faut que tu t'imagines, c'est un immense magasin du type supermarché où l'on trouve de tout : caniches, siamois, cacatoès, tarentules, lapins, furets et tout ce qu'il faut pour les entretenir. *Big business* à l'américaine. Une grosse arche de Noé. Les employés finissent par l'ignorer et elle, par foutre le camp, mais ce n'était qu'un repli stratégique ! Le week-end suivant, la petite fait croire à sa mère qu'elle est invitée à dormir chez une petite amie, une pauvre fille qu'elle avait hypnotisée avec ses sornettes. Ces deux folles vont donc en métro et en secret au centre-ville, toutes seules un samedi après-midi – à quatorze ans, il faut le faire –, alors que les parents de la copine croient qu'elles jouent tranquilles dans sa chambre. Elles se pointent toutes les deux au Centre Eaton, le visage à demi recouvert de foulards noirs et tout doucement, un quart d'heure avant la fermeture de l'animalerie, elles se glissent derrière un étalage de litière pour chat et attendent patiemment le départ des employés. Une fois le Centre Eaton déserté, quand elles n'entendent même plus le bruit des pas du gardien de sécurité, elles ouvrent une à une toutes les portes des cages des animaux ! Le magasin grouillait de serpents, de rats, de lézards, de chiens ; bref, de centaines de pauvres bestioles. Elles ont même libéré les cafards vivants qui servent à nourrir les reptiles qui, ce jour-là, étaient paraît-il tous en solde. Comme tu peux bien te l'imaginer, les animaux, peu habitués à se promener en liberté, prennent panique. Les chiens courent en tenant dans leur gueule un hamster mort, les chats déchiquettent les lézards entre leurs griffes. Le bordel sanglant. Devant ce carnage, les deux petites s'effraient, mais elles n'avaient pas compris, ces idiotes, qu'elles sont maintenant prisonnières de cette jungle. Paniquées, affolées par les cris des oiseaux, les aboiements des chiens et les couinements stridents d'un furet en train de se faire éventrer par un chat particulièrement agressif, elles martèlent le verre des portes du magasin. Pas de chance : le gardien est sur un autre étage et ne les entend pas. Elles finissent par prendre leur courage à deux mains – et une caisse enregistreuse – et brisent une porte de verre. Elles réussissent à sortir dans un fracas épouvantable, les animaux aux trousses, au son de la sirène d'alarme qu'elles ont déclenchée en cassant la porte. Et la police de Toronto qui rapplique. Suivie des journalistes. Étant donné que les gamines étaient mineures, les médias n'avaient pas le droit de divulguer leur identité ni celle de leurs parents. Tous les journaux en ont parlé, la télé, la radio, l'histoire s'est même retrouvée en tête du téléjournal de dix-huit heures de la CBC.

Les journalistes leur avaient trouvé un nom plein d'esprit : The Pet Shop Girls.

On a réussi à retrouver la plupart des animaux les plus gros le lendemain, aux quatre coins du Centre Eaton. Quant aux tarentules, aux lézards et aux serpents, les employés de l'animalerie et des autres magasins en ont retrouvé, morts ou vivants, pendant tout le mois qui a suivi l'incident, terrés un peu partout dans le centre commercial. À chaque détour, on pouvait tomber sur un caméléon crevé, un pinson mort de faim ou encore pire : un serpent vivant. Évidemment, la mère Thanatopoulos a dû engager un avocat pour défendre sa fille et un psychologue pour la suivre pendant un moment, histoire qu'elle se remette de son traumatisme. À l'école, Jodi m'a déconseillé de parler de l'incident.

– Tu pourrais avoir des ennuis. Plus personne n'en parle.

À la Holy Canadian Martyrs, tout le monde connaissait la véritable identité des Pet Shop Girls. Effrayant, n'est-ce pas ? Comprends-tu maintenant pourquoi je te parle tant de cette fille ? Tu sais, on oublie le nom de la plupart des élèves qui défilent dans nos salles de classe. Mais comment oublier le nom de Stella Thanatopoulos ? Il est gravé dans ma mémoire.

Trois années ont passé ainsi à la Holy Canadian Martyrs. Ma bibliothèque s'enrichissait chaque semaine d'un ou de deux titres, sans jamais que j'arrive à mettre la main sur l'un des livres de Claudia. Un dimanche de juin 1998, elle m'a annoncé que son contrat à l'Institut Goethe de Toronto ne serait pas renouvelé et qu'elle devrait rentrer en Allemagne dès septembre. Elle m'a dit ça juste avant le début de l'office luthérien, que j'ai vécu comme un long service d'enterrement. Le pasteur parlait ce jour-là des miracles de notre Sauveur. Je priais pour que Claudia décide de rester à Toronto. Plus tard, je lui ai demandé ce qu'elle envisageait pour nous deux. Il y a eu comme un malentendu.

– Je voulais savoir ce que je signifie pour toi, lui ai-je simplement demandé en marchant vers le métro.

– Quelle drôle de question ! Tu es mon ami ! Voilà ce que tu es.

– Mais des amis, on en a des tonnes !

– Vous, les Américains, peut-être, mais nous, les Européens, on en a moins, deux ou trois dans une vie, pas plus.

– Et je suis un ami américain ou européen, pour toi ?

– Tu es du monde entier, Gabriel.

Elle m'a ensuite assuré qu'elle m'aimait de tout son cœur, mais qu'elle devait rentrer en Allemagne où elle pouvait espérer trouver mieux qu'un travail de prof de langues. Claudia avait soutenu sa thèse sur l'amour courtois dans la littérature du Moyen Âge et espérait enseigner un jour à la Humboldt ou à la Freie, mais les places sont rares.

Quand Claudia a quitté Toronto en août 1999, j'ai su que je n'y ferais pas vieux os, que ce n'était qu'une question de temps. Je l'ai su en la voyant, nous sommes faits pour être ensemble. J'allais donc soit accepter l'apathie d'une existence paisible à la Holy Canadian Martyrs, soit risquer le tout pour le tout. J'ai vite pris ma décision. Pour l'instant, il fallait que je continue d'apprivoiser l'allemand, ses verbes irréguliers, sa syntaxe étrange, ses déclinaisons diaboliques et, bien évidemment, l'existence incompréhensible à nos esprits de francophones de ce troisième genre, ni féminin ni masculin, l'intrigant *das*.

J'ai lu dans le *Berliner Morgenpost* ce matin qu'on attend de pied ferme cette *Tosca* que Bruno-Karl d'Ambrosio s'apprête à filmer à Rome. Il faut dire qu'il a laissé ici – comment dire ? – un parfum de controverse. Je crois que c'est l'expression. On lui avait confié la mise en scène de *Rienzi* de Wagner, qui était l'opéra préféré d'Adolf Hitler, le savais-tu ? C'est un opéra qu'on ne monte presque plus. Même à Bayreuth, on préfère ne pas y toucher : trop *hot*. Lui n'a reculé devant rien. D'abord, pour réchauffer le public, il a habillé tous ses chanteurs et ses figurants en uniformes nazis. Dès la levée du rideau, le tiers des spectateurs s'est levé pour quitter la salle. Certains, paraît-il, crachaient par terre de dépit. D'Ambrosio ne s'est pas arrêté là ; pour qu'on sente bien l'odeur de sa merde partout dans Berlin, il a cru bon d'installer une chambre à gaz comme élément de décor. Il n'y a eu qu'une représentation de l'opéra. Tu sais, je suis très content et très fier que tu aies enfin décroché un rôle à la hauteur de ton talent. Mais es-tu bien certain de vouloir jouer dans un film de d'Ambrosio ? À quoi est-on en droit de s'attendre ? Es-tu sûr que Puccini n'est pas mieux servi par une mise en scène plus conventionnelle ? Honnêtement, je suis un peu inquiet pour toi, et pour Anamaria, que j'ai toujours respectée.

Mon train entre en gare. J'ai déjà fait le trajet deux ou trois fois dans les deux sens.

Gabriel

Blankenfelde-Bernau
17 mai 1999

Mon cher Michel,

Voilà maintenant une semaine que je ne t'ai pas écrit, tant j'étais occupé avec mes devoirs d'allemand. Ma ténacité et ma patience t'étonneraient, mon frère. Ai attendu mars pour annoncer à Claudia mon arrivée à Berlin, une courte lettre que je lui ai envoyée pour qu'elle sache au moins que je suis là. Tu vois, j'ai peur de tomber sur elle par hasard et qu'elle se dise : « Ah ! Gabriel, ce chameau, est à Berlin et il ne m'a même pas fait signe ! » Dans nos courriels, je fais comme si j'étais à Toronto. La surprise a dû être totale quand elle a reçu cette lettre oblitérée à Lichtenberg avec une photo de moi devant la porte de Brandebourg. Je n'ose même pas l'appeler.

Elle a mis deux semaines pour me répondre. Je n'ai reçu sa réponse qu'à Pâques. Elle se disait très heureuse de me savoir à Berlin, mais en des termes contenus, d'une retenue tout allemande. Et c'est ça que j'aime chez eux, cette absence d'effusion, cette pureté dans le geste et dans les sentiments. Les simagrées latines ne leur sont d'aucun usage. Et cette toute petite lettre qu'elle m'a écrite, qui ne tenait que sur une page, évoquait, par sa simplicité, le dénuement des églises luthériennes, image de la pureté de la foi : « Gabriel, je suis très heureuse de te savoir à Berlin. Évidemment, je serai plus que disposée à te rencontrer dès que ce sera possible. Malheureusement, je pars dans trois jours avec ma sœur pour l'Égypte. Nous allons passer six semaines au Caire. Les pyramides, le Sphinx, les tombeaux des pharaons. Ah ! Si j'avais su, j'aurais aussi pris un billet pour toi. Je rentre à Berlin le samedi 22 mai. J'aurai probablement besoin de temps pour me remettre de ce long voyage. Je t'écrirai dès mon retour. Affection. Claudia. » Tu croiras peut-être que ce délai me décourage, Michel. Détrompe-toi, cette attente fouette mon ardeur, d'autant plus que je dispose d'un peu plus de temps pour parfaire mon allemand, mon arme secrète. J'ai trouvé en ma voisine Magda une alliée précieuse, elle parle clairement et passe son temps à me reprendre. Ça m'aide.

En parlant d'elle, j'ai passé un week-end très étrange en sa compagnie. D'abord, pour que tu ressentes un peu l'atmosphère de mon quartier de Lichtenberg, il faut que je te raconte ce qui m'est arrivé hier. J'habite tout près de l'intersection des rues qu'on appelait jusqu'à tout récemment Ho-Chi-Minh-Weg et Leninallee. Aujourd'hui, ces rues ont retrouvé leurs noms d'antan : Weißenseerweg et Landsbergerallee. Magda m'a dit que de toute façon, personne ne se servait des noms imposés par le régime, tout le monde continuait, dans le langage courant, d'utiliser ceux qui existaient avant la RDA. C'est un quartier où il n'y a que ces *Plattenbauten* que je t'ai décrits, ces longues constructions qui n'en finissent plus, qui font toutes à peu près dix étages. Il faut que tu t'imagines les banlieues satellites soviétiques, mais en Allemagne. Les socialistes étaient des gens très pragmatiques et très fauchés. Pendant les années 1970, ils ont construit de manière presque frénétique ces *Plattenbauten* pour lesquels les Allemands de l'Est faisaient la queue. Les couples obtenaient un appartement d'une pièce comme le mien. Ceux qui avaient un enfant avaient droit à un appartement plus grand, comme celui de Magda. Je ne sais pas comment elle a réussi à obtenir un appartement aussi grand toute seule. Il faudrait que je lui pose la question, mais je n'ose pas. Au bout de la rue, il y a une sorte de petite place, près de l'arrêt de tram. Il y a là un bureau de poste, un fleuriste, un Turc qui vend des poulets rôtis sur la broche et un supermarché qui était autrefois un Konsum, mais qui aujourd'hui porte un autre nom, comme les rues. C'est là que j'achète mes provisions. Hier, samedi, une aventure toute particulière m'est arrivée. Le temps était magnifique et je me suis dépêché d'arriver au supermarché, car il ferme à midi et après, c'est la galère pour trouver la moindre galette.

Devant la porte du supermarché, je suis tombé sur Magda qui semblait attendre quelqu'un. Va savoir pourquoi, elle a fait semblant de ne pas me voir quand je me suis approché. Il a fallu que je dise son nom à voix haute deux ou trois fois pour qu'elle réagisse avec une expression de surprise feinte.

– *Ach Kapriel!* C'est vous ! Je ne vous avais pas reconnu dans ce soleil ! Quel temps magnifique. J'espère que ça tiendra pour notre sortie de demain.

Nous avons parlé quelques minutes, elle avait dû sortir juste avant moi. Elle m'a demandé si je comptais entrer dans le supermarché pour faire des courses. Je lui ai répondu que c'était effectivement mon objectif. Comme les supermarchés allemands sont toujours bondés le samedi, je lui ai offert de faire ses courses en même temps.

– Vous voulez que je vous prenne quelque chose ?

– *Ach !* Que vous êtes gentil, j'étais là à me faire bronzer dans ce merveilleux soleil printanier et j'étais découragée à l'idée de devoir attendre devant les caisses. Comme vous êtes galant, Kapriel. Tenez, prenez cet argent et ramenez-moi deux cent cinquante grammes de jambon tranché mince, un tube de moutarde bavaroise, un pain noir, un petit pot de cornichons, des biscuits, deux sachets de soupe en poudre, six bouteilles d'eau et, attendez voir... Ja ! Des œufs ! Je voudrais des œufs ! Je vous attends ici, au soleil.

J'ai pris ses cinquante marks et j'ai fait mes courses et les siennes. Je l'ai retrouvée dehors. Je lui ai donné sa monnaie et ses achats. Elle a regardé dans le sac, elle n'avait pas l'air contente. Elle m'a expliqué qu'elle n'aimait pas la sorte de biscuits que j'avais choisis pour elle. Comment voulais-tu que je sache ? Les Allemands fabriquent des dizaines de sortes de biscuits. Juste chez Bahlsen, ils doivent en avoir douze sortes ! Le biscuit est à l'Allemagne ce que le sushi est au Japon. Comme je n'en mange pas, je ne sais pas lesquels sont les meilleurs.

– Ceux-là sont un peu difficiles à mâcher...

Je lui ai expliqué qu'elle pouvait toujours les faire tremper dans le thé ou le café avant de les manger. Je n'avais surtout pas envie de refaire la queue devant les caisses. Elle a pris un air tout triste, a soupiré et a pris le sac. Là, j'ai eu un peu pitié d'elle, je me suis imaginé Suzuki à cet âge, toute seule dans Outremont, trop aveugle pour faire ses courses au supermarché, et je me suis pris à espérer que quelqu'un, dans trente ans, aura pitié d'elle et lui choisira des biscuits faciles à mâcher. Je suis donc retourné dans le supermarché pour lui acheter des biscuits plus mous. Heureusement, l'attente à la caisse n'a pas été trop longue. Magda m'attendait toujours dehors. Elle avait fouillé dans mes sacs et dégustait une de mes bananes.

– Vous mangez mes bananes, Magda !

Elle a failli s'étouffer. Elle ne pensait pas que je sortirais si vite.

– Oui, elles avaient l'air si appétissantes. Vous savez, comme nous avons passé quarante ans à ne pas pouvoir en manger tant elles étaient chères en RDA, je les considère toujours comme un produit de luxe. Désolée, je vais vous la rembourser, évidemment.

– Non, surtout pas, c'est mon plaisir.

– Vous m'avez pris les biscuits mous ? Vous êtes vraiment un ange, Kapriel.

Et tout ça en allemand, mon frère ! Je me surprends moi-même des progrès que je fais. Magda a voulu que je lui tienne le bras pour rentrer. Elle saluait bien bas chacun des voisins que nous croisions.

– Tenez, Kapriel, celui-là qui arrive, avec la jambe de bois, sa femme a foutu le camp à l'Ouest en 1985. Le régime lui a fait tant de misères à cause de ça qu'il s'est jeté devant le tram pour en finir. Les médecins l'ont sauvé, mais ont dû lui couper la jambe. Dites-lui bonjour, c'est un pauvre diable.

Magda connaît tout le monde. Je pense qu'elle les saluait parce qu'elle m'avait accroché à son bras.

– Arrêtons-nous là, à la buvette.

C'est une espèce de stand où l'on vend des gaufres l'hiver et des saucisses grillées l'été. Ils ont aussi des cigarettes et des bouteilles d'alcool bon marché. Magda voulait s'acheter une petite bouteille de Chantré, une sorte de brandy, le moins cher de tous, je pense. Elle en a bu quelques petits verres avant de repartir. À la dame qui travaillait là, elle racontait toutes sortes de choses.

– Regardez, le Mur tombe et je me marie avec ce beau Canadien ! Il est charmant, non ?

Elle était un peu soûle. Ensuite, il a fallu que je la raccompagne chez elle, à petits pas. Elle s'accrochait à moi comme à une bouée, avançait péniblement. Elle m'a raconté que les enfants de la dame de la buvette étaient passés à l'Ouest avant la chute du Mur, qu'ils ne lui rendaient jamais visite, qu'elle avait une fille à Cologne et un fils à Munich. Pour parcourir les quelque trois cents mètres qui séparent le supermarché de sa porte, nous avons mis au moins vingt minutes. Elle m'a invité à entrer chez elle, mais je n'ai pas osé, en fait, je ne voulais que m'en débarrasser. Je l'ai laissée chez elle avec ses courses. L'après-midi, je suis sorti au gym et en rentrant, je suis tombé sur Hilde, du troisième étage, qui avait quelque chose à me dire.

– Les gens de la télé vont passer pour venir chercher leurs frais.

– Quels frais ?

– Les frais pour la télé d'État. Vous avez une télé dans votre appartement ?

– Ben oui.

– Alors, il faut payer les frais.

– C'est drôle, Magda ne m'en a pas parlé.

Elle a ri.

– Magda ne paie pas ses frais ! Elle évite les contrôleurs. Quand ils montent jusqu'au neuvième, elle fait semblant d'être morte.

– Elle n'est pas morte du tout, je rentre du supermarché avec elle...

– Quoi ?

– Oui, du supermarché.

– Ils l'ont laissée entrer ?

Hilde était sur le point de m'en apprendre une bonne.

– Non, c'est moi qui suis entré. Je l'ai trouvée devant la porte et je lui ai proposé de faire ses courses.

– Ah ! Le contraire m'aurait étonnée.

– Pourquoi ?

– Ils l'ont prise la main dans le sac ! Deux fois. Depuis, la maison lui est interdite.

– Mais comment elle fait ses courses ?

– Elle attend là que quelqu'un daigne les faire pour elle, a-t-elle ajouté.

– Elle vole au supermarché ?

– Comment voulez-vous qu'elle vive de ce qu'on lui donne chaque mois ? Elle arrive à se payer du vin et de la bière, mais elle manque d'argent pour les produits de luxe. Alors, deux fois ils l'ont attrapée avec du saumon fumé dans son sac. Une fois, elle avait aussi caché un fromage dans son soutien-gorge. Pas mal, hein ? Pour tout ce qu'elle leur a pris, elle ne s'est fait choper que deux fois ! Elle n'est pas la seule, elles sont toujours deux à attendre devant le supermarché que quelqu'un entre faire les courses pour elles. Parfois, j'y vais pour Magda, étant donné que c'est ma voisine, mais je ne suis pas toujours à Berlin. J'ai essayé de parler au gérant du supermarché, il ne veut rien entendre, un Wessi de la pire espèce. Beaucoup de vieilles n'arrivent pas à s'ajuster dans l'Allemagne unifiée. C'est dur. Moi, je travaille, c'est autre chose.

Magda vole du fromage et du saumon fumé. Au moins, elle a du goût.

J'ai ensuite dit à Hilde que j'avais prévu une sortie au Schrebergärten le lendemain, Magda m'avait averti d'être prêt à midi.

– Elle adore aller là-bas. Elle voudra vous montrer. Faites attention à Magda. Elle va s'attacher à vous.

– Mais elle a presque quatre-vingts ans et je viens d'en avoir trente !

– Et alors ?

Le soir, j'ai écouté un peu de *Tosca* avec Placido Domingo et Kabaivanska de ce DVD que tu m'as envoyé. Je commence à comprendre quelque chose, Michel. En fait, c'est l'histoire d'une femme honnête et innocente qui se heurte aux forces du mal, qui est prise dans l'étau de l'histoire. C'est ça ?

Le lendemain, à onze heures quarante-cinq, Magda a sonné chez moi. Elle avait enfilé une robe d'été à motifs fleuris, s'était un peu maquillée et avait dans les cheveux une petite barrette vert pomme. Elle était radieuse, j'avais l'impression de l'accompagner à un mariage.

– Vous êtes prêt, Kapriel ?

En fait, je n'étais pas tout à fait prêt, mais elle avait l'air si fébrile à l'idée de passer l'après-midi avec moi dans les Schrebergärten que je n'ai pas osé la faire attendre. Elle avait pris sa canne du dimanche, celle avec le pommeau en bois ouvré.

– Par un artisan de Saxe ! a-t-elle fait fièrement remarquer.

La canne était un véritable objet d'art. Je me suis dit qu'un jour, quand Suzuki serait très vieille, je lui en offrirais une pareille. Les Schrebergärten ne sont heureusement pas très loin de notre rue. Magda m'a expliqué qu'il y a de ces petits jardins dans toutes les grandes villes d'Allemagne. Ce sont des espaces verts, de petites cours séparées par des clôtures où les Allemands construisent de toutes petites maisons qu'ils n'occupent qu'à la belle saison. Ils y plantent des fleurs et des légumes et passent les week-ends à contempler le soleil. Au bout des petites allées fleuries de lilas et de pivoines, il y avait un *Biergarten* où quelques personnes âgées mangeaient.

– C'est ici ! a déclaré Magda.

J'ai compris à son ton que nous venions d'arriver dans un endroit qu'elle aimait bien. Elle semblait connaître tous les gens qui étaient attablés. On la saluait. *« Das ist mein Kanadier, Kapriel Lamontagne »,* qu'elle répondait à ceux qui se demandaient qui l'accompagnait. Son Canadien ! Comme si elle m'avait capturé avec un filet ! Magda nous a commandé des bières et des assiettes. Une sorte de bière de blé assez amère dans laquelle on avait versé une substance colorante verte.

– Comme cet endroit est plaisant. Il faut en profiter avant qu'il ne soit infesté de Wessis. *Prosit,* Kapriel !

Les Wessis sont les gens de l'Ouest. J'ai cru deviner que Magda ne cherche pas nécessairement leur compagnie. Elle a bu une grande lampée de bière verte et a fait frapper son broc sur la table en bois.

– Berlin est devenue infréquentable pour les braves gens. Depuis que le Mur est tombé, nous avons le droit de voyager, mais ce droit est accompagné d'un fardeau : la ville est infestée de Wessis. Même pas des Berlinois de l'Ouest, de Kreuzberg ou de Charlottenburg où je suis allée à l'école, mais des gens de la vallée du Rhin, des gens de Brême, de partout en République fédérale ! Des Bavarois ! *Pfui Teufel !* Ils achètent tous les appartements et ruinent le décor par leur simple présence. Une peste épouvantable !

Un couple dans la soixantaine, assis près de nous, avait entendu la condamnation de Magda et souriait. J'ai demandé à Magda si elle n'exagérait pas rien qu'un peu.

– C'est que vous ne les connaissez pas ! Des ignorants, d'affreux barbares qui ne comprennent que le langage de l'argent. Vous ne viendrez pas me contredire. Ils arrivent ici comme s'ils étaient en pays conquis, nous regardent de haut, dénigrent tout ce qui a pu être fait avant leur arrivée. Une peste, je vous dis. Qu'on me redonne mon Mur !

Les voisins ont levé leur broc sur ces dernières paroles comme pour me faire comprendre qu'ils sanctionnaient les propos de Magda.

– Et n'allez pas leur parler de culture ! Ils ne connaissent que la *pop* américaine, et encore ! L'estomac rempli de Big Mac et la tête, de Michael Jackson. Des crétins, vous dis-je ! Vous prenez une deuxième bière, Kapriel ? C'est ma tournée !

Magda avait déjà terminé sa chope. Le soleil brillait haut dans le ciel, les oiseaux chantaient, Claudia allait rentrer d'Égypte dans moins d'une semaine, il y avait de quoi fêter. Moi qui ne bois jamais plus qu'une bière, j'ai laissé Magda m'entraîner dans une spirale de décadence, un dimanche après-midi, à Lichtenberg. Les assiettes sont arrivées et Magda a commandé deux autres bières vertes. Comme j'étais un peu pompette aussi, je lui ai expliqué la vraie raison de ma présence à Berlin. Jusque-là, je lui avais dit que j'y étais pour apprendre l'allemand, ce qui n'était pas tout à fait faux. En fait, je ne lui aurais pas parlé de Claudia si elle ne m'avait pas posé la question.

– Mais pourquoi un Canadien veut-il l'allemand apprendre ? On ne parle pas l'allemand, au Canada. C'était la langue de vos ancêtres ?

– En fait, oui, les Lamontagne s'appelaient comme vous, Berg, c'est bizarre, n'est-ce pas ? Leur nom a été francisé au dix-huitième siècle.

– Des Allemands ? Vous savez d'où ils étaient ?

– Pas trop, non. Je ne sais presque rien sur eux. En fait, j'apprends l'allemand pour une autre raison, moins pour le passé que pour l'avenir...

La bière me montait à la tête. Déjà, je notais que le colorant vert avait laissé des traces sur les lèvres et la langue de Magda. Quand elle riait, on voyait sa langue toute verte, ce qui lui donnait un peu l'air d'un grand iguane. Va savoir pourquoi, je lui ai raconté que j'avais rencontré Claudia à Toronto. Je lui ai tout dit, l'amour courtois, le chevalier qui tente par ses prouesses de se rendre désirable aux yeux de sa dame, et que ma prouesse à moi, pour gagner le cœur de Claudia, était d'apprendre l'allemand, de lui faire cadeau d'un amoureux germanophone. Pendant que nous nous parlions, les gens installés aux autres tables baissaient le ton ou se taisaient carrément pour ne rien perdre de notre conversation. Mais j'étais trop ivre pour me soucier de ces Ossis – ce sont les gens de l'ex-RDA – qui écoutaient ce qui se disait à la table voisine, où un Canadien se vidait le cœur dans son mauvais allemand. Magda m'observait en buvant sa troisième bière verte.

– Son prénom ? a-t-elle demandé sèchement.

– Euh, Claudia, elle s'appelle Claudia, ai-je bégayé.

– Claudia. Une Berlinoise. C'est toujours ça de pris, a-t-elle sifflé avec mépris.

– En fait, elle est de Cologne... ai-je dit, sans réfléchir.

– De Cologne ! *Eine Wessi-Tante ! Ach ! Scheußlich !* a-t-elle hurlé, hors d'elle-même.

Les autres convives du *Biergarten* riaient en silence. *Eine Wessi-Tante,* c'est peut-être la pire chose à dire, Michel. C'est d'un méprisant ! En fait, l'expression signifie plutôt une espèce de pouffiasse, une greluche de l'Ouest, mais avec encore plus de dérision. À dire sur le même ton que les Québécois prennent pour dire « Une maudzite Anglaise de Westmount ! » Je suis resté silencieux une seconde, sonné. Comment cette vieille folle se permettait-elle d'insulter l'être que je considère comme mon avenir, mon rêve, mon Graal et ma solution ? J'ai quand même gardé mon calme. J'essayais de faire comprendre à Magda que Claudia avait quand même soutenu une thèse sur *Das Niebelungenlied* à Toronto, et qu'elle ne pouvait pas être complètement idiote.

– À Toronto ? Sur un thème allemand ? C'est qu'elle n'était pas au niveau pour nos universités. Voilà ! Et vous êtes amoureux d'elle, Kapriel ? Vous méritez tellement mieux, un beau et grand garçon comme vous ! Tenez, j'aurais presque préféré que vous me disiez que les garçons vous aimez. *Eine Wessi-Tante ! Na, was soll's !* Si vous voulez vous rendre la vie compliquée...

– Magda, vous êtes un peu méchante, là...

– Je ne veux que votre bien ! Je vous mets en garde ! Vous ne savez pas ce qui vous attend ! Avant longtemps par le bout du nez elle vous mènera. Des harpies, vous dis-je ! De Cologne, par-dessus le marché !

Un sexagénaire qui suivait la conversation depuis le début a crié : « Elle a raison ! J'en suis témoin privilégié ! » Sa femme lui a vidé sa bière sur la tête dans l'hilarité générale.

– Je l'ai épousée deux ans après la chute du Mur ! Une femme de Hambourg ! Et regardez-moi, maintenant ! Elle me vide de la bière sur la tête ! Prends garde, *Kanadier* ! m'a-t-il averti, en s'essuyant le visage avec sa serviette, pendant que sa femme s'éloignait du *Biergarten,* outrée.

Les gens ont ri pendant une bonne minute. Le sexagénaire arrosé a fini par aller rejoindre sa *Wessi-Tante,* probablement pour tenter un rapprochement avant qu'elle ne revienne de la cuisine avec un couteau. Magda avait compris qu'elle était allée un peu loin. Elle a ensuite essayé de parler d'autre chose.

– Vous savez, Kapriel, je chantais, il y a longtemps, a-t-elle dit.

– De l'opéra ?

– De tout, Schubert, Mozart, j'étais soprano.

L'idée de cette femme en train de chanter me faisait sourire. Comme si elle avait lu dans mes pensées, elle a continué.

– Vous ne me croyez pas ? J'aimais surtout l'opéra italien, Puccini.

– *Tosca* ?

– Oui, la Tosca.

Et sont arrivées d'autres bières. Magda parlait de Puccini.

– Dans les années 1930, à Berlin, j'allais à l'opéra deux fois par semaine. J'ai dû voir *Tosca* au moins vingt fois. Non, plus ! À la Deutsches Opernhaus à Charlottenburg et aussi à Unter den Linden. C'était mon opéra préféré de Puccini. La plupart des gens préfèrent *Madame Butterfly.* Mais moi, je préférais *Tosca,* a-t-elle avoué, sérieusement éméchée. Quand je pense à cette idiote de Cio-Cio San qui attend comme une dinde le retour de son Pinkerton ! Et l'autre Suzuki ! Incapable de se libérer de l'emprise de cette folle ! Finalement, *Madame Butterfly* n'est rien d'autre qu'une apologie de l'esclavage !

Puis, elle s'est levée. Et là, en plein *Biergarten,* elle a commencé à chanter en s'appuyant sur sa canne. Les clients faisaient semblant de ne pas la voir, mais elle chantait tellement fort que bientôt, tous les regards se tournèrent vers elle. Le plus drôle, c'est qu'elle chantait très bien, qu'elle savait projeter sa voix comme Anamaria di Napoli, qu'elle avait même les paroles de *Tosca,* mais en allemand ! Michel, elle chante aussi bien que Montserrat Caballé ! Une voix si pure ! J'ai reconnu cet extrait du premier acte où Tosca surprend Cavaradossi en train de peindre le visage de l'Attavanti dans l'église. Tu dois le connaître par cœur, ce passage.

*Von unserem Häuschen mit mir sollst du träumen,*
*Es hängt versteckt hinter blühenden Bäumen,*
*Fern von der Neugier, vom Geräusch der Welt*
*Nur dem Liebesglück geweiht.*

Il me semble que c'était encore plus beau en allemand, le genre de chose que je voudrais pouvoir inventer pour Claudia. Pendant qu'elle chantait, les autres convives la regardaient avec de grands yeux admiratifs. Elle a chanté pendant une bonne minute, un air parlant d'étoiles, de vent qui bruisse dans les feuillages, d'un lieu de paix où Tosca veut être aimée. J'aurais tant souhaité que tu sois là pour lui donner la réplique ! Elle me regardait comme Kabaivanska regarde Placido Domingo dans le film, avec la même charge dans le regard. Puis, les gens se sont mis à applaudir. Quelqu'un a crié : « Bravo, Magda ! », ce qui me donna la preuve que tout le monde la connaissait au *Biergarten*. Elle était trop soûle pour continuer, mais elle a quand même lancé, en serrant le poing : *« Ah diese Kokotte ! »* sans que je sache si c'était Tosca qui traitait l'Attavanti de cocotte ou Magda qui maudissait Claudia, ma *Wessi-Tante*. Magda tenait à peine debout.

– Il faut rentrer, Magda, je suis aussi fatigué.

– Aidez-moi, je n'arrive plus à marcher.

Et tant bien que mal, en m'arrêtant cent fois en chemin, je l'ai raccompagnée jusque chez elle. Elle devait se concentrer sur chaque pas pour ne pas tomber. Entre sa canne et mon bras, elle trouvait son équilibre. Devant sa porte, elle chercha ses clés dans son sac en maugréant. Elle finit par déverrouiller la serrure.

– Portez-moi à mon lit, Kapriel, supplia-t-elle.

Je suis resté deux minutes assis sur le lit à côté d'elle, histoire de m'assurer qu'elle n'allait pas s'étouffer dans ses propres vomissures. Elle semblait s'en sortir. Elle soufflait, les yeux ouverts. Elle s'est mise à parler, mais ses paroles ne s'adressaient de toute évidence pas à moi. Elle répétait continuellement la même phrase : « Je l'ai laissée sur le bord de la route, il n'y avait rien à faire. Elle avait trop froid. Ma petite Helga... Ma petite Helga... » Elle délirait. Je suis rentré chez moi. J'étais un peu sonné de mon après-midi dans les Schrebergärten. Il ne m'était pas passé par l'esprit que Magda puisse avoir des intentions romantiques à mon égard ; je te jure qu'un instant, je l'ai crue jalouse, jalouse comme Tosca. Pourquoi s'en est-elle prise à Claudia comme ça ? Elle ne la connaît même pas ! Et cette voix ! Sans être un expert, Michel, je peux affirmer qu'elle a une voix lyrique très puissante, un phénomène ! Qu'une voix pareille puisse sortir d'un corps aussi fatigué, aussi vieux, m'étonne. Je ne savais pas qu'il y avait des paroles allemandes pour *Tosca*. Ce n'est pas toujours chanté en italien ? Tu le sais, toi ?

Comme j'étais encore assez pompette, j'ai sauté dans le tram et je suis sorti dans un bar de Prenzlauerberg. Je n'arrivais pas à me sortir l'image de Claudia de l'esprit. C'était un bar où il y avait beaucoup de filles célibataires.

J'ai continué à boire et j'ai entamé une conversation avec une blonde qui ressemblait vaguement, de loin, à Claudia. Elle m'a amené chez elle. L'affaire fut bouclée en une heure. Je lui ai chipé *Harold et Maude* et, quand je suis rentré au petit matin à Lichtenberg, les étoiles brillaient dans le ciel, Michel. Les étoiles brillaient...

Gabriel

Ring *im Uhrzeigersinn*
18 mai 1999

Mon petit Michel,

Le temps passe, encore quatre jours avant le retour de Claudia à Berlin. Le 22 mai. Marque cette date sur ton calendrier. Fais-en une fête nationale dans tous les pays du monde. Encore quatre jours et je serai libre. Encore quatre jours et ma vie pourra enfin commencer.

Je me suis assis aujourd'hui dans le S-Bahn qui longe le Ring, cette ceinture autour de Berlin qui part de Westkreuz pour aller jusqu'à Ostkreuz pour retourner à Westkreuz via Südkreuz *und zurück*. Je me suis assis en face d'une dame très digne, très allemande, probablement ce que Claudia sera dans vingt-cinq ans, peut-être ce que Suzuki aurait été si elle était née à Lichtenberg ou à Charlottenburg. J'essaie de l'observer à la dérobée, parce que les femmes allemandes n'aiment pas être toisées comme de vulgaires morceaux de viande, surtout pas les Prussiennes. En cela, elles sont très semblables aux Québécoises. Elle est habillée d'une robe d'été saumon, les épaules recouvertes d'un châle en tricot de coton blanc cassé. Son rouge à lèvres se marie parfaitement à la couleur de son petit sac à main, un demi-ton plus foncé que sa robe. Elle a elle aussi, comme Claudia, la coiffure de Marlene Dietrich, et porte un petit collier d'ambre. Tu sais que l'ambre vient de Prusse orientale, Michel ?

Cette dame, assise dans le S-Bahn, a dû sentir que je l'observais, car elle a saisi, entre le pouce et l'index, son collier d'ambre comme Maman saisit souvent la petite croix qu'elle porte au cou. Avait-elle peur que je le lui vole ? J'ai détourné le regard de sa main, alors que le train s'arrêtait à Jungfernheide. Les portes se sont ouvertes, puis refermées. Le contrôleur avait déjà crié *Zurückbleiben !* pour signifier aux retardataires de s'éloigner lorsqu'est arrivé sur le quai, marchant aussi vite qu'il le pouvait, un homme habillé d'un complet noir des années 1960. Il s'appuyait pour marcher sur un parapluie, noir lui aussi. Nous sentions tous le départ du train imminent, mais il est parfois possible, en misant sur la complaisance du contrôleur, d'ouvrir au dernier instant les portes d'un wagon et de s'y glisser. C'est probablement dans cet esprit que l'homme a essayé, en vain, d'ouvrir l'une des portes en appuyant sur le levier au moment même où le train s'ébranlait. Ma voisine et moi avons dû faire un mouvement imperceptible de la tête pour voir sa réaction, un mélange de dépit, de déception et de résignation. L'espace d'une seconde, nous nous sommes tous deux crus seuls à observer en secret le désespoir du pauvre homme, qui penchait maintenant la tête vers l'avant en signe de soumission, probablement parce que la pire calamité venait de s'abattre sur lui : le retard. Il devait être trop occupé à en calculer les minutes et les secondes pour se rendre compte que nous l'observions depuis nos banquettes, derrière la vitre. Puis, cela s'est produit. En levant les yeux sur ma voisine, la dame très digne, je me suis rendu compte qu'elle avait pris une expression compatissante pour l'homme en noir. Elle était véritablement navrée de voir ce pauvre bonhomme manquer son S-Bahn. Mais ce n'est pas cette furtive compassion qui représente l'instant profondément allemand de cette histoire, Michel, c'est le fait que dès qu'elle s'est rendu compte que je la regardais, elle s'est prestement ressaisie pour redonner à son visage l'expression neutre et digne qu'il avait depuis notre départ de Westkreuz. Tu vois, c'est ce petit moment de faiblesse où la dame a pensé : « Cet inconnu me regarde pendant que j'éprouve une émotion ; vite, cessons ce spectacle indigne » qui pour moi est l'instant allemand. C'est le moment où on se ressaisit, où on prend le dessus sur soi-même. Inutile de te dire que je me suis mis à désirer cette femme ardemment.

Les Allemands disent *sich zusammenreißen,* se ressaisir. Et cette ressaisie du soi est chez eux la chose la plus attendrissante du monde.

J'ai sonné chez Hilde pour imprimer un document que je voulais remettre à ma prof d'allemand du Goethe mardi. Dieu merci, elle était là. Je lui ai un peu parlé de Magda ; je lui ai demandé si elle savait quelque chose d'une petite Helga sur le bord de la route. Elle m'a répondu la chose suivante : « Tu sais, Kapriel, la Magda, elle est lavée de toutes les eaux, elle en a vu d'autres. Elle parlait peut-être de la Prusse orientale, je sais qu'elle était à Königsberg pendant la guerre. Ça pourrait être relié à ça. Ils l'ont eu dur, à Königsberg, avec l'Armée rouge, surtout pour les... enfin. Tu connais la Prusse orientale ? » Elle m'a expliqué que la Prusse orientale était cette province allemande dont la capitale était Königsberg – c'est drôle, c'est comme Montréal, mais en allemand –, la ville d'Emmanuel Kant. C'était une province allemande depuis des siècles, jusqu'à ce qu'en 1945, l'Armée rouge arrive avec ses chars d'assaut. Les quelque trois millions d'Allemands qui y vivaient ont pris la fuite dans un chaos épouvantable, en plein hiver. Hilde m'a confié que Magda était là en janvier 1945 pendant la débâcle allemande. Elle m'a ensuite montré une paire de boucles d'oreilles. *« Das ist Bernstein. »* De l'ambre. La Prusse orientale est sur le bord de la mer Baltique, d'où vient l'ambre. Il paraît que c'est de la résine de pin pétrifiée.

Je pense que ça doit ressembler à la Gaspésie ou à Rivière-du-Loup. Enfin... chez Suzuki. Hilde m'a dit qu'il y a là de très beaux couchers de soleil sur la mer. Donc, la dame en face de moi, dans le S-Bahn, qui parcourt Berlin dans le sens des aiguilles d'une montre, porte un petit collier d'ambre jaune du même ton que les boucles d'oreilles de Hilde. C'est cet ambre qui m'a rappelé tout ça. C'est beau de l'ambre, ça appelle la douceur.

L'épisode lyrique d'hier, aux Schrebergärten, m'a étrangement rappelé mes derniers mois passés à la Holy Canadian Martyrs. Comme je te l'ai dit, la petite Stella avait cessé de chanter pendant deux ans, du moins devant des camarades et ses enseignants, pour reposer un peu sa voix sur l'ordre de ses professeurs de chant, car il paraît qu'elle en avait deux, en plus du professeur de solfège que j'avais croisé ce samedi où j'étais allé chez les Thanatopoulos pour la première fois. Au début du mois de janvier 1998, les filles que j'avais connues en dixième année finissaient leur secondaire. La plupart d'entre elles avaient déjà choisi une université. Mes trois préférées, Melikah, Candice et Kayla, étaient devenues de magnifiques petites femmes qui avaient passé le stade des expérimentations avec le maquillage et les jupes courtes. Elles avaient suivi tous les cours d'éducation physique offerts jusqu'à la treizième année, même la pauvre Kayla, à qui Zira, la secrétaire, dans un geste de pardon, avait accordé le droit de s'inscrire à mes cours pendant les deux dernières années de ses études secondaires. Elles étaient, pour ainsi dire, mes informatrices, presque des copines. Elles venaient toujours s'asseoir avec moi après les cours, dans le gymnase, pour jaser, pendant que les garçons jouaient au basket. Cette connivence avec elles s'accompagnait d'une curiosité maladive de leur part concernant mes relations intimes.

– C'est vrai que vous avez couché avec la bibliothécaire ?

Melikah n'était pas du genre à mettre des gants blancs. La plupart du temps, j'évitais de répondre. Je leur disais qu'on ne pose pas ces questions-là à un enseignant.

– La Robinson dit qu'il faut faire attention à monsieur Lamontagne, c'est vrai ?

Je ne sais pas ce que Candice voulait dire par là. La Robinson avait-elle vraiment mis ses élèves en garde contre moi ? Pauvre elle...

– Et la Robinson, vous vous l'êtes faite ?

Des trois, c'est sûrement Kayla qui avait le meilleur sens de l'humour. Là, nous avons ri pendant deux minutes. La simple idée de la Robinson engagée dans un rapport intime aurait pu faire rire un mort. Melikah l'imitait, atteignant l'orgasme avec son accent irlandais...

– *Oh Lord ! Oh Lord ! Oh ! Jesus, Mary, Joseph, yes, yes, yes, Glory !*

Nous avions les larmes aux yeux. Je pense que ce sont ces moments avec les filles de Holy Canadian Martyrs qui me manquent le plus. La jeunesse, le rire des filles de dix-huit ans. Elles ne lâchaient pas le morceau.

– *You know,* Monsieur Lamontagne, nous sommes maintenant majeures !

– Tais-toi donc, Candice.

– *Do you want to have a beer with us* ?

Une bière. Je lui ai rappelé que la loi ontarienne lui permettait peut-être d'avoir des rapports sexuels avec un homme de vingt-neuf ans, mais qu'il lui faudrait encore attendre un an pour la bière. Je ne sais pas ce que les jeunes Ontariens trouvent de si fascinant à prendre une bière avec leur prof; c'est pour eux un rite de passage aussi important que le baptême ou la circoncision le sont pour d'autres. Pourtant, chaque année, des profs idiots, pour la plupart des jeunes en début de carrière, se font pincer en train de trinquer avec leurs élèves mineurs. Des plaintes sont déposées, leur nom paraît dans le journal. On crie au meurtre. C'est l'Ontario.

– *So, yes?*

– *So, no.*

Elles avaient l'air déçu. Elles ont quand même réussi à m'arracher la promesse de les emmener à la piscine de l'université de Toronto sur Harbord Street, juste en face de chez moi. Je m'entraînais là, dans la salle de poids et haltères, depuis mon arrivée à Toronto. Je pense qu'elles voulaient percer le mystère de mon intimité, voir où j'évoluais en dehors du monde des prières de la Holy Canadian Martyrs. Elles désiraient aussi, probablement, voir les entrailles de l'université qu'elles avaient toutes les trois choisies pour continuer leurs études. En bonnes petites filles de la banlieue bourgeoise de Toronto, elles n'obtenaient que rarement la permission de descendre toutes seules au centre-ville. Jamais le soir. Elles devaient se rapporter à leurs parents pour le souper et éviter de parler de ces endroits où elles se promenaient comme des voyeuses : Queen Street, où titubent quelques drogués en pleine lumière du jour, Church Street, où se pavanent les pédés, Spadina Avenue, grouillante de Chinois. Elles prétendaient être allées au cinéma. Ce qui, à strictement parler, n'était pas tout à fait faux. Il fut donc convenu que nous irions faire des longueurs à la piscine de l'université le dimanche suivant.

Il faisait ce jour-là un froid de canard. Les filles m'ont trouvé à demi gelé à la porte du centre sportif universitaire. Elles avaient troqué leurs uniformes de la Holy Canadian Martyrs pour des tenues beaucoup trop *sexy* pour un dimanche d'hiver à Toronto. Candice grelottait. Elles ont mis une éternité à se changer dans les vestiaires. Quand elles sont finalement apparues sur le bord de la piscine, j'ai cru avoir une attaque cardiaque : elles avaient toutes enfilé des bikinis microscopiques de couleurs fluorescentes, le genre de truc que les Brésiliennes mettent pour se promener à Copacabana. Comme elles poussaient de petits cris à chaque pas, leur entrée fut remarquée par tous les nageurs. Elles étaient d'assez bonnes nageuses, surtout Candice. Pour les punir un peu, je les ai mises au défi de faire quatre-vingts longueurs, ce que je fais tous les dimanches. Elles ont fait les quarante premières sans broncher, au crawl et à la brasse. Melikah s'est arrêtée à soixante, à demi morte. Kayla a tenu le coup encore jusqu'à soixante-treize pour impressionner la galerie. Seule Candice m'a suivi jusqu'au bout. Il a fallu se mettre à deux pour la sortir de l'eau. Elles faisaient moins les fières. C'est en silence qu'elles sont retournées se changer aux vestiaires.

J'ai dû les attendre au moins vingt minutes à l'entrée. Aucune d'entre elles n'avait pris la peine de se sécher les cheveux, qu'elles avaient toutes les trois aux épaules, à la mode de l'agent Dana Scully dans les *X-Files,* sauf pour Melikah, qui les avaient bouclés et un peu plus longs. Trois chats mouillés, un dimanche après-midi glacial d'hiver.

– Vous êtes folles, vous allez attraper votre mort ! Il fait moins dix dehors !

– Les séchoirs ne fonctionnaient pas. *This place is a dump !* a gueulé Kayla.

– Comment ça, les séchoirs ne fonctionnaient pas ? Pas un seul ?

– Non, a ajouté Kayla, est-ce que vous avez un séchoir à cheveux à votre appartement, Monsieur Lamontagne ?

Quand elles avaient fait quelque chose de mal ou qu'elles voulaient obtenir quelque chose de moi, elles parlaient un français impeccable avec un charmant accent, mes trois princesses. C'est comme ça que j'ai su que les séchoirs des vestiaires étaient probablement en parfait état et qu'elles ne cherchaient qu'un prétexte pour se faire inviter chez moi. Elles avaient dû trouver mon adresse dans l'annuaire et savaient que je vivais dans la tour juste à côté, sur Spadina. En posant sa question, la pauvre Kayla s'était d'ailleurs trahie en pointant du menton en direction de mon adresse. Elles étaient si imparfaites, si adorables. J'étais donc là, déchiré entre la perspective de les laisser déambuler dans Toronto les cheveux mouillés et le risque qu'elles racontent à leurs parents qu'elles étaient entrées chez le prof d'éducation physique un dimanche après-midi.

– On le dira à personne, a dit Melikah en minaudant.

J'aurais dû les laisser attraper une pneumonie au lieu de céder à leurs miaulements. Pourtant, leurs intentions n'étaient pas mauvaises. Elles voulaient simplement voir un appartement de célibataire de leurs yeux. Juste pour voir si ne traînaient pas là quelques soutiens-gorge, quelques capotes à côté du lit, peut-être une amante endormie... Elles ne verraient rien de tout ça, puisque je n'emmène jamais personne chez moi, sauf une fois Claudia, en 1995, mais c'était pour prendre le thé. Normalement, je suis celui qui fait de courtes visites et repart avec un livre. Inviter des filles chez moi ne contribue pas à enrichir ma bibliothèque.

– Vous vous séchez les cheveux et vous décampez ! ai-je lancé, un peu irrité.

En arrivant chez moi au vingtième étage, les filles sont devenues muettes et solennelles comme des archéologues qui, après avoir extrait du sable un tombeau oublié, viennent de faire tomber la dernière dalle qui les sépare de la momie qu'ils recherchent depuis un demi-siècle. C'est dans un silence sépulcral qu'elles sont entrées, la chevelure mouillée, dans mon trois pièces.

– Wow ! Quelle vue vous avez sur la tour du CN !

– On voit même le Skydome !

Elles se sont assises sagement sur le sofa pendant que je fourrageais dans la salle de bain pour trouver mon séchoir à cheveux. Je les entendais rire. Kayla tenait à la main le cadre avec la photo de Claudia.

– *Who is this ?* Madame Lamontagne ?

Je lui ai arraché le cadre des mains pour le remettre sur la bibliothèque.

– C'est une amie allemande.

– C'est pour ça que vous avez tous ces livres d'allemand ? a demandé Melikah.

Elles avaient saisi les manuels du Goethe Institut et tentaient de lire les mots allemands. C'était si mignon !

– Elle est jolie, la Fraülein, elle a de la chance, a soupiré Melikah.

C'est Candice, la première, qui a saisi le séchoir à cheveux. Va savoir pourquoi, elle avait enlevé son chemisier pour se sécher les cheveux devant le miroir de la salle de bain. Pendant ce temps, j'essayais d'intéresser Melikah et Kayla à la grammaire allemande. Je leur ai parlé de l'amour courtois, de Claudia, de ces épreuves qu'il faut traverser pour mériter l'amour de sa belle. Elles étaient complètement charmées, hypnotisées par cette idée.

– Quand elle verra que vous avez appris l'allemand pour elle, elle va tomber sur le cul, la Fraülein, c'est sûr, Monsieur Lamontagne, a dit Melikah.

– Ouais, elle va vous tomber dans les bras comme Stella Thanatopoulos ! a ajouté Kayla, moqueuse.

– Cesse de te gausser de Stella, Kayla.

– Elle est nulle, et sa mère..., a-t-elle dit pour conclure.

C'est à ce moment précis, mon frère, que le téléphone a sonné les deux petits coups consécutifs qui annoncent que quelqu'un est en bas et veut monter. Qui cela pouvait-il être un dimanche ? Une voix de femme m'a annoncé une livraison. Je n'avais rien commandé. Des fleurs ? J'ai commencé à trembloter. Qui allait frapper à la porte pour me trouver avec trois étudiantes de dix-huit ans, dont l'une se faisait sécher les cheveux en soutien-gorge dans ma salle de bain, les deux autres encore ruisselantes assises à rigoler sur mon sofa ? J'avais la gorge sèche. Un siècle s'est écoulé. L'ascenseur devait être plein de gens qui rentraient de la messe ou de promener leur chien à Queen's Park. Les filles ne semblaient pas se rendre compte du sérieux de la situation. Puis, trois coups à la porte. Comme un Louis XVI marchant vers l'échafaud, j'ai ouvert, la tête haute. Sainte horreur ! C'était la Thanatopoulos ! Elle avait enfilé un long manteau de renard arctique et une toque taillée dans la même bête. Elle tenait un grand ravier de pyrex qu'elle m'a mis sous le nez en faisant un pas en avant. Il faut que tu t'imagines, Michel, que Nana Mouskouri vêtue de fourrures débarque chez toi un après-midi de janvier pour te livrer un dessert grec.

– Vous aimez le galaktoboureko, Monsieur Lamontagne ?

J'ai cru m'évanouir. Les filles s'étaient levées d'un bond du sofa, électrisées. Elles ont salué la Thanatopoulos, qui, évidemment, les avait reconnues. Elles essayaient de se donner contenance. C'est ce moment-là qu'a choisi Candice pour sortir de la salle de bain, la blouse ouverte, laissant voir son soutien-gorge noir. Sous le bruit du séchoir à cheveux, elle avait tout manqué de ce qui s'était passé dans le salon. Sans même faire attention à la Thanatopoulos, elle a lancé à ses copines :

– Eh les filles, il a un truc énorme, Monsieur Lamontagne, il faut presque le tenir à deux mains, mais efficace ! Vous ne serez pas déçues ! En tout cas, les filles, moi j'suis *crevée* ! J'ai les cuisses en feu !

Madame Thanatopoulos s'est raclé la gorge. Elle avait l'air un peu irritée.

– Si vous préférez, je peux revenir plus tard, Monsieur Lamontagne, vous avez l'air occupé, a-t-elle grincé en pinçant les lèvres.

– Non, non, les filles allaient partir. Je vous en prie, restez, ai-je bégayé.

Se rendant compte que nous étions tous les quatre enfoncés dans un merdier sans fond, les filles ramassaient leurs affaires nerveusement. Candice avait reboutonné son chemisier en moins de temps qu'il ne faut pour dire : « Détournement de mineures. » C'est sans dire un mot qu'elles ont remis leurs bottes d'hiver. C'est à peine si elles ont réussi à me saluer sans pouffer de rire, les petites garces. La porte était refermée. Madame Thanatopoulos attendait que je l'invite à enlever son manteau, elle tenait toujours le ravier rempli de galaktoboureko.

– Je... je les ai emmenées à la piscine et elles étaient venues se faire sécher les cheveux.

– Oui, bien sûr. Prenez le ravier, je vous prie, il est très lourd.

– Puis-je vous servir un thé ?

– Volontiers. Je vous ai préparé un dessert grec. C'est rempli de protéines, ça vous redonnera des forces...

Je l'ai aidée à enlever son manteau en me demandant d'abord pourquoi elle avait décidé de me rendre cette visite impromptue et comment elle m'avait trouvé dans cette immense ville. Probablement comme Melikah et ses copines. À partir de ce moment, j'ai décidé de ne plus jamais faire inscrire mon adresse dans l'annuaire. Sous son manteau de renard arctique, elle portait une robe mauve très moulante à décolleté et un collier d'ambre. Pas comme celui de la dame du S-Bahn, mais un de ceux qui coûtent des milliers de dollars, fait de gros morceaux d'ambre de toutes les couleurs, du blanc cassé au rouille en passant par l'ébène et le caramel. Elle n'a pas attendu que je l'invite à s'asseoir pour s'installer sur le sofa. Heureusement, j'avais placé la photo de Claudia à plat sur une étagère, après l'avoir arrachée aux filles. Je n'avais surtout pas envie que madame Thanatopoulos la souille du regard.

– Vous me donnerez aussi une assiette, j'en prendrai un petit bout pour vous accompagner. Je le réussis bien, le galaktoboureko.

La vérité, c'est que j'avais quand même un peu faim après ces quatre-vingts longueurs dans la piscine, mais que j'aurais préféré manger plus sain et tout seul. Madame Thanatopoulos m'a intimé de m'asseoir à côté d'elle. Elle m'a servi une part énorme de cette sorte de flan. Le dessert devait mesurer au moins trente centimètres sur vingt. Il y avait sûrement une douzaine d'œufs, là-dedans. Le genre de chose que je ne veux plus que tu manges, Michel. Madame Thanatopoulos n'était pas passée par simple courtoisie. Elle avait quelque chose d'important à me demander. Elle s'est d'abord informée de ce que j'avais fait pendant les vacances de Noël. Je lui ai inventé une visite dans ma famille à Montréal. Comment dire à cette femme que j'avais passé mes deux semaines de congé à draguer, à amasser à droite et à gauche, sans trop choisir, romans, recueils de poésie et traités d'histoire? Elle s'est d'ailleurs extasiée devant ma bibliothèque bien remplie.

– Je vois que ce qu'on me dit est vrai, vous adorez la lecture, Monsieur Lamontagne.

Il y avait dans sa remarque une pointe d'ironie. Elle voulait me faire comprendre qu'elle connaissait la provenance exacte de chacun de ces livres.

– Pour un enseignant d'éducation physique, c'est plutôt rare... Vous les avez tous lus, ces bouquins?

Elle voulait peut-être que je lui fasse un résumé de chacun de mes livres?

– Évidemment que je les ai tous lus, lui ai-je assuré.

Ce qui est vrai, je ne pique jamais un livre si je n'ai pas l'intention de le lire en entier. On dit que bien mal acquis ne profite jamais, mais mes livres ne sont pas mal acquis, et ils profitent toujours. D'ailleurs je suis prêt à parier que la plupart des filles à qui j'ai pris un livre ne s'en sont jamais rendu compte. Si elles le savaient, elles me seraient probablement reconnaissantes de les avoir libérées d'un poids. Les gens hésitent toujours à se débarrasser de leurs livres, ils entretiennent avec eux une étrange relation. Une fois qu'ils ont lu un livre, ils le laissent encombrer leur petit appartement pendant des années jusqu'à ce qu'ils se rendent compte, au jour du déménagement, que le papier est lourd. Et ils pestent en descendant les cartons dans les escaliers, maudissent Simone de Beauvoir, envoient Thomas Bernhardt au diable. Mais arrivés à leur nouvelle adresse, ils remontent patiemment leur bibliothèque, souvent en plaçant les livres par ordre alphabétique, comme le castor reconstruit son barrage après une inondation. En vérité, je leur rends service, à ces filles. La Thanatopoulos était mesquine, je pense que Jodi la bibliothécaire avait raison et j'étais sur le point d'en avoir la preuve. Elle m'a expliqué, pendant que je lui servais sa tasse de thé, que sa fille Stella allait passer à l'automne 1998 une audition extrêmement importante dans une école de musique de New York.

– Le problème, comprenez, Gabriel, c'est que je ne suis pas du tout satisfaite de sa silhouette.

– Mais sa voix?

– Sa voix? Sa voix est magnifique! Mais elle n'ira nulle part si elle continue de grossir. À votre arrivée à la Holy Canadian Martyrs, vous nous aviez beaucoup aidées. Elle avait perdu dix kilos. Or la pauvre en a repris cinq. Il faudra que vous repreniez du service, mon jer Gabriel.

– Madame Thanatopoulos, je comprends que vous souhaitiez un autre corps pour votre fille, mais lui avez-vous déjà demandé ce qu'elle en pense?

Le feu éternel de la flamme olympique s'était allumé dans les deux pupilles de la Thanatopoulos. J'ai cru un instant qu'elle allait me trancher la carotide d'un coup de la pelle à tarte qu'elle tenait dans la main droite. J'y étais allé un peu trop fort. On ne contrarie pas le genre de femmes qui se promènent dans Toronto recouvertes de renards morts par un dimanche après-midi.

– Notre entente est toujours de mise. Un kilo, mille dollars.

– Je ne le ferai pas. Je pense que Stella sait maintenant comment on perd du poids, le reste doit venir d'elle.

– Ah ! Vous avez pitié d'elle... Vous êtes une bonne âme, Gabriel. Un homme qui lit, en plus...

– Je lis assez pour savoir que votre fille a des droits.

– Des *droits* ?

– C'est son corps. C'est ce que je veux dire. Même mineure, elle devrait avoir le droit de décider si son corps doit maigrir ou pas.

Elle a pincé les lèvres.

– C'est étrange qu'un prof d'éducation physique au début de sa carrière renonce à de l'argent si facilement gagné. Surtout que vous ne semblez pas venir d'une famille très rije, à en juger par votre français qui est, disons, comment dire... c'est sympathique, mais...

– Vous êtes méchante, Madame Thanatopoulos.

– Aussi méjante que la présidente du Groupe Mado inc., mon petit Gabriel ?

Mon cœur avait cessé de battre. Comment cette harpie sortie tout droit des enfers avait-elle réussi à savoir que j'étais le fils de Madeleine Lamontagne ?

– Pourtant, elle ne manque pas de moyens, cette dame. Dites, pourquoi ne vous aide-t-elle pas à mieux vous loger ? Sait-elle que vous habitez cette tour minable ? Oh ! Pardonnez-moi, je ne me mêle pas de mes affaires, peut-être. Je parle trop ! C'est une manie, jez moi ! Je suis incapable de tenir ma langue ! Et les gens me prennent pour une idiote, mais pas vous, Gabriel, n'est-ce pas ?

– Je...

– J'arrive parfois à tenir ma langue ! Hu ! Hu ! Mais il faut que j'y pense à jaque seconde. Vous savez, les Grecques ont la parlote facile... Presque autant que les Irlandaises du Nord ! Je connais les parents de cette jeune fille, comment s'appelle-t-elle, déjà ? Candice ? Celle au soutien-gorge noir. Vous vous rappelez ? La petite qui trouve que vous avez un gros majin...

– Ce n'est pas ce que vous croyez. Elles se faisaient séjer, pardon, *sécher* les cheveux.

– Gabriel, a-t-elle fini sur un ton glacial, vous expliquerez tout ça au procureur de la couronne. Je pense que la cour de l'Ontario vous permettra de demander un procès en français. Même au pénitencier fédéral, je suis sûre qu'on trouvera quelqu'un pour vous fouiller en français. Cela fait partie aussi, je crois, de vos *droits*. Je vous sers un morceau ?

J'étais sans voix. Dieu venait de me fournir la preuve irréfutable qu'il existe en ce monde une chose, une entité, une force encore plus vile que notre mère. Mais je n'étais pas au bout de mes peines, mon pauvre frère.

– Vous semblez aimer les fruits verts, Gabriel, mais je compte vous prouver que les fruits mûrs sont meilleurs sous la dent.

– Vous êtes une affreuse bonne femme.

– Allons... Mangez... Et ne laissez pas une miette, a-t-elle conclu en me tendant l'immense part de flan qu'elle venait de couper.

Le galaktoboureko est en quelque sorte un gâteau au lait. C'est une version plus généreuse des *natas* que les Portugais préparent. Il s'agit d'une pâte feuilletée semblable à celle qu'on utilise pour faire les roulés aux épinards, mais elle est généreusement fourrée d'une version plus compacte de la crème anglaise. Le dessert est servi frais. Le galaktoboureko de la Thanatopoulos avait été fait le jour même. Si je n'avais pas nagé avec les filles pendant deux heures avant l'arrivée de la mère de Stella, jamais je n'aurais pu en avaler une bouchée. Mais la gorgone insistait. « Allez, encore un peu ! » qu'elle murmurait. Elle a mis un temps fou à finir sa portion. « N'est-ce pas délicieux, Gabriel ? Dites-le ! » Et il fallait que je lui dise que jamais je n'avais goûté de dessert aussi onctueux, que sa pâte était à la fois ferme et feuilletée, que c'était un mets pour les dieux. J'ai dû en reprendre trois fois. « Vous êtes si grand, si fort, vous en êtes bien capable, allez ! » J'étais sur le point de vomir ; tout en taillant la pâte à l'aide de la fourchette, je pensais au pauvre Lemon, l'ancien prof de gym que la Thanatopoulos avait réussi à faire mettre à la porte de la Holy Canadian Martyrs. Le pauvre avait dû refuser de manger le galaktoboureko et maintenant, il en était réduit à défendre ses *droits*. Elle était capable, j'en étais sûr, de me dénoncer à la police. Si ça se trouve, elle m'avait filmé alors que j'entrais dans l'édifice avec les filles. Avec les potins de la Robinson, je ne m'en tirerais pas sans un blâme sévère, mon permis d'enseigner serait révoqué et seule une intervention divine pourrait me faire éviter un procès épouvantable. La Thanatopoulos soupirait de plaisir en avalant les dernières boules de crème pâtissière. Elle a déposé son assiette sur la table du salon avec un grand bruit, puis elle est disparue dans la salle de bain. Je l'ai entendue faire couler l'eau, puis se servir du séchoir à cheveux. Elle était restée enfermée là au moins dix minutes pendant que je me servais un scotch.

– C'est vrai qu'il est énorme, ce séjour. Mais efficace ! La petite avait raison ! Il est important d'être bien équipé. Je vois que nous nous entendons de nouveau, Gabriel. Comme je suis heureuse. Tenez, pour vous prouver que j'avais les meilleures intentions du monde, je vous avais apporté un petit cadeau. Tenez, ouvrez-le ! Ah ! Quel beau dimanje ! J'ai l'impression d'avoir vingt ans ! Je suppose qu'un sportif de votre trempe ne garde pas un petit paquet de cigarettes chez lui...

J'en étais à mon deuxième scotch, pour faire passer la crème pâtissière qui me collait aux parois de l'œsophage comme de la glu. Elle me tendait un livre empaqueté dans le papier qui sert à emballer les gâteaux Chez Mado inc. Tu sais, le papier de soie rose avec le logo de l'œuf imprimé dessus ? J'ai saisi l'objet et j'ai enlevé le papier. C'était *Maria Callas. J'ai vécu d'art, j'ai vécu d'amour*. Une biographie. Un cadeau de Grecque. En posant la main sur ce livre, j'avais pris l'engagement envers ma personne de ne jamais en lire ne serait-ce qu'une ligne. Les livres, ça ne se donne pas, ça se prend. J'ai remercié la Thanatopoulos. Puis, elle a remis son manteau et sa toque d'animal mort. Avant de sortir, elle a extirpé une enveloppe brune de son sac et l'a jetée sur la table du salon à côté du ravier en pyrex vide.

– Je vous attends samedi projain à huit heures. Vous connaissez maintenant les enjeux. *Yia sas,* Gabriel.

Après son départ, je me suis fait couler un bain auquel j'ai ajouté une demi-tasse d'eau de Javel. Et j'ai pleuré. J'ai rêvé que Suzuki, déguisée en geisha, venait me frotter le dos. Le lendemain, à la Holy Canadian Martyrs, les trois filles ne se sont pas présentées aux cours. Deux ont prétexté une pneumonie, la troisième, un épuisement général. Au matin, Stella récitait le *Je vous salue Marie* avec ferveur. Dans le gymnase, j'essayais d'expliquer les règlements du hand-ball aux garçons de neuvième tandis que des flash de la veille défilaient devant mes yeux. Les garçons me regardaient d'un drôle d'air. J'ai dû interrompre la leçon, tendre le filet de volley-ball, comme Lemon, et aller m'asseoir dans un coin pendant que les élèves géraient eux-mêmes leur sport. J'étais vidé, Michel. Quand je tombais endormi, les soirs de cette semaine-là, je rêvais que toi et moi étions des renards arctiques, lovés, endormis ensemble dans un terrier de l'Ungava, loin de Toronto. Puis dans le rêve, Claudia, splendide Fée frimas, nous trouvait, nous apprivoisait et nous adoptait tous les deux comme animaux de compagnie. Tôt ou tard, le rêve se transformait en cauchemar quand la Thanatopoulos en furie, sur un traîneau tiré par une Stella haletante aux yeux révulsés, attaquait Claudia et nous attrapait dans un filet. C'est là que je me réveillais en hurlant. Je criais le nom de Suzuki, comme avant, quand nous étions malades et que nous avions de la fièvre.

Les filles ont fini par rentrer en classe. Elles étaient plus distantes, comme si elles avaient honte de leur comportement à la piscine. Candice est venue toute seule me présenter des excuses, puis Melikah m'a apporté un vieux disque de chansons allemandes. « Ça traîne depuis des années chez nous, ça vous sera peut-être utile. » C'était un vieux disque de Mireille Mathieu où elle chante *Acropolis Adieu* et *Santa Maria de la Mer*. C'était assez étrange d'entendre ces chansons que nous connaissons par cœur en français interprétées en allemand. Tu te souviens, Suzuki faisait jouer les disques quand nous étions petits ? C'est presque aussi étrange que d'entendre *Tosca* chanté en allemand. J'ai dû utiliser le vieux tourne-disque de Jodi à la bibliothèque pour écouter le vinyle. Stella m'a surpris là en flagrant délit de nostalgie.

– Qu'est-ce que c'est ?

– C'est Mireille Mathieu.

Il a fallu que je lui explique le moineau d'Avignon, que Mireille Mathieu avait eu un succès fou en France et même en Allemagne, où elle interprétait ses chansons en allemand. Car tu sais, si ça ne passe pas sur une chaîne américaine, les jeunes Ontariens, ils ne connaissent tout simplement pas.

– Il faut qu'elle travaille son accent, a dit Stella en l'écoutant prononcer *was ist geschehen*.

Stella avait dû suivre des cours de prononciation pour le chant. Mireille Mathieu l'a un peu fait sourire. Je ne saurais t'expliquer, mais il y a entre Stella Thanatopoulos et Mireille Mathieu une connexion, la ligne tirée mène directement de l'une à l'autre sans que je puisse t'expliquer comment ni pourquoi.

– Je pense que les Allemands aimaient bien son accent, ai-je rappelé à ma petite diva.

En français, la chanson commence par « Ce soir le vent vient de la mer » ; en allemand, c'est *« Es war September in Athen... »* Septembre.

Que je te dise que de janvier à septembre, l'entraînement a repris chez les Thanatopoulos. Le jour convenu, la mère m'a accueilli comme si rien ne s'était passé le dimanche précédent. Ce jour-là, pas de dessert, pas de menaces. Et trois fois par semaine, l'aérobie avec Stella, les régimes, les poids et haltères. La mère nous avait inscrits à un club de *fitness* de son quartier, une sorte de salle de torture *high tech* pour les bourgeoises de Toronto. Je m'y suis fait draguer toutes les fois. Stella mettait une détermination étonnante à l'entraînement. Elle m'a expliqué, entre deux séances de vélo stationnaire, que sa mère avait décidé qu'elle chanterait *Vissi d'arte* de *Tosca* pour son audition à la Juilliard en septembre. J'étais surpris par le choix. Habituellement, on choisit autre chose pour ce genre d'exercice. Sans être expert, il me semble qu'il faut une chanteuse très solide pour s'attaquer à un morceau aussi difficile.

– Maria Callas le chantait, Monsieur Lamontagne, m'a expliqué Stella.

– Mais tu ne voudrais pas un truc plus simple ? Tu ne peux pas te permettre d'être moyenne à une audition à la Juilliard.

– Non, Maman veut que j'émerveille le jury. Et je pense qu'elle a raison. Il faut travailler, travailler ! Saviez-vous que *Tosca* est le dernier opéra que Callas a chanté dans sa carrière ? C'était en 1965, au Covent Garden de Londres. Elle avait annulé la représentation, mais comme on attendait la reine d'Angleterre, le directeur de l'opéra a imploré la Callas de chanter. Ce qu'elle a fait.

– Justement, elle devait en avoir fait bien d'autres avant ça, elle savait ce qu'elle faisait. La Callas n'a sûrement pas commencé en chantant *Tosca*.

– Mais vous devez bien le savoir, Monsieur Lamontagne, Maman vous a donné sa biographie !

J'étais stupéfait. De quoi Stella était-elle au courant, au juste ? Que savait-elle sur la visite de sa mère à mon appartement ? En pointant l'horloge sur le mur, je l'ai invitée à monter sur un vélo et à y aller *vivace allegro*.

En juin, la Stella avait perdu un peu plus de quinze kilos. Mes trois princesses de la Holy Canadian Martyrs n'en revenaient pas. Loin d'être fier de cette métamorphose, j'essayais de leur expliquer que Stella en faisait peut-être trop.

– Vous savez, tout ce poids perdu en si peu de temps sera vite regagné dès qu'elle se laissera aller.

– Pourtant, il paraît que c'est avec vous qu'elle s'entraîne, a laissé échapper Melikah.

Elles savaient donc. Je devais apprendre plus tard que tout le monde savait que j'étais l'entraîneur de Stella. À mon avis, la Thanatopoulos n'avait pas divulgué les termes de l'accord, mais on devait bien savoir que je ne m'astreignais pas à ça par charité chrétienne. Pourtant, la petite était une élève très docile, obéissante et appliquée. On voyait pourtant que rien ne venait d'elle, pas plus en musique qu'en entraînement physique. Si on lui disait de chanter une mesure, elle le faisait, comme elle s'exécutait sur le tapis de gymnastique. Au doigt et à l'œil. Aux yeux de la Thanatopoulos, Stella était encore trop grosse. Elle voulait encore que, pendant juillet et août, je la fasse courir sur les îles de Toronto. Il faut que je te dise que j'avais un peu commencé à apprécier la compagnie de Stella. Quand elle ne parlait pas des Évangiles et des saints, elle pouvait être très drôle. Pour son âge, elle avait une culture phénoménale. Et comme il fallait prendre un bateau pour se rendre aux îles, la mère Thanatopoulos nous laissait seuls. Elle n'avait pas le pied marin, ce que j'ai trouvé surprenant pour une Grecque. « Maman est toujours malade en bateau. » L'idée de me retrouver seul avec Stella sur les îles de Toronto ne m'enchantait guère. Si elle tenait ne serait-ce qu'un tout petit peu de la mère, Dieu sait ce qu'elle inventerait pour me perdre. Je préférais de loin les séances d'entraînement au centre de *fitness,* sous les regards attentifs des Torontoises divorcées qui guettaient chacun de mes gestes et qui auraient toutes pu témoigner de mon comportement irréprochable. Comment je sais qu'elles sont divorcées ? Qu'est-ce que tu penses qu'elles font au gym, Michel ?

À l'été 1998, soit l'an dernier, la Thanatopoulos me cueillait le matin dans sa BMW et me déposait sur le quai à Harbour Front avec Stella. Là, elle nous regardait embarquer sur le traversier et nous attendait pendant deux heures. Les îles de Toronto sont d'une beauté calme et fragile. Comme elles ne sont pas reliées à la terre ferme, seuls quelques hippies attardés y vivent dans de petites maisons de bois qui forment un village coquet à l'extrémité est de la longue île. On a de là une vue magnifique sur le centre-ville de Toronto, c'est d'ailleurs de ce point de vue privilégié que sont faites toutes les cartes postales de la capitale ontarienne. Des sentiers parcourent l'île d'est en ouest et c'est là que je faisais jogger ma Stella. Elle n'était plus du tout grosse, pas même boulotte. En réalité, elle commençait déjà à perdre trop de poids, mais ce n'était rien comparé au squelette blanchi qu'elle allait devenir quelques mois plus tard. Pendant ces matinées de jogging, il nous arrivait de ne rencontrer personne. Les visiteurs s'y rendent le week-end ou plus tard dans l'après-midi. Je restais loin de Hanlan's Point, à l'ouest, juste à côté de l'aéroport, où des nudistes, pour la plupart des homosexuels, se montrent dans toute leur splendeur. Stella faisait semblant de ne pas savoir ce qui se passait de ce côté, même si l'endroit est connu de tous les Torontois.

En juillet, après chacune de nos séances d'entraînement, nous rentrions par le traversier. Stella se tenait toujours debout à la proue et guettait sa mère sur le quai. Dès qu'elle la voyait, elle sortait de son sac de sport un grand mouchoir blanc et l'agitait comme un drapeau jusqu'à ce que sa mère la voie et lui fasse signe. Stella avait pour sa mère un amour infini, un respect moyenâgeux qu'il aurait été possible d'admirer s'il n'avait pas été clair pour tout le monde que cette dévotion finirait par la tuer. Un jour que nous étions presque arrivés au quai, en août, Stella sortit son mouchoir blanc et me demanda de l'agiter pour prévenir la mère de notre arrivée. Si le jeu m'avait amusé et attendri les premières fois, je commençais à le trouver un peu niais et ridicule, surtout que les autres passagers nous regardaient chaque fois avec un drôle d'air. Mais avais-je le choix ? Par l'entremise de sa fille, la mère continuait d'avoir son emprise sur moi.

– Stella, pourquoi agites-tu toujours ce mouchoir blanc quand nous rentrons ?

– Vous connaissez la légende de Thésée qui est parti d'Athènes pour vaincre le Minotaure ?

– Rappelle-la moi.

– Après avoir vaincu le Minotaure à Crète, Thésée est rentré à Athènes par bateau. Sur le quai l'attendait son père, Égée. À son départ, il avait été convenu que si Thésée était tué par le Minotaure, le navire hisserait une voile noire. Si Thésée rentrait vivant, le navire aurait une voile blanche.

– C'est pour montrer à ta maman que tu rentres vivante ? Que tu as vaincu le Minotaure ?

– Un peu, oui.

Le dernier vendredi d'août, juste avant la rentrée scolaire, la Thanatopoulos nous déposa encore une fois sur le quai. Juste avant de nous laisser, elle a regardé sa fille dans les yeux avec un sérieux que je ne lui avais pas vu depuis sa visite chez moi en janvier. Sur l'île, nous n'avions pas couru une demi-heure que Stella a obliqué vers une plage de sable blanc déserte. Il y avait tout au bout quelques arbres qui jetaient sur le décor un ombrage plaisant.

– Tu t'arrêtes, Stella, tu es fatiguée ?

– Oui, il faut que je m'assoie un peu, je veux regarder le lac.

Le lac Ontario est, c'est vrai, beau à voir. Une sorte de mer intérieure juste au milieu du continent. Stella a pris un air grave.

– Monsieur Lamontagne, mon audition à New York aura lieu dans moins d'un mois. Je suis très nerveuse.

– Je suis sûr que tu brilleras, Stella. Tu as une voix magnifique.

– Madame Pantalone, ma prof de chant, ne semble pas convaincue. Pour elle, il faut croire ce que l'on chante et chanter ce que l'on croit.

– Qu'est-ce qu'elle veut dire ?

– Elle n'est pas tout à fait d'accord avec le choix de Maman, *Vissi d'arte.* Elle me dit que techniquement, je suis parfaite, mais que pour l'interprétation, je ne suis pas encore au niveau.

– Tu sais, Stella, les profs de chant sont d'éternelles insatisfaites.

– Comme vous êtes gentil de me dire ça. Madame Pantalone pense qu'il faut avoir vécu pour comprendre ce que l'on chante et pour le faire comprendre aux autres.

– Oui, elle doit avoir raison, mais il y a aussi le jeu. Tu peux faire semblant. Les chanteurs d'opéra n'ont pas vécu tout ce que leurs personnages ont vécu, pourtant, on les croit. Il n'est pas nécessaire d'être une mère abandonnée par un capitaine américain pour chanter Cio-Cio San dans *Madame Butterfly;* il faut tout simplement réussir à ressentir ce que Cio-Cio San ressent.

– C'est aussi ce que j'ai essayé d'expliquer à madame Pantalone, mais elle insiste. Selon elle, je suis trop jeune pour chanter *Vissi d'arte.* Elle s'est même disputée avec Maman en juin. Elle disait : « Comment voulez-vous que cette pauvre fille ressente ce que Floria Tosca ressent ? *J'ai vécu d'art, j'ai vécu d'amour...* Elle n'a que dix-sept ans ! Honnêtement, je suggère fortement que nous préparions autre chose, une pièce qui convienne mieux à son âge. » Vous croyez qu'elle a raison ?

– Tu poses la question à la mauvaise personne, Stella. Je ne connais pas assez *Tosca* pour te le dire. Elle a vécu quoi, au juste, cette pauvre Tosca ?

– Voilà : Tosca est une chanteuse d'opéra dans la vraie vie. Dans l'opéra, c'est un personnage un peu diva, *una donna gelosa.* Une femme jalouse. Il s'agit donc d'une chanteuse qui joue une chanteuse qui fait la diva. C'est difficile à rendre, ça. Quand elle chante *Vissi d'arte,* c'est au beau milieu de l'Acte II.

– Il se passe quoi, dans l'Acte II ?

– C'est dans le bureau de Scarpia, ce monstre !

– Il a fait quoi, Scarpia ?

J'avais de toute évidence frappé un point très sensible de son imaginaire. Elle s'est levée du bout de bois sur lequel elle s'était assise et a entrepris de m'expliquer le deuxième acte de *Tosca.*

– *Scarpia, bigoto satiro !* C'est le chef de la police de Rome. Il a fait arrêter le chevalier Mario Cavaradossi par ses sbires. Dans son antre du Palazzo Farnese, il fait monter Cavaradossi et ordonne à ses gorilles de le torturer, comme notre seigneur le Christ ! Il a aussi fait monter Tosca, qui chantait pour une fête donnée dans une autre salle du Palazzo. Scarpia la soupçonne de savoir où Cavaradossi cache d'Angelotti, le fugitif. Mais Tosca est une artiste, une actrice ! Elle ne se mêle pas de politique et saura se taire. Puis, l'ignoble Scarpia ordonne qu'on ouvre la porte de la pièce où Cavaradossi est torturé. Tosca entend avec horreur ses cris de douleur. On lui a mis un cerceau de fer autour de la tête ! Le pauvre Cavaradossi ! Tosca supplie Scarpia d'arrêter. Le monstre ne fait qu'ordonner des tortures encore plus douloureuses, il va même jusqu'à faire amener Cavaradossi ensanglanté à Tosca pour qu'elle voie de ses yeux ses blessures, pour qu'elle trempe ses doigts innocents dans ses plaies vives ! Ah ! Monsieur Lamontagne, c'est horrible. Et puis la torture reprend de plus belle ; Scarpia, l'infâme Scarpia, s'avance vers Tosca pour prendre avantage d'elle, car c'est ce qu'il veut, il veut l'amante de Cavaradossi, il l'a dit lui-même ! Scarpia veut la consommer une fois et la jeter comme on jette le noyau d'un fruit qu'on vient de manger. Mais la brave Tosca résiste trop, elle montre par son entêtement qu'elle sait davantage que ce qu'elle veut bien dire à Scarpia. Tosca lui offre de l'argent. « Votre prix ! » demande-t-elle, pour acheter la liberté. Mais c'est bien mal connaître Scarpia... La Tosca réussit à se détacher de l'emprise du tyran, elle s'agenouille et chante. *Vissi d'arte.*

Pendant qu'elle parlait, Stella prenait les poses des personnages, appuyait sur chaque mot et regardait le ciel comme si elle implorait la clémence de Dieu pour la pauvre Tosca. J'ai été surpris d'entendre qu'elle connaissait le mot « ignoble ». Sa mère avait raison, son dictionnaire devait lui servir d'oreiller. Tout ça était tellement artificiel, il fallait que je me retienne pour ne pas rire. Et là, je te jure, mon frère, qu'elle s'est agenouillée sur le sable de la plage déserte de Toronto Island pour chanter toute l'aria. *J'ai vécu d'art, j'ai vécu d'amour, sans faire de mal à âme qui vive...* chantait-elle. *Pourquoi, pourquoi, ô Seigneur, me récompenser ainsi ? J'ai donné des bijoux pour la cape de la Madone...* le tout jusqu'à *humiliée, vaincue, j'attends votre aide.* C'est une prière, en quelque sorte ? Là, quand elle chantait, elle était convaincante, attendrissante. Autrement, j'avais simplement envie de rire. J'avais maintenant compris que Stella était incapable de jouer la diva parce qu'elle *est* une diva. On ne peut pas jouer ce qu'on est. Si son jeu était faux, c'est justement parce qu'elle s'entêtait à jouer alors que son naturel aurait amplement suffi. Je repensais à la petite Stella, à peine quelques années auparavant, Pet Shop Girl du Centre Eaton, tapie derrière un tas de sacs de litière pour chats.

– Il faut que tu sois plus naturelle, Stella. Tu es déjà Tosca. Il ne te sert à rien de jouer.

– Vous croyez ?

– Oui, j'en suis certain.

– Mais, pensez-vous aussi qu'on doit chanter ce que l'on croit et croire ce que l'on chante ?

– Oui, cela me semble important.

– Alors, comment arriverai-je à chanter « J'ai vécu d'art, j'ai vécu d'amour » ?

– Tu es une artiste, Stella, tu étudies la musique depuis que tu es toute petite et tu sais prier Dieu.

– Mais l'amour ? Comment chanter que j'ai vécu d'amour si jamais je n'ai été aimée ?

– Il y plusieurs sortes d'amour. Il y a l'amour du prochain, l'amour d'une mère pour sa fille, l'amour de son travail... Tu connais l'amour. Est-ce que tu crois que Dieu t'aime ?

– Mais bien sûr ! Qu'insinuez-vous ?

– Rien. Alors tu as vécu d'amour, dans l'amour de Dieu.

– Non ! Vous ne comprenez pas, ce n'est pas de cet amour-là dont je parle. Tosca est femme de chair !

– Stella, je pense que tu surestimes la valeur de l'expérience. Moi, j'ai connu l'amour dont tu parles, cela ne veut pas dire que je saurais chanter *Tosca*. Si vraiment tu ne te sens pas prête, il faudra que tu choisisses une autre pièce. Pourquoi tu ne chantes pas *Ständchen* de Schubert ?

Stella me regardait avec les mêmes yeux que sa mère quand j'avais essayé de lui tenir tête en janvier. Elle pinçait les lèvres exactement comme elle. Si elle avait eu une assiette de galaktoboureko à la main, la ressemblance aurait été parfaite.

– *Ständchen* pour une audition à la Juilliard ! On voit bien que vous n'y entendez rien ! Vous vous moquez de moi ! Et il est trop tard, trop tard pour choisir autre chose. Maman veut que je chante *Vissi d'arte* ! Et c'est *Vissi d'arte* que je chanterai à New York ! Vous m'entendez ? Je chanterai *Vissi d'arte* !

Stella était en proie à la folie. Elle tapait du pied dans le sable, hurlait, crachait, s'époumonait. Dieu merci nous étions seuls. Pas une âme en vue. Seules les mouettes répondaient aux cris aigus de la jeune fille. Maintenant, elle avait les pieds dans l'eau du lac Ontario et elle se tenait le visage à deux mains. Je me suis approché d'elle pour essayer de la calmer, elle sanglotait.

– Stella, je suis sûr que tu le chanteras très bien, ce *Vissi d'arte*. Si tu le chantes comme tu viens de me le chanter, ils n'auront pas d'autre choix que de t'admettre.

– Monsieur Lamontagne, aimez-moi.

– Pardon ?

– Je veux que vous m'aimiez. *Here and now*.

– Mais tu veux rire, Stella, je t'aime, lui ai-je menti, mais pas comme ça.

– Cessez de vous moquer de moi. Je sais que vous ne m'aimez pas, vous avez pitié de moi, mais vous ne m'aimez pas. Comme tout le monde, vous me prenez pour une idiote. Je vous demande simplement de faire avec moi ce que vous avez fait avec madame Poisson et avec la bibliothécaire et avec des centaines d'autres femmes. Tout le monde sait que vous êtes un chasseur. Même la Delvecchio. Même Zira.

– Stella, tu es très déplaisante. Je ne te toucherai pas. Rentrons, viens.

– Aimez-moi ! a-t-elle crié en me tombant dans les bras.

De ses petites mains, elle essayait de m'arracher mon short de jogging.

– Stella, ressaisis-toi ! lui ai-je dit en la giflant.

Elle a fait quelques pas en arrière.

– *Listen to me,* Monsieur Lamontagne, si vous ne me prenez pas immédiatement dans ces buissons, je dirai à tout le monde que vous m'avez violée. Je commencerai par le psychologue de l'école, qui n'aura pas d'autre choix que de vous dénoncer. Quand Maman saura que vous m'avez manqué de respect, il ne vous restera plus qu'à vous trouver un bon avocat. J'aimerais vous rappeler que j'ai dix-sept ans.

– Stella, tu racontes n'importe quoi !

Elle avait les bras le long du corps. De toute manière, j'étais damné. Il n'y avait pas d'issue. Le traversier allait arriver dans une demi-heure. Si je partais la tête haute, souverain, sans toucher à Stella, elle dirait à sa mère que je l'avais violée. Elle était assez folle pour tenir jusqu'au bout son mensonge. Et puis, je me suis dit que ses intentions étaient quand même honnêtes. Et elle ne me demandait somme toute pas grand-chose. Tout ce qu'elle voulait, c'était de sentir une fois un homme contre elle, de se sentir possédée pour chanter *Vissi d'arte*. Je ne peux pas dire que je la trouvais magnifique, elle était jolie, sans plus. D'ailleurs, si je devais m'arrêter à ça, il n'y aurait que très peu de livres dans ma bibliothèque, cinq ou six titres. Pas entre mille et deux mille. Et à dix-sept ans, dans mon cas, c'était fait depuis longtemps. D'ailleurs, les filles, nos copines de Montréal, elles avaient toutes des amants, à dix-sept ans. Il n'y avait rien là de bien répréhensible, que je me disais. Cette fille démontrait une maladresse dans le jeu qui la destinait à l'opéra, une exagération des émotions, un tout ou rien, une quantité non négociable d'absolus aux antipodes de la retenue et de la discrétion. Une faille monumentale, un défaut si gros qu'il serait vain de tenter de le dissimuler derrière quelque artifice ; il valait mieux le souligner et en faire la base de toute sa personnalité. Stella jouait faux, et c'est dans cette fausseté qu'elle était vraie... et un peu gauche. Tu sais, Michel, rien n'est plus gauche ni plus adorable que la jeunesse.

– Si vous m'aimez, je me tairai. Sinon... je ne réponds de rien.

Au retour, sur le traversier, Stella avait un visage que je ne lui avais jamais vu. Un sourire paisible, celui de Mona Lisa. C'est ça, Michel, le sourire de la Joconde. Le soleil brillait et il faisait une de ces chaleurs humides qu'il fait souvent à Toronto, l'été. Des enfants couraient sur le pont. C'étaient de petites filles blondes qui me faisaient penser à Claudia. J'essayais d'engager une conversation banale avec Stella. J'avais oublié qu'elle n'avait pas le sens du banal. Rien chez elle n'était ordinaire ou médiocre. Tout devait être poussé à son extrême limite.

– Et qu'arrive-t-il à Cavaradossi ?

– Cavaradossi ? Il connaît la mort des preux.

Elle avait vraiment du vocabulaire, notre Stella. Je me disais que le prof de français serait fier d'elle. Le traversier devait être à cinq cents mètres des quais quand, calme et souveraine, Stella s'est levée pour aller se mettre en proue, à son habitude. Sans quitter des yeux la silhouette de sa mère debout sur le quai, elle a ouvert son sac de sport pour en sortir un grand mouchoir noir, plus grand que le mouchoir blanc qu'elle agitait d'habitude. Elle a levé le bras et, dans un geste mesuré et féminin, l'a agité au-dessus de sa tête comme le fanion d'une armée victorieuse. J'étais debout derrière elle et j'ai senti d'un coup, dans mon dos, toute la chaleur de l'été torontois. Elle a continué d'agiter le mouchoir noir jusqu'à ce que le bateau touche le quai. Puis, elle l'a rangé dans son sac.

Sur le quai, la Thanatopoulos s'est approchée de moi. Je te jure, mon frère, qu'elle m'a reniflé. Discrètement, mais elle m'a quand même reniflé. J'étais sans voix. Elle avait l'air satisfait. Elle a embrassé sa fille sur la joue, et là aussi, elle a discrètement reniflé, comme une truie qui cherche sa truffe. La mère et la fille sont restées silencieuses. Elles m'ont reconduit jusqu'à l'avenue Spadina. J'étais fourbu. Avant de me laisser descendre de la voiture, car c'est elle qui contrôlait les serrures de sa BMW, la Thanatopoulos m'a dit qu'elle n'aurait plus besoin de mes services d'entraîneur. Qu'elle me remerciait infiniment. Qu'elle m'était éternellement reconnaissante. Je me suis extirpé de la voiture sans dire un mot. Chez moi, je me suis fait couler un bain auquel j'ai ajouté une tasse complète d'eau de Javel.

Après je suis sorti. Puisque ma dernière rentrée en qualité d'enseignant à la Holy Canadian Martyrs était à ma porte, j'ai décidé d'y aller en grand. J'ai marché jusqu'au Entertainment District de Toronto, Richmond Street West. Là, au coin de Widmer Street, il y a une discothèque fréquentée par des Torontoises particulièrement volontaires. Aux cruelles lumières de l'aurore, je suis rentré chez moi avec *Fall on Your Knees*.

J'ai dormi jusqu'au mardi suivant la fête du Travail. J'ai beaucoup aimé *Fall on Your Knees*. C'est un roman compliqué dont l'action s'étale sur plusieurs décennies. Il y a entre autres l'histoire de cette fille du Cap Breton qui part étudier le chant classique à New York juste après la Première Guerre mondiale. Elle n'y reste pas longtemps, elle revient enceinte et meurt après que sa mère lui a fait une césarienne « maison ». Quelle histoire, hein ?

Le soir est tombé sur Berlin, il faut que je rentre à Lichtenberg avant la fin du service des S-Bahn.

Gabriel

Ring gegen Uhrzeigersinn
19 mai 1999

Mon très cher frère,

Je suis assis dans le même train qu'hier. Ne t'affole pas, je n'en suis pas à dormir dans les gares allemandes. Cette fois, je parcours le Ring dans le sens contraire des aiguilles d'une montre. Tu te rends compte, Michel, que j'ai passé le dernier hiver du siècle dans un train allemand ? Tout un hiver dans un train ! Plus que trois jours avant le retour de Claudia, je sens que je vais vivre le printemps de ma vie. Tous les jours je me félicite d'avoir attendu avant d'aller la voir. Hier encore, j'ai remarqué que je comprenais la plupart des conversations que les gens entretiennent dans le S-Bahn. Il suffit de tendre l'oreille. Les Berlinois parlent du temps magnifique qu'il fait, des vacances que les gens comptent prendre et des petites choses de la vie. Je n'ai pas eu de nouvelles de Magda depuis l'après-midi aux Schrebergärten. Elle doit avoir honte de toute l'affaire.

À l'idée du retour de Claudia à Berlin, je ressens, et ce, pour la deuxième fois en six mois, un vaste et calme apaisement dans mon âme. J'en profite donc pour t'écrire cette longue lettre, sachant très bien que dès samedi, ma vie va commencer. Fini les longs trajets de S-Bahn. J'ai aussi réfléchi à ce que je pourrais faire en Allemagne pour gagner ma vie, car je serai dans un an au bout de mes économies. Il n'y a pas beaucoup de travail à Berlin et mes diplômes d'enseignant n'y seraient de toute manière pas reconnus. *Umso besser !* Tant mieux ! J'en ai marre de l'enseignement secondaire ! Pour rester ici, je suis prêt à tout. Deux Allemands qui me regardent m'entraîner depuis deux mois m'ont déjà approché pour savoir si j'étais entraîneur privé. Je crois qu'il y a là du potentiel. Surtout que les Allemands sont très fiers de leur physique et de leur apparence. Ils semblent être très à l'aise avec l'idée de la nudité, plus à l'aise que quiconque en Europe, je pense. Il paraît que sur l'île de Rügen, au temps de la RDA, les gens se baladaient sans vêtements. La chute du Mur a eu un drôle d'effet sur eux, comme si soudainement ils avaient perdu un peu de leur intimité et qu'ils s'étaient sentis observés pour la première fois. La fin du paradis terrestre, voilà ce que la réunification a signifié pour la République nue. Et tout le monde était nu, il ne s'agissait pas de quelques filles bien roulées et friquées qui décident un jour à Saint-Tropez d'enlever le haut pour *être à l'aise,* mais de familles entières qui jouaient au badminton à poil dans les campings socialistes, telles que Dieu les avait créées. Le capitalisme est venu sonner le glas de cette idylle avec la nature. La relation que les Allemands entretiennent avec leur corps, et avec la culture physique et le sport, pourrait se traduire par un emploi à temps plein pour moi. Tu vois, un peu comme les Américains, les Allemands aiment être baraqués, ils n'ont rien à cirer des silhouettes de minet des acteurs français. Dieu les a faits forts et ils comptent bien le montrer. C'est pourtant une faiblesse que de vouloir à tout prix faire la démonstration de sa force, et tu sais l'effet que la faiblesse a sur moi.

Tu me trouves donc aujourd'hui l'âme en paix. Claudia dans trois jours. La dernière fois que j'ai senti un tel apaisement, c'est l'automne dernier quand, deux semaines après l'épisode de Toronto Island, j'ai pris la décision de partir pour Berlin le 1er janvier 1999. J'aurais un an pour me préparer au millénaire allemand. C'est à partir de ce moment que j'ai commencé à mieux dormir. Je n'en ai parlé à personne, parce que j'avais bien vu comment la

Commission scolaire réagissait aux enseignants qui démissionnent en plein milieu d'année scolaire. La directrice, Mrs. Delvecchio, m'avait convoqué dans son bureau.

Elle était de très bonne humeur, parce que, m'a-t-elle expliqué, elle était en train de s'acheter une moto toute neuve pour remplacer une vieille Harley Davidson. Nous avons parlé des motos Suzuki, elle était surprise de savoir que je connaissais à peu près tout sur le sujet. Je lui ai chaudement conseillé le modèle VZ 800 à cinq vitesses, deux cylindres, bourgogne et blanc dont Suzuki était si contente. Tu te souviens quand elle nous emmenait sur les routes des Cantons-de-l'Est assis derrière elle ? Je sais, c'était plus souvent mon tour que le tien, parce que tu refusais catégoriquement de la tenir par la taille. Tu ne sais pas ce que tu as manqué, pauvre Michel.

Mrs. Delvecchio m'a raconté qu'elle passait toutes ses vacances de Noël en Italie, à Pescara, chez ses cousins.

– J'ai aussi une moto là-bas, une autre Suzuki ! Elle est plutôt à mon cousin, mais il me laisse la conduire à Noël.

Elle m'a ensuite annoncé, toute fière, qu'il y aurait un concert spécial en octobre, juste après la messe mensuelle.

– La petite Stella doit passer son audition à la Juilliard à la fin octobre. Elle est toute nerveuse et sa mère pense qu'elle devrait chanter son programme au moins une fois devant un vrai public avant de faire face au jury. Comme c'est une ancienne élève, je lui ai offert notre école comme public. Tout de suite après la messe, elle chantera, accompagnée de son pianiste. J'ai bien hâte de l'entendre, quel talent, cette enfant ! Et vous avez vu le travail qu'elle a fait sur son corps ? Moi, je trouve ça un peu trop, les femmes devraient avoir quelques rondeurs, ça les rend plus belles. Mais sa mère l'a tant fait travailler. Vous verrez, elle est toute petite !

Un concert avec Stella après la messe d'octobre ? Il ne manquait plus que ça. Je n'osai pas parler à Mrs. Delvecchio de ma démission imminente. J'avais déjà mon billet de la Lufthansa pour Berlin, mais j'étais assez malin pour savoir qu'on n'annonce pas un départ en milieu d'année scolaire.

– Une autre chose, Monsieur Lamontagne, nous avons un groupe de filles de dixième année assez sportives, je pense qu'on devrait former une équipe de softball. Qu'en pensez-vous ? Je trouve que les filles sont un peu les parents pauvres de notre programme sportif. Je peux compter sur vous ?

J'avais un peu de peine de la décevoir. Je lui ai promis que j'y verrais, puis je suis retourné à mes cours. Le premier vendredi d'octobre, la messe mensuelle a été écourtée de quinze minutes pour faire de la place au récital de Stella. Les quatre cents élèves, tous niveaux confondus, avaient été réunis dans l'amphithéâtre de l'école. Ils faisaient un bruit épouvantable et nous avions beaucoup de peine à faire régner le calme. On leur avait annoncé un récital d'une ancienne élève qui, avant d'être aspirée par une carrière internationale, voulait rendre hommage à son *alma mater*. Difficile de leur dire ça sans sourire en pensant à toutes les humiliations que Stella avait dû subir à la Holy Canadian Martyrs, toutes les moqueries sur ses tresses, sur son poids et sur sa piété. On se serait cru au cirque, les jeunes se lançaient des bouts de papier, s'apostrophaient; les filles poussaient de petits cris en imitant des voix de divas. Mrs. Delvecchio était très nerveuse, peut-être plus que Stella elle-même, qui avait refusé de se montrer avant l'ouverture du rideau. Seul son pianiste était venu serrer la main des enseignants. C'était le petit homme chauve que j'avais vu sortir de chez elle lors de ma toute première visite dans l'antre de la Thanatopoulos. Quelques parents, ceux qui ne travaillaient pas, s'étaient déplacés pour la matinée.

Mes trois princesses avaient manqué leurs cours à l'université de Toronto pour venir entendre le récital, curieuses de voir la nouvelle Stella, elles qui la connaissaient depuis l'école primaire. Melikah, Candice et Kayla avaient fleuri à l'université, ce monde leur allait à merveille. Elles avaient maintenant l'air de trois vedettes de cinéma, genre *Charlie's Angels*. Kayla et Candice étaient inscrites dans le programme d'éducation physique et Melikah en littérature française. C'est bien de voir qu'on peut faire une différence chez les jeunes esprits. Kayla et Candice avaient comme projet de finir leur programme d'étude et d'ouvrir un méga centre de *fitness* dans le nord de la ville.

– *We'll be fucking rich, Monsieur Lamontagne!*

Melikah, la plus sensible des trois, s'informa encore de Claudia. « Et votre fraülein ? » Elle voulait tout savoir sur l'amour courtois et m'a confié avoir choisi un cours de littérature médiévale juste pour satisfaire la curiosité que cette Allemande avait éveillée chez elle. Elle s'est plainte du fait que le prof de l'Université de Toronto était homo. « Enfin, j'ai rien contre, mais qu'est-ce qu'ils connaissent à l'amour courtois, les pédés ? Facile de respecter sa belle quand on a les yeux braqués sur le cul du chevalier ! » Elles étaient toutes les trois assises avec moi.

Mrs. Delvecchio monta sur scène pour s'emparer du micro. Elle pouvait être assez menaçante quand elle s'y mettait. Bonne comédienne, elle avait pris le visage d'une mère supérieure des ursulines, atteinte d'un cas aigu d'hémorroïdes.

– *Be quiet! Now!*

Mrs. Delvecchio passait aux yeux des élèves pour une matrone intraitable. On la craignait. Cela était dû au fait qu'elle arrivait en moto à l'école pendant la belle saison et qu'on ne lui connaissait ni mari ni enfants. En dehors du modèle traditionnel, les élèves de la Holy Canadian Martyrs ne savaient pas où la situer. Quoi qu'il en soit, cette image de virago qu'elle soignait consciencieusement la servait à merveille dans des situations critiques. Les élèves se sont tus d'un coup sec.

Madame Thanatopoulos a fait son apparition sur scène. Elle avait choisi de s'adresser aux élèves en français, puisque la Holy Canadian Martyrs était, en fin de compte, une école d'immersion. Elle portait une robe du soir noire avec un simple rang de perles. Sans lunettes, le myope nostalgique aurait pu la confondre facilement avec Nana Mouskouri.

– Mes jers petits. Je vous remercie tous d'être là ce matin pour entendre le récital de ma jère Stella. Comme vous le savez, notre Stella va bientôt partir pour les États-Unis étudier dans une grande école de musique. Ce que vous êtes sur le point d'entendre est le résultat d'années de travail ajarné. Vos oreilles ne sont peut-être pas faites à cette musique divine, mais je suis certaine, mes petits jéris, que vous saurez l'apprécier à sa juste valeur. Habituez-vous à entendre son nom ! Sans plus tarder, applaudissez la nouvelle *prima donna !* Stella Thanatopoulos ! Dieu vous bénisse, mes petits jéris !

Candice s'est mis le doigt dans la gorge comme pour montrer qu'elle allait vomir. « *She's just as annoying as her daughter...* » a-t-elle chuchoté. Je me suis retenu de la corriger. Non, la Thanatopoulos n'est pas aussi chiatique que sa fille, elle l'est dix fois plus. Mais le spectacle allait commencer. La Thanatopoulos n'avait pas lésiné sur la dépense. Elle avait loué et fait livrer un piano à queue, un grand Yamaha, juste pour le récital. Le petit homme chauve est arrivé en premier. Il y a eu quelques ricanements parce qu'il avait la démarche d'un canard. Il s'est installé sur son banc, a placé ses partitions soigneusement, puis s'est comme placé en position d'hibernation pour l'entrée de Stella.

Comment te dire ? Comment te décrire la chose que nous avons vue arriver sur scène à petits pas ? « *Oh ! My God !* » ai-je entendu dire en chœur mes trois princesses. Les élèves ont applaudi. Ils n'étaient en fin de compte pas mal élevés. Mais la Stella qui se tenait devant nous sur scène n'avait rien à voir avec la Stella que nous avions connue. Je ne l'avais pas vue depuis le dernier jour à Toronto Island, où elle pesait déjà dix kilos de moins que ce qu'elle devrait normalement peser. Depuis, elle avait encore perdu pas mal de poids. Je me demandais comment cela était possible. Sylphide à la fin août, elle était devenue en octobre l'image qu'on se fait des rescapés d'Auschwitz. Ou encore ces photos effrayantes qu'on montre aux jeunes filles dans les campagnes de prévention de l'anorexie mentale. Osseuse, qu'elle était. Elle avait perdu ses tresses, quelqu'un l'avait très bien coiffée pour l'occasion, un brushing de diva. Elle portait un collier de diamants et des boucles d'oreilles assorties. Une robe de velours bordeaux, des chaussures, probablement des Balmain. Son sourire radieux contrastait avec le reste de son image. On ne croyait pas une personne aussi amaigrie capable de sourire. Elle a attendu que les élèves arrêtent d'applaudir. Je regardais Mrs. Delvecchio du coin de l'œil, elle avait la main devant la bouche comme si un avion venait de s'écraser sous ses yeux. Ce que nous étions en train de constater était bien pire qu'un écrasement d'avion. Un écrasement d'avion est un événement accidentel que personne ne souhaite ; des dizaines de personnes travaillent chaque jour, juste à Berlin, pour éviter qu'un écrasement d'avion se produise. Ce que nous avions devant nous n'était pas un accident, nous l'avions tous créé en toute connaissance de cause, moi le premier. À tous les instants, je croyais que Stella allait tomber en se fracturant le bassin. De son visage poupin restait une espèce de surface maquillée amaigrie, aux joues creuses. Le sein qu'elle avait pourtant eu généreux et rondouillet pendait maintenant mollement comme une vieille orange dans un sac de plastique. Une jument efflanquée. Prête pour l'abattoir. La Thanatopoulos ne connaissait pas de demi-mesures.

Stella a chanté sans micro, comme il se doit. Le récital a duré une bonne demi-heure, pendant laquelle le public était comme sous l'emprise d'un puissant narcotique. La voix de Stella était sublime, elle me rappelait un peu celle de Teresa Stratas que tu m'avais fait entendre une fois, la même pureté, la même sensibilité métallique, claire comme le cristal, grande et mugissante comme le lac Ontario et fragile comme la rosée d'été. Elle a commencé en m'embarrassant sérieusement. « Tout d'abord, une vieille chanson française populaire pour mon enseignant préféré », a-t-elle annoncé en me regardant. « Je vais la chanter pour lui en allemand... Il comprendra pourquoi. *Danke schön,* Monsieur Lamontagne... » J'ai cru mourir en entendant les premiers accords d'*Acropolis Adieu. « Es war September in Athen, der letzte Abend war so leer. Ich fragte ihn, wann kommst du wieder ? Da sagte er, vielleicht nie mehr. »* Littéralement, « C'était septembre à Athènes, le dernier soir était si vide, je lui ai demandé : Quand reviendras-tu ? Il a répondu : Peut-être jamais. » Puis le refrain : *« Akropolis Adieu, Ich muß gehen... »* qui dit sensiblement la même chose qu'en français. Elle avait choisi cet étrange moyen pour me dire adieu, sachant très bien que personne d'autre que moi ne comprendrait le message de la chanson qui m'a semblé durer trois heures. Puis, Stella est revenue à ses pièces lyriques. Nous avons eu droit à *Voi che sapete* de Mozart – honnêtement, elle le fait mieux qu'Anamaria – et à l'inévitable *Habanera.* Là encore, pendant qu'elle incarnait une improbable Carmen décharnée, elle me fixait du regard. Surtout quand elle chanté « *Prends gaaaaarde à toi !* » J'imagine qu'elle voulait montrer en faisant le *Habanera* l'immense étendue de son registre.

Je te mentirais en te disant que je suis resté insensible à l'avant-dernière mélodie qu'elle a chantée. Je connaissais l'air, je pense qu'Anamaria l'avait chanté il y a très longtemps quand ta prof de chant de Villeray organisait ces récitals, nous devions avoir dix-huit ans. Tu sais, c'est une mélodie aérienne, mystérieuse, un peu exotique. Les paroles, c'est quelque chose comme « S'il est vrai, Chloris, que tu m'aimes, mais j'entends que tu m'aimes bien... » J'ai oublié le reste, je crois que ça parle des « grâces de tes yeux » à la fin. Là, Stella m'a touché. Très près du cœur. Je n'arrêtais pas de penser à Claudia. Avoue que Chloris et Claudia, phonétiquement, c'est voisin. Mais je divague, mon frère.

Puis, au terme de ce pot-pourri bizarre, elle a disparu en coulisse sous les applaudissements. Elle voulait un rappel. Les élèves se sont mis à taper du pied comme des Allemands dans les salles de concert, le toit menaçait de s'effondrer. Puis, elle est reparue, radieuse. Les applaudissements se sont calmés. Quelqu'un sifflait. Et là, après s'être ressaisie comme une Allemande se ressaisit, elle a attaqué *Vissi d'arte*. Que te dire ? Comment te décrire la magie qu'elle a su insuffler à cette prière ? Quand elle est tombée à genoux pour implorer Dieu, nous avons tous cru que ses rotules allaient se pulvériser en frappant les planches. Le piano était à peine présent pour la soutenir, elle portait toute la misère et toute la souffrance de cette aria seule, comme si les paroles avaient été écrites pour elle. Les élèves ont été très impressionnés de la voir s'agenouiller ainsi et lever les yeux au ciel, ils sont, après tout, des catholiques. Ce genre d'image nous trouble toujours profondément. Quand elle a chanté *« Per che, Per che Signore »*, je pense que Melikah et Candice ont toutes les deux versé une larme. Elle a un vibrato, non une espèce de vague dans la voix qui fait se resserrer les valvules cardiaques chez le public. Après les dernières notes, il y a eu un long silence dans l'amphithéâtre. J'ai entendu Mrs. Delvecchio renifler, puis des mouchoirs ont circulé à gauche et à droite. Il s'est passé un moment avant que les applaudissements naissent. Les élèves étaient, je crois, un peu sonnés par ce qu'ils venaient d'entendre. Je suis sûr que certains d'entre eux y penseront leur vie durant. Stella a eu droit à une ovation debout de dix minutes, un tumulte fait de claquements, de sifflements admiratifs, de sanglots et de *« Brava ! »* Jamais elle n'a décroché de son personnage, pas même pendant les applaudissements, de sorte que nous avions l'impression d'applaudir une vraie martyre. La seule qui eût jamais franchi la porte de notre école.

Impossible de parler à Stella ce jour-là, ni à sa mère. Il s'agissait paraît-il de la faire rentrer chez elle le plus vite possible pour préparer le voyage vers New York. Je n'aurais pas su quoi lui dire de toute façon, elle n'appartenait plus au monde des mortels. Melikah a sangloté un peu après le récital. Elle était à la fois charmée par la musique et atterrée de l'aspect maladif de son ancienne camarade de classe. « Vous croyez qu'elle a le cancer, Monsieur Lamontagne ? » Je n'ai pas osé expliquer à Melikah que Stella n'avait pas de maladie, que son problème était pire et que contrairement à moi, elle n'avait pas réussi à se prémunir de ce mal long, douloureux et fatal qu'on appelle « Maman ».

Le semestre d'automne s'est terminé. Je continuais d'écrire des lettres à Claudia. Ses réponses se voulaient maîtrisées, elle se contenait. Cette retenue dans les sentiments ne pouvait qu'attiser mon ardeur. Deux jours avant la fin des classes, en décembre, j'ai annoncé à Mrs. Delvecchio que je ne reviendrais pas.

– Oh ! Je m'en doutais bien ! Et devinez quoi ? Lemon a gagné son procès ! Nous l'avons su hier. La Cour a statué que la Commission scolaire n'avait pas le droit de le congédier simplement parce qu'il est gai. Il paraît que l'archevêque de Toronto va protester. Seigneur ! Je suis assez contente, je trouvais tout ça un peu débile. J'allais justement vous annoncer qu'il faudrait vous muter à une autre école. Nous avions pensé à Brébeuf ou à Saint-Joseph, une école de filles ! Vous avez tant de succès auprès des filles. Avant votre arrivée, aucune d'entre elles ne pratiquait de sport. Maintenant, nous avons des équipes ! C'est vraiment dommage que vous partiez, mais vous êtes jeune encore, vous voulez voir le monde. J'espère que Lemon sera à la hauteur.

– Vous avez votre moto ?

– Oh oui ! Je l'ai eue en novembre ! Vous aviez raison, Gabriel, rien ne vaut une Suzuki ! Elvira en est folle !

Je n'ai pas eu la vulgarité de lui demander qui était cette mystérieuse Elvira qu'elle mentionnait pour la première fois. Elle devait s'être échappée. D'ailleurs, elle a tout de suite regardé ailleurs et s'est éclairci la gorge. Elle m'a montré des photos de l'engin, puis elle m'a souhaité bonne chance en Allemagne. Elle était vraiment bien, la Delvecchio. J'espère que tous les Italiens que tu fréquentes sont comme elle. Avant de quitter définitivement Toronto, il m'a fallu trouver une place pour mes livres. J'en ai fait don à la bibliothèque de la Holy Canadian Martyrs.

– Je ne peux pas mettre *Le Journal d'Anaïs Nin* sur mes rayons, a dit Jodi en riant, les parents vont me lyncher !

Les titres trop sulfureux, je les ai donnés à mes princesses. Elles étaient folles de joie, surtout Melikah. Elle m'a raconté qu'elle travaillait à un manuscrit et qu'elle avait commencé à fréquenter des garçons.

– Je vole un livre à chacun d'eux !

– Qu'est-ce que tu fais quand ils n'ont pas de livres ?

– Je ne les baise pas !

Tu vois, Michel, même un enseignant d'éducation physique peut faire une différence.

Mon train arrive en gare. J'ai fait trois fois le tour de Berlin dans le sens contraire des aiguilles d'une montre. Je n'aurai plus le temps de t'écrire pendant un bon moment. Mes lettres vont s'espacer. Je compte te les envoyer juste avant notre anniversaire en juin. À partir de samedi, je serai le chevalier de Claudia.

Ton frère, sur le seuil du bonheur.

Gabriel

Ahrensfelde-Wannsee
21 mai 1999

Avant de finir, il faut absolument que je te raconte ce qui m'est arrivé hier soir. Tu vas tomber de ta chaise. Es-tu bien assis ? Suis rentré chez moi à Lichtenberg vers les dix-sept heures. Puis j'ai décidé d'aller nager au centre sportif de l'autre côté du boulevard où passe le tram. C'est Magda qui m'avait conseillé cet endroit parce qu'elle le fréquente depuis longtemps. Je n'y étais encore jamais allé. La piscine n'est pas géniale, mais elle a l'avantage d'être proche. Après la nage, j'ai décidé d'essayer le sauna qui fait partie du centre. Je sais ce que tu vas t'imaginer, que je pensais trouver là douce compagnie. Détrompe-toi ! D'abord, l'endroit est très fréquenté, mais pas par la clientèle qu'on voudrait y voir. Avant d'entrer, une préposée m'a ordonné d'enlever ma serviette.

– C'est plus hygiénique, qu'elle a dit.

Elle n'a pas tort. Et de toute façon, je ne connais personne ici. J'avais oublié que je pouvais tomber sur mes voisines qui, en bonnes Allemandes, adorent se faire cuire à petit feu dans ces boîtes de bois. Je n'avais pas non plus compris que certains soirs, les saunas sont mixtes ! C'était le cas hier soir. Gasp ! Heureusement, il n'y avait que trois personnes à l'intérieur : un vieux monsieur qui fixait le plancher en suant à grosses gouttes, laissant parfois échapper un râle, un homme énorme de l'âge de Suzuki et une vieille dame assise sur le banc supérieur que je n'ai pas regardée, par pudeur.

Le gros bonhomme m'a salué pour continuer à suer en silence. Il a ensuite dit quelque chose au vieux que je n'ai pas compris. Deux minutes après, ils sortaient. Je pense que le vieux était le père du gros. Seul avec la vieille, j'ai risqué un coup d'œil dans sa direction. Mon cœur a cessé de battre. C'était Magda ! Flambant nue ! Elle avait l'air de somnoler, les yeux bien fermés. Je ne comprends pas comment elle faisait pour s'assoupir dans cette chaleur infernale. J'ai lu quelque part que les personnes âgées sentent moins le chaud. L'air brûlant m'écorchait les poumons. Comme j'étais seul avec elle, je n'ai pas pu m'empêcher de la regarder, surtout qu'elle avait les yeux fermés, elle dormait, c'était clair. Jamais je ne me suis senti plus mal à l'aise. Mon seul but était de me lever lentement et de sortir sans bruit pour nous éviter la honte. Comment pourrais-je après la regarder dans les yeux ?

Soudainement, elle a eu comme un mouvement dans sa torpeur, son genou s'est déplacé, révélant dans la pénombre sa vulve. Comment veux-tu ne pas regarder ? Eh bien figure-toi qu'elle avait juste sous le sexe une tache de naissance exactement comme la tienne, une petite clé de *fa*. Sauf qu'une vieille cicatrice traversait la sienne. Dieu seul sait comment elle avait pu se blesser à cet endroit. À cheval ? Accident de voiture ? Numéro de cirque manqué ? Va savoir ! La cicatrice traversait la clé de *fa* de part en part. Le médecin qui l'avait recousue avait fait du bon travail. J'ai eu envie de la réveiller et de lui dire : « Magda, mais vous avez juste, euh, sous la vulve, une tache de naissance identique à celle de mon frère ! » mais une voix intérieure m'a chuchoté de ne pas bouger. D'ailleurs ça ne se fait pas de dire à une septuagénaire qu'on vient de lui étudier l'entrejambe. Pour qui elle m'aurait pris ? Et puis je ne savais pas comment dire « tache de naissance » en allemand. Ébranlé, sur le point de collapser tant il faisait chaud, j'ai dû sortir. C'était sûrement un mirage. Me suis rhabillé après une douche glaciale. En sortant du vestiaire, je l'ai vue émerger tranquillement du sauna en souriant à la préposée. J'ai attendu longtemps qu'elle sorte du centre sportif. Hors de question de lui adresser la parole.

Cette aisance qu'ils ont à se balader flambants nus devant des inconnus ! Ça me scie les jambes ! Tu t'imagines ça à Montréal ? N'empêche que le souvenir de cette tache de naissance lézardée par une cicatrice m'a poursuivi jusque dans mon sommeil. Tu l'as bien du côté gauche, non ? Pardonne-moi de te parler de ça, mais elle était vraiment identique à la tienne. J'aurais voulu faire une photo ! Mon Dieu ! La commotion que j'aurais causée avec le flash dans le sauna...

Ton frère traumatisé.

Gabriel

P.-S. : Tu l'as de Maman, cette clé de *fa* ? Le sais-tu ?

Oranienburg-Wannsee
22 mai 1999

Mon cher Michel,

Je vais me ressaisir.

*Sich zusammenreißen.*

*Mich zusammenreißen,* c'est comme ça qu'il faut le dire.

Il y aura avant la ressaisie une chute longue et bruyante.

Le peloton d'exécution a tiré de vraies balles.

Je suis tombé sur le coup.

Pourtant, ce matin, je me suis levé avec toute la joie du monde dans le cœur. Si j'avais été toi, j'imagine que j'aurais chanté. Pardonne-moi pour toutes les bêtises que je t'écris, tu sais, je n'en pense pas la moitié. Peut-être que comme toi, j'essaie de faire de l'effet. Je m'apprête à perdre pied. Regarde par la fenêtre, tu me verras voler du château Saint-Ange jusque dans le Tibre.

Elle devait rentrer d'Égypte aujourd'hui. J'avais la date et le nom de la ville de départ, Le Caire, mais pas le numéro de vol. Mon enthousiasme, ou un don de prémonition, m'a poussé avant midi vers l'aéroport Tegel. De l'Égypte, on arrive là, je pense. Encore faut-il arriver d'Égypte.

J'avais entouré la date sur le calendrier dans ma petite cuisine de Lichtenberg. Le temps était radieux, il y avait des fleurs partout. C'est beau Berlin au printemps. Tu vois, c'est comme Montréal : l'hiver y est tellement laid que les premiers lilas nous semblent irréels de beauté. Tu me diras que ce n'est pas le même hiver, je te répondrai que celui de Berlin est pire, justement parce qu'ils n'ont pas notre neige qui illumine la grisaille.

Je me suis fait très mal. Je suis allé à l'aéroport, où je me suis assis au niveau des arrivées pour l'attendre. Il y avait deux vols annoncés en provenance du Caire aujourd'hui : le premier arrivait à treize heures quinze et l'autre à dix-sept heures. Je me suis planté devant les portes des arrivées dès treize heures quinze. Finalement, après une heure d'attente, je me suis rassis au café en me disant qu'elle serait là à dix-sept heures et qu'elle serait tellement contente de me voir, qu'elle me suivrait jusqu'à Lichtenberg et qu'elle passerait la nuit avec moi, qu'elle n'arrêterait même pas par chez elle. Au pire, on irait reconduire sa sœur qui l'accompagnait et on partirait ensuite chez moi. Il est difficile d'avoir un peu de tranquillité chez Claudia, parce qu'elle partage un appartement avec sa sœur et deux autres filles dans Kreuzberg. Mais là, je trouvais que ça commençait à faire, ses histoires de « J'aimerais mieux te connaître » et de « Les choses sont allées tellement vite à Toronto, là, on a la chance de repartir à zéro à Berlin. » Parce que c'est le refrain qu'elle me chante depuis que je suis arrivé ici en janvier. Elle a toujours refusé de me voir, sous prétexte que c'est comme ça que les relations durables commencent. En tout cas, à Toronto, on se voyait tous les deux dimanches, pour l'office luthérien, tu me diras, mais elle acceptait quand même de se promener avec moi après dans les parcs.

À dix-sept heures, j'ai repris mon courage à deux mains en me disant que c'était certain, qu'elle serait dans cet avion. Puis, les passagers sont arrivés un à un, des hommes seuls, des familles, même un groupe de grands-mères allemandes qui revenaient avec leurs valises sûrement remplies de petits sphinx en terre cuite. Claudia n'arrivait pas. Je me suis dit que ce n'était pas possible, qu'elle avait dû me donner la mauvaise date. Je suis resté là un bon moment encore, devant les portes automatiques.

J'ai repris le métro jusque chez elle à Kreuzberg, me disant qu'elle avait dû faire une correspondance par Londres ou Amsterdam et que j'avais guetté la mauvaise arrivée. En sortant du métro, je lui ai acheté des fleurs, c'est vraiment étrange parce que je ne fais jamais ça. J'ai toujours pensé que les fleurs appartiennent à un autre âge, mais tout compte fait, la relation que me proposait Claudia appartenait elle aussi à un autre âge. Devant le Café Anal, juste devant chez elle dans la Muskauerstraße, j'ai senti que j'arrivais à un moment décisif, que j'allais la transporter sur mes épaules jusque chez moi. J'ai monté les escaliers quatre à quatre, tu sais, j'avais cette vieille chanson en tête que Suzuki chantait parfois : *Will you love me all the time ?* Je ne l'ai jamais entendue de la bouche de quelqu'un d'autre. Elle me la chantait quand on était seuls, si bien qu'au début, tu me pardonneras, j'ai cru que Suzuki était amoureuse de moi. Il faut que tu prêtes attention aux paroles, je sais que ce n'est pas de l'opéra, mais ça reste dans les oreilles, une fois que tu l'as entendue, tu ne l'oublies plus.

Dans l'escalier, j'ai croisé Gudrun, la sœur de Claudia qui, en me voyant, a figé comme une statue de sel. En fait, je ne l'ai pas reconnue tout de suite, ce n'est qu'après l'avoir croisée que j'ai compris qu'elle ne pouvait être que la sœur de Claudia, le même nez, les mêmes yeux. Je lui ai parlé. Elle semblait confuse. Je lui ai dit qui j'étais. En entendant mon nom, elle a souri, un sourire qui m'a beaucoup déplu.

« Gabriel ! C'est donc toi ! » elle a dit. Puis elle s'est mise à fouiller dans son sac comme si elle voulait me montrer quelque chose. Elle s'est ravisée et, en détournant le regard, elle est descendue comme si elle avait eu le diable aux trousses. Je l'ai suivie jusque sur le trottoir.

– Vous êtes arrivées quand? Je vous ai attendues toute la journée à Tegel. Vous deviez bien rentrer aujourd'hui ? que je lui ai demandé en lui serrant le coude. Elle voulait s'échapper.

– Mais rentrer d'où ? De quoi tu parles ? Lâche-moi !

– Tu étais en Égypte avec Claudia, est-ce qu'elle est rentrée aussi ? Ne me dis pas qu'elle est restée là-bas !

Gudrun me regardait avec un air terrifié.

– Tu as appris l'allemand, Claudia nous a parlé d'un type qui ne parlait pas bien l'allemand. Tu es bien le Canadien, Gabriel Lamontagne ?

– Oui, qu'est-ce qu'elle a dit sur moi ? Où est-elle ?

– Pas grand-chose, juste que... Écoute, Gabriel, Claudia t'a dit que nous étions en Égypte ?

– Elle est là-haut ?

– Je peux te dire un mot sur ma sœur ?

– Parle !

– Tu peux choisir de monter pour lui parler ou de ne pas monter. Tu as le choix. Dans les deux cas, le reste de ta vie sera pareil. Ta visite ne changera rien. Tout ce que Claudia avait à t'offrir, elle te l'a déjà donné. Si j'étais toi, je repartirais tout de suite. Mais tu peux monter, tu en auras le cœur net. Une dernière chose : moi j'étais en Égypte, pas elle. La carte postale, c'est moi qui te l'ai envoyée. Je me suis sentie mal de l'avoir fait, mais je l'ai fait pour elle. Tu ne la connais pas, elle m'aurait rendu la vie impossible si j'avais refusé. En passant, si tu dis que tu m'as rencontrée, je nierai tout. *Leb wohl,* Gabriel. Je t'en supplie, toi, tu peux te sauver. Moi, je suis coincée avec elle jusqu'à ce que la mort nous sépare, c'est ma sœur !

J'ai trouvé Gudrun un peu bizarre, un peu à côté des rails si tu veux, mais j'aurais dû me douter qu'elle essayait de me dire quelque chose d'important. Elle est partie presque en courant, en se détachant avec force de mon emprise. Je suis retourné dans la maison et je suis monté lentement jusqu'au deuxième étage. J'ai sonné. Tu ne devineras jamais qui m'a ouvert. Wlad ! Wlad du cours d'allemand à Toronto ! Il m'a regardé de la tête aux pieds comme s'il avait vu un revenant. Il s'est retourné très vite et il a crié : *« Claudia, komm schnell ! Der Gabriel ist da ! »* Quand j'ai vu Claudia arriver, pas bronzée du tout, j'ai commencé à tout comprendre. Puis le Polonais a commencé à parler à Claudia comme si je ne comprenais pas l'allemand. Il lui disait des choses comme : « Qu'est-ce qu'il vient foutre ici, ce gorille ? »

Claudia sortait de sa chambre, encore toute dépeignée. Puis, elle s'est fâchée. « Qu'est-ce que tu fais ici ? » Des questions, des reproches, et puis cet idiot de Wlad avec son sourire en coin. Tu vois, je me serais retenu s'il n'avait pas parlé. Mais au lieu de se taire, voire de disparaître dans un coin pour me laisser régler les choses avec Claudia, il a eu l'idée géniale de m'offrir la petite provocation que j'attendais pour le saisir par le cou. Le pauvre idiot, un grand dadais plutôt maigrichon, qui me regarde dans les yeux et dit en riant : *« Tja, du hast schöne Blümchen Gabriel ! Sind die für deinen Bruder ? »*, ce qui veut dire, en gros : « Comme tu as de jolies fleurs ! Elles sont pour ton frère ? », mais sur un ton qui laissait entendre bien plus. Claudia avait dû lui raconter je ne sais quelles histoires à ton sujet. À Toronto, elle me posait souvent des questions sur l'inceste et les frères jumeaux. Selon elle, tous les jumeaux sont amoureux l'un de l'autre.

Je n'ai pas hésité une seconde. Là, dans le vestibule de Claudia, j'ai fermé la porte pour que personne ne nous voie depuis le palier, puis c'est allé très vite. J'ai fait à ce petit imbécile une prise blocage comme celle que je te faisais quand on déconnait dans la cour, sauf que je n'avais pas envie de rire. Je l'ai saisi par la nuque comme on saisit un veau trop nerveux, je l'ai forcé un peu à se pencher tout en levant mon genou au-dessus de son cou ; une fois sa tête prise entre mes deux cuisses – en passant, j'en suis à trois cent cinquante livres au squat, j'aurais pu lui sectionner la moelle épinière par simple contraction des abducteurs – il s'est rendu compte qu'il était cuit. J'ai saisi ses deux mains qui labouraient l'air puis, sous les yeux de Claudia, je lui ai donné la fessée de sa vie. Il essayait de se dégager en me donnant des coups de pieds, mais plus il frappait, plus je lui serrais le crâne. Il a vite compris. Je pense lui avoir donné vingt ou vingt-cinq coups, puis j'ai ouvert l'étau. Il avait les fesses rougies et ne pouvait même plus se redresser. Je l'ai évidemment aidé en le saisissant par le cou pour le plaquer sur le mur avec assez de force pour qu'il s'en souvienne, et je lui ai répondu : *« Nein, mein lieber Wlad, sie sind für dich ! »* pour lui dire que les fleurs étaient pour lui. À ce moment-là, je pense que tu aurais été fier de ma répartie. Lui, il faisait moins le fier, évidemment. Claudia était debout dans un coin, elle se couvrait la tête des mains et me suppliait de partir, *geh, geh, bitte geh...* Je ne suis pas resté. Pour te dire que je ne goûte pas le sarcasme, ni l'effronterie. Ces défauts-là, je ne les ai toujours jamais supportés que chez toi.

Dehors, j'ai retrouvé le métro. Tout ce que je désirais, c'était d'avancer, de fuir vers l'avant. Je suis descendu à Warschauerstraße, puis je me suis réfugié dans le S-Bahn. Je me suis mis à pleurer. Tout était clair. Claudia n'était jamais allée en Égypte. Elle ne m'avait jamais envoyé de carte postale du sphinx. Elle avait demandé à sa sœur de le faire, c'est tout. Elle avait monté toute cette comédie pour avoir la paix. Je sais qu'on me prend souvent pour un imbécile parce que je suis grand et fort, mais il y a des limites. Je ne saurai jamais si j'ai pleuré à cause de Claudia ou parce que je me retrouvais ce jour-là pour la première fois en face de ma stupidité et que je comprenais qu'elle était plus forte que moi. Je pleurais, non pas du mal que j'avais fait à Wlad ou de la frousse que j'avais pu flanquer à Claudia, mais de ma faiblesse devant si peu de chose, de comprendre que je n'arrivais pas à me contenir dans une situation aussi bête que celle-là. Mais le bruit du train me consolait, les gens assis en face de moi feignaient de ne pas me voir. Les stations défilaient. À Spandau, j'ai changé de train et j'ai refait tout le trajet jusqu'à Erkner. Et à Erkner, j'ai pris un troisième train. Je ne voulais plus en descendre. J'ai dû faire le trajet quatre fois avant minuit. Pendant le dernier trajet, j'ai sorti mon cahier pour t'écrire. Je ne sais pas pourquoi je pense à toi. Je voudrais que nous soyons seuls dans ce train qui tourne en rond autour de Berlin dans le sens contraire des aiguilles d'une montre. On pourrait parler. Tu me manques, mon frère.

Une dame japonaise assise en face de moi n'ose pas me regarder.

Je pense que je suis en train de pleurer.

*Sich zusammenreißen.*

Gabriel

Lichtenberg
24 mai 1999

Mon cher frère,

Il est midi à Lichtenberg. Je remonte de chez Magda où j'ai passé la nuit. Après la débâcle de samedi chez Claudia et mon interminable tour de S-Bahn, je suis monté dans le métro jusqu'à Prenzlauerberg, où je suis entré dans une des dernières tavernes miteuses du quartier. Là, j'ai bu. De la Schultheiss. Ne me demande pas combien de litres. Tout ce dont je me souviens, c'est de m'être réveillé chez Magda à quatre heures du matin. Il y avait encore les flics qui m'avaient ramené chez elle. Je pense que j'ai dû me laisser aller un peu, perdre le contrôle. J'étais étendu sur le long sofa dans le salon, Magda mettait les flics à la porte. « Je m'occupe de lui », l'ai-je entendue leur dire sur un ton sec. J'avais la tête prise dans un étau. Elle m'a apporté une bouteille d'eau gazeuse.

– Prenez ça, vous en avez besoin, ivrogne.

– Où suis-je ?

– Chez moi, les flics de Prenzlauerberg vous ont ramené ici. Encore heureux que vous ayez eu sur vous la lettre de votre *Wessi-Tante*. Autrement, vous passiez la nuit au poste. Ils ont trouvé votre adresse sur l'enveloppe. Ils ont sonné partout. Toute la maison, tous les voisins des dix étages étaient sur les paliers sortis. Ils ont bien ri en voyant les policiers chez Hilde vous hisser. Vos muscles sont très lourds, Kapriel. Hilde avait son amant chez elle, alors elle leur a dit de vous monter chez vous ; en les voyant passer devant chez moi, je leur ai dit de vous jeter sur mon sofa. Il paraît que vous avez fait tout un numéro à Prenzlauerberg.

– Magda, ne m'embarrassez pas.

– C'est trop amusant... Il paraît que vous avez bu jusqu'à tomber la tête sur le comptoir. Quand le barman vous a demandé de payer, vous vouliez vous battre. C'est là qu'ils ont appelé les flics. Vous me devez trente marks. C'était votre ardoise.

– Je suis sincèrement désolé... Je vais monter chez moi.

– Ce n'est pas tout ! Quand vous avez vu les policiers, il semble que vous ayez crié : *Scarpia, bigoto satiro* ! Excusez-moi, je vais rire un peu.

– Oh, mon Dieu...

Magda m'a ensuite aidé à me déshabiller pour prendre une douche. J'étais couvert de boue et de poussière. Elle m'a passé un grand peignoir vert lime et m'a forcé à prendre des aspirines. Elle a voulu savoir. Je lui ai tout raconté de mon désespoir, de Wlad, de la fessée, de Claudia.

– Cela n'est pas très surprenant, j'aurais pu vous le prédire.

– Et vous ne l'avez pas fait ?

– Non.

– Et pourquoi ?

– Parce que vous deviez vous en rendre compte seul. Vous ne m'auriez pas crue. Si cette Claudia avait eu le moindre sentiment pour vous, à Toronto elle serait restée. C'est simple. Et il y a longtemps que vous seriez mariés. Vous m'avez bien fait rire au *Biergarten* avec votre amour courtois. Mignon, vous êtes, Kapriel.

– Je... je vais monter.

– Non, vous allez rester là. Il faut que je vous parle. J'attendais que vous retrouviez votre Claudia pour vous parler. Le moment est venu. Vous restez là. Vous ne bougez pas. Vous êtes un cas de jalousie grave ! Vous tenez ça de qui ? Savez-vous que la jalousie pourrait finir par vous détruire ? La jalousie, c'est un poison qui tue lentement. Elle ne distingue pas le bourreau et la victime. Vous êtes en train de devenir un danger pour les autres et pour vous-même. Je vous laisse dormir pendant quelques heures. Vous y verrez plus clair après.

En fait, j'ai dormi encore au moins huit heures. Je pense que Magda est sortie entre-temps. Elle a dû rentrer dans l'après-midi. J'étais assis sur le sofa et je pleurais.

– Séchez vos larmes, pauvre chevalier !

– Ne vous moquez pas de moi.

– Vous êtes pourtant hilarant. Désolée.

– Je peux rentrer chez moi ?

– Pas avant que je vous aie parlé. Je me sers un riesling, attendez. Je vous en sers un verre ?

– Non, non... surtout pas.

– Ressaisissez-vous, Kapriel !

– Je ne peux pas, je suis fini.

– *Ach !* Sornettes ! Attendez d'entendre mon histoire ! Là, vous serez *kaputt !* Pauvre petit ange !

– C'est quoi votre histoire, c'est une blague avec des pigeons ?

– Non. C'est une histoire de jalousie. Ou plutôt, l'histoire d'une jalousie qui a détruit deux vies. Je pense que vous pourrez en tirer un enseignement avant que malheur vous arrive.

– Des pigeons jaloux ?

– Taisez-vous, petit clown. Vous n'amusez plus personne. Je tiens surtout à vous mettre en garde contre votre nature jalouse. Ça vous jouera des tours.

– Vous voulez faire ça aujourd'hui ?

– *Ja,* aujourd'hui. Il n'y a pas de meilleur jour. Le soleil brille, le ciel de Berlin chante le printemps, votre anniversaire arrive, vous croyez être malheureux, c'est le moment idéal pour cette histoire vous raconter. Vous vous sentirez mieux ensuite. Vous trouverez qu'après tout, les choses pires pourraient être.

Là, je me suis levé et j'ai fouillé dans mon jean pour trouver ma clé. Elle n'y était pas.

– Il paraît que vous l'auriez perdue dans les toilettes de la taverne. Le serrurier ne pourra pas venir avant demain. Vous avez le choix entre mon sofa et celui de Hilde, mais je pense qu'elle reçoit son amant ce soir, et je ne l'ai jamais entendue réclamer de ménage à trois.

– Taisez-vous, rendez-moi ma clé.

– Puisque je vous dis qu'elle est au fond des égouts de Prenzlauerberg, Kapriel. Allez, prenez un verre de riesling, ça vous aidera à vous ressaisir.

Mon cher frère, la Magda m'a ensuite raconté l'histoire que tu trouveras dans les deux cahiers que je joins à mes lettres. Je suis encore sous le choc. J'ai essayé de rester le plus fidèle possible aux propos de Magda, pour que tu puisses toi aussi être saisi par la force brute de cette histoire.

Si je te l'envoie, c'est autant pour partager avec toi ce récit très touchant. On dirait que cette femme est un peu ton miroir. Vous avez les mêmes intérêts, vous entretenez tous les deux une relation avec Puccini et, j'en suis témoin privilégié, vous êtes marqués au même endroit d'une tache de naissance en forme de clé de *fa*. Cette femme est une sorte de sœur perdue pour toi, Michel. Plus proche de toi que de moi, c'est sûr. Je prends la peine de te l'écrire parce que je suis convaincu que dans son histoire se trouve une sorte d'avertissement pour nous.

En tout cas elle avait tort, jamais je n'ai davantage pensé à Claudia que depuis que j'ai entendu son histoire.

Gabriel

# Premier cahier
# de Magdalena Berg

*

Je ne vous ai pas parlé de mes parents, Kapriel. Longtemps, ils m'ont aimée. Ils m'aiment encore de là où ils sont, il n'y a aucun doute. De ma ville natale, vous ne connaissez rien, j'en suis à peu près certaine. De Königsberg, je suis. En Prusse orientale. Je vous mets au défi, Kapriel, d'essayer de parler de la Prusse orientale avec des Allemands. Ils n'en savent que peu de choses. « C'était l'Allemagne », répondront les mieux informés. La plupart vous répondront que de Königsberg, ils ne connaissent que les boulettes.

Mon papa venait de là-bas, de Cranz, sur le bord de la péninsule de Courlande. Vous connaissez ? C'est lui qui voulut que je m'appelle Magdalena. Il disait que le prénom était commun dans la famille, qu'il fallait chez les Berg toujours compter au moins une Magdalena vivante. Mais je vois à vos yeux que vous ne savez même pas situer le pays dont je vous parle. La mer Baltique ? La Lituanie ? C'est un concept pour vous ? La Pologne ? Mais qu'est-ce qu'on vous apprend, dans ces écoles du Canada ? Savez-vous au moins où vous vous trouvez aujourd'hui ? Je vous parle de l'ancienne Pologne, pas de celle qui a été déplacée vers l'Ouest en 1945 par les chars russes. La Prusse orientale était ce pays allemand sur le bord de la mer Baltique, c'est Russe aujourd'hui. Sur ce petit pays vivaient près de trois millions d'Allemands depuis des siècles, au bord des lacs de Masurie, à Königsberg et sur le rivage de la mer Baltique. Ça ressemble peut-être à un pays que vous connaissez au bord de la mer. Au nord. Voyez, Kapriel, les plages de la Prusse orientale, elles ne finissent pas d'être belles. Il y a là deux longues langues de terre qui s'avancent dans la Baltique : la péninsule de Courlande à l'est et l'isthme de la Vistule à l'ouest. Entre ces deux langues de sable larges d'environ trois cents mètres et longues d'au moins cent kilomètres, il y a deux étendues d'eau douce, très étroites, qui gèlent l'hiver. Les dunes de sable de la péninsule sont pareilles à des montagnes. Elles se déplacent lentement au gré du vent.

Il y a là, entre ces dunes de sable gigantesques, Kapriel, des forêts de pins magnifiques où courent des cerfs. Je les ai vus quand j'étais toute petite ! Ma mère, elle, était une femme de Königsberg, une vraie Prussienne qui avait appris le français au lycée. « Une jeune fille doit savoir parler français », qu'elle me disait. Je pense qu'elle avait dû voir le Kaiser lui-même quand elle était enfant. Vous savez que les empereurs prussiens étaient couronnés à Königsberg ? C'est là que je suis née. Dans la Schrötterstraße, pas très loin du zoo. J'ai beaucoup de souvenirs de la vieille Königsberg. Mon père y travaillait à l'administration du théâtre. Il était aussi entrepreneur, propriétaire de deux cinémas. En 1934, quand j'avais quatorze ans, il annonça à ma mère qu'il avait été muté dans la capitale du Reich à Berlin. Enfin, muté... Il avait été engagé par Kraft durch Freude, ça vous dit quelque chose ? Non ? Kraft durch Freude était cette grande organisation des travailleurs allemands, du Deutsche Arbeitsfront. Kraft durch Freude, ou la *force par la joie*, est devenu pendant les années 1930 le plus grand fournisseur de divertissement du monde. Je dis bien du monde, Kapriel. Vous savez, en Allemagne, on aime toujours dire ça : le plus grand du monde. Il nous faut toujours et en tout faire avec démesure. La plus grande foire du livre au monde, la meilleure bière de l'univers, le dictateur le plus effrayant de l'histoire, le meilleur orchestre de tous les orchestres, la guerre la plus meurtrière de toutes les guerres. Toutes ces démesures sont allemandes. Kraft durch Freude, les Allemands l'appelaient simplement : KdF, et ces trois lettres étaient synonymes de vacances, de théâtre, de musique et de croisières en Méditerranée. Tous les travailleurs allemands pouvaient contribuer chaque mois et avaient accès en retour à des voyages à rabais dans tout le Reich. Les Prussiens partaient en train pour les Alpes tandis que les Bavarois allaient nager dans la mer Baltique. C'étaient les premières vacances organisées en Allemagne. Mais KdF était bien plus que ça...

Par exemple, mon père, un des premiers Prussiens de Königsberg à voyager grâce à KdF, fut envoyé au Festival de musique de Salzbourg en 1934. Pour un homme qui adorait la musique, ce n'était rien de moins qu'un rêve réalisé. Moi aussi, j'ai beaucoup voyagé grâce à la Force par la joie, mais il faut d'abord que je vous raconte comment nous sommes arrivés à Berlin.

Ma mère n'était pas, c'est le moins qu'on puisse dire, en pâmoison devant Berlin. Je pense que la ville lui faisait un peu peur. Elle trouvait les gens malpolis, mal éduqués et ne pouvait souffrir toute cette plèbe communiste en liberté dans les rues. D'ailleurs, mon père eut beaucoup de difficultés à la convaincre de s'y installer. Elle avait ses conditions. Étrangement, ce n'est pas la promesse d'un grand appartement ni de soirées de rêve à l'opéra qui firent changer Maman d'idée, c'est l'assassinat de Röhm en 1934. Rien ne la dégoûtait ni ne l'effrayait plus que le désordre. Même si elle était loin d'aimer Adolf Hitler, la mort de Röhm, signifiait pour elle la fin du désordre.

Et Berlin était une ville si violente que Maman avait peur pour elle et peur pour moi. « Je ne veux pas aller à Berlin, c'est plein de communistes », avait-elle dit à Papa. Il faut dire que la plupart des gens à Königsberg appuyaient le führer. Moi, j'avais quatorze ans et je n'y comprenais pas grand-chose. Papa m'avait parlé, avec des étincelles dans les yeux, de la capitale du Reich, de ses trois opéras, de ses théâtres, de ses cabarets et de la vie berlinoise. Mais Maman ne voulait rien entendre. « Tu ne me feras pas vivre parmi les bolchévistes, Alfred ! » Puis, il y eut la nuit des longs couteaux à l'été 1934. Ça vous dit quelque chose ? Non ? *Ach... Gott !* Et vous entendiez épouser une Allemande, Kapriel ?

Je vous épargne les détails. En fait, à l'époque, je ne sus absolument rien de la nuit des longs couteaux, parce que ce genre de choses ne m'intéressaient pas. Je sais simplement qu'en septembre 1934, ma mère accepta de déménager à Berlin. Papa était fou de joie. « Tu verras, tu adoreras Berlin » qu'il me disait. Parce que j'avais un peu peur. Peur pour Maman, parce que Maman n'était pas une femme de forte constitution. Depuis ma naissance, elle était devenue diabétique. Il fallait toujours la soigner. Toute petite, j'ai appris à lire dans le visage de ma mère son taux de glycémie. Vous riez ? Ça se fait ! C'était clair, juste un peu trop de sucre pouvait la tuer. Papa m'enseigna très jeune ce qu'il ne fallait jamais avoir dans la maison, car les diabétiques se réveillent parfois affamés et peuvent engloutir tout ce qu'ils voient, pour ensuite tomber dans le coma ! C'est très dangereux ! Je pense que jamais il n'y eut de dessert ni de sucreries dans la maison, ni à Königsberg, ni à Berlin.

Une semaine avant notre déménagement, Maman m'a demandé comment je voulais faire mes adieux à Königsberg. Mon unique souhait était de visiter le zoo une dernière fois. C'était juste à côté. Alors Maman et sa sœur, ma tante Clara, m'emmenèrent pour une dernière fois au zoo un samedi matin d'octobre. Le zoo de Königsberg était un des plus beaux zoos de toute l'Europe. Je pouvais passer des heures devant l'enclos des zèbres à leur passer des feuilles de chou à travers la grille. Ils étaient juste à côté des girafes. Tante Clara était très triste parce qu'elle n'avait qu'une sœur ; en réalité, je pense qu'elle n'avait que nous. Et nous allions partir. Elle était professeure de musique dans une école. « Ma petite Magda, tu reviendras me voir pendant les vacances, nous irons à Cranz à la plage tous les jours si tu veux... » qu'elle me dit à la gare de Königsberg avant de m'embrasser pour la dernière fois. Tante Clara n'était pas encore mariée, elle devait rencontrer plus tard un certain Wolfgang, qu'on appelait Onkel Wolfie. Mais je pense qu'ils se sont mariés au moins un an après notre départ de Königsberg, pas avant, c'est certain. Je devais faire sa connaissance bien assez tôt, à cet étron. Ma pauvre tante Clara ! Elle méritait vraiment mieux que cet animal immonde, ce bigot, ce satyre ! Excusez-moi, Kapriel, je m'emporte, vous êtes un être simple, vous aimez les histoires dans l'ordre chronologique. Il faut que je vous raconte les choses comme elles sont arrivées. C'est plus facile. Mais c'est plus fort que moi, ce Wolfgang Hinz était un cochon !

Comme je le disais, avant de partir pour Berlin, Maman avait imposé ses conditions. D'abord, il nous faudrait vivre à Charlottenburg, pas ailleurs. « Charlottenburg ou rien, Alfred » qu'elle avait dit à Papa. Maman était une vraie bourgeoise de Königsberg. Mes grands-parents avaient un chantier naval et n'avaient pas du tout apprécié que leur fille épouse le fils d'un forestier de Cranz, même si ce dernier avait fait des études de littérature et de musique. Maman voulait aussi que je fréquente les meilleures écoles de Berlin, et ces écoles étaient à Charlottenburg. « Je veux qu'elle apprenne le français et l'anglais. Une jeune fille respectable doit parler le français. » Tous les vœux de Maman furent exaucés. J'appris même le français. Mais ce qui la rendit la plus heureuse, je pense, c'est l'appartement que Papa avait trouvé à Charlottenburg. Quand il est venu nous chercher à la gare en voiture, car il avait déjà une voiture, Maman regardait, découragée, les rues sales et bruyantes de Berlin. Je pense que Papa fit exprès pour faire un détour par le Kurfürstendamm pour que Maman comprenne bien la splendeur du quartier où elle allait vivre. L'appartement était dans une grande maison de la Schillerstraße, pas très loin du nouvel opéra, la Deutsches Opernhaus, qui était avant la Charlottenburger Opernhaus. « Tu vois, tu es juste à côté de l'opéra, Waldtraut. Tu ne pouvais pas mieux tomber », qu'il lui a dit. Nous sommes même passés devant l'opéra pour que Maman voie bien. Elle n'a même pas regardé l'édifice tant elle était fatiguée du voyage.

Papa avait acheté un immense appartement bourgeois. Huit grandes pièces, nous avions, et certains meubles des anciens propriétaires qui devaient être partis assez vite, puisqu'ils avaient même abandonné un piano. Ce n'est que beaucoup plus tard qu'il me fut expliqué par un voisin que l'appartement où nous vivions avait été confisqué à une famille juive qui avait fui l'Allemagne. Papa devait le savoir. Maman aussi, mais à moi on ne me dit rien du tout. Je n'aurais pas compris de toute façon.

Maman était charmée. « Mais Alfred, cet appartement a dû te coûter des millions ! » Papa l'avait acheté à très bon prix, c'est ce qu'il disait. « C'est incroyable, disait Maman en riant, nous aurions dû venir bien avant ! » C'est vrai que la petite maison de Königsberg faisait piètre figure comparée au palace que Papa venait d'acheter. Nous n'étions pas les seuls nouveaux venus dans l'immeuble ; il y avait encore trois appartements où de nouveaux propriétaires emménageaient, dont un collègue de Papa à Kraft durch Freude, un certain Nowak. J'étais quand même un peu triste parce qu'à Königsberg, nous avions une cour avec une petite cabane où j'élevais des animaux. J'avais là un petit chien, des lapins et même, un été, trois canards. À Charlottenburg, nous étions perchés au deuxième étage, pas question d'y garder des lapins ou même un chat.

Dès la première semaine, Maman m'inscrivit à l'école Sophie-Charlotte. Elle n'aurait pas voulu m'envoyer ailleurs que dans cette école pour filles où on enseignait les langues étrangères, le latin, le grec et toutes les humanités. Je me souviens, la directrice m'avait regardée d'un drôle d'air parce que je parlais encore avec l'accent de la Prusse orientale, qui devait être assez fort parce qu'elle passa un commentaire sur l'importance de bien parler l'allemand. Et c'est là, en ce jour d'octobre 1934, que je connus pour la première fois l'idée de l'amour.

Quand Maman est partie, la directrice m'escorta jusqu'à la salle de classe.

– Votre groupe a maintenant un cours de français, vous parlez le français, Magdalena ?

Si je parlais le français ? « Naturellement », lui répondis-je en français. Ce n'était pas tout à fait faux, j'avais suivi des cours de français à Königsberg, mais l'école Sophie-Charlotte était fréquentée par les filles des meilleures familles de Berlin. Certaines parlaient le français couramment. Le cours n'était pas encore commencé quand je suis arrivée. Je n'étais pas à ma place depuis deux minutes que les autres élèves commençaient déjà à me tourmenter. « Dis, t'es un garçon ou une fille ? », « On dirait un garçon qui s'est fait pousser les cheveux... » Elles étaient odieuses, ces Berlinoises. Oui, j'avais l'air d'un garçon, c'est vrai. Un petit garçon manqué. Pas laide, mais très masculine. Et je n'étais pas blonde. C'est une catastrophe de ne pas être blonde à quatorze ans ! Puis, l'événement se produisit. Elle entra dans la salle de classe, mademoiselle Jacques.

À son arrivée, toutes les élèves se levèrent en même temps pour rester debout jusqu'à ce qu'elle nous dise de nous asseoir. J'étais très surprise, parce que les professeurs à Königsberg entraient tous en classe en aboyant *« Heil Hitler ! »* Mademoiselle Jacques nous avait servi un simple « Bonjour Mesdemoiselles » en français. Vous devez comprendre que jusque-là, j'avais eu des professeurs allemands qui m'enseignaient le français. Ils hachaient toutes leurs consonnes en cubes, *fous komprenez ce que che feu dire ?* Mademoiselle Jacques prononçait comme je m'imaginais à l'époque que les Français parlaient. Elle était une vraie dame. J'ai cru longtemps qu'elle était Française. En fait, elle était Allemande descendante de huguenots, mais avec ce nom et cette occupation, je l'avais prise pour une Française.

Elle n'avait pas fini de prononcer « Mesdemoiselles » que je savais déjà qu'elle me causerait de grands problèmes. À la première consonne de « Mesdemoiselles », celle où les deux lèvres de mademoiselle Jacques s'unirent pour donner au reste du mot son élan divin, des anges cachés je ne sais où dans la salle de classe se turent. Son « -elles » m'atteignit en plein front comme la brise d'été sur les plages de la mer Baltique. Oui, Kapriel, ces gens qui enseignent les langues étrangères ont un charme aussi innocent qu'apocalyptique. Et ils en sont parfaitement conscients ! Mademoiselle Jacques, je m'en souviendrai jusqu'au jour de ma mort, et même après, était vêtue d'une longue jupe grise, d'une blouse ivoire et d'un petit veston du même tissu que sa jupe, mais bleu marine. Sa chevelure abondante était nouée en une sorte de chignon.

Juste au-dessus du chignon, elle portait une barrette d'ambre. En la voyant, je me dis qu'elle était de Königsberg, parce qu'à cet âge, je croyais que tout l'ambre du monde devait forcément venir de là. Elle portait dans sa chevelure un infime morceau de mon pays natal. Cette barrette prenait soudainement l'allure d'une tiare royale.

Quand elle se retourna pour écrire au tableau, mon regard se perdit dans la spirale de cette coiffure. J'y suis tombée un jour d'octobre 1934 pour ne plus jamais en émerger. Aujourd'hui, j'y patauge encore. Alors, l'autre jour, pendant que vous me racontiez que vous étiez tombé à la renverse à Toronto dès le moment où cette Claudia ouvrit la bouche à l'Institut Goethe, je me suis retrouvée immergée dans cette vague de bonheur stupéfait. Je ne vous entendais même plus. J'avais quatorze ans.

Puis, mademoiselle Jacques me demanda de me lever et de me présenter en français devant la classe. Quelques chipies rirent de mon français défaillant. Mademoiselle Jacques me souriait. « Vous pouvez vous rasseoir, Mademoiselle Berg, je vous souhaite la bienvenue à Berlin. Pouvez-vous nous dire de quelle région du Reich vous arrivez ? » Elle devait déjà le savoir et ne voulait probablement qu'entendre mon français. Et moi, j'étais là, debout comme Marie-Antoinette devant le peuple de France, sur le point de perdre la tête.

– Je m'appelle Magdalena Berg. Je viens de la Prusse orientale, de Königsberg. Königsberg est une ville allemande sur le bord de la mer Baltique. Elle est traversée par un fleuve appelé Pregel...

Ma tante Clara m'avait appris à dire ça en français. Puis, je me suis évanouie, je tombai au sol comme un sac de pommes de terre. Je me suis même fait mal. Quand je me suis réveillée, mademoiselle Jacques était par terre à côté de moi, j'avais la tête sur ses genoux. Elle me touchait, Kapriel ! L'ange entrait en contact physique avec moi ! D'autres enseignantes qu'on avait alertées arrivèrent à la rescousse, avec la directrice. « *Ach !* C'est la petite de Königsberg, qu'est-ce qui lui prend ? » l'entendis-je dire. On appela ma mère, car nous avions le téléphone à la maison, mon père était un homme important à Kraft durch Freude. Maman arriva avec la femme de chambre pour me ramener à la maison.

– Elle sera morte de fatigue ! déclara Maman.

Elle croyait que le long voyage en train de cinq cents kilomètres depuis Königsberg m'avait affaiblie ou que le bruit de la ville me rendait folle ou je ne sais quoi encore. Mais j'avais été tout simplement terrassée par la beauté de mademoiselle Jacques. Mais comment le dire ? Comment l'expliquer ? Cela ne m'était jamais arrivé, cela ne ressemblait à aucun des symptômes que j'avais ressentis auparavant, cela était à la fois menaçant, merveilleux et létal. Quoi qu'il en soit, Maman m'ordonna le repos complet pendant une semaine, qui me parut une éternité. Il fallait que je me batte avec elle pour qu'elle me laisse ouvrir les livres français que nous avions à la maison. C'est là que je fus vraiment infectée, c'est là, dans la pénombre de ma chambre que je fabulais sur la Jacques, son chignon et ses lèvres que je croyais françaises. Maman avait gardé tous ses livres de français du lycée de Königsberg. Les caisses de bois du déménagement étaient à peine vidées que je me plongeais dans des manuels scolaires sur la littérature française. Dans mon lit, je me bourrais le crâne de subjonctifs, de passés composés et d'accords de participes passés. J'étais méthodique tout en me permettant des escapades dans des livres beaucoup trop difficiles pour moi ; j'étais comme le mousse imberbe au gouvernail d'un navire trop grand pour lui.

– Mais tu vas te tuer à étudier, il te faut du repos ! criait Maman.

Ma mère criait souvent. Papa était toujours en voyage avec KdF. Dans les Alpes, à la mer, à Munich, il parcourait le Reich avec le peuple allemand en vacances.

Il était clair pour moi que le bonheur passerait par l'apprentissage du français. Maman se réjouit de cet engouement soudain pour les langues étrangères. J'avais été à Königsberg une élève moyenne, un peu dissipée, plus intéressée par les excursions à la mer et sur la péninsule de Courlande avec Papa Alfred qu'aux subjonctifs et aux mathématiques. « C'est l'air de Charlottenburg », disait Maman en me voyant répéter avec ardeur mes conjugaisons françaises. Maman jouait du piano depuis qu'elle était toute petite. Quand ses parents s'étaient vus forcés en 1930 de vendre le chantier naval, faute de commandes, c'est Papa Alfred qui avait dû prendre en charge son goût marqué pour les pianos à queue et les professeurs de musique. La musique coûte cher, Kapriel, vous devez le savoir.

Un soir que Papa Alfred était en voyage, en décembre 1934, je profitai d'un malaise de Maman pour couvrir l'appartement de petits billets sur lesquels j'avais écrit le nom des meubles et des objets en français. Il y en avait des dizaines : la table, la chaise, la fenêtre, la fourchette, le plancher, le portrait, le téléphone, le piano Tous les meubles et les objets de l'appartement furent décorés d'un petit papier. Le lendemain, au petit-déjeuner, Maman crut devenir folle.

– Qu'est-ce que c'est que tous ces mots français partout dans la maison ?

– C'est pour mademoiselle Jacques.

Maman avait de l'humour. Elle découpa un petit bout de papier sur lequel elle écrivit un mot et me le plaça sur la tête : *die Gans*. L'oie ! Quand elle n'avait pas ses malaises, Maman pouvait être très drôle. À cause de mademoiselle Jacques, ou grâce à elle, je ne sais plus, je suis vite devenue l'élève la plus appliquée du cours de français. Vous voyez, Kapriel, le français n'était pas pour moi une langue parlée par de vraies gens. Certes, je savais qu'il était parlé en France, mais la France était une idée lointaine et abstraite. Le français était la langue de mademoiselle Jacques. Si elle avait enseigné le sanskrit, j'aurais appris le sanskrit. Mais mademoiselle Jacques n'était que le commencement de mes problèmes « affectifs ». Je m'apprêtais à en connaître de bien pires.

En constatant mon engouement pour le français, Maman s'imagina que j'aurais aussi du talent pour la musique. Je commençais enfin à m'intéresser à des choses de jeunes filles sages. Dans son esprit, il fallait que je cultive mes dons.

En décembre 1934, Maman m'annonça donc qu'elle avait pris une décision à mon égard.

– Tu as remarqué, Magda, que presque toutes les filles de ta classe font de la musique ?

– Non.

C'était vrai. Je n'avais pas prêté attention à ce détail. Mademoiselle Jacques faisait-elle de la musique ? Voilà la question qu'il aurait fallu poser.

– Oui, Magda. Elles suivent toutes des leçons de piano.

– Je n'aime pas le piano.

– Je sais, ma chérie, mais il faudrait quand même que tu choisisses un autre instrument ou que tu apprennes à chanter. Je ne voudrais pas que tu sois laissée pour compte. C'est bon pour une fille de faire de la musique, ça élève sa féminité. Et Papa a les moyens.

– Est-ce qu'on peut chanter en français ?

– Ah ! Mais c'est une idée fixe ! Bien sûr ! C'est plus difficile qu'en allemand, mais il y a des chants en français, beaucoup. Attends Comment il s'appelle J'ai oublié son nom, mais j'ai toujours le cahier dans le banc du piano...

– C'est toi qui vas me montrer à chanter ?

– Mais non, nous allons te trouver une gentille prof de chant, ici, à Charlottenburg, et tu apprendras toute la technique du chant. Ta vie va changer, crois-moi !

– Changer comment ?

– Tu verras le monde autrement et le monde te verra aussi autrement. Les gens qui chantent bien sont aimés. Tout le monde le sait. Il est facile de tomber amoureux d'une belle voix qui chante juste.

Elle n'eut pas besoin d'en rajouter.

– On peut y aller maintenant ? Avant le dîner ?

Maman rit. En 1934, elle riait encore un peu. Beaucoup moins qu'à Königsberg, mais elle riait quand même parfois, quand je disais des choses comme ça. Elle n'avait pas encore commencé à s'enfermer dans sa chambre. Elle se mit tout de suite à la recherche d'une professeure de chant. C'était facile, Papa était un homme important à KdF, et vous savez, KdF fut un mouvement extraordinaire pour les artistes, les musiciens surtout. Le travail de mon père consistait entre autres à gérer tous les spectacles donnés par KdF. Parce qu'ils n'organisaient pas que des voyages ! Non ! Ils faisaient monter des opéras, et vendaient aux Allemands des billets de concert à prix réduits. Il lui suffirait donc de se renseigner à l'opéra.

Trois jours après, Maman vint me chercher à la sortie de la Sophie-Charlotte Oberschule. J'étais encore dans les vapes de mon cours de français.

– J'ai trouvé ta professeure de chant ! Nous y allons tout de suite ! Tu verras, elle est gentille, je l'ai rencontrée ce matin.

Pour aller chez la professeure de chant, il fallait prendre le métro à la station Deutsches Opernhaus jusqu'à Nollendorfplatz. Jamais je n'avais pris le métro. Le train entrait et sortait de la terre, me laissait voir de petits bouts de Berlin, des endroits fascinants que j'étais sur le point de découvrir. Comprenez qu'à cet âge-là, je n'avais pas encore le droit de déambuler seule dans la ville. Maman ne l'aurait jamais permis. D'ailleurs, j'aurais eu peur, et avec raison. Berlin n'était pas sûre.

Bülowstraße. Là vivait ma professeure de chant. Pendant ces déplacements en métro, je n'échappais pas aux fantaisies qu'on observe chez les filles de quatorze ans. Elles se déclinaient en trois grandes scènes, chacune connaissant parfois des variations. Mais elles restaient en gros les mêmes. Ces images me hantaient dans le sommeil comme à l'état d'éveil.

Premier rêve : Je marche seule avec mademoiselle Jacques dans le zoo de Königsberg, où nous sommes les seules visiteuses. En soudoyant le gardien, j'obtiens la clé de l'enclos des zèbres. Mademoiselle Jacques et moi nous approchons des bêtes, qui ne sont pas du tout effrayées par notre présence. Mademoiselle Jacques s'ébahit devant mes talents de dompteuse. Je murmure quelque chose à l'oreille d'un zèbre. Après quelques minutes, il laisse mademoiselle Jacques le monter. Les deux gambadent dans l'enclos inondé par les rires de mademoiselle Jacques. Plus tard, elle et moi galopons dans les rues de Königsberg à dos de zèbre, sous les yeux des passants qui nous envoient la main. Fin du premier rêve.

Deuxième rêve : Dans une salle de concert. Sur la scène, Maman est assise au piano. Portant une robe bleue, je suis debout devant le public. Maman attaque les premières mesures d'une pièce. Les mots français s'envolent de ma bouche comme autant de caresses dirigées vers la troisième rangée, où est assise mademoiselle Jacques qui me sourit béatement. La finale est grandiose et aérienne. Maman n'a pas joué la dernière mesure que la salle croule sous les applaudissements. Mademoiselle Jacques pleure de bonheur. Fin du deuxième rêve.

Troisième rêve : dans une embarcation. Mademoiselle Jacques et moi voguons en silence le long de la péninsule de Courlande. Un élan nous regarde depuis la rive. Elle parle de Goethe et m'explique le subjonctif. Je lui réponds en citant cet extrait de Werther qu'elle nous faisait apprendre en traduction française : « Il règne dans mon âme une sérénité étonnante, semblable à ces douces matinées de printemps, dont le charme enivre mon cœur. » Mademoiselle Jacques semble ravie et se protège les yeux du soleil couchant sur la mer Baltique. Fin du troisième rêve.

Ce dont je ne me doutais pas cet après-midi-là, pendant que Maman me disait de me hâter sur la Bülowstraße, c'est que mes scènes oniriques étaient sur le point de s'enrichir de deux personnages importants.

– C'est ici ! annonça Maman en pointant une grande porte. Elle s'appelle Terese Bleibtreu !

(Michel, Bleibtreu veut dire « reste fidèle », c'est amusant comme nom pour un prof de chant.)

Nous montâmes trois étages. Maman était hors d'haleine. Derrière la porte, nous entendions déjà quelqu'un jouer du piano, puis s'éleva la voix d'un garçon chantant *Semplicetta tortorella*. Vous savez, ces ariettes de Nicolai Vaccai ? Personne ne venait nous ouvrir, nous sommes donc entrées. Il y avait un long couloir bordé de quelques chaises, manifestement déposées là pour permettre aux gens de s'asseoir. La voix du garçon nous parvenait maintenant clairement.

– Je crois qu'il est baryton, c'est joli, n'est-ce pas, Magda ?

– Oui, c'est très beau.

Difficile de décrire une voix, Kapriel ; il est plus facile d'expliquer l'effet qu'elle produit, c'est-à-dire les images qu'elle fait naître en vous. La voix du garçon s'était immiscée dans mon esprit au moment même où pour la millième fois, l'image du zèbre du zoo de Königsberg y passait. C'était un son rond, grand comme la mer, mais fragile comme le vent. Le garçon n'était qu'un débutant, même moi j'arrivais à le percevoir. Nous entendions Frau Bleibtreu l'interrompre au détour d'une phrase : « Attention à la note, Ludwig ! » Il s'appelait Ludwig. Maman a souri en coin, parce que pour les Prussiens comme nous, Ludwig est un prénom un peu... comment dire ? Disons un peu bavarois. Il recommença son chant. Une ariette très simple avec pour thème une tourterelle, m'expliqua Maman. « Ta tante Clara aussi chantait ça, au début. » La voix de Ludwig envahissait le couloir. Une présence désincarnée... « *Per fuggir dal crudo artiglio vola in grembo al cacciator...* » Puis une chose étrange se produisit, un phénomène que je n'arrive pas encore à expliquer aujourd'hui, Kapriel. Mon esprit volait, au son du chant de Ludwig, du zoo de Königsberg à la péninsule de Courlande, en passant par la salle de concert, et ces trois lieux furent bientôt entièrement envahis par la voix chaude et ronde de ce garçon que je n'avais pourtant même pas vu. Cette voix devenait un personnage de mes rêves éveillés, une entité sonore qui envahissait par capillarité tous les recoins de ma conscience. Cette voix avait même une couleur bleutée, elle faisait taire tous les autres sons de mes rêves. On n'y entendait plus que la voix de Ludwig chantant *Semplicetta tortorella*. Et cette voix, autant que le galop du zèbre ou le soleil couchant sur la Baltique, charmait les oreilles de Mademoiselle Jacques. Dans le rêve, elle prenait la parole : « Comme c'est beau, Magda ! Comme c'est charmant ! »

Ludwig arrivait à la fin de sa leçon. Terese Bleibtreu lui expliqua encore ce qu'il devait préparer pour leur prochaine rencontre, puis la porte de la salle de répétition s'ouvrit. C'est Ludwig qui nous a vues en premier.

– *Heil Hitler !* minauda-t-il en faisant le salut au führer.

Maman a levé les yeux au ciel. *« Heil Hitler »,* a-t-elle répondu. Maman ne disait jamais *« Heil Hitler »*. Elle répétait le salut s'il lui était adressé, mais ne le disait jamais en premier. Ludwig était sorti dans le couloir. Terese fit les présentations. Ludwig était un garçon, comment dire ? Très éthéré. S'il n'avait pas porté son uniforme des Jeunesses hitlériennes et s'il avait eu les cheveux plus longs, je l'aurais peut-être pris pour une fille.

– Ludwig Bleibtreu, dit-il pour se présenter.

C'était son petit frère ! Avoir sa propre sœur comme prof de chant, je ne sais pas si j'aurais pu, mais Ludwig et Terese semblaient s'entendre comme de grands amis. Mon Dieu, ces prénoms de catholiques qu'ils avaient tous les deux quand j'y pense... si peu Berlinois ! Oui, elle devait être de dix ou douze ans son aînée. Vous savez, Kapriel, si j'avais rencontré Ludwig sur le trottoir, en bas, en sortant de l'immeuble, j'aurais quand même su qu'il était le frère de Terese. Le cadet n'était qu'une version un peu plus masculine de l'aînée. Le monde venait de basculer. L'embarcation dans laquelle prenait place mademoiselle Jacques commençait à prendre l'eau, coulait au fond de la Baltique.

Après son salut hitlérien, il s'était un peu avancé en plissant les yeux, comme s'il avait cru me reconnaître. Terese sentit le malaise chez son frère.

– Ludwig est très fatigué, il ne vous a pas entendues entrer, chantonna Terese.

Ludwig s'excusa et partit. Maman me laissa seule avec la professeure et se rassit dans le couloir. Terese prit place devant son grand piano. Sa salle de cours était en soi un endroit hors du temps. La fenêtre donnait sur la Bülowstraße, d'où on entendait monter des conversations lointaines, des bruits de circulation et des cris d'enfants. Sur les murs, des photographies de scène représentant Terese dans divers rôles que je ne reconnaissais pas. Dans un coin, un mannequin qu'on avait habillé d'un costume composé de plumes d'oiseau et dans une cage, un petit oiseau, vrai celui-là. Peut-être attrapé par celui qui portait le costume de Papageno, allez savoir !

– C'est Amadeus, dit-elle.

– C'est quelle sorte d'oiseau ?

– Un diamant de Gould.

– D'où vient-il ?

– D'Australie, du Queensland, je crois ! Je ne sais plus ! Hu ! Hu ! Hu !

Terese Bleibtreu connaissait les provinces de l'Australie et leur faune aviaire. Je commençais à la trouver assez drôle. L'oiseau exotique et la lourdeur du décor suranné m'avaient plongée dans une atmosphère un peu irréelle. Je me rappelle m'être demandé si on pouvait aller en Australie avec KdF. Probablement. Oui, c'est certain. Il fallait demander à Papa. Mais quelle tête vous faites, Kapriel ! Beaucoup de gens avaient des oiseaux dans leurs appartements à Berlin. D'ailleurs, ah oui ! Je me souviens... Terese, en me voyant contempler l'oiseau, a dit :

– J'ai un oiseau ! Mais il est tout petit, ne vous inquiétez pas, Magda...

Vous ne trouvez pas ça drôle, Kapriel ? En allemand, quand on dit « Elle a un oiseau », ça veut dire « Elle est folle. » C'est pour ça que c'était drôle. Cela voulait dire qu'elle était un tout petit peu folle. J'allais bientôt en avoir la preuve. Elle m'expliqua que Ludwig, que je venais de voir sortir, était aussi un nouvel élève, depuis trois semaines seulement.

– Ludwig est mon petit frère, il est très doué ! Peut-être pourrez-vous chanter un duo !

Pour la première leçon, Terese m'a fait reproduire des notes qu'elle jouait sur le piano, histoire de voir si je n'étais pas sourde. *« Sehr gut ! »* disait-elle chaque fois. Puis, elle m'a fait étendre sur le sol pour me montrer les bases de l'appui du chant, vous savez, ces muscles, là, qui font tout le travail. Là, *en bas*. Pendant quinze minutes, elle me fit faire des « Jeu-jeu-jeu-veu-veu-veu-seu-seu-seu » sur des arpèges montants et descendants. Elle chantait la série de notes et il fallait que je répète le plus fidèlement possible. Elle disait parfois *« Nein ! Hören Sie genau zu ! »* ou « *Jaaaaa ! Genau !* » selon que je me trompais ou pas.

Puis debout, puis assise, une vraie gymnastique. Elle me touchait beaucoup, aussi. À la fin de l'heure, j'étais épuisée. Terese fit entrer Maman.

– Je pense que nous pourrons travailler ensemble. Elle a un certain sens de la musicalité. Évidemment, nous partons de zéro, alors...

Je contemplais l'oiseau australien pendant que Terese et Maman réglaient les détails de mon éducation musicale. Il fut décidé que je prendrais une heure de chant tous les mardis, après l'école.

– Mais elle peut venir quand elle veut pour s'exercer, mon école est toujours ouverte !

Je demandai à Terese si elle pouvait m'accueillir tout de suite après son frère Ludwig.

– Oui, mais pourquoi donc, ma chérie ? répondit-elle. (Elle m'appelait toujours comme ça.)

– Parce que je veux l'entendre chanter avant de commencer ma leçon.

Maman et Terese se pâmèrent devant ma candeur. Elles n'avaient aucune idée de l'effet que la voix de Ludwig avait produit sur moi. Elles ne se rendaient pas compte que j'étais encore bouleversée par son timbre et surtout par cette couleur bleutée qui semblait irradier de son chant.

À partir de ce moment, Ludwig Bleibtreu s'invita dans mes rêves éveillés. Mademoiselle Jacques, dépitée, partit peupler les rêves de quelqu'un d'autre. Ludwig se mit à chevaucher le zèbre de Königsberg. C'est lui qui faisait avancer la chaloupe sur la Baltique, il envoyait la main à cet élan qui nous observait depuis la rive. Sur la scène, nous étions debout côte à côte devant un public. Mademoiselle Jacques sortait en claquant la porte, jalouse. Et toujours sa belle voix, trame sonore de toutes ces scènes oniriques. Pour rentrer chez nous, Maman décida de marcher, puisque nous n'étions plus pressées. Elle était très contente.

– Et tu t'es fait un petit ami qui a l'air si gentil ! Il faudra que tu commences à aller à l'opéra, Papa va nous trouver des billets, et tu pourras chanter avec Tante Clara, du Schubert ! Elle adore Schubert ! *Ach !* Magda ! Tu pourras aussi t'inscrire à...

*Hysterisch,* elle était devenue. Elle a même tenu à m'emmener prendre un thé chaud au Ku'Damm, puisque nous étions quand même en décembre et qu'il faisait froid. Sur les vitrines de certaines boutiques, il y avait des étoiles de David peintes en blanc. Je me souviens d'avoir posé une question à Maman à ce sujet. « Ils sont tous fous, Magda. Mais ne le répète pas, Papa pourrait avoir des ennuis.» Jusque-là, Kapriel, je n'avais pas la moindre idée de ce qui arrivait à l'Allemagne. Je n'y ai pas pensé plus que ça. Mais je n'ai plus de riesling. Attendez, il y en a à la cuisine.

(Ici, Michel, elle s'est levée pour aller chercher une autre bouteille de riesling dans la cuisine. Je pense qu'il y a eu un bruit de sanglots, mais je ne suis pas sûr. C'était peut-être le robinet ou la plomberie de l'immeuble. Elle est revenue avec une bouteille de riesling débouchée.)

*Ach!* Il y avait des gens très gentils à Berlin, laissez-moi vous le dire, Kapriel. Le mardi suivant, toute seule, je suis allée en métro à mon cours de musique, en courant, pour être certaine d'entendre la voix de Ludwig en attendant dans le couloir. La mémoire enregistre mal les voix, on oublie leur timbre, leur couleur. Des mots, on se souvient, mais la mémoire ne parvient pas à redonner vie à une voix. Elle doit être là pour qu'on la reconnaisse parmi d'autres. La voix est aussi difficile à décrire que le goût de la muscade ou la sensation du sable qui glisse entre les orteils. Tout ce que je peux vous dire, c'est que l'envie d'entendre encore une fois la voix de Ludwig Bleibtreu rendait les heures à la Sophie-Charlotte Schule interminables. La crainte qu'il termine trop tôt sa leçon me faisait dévaler les escaliers de la station de métro Nollendorfplatz et courir à toutes jambes dans la Bülowstraße. Vous ne connaîtrez jamais la voix de Ludwig Bleibtreu, Kapriel. Cela est votre drame, votre tragédie, Kapriel.

J'ai dû arriver une heure trop tôt. Je ne voulais rien manquer. En montant quatre à quatre les marches de l'escalier qui menait chez Terese Bleibtreu, sur la pointe des pieds pour ne pas qu'on m'entende et par crainte que le bruit de mes pas le fasse cesser son chant, je repassais l'ariette que j'avais répétée avec Maman : *« Semplicetta tortorella, che non vede il suo periglio... »* Pauvre tourterelle qui ne voit pas le danger... Comme ces mots étaient vrais ! Dans le couloir de Terese Bleibtreu, je suis entrée en silence. Je n'entendais que la voix de Terese qui expliquait quelque chose sur le diaphragme. Puis, il chanta, autre chose cette fois-là, une autre ariette de Vaccai, celle qui sert à apprendre les quartes. *« Lascia il lido, e il mare infido... »* Je fermai les yeux et laissai la voix de Ludwig réveiller les rêves à dos de zèbre, dans le canot, dans la salle de concert... Puis, Terese et Ludwig se sont mis à rire. Je n'osais pas remuer de crainte qu'ils ne détectent ma présence. Voyez, j'étais enfant unique, je ne savais pas ce que c'était que d'avoir un frère ou une sœur. Pour moi, écouter Ludwig et Terese Bleibtreu rigoler à la fin d'une leçon de chant équivalait à du voyeurisme. J'écoutais chacune de leurs paroles. Ils cherchaient une partition. Ils chantaient une chanson populaire complètement débile que je ne connaissais pas. C'était une chanson que Marlene Dietrich avait chanté en duo avec une chanteuse du nom de Claire Waldoff, *Wenn die beste Freundin.* Ils chantaient à l'unisson, les paroles étaient très drôles. Ensuite, Terese ouvrit pour me trouver là, assise dans le couloir, à attendre.

– Mais qu'est-ce que tu fais là ? Pourquoi tu n'as pas frappé ?

Terese était un peu fâchée, comme si je les avais surpris en plein délit. Elle me rappela qu'il ne fallait pas écouter aux portes. Elle me demanda même ce que j'avais entendu. Je ne savais pas qu'elle venait de chanter ce que les nazis appelaient de la musique de « dégénérés ». Je lui promis de n'en parler à personne, beaucoup moins pour la rassurer que pour sentir se former autour de nous trois un lien affectif. Oui, ces deux-là me fascinaient. Je voulais leur appartenir, être leur sœur. Et comment vous dire ? Ludwig me faisait rire ! Il portait encore son uniforme des Jeunesses hitlériennes. Terese lui dit au revoir et m'invita à entrer. Comme la semaine précédente, il m'avait fait le salut hitlérien et m'avait regardée intensément. Il ne parlait pas beaucoup. Puis ma leçon a commencé.

– Magda, ma chérie, on y va !

Terese était dangereusement en forme. Après les exercices d'échauffement, elle me demanda de chanter la *Semplicetta tortorella* au moins quinze fois. Comme toutes les profs de chant, Terese n'était jamais contente. « La langue doit faire le travail, pas la mâchoire ! » et elle me tenait fermement la mâchoire de la main pendant que je chantais. Pas facile. Puis, elle me faisait articuler les mots italiens avec un bouchon de liège pris entre les dents. Regardez, comme ça ! Pfoui ! Enfin... « Vous êtes large comme un baril, Magda, vous grossissez comme un crapaud, vous êtes un Zeppelin dans le ciel de Berlin ! Grosse comme le Reichstag ! *Ja*... Voilà... » Puis, elle s'arrêtait net de jouer.

– Qu'aimez-vous manger, Magda ? Quel est votre plat préféré ?

– Le pudding au caramel !

– *Ach !* Le führer les adore aussi ! Alors pendant que vous chantez, pensez au pudding au caramel, vous êtes un pudding au caramel, Magda ! Allez ! Et cessez d'agiter votre mâchoire dans tous les sens, juste ciel !

À la fin de la leçon, j'ai ouvert la porte de la salle de répétition pour trouver Ludwig dans le couloir. Toute la leçon, il était resté là à attendre. Il avait l'air de quelqu'un surpris en train de voler du pain.

– *Ach !* Mais tu es toujours là, mon petit Ludwig ! Tu es resté pour entendre Magda. Comme vous êtes charmants, tous les deux. Vous savez que ma maison vous est ouverte, vous entrez et sortez comme vous voulez. Vous pouvez répéter tant que je ne donne pas de leçons.

En entendant Terese Bleibtreu bénir de cette manière notre union, j'avais l'impression d'être admise dans un cénacle, d'adhérer à un culte initiatique, d'appartenir à une famille nouvelle qui n'avait rien à voir avec ma mère neurasthénique, mon père toujours absent et les chipies de la Sophie-Charlotte Schule. Il me sembla à ce moment précis avoir retrouvé ma vraie famille, celle dont j'avais de toute évidence été séparée à la naissance. Quant à Ludwig, je savais déjà, en entendant sa voix, que dans l'éventualité de sa mort, ma vie terrestre deviendrait un long, pénible et pitoyable calvaire, un trou béant de solitude, une errance inutile et douloureuse.

Dans l'escalier, Ludwig me suivit.

– Tu as une belle voix, qu'il me dit, le coquin.

Des compliments, personne sauf Tante Clara et Maman ne m'en avait jamais fait. Il y avait bien mademoiselle Jacques qui, même si elle me tenait officiellement pour dingue, me félicitait sur mes progrès en français, mais jamais un garçon ne m'avait montré un signe d'appréciation. Ludwig et moi décidâmes de marcher. Il vivait près de Nollendorfplatz. Sa sœur Terese ne vivait plus chez ses parents, mais logeait chez une tante à eux, une femme qu'on voyait parfois errer dans l'appartement, interrompre les leçons par des applaudissements ou par un *«schön!»* admiratif. Moi, l'imbécile, je le suivis, au mépris des consignes de Maman qui devait passer me chercher chez Terese.

– Il faut que j'aille à ma réunion des Jeunesses hitlériennes. C'est mardi.

Debout devant la station de métro, Ludwig m'a expliqué qu'il n'avait obtenu de prendre des leçons de chant qu'en faisant un marché avec son père. Ludwig n'aimait pas les autres garçons. Le père avait accepté de lui payer des cours de chant à la condition qu'il joigne les Jeunesses hitlériennes. Son père devait être un vrai marteau.

– Ils sont bêtes à manger du foin ! qu'il disait.

– Les filles ne sont pas mieux, moi j'y vais le dimanche et c'est pour Papa aussi. Mais je te jure que c'est nul. De vraies dindes ! Et ces chansons idiotes qu'elles nous font apprendre !

– Oui, je sais, on a les mêmes. Moi, je préfère Schubert, et toi ?

– Je ne connais pas trop.

– C'est *Ständchen* que je veux apprendre, je l'ai dit à Terese. Elle m'a donné la partition, regarde.

– *Leise flehen, meine Lieder durch die Nacht zu dir*? Tu vas la chanter pour une fille ?

– Ça s'adresse à une fille ?

– Ben oui, je pense, là... *«...fürchte Holde nicht.» Holde,* c'est sa chérie. C'est ça.

– Je n'avais jamais pensé à ça.

Les mots sur la partition semblaient écrits pour moi. C'est-à-dire pour moi les chantant avec la voix de Ludwig à mademoiselle Jacques chevauchant un zèbre. Enfin, je n'étais plus sûre, je pense que Ludwig avait balayé de sa voix la pauvre mademoiselle Jacques à jamais. Elle ne faisait pas le poids, si bien que j'eus presque du chagrin pour elle.

Nous sommes restés longtemps devant la station de métro, puis, à un moment, Ludwig se mit à paniquer.

– Vite, cache-toi ! Voilà les babouins de mon groupe !

Il me força à me cacher avec lui derrière un mur pendant que de la station sortaient quatre jeunes hommes qui portaient le même uniforme.

– C'est mon *Oberkameradschaftsführer,* Kranz ! Un débile profond, mais il pourrait encore me reconnaître ! Ils ont failli me voir ! Vite, foutons le camp d'ici.

Et ainsi a commencé ma vie avec Ludwig Bleibtreu. Cinq années de bonheur poétique. Cinq années de folie à deux. Cinq années de promesses vertigineuses. Nous sommes allés nous cacher au zoo, en compagnie des zèbres. Ludwig était drôle à pleurer : il montait sur les bancs en imitant la voix de soprano colorature de sa sœur Terese et donnait des leçons de chant aux passants. « Vous, là-bas ! Cessez de bouger la mâchoire ! Et vous, Monsieur, votre posture ! Tenez-vous bien droit comme si vous étiez suspendu à un fil ! Et sur *vola,* c'est un *ré* ! Souvenez-vous-en ! » Moi, je me tordais de rire. Puis, il a chanté la *Semplicetta tortorella* pour les zèbres, comme dans mon rêve. Pour vous dire de quoi il avait l'air. Vous connaissez le chanteur Max Raabe ? Non ? C'est un peu ça. Le type angelot blond, gracieux, quasiment inoffensif, mais au charme impitoyable.

Au bout d'une chaînette en or, Ludwig portait une petite croix que sa tante, celle qui logeait Terese, une Bavaroise très pieuse, lui avait offerte le jour où son père l'avait forcé à se joindre aux Jeunesses hitlériennes. « Mets au moins ça sous ton uniforme », lui avait-elle dit. Personne ne m'a fait rire autant de toute ma vie que Ludwig Bleibtreu. Personne ne m'accordera plus d'attention dans la vie que Ludwig Bleibtreu. Personne ne me regardera plus jamais comme Ludwig Bleibtreu me regardait. Mon petit ange en uniforme trop grand pour lui. Aussi blond que les blés de Prusse orientale. Un vrai Allemand, je vous dis : un uniforme idiot sur le dos, une croix de sa tante au cou, mais si on lui laissait le choix, il préférait simplement chanter. Voilà. Un vrai Allemand. Un Bleibtreu. Et il bougeait avec l'élégance de mademoiselle Jacques. *Ach* ! Ce garçon ! Excusez-moi, Kapriel, il me faut un mouchoir.

Je suis rentrée chez moi à six heures et demie du soir, les lèvres bleuies par le froid. Papa et Maman étaient morts d'inquiétude.

– Mais où étais-tu ? Nous t'avons cherchée partout, petit cornichon ! cria Papa en me giflant deux fois.

Papa Alfred me collait deux gifles par année. Comme on était en décembre et qu'il m'avait jusque-là épargnée à cause du déménagement à Berlin, il m'en colla deux bonnes, de la paume et du revers, pour que j'en garde un cuisant souvenir. Mais il ne resta pas fâché longtemps, je pus même dîner avec eux après que Maman l'eut calmé. Ludwig, lui, fut rossé par son père, qui avait été avisé de son absence aux Jeunesses hitlériennes par le babouin Kranz. Sans le savoir, nos pères respectifs forgeaient entre nous, par leurs coups, un lien plus fort que l'acier. Ludwig et moi comprenions par ces coups la valeur que l'autre pouvait avoir. Les six premiers mois de 1935, nous les passâmes presque entièrement chez Terese Bleibtreu. Nous prenions maintenant nos leçons en même temps, deux heures d'affilée, avec la sœur de Ludwig qui n'avait rien contre. Maman ne devait pas le savoir.

– Tant que vous gardez votre sérieux ! Ici, on travaille.

Mes quinze ans, je les fêtai chez Terese Bleibtreu. Ludwig aussi, à deux semaines d'intervalle. Nous faisions croire à nos parents que nous voulions répéter nos chants.

– Mais vous pouvez répéter ici, nous avons un piano ! Je peux même vous accompagner ! protestait Maman.

– C'est mieux chez Terese, elle nous aide.

Ce qui était un mensonge honteux. Terese nous permettait de nous cacher dans la pièce attenante à sa salle de répétition pendant qu'elle recevait ses nombreux élèves. Il y avait dans cette petite pièce deux fauteuils et une table avec des cadres dessus. Des photos de Terese. Une grande photographie, je me souviens, la montrait avec un monsieur assis au piano. Ce monsieur revenait sur cinq photos.

– C'est son fiancé, me chuchota Ludwig.

J'avais l'impression que Terese commettait l'adultère avec cet homme. Dans mon esprit, Terese, Ludwig et moi formions une entité affective dans laquelle aucune place ne pouvait être aménagée pour une quatrième personne. Tapis derrière la porte, assis dans une sorte de boudoir, Ludwig et moi écoutions les leçons de Terese. Défilaient des gens de toutes sortes, des chanteurs professionnels de la Deutsches Opernhaus qui cherchaient des conseils techniques, des amateurs des chorales des chemins de fer du Reich, des débutants comme nous, des hommes dans la trentaine qui, parfois, entre deux gammes, oubliaient leurs bonnes manières. Je me souviens de ce monsieur qui venait de Wittenbergplatz... Le pauvre bégayait chaque fois qu'il entrait dans la salle de Terese. Pendant qu'il était là, il fallait que j'évite le regard de Ludwig, autrement j'aurais pouffé de rire.

– T... Te... Ter... Teres... Terese... Vous êtes aujourd'hui image de lumière..., bégayait le pauvre monsieur, Schurbaum, son nom, je pense.

– Huuuu ! Mais vous allez me faire rougir, Herr Schurbaum, voulons-nous commencer ?

Herr Schurbaum avait une belle voix de basse chantante. Comme le sacristain dans *Tosca*. Ou Sarastro dans *La Flûte enchantée*. C'est vrai qu'elle était image de lumière, Terese. Et moi et Ludwig entendions toutes ces voix et tous les conseils qu'elle donnait. Après chaque leçon, Terese venait prendre des nouvelles. Nous discutions de technique vocale, de couleur de timbre, des pièces que ses élèves chantaient. Je me souviens de ce ténor qui chantait Cavaradossi à la Deutsches Opernhaus. Il venait aussi chez elle. On l'appelait « la chèvre » parce qu'il mettait des trémolos et des vibratos partout où il n'en fallait pas.

– *Nein ! Nein ! Kein Vibrato !* criait Terese, hors d'elle-même.

Je crois que c'est là, dans cette espèce de boudoir de Terese Bleibtreu, que le premier défi fut lancé. Je veux dire, les épreuves. Il me semble vous avoir dit, Kapriel, que Ludwig avait une petite croix au cou. Cet or brillait dans la pénombre de la pièce où nous étions cachés. Il m'arrivait de la prendre entre mes doigts et de caresser le métal lisse. Il y avait même sa date de naissance gravée derrière, avec ses initiales. L. B. 13.12.20.

J'ai toujours été fascinée par l'or, Kapriel. C'est « la lumière vive arrachée aux entrailles de la Terre », c'est ça que Karl Marx écrivait ! C'était en octobre 1935. Ce jour-là, Ludwig m'a donné la première mission. Il faut, Kapriel, que vous me fassiez la promesse de ne raconter ceci à personne ! Les missions... *Ach !*

– Tu la trouves belle, ma croix, Magda...

– Elle est jolie, oui.

– Tu la veux ?

– Mais non, elle est à toi !

– Avoue que tu la veux !

– Oui, mais elle est à toi, il y a même tes initiales gravées derrière.

– Je te la donne.

– Mais je ne la veux pas ! (Je mentais, je voulais cette croix comme Hitler voulait la guerre.)

Ludwig avait enlevé la chaînette et me tendait la petite croix. Il fallait chuchoter pendant que le ténor vagissait *Und es blitzten die Sterne*. Comme votre frère, mais en allemand. Oui, il chantait *Tosca* en allemand ! Ludwig me passait sa petite croix en or sous le nez.

– Je te la donne à une condition.

– Laquelle ? (Curieuse, j'étais.)

– Il faudra que tu réussisses une épreuve.

C'est là que les épreuves commencèrent. Des jeux d'enfants dont nous avons vite perdu la maîtrise. La première était simple. Il ne s'agissait pas de rapporter la toison d'or, mais simplement la barrette de mademoiselle Jacques. Ludwig savait tout d'elle, de ce que j'éprouvais pour elle. Sans même la connaître, il me disait l'aimer autant que moi.

– Il me suffit que tu l'aimes pour que je l'aime, disait Ludwig.

Avouez qu'il savait s'y prendre !

Voler la barrette de mademoiselle Jacques. *Gott im Himmel !* Une petite barrette d'argent qu'elle avait, avec un long morceau d'ambre pâle dessus. Un jour, j'étais avec Ludwig à Schillerstraße et nous avions croisé la Jacques. Enfin, elle ne nous avait pas vus, mais Ludwig avait remarqué sa barrette d'ambre. Il fallut attendre que l'occasion se présente. Ne vous méprenez pas, Kapriel, jamais je n'ai été croyante et même si je l'avais été, je ne me serais pas promenée avec une croix autour du cou ! Mais je voulais un morceau de Ludwig, un objet qui eût touché sa peau. Je ne crois pas en Dieu, mais je crois que les objets possèdent une mémoire.

L'affaire ne fut pas simple. Pour arriver à mes fins, il me fallut solliciter l'aide de mon père, enfin, m'en servir comme complice. Et vous voulez savoir comment ? Grâce à *Tosca* ! Vous allez aimer cette histoire, Kapriel !

Vous savez déjà que Papa travaillait pour KdF, qu'il avait des billets d'opéra pour les travailleurs. À l'automne 1935, en octobre, il voulut être gentil pour l'anniversaire de Maman et il a trouvé des billets pour *Tosca* au Staatsoper de Berlin. Maman m'avait déjà emmenée voir *La Flûte enchantée* et d'autres opéras de Mozart, mais elle me trouva trop jeune pour Puccini. Je me souviens qu'ils se sont disputés. Papa voulait absolument que j'y aille.

– Mais quel mal veux-tu que ça lui fasse de voir *Tosca* ?

– Toute cette violence... Allons, Alfred, tu sais bien ce qui se passe au deuxième acte. C'est une scène de torture, et Tosca tue Scarpia d'un coup de couteau. C'est une histoire pour adultes. D'ailleurs, elle va s'ennuyer. À son âge, c'est Mozart qu'il faut entendre. Mozart forme l'oreille sans corrompre l'âme ! L'attention est appréciée, mais je n'irai pas, Alfred. Chaque fois que je vois cette femme se jeter dans le vide à la fin de l'opéra, ça me donne des cauchemars.

– Tu veux qu'on aille entendre *La Flûte enchantée* encore une fois ?

– Alfred, je t'interdis de l'emmener voir cette histoire de femme jalouse. Puccini ne convient pas à une jeune fille qui apprend le français et le chant comme notre Magda. Il lui faut des histoires de son âge. Je ne la laisserais même pas voir *Madame Butterfly* !

– Ma chère, je pense que je vais laisser Magda décider si elle veut ou non m'y accompagner.

– C'est ça, emmène-la voir *Tosca*. Après, tu t'étonneras qu'elle assassine quelqu'un !

– On ne devient pas assassin en écoutant Puccini, allons, Waldtraut !

– Fais à ta tête, Alfred. Tu fais toujours à ta tête. Moi, il ne me reste plus qu'à me taire.

Souvent, j'entendais leurs disputes de leur chambre ou du petit salon où jamais je ne m'assoyais avec eux. À partir de ce moment, voir cet opéra interdit où se déchaînaient les passions m'apparut comme unique raison de vivre. Papa me fit patienter jusqu'au samedi 19 octobre. Toute la salle du Staatsoper avait été réservée par KdF. Papa avait même donné des billets d'opéra à la Sophie-Charlotte Schule, probablement pour amadouer la directrice. Ce samedi-là, la salle était presque pleine. J'étais assise au parterre avec Papa. Magnifique, cette salle, Kapriel. Plus belle que le théâtre de Königsberg, et de loin. Il y eut des discours des gens de Kraft durch Freude, puis le salut hitlérien. Vous savez, le genre de blabla avant un spectacle, le führer vous apporte ceci et cela, le régime vous offre cette représentation de *Tosca*... Pfff ! Encore un peu et Hitler signait lui-même la partition ! En tout cas, imaginez-vous donc que je vois, à peine trois rangs devant moi, dans la pénombre de la salle, briller un objet qui m'était familier... La barrette de la Jacques, bien posée sur la tête de sa propriétaire ! Elle avait dû recevoir un des billets que Papa avait laissés à l'école. Les discours se sont enfin tus, puis le rideau s'est ouvert. Pendant tout le premier acte, je me disais que c'était ma chance, que c'était maintenant ou jamais. C'est à peine si je faisais attention à ce qui se passait sur scène. D'Angelotti qui arrive, qui se cache en voyant Cavaradossi, puis cet idiot de sacristain. Enfin, la Tosca qui entre dans l'église en criant *« Mario ! Mario ! Mario ! »*, sûre de le surprendre avec une autre femme ! Vous savez, dans cette histoire de Tosca, Kapriel, c'est la jalousie d'une femme qui est la cause de tout le malheur, c'est ça le cœur de l'opéra. Si Tosca avait eu un peu plus de raison, rien ne serait arrivé. C'est par cette faille de la jalousie que ce Scarpia a réussi à s'immiscer dans son cœur. C'est ce que Papa m'avait expliqué. Il fallait que je trouve un moyen de me glisser vers la Jacques. Le premier entracte arriva juste après le *Te Deum*. Au retour du bar, j'ai remarqué que les sièges derrière la Jacques étaient libres. Les gens étaient partis ! Ils en avaient eu assez du premier acte !

– Papa, me permettez-vous de m'asseoir plus près ?

– Mais bien sûr, ma chérie, si les gens sont partis, personne ne s'en plaindra.

À partir de là, tout se passa très vite. La Jacques ne m'avait pas remarquée dans la pénombre et comme Papa ne la connaissait que de ce que Maman avait raconté, il ne pouvait pas savoir que c'était elle. Sa barrette luisait dans le noir. Mais avouez, Kapriel, que la partie n'était pas pour autant gagnée, car même si je réussissais à retirer la barrette de sa chevelure sans attirer son attention, les gens derrière, eux, m'auraient surprise en flagrant délit et se seraient empressés de me dénoncer, tout de suite. Quelle honte pour Papa ! C'est Tosca qui me livra la barrette sur les genoux, presque littéralement. Pendant le deuxième acte, la Jacques s'est mise à s'agiter. Elle sursautait à chaque cri de Cavaradossi qu'on torturait. Elle se mettait les mains dans le visage comme si c'était elle ou son amant qu'on martyrisait ! Pendant *Vissi d'arte,* elle pleura même. J'aurais pu, à la faveur d'un sanglot, lui enlever d'un coup sec sa barrette, mais on m'aurait remarquée. Maman devait avoir raison, Puccini pousse au crime ! Ha ! Ha ! J'étais désespérée, le deuxième acte était presque fini, quand la Tosca saisit le couteau sur la table pour assassiner Scarpia qui voulait la violer. C'est le pacte qu'ils avaient fait : il la laissait partir avec son amant Cavaradossi ; en échange, elle se donnerait à lui. À peine le sauf-conduit qui leur permettra de fuir Rome est-il signé qu'elle prend le couteau et s'approche de lui. Et c'est là que le miracle se produisit.

De toute évidence, il devait s'agir d'un couteau pliable, qui refusa de se replier au bon moment. En tout cas, le pauvre Scarpia se prit un vrai coup de couteau en plein dans le ventre. Tout le monde croyait qu'il jouait, ce n'est qu'en voyant le sang tomber sur la scène qu'on comprit ce qui se passait. Un émoi gagna la salle, les gens se levaient pour mieux voir, on murmurait. Soudain, une femme cria : « Il saigne, il va mourir ! Vite, un médecin ! » Et là, des hommes sautèrent du parterre pour aider Scarpia qui se lamentait dans une flaque de sang. La pauvre soprano qui jouait Tosca avait le visage dans les mains, honteuse, les musiciens depuis la fosse pointaient la tête pour mieux voir le drame. On commençait à crier... Et elle chuta. La Jacques avait peur du sang ! Elle s'est levée pour voir et tomba à la renverse dans mes bras. Elle ne sut jamais que c'est moi qui l'avais retenue dans sa chute. La barrette ne résista pas, en une seconde, elle était dans ma poche. Partout, dans la salle, on courait, on criait. Quelqu'un eut la présence d'esprit de fermer les rideaux. Quelqu'un ramassa la Jacques. « Laissez-moi vous aider, Mademoiselle... » J'avais déjà ce que je voulais. Papa et moi sommes rentrés. Le lendemain, l'affaire était dans les journaux et la barrette dans mon tiroir secret.

– Je t'avais bien dit, Alfred, que tu allais la traumatiser.

Si seulement Maman avait su ce qui m'attendait encore, elle ne se serait pas inquiétée pour ce malheureux incident. Avec impatience j'attendis mon prochain cours de chant. Dans le couloir de Terese, je faisais briller la petite barrette dans les rayons du soleil, puis je me la suis mise dans les cheveux. Quand je suis entrée dans le studio de musique, c'est la première chose que Ludwig vit. Il resta sans mot dire.

– Comme tu as une jolie barrette, Magda ! me dit Terese.

Ludwig avait un sourire en coin et les yeux remplis de désespoir. Après notre cours, nous marchions dans la Bülowstraße.

– Mais comment t'as fait ?

Je lui racontai tout. Je lui échangeai la barrette contre la croix en or et le marché était conclu. Il a dû expliquer à ses parents qu'il avait perdu sa croix. Je ne sais pas ce qu'il a fait de la barrette, il a dû la donner à sa grande sœur.

Dès février 1936, la Deutsches Opernhaus, à Charlottenburg, présentait une nouvelle *Tosca,* que je suis allée voir au moins une douzaine de fois. Trois fois avec Ludwig, qui était intrigué au possible. C'est toujours Papa qui me trouvait les billets. Je pense qu'il le faisait juste pour faire enrager Maman. Je la vois encore prendre cet air détaché et en quittant le salon.

– Je n'irai pas. Puccini, ce n'est pas de la musique, c'est du hurlement. Très peu pour moi, merci Alfred.

Maman avait ses goûts.

Ludwig a voulu récupérer sa croix. Naturellement. J'allais la lui faire payer cher.

– Il faudra que tu me chantes la sérénade.

C'était mon prix. Et c'est ce qu'il fit, l'animal. C'était un matin de juin 1936. J'avais la croix depuis des mois. Le soleil était à peine levé que j'entendis Maman frapper à ma porte.

– Magda ! Il faut que tu viennes tout de suite !

La fenêtre du salon était ouverte. De dehors montaient des exclamations masculines. On déplaçait un objet lourd et encombrant, cela s'entendait. À ces soupirs d'effort se mêlaient les cris des gens de l'immeuble : « Mais qu'est-ce que vous faites là à cette heure ? Il y a des gens qui dorment, ici ! Je vais me plaindre ! » Maman avait l'air paniqué.

– Alfred, ce sont des bolchéviques ?

Papa semblait trouver la scène assez drôle. Sur le trottoir juste en dessous de la fenêtre de notre salon, celui qui donnait sur la Schillerstraße, trois gros gaillards moustachus déchargeaient un piano droit et noir d'un camion à ridelles de bois. Qui donc, me suis-je demandé, nageant encore dans les brouillards du sommeil, pouvait bien se faire livrer un piano à six heures du matin ? Je ne pensais pas du tout à cette histoire de sérénade. Puis, le camion partit, avec les trois gaillards à son bord. Le piano était là, debout, tout seul dans la Schillerstraße comme s'il attendait un bus. Les gens à leurs fenêtres, des deux côtés de la rue, se regardaient. « Je vous assure que ce n'est pas nous ! » dit Papa, comme pour faire comprendre aux voisins que son mandat de divertir le peuple allemand avait ses limites. Des oiseaux chantaient dans les tilleuls. Une folle à lier cria : « Il doit y avoir une bombe dedans ! C'est un attentat ! »

– Mon Dieu, Alfred !

Maman tremblait de peur. Mais vite nous avons été rassurés. Des pas se firent entendre du côté de la Kaiser Friedrichstraße, des pas lents et assurés. Tout le monde s'est tu. De haut, on voyait une femme blonde s'avancer vers le piano. Elle tenait à la main une sorte de tabouret pliant qu'elle plaça devant l'instrument. Ensuite, levant la tête, elle nous toisa tous du regard. C'était Terese, ma prof de chant !

Elle arborait un sourire rempli de douceur, la peau pâle, comme Ludwig. On voyait, même de loin, qu'elle avait de longues mains. Après avoir salué son public comme il se doit, elle s'installa sur le tabouret et sortit d'un sac qu'elle tenait à l'épaule un cahier de partitions. Des cris se sont fait entendre : « Vous n'allez quand même pas nous jouer Schubert ! »

C'est exactement ce qu'elle fit.

– Alfred, c'est *Ständchen* de Schubert !

Maman croyait encore que Papa était derrière tout ça. Cela aurait été son genre, en effet. La femme joua pendant une minute la sérénade de Schubert, la version pour piano, cette mélodie si douce que dès la première écoute on l'aime, on veut l'entendre encore une deuxième fois, juste pour revivre ses répétitions thématiques, juste pour revoir ses couleurs. Vous connaissez ? Oui ? *Ach !* Enfin une chose que vous connaissez, Kapriel ! Les gens aux fenêtres commençaient à rire, une femme entonnait les premiers mots du lied : *« Leise flehen meine Lieder... »* d'une voix incertaine. Puis, Terese s'arrêta de jouer brusquement. Au coin de la Kaiser Friedrichstraße, exactement de là où elle était venue, apparut Ludwig. Évidemment, depuis le début, moi je me doutais que c'était une de ses fantaisies. Mais jusqu'à ce qu'il apparaisse, j'étais déchirée entre l'espoir de le voir et la douleur de devoir me séparer de la croix. Je ne pensais même pas encore à ce que les voisins ou mes parents penseraient de tout ça. Machinalement, je couvris de mes doigts la petite croix, comme pour la protéger. Ainsi, il était prêt à aller jusque-là... Il se tenait à côté du piano. Maman l'a reconnu.

– Magda, c'est ta prof de chant et son petit frère. Son prénom déjà ? Joseph ?

– Ludwig, Maman. Il s'appelle Ludwig Bleibtreu.

Et Ludwig Bleibtreu chanta *Ständchen* en levant de temps en temps les yeux vers ma fenêtre. L'écho de son chant rebondissait sur les pierres des maisons, montait vers le ciel, embaumait les tilleuls et charmait les mésanges qui, je vous le jure, Kapriel, pendant tout le temps qu'il chanta, se turent. Et sur le deuxième *« jedes weiche Herz »* il se ménagea même un vibrato que j'entends encore parfois. Ils avaient, cela s'entendait, répété ce numéro maintes fois avant de le présenter. Qui avait accepté de transporter ce piano jusque sur notre trottoir au petit matin et surtout, comment comptaient-ils le ramener ?

Il avait même une fleur, ce cornichon ! Tous les volets de la Schillerstraße étaient maintenant ouverts. Les rares automobilistes qui passaient à cette heure-là dans la Schillerstraße s'arrêtaient pour voir de leurs yeux. Évidemment, le hasard voulut qu'un journaliste habite l'immeuble d'en face, un monsieur que Papa Alfred connaissait grâce à KdF. Terese assise au piano et Ludwig chantant apparurent dans la section artistique du journal le jour suivant. L'auteur avait intitulé son article *« Bebend, harre ich dir entgegen »,* ces paroles qu'on entend à la fin du lied de Schubert, et qui signifient : « Tremblant, je me présente à toi. » Depuis, je ne puis plus m'imaginer l'amour autrement que sur cet air et sur ces paroles. On sait qu'on est amoureux du moment qu'on tremble en arrivant devant quelqu'un, me disais-je à cette époque. Et comme j'associais le tremblement au grand froid, ayant grandi en Prusse orientale, j'associais l'amour, ce terrible sentiment, aux somptueux hivers de mon pays natal. Vous seul à Berlin comprenez ce que je veux dire, Kapriel, il faut sentir toute la froideur de cette musique.

Je pense que c'est une chanson pour cœurs froids. Pour nous, Kapriel.

*Tremblant, je t'attends.* Ces paroles doivent être chantées sur le ton du désespoir, comme un ultime cri du cœur, une sorte de supplique. Vous me suivez ? Seul celui qui connaît ces trémulations du corps, ces inexplicables secousses du système nerveux comprendra Schubert. Vous savez qu'il est mort de la syphilis ? Non, pas Ludwig, Schubert. Ah oui ? En tout cas, Maman était effondrée sur un divan, le visage dans les mains.

– Alfred, tout le monde nous regarde. Fais-le taire !

– Mais non ! C'est trop drôle ! Il faut le laisser faire !

Papa était mort de rire. Moi, je tremblais de colère mal contenue. Pas parce que toute la rue nous regardait, pas parce qu'on allait chanter *Ständchen* sur mon passage pendant des mois dans la Schillerstraße, mais parce que je devais lui rendre sa foutue croix. Les choses étaient hors de contrôle. Un attroupement se forma autour du piano, en bas. Les Allemands sont des gens matinaux, vous le savez. Et comme il chantait si bien, on lui a demandé de recommencer trois fois, puis il poussa encore quelque chose de Mozart, jusqu'à ce que je descende sur le trottoir, habillée et à peine peignée, pour accepter cette stupide rose rouge de la main gauche alors que de la main droite, sans que personne s'en aperçoive, je glissais la croix dans sa poche. C'était la règle. La croix devait être rendue dès l'épreuve réussie. Pas de tergiversations, pas de négociations. Juste la croix.

Furieuse, j'étais. Tout Charlottenburg a applaudi pendant dix minutes ou trois siècles, je ne sais plus. Trois-quarts d'heure à peine après le début du spectacle, le camion repassa avec les mêmes gaillards qui rembarquèrent l'instrument et repartirent, cette fois avec Terese et Ludwig qui se tenaient d'une main sur les ridelles et de l'autre saluaient le public de la Schillerstraße.

Probablement que son père le punit d'avoir réquisitionné ce camion pour une affaire aussi basse que de chanter une sérénade. Il fut probablement battu, comme quand il manquait ses réunions de Jeunesses hitlériennes. Mais c'était trop tard, j'avais pris goût à ce jeu. Et si vous pensez, Kapriel, que j'avais tout vu avec ce piano déposé sur le trottoir de la Schillerstraße à six heures du matin, vous vous trompez. J'étais sur le point de commettre des gestes assez radicaux pour cette croix.

Et c'était l'été 1936, à Berlin.

(Ici, Michel, elle s'est relevée pour aller dans la cuisine. Je l'ai entendue ouvrir les robinets pour couvrir le bruit de ses sanglots. Il n'y a pas de doute, elle pleurait. Jusque-là, je ne l'en croyais pas tout à fait capable, mais elle a pleuré. Elle est revenue au salon un verre d'eau à la main, pour jouer la comédie jusqu'au bout.)

Après la sérénade, les choses avec Maman ne furent plus jamais les mêmes. D'une part, Ludwig l'avait charmée au-delà de toute espérance, probablement plus que je ne l'avais moi-même été. D'autre part, elle désapprouvait ce genre d'extravagances.

– Mais qu'est-ce que les gens vont dire de toi, Magda?

– Mais laisse les gens parler, Waldtraut...

Papa était plutôt attendri. Pendant les derniers jours d'école, les filles qui avaient toutes sans la moindre exception entendu une version de l'histoire ne me toisaient plus comme avant. J'étais devenue quelqu'un. Quand un garçon chante Schubert pour vous, vous devenez quelqu'un aux yeux des autres. Voilà pourquoi vous ne serez jamais personne, Kapriel. Mais je plaisante, allons!

Août amena les Jeux olympiques d'été. Papa m'avait fait engager comme hôtesse, parce que j'étais douée pour les langues. Mon travail consistait à accueillir les visiteurs étrangers et à les orienter dans Berlin, sur les lieux des compétitions et dans Charlottenburg. Je parlai français pendant au moins un mois avec des visiteurs de France et de Belgique. Si les bombardements ne l'avaient pas détruite, je vous montrerais une photo de moi dans mon uniforme de *Bund deutscher Mädels,* Kapriel. Les Français avaient toutes sortes de questions: «Êtes-vous brutalisée par le régime?» ou encore «Avez-vous le droit d'adresser la parole à des juifs?», des choses pour lesquelles je n'avais pas de réponse. Personne ne me brutalisait. Je ne connaissais pas de juifs. Enfin. Bon. De tous les visiteurs, je pense que les Français étaient ceux qui posaient le plus de questions. Et ils semblaient toujours avoir déjà les réponses. Peut-être ai-je cette impression parce que j'avais surtout appris le français et que l'anglais, je ne le parlais pas beaucoup. Je ne sais pas.

Pendant cet été-là, je n'ai presque pas vu Papa. KdF avait la responsabilité d'organiser des tas de rassemblements, de divertir les gens partout où cela était possible et surtout, de faire voyager les Allemands du Reich vers la capitale et ceux de la capitale vers le reste du Reich. Je restais seule avec Maman, quand je ne travaillais pas pour les Olympiques. Un matin, je l'ai trouvée en larmes devant son piano. Elle voulait me parler, seule. Elle me demanda de fermer la fenêtre de crainte que la femme de chambre n'entende.

– Écoute, Magda. Je suis épuisée. Et ton père est invité à cette grande fête à Schwanenwerder.

– Oui, je sais. Chez les Goebbels. Il en parle depuis un mois. C'est demain, n'est-ce pas ?

– C'est très important pour lui, chérie, il faut que je l'accompagne.

– Et tu ne sais pas quoi porter ?

Là, elle s'est effondrée. Je ne l'avais jamais vue dans un tel état. Il fallut que je m'assoie à côté d'elle sur le tabouret, comme quand nous faisions du solfège.

– Ton père est fou de ces mondanités, de tout ce qui brille, qui pétille, Magda. C'est une malédiction. Et il pérore partout que le führer sera à cette maudite fête !

– Mais Maman...

– Je n'irai pas. Et c'est toi qui m'aideras. Souviens-toi de ces paroles : les femmes doivent s'aider mutuellement. Ne compte jamais sur un homme !

Le plan de Maman était simple : elle allait se rendre malade pour ne pas aller à la fête et c'est moi qui irais à sa place avec Papa. Il était impensable qu'il y aille seul.

– Si tu es assez grande pour qu'on te chante *Ständchen,* tu es assez grande pour aller dîner chez les Goebbels. Mais promets-moi de te tenir. Et ne compte pas sur eux pour te donner l'exemple, ces gens ont beaucoup d'argent, mais très peu de manières. D'ailleurs, il y aura des milliers d'invités, tu passeras inaperçue.

– Mais Papa ne croira jamais que tu es malade, il va se fâcher.

– C'est là que tu me viens en aide, chérie. Tu vas descendre à la boulangerie me chercher un gâteau au sucre...

– Mais tu n'as pas droit au sucre ! Papa dit que ça peut te tuer !

– Un petit morceau me rendra juste assez malade pour ne pas aller à cette foutue fête ! Je préfère rendre l'âme toute la nuit que de trinquer avec ces prolétaires qui se prennent pour des bourgeois ! Fais ce que je te dis ou je te prive de leçons de chant !

J'étais en colère contre elle. Pas parce qu'elle voulait me lancer cette soirée chez les Goebbels comme une patate chaude, pas non plus parce qu'elle me faisait de la peine en s'empoisonnant comme ça sous mes yeux et avec ma complicité, mais parce qu'elle avait insulté Magda Goebbels, la femme du ministre de la Propagande, une personne à laquelle je vouais un culte, comme beaucoup de jeunes filles allemandes. Vous connaissez ? Pas personnellement ? Pauvre Kapriel ! Non, il ne s'agit pas d'une de vos *Wessi-Tanten* ! Elle est morte en 1945. À son sujet, je gardais toutes les coupures de journaux, des photographies. C'était une sorte de sainte nazie. Elle représentait tout ce que j'étais censée devenir : une mère. C'était ça. Il fallait que les femmes fassent des enfants. Les nazis insistaient beaucoup là-dessus, comme vos prêtres catholiques. D'ailleurs pour donner l'exemple, Magda Goebbels en avait déjà eu trois en plus de celui qu'elle avait eu d'une autre union : Harald, Helga, Hilde et Helmut. Le prénom des six enfants qu'elle eut avec Joseph Goebbels commençait par H. H comme Hitler, vous voyez le concept, Kapriel ?

Vous devez comprendre, étant donné que l'oncle Adolf n'avait pas d'épouse, que Magda Goebbels devenait par défaut la première dame du Reich en qualité d'épouse du ministre de la Propagande. Eva Braun ? Vous rigolez, Kapriel, on ne savait même pas que cette souris bavaroise frayait avec le führer à cette époque. Enfin, moi je ne le savais pas. Blonde et chic, Magda Goebbels était toujours élégante et bien mise. On disait d'elle qu'elle parlait le français comme si c'était sa langue maternelle. En fait, elle était née en Belgique et avait été élevée par des nonnes francophones. Je ne comprenais pas pourquoi Maman disait qu'elle avait beaucoup d'argent mais peu de manières. Si j'avais été plus vieille, j'aurais compris, mais à seize ans, je ne voyais rien derrière la blondeur affolante de Magda Goebbels. En vérité, je souhaitais secrètement être comme elle. Elle était belle, admirée, élégante et personne ne devait lui demander, juste pour se moquer d'elle, juste pour lui faire du mal, si elle était un garçon.

C'est donc moins la volonté de venir en aide à Maman que la curiosité de rencontrer Magda Goebbels qui me convainquit d'accepter l'invitation de Papa Alfred à Schwanenwerder. Le lendemain, je donnai à maman son morceau de Streuselkuchen, une sorte de gâteau au sucre, puisque c'est le poison qu'elle avait choisi. Ensuite, je retrouvai Ludwig au zoo. Il avait été sévèrement puni pour sa sérénade, et nous ne pouvions nous voir qu'une fois par semaine, au zoo, pendant cette heure qui suivait mon cours.

– Tu vas reprendre les cours de chant ?

– Si mon père me laisse faire.

Et là, je ne sais pas ce qui me prit. Je lui demandai comment je pouvais récupérer la croix. Il répondit qu'il allait y penser. Une demi-heure après, sur le même banc de parc, il posa ses conditions.

– Tu veux ravoir la croix.

– Oui.

– Tu es prête à faire quoi ?

– Je ne sais pas, parle. Tu veux que je chante sous ta fenêtre ?

– Non, je suis las de ce genre de divertissements. Il me faut autre chose.

– J'écoute, Ludwig.

– Je te l'échangerai contre un autre bijou.

– Je ne volerai pas ma mère pour avoir ta croix.

Ludwig sortit un journal de la poubelle, une photographie de Magda Goebbels.

– Tu veux que je te ramène Magda Goebbels pieds et poings liés ?

– Non, je veux juste ça.

Il montrait du doigt la photo où mon idole paraissait à côté du führer dans une cérémonie de remise de médailles.

– Tu veux une médaille ?

– Non, idiote ! Je veux ses boucles d'oreilles !

– Comment ça, ses boucles d'oreilles ? Et je suis censée l'approcher, pointer un oiseau dans le ciel et lui prendre ses boucles d'oreilles sans qu'elle s'en rende compte ? T'es fou ?

– C'est ta mission, Magda. Les boucles d'oreilles de Magda Goebbels contre la croix.

Espèce de fou furieux. Il connaissait ma fascination pour la première dame du Reich. Pour Hitler, jamais je n'avais ressenti quoi que ce soit. Ce ridicule accent autrichien qu'il avait, Kapriel ! Mais Magda Goebbels, j'en étais, comment vous dire... oui, un peu amoureuse, peut-être. En tout cas, la chose était claire. Je ne reverrais plus jamais cette croix. Ludwig la garderait pour toujours. Je contemplai longtemps ces boucles d'oreilles sur la photo. De petites perles nacrées. Combien avaient-elles pu coûter ? Cadeau de Joseph Goebbels lui-même ? Allez savoir. Nous avons encore rendu visite aux zèbres.

Quand je suis rentrée à la maison, le Streuselkuchen avait déjà fait son effet. Maman était au lit, grise. La femme de chambre jurait à Papa qu'elle n'avait pas vu de sucre dans toute la maison. C'était une grosse fille de Potsdam. Son nom... Attendez... Marie ? Non. Je ne sais plus.

– Je vous jure, Monsieur, je n'ai rien ramené chez vous ! Pas de gâteau, non !

Hors de lui qu'il était. Il n'était pas question qu'il manque la fête à Schwanenwerder. Pas question qu'il y aille seul, en tout cas. L'invitation était pour deux personnes.

– Magda, ta Maman est très malade. Accepteras-tu de m'accompagner ce soir chez les Goebbels ? Il paraît que le führer y sera. Je ne peux pas te promettre qu'il te parlera, car nous serons des milliers. Il faudra simplement bien te tenir. Tu as une robe ? Une jolie robe ?

Comment lui cacher que Maman avait déjà, avant même de mordre à belles dents dans le Streuselkuchen, préparé la robe que je porterais ? Une sorte de tunique de vestale pourpre.

– Voilà, ça fait déesse grecque. Très *olympisch* !

Papa était content. En chemin vers la fête, il m'expliqua tout ce qu'il fallait faire, ce qu'il fallait dire, ce qu'il fallait surtout ne pas dire.

– Parle de Königsberg, les gens aiment ça. Et ne chante pas ! Même si on te le demande !

Et trois minutes après :

– Chante si tu en as l'occasion, les gens aiment ça. Mais ne parle pas de Königsberg, même si on te le demande.

Jamais je ne l'avais vu dans un tel état d'excitation. À Schwanenwerder, nous avons dû marcher pendant au moins quinze minutes tant il y avait de voitures stationnées. Les Goebbels s'étaient aménagé une résidence princière sur le lac Wannsee, sur une île privée reliée à la terre par un petit pont. Ce n'était pas une fête ordinaire, Kapriel ! Tout le gratin de l'Europe y était convié. À la résidence des Goebbels, nous fûmes accueillis par des jeunes filles vêtues de tuniques blanches et qui tenaient des flambeaux, pour rester dans l'esprit olympique. Partout, des musiciens, des danseuses, des amuseurs. Les Goebbels n'avaient pas lésiné sur les dépenses. Juste pour être reçus par la maîtresse de maison, il fallut faire la queue encore un quart d'heure. La nuit tomba autour du château des Goebbels. Partout sur le lac, il y avait de petites lumières en forme de papillons. « Nuit italienne » était le thème de la fête. Finalement, nous fûmes présentés à Frau Goebbels. J'en tremble encore.

– Herr Alfred Berg, de Kraft durch Freude, et sa fille Magdalena.

Génuflexion, Kapriel ! Tendre menotte ! Et vous ne devinerez jamais, jamais Kapriel, les paroles que Magda Goebbels m'envoya ! *Ja !* Vous le savez !

– Vous avez un très joli prénom, Fräulein Berg.

Je crus m'évanouir. Papa serrait les dents, ce qui, je le savais, signifiait : « Dis quelque chose, cornichon ! » Mais que dire à cette femme que je ne connaissais que par les journaux ? Déjà, les invités suivants nous bousculaient pour être présentés. À peine eus-je le temps de balbutier un maladroit remerciement que nous étions poussés vers le jardin, où le dîner fut servi. La fête dégénéra assez tôt en une beuverie épouvantable. De la décadence. Rien de moins. Je ne savais pas, à seize ans, ce que le mot décadent voulait dire, je comprenais seulement, en regardant ces gens se comporter de la sorte, que je n'avais pas l'ossature d'une décadente, Kapriel. Pas comme vous ! *Ach !* Arrêtez votre théâtre ! Ce n'est pas moi que la police vient de ramasser saoule dans un bar de Prenzlauerberg ! Les boucles d'oreilles ? Oui ! Les boucles d'oreilles !

Magda Goebbels portait lesdites boucles d'oreilles. C'était à la fois une chance et un malheur. Chance, parce que je savais maintenant exactement où les prendre, autrement, comment les aurais-je trouvées dans cette immense villa ? Vous me voyez fourrager dans les tiroirs de la première dame du Reich ? Le hic, c'est qu'elles pendaient à ses oreilles. On ne s'approche pas facilement des oreilles de la première dame du Reich. La partie était loin d'être gagnée. Dès vingt heures, les buissons des jardins du château grouillaient déjà de S.S. qui rendaient l'âme et le reste. J'entends encore le son rauque de leurs vomissements... Papa essayait de détourner mon attention de ces honteux bonshommes.

– Tu vois, là-bas, c'est Georges II, le roi de Grèce.

Quand je vous dis, Kapriel, tout le gratin ! Le roi de Grèce avec toute sa suite ! Un grand monsieur avec un nez, comment le décrire ? Disons que s'il avait été roi d'Italie, on aurait pu dire que son nez rappelait la géographie de son royaume. Vous trouvez ça drôle ? Attendez le reste ! Des buissons, nous entendions monter d'autres bruits, maintenant. Happées par des S.S., les hôtesses en tunique de vestale s'adonnaient à une partie de trousse-chemise dans l'obscurité. Rien de très glorieux, mais exactement ce que Maman m'avait annoncé. Magda Goebbels était furieuse. Je la vis se lever et engueuler son mari, mais ils étaient loin de nous, je n'arrivais pas à entendre ses paroles. *Ach !* Comme je voudrais vous les répéter. Furieuse de quoi ? Que sa belle fête de nazis se soit transformée en orgie romaine, voilà ! Une chose que je dois vous dire, cependant : Papa n'avait pas bu que de la limonade... Son ivresse me permit d'échapper à son attention quelques instants. Comment vous décrire le jardin de ce château ? Il avait des airs de *Biergarten* avec tous ces gens qui chantaient et qui buvaient comme des trous. Magda Goebbels essayait toujours de garder le contrôle de la situation. Mais plus elle essayait de calmer les invités, plus ils se comportaient comme des sauvages, de sorte que bientôt, tout le personnel de maison fut occupé à maîtriser les ivrognes qui se battaient, cassaient des meubles et pissaient sur les hôtesses affolées. Du château on les voyait sortir en courant, volant au secours de leur maîtresse désespérée.

Dans la mêlée, je m'approchai de la porte du château et sans même penser à ce que je faisais, j'y entrai. À l'intérieur, il restait quelques invités de marque, des ministres, des gens que je ne connaissais pas dans des pièces meublées somptueusement. C'est comme si à l'intérieur avait eu lieu une fête qui ignorait tout de l'extérieur. Là, personne ne vomissait dans les buissons ; les gémissements coïtaux ne nous parvenaient pas. Il y avait là des hommes en smoking surtout, et, sur un guéridon, un plateau plein de verres de champagne. Je me servis pour passer inaperçue. Des cuisines montaient une clameur sourde. Personne ne semblait faire attention à moi tant ce qui se passait dehors occupait le personnel.

La pièce principale de la villa était décorée de manière ostentatoire, des bustes, des peintures, des lustres incroyablement kitsch. Et tout en noir-blanc-rouge, évidemment. Des croix gammées, en veux-tu, en voilà ! Des femmes s'étaient réfugiées à l'intérieur, comme pour échapper à la vulgarité de l'orgie qui battait son plein dans le jardin. C'étaient des dames distinguées et pincées, elles faisaient comme si de rien n'était, soupesaient Verdi et Puccini pendant que dehors, les S.S. sodomisaient les hôtesses. Pathétique, Kapriel ! Au fond de la salle, un couloir menait vers un bureau. J'y remarquai une sorte de long guéridon de bois. Du fond de ce couloir, j'entendis un téléphone sonner. Quelques secondes après, un employé de la maison jaillissait en criant : *« Frau Goebbels, schnell ! Am Telefon ! »* Comme Magda Goebbels était ressortie dans le jardin, j'eus le temps de traverser le couloir jusqu'au téléphone qui l'attendait. Mais j'étais imprudente, à tout moment on allait me surprendre dans ce couloir vide. Je m'étais engagée dans une souricière ; dans une seconde, Magda Goebbels allait me tomber dessus. Je n'eus pas d'autre choix que d'entrer dans le placard à deux mètres de là et d'attendre. Ses petits pas s'approchaient. Je ne la voyais pas, mais je l'entendais. Elle exprimait à quelqu'un ses regrets de ne pas le voir à la fête. À qui parlait-elle ? Mais est-ce que je sais, Kapriel ? Au führer ? Non, sûrement pas. Elle n'aurait pas pris ce ton cassant et d'ailleurs, je pense que le führer devait être endormi à cette heure-là. Peu importe. Elle raccrocha et, à mon grand soulagement, s'éloigna du guéridon pour retourner vers la clameur de la fête. Dieu sait, elle aurait pu ouvrir la porte du placard et me trouver là entre deux manteaux ! J'attendis une minute puis, à pas de chat, je sortis du placard. Sur le guéridon en bois, à côté du téléphone, une petite chose blanche brillait dans la lumière. C'était une des boucles d'oreilles de Magda Goebbels ! Elle avait dû l'enlever pour parler au téléphone comme le font habituellement les femmes ! C'était la même petite perle nacrée que Ludwig avait pointée dans le journal, au zoo. Sans me poser la moindre question, je la saisis d'un geste rapide et retournai vers le hall d'entrée de la villa. Là, Magda Goebbels rebroussait déjà chemin. Elle passa juste derrière moi. Il fallait que je me donne contenance, que je trouve une conversation à laquelle me mêler. À deux pas de moi, une femme disait à une autre : « C'était pendant le deuxième acte, vous savez, au moment où elle veut le tuer pour lui arracher le sauf-conduit, il paraît que le couteau ne s'est pas replié et que le chanteur a failli y passer... » Vite, très vite, j'ai réagi.

– J'y étais ! Un terrible accident, pauvre Scarpia !

Quelques secondes plus tard, Magda Goebbels ressortait du couloir, l'air affolé, la main sur l'oreille gauche. Je ne la revis plus de la soirée. Dans la voiture, sur le chemin du retour, Papa conduisait trop vite. Il pestait contre les gens qui avaient gâché la soirée. Je faisais semblant de dormir en serrant la petite perle nacrée dans ma main droite. Maman avait raison, Puccini était en train de faire de moi une criminelle. Mais j'allais faire encore bien pire à cause de Tosca.

En septembre, je retrouvai Ludwig chez Terese. Pas moyen de le voir avant, son père l'avait envoyé en Bavière chez ses cousins pour travailler. Il s'est comporté comme un goujat.

– Tu n'en as qu'une ?

– Mais c'est déjà un miracle !

– Oui, mais je voulais les deux. Que veux-tu que je fasse d'*une* boucle d'oreille ?

– Tu n'avais quand même pas l'intention de les mettre pour le récital !

– Qui sait ? Les perles me vont peut-être à ravir.

– Tu es bête.

– Je ne sais pas, Magda. Comment te donner la moitié d'une croix ? Une croix vient en un seul morceau, autrement, ce n'est plus une croix.

– Un marché est un marché, Ludwig.

– Mmm...

Il accepta quand même de me donner la croix. À contrecœur, c'est certain. Et il faut comprendre sa frayeur. Je pense que nous commencions d'ailleurs tous les deux à craindre ce monstre que nous avions créé. Quelle serait la prochaine action ? Décrocher la moustache du führer ? Tous les deux, nous avions compris que nous étions allés trop loin. Si j'avais été prise la main dans le sac chez Magda Goebbels, Papa aurait eu de sérieux ennuis. Nous nous sommes calmés un peu.

En juin 1938, j'avais dix-huit ans, Ludwig aussi. Nous étions souvent ensemble, ce qui plaisait à Papa. Maman, elle, était toujours malade.

Nous avions continué les cours de chant, même après notre *Abitur*, le diplôme de fin d'études secondaires, même quand tout le monde était certain que la guerre allait commencer. Pour célébrer l'*Anschluss* de l'Autriche, nous avons préparé, avec Terese, une version abrégée de la *Flûte enchantée*. J'étais Pamina et Ludwig, Papageno. Les autres rôles furent confiés à d'autres élèves de Terese, qui chanta elle-même la Reine de la nuit. C'était probablement le moment de ma vie où je fus le plus heureuse. Avant que tout commence à sentir vraiment mauvais. Les préparatifs de la *Flûte enchantée* nous forçaient, Ludwig et moi, à être presque tout le temps ensemble, si bien que Papa finit par lui donner la permission de manger avec nous le soir. Quand Maman n'était pas trop malade, elle nous accompagnait au piano pour notre duo, *Bei Männer, welche Liebe fühlen*. Le spectacle fut merveilleux ! Papa voulait même qu'on aille le donner pour les travailleurs dans les fabriques, avec le financement de Kraft durch Freude. Cependant, au lendemain du spectacle, nous étions tous très fatigués ; je voulus aller rendre une partie de mon costume à Terese, chez elle dans la Bülowstraße. Je m'y présentai avec Ludwig pour la trouver en train de faire ses valises, radieuse.

– Je me marie, les enfants !

Nous y étions. Elle avait attendu la fin du spectacle pour nous le dire. Ses parents le savaient, mais ne l'avaient pas dit à Ludwig. Il n'aurait pas tenu sa langue. Évidemment, cela signifiait qu'elle cesserait d'enseigner et qu'elle déménagerait chez ce fiancé, un monsieur de Posen qui venait l'entendre chaque fois qu'elle chantait. Nous le connaissions des photographies, il était beaucoup plus âgé qu'elle.

– Je ne voulais pas vous faire de peine pour rien pendant les répétitions.

– Tu vas partir à Posen ?

Ludwig était très triste.

– Oui, mais Posen n'est qu'à quelques heures de train. Tu viendras me voir avec Magda.

Perdre un prof de chant, c'est un peu comme se retrouver orphelin. J'exagère à peine. Terese s'est bien mariée un mois plus tard. Finis les engagements. Le couple ne resta pas longtemps à Posen, cependant. Le monsieur fut bientôt malade et requit des soins spéciaux qu'il ne pouvait recevoir que dans la capitale. Terese revint à Berlin dès 1940. En 1944, elle était déjà veuve. Je crois qu'il avait la sclérose en plaques, son brave mari.

Parce qu'il avait pitié de nous, Papa nous a payé, à moi et Ludwig, des abonnements à la Deutsches Opernhaus, et des billets à volonté dans les autres opéras ! Qu'est-ce que nous avons vu pendant la saison 1938-39 ? *Tosca* au moins dix fois. *Madame Butterfly* six ou sept fois. Verdi jusqu'à ce que mort s'ensuive ! Et Wagner, *Le Vaisseau fantôme* au moins cinq fois. Ludwig et moi passâmes les mois qui ont précédé la guerre à l'opéra. Tout le monde pense aujourd'hui que dans les années 1930, il y avait seulement Wagner à l'opéra, à Berlin. Faux ! Archifaux ! Vous savez ce qu'on jouait le plus souvent ? Vous savez ce que les gens exigeaient ? Ce pourquoi on faisait la queue ? Puccini !

Puis il y eut Herr Küchenmeister.

Comment vous dire ? Comment vous expliquer ? Un jour, c'était quelques semaines avant l'invasion de la Pologne. Sur toutes les lèvres flottait le même mot : la guerre. Et que faisaient mes parents ? Ils étaient en croisière sur le *Wilhelm Gustloff* en Norvège ! Le *Wilhelm Gustloff*, c'était un grand navire de croisière que les nazis avaient construit. Propriété de Kraft durch Freude. Les gens « méritants » partaient en croisière à Madère, au Portugal, en Italie, en Afrique même ! Papa avait toujours voulu emmener Maman en croisière. Comme chef de l'*Amt für Kultur*, il n'avait qu'à dire un mot. J'étais très fâchée qu'ils partent en Norvège sans moi. Peut-être parce qu'ils se sentaient coupables, ils me confièrent à des collègues de Papa, comme si je n'étais pas capable de m'occuper de moi-même. C'est pendant leur voyage en Norvège que Ludwig trouva cette annonce idiote. Ça disait :

*Cours de chant pour tous les niveaux*
*Technique anatomique*
*Résultats garantis dès la première leçon*
*Herr Küchenmeister*
*Berlin Mitte*

Ça tenait sur un petit carton. Ludwig voulait qu'on y aille tout de suite. Moi, j'étais toujours en deuil de Terese et lui était déjà prêt à accepter un nouveau prof de chant ? Et que pensez-vous de ce jeune homme, Kapriel, dont le pays est sur le bord du gouffre, mais qui pense seulement à la technique vocale ? Je n'avais aucune envie d'aller chez ce Küchenmeister. D'ailleurs, son appartement se trouvait juste à côté d'Alexanderplatz. Quoi ? Non, il n'y avait pas la tour, à cette époque ! Pauvre Kapriel ! La tour, c'est la RDA qui l'a construite. Non, avant, Alexanderplatz était pour une jeune fille de Charlottenburg un endroit assez peu recommandable. Pas très différent d'aujourd'hui, remarquez ! Ce chameau, il me força à prendre le métro pour Alexanderplatz avec lui, un jeudi d'août, pour une première leçon chez Küchenmeister.

– Allez Maggi, on essaie ! Il paraît qu'il fait des miracles ! Des chanteurs de la Staatsoper prennent des leçons chez lui !

– Des leçons de quoi, à Alexanderplatz ?

– Tu es snob et tu me déçois, Magda.

J'étais sceptique. Vous voyez, Kapriel, chez les profs de chant, il y a une catégorie qu'on appelle « anatomistes ». Ce que ça veut dire ? Vous vous en moquez ? Il faut quand même que je vous le dise. L'instrument du chanteur, c'est son corps. *Tout* son corps. Pas seulement le pharynx, mais des orteils aux oreilles en passant par le trou du cul. Oui. Vous m'avez comprise, *le trou du cul.* Tosca, quand elle chante, ne laisse pas ses jambes ou son foie dans les coulisses. Elle est entière sur scène. Comme Scarpia, et comme tous les autres chanteurs. Or voilà, les professeurs, pour faire comprendre la mécanique du chant aux débutants, pour leur montrer comment produire le son idéal, utilisent souvent des métaphores. Terese le faisait souvent.

– Vous flottez dans un tube, Magda ! Imaginez maintenant que vous avez un rhume et que le son doit sortir au-delà du nez... Voilà, vous avez le nez bouché... Appuyez ! Serrez les fesses ! Comme si vous deviez transporter une pièce de dix marks entre vos fesses jusqu'à Bahnhof Zoo !

Vous comprenez ? Küchenmeister, lui, appartenait à cette école qui ne croit pas aux métaphores. Pas d'image. Pas de comparaison. Pas de poésie. On ne parle que des organes. Périnée. Diaphragme. Pharynx. Muscles stabilisateurs. Résonateurs osseux. Palais dur. Palais mou. Le souffle se mesure en fractions et non selon les images et les couleurs que sa force et son débit inspirent. Le chant est un produit de la mécanique humaine, le reste, c'est de la bouillie pour les chats ! Nous voilà donc à Alexanderplatz, Hirtensstraße, près de la Volksbühne. Assez prolétaire comme atmosphère. Quel contraste avec la nuit italienne chez les Goebbels ! Quoique, laissez-moi vous confier que certains des passants avaient l'air aussi anormal que Joseph Goebbels. Ludwig me tint la main jusqu'à la maison de Herr Küchenmeister. Il vivait au quatrième, sans ascenseur, bien sûr !

Il était plus petit que moi. D'accord, je suis un peu grande, même pour une Allemande du nord, mais en plus, il était gros, vêtu d'un costume noir, affublé d'un nœud papillon. Aucun accessoire n'arrive mieux à dire : « Je suis un pauvre plouc » qu'un nœud papillon, Kapriel. Sachez-le ! N'en portez jamais ! On vous prendrait immédiatement pour un con. Ses cheveux blonds étaient séparés à gauche par une raie, ce qui lui faisait une petite vague sur le devant du front. De petits yeux bleus globuleux. Un petit cochon. Voilà, un petit cochon blond avec un nœud papillon. Il nous a fait entrer dans sa salle de musique, puis il a commencé son boniment. Des sornettes du genre : « Vous avez de la chance ! Il me restait encore une heure libre le jeudi. Vous serez ébahis en ressortant de cette maison ! Vous n'en croirez pas vos oreilles ! Grâce à moi et à ma méthode anatomique révolutionnaire, vous comprendrez que vos autres professeurs de chant n'étaient que des charlatans ! Vous étiez chez qui, avant, jeunes gens ? »

– Chez Terese Bleibtreu de la Bülowstraße, lui répondis-je sèchement.

– Connais pas ! Quelle tessiture ?

– Soprano colorature, elle chante *La Reine de la nuit.*

– Où ?

– Comment ça, où ?
– Dans quelle maison d'opéra ?
– Elle ne chante pas à l'opéra, elle chante avec nous !
– Ah, je vois. Sa carrière bat de l'aile, alors elle se fait un peu d'argent comme ça à côté en prenant des élèves, elles font toutes ça ! Moi, je ne fais qu'enseigner. On s'arrache tellement mes leçons que je n'aurais pas le temps, même si je le voulais, de faire carrière...

La première heure fut consacrée à l'exploration de notre diaphragme, pour bien en apprécier la forme, la longueur et la consistance. Ensuite, il nous donna un devoir : chanter cinq mesures d'une ariette de Vaccai. Je m'exécutai sous ses yeux, pour qu'il comprenne que nous n'étions pas des débutants.

– *Ach !* Vous tentez de m'impressionner ! Mais vous avez tout faux, Mademoiselle Burg !
– Berg !
– Oui, Berg. J'entends, dès que vous ouvrez la bouche, tous vos problèmes de technique et de posture. Et ce *fa* ! Vous entendez bien qu'il est faux ! Croyez-moi, en un mois, je vous désapprendrai tout ce que cette Bleibweg vous a...
– Bleibtreu !
– Oui, bien sûr, Bleibtreu. Vous vous habituerez à mon humour. Chez moi, on rit beaucoup ! Une chose que vous comprendrez vite, chez Küchenmeister, pas de ces images bébêtes que vous servent les autres professeurs de chant. Pas d'anges qui virevoltent, pas de balle en équilibre au sommet du jet de la fontaine, pas de baril, pas de « Vous êtes grosse comme un Zeppelin ! » Non ! Je suis un anatomiste ! Le chant est un produit du corps, des organes. Acceptez l'implacable réalité du corps, ses limites et ses promesses, et vous progresserez, autrement, vous continuerez à chanter comme vous le faites maintenant. Sur ce, je vous dis à la semaine prochaine, vous arriverez à l'heure, évidemment.

Ténor, il se disait. Quel mufle ! Dire des choses pareilles ! Moi qui venait de chanter des airs de Pamina dans la *Flûte enchantée* et voilà que cet hurluberlu de Mitte prétendait m'en apprendre ! Le chant doit venir du cœur, Kapriel. Terese disait toujours : *« Sing was du glaubst, und glaub was du singst ! »* Chante ce que tu crois, et crois ce que tu chantes. Jamais elle n'aurait réduit la beauté du chant à des préoccupations anatomiques. Jamais. De l'appartement de Küchenmeister jusqu'à la gare Alexanderplatz, je restai muette. Ludwig devait sentir ma frustration. Comment pouvait-il supporter que ce verrat d'Alexanderplatz se moque de sa propre sœur ? Pourquoi n'avait-il pas pris sa défense, cet imbécile ?

Mais je n'ai pas eu à m'inquiéter. Deux jours après, Papa et Maman rentraient. Leur paquebot avait dû rebrousser chemin en début de croisière. Tous les navires étaient réquisitionnés.

– Ça y est. Il l'aura, sa guéguerre !

C'est tout ce que Maman trouva à dire en arrivant. Papa était vert pâle. Il n'avait pas le pied marin. Le 1er septembre 1939, un immense cul se leva sur l'horizon allemand. Tel un astre, il monta dans notre ciel habituellement peuplé de lunes pâles, de brouillards et d'occasionnelles et inoffensives sorcières. Une fois bien haut dans le ciel, il se mit à merder, Kapriel. Chez vous, il neige. Eh bien ici, il merde. Des flocons bruns, collants et puants, se mirent à tomber paresseusement sur le sol, sur les gens, sur les voitures, sur le stade olympique... D'abord sur l'Allemagne, puis sur le reste de l'Europe. Au début, on arrivait à se débarrasser de la merde qui tombait, mais bientôt, on en eut aux genoux, puis à hauteur de hanche. Il merda pendant six ans. Aujourd'hui encore, nous pelletons la merde qui commença à tomber ce jour-là. Quoi ? Vous croyez qu'il merdait déjà depuis longtemps en Allemagne ? Oui, mais l'odeur ne se précisa que le 1er septembre 1939. Le reste, vous le savez. Enfin, dois-je vous expliquer ça aussi ? En tout cas, pas maintenant, je suis lasse. Nous ne revîmes jamais Küchenmeister, grâce à la guerre. Ludwig avait dix-neuf ans, en septembre. Il fut mobilisé tout de suite. Ensuite, il y eut les simulations d'attaques aériennes. Juste comme je voulais m'inscrire à la faculté de médecine. Merci, *Mein Führer* ! Ludwig revenait à Berlin pour des permissions de temps en temps, mais moi, je dus partir en août 1940, dès que les premières bombes plurent sur Berlin. Maman était terrifiée. Elle sortait rarement en 1940, mais le lendemain du premier bombardement, elle m'emmena voir une maison détruite à Moabit, c'était devenu presque une attraction pour les Berlinois d'aller voir les premières maisons détruites par les bombes. Ils n'auraient bientôt plus à se déplacer pour se divertir. Le spectacle serait offert dans leur cuisine, leur chambre à coucher et leur salon.

Tout de suite après la première attaque alliée, Maman fit ma valise.

– Tu ne vas pas rester ici. Je te renvoie à Königsberg, chez ta tante Clara. Tu vas loger chez elle et chez son mari Wolfgang. J'ai envoyé ton père à la gare chercher ton billet et ta permission de voyager. Non, Magda, pas un jour de plus. Tu sais que Clara et Wolfgang ont trois enfants, maintenant, et qu'un quatrième est en route. Onkel Wolfi a été envoyé en Pologne avec la Wehrmacht. Clara aura bien besoin de toi... Seigneur, Magda, pourrais-tu pour une fois essayer d'agir comme une jeune fille doit le faire, je... Tu sais que ta tante Clara est fragile. Comment t'expliquer ? Il faut être patient avec elle. Elle a été très malade. Mon Dieu... Comme je voudrais que cette guerre soit finie !

Pauvre Maman ! Je suis donc retournée à Königsberg à l'âge de vingt ans. Adolf Hitler m'avait arrachée à Königsberg en 1934, pour m'y renvoyer en 1940. Puisque Maman devenait de plus en plus morose, puisque Papa n'était pour ainsi dire presque plus jamais à la maison, que Terese et Ludwig étaient aussi disparus de ma vie, Berlin n'avait plus aucun sens, aucune raison d'être dans mon existence. J'étais contente de rentrer à Königsberg, où les bombes ne tombaient pas. Maman n'est même pas venue me déposer à la gare.

Mais je suis fatiguée, Kapriel. Si je vous racontais le reste demain? Tenez, je vous emmènerai à Potsdam, comme promis. Je vous raconterai la suite demain, dans le S-Bahn et à Potsdam. Vous adorerez Potsdam. Et la fin de mon récit mérite un décor plus inspirant que cet appartement. Voilà. Potsdam. Rien de moins qu'une ville impériale pour cette histoire de fous.

# Épîtres romaines

*

Rome, le 1er octobre 1999

Va te faire foutre, Gabriel.

Ou plutôt, non, ne va pas te faire foutre. Voilà une perspective qui devrait te priver de sommeil pendant au moins deux nuits, au terme desquelles, tel un orignal en rut, tu partiras en chasse dans cette ville du Nord embrumée et ennuyeuse. Tu vas lui prendre quoi, à ta prochaine victime ? *Les cent vingt journées de Sodome ?* Ou te contenteras-tu de son innocence, comme tu l'as fait avec cette pauvre Stella Thanatopoulos ?

J'ai dû me laver les mains je ne sais combien de fois après avoir lu tes lettres. J'ai même pris un bain en y ajoutant un peu de Javel tant je me suis senti souillé par cette lecture. Tout, dans tes lettres, de leur fond scandalisant à leur forme affligeante, a l'heur de déplaire aux honnêtes gens. Forte fut la tentation de les brûler en crachant dessus avec le mépris qu'on doit à l'abjection.

Car tu es abject. Le doute n'est plus permis, Gabriel.

Et tu sauras, pauvre Gabriel, qu'Anamaria et moi avons déjà perdu dix kilos chacun depuis l'hiver dernier. Notre contrat le stipulait. Après cette production, nous comptons bien retrouver les rondeurs que nous considérons comme normales. Quelle est la différence ? Nous le faisons pour l'art, tu le fais par vanité et pour le stupre. Voilà, la différence.

Resterait encore qu'Anamaria tombe là-dessus ! J'ai caché tes lettres et tes cahiers en attendant de pouvoir les jeter dans un lieu où personne ne les trouvera. S'il fallait qu'elles arrivent sous les yeux de Bruno-Karl d'Ambrosio ! Il n'en faudrait pas plus pour que tout s'écroule. Déjà que ce projet de tournage ne tient qu'à un fil et qu'il ne s'est rendu aussi loin dans sa réalisation que grâce à l'immense générosité de Maman qui, je te le ferais remarquer, est loin d'être la créature froide et calculatrice que tu dépeins dans tes lettres. J'espère que tu regrettes sincèrement ces horreurs et que tu envisages de lui présenter des excuses sincères, honnêtes et bien senties.

Ou peut-être trouveras-tu à Berlin un prêtre catholique prêt à entendre une confession ? Médire contre sa mère ? Enfreinte claire au cinquième commandement, mon pauvre Gabriel. Je ne plaisante qu'à moitié. Tu manques d'indulgence envers cette femme née en 1950. C'est au couvent qu'elle a pris ces habitudes que tu railles et dénigres du haut de ta suffisance. Tu pourrais laisser aux chroniqueurs des tabloïds de Montréal le soin d'humilier les mystères catholiques et de faire valoir contre le sacrement de la confession les évidences de la science et de la raison. Laisse en paix ce qui te dépasse. D'ailleurs, tu te souviendras, mon frère, que ces confessions étaient sa seule et unique exigence à notre égard. Jamais elle ne nous a forcés à assister à la messe. Elle nous a toujours laissés mener notre vie comme nous l'entendions. Seulement, elle tenait à ce que nous sachions, dès notre plus jeune âge, qu'il est une chose qu'on appelle le mal et qu'on se plaît, dans certains cercles, à distinguer du bien. Or, à une certaine époque, les croyants sentaient le besoin de faire la liste des gestes et des actes qui correspondent à l'idée qu'on se fait du mal et de les confier à quelqu'un. Cela s'appelle se vider le cœur. Faire preuve d'un certain respect pour les traditions qu'elle chérit est la moindre des choses. Maman a l'excuse de son âge et de l'histoire. Non, le mépris que tu éprouves à l'égard de son système de valeurs en dit plus long sur ta personne que sur elle, mon frère. Pense à tout ce qu'elle a fait pour nous. Nous n'avons jamais eu à travailler, Gabriel. Dans la ouate, nous avons grandi. Nous avons eu droit aux meilleures écoles, aux leçons de musique – que tu as déclinées, c'est ton problème. D'ailleurs, les confessions avec le père Huot ne furent à aucun moment le martyre que tu décris. Moi, j'y voyais déjà, enfant, une chance de faire le point, de parler à un être neutre et sans jugement. Tu vas rire, mais c'est grâce au père Huot que j'ai découvert cette eau de Cologne, Vétiver, que je porte tout le temps. Enfant, mes sens ne connaissaient pas plus grand bonheur que ce mélange d'effluves boisés et herbeux dans le confessionnal de l'église Esprit-Saint de Rosemont. Pendant les premières années, je ne savais pas mettre un nom sur le parfum, je croyais qu'il était odeur de sainteté libérée par tous les confessionnaux du monde, jusqu'à ce que je me rende compte que c'est du père Huot qu'il se dégageait. À dix-sept ans, le jour où j'ai tenté de séduire pour la première fois Anamaria, je me rendis au comptoir des cosmétiques de La Baie pour tenter d'y retrouver cette odeur. Elle ne me quitte plus depuis, elle est devenue ma marque de commerce. Maman a d'abord désapprouvé, probablement pour des raisons économiques, tu sais comme elle sait bien gérer son avoir !

– Tu ne vas pas dégager cette odeur tout le temps, j'espère ! qu'elle m'a dit.

Cette coquetterie était à ses yeux une dépense folle. Le parfum du Vétiver est devenu partout un synonyme de ma personne, une preuve olfactive de ma présence. Je dois au moins ça au père Huot. Quel homme de goût !

En tout cas, si je dois croire la moitié de ce que tu racontes de ta vie torontoise, tu en as pour des heures à te confesser – évidemment, c'est en tenant pour acquis que tu arrives à caser ton ego disproportionné dans le confessionnal. Tu sais qui tu me rappelles ? Le paon des *Histoires naturelles* de Ravel, ce bellâtre de la basse-cour qui tous les jours annonce à grands cris son mariage. Seulement, sa fiancée n'arrive jamais. L'oiseau ne perd pas courage, il continue chaque jour de pousser audacieusement son long cri diabolique : « Léooooon ! » Le paon n'est pas malheureux de cet état de choses, car, comme le dit ce savoureux poème de Renard, il est « si sûr d'être beau qu'il est incapable de rancune ». Si les bouddhistes ont raison, Gabriel, tu pourrais fort bien renaître sous la forme d'un paon dans ta prochaine vie.

Anamaria et moi avons essayé hier soir de compter les filles avec lesquelles nous t'avons vu à Montréal, du temps que tu vivais toujours à Outremont. C'était comme compter les moutons, d'ailleurs, ça nous a endormis tous les deux. Pauvre Gabriel. Nous nous sommes aussi amusés à inventer un royaume dont tu serais roi. Cette pensée nous a divertis de nos exercices pendant quelques heures.

Tu serais vêtu d'une simple toge révélant les charmes virils de ta musculature, et tu déambulerais dans les rues de ta cité. Les femmes retenues par des gardes s'arrêteraient devant toi et, en signe de dévotion, s'arracheraient les cils et les sourcils. Le sol ayant été déclaré trop sale pour recevoir ta salive, il faudrait que tu craches dans les mains d'un courtisan. Tout ce que tu touches serait mis de côté et brûlé une fois l'an à l'occasion d'une cérémonie rituelle à laquelle assisteraient mille femmes nues. Pas une de moins. Dans tes déplacements, tu serais accompagné de quarante épouses triées sur le volet, car tu aurais épousé tous les jours de ta vie une vierge consentante. Voilà le royaume qu'Anamaria et moi t'avons imaginé en riant. Oui, nous nous sommes moqués de toi.

Car tu es grotesque et dégoûtant. Sache-le.

La preuve s'en trouve partout dans tes lettres, à commencer par ces pauvres femmes de l'école Lajoie dont tu abusais. Je te supplie de me dire que tu plaisantais, que tu as écrit tout ça pour te rendre intéressant. L'épisode avec madame Boulay, notre institutrice de sixième année, me trouble d'autant plus que selon mes souvenirs, la date de ta visite chez elle – je crois qu'il est juste de parler de viol, ici – correspond très exactement aux jours les plus tristes de sa vie. Que tu ne t'en souviennes pas, ou que tu aies choisi d'occulter ce détail dans ton récit montre à quel point tu es rongé par l'égoïsme.

J'ai lu bien malgré moi cette histoire où tu racontes que tu avais accepté d'elle un morceau de pudding chômeur. Tu sais qu'elle aurait pu avoir de sérieux ennuis si tu avais parlé ? Mais ton anecdote, aussi attendrissante et aussi éclairante soit-elle sur les origines de ta vie de libertin, jette aussi la lumière sur une partie de ta personnalité que tu préfères voiler, sur un défaut que tu préfères me reprocher plutôt que d'accepter comme le tien. Mon pauvre Gabriel, tu me demandes si madame Boulay avait un fils. Permets-moi de réorganiser tes souvenirs et de faire un peu de ménage dans ta mémoire sélective. Ce mois de janvier, quand nous avions douze ans et que nous étions dans la classe de sixième année de madame Boulay, son petit garçon qui s'appelait Patrick est mort subitement. Il était né avec une malformation au cœur et ses jours étaient comptés. Il a bel et bien fréquenté l'école Lajoie, mais un peu avant nous. Madame Boulay le gardait parfois même dans nos classes quand ses enseignantes ne pouvaient plus le supporter. Que tu ne te souviennes pas de lui mais que tu te souviennes en revanche de la couleur des marches de l'escalier menant à l'appartement de madame Boulay en janvier 1982 en dit plus long sur toi que cet amas de lettres qui encombre aujourd'hui la table de mon salon romain.

Le petit Patrick, en plus d'avoir un souffle au cœur, souffrait aussi – j'insiste ici sur le verbe *souffrir* – de graves difficultés d'apprentissage et de troubles sérieux du comportement. Il avait dû doubler une année du primaire, si bien qu'en sixième année, il avait treize ans et dépassait tout le monde d'une tête, ce qui le rendait encore plus difficile à ignorer. Tu es sûr que tu ne te souviens pas de lui ? Patrick était un garçon hypersensible, du genre qui ne supporte pas d'être séparé de sa mère. Je t'entends, calomniateur, essayer de comparer sa dépendance affective à l'affection profonde et absolument naturelle qui me lie à Maman – et qui, j'aimerais le dire pour l'avoir au moins dit une fois, ne t'a jamais exclu de son cœur ; elle s'intéressait plus à moi, c'est tout, il faudra un jour que tu comprennes qu'il n'y a aucune dignité dans la rancœur. Chez Patrick, la chose était maladive. Le jour où sa mère l'avait déposé à l'école, et ce, seulement après qu'elle ait reçu l'ordre de le faire par la Commission scolaire (car elle nourrissait elle-même cette pathologie en refusant de le scolariser de crainte de le traumatiser), le garçon avait piqué une crise épouvantable et, dans sa folie furieuse, avait réussi à mordre au sang un de ses petits camarades et à donner un œil au beurre noir au concierge qu'on avait appelé à grands cris pour le maîtriser. Je crois qu'on avait réussi à faire comprendre à l'enfant qu'il devait fréquenter l'école, mais seulement après que la mère, madame Boulay, eut supplié la directrice de l'école Lajoie d'admettre son fils dans notre établissement pour que le petit ait au moins le réconfort de savoir sa mère dans la même bâtisse. Car avant de vivre dans Outremont, madame Boulay vivait à Villeray, où son salaire d'enseignante du primaire lui permettait de louer un grand appartement. Or elle avait dû inscrire Patrick dans une école de son quartier de résidence, tout en continuant d'enseigner à Outremont. Comme la directrice de l'école Lajoie avait refusé d'admettre Patrick, madame Boulay était carrément déménagée dans Outremont pour pouvoir inscrire son fils à l'école où elle enseignait. Remarque qu'elle avait dû se contenter de vivre dans Outremont *pas cher,* presque Outremont *cachère* et pas comme nous dans Outremont *ma chère,* juste au-dessus d'un blanchisseur de l'avenue Van Horne ? La pauvre n'a jamais pu ouvrir ses fenêtres l'été à cause du bruit. Ah, ce que le peuple est prêt à s'infliger comme tourments juste pour partager un code postal avec des gens comme nous ! C'était comment, ses meubles ? Et tu t'es assis là avant de rentrer chez nous ? Si Maman et Suzuki avaient su que tu avais traîné dans un appartement de la rue Van Horne juste en haut d'une blanchisserie, elles t'auraient forcé à te déshabiller sur le seuil, auraient brûlé tes hardes avec de l'essence, t'auraient enduit de lanoline et brossé de la tête aux pieds avec des gestes vifs, précis et purificateurs. Admets, âme impure, que tu aurais laissé Suzuki le faire deux fois, je ne suis pas dupe...

Quoi qu'il en soit, le petit avait finalement gagné et madame Boulay l'a laissé fréquenter l'école Lajoie jusqu'à la sixième année, où il était assis dans sa classe, juste devant elle. Et tu ne te souviens pas de ça ? Attends, il y a mieux.

À toutes les récréations, le Patrick allait rejoindre sa mère, qu'il retrouvait comme s'il l'avait crue morte. Nous avions droit aux larmes au moins une fois par jour. Le midi, madame Boulay habillait en hâte son anormal et l'emmenait manger à leur appartement. On les voyait marcher main dans la main, et plus le garçon grandissait, plus cette affection prenait un air malsain. Par exemple, il était presque impossible de se retrouver en tête-à-tête seul avec madame Boulay tant Patrick menait bonne garde. Un jour, les garçons de sixième ont voulu jouer un tour à Patrick, qui avait un an de plus qu'eux, soit treize ans. Ils ont ouvert son casier pour en faire l'inventaire et y ont trouvé des dessous de femme, ceux de sa mère évidemment. Le plus coquin d'entre eux avait dérobé la chose – une culotte imprimée de petites roses pervenche, très *ma tante,* très Chicoutimi, très affligeant – et l'avait hissée tout en haut du mât de l'école, juste en dessous du drapeau du Québec.

L'humiliation avait dû être complète pour Patrick et sa mère, le téléphone arabe ayant disséminé l'information jusque dans la zone autrement fermée de la maternelle. Tout le monde savait, sauf la directrice. Le chagrin de madame Boulay devait lui peser d'autant plus qu'il lui était absolument impossible d'exiger un châtiment pour ces petits vauriens. Tu sais, le gros Français qui tripotait les petites filles ? Il me semble que c'est lui qui avait hissé la culotte au haut du mât à la faveur des ténèbres.

Et tu ne te souviens pas de ça ? Ou tu en fais tout simplement abstraction ?

Toujours est-il, mon cher frère libertin amnésique, que l'année suivant cette triste histoire, nous atterrîmes toi et moi dans la classe de madame Boulay, ainsi que certaines des petites crapules membres du « groupe de la petite culotte », dont le gros Guillaume. Patrick avait fini par quitter notre école et était inscrit, je crois, à l'école secondaire publique d'Outremont où il fut, à ce qu'on dit, très malheureux. En janvier 1982, Patrick est mort subitement un matin à l'école secondaire, après avoir couru après un ennuyeux qui lui avait chipé ses gants. Il savait qu'il n'avait pas le droit de courir, de se mettre hors d'haleine, mais il n'écoutait pas. Il est mort comme ça sous les yeux de ses camarades de classe. Il faisait très froid ce jour-là. Le lendemain, madame Boulay n'est pas venue enseigner. C'est ce jour-là qu'elle s'est absentée et que tu lui as apporté les examens qu'elle devait corriger. Quand tu es monté chez elle, son fils Patrick était mort depuis un jour. Tu as mangé le pudding de Patrick, mon pauvre Gabriel. Remarque, on nous sert souvent un dessert qui était destiné à un autre. La vie est ainsi faite.

J'essaie vainement de me souvenir d'une époque où il était encore possible de communiquer avec toi, d'un temps où tu n'étais pas complètement obsédé par les miroirs. Encore une fois, Suzuki est assise au banc des accusés.

Car tout est sa faute. C'est cette photographie qui t'a rendu comme ça. C'était notre anniversaire, en 1981, nous venions d'emménager dans la maison de la rue Davaar à Outremont. Dans les placards, nous trouvions encore de vieux objets des propriétaires anglophones partis s'installer en Ontario juste avant le premier référendum. Maman avait acheté la maison pour une bouchée de pain et j'avais cru bêtement que Suzuki ne nous y suivrait pas. J'avais jusque-là pensé qu'elle était une sorte d'employée de Maman, une nounou un peu garçonne qui aidait aussi à ouvrir les restaurants et que Maman congédierait au moment du déménagement. Quelle ne fut pas ma surprise de constater que c'était elle qui organisait le déménagement, choisissait les couleurs des murs, donnait des ordres aux ouvriers. Et pourquoi, dis-moi, Gabriel, pourquoi insiste-t-elle pour parler avec cet accent de plouc comme si elle était toujours à Rivière-du-Loup en 1968 ? C'est agaçant à la fin cette manie qu'elle a de prononcer « pére » au lieu de « père », « afféres » pour « affaires ». Quand elle se pointait aux rencontres de parents à l'école, c'est bien simple, j'aurais préféré être jeté vivant aux fourmis rouges plutôt que d'avouer que c'est elle qui venait cueillir mon bulletin de ses doigts courts, ronds et poilus. Maman au moins fait un effort pour s'exprimer correctement, pour être comprise par tout le monde tout en restant fidèle à ses origines.

Nous avions eu douze ans, donc. Maman était dans les Laurentides, dans cette maison de repos pour gens surmenés. Tu sais qu'elle se donne tout entière au Groupe Mado inc., et ce n'est pas son dévouement que je critique et dont je remets en question la pertinence. Mais chaque fois qu'elle s'éloignait de nous, soit pour ouvrir un restaurant dans je ne sais quel bled perdu – à cette époque, elle ouvrait des succursales au Nouveau-Brunswick – ou pour aller se refaire une santé après s'être surmenée, elle nous laissait aux soins de cette Suzuki dont l'odeur même me rendait malade. Quand je repense à ces mains d'hommasse, à ces chutes de timbre prolétaire, tu te souviens, quand elle saluait les gens ? On aurait dit un plombier. Aucune classe. Elle nous avait organisé une petite fête pour nos douze ans. Il y avait quelques amis de l'école, et même le père Huot. Je suis certain que si Maman avait été là, elle ne t'aurait pas donné cette photo. D'ailleurs, tu n'as pas vu l'expression sur le visage du père Huot quand tu as sorti l'image de la carte. Elle aurait pu être discrète, attendre que nous soyons seuls. Mais qui la connaît sait que rien ne plaît davantage à cet être de déplaisir que d'anéantir les rêves des autres.

Le sourire sournois de Suzuki m'a fait comprendre qu'elle venait de semer entre toi et moi le germe de la zizanie, par une simple photographie. C'est elle qui t'a éloigné de moi. Tu le sais.

– C'est ton grand-père qui me l'a donnée, la photo. La première fois que je suis allée manger chez les Lamontagne en novembre 1960. À côté de lui, c'est l'archevêque de Rimouski.

Je crois l'entendre encore avec son accent de bûcheronne raconter toute cette histoire embarrassante devant nos amis d'Outremont. Certains souvenirs devraient rester enterrés. Mon Dieu comme je comprends Maman de ne jamais nous avoir imposé ce monde dont elle s'est extirpée à force de volonté. Tu te souviendras de cette pointe de nostalgie qu'elle avait dans la voix pendant qu'elle parlait de cet homme, notre grand-père, probablement un manuel un peu simplet qui faisait de son mieux dans les circonstances. En tout cas, je crois que c'est ce jour, et surtout cette image de notre grand-père vêtu de ce ridicule maillot moulant, qui a scindé le roc de notre fraternité. Et toi, pauvre garçon, tu es resté hébété devant cette photographie que tu as fixée pendant des jours. La terrible – et juste – colère de Maman quand elle s'est rendu compte de la trahison de Suzuki ! Je les entends encore crier dans le salon.

– Il fallait que tu lui donnes la photo de Papa Louis ! Maudit que t'es sans dessein, Solange, quand tu veux !

– Il faut bien qu'ils sachent, Madeleine !

– Qu'ils sachent quoi, Solange ?

Maman est montée en rage vers sa chambre, Suzuki vers la sienne. Deux portes ont claqué. J'ai tremblé pour nous. La semaine suivante, tu disparaissais après l'école. Impossible de te trouver. Il a fallu un mois à Maman pour élucider le mystère de tes absences au souper. Tu avais commencé à fréquenter cette salle de gym miteuse, grouillante de vieux Grecs et d'Ukrainiens, sortes de bêtes hirsutes et puantes qui passaient leurs journées à lever des haltères. Tu avais trouvé chez eux un certain réconfort paternel. Chacun selon son niveau intellectuel... Moi, c'est chez les professeurs de musique que je trouvais la paix. Maman avait voulu t'interdire d'y aller, et c'est encore Suzuki qui t'avait défendu.

– Laisse-le fére, Madeleine. Ça va lui fére du bien. J'ai parlé avec les gars du gym. Ils s'en occupent. Ils vont pas le laisser se blesser. Pis ça les amuse d'avoir un jeune dans leur gym de vieux croûtons ! C'est comme leur mascotte ! C'est juste des vieux bonhommes qui lèvent de la fonte.

Oui, c'est ça. Laisse-le « fére », comme elle disait. Laisse-le devenir une brute épaisse comme son grand-père. Pauvre Maman ! Tant d'efforts pour s'arracher à cette misère, pour se la faire servir froide par sa propre progéniture. C'est à croire que l'époque des maisons où les frères et sœurs grouillaient parmi les poux, les odeurs de bouillon et de linge sale devaient manquer à Suzuki. Je la hais, Gabriel. Pour le mal que cette sangsue nous a fait, et pour ce qu'elle risque encore de nous faire. C'est une folle !

Ces souvenirs me rappellent un article que j'ai lu dans un journal romain aujourd'hui au sujet de cette nonagénaire qui vivait non loin du Colisée et qui vient de léguer sa fortune à un chat qu'elle a trouvé dans le forum impérial, juste au pied de la tour où nous logeons. On ne parle que de ça, à Rome. C'est ainsi que je m'imagine Suzuki dans quarante ans, vieille – ces viragos ne meurent jamais – et complètement sénile. Elle serait bien capable, après nous avoir fait déshériter par je ne sais trop quelle ruse, de léguer la fortune de Maman à un chat, ou plutôt non, une couleuvre, son voisin génétique.

Je te saurais donc gré de m'épargner les louanges à Suzuki dans tes prochaines lettres. L'affaire est pour moi classée et je regarde vers l'avenir.

Anamaria m'informe que Bruno-Karl d'Ambrosio sera là dans moins d'un quart d'heure. Je t'écrirai encore demain.

Ciao !

M.

P.-S. : Ma clé de *fa* est située trois centimètres en dessous de mon testicule gauche. Est-ce que je réponds à ta question ?

Rome, le 2 octobre 1999

Mon cher Gabriel,

Je relis la lettre que je t'ai écrite hier. Je te dois des excuses. Difficile de constater que moi et Maman comptons si peu à tes yeux. Ma lettre d'hier, si dure, si tranchante, exprime la peine profonde que j'ai ressentie quand tu as décidé de disparaître de nos vies. Je te l'envoie quand même. Je sais que tu sauras lire entre les lignes. Ne m'en veux pas. Je sais que Maman me préférait. Tout le monde l'a toujours su. Remarque que Suzuki te préférait à moi. Tout le monde savait ça aussi. Quant à la nature de la relation qu'elles entretiennent, je ne suis pas sûr qu'elles veuillent trop y penser. Souviens-toi du milieu dans lequel elles ont grandi. Elles sont sorties du couvent, mais le couvent n'est pas sorti d'elles.

J'ai beaucoup pensé à cette Magda dont tu me parles tant. Es-tu certain de bien avoir vu cette clé de *fa* ? Tu étais après tout dans un sauna. Ces endroits sont souvent mal éclairés. Si la chose était possible, je prendrais de suite un avion pour Berlin pour aller constater la chose *de visu*. Mais je dois rester ici pour les répétitions et je ne crois pas que ta Magda me laisserait lui trousser le jupon. Son histoire est attendrissante et m'inspire tant, Gabriel. Un souvenir est remonté à la surface, il faut que je t'en parle.

Nous avions sept ans. Nous vivions toujours dans l'appartement de la rue Saint-Hubert. Nous étions déjà assez grands pour rester avec Maman et Suzuki dans le restaurant, mais la plupart du temps, nous étions chez cette nounou que monsieur Zucker avait engagée. Un jour, tu es arrivé à la maison avec la varicelle. Maman a tout de suite insisté pour que nous dormions dans le même lit, histoire que je l'attrape. Tu t'étais remis beaucoup plus vite que moi ; après quelques jours, tu retournais à l'école. J'étais donc seul et malade dans l'appartement. Maman et Suzuki se relayaient pour s'occuper de moi parce que la nounou – tu sais, elle habitait l'avenue Christophe-Colomb, son prénom m'échappe, Francine ? Lorraine ? – n'avait jamais eu la varicelle et avait une peur bleue de l'attraper. À l'âge adulte, la varicelle peut tuer !

Je remercie Maman d'avoir eu la sagesse de nous épargner cette épreuve. Bref, Maman était avec moi dans le salon. Elle portait son uniforme bleu poudre avec le petit col blanc et le logo du restaurant. Tu sais, ces robes chemisiers un peu surannées ? Je jouais par terre avec des petites voitures. Allongée sur le dos sur le sofa, Maman s'était assoupie, les genoux pliés, sa jupe retombant sur ses hanches, révélant l'intérieur de sa cuisse. Qu'aurais-tu fait à ma place ? Mes yeux n'arrivaient pas à se détacher de la protubérance blanche que formait sa culotte. Juste à gauche, la petite clé de *fa*. Oui. La même que j'ai à l'endroit que tu sais. Je ne savais pas encore ce qu'était une clé de *fa*, pour moi, cette marque faisait partie d'une anatomie normale. Maman continuait de ronfler pendant qu'elle me donnait à son insu une leçon d'anatomie. J'ai encore en mémoire la couleur blanc crème de sa culotte, ce monticule sans aspérité, lisse et parfait.

Évidemment, Maman n'était pas du genre à prendre son bain avec nous. J'ai donc cru à partir de ce moment que tout le monde sauf toi avait cette marque de naissance et que tu étais en quelque sorte anormal. Le lendemain, j'étais toujours trop malade pour aller à l'école. Cette fois, c'est Suzuki qui est montée pour s'occuper de moi. Comme Maman, elle profitait de ses pauses pour faire une petite sieste sur le sofa, sauf qu'elle ne dormait pas sur le dos, mais sur le flanc, comme pour mieux me surveiller. Va savoir pourquoi, j'ai voulu savoir si Suzuki avait sa clé de *fa* à gauche ou à droite. Le concept de patrimoine génétique m'était encore étranger. Je me suis donc approché. Pendant qu'elle sommeillait, j'ai tout doucement retroussé sa robe vers le haut. Je fus d'abord surpris de constater que les sous-vêtements de Suzuki étaient noirs et déçu parce qu'étant donné sa posture, l'endroit où je m'imaginais trouver sa clé de *fa* me restait inaccessible. Loin de me charmer, son sexe avait une forme légèrement ovoïdale, un menton de nonne, un cul de fourmi.

Mon visage, sourd aux ordres de mon esprit, s'est approché à quelques centimètres de son entrejambe pour essayer de deviner ne serait-ce qu'un bout de la clé de *fa*. C'est dans cette posture qu'elle me surprit en ouvrant l'œil. Gifle monumentale. J'en ressens encore les réverbérations.

– Qu'est-ce que tu fais, petit cochon !

Ma tête a dû pivoter au moins trois fois sur son axe, j'en suis tombé à la renverse. Mes larmes et mes cris réussirent à peine à l'attendrir. Elle ne me présenta aucune excuse.

– Recommence ça et tu vas passer un mauvais quart d'heure petit pervers ! qu'elle m'a dit.

Hystérique. Comment peut-on frapper un enfant ? Cette femme est dangereuse, Gabriel. Encore heureux que cet événement ne m'ait pas laissé de séquelles permanentes, ni physiques, ni mentales. Il m'a fallu attendre des années avant de comprendre que Maman et moi étions les seuls à porter cette marque. Elle n'osa plus jamais lever la main sur moi. J'eus tôt fait de la dénoncer à Maman ! Je me disais que je saurais bien pincer cette corde au moment opportun, mais les années passent et me voilà grand, habité par cette rancœur enfantine. De quoi sommes-nous donc faits, mon frère, sinon que de rancœur ?

Je m'étais promis d'emporter cette histoire dans la tombe, mais ce que tu m'as raconté m'a beaucoup intrigué. Parler à Magda de ma tache de naissance pourrait l'encourager à la confidence... Je te déconseille de lui dire que tu lui as contemplé le bonbon dans le sauna. Elle risque de mal le prendre.

Je suis heureux que tu aies trouvé, malgré tes déboires amoureux, un endroit à ta hauteur. Tu sembles vraiment emballé par cette Allemagne que je connais si peu. Sa musique est absolument sublime. C'est vrai, tu as raison, si j'avais pensé un peu à toi plutôt qu'à moi, je t'aurais offert du Bach pour notre anniversaire, ou Wagner. Quelque chose qui s'inscrive dans ton nouveau contexte. Au lieu de ça, je t'accable avec mes petites préoccupations pucciniennes. Pour répondre à ta question, il est normal que Magda t'ait chanté cet extrait de *Tosca* en allemand. Jusque dans les années 1950, les Allemands interprétaient Puccini en allemand.

Oui, je suis vraiment content que tu aimes l'Allemagne, que tu te passionnes pour quelque chose qui ne soit pas un exercice visant le développement du deltoïde ou du triceps. Mais dois-tu pour autant dénigrer la France à chaque phrase ? On croirait entendre la Suzuki dans ses délires anti-gaulois. Le pire, c'est que le fiel qui suinte de son esprit borné et haïssable a fini par polluer tes pensées. Rien ne l'indispose plus, en effet, que l'accent de France et les manières des « vieux pays », comme elle les appelle. Élève-toi au-dessus de ces marécages de xénophobie, mon frère !

S'il y a une chose que les histoires de cette Magda auraient dû t'enseigner, c'est le danger associé à ce type de pensée. Maman, elle, ne s'est jamais abaissée à ce genre de mesquineries. Bien au contraire. Tu te souviendras du nombre de serveuses noires engagées dans les restaurants Chez Mado dans les années 1970. Il paraît que Maman ne leur posait même pas de questions. Elles étaient engagées sur-le-champ et respectées dans leur milieu de travail.

– Pour moi, ce qui compte, c'est l'ardeur au travail.

Son premier commandement, tu t'en souviendras. Haïr les Français parce qu'ils sont Français, cela te vient de Suzuki. Cet être des ténèbres. C'est dans le même esprit perfide que tu laisses entendre que j'aurais obtenu ce rôle de Cavaradossi grâce à l'intervention de Maman. Tu as raison, Maman, ou plutôt, le Groupe Mado inc., finance une partie de la production du film de d'Ambrosio. D'ailleurs, elle tient à rester mécène anonyme, preuve de la pureté de ses intentions. Ce que tu ne sais pas, pauvre Gabriel, c'est que j'ai été choisi après un long et éprouvant processus d'auditions. Seuls d'Ambrosio et les membres du groupe Kinopera – ils sont coproducteurs du film – siégeaient au comité de sélection. Maman n'aurait ni la prétention, ni l'impertinence d'imposer sa volonté là où elle sait très bien ne rien entendre. Quant à Bruno-Karl d'Ambrosio, sache qu'il s'agit d'un génie.

Le Québec n'a jamais connu de créateur plus extraordinaire. Il est, tu dois le savoir, notre meilleur ambassadeur culturel à l'étranger. Chacune des pièces qu'il a mises en scène, chacun des films qu'il a réalisés est un pur joyau. Je sais qu'il a ses excentricités, la première étant ce pseudonyme qu'il s'est donné. Oui, il s'appelle bel et bien Marcel Truchon et il est originaire de La Malbaie. Mais comme Maman, il a fait un travail sur sa personne et n'a pas laissé ses origines humbles le condamner à une existence insignifiante dans le fond de sa province. Tu sais quelle était sa première création ? Une chose absolument originale et gratuite qui a fait école dans le monde entier. Laisse-moi te raconter comment naissent les génies.

Quand il s'est installé à Montréal en 1982 pour commencer ses études à l'École nationale de théâtre, d'Ambrosio – qui s'appelait déjà comme ça ! – vivait dans un appartement modeste au bout du circuit d'autobus 27, au coin de Saint-Joseph et Pie IX. Il n'avait pas terminé sa première semaine d'études qu'un soir, assis dans l'autobus qui le ramenait chez lui, il commença à lire *À la recherche du temps perdu* à voix haute. Comme ça. « Longtemps je me suis couché de bonne heure. Parfois, à peine ma bougie éteinte... » et ne s'arrêta pas avant d'être arrivé chez lui. Il paraît qu'au début, les gens l'insultaient, lui ordonnaient de se taire. Tu t'imagines ? Proust dans l'est de Montréal pendant les années 1980 ? Des perles aux pourceaux ! Mais à force de persévérance, certains pourceaux finirent par prendre goût aux perles. Son initiative attira vite l'attention de journalistes qui se sont mis à réaliser des reportages depuis l'autobus 27, notamment Venise Van Veen qui a tant fait pour Maman. Peu à peu, Bruno-Karl d'Ambrosio a attiré dans l'autobus 27 un public désireux d'entendre lire Proust à voix haute – et avec l'accent correct – de sorte que les passagers qui s'étaient montrés réfractaires à cette invasion de la culture dans leur quotidien se sont faits à cette lecture. Il paraît qu'il y avait des gens qui prenaient le 27 juste pour entendre un bout de Proust. C'est ce que j'appelle de la passion. Il ne fallut que quelques jours pour que son idée soit imitée dans les quatre coins de la ville. Sur le circuit 51, on se mit à lire du Voltaire. Les anglophones, pour ne pas être en reste, décidèrent d'assommer les passagers du circuit 144 avec une lecture de John Updike. Partout dans les autobus de Montréal, on se mit à lire. Bientôt, l'idée fut reprise à Toronto et aux États-Unis. Sache que je travaille quotidiennement avec l'homme qui est à l'origine de ce mouvement culturel. En plus, il ressemble physiquement à Marcel Proust. La même élégance, le même raffinement dans le port de tête.

Bruno-Karl est un grand artiste. Travailler sous sa direction est un cadeau du ciel.

D'ailleurs, il nous a trouvé à Rome un logement princier à la hauteur des moyens de cette production et de notre talent. Je t'envoie la photo qu'Anamaria et moi avons faite devant la tour du Palazzo del Grillo que d'Ambrosio a loué pour nous loger pendant les quatre mois que nous serons ici. Probablement plus douillet qu'un appartement socialiste en périphérie de Berlin-Est... Le tournage devrait se terminer à la mi-décembre, sur la terrasse du Castel Sant'Angelo, par-delà le Tibre. De notre immense logement sur deux étages, Anamaria et moi avons une vue sur le site archéologique du forum impérial. À l'extrême gauche, le Colisée, ensuite le monument à Victor-Emmanuel que les Romains appellent la machine à écrire, puis trois coupoles inspirantes et éternelles: Sant'Andrea della Valle, Saint-Pierre de Rome et Saint-Marc. La nuit, nous contemplons la ville illuminée jusqu'au sommeil. Point de spectacle plus beau. Comme il ne nous reste que quelques jours avant le début des répétitions, du *vrai* travail comme le dit d'Ambrosio, Anamaria et moi avons fait un tour dans Rome aujourd'hui. Mon seul regret est de ne pas t'avoir eu avec Maman à mes côtés. En attendant, Anamaria et moi visitons Rome comme des touristes. Ici, personne ne nous reconnaît. D'ailleurs, il faut absolument que je te raconte ce que j'ai vu à la Pinacothèque du Vatican. Tu n'en reviendras pas. Il faudra que tu viennes à Rome pour voir cette image avec moi. Hâte-toi ! Je ne serai ici que jusqu'en janvier ! S'il faut, je te paye le billet !

Il faut que je te décrive cette image dont je te parle, cette révélation picturale qui me suit et me tourmente depuis ce matin. En quittant le Palazzo del Grillo, nous sommes tout de suite passés de l'autre côté du Tibre, laissant derrière nous les grandes places et le brouhaha des rues commerçantes. Anamaria souhaitait par-dessus tout revoir la chapelle Sixtine, qu'elle avait vue enfant à la faveur d'une rare visite à Rome avec son père. Son plus cher désir était de m'y emmener. Même en octobre, après le début des classes, il faut faire la queue pendant une heure avant d'entrer aux musées du Vatican. Ce que nous y avons vu, pourtant, valait chaque minute d'attente parmi cette foule bigarrée. De toute évidence, l'Église a toujours privilégié la quantité... Devant Dieu et les musées du Vatican, nous sommes tous égaux. Ainsi nous fûmes presque piétinés par un groupe de pèlerins asiatiques – leur vulgarité est sidérante – et dûmes endurer les jacassements bruyants d'Américains juste devant nous. Difficile de garder son sérieux quand ils ouvrent la bouche, ceux-là. Cet accent américain, on dirait le hululement d'une chouette croisé avec le caquètement d'un canard. Aucune classe. Le monde entier n'attend que le jour où l'Amérique décidera de se fermer le claquemerde pour respirer un peu. À l'intérieur, Anamaria a tenu à se diriger tout de go vers la chapelle Sixtine, qu'elle ne se lassera jamais d'admirer. Nous nous sommes donné rendez-vous sous une immense pomme de pin verte, une sorte de sculpture, deux heures plus tard.

La Pinacothèque est probablement l'endroit le plus sous-estimé de toute la cité vaticane. La plupart des visiteurs font comme Anamaria et ne s'attardent pas à ce musée qu'ils jugent inintéressant. Grave erreur. Ils me rappellent ces touristes qui, au Louvres, font la queue pendant des heures pour courir ventre à terre vers la Joconde une fois qu'ils ont franchi la porte du musée. Là, ils se pâment devant cette image qu'ils ont pourtant vue mille fois et, accablés de fatigue, retournent tenir compagnie à leurs punaises d'hôtel sans porter la moindre attention aux autres tableaux. À l'entrée de la Pinacothèque, on a installé une réplique de *La Pietà* de Michel-Ange devant laquelle les visiteurs, frustrés de n'avoir pu photographier de près l'original, s'en donnent à cœur joie. La Pinacothèque et les œuvres qu'elle abrite ont connu une histoire fascinante. D'abord, le bâtiment actuel ne date que de 1932. Au dix-septième siècle, les œuvres étaient exposées au musée capitolin. Vers 1795, les Français occupèrent les États pontificaux, forçant Pie VI à leur céder des centaines d'œuvres d'art et de manuscrits. Bonaparte finira par tout piller pour remplir les salles du Louvres nouvellement créé. C'est Pie VII – j'entends déjà les jeux de mots débiles de Suzuki, Dieu qu'elle sait être vile ! – qui enverra un émissaire en France pour récupérer les tableaux volés par Napoléon. Des cinq cent six tableaux confisqués, l'émissaire réussit à en récupérer deux cent quarante-neuf ; les Français en gardèrent deux cent quarante-huit. Tu te demanderas où sont les neuf autres. C'est bien simple. On ne le sait pas. Ils furent déclarés perdus. Au fil du temps et selon la générosité des papes qui succédèrent à Pie VII, la collection de la Pinacothèque continua de s'enrichir. Elle compte même ce tableau de Leonard de Vinci représentant un saint Jérôme retirant l'épine de la patte d'un lion. Mais le tableau qui m'a le plus intrigué, pour ne pas dire carrément cloué sur place, est une petite peinture d'un peintre que je ne connaissais pas, un certain Masolino da Panicale, mort en 1440. Elle fait peut-être vingt centimètres sur cinquante, à tout casser. *La Mise au tombeau de la Vierge,* voilà son titre. Il s'agit de la Vierge Marie étendue sur ce qui semble être un cercueil. Elle est drapée d'une étoffe bleu marine et a les mains croisées à la hauteur du pubis. Debout autour d'elle, les apôtres et Jésus tenant dans ses bras un enfant. Un ange se tient à chaque bout du cercueil. Il doit s'agir de Michel et Gabriel, cela ne fait aucun doute. Chacun porte un long cierge qui se veut, j'imagine, l'éclairage tombant sur cette scène funèbre. À la religieuse qui surveillait la salle, j'ai demandé pourquoi Jésus avait un enfant dans ses bras. Qu'est-ce que ce bébé peut bien représenter ? Elle m'a répondu que l'enfant symbolise l'âme de la Vierge. J'étais fasciné par ce tableau, tant et si bien que je me suis mis en retard pour le rendez-vous avec Anamaria. J'étais perdu dans un mystère. Comprends-moi, Gabriel, à l'entrée de ce musée, il y a cette réplique de *La Pietà* de Michel-Ange. Dois-je te rappeler que cette sculpture représente la Vierge tenant dans ses bras le Christ mourant, celui qu'on vient de descendre de la Croix ? À peine vingt mètres plus loin, l'Église nous propose les mêmes personnages campés dans une scène fort différente. Il s'agit là du fils qui préside aux funérailles de la mère.

Et on dit que les opéras sont difficiles à suivre !

Mon italien est bon, mais pas assez pour entamer avec une religieuse une discussion sur les paradoxes dans l'art religieux. L'énigme me tourne encore dans la tête, ne me laisse aucun répit. Je crains d'en perdre le sommeil. Cette image me bouscule de bien des manières. D'abord, j'avais toujours cru que selon les Évangiles, la Vierge était montée corps et âme vers le ciel à bord d'une sorte d'ascenseur virginal. Je me trompe ? N'est-ce pas là la version que l'Église défend ? Mais si ce n'était que ça ! On me demande d'accepter que la mère enterre le fils, et que le second, vingt mètres plus tard, porte la première au tombeau ! Alors que je quittais la Pinacothèque, l'image restait imprimée dans mon esprit, ses personnages s'animaient, prenaient vie, faisaient leur loi. Insupportable, Gabriel ! L'image de cette mise au tombeau me touche aussi au plus profond de mon être, là où je garde mes peurs les plus noires. Ne s'agit-il pas en effet, Gabriel, pour toi et moi, d'une projection dans l'avenir que cette *Mise au tombeau de la Vierge ?* Ces anges tenant un cierge au-dessus de la mère morte, il s'agit bien de toi et moi au-dessus de la tombe de Maman. J'ai vu à travers cette image le profil de cette scène qui nous attend, qui m'est insupportable et odieuse, que je n'aurai pas la force de surmonter.

Je sais que tu lui en veux pour toutes sortes de raisons, mais ce jour viendra où nous devrons éclairer les funérailles de Madeleine Lamontagne, mon frère. J'en ai attrapé un frisson que ni le soleil d'octobre, ni la colère chaude d'Anamaria devant mon retard n'ont su faire passer. Je suis inquiet. Cette idée m'a glacé au plus profond de mon être, comme dix hivers montréalais, comme cette neige que tu décris dans tes lettres, comme le bruit des trains allemands. La pensée de la mort de Maman est indissociable à mon esprit de l'avènement d'un hiver éternel et effrayant.

Nous sommes rentrés en fin d'après-midi. Je me suis dit qu'il n'était que onze heures à Montréal. Je voulais tout simplement entendre la voix de Maman, qu'elle me rassure. J'ai réussi à l'avoir au téléphone. Elle a commencé par me reprocher de l'appeler de Rome.

– Ça va te coûter cher !

Je ne savais pas comment lui expliquer l'état dans lequel je me trouvais. Cette peinture m'avait traumatisé. Je crois qu'elle a dû capter le désarroi dans ma voix. Elle m'a demandé des nouvelles d'Anamaria. Elle a aussi voulu savoir si j'avais des nouvelles de toi. Tu lui fais beaucoup de tort par ton silence.

Tu as raison de dire que Maman me préfère. Elle se confie plus facilement à moi qu'à toi. Par exemple, quand elle est rentrée à Montréal après notre anniversaire de douze ans, j'eus avec elle une conversation dont je ne t'ai jamais parlé, tout simplement parce que je sentais que Maman ne voulait pas que je t'en parle. Tu sais, cette photographie de notre grand-père en compagnie de cet archevêque m'avait intrigué autant que toi, mais pas de la même manière. Ta réaction, qui consista à te mettre aux poids et haltères dès la semaine suivante, n'était rien d'autre que de l'émulation de petit garçon. De mon côté, j'étais aussi curieux de connaître ce bonhomme. J'ai donc approché Maman un dimanche après mes exercices de respiration. Je ne savais pas comment aborder le sujet. Étant donné qu'elle ne parlait jamais de Rivière-du-Loup et qu'elle ne nous y avait jamais emmenés, je me doutais depuis toujours que l'idée de son passé devait lui être pénible.

– Notre grand-père, il faisait quoi dans la vie ?
– Il buvait du gin et racontait des histoires.
Son ton était sec.
– Mais il faisait quoi comme métier ?
– C'était ça son métier, Michel, il buvait et il racontait des histoires. Il ne savait rien faire d'autre.
J'essayai d'insister, mais elle ne voulait vraiment pas en parler. Elle mit quelques mois avant de réagir. Je ne sais pas pourquoi, c'est pendant qu'elle décorait un petit sapin de Noël (celui que nous avions dans la salle à manger) qu'elle revint là-dessus.
– Tu m'as posé des questions sur ton grand-père, l'été dernier.
J'étais abasourdi. Elle a vraiment une mémoire d'éléphant. Puis, elle me raconta l'histoire suivante. Lis bien.
– Ton grand-père racontait des histoires. Il se trouvait très intéressant. Il pouvait raconter des histoires à dormir debout pendant des heures dans le salon, tant qu'il avait du gin. Il suffisait de lui servir un verre pour qu'il se mette à parler. Il aimait bien les sœurs et aussi Solange. Mais ce qu'il aimait par-dessus tout, c'était raconter des histoires. Pis les histoires, Michel, c'est bon un temps, c'est bon pour les enfants, mais un jour tu grandis, pis t'as des problèmes d'adulte. C'est ce qui m'est arrivé. Quand j'avais dix-huit ans, nous étions devenus terriblement pauvres à Rivière-du-Loup, ma mère avait été obligée de recommencer à travailler dans la blanchisserie de l'hôtel Saint-Louis. Je l'aidais parfois, la nuit, à essorer les centaines de draps qu'elle devait laver. Tu sais que ton grand-père la battait ? Je l'ai entendu, un soir, la jeter par terre. En tout cas, en décembre 1968, Maman est comme devenue folle, car le manque d'argent, c'est ce que ça fait, mon Michel. Ça rend le monde fou.
Puis, comme elle avait fini de décorer le petit sapin, elle me demanda de l'aider à scier le pied du grand sapin qu'on venait de livrer pour le salon. Habituellement, c'est Solange qui s'occupait de ces besognes, mais ce jour-là, je sentais que Maman cherchait un prétexte pour me garder proche d'elle. C'était quelques jours avant Noël.
– Ton grand-père racontait qu'en Allemagne, on ne fait jamais le sapin de Noël avant le jour même de la fête. Le soir du 24, on profite du sommeil des enfants pour leur faire une vraie surprise au réveillon. Après les avoir sortis du lit, on les emmène dans le salon voir l'arbre décoré de vraies bougies.
– Comment savait-il ça ?
– Il avait été en Allemagne pendant la guerre, en Bavière. Passe-moi les boules.
Si j'avais eu seulement quelques années de plus que mes douze ans, je lui aurais moi-même servi un gin pour lui délier la langue, pour en apprendre plus, mais elle ne boit presque jamais. Au milieu des boules de Noël, des guirlandes et des oiseaux à paillettes, ses yeux brillaient pourtant comme ceux d'un buveur. Il fallait la voir, à genoux devant le grand sapin que nous

venions de fixer à son pied, entre les boîtes de décoration, accrocher ces objets étincelants en se souvenant de Rivière-du-Loup. Aujourd'hui, je regrette un peu de t'en parler, car ses paroles ne semblaient s'adresser qu'à moi. Elle soulevait chaque décoration et en admirait d'abord les reflets multicolores dans la lumière avant de la suspendre sur une branche. Elle me passait celles à placer sur les branches plus hautes, je l'écoutais debout sur l'escabeau. Je mourais d'envie de savoir ce que notre grand-mère avait pu faire en décembre 1968, cette femme que nous n'avons jamais vue, pas même en photo.

– En décembre 1968, Maman a décidé que je devais aller travailler en ville pour gagner ma vie. J'avais le choix entre travailler, entrer au couvent ou me marier.

Se marier. Je brûlais de lui poser des questions sur notre père. Mais je la respecte tant que je me suis retenu, de peur de la froisser. Je ne voulais surtout pas interrompre ce qu'elle semblait déterminée à me raconter.

– Maman m'a envoyée avec Solange à Québec, en autobus. Elle voulait que nous allions travailler dans les cuisines du Château Frontenac. Elle avait des connaissances là-bas. Au Château, on gagnait plus qu'à Rivière-du-Loup. Un soir, en rentrant à la maison avec Solange, j'ai trouvé Maman toute seule. Elle m'a dit que je partirais le lendemain pour Québec. Solange a offert de m'accompagner. Maman a dit non. Moi, je ne voulais pas aller éplucher des patates dans les cuisines de Québec. Maman hurlait. Tu sais, les parents étaient sévères, à cette époque-là. Ce qu'ils disaient, il fallait le faire. Elle m'a envoyée me coucher. Je savais que Papa était en train de boire à l'Ophir, que c'est là que je le trouverais. Dès que j'ai entendu à travers la cloison la respiration sifflante de Maman quand elle dormait, je me suis glissée dehors pour aller rejoindre Papa. Comme elle avait bu, elle ne m'a pas entendue sortir.

Je me suis imaginé cette pauvre Maman, désespérée, qui allait chercher l'aide de son père dans la nuit glaciale de décembre.

– J'ai trouvé Papa Louis à l'Ophir, endormi devant sa bière. Il n'y avait presque personne dans le bar. Tu sais comment j'étais gênée d'être là? J'étais la seule femme. Dans une petite ville, tout se sait très vite. Pas besoin de journal. J'ai réussi à réveiller Papa. Je lui ai expliqué mon problème. Il avait les yeux comme perdus dans le lointain, comme si je lui parlais une langue qu'il ne comprenait pas.

– Qu'est-ce qu'il t'a répondu ?

– Il a dit, et je m'en souviendrai toujours : « Ma pauvre petite Madeleine, si tu savais ce qu'ils leur faisaient. Ceux qui sont morts sous la neige étaient en réalité les plus chanceux, parce qu'il paraît que mourir de froid, ça ne fait pas mal. Tu t'endors, tout simplement. Dans des trains, ils les mettaient. Des jours, des semaines durant. Ils mouraient de peur dans les trains. »

– C'est ce qu'il t'a répondu ?

– Ben oui. Pis après, il est retombé le front sur la table de bois. C'est à ce moment-là, mon Michel, que j'ai compris que j'étais toute seule au monde. Qu'il me restait Solange pis mes deux bras.

En décembre 1968, elle devait déjà être enceinte de nous deux, Gabriel. Suzuki est arrivée juste après. Maman s'est tue. J'ai compris par son silence qu'elle venait de me confier un grand morceau de son secret. Je ne lui posai plus jamais de questions sur Rivière-du-Loup, ni sur notre père, ni sur notre grand-père. Le reste, tu le connais aussi bien que moi, c'est-à-dire que tu n'en as pas la moindre idée.

Juste avant le dîner, Bruno-Karl est passé au Palazzo del Grillo pour organiser avec nous le début des répétitions. Il est toujours accompagné d'un petit chihuahua qu'il appelle Wotan. C'est assez mignon, surtout que d'Ambrosio est un homme assez peu grand, mince, presque toujours vêtu de noir, je crois qu'il est beau garçon. De type ténébreux, tu vois ? Ce chien ne lui va pas du tout ! Je suis nerveux. Mon Dieu, je n'en reviens pas ! Je chante Cavaradossi dans un film réalisé par Bruno-Karl d'Ambrosio ! Jamais la vie ne m'a paru plus riante, plus belle. J'ai touché un mot de la Pinacothèque à Bruno-Karl. C'est un lieu qu'il connaît bien. Nous lui avons parlé de ces neuf tableaux que l'émissaire de Pie VII n'a jamais réussi à retrouver en France. À leur sujet, toutes les rumeurs courent. Certains disent qu'ils ont été détruits par accident ou qu'ils n'ont jamais existé, c'est-à-dire que les Italiens auraient gonflé le nombre des peintures que Bonaparte avait dérobées pour essayer d'en obtenir plus. Pas mal, comme tactique. La plupart des experts s'entendent pour dire que ces neuf tableaux ont tout simplement été volés pendant le transport par des militaires ou carrément par des nobles et qu'ils sont quelque part en Europe, dans des châteaux de troisième ordre en Espagne ou en Allemagne. Bruno-Karl connaît bien cette représentation de la *Mise au tombeau de la Vierge*. Selon lui, il en existe d'autres représentations à Padoue, sur des retables, sous forme de sculptures. La scène reste assez rare étant donné qu'après un certain moment, l'Église n'a pas voulu insister sur la décomposition du corps de Marie. Et tu sais quoi ? Il paraît qu'une représentation de la mise au tombeau de la Vierge existe à Berlin ! Un tableau de Giotto di Bondone ! Il n'a pas su me dire dans quel musée. Pourquoi tu ne demandes pas à ta Brünhilde ? Elle pourrait t'y emmener dans son Zeppelin !

Bruno-Karl fait garder la tour par un Brésilien. Un homme plutôt silencieux qui passe ses nuits devant la porte pour s'assurer que personne n'entre. Nous sommes en toute sécurité. Demain, on nous a annoncé que les vacances seraient terminées et que le travail commencera. Je suis prêt. Que brillent les étoiles !

M.

Rome, le 4 octobre 1999

Cher Gabriel,

L'art prend son temps. Imagine-toi que la production vient de subir un revers majeur. Heureusement, Bruno-Karl avait paré le coup ! D'ailleurs, je savais que quelque chose de ce genre arriverait. Nous étions censés rencontrer ce matin le baryton allemand qui devait tenir le rôle de Scarpia. Mathias Kroll, de son nom. Tu dois en avoir entendu parler, il vient de triompher dans une production de *Werther* à Berlin, à Unter den Linden, si je ne m'abuse. Le genre bellâtre, tu vois. Imagine-toi que ce monsieur avait des différends artistiques avec Bruno-Karl d'Ambrosio. Sait-il, cet imbécile, qu'il risque de ne plus jamais obtenir un rôle de cette envergure ? C'est quand même l'orchestre de la RAI qui nous accompagnera ! À ce que Bruno-Karl nous a raconté, Kroll aurait refusé les choix artistiques faits pour la mise en scène. Mais pour qui se prend-il ? Comme d'Ambrosio a eu l'idée géniale de situer l'action de *Tosca* en 1944 dans une Rome occupée par les Allemands, il devait, pour la cause, porter une croix gammée sur le bras pendant le tournage. Il s'y est refusé et est reparti chez lui, à Munich. Tu te rends compte ? Scarpia en nazi, il me semble que cela tombe sous le sens. La proposition est audacieuse, certes, mais de toute évidence, ce Kroll ne comprend pas qu'il avait affaire à un des esprits créateurs les plus avant-gardistes de notre temps. Venise Van Veen l'a dit elle-même : « Ce que d'Ambrosio met aujourd'hui en scène est la tendance dominante de demain. » Il n'est pas un chanteur qui n'ait envié à mort les heureux élus qui ont brillé dans sa production de *Macbeth* à Zurich. Encore une fois un coup de génie : le couple Macbeth représenté sous les traits de grands dictateurs. À l'Acte I, une Lady Macbeth chante devant trois mille paires de chaussures, évocation claire et brillante du couple Ferdinand et Imelda Marcos. Le reste de la production à l'avenant, avec les plus grandes voix dont un metteur en scène puisse rêver. Au théâtre, il venait de faire la conquête de San Francisco avec son *Roméo et Juliette* campé dans un camp de concentration japonais. Personne n'a jamais volontairement mis fin à un contrat dans une production réalisée par Bruno-Karl d'Ambrosio. L'arrogance de ce Kroll me sidère.

La blessure est d'autant plus profonde que Kroll est pour ainsi dire *le* Scarpia de sa génération. Il a dû chanter le rôle au moins cent cinquante fois entre Berlin et Rome. Et il a le physique de l'emploi, il aurait fait un excellent S.S. Bruno-Karl, qui tient maintenant à ce qu'Anamaria et moi l'appelions simplement Bruno, s'est fait rassurant. Il a plus d'un tour dans son sac. Dès que la nouvelle de la démission de Kroll a commencé à se répandre, le téléphone de Bruno s'est mis à sonner. Des agents mettaient leurs protégés à sa disposition. Je suis certain que Bruno trouvera un remplaçant à la hauteur.

Et toi, toujours à boire du vin blanc avec des retraitées allemandes dans des HLM ? Tu prends toujours le métro ?

À tout moment, Bruno s'est montré calme. Toutes ces rumeurs sur ses sautes d'humeur, son caractère irascible et l'atmosphère de tyrannie qui règne dans ses productions ne sont que sornettes. Jamais je n'ai rencontré de créateur plus équilibré, plus terre à terre et surtout, plus humain. En cela, il me rappelle un peu Maman.

Il a gardé en ces circonstances un calme régal. Il en a aussi profité, puisque nous commençons à mieux nous connaître, pour nous en dire un peu plus long sur cet affreux scandale qui s'est produit l'hiver dernier à Montréal. Tu vivais toujours à Toronto, mais il est absolument impossible que la nouvelle ne se soit pas rendue jusque-là ! Il a même dû donner des entretiens à CNN pour se défendre, le pauvre. Il n'y a pas à dire, il faut en cette ère dominée par la rectitude politique peser chacun de ses mots ! Tu te souviendras, Gabriel, c'était en janvier dernier. Les auditions pour le rôle de *Tosca* venaient de commencer à New York quand une station de radio locale l'a joint pour une entrevue. Une occasion en or de préparer le terrain à la sortie du film dans une ville aussi éprise d'opéra que peuvent l'être Vienne ou Berlin. Quand l'animateur, une sorte de joyeux drille peu soucieux des questions d'éthique, commença l'entretien, Bruno-Karl crut qu'il s'agissait d'une préentrevue, c'est ce qu'il lui semblait avoir entendu de son assistante à la recherche. Il avait donc ce type de la radio new-yorkaise au téléphone dans ce qui lui semblait être une discussion préparatoire, pas l'entretien en tant que tel. Il n'avait même pas conscience d'être enregistré. L'animateur parla d'abord des grandes Tosca américaines, à savoir Leontyne Price et Shirley Verrett, des cantatrices noires. Ils parlèrent de cette saison mythique de 1965 où Rudolf Bing, alors directeur du Met, avait offert pendant la même saison sept Tosca en rafale : Maria Callas, Renata Tebaldi, Leonie Rysanek, Birgit Nilsson, Dorothy Kirsten, Leontyne Price et Régine Crespin. Tu t'imagines ! Elles devaient chanter deux fois chacune. Quel coup de marketing ! Il paraît que les gens firent la queue pendant trois jours et trois nuits pour avoir des places debout pour les représentations avec la Callas ! Tu te rends compte ?

Puis l'animateur lui demanda qui était sa préférée de toutes dans les enregistrements, ce à quoi Bruno a répondu – et j'opine – que sur le plan vocal, la plus grande Tosca était à son sens Montserrat Caballé, la cantatrice catalane. Anamaria aurait sûrement choisi Renata Tebaldi, mais la question ne nous était pas adressée. La discussion prit ensuite un tournant dangereux quand l'animateur posa la question suivante : « Monsieur d'Ambrosio, en vous basant sur les qualités des Tosca dont nous venons de parler, créez la Tosca parfaite. » Tu vois, Gabriel, jusque-là, les choses allaient bien. D'ailleurs, Bruno s'en est très bien sorti. Il s'y connaît, crois-moi !

– Je dirais que cette idée d'une Tosca mythique, d'une chanteuse que vous me proposez de construire comme on choisit les ingrédients d'une pizza, est assez amusante ! Attendez, je crois que la Tosca parfaite aurait la technique vocale de Montserrat Caballé, les qualités de tragédienne de

Maria Callas, le timbre profond et lumineux de Leontyne Price, la puissance vocale de Leonie Rysanek et la sensualité de Lisa della Casa. Voilà !

Avoue, Gabriel, que c'est magnifiquement composé comme réponse ! Mais Bruno fait partie de ces grands esprits qui pensent souvent à voix haute. S'il s'était arrêté là, rien ne serait arrivé. Puisque je connais la personne à l'origine des paroles qui ont tant fait couler d'encre, je te les rapporte, parce que tout ce que tu as entendu est probablement faux. Il y a dû avoir des erreurs de traduction, de l'exagération, enfin... Ses paroles exactes étaient :

– Je ne cherche pas pour mon film une Tosca qui réunisse toutes ces qualités, mais une femme dont le public pourra tomber amoureux, comme Cavaradossi en tombe amoureux.

– Que voulez-vous dire ? le relança l'animateur.

– Je veux dire qu'elle devra d'abord être belle, sensuelle et attirante.

– Voulez-vous dire que ses attributs physiques devraient prendre le pas sur ses qualités vocales ?

– S'il le faut, je suis prêt à faire certains compromis. Le cinéma, comme l'opéra, est un art de la séduction par le regard, et on n'attire pas les mouches avec du vinaigre. Il faudra que ma Tosca soit une femme svelte et belle. On ne tombe pas amoureux d'une truie !

Il paraît qu'il y eut un long silence, suivi de quelques questions sur le déroulement des auditions. L'après-midi même, l'entretien était en ondes ! Parce que Bruno est moins connu à New York qu'à Montréal, ses propos passèrent inaperçus. Il faut aussi spécifier qu'il s'adressait à WNYC, une radio publique à auditoire restreint. Mais les calomniateurs veillaient ! Tu sais, Gabriel, il se dit des choses épouvantables dans les coulisses des théâtres, des opéras, dans les salles de rédaction des journaux, et on ne les relève pas. Il fallait qu'il s'agisse de Bruno, car, évidemment, on souhaite toujours voir tomber celui qui réussit, c'est bien cela, le Québec ! Petit pays mené par l'envie et la rancœur ! Je te ferais d'ailleurs remarquer, parce que te connaissant tu dois déjà être en train de le juger, que tu ne traites pas ta petite Stella avec plus d'égards. Est-ce la première pierre que tu tiens au poing ? Mille dollars pour venir à bout d'un kilogramme de ta bonne conscience, mon frère ? C'est ton prix ?

Quelques heures plus tard, les propos de Bruno tombaient dans les oreilles de Venise Van Veen à Montréal, qui en fit la syncope que tu connais. J'ai toujours admiré et apprécié Venise, surtout parce que c'est en partie grâce à elle si les restaurants de Maman connaissent un tel succès, mais avouons que dans certaines sphères, elle manque un peu de jugement. Depuis l'incident, je ne la consomme qu'en doses homéopathiques. Elle avait pourtant pris sa retraite. Il aura fallu cela pour qu'elle reprenne du service. C'est elle qui grilla Bruno-Karl aux nouvelles.

– Monsieur d'Ambrosio, je vous reçois aujourd'hui à mon émission dans des circonstances regrettables. Rappelons les faits. Pendant une entrevue que vous accordiez à WYNC Radio, vous avez exprimé le souhait de trouver une chanteuse pour incarner la Tosca dans votre nouveau film, *Un siècle avec Tosca,* qui ne soit pas, et je vous cite : « une truie ». Vous comprendrez le désarroi dans lequel vos propos injurieux ont plongé les femmes du Québec, du Canada et du monde entier, ma foi ! Parce que je vous connais et que je suis depuis des années fan de votre travail scénique, j'aimerais vous donner ce soir la chance de vous expliquer, Monsieur d'Ambrosio...

Jusque-là, elle l'avait toujours tutoyé. Même en ondes. Tu sais, il a quand même présenté ses excuses à l'ancienne animatrice de *Appelez-moi Venise,* qu'il appelle maintenant « Voir Venise et mourir ». Avoue qu'il a de l'humour ! Il nous a avoué, à Anamaria et moi, avoir songé au suicide en arrivant à Montréal le lendemain. Le pauvre ! Crucifié pour avoir osé dire tout haut ce que tant de gens pensent tout bas ! Et d'ailleurs, ses propos ont mal été interprétés ! Il ne voulait pas par là désigner ces femmes rondelettes aux courbes élégantes comme Anamaria ; non, il voulait parler de celles qui sont immenses, si imposantes qu'une seule contraction des cuisses leur suffirait à étrangler Scarpia ! Toute cette affaire est une tempête dans un verre d'eau. Le dénouement du processus d'auditions devait d'ailleurs innocenter Bruno des accusations portées contre lui. C'est Anamaria et moi qui fûmes choisis. Anamaria, avec ses formes pleines et voluptueuses ! Et moi qui ne suis pas un chicot, qui suis toujours resté fidèle à l'image du petit garçon qui apparaissait sur les emballages de tourtières surgelées Chez Mado. Tu vois, Gabriel, l'opéra, c'est d'abord de la musique. Tes histoires de se mettre au régime avant de monter sur scène, tout ça vient de ton obsession de l'apparence, car tu sais, le culturisme est aussi une forme d'anorexie. Tu y as pensé, à ça ? Ce que tu prônes pour les chanteurs d'opéra, ce n'est rien de moins que du fascisme esthétique. Bruno, lui, a été piégé par une question sournoise. Tu n'as pas cette excuse. L'heure est peut-être venue de faire un petit examen de conscience... Je te renvoie à cette photographie, cadeau empoisonné de ta chère Suzuki. Là est la source de ton mal. Il faut que tu t'en libères, mon frère.

Ensuite, évidemment, tous les médias du Québec se sont emparés de l'affaire. D'Ambrosio sexiste ! D'Ambrosio inhumain ! D'Ambrosio odieux ! D'Ambrosio négateur d'holocauste ! D'Ambrosio assassin ! Et quoi encore ? Bruno-Karl d'Ambrosio est tout simplement le metteur en scène et réalisateur le plus brillant que le Canada ait porté depuis des décennies, c'est cela que le public n'arrive pas à gober. Ils ne se sont d'ailleurs pas arrêtés là ! Bientôt, des rumeurs quant à l'orientation sexuelle de Bruno commencèrent à circuler. C'est vrai qu'on ne lui connaît ni femme ni amie, mais que cela veut-il dire au juste ? Rien ! Tu es toi-même célibataire depuis toujours mais la moitié des femmes de Toronto pourrait témoigner de ton hétérosexualité, si je dois en croire tes lettres ! J'aimerais river le clou de ces calomniateurs en disant qu'on ne lui connaît pas non plus d'amant ou de copain. Voilà ! Quand elles concernent un homme de l'envergure de d'Ambrosio, de telles rumeurs trouvent facilement créances. L'envie est une maladie dont le premier symptôme est la calomnie, ne l'oublie jamais.

Je suis persuadé qu'au moment où j'écris ces lignes, il est assailli par des nuées d'agents qui tentent de faire engager leur baryton en remplacement de ce traître de Kroll. Anamaria a joué avec le petit Wotan toute la soirée. Quel mignon petit chien ! Je crois qu'une fois que nous serons rentrés à Montréal, je lui trouverai un petit chihuahua, ou une autre petite créature à caresser... Mais sommes-nous prêts à avoir des enfants, Gabriel ? J'entends par là moi et Anamaria. Pas toi. Non, toi, tu es toujours un enfant. Les enfants ne devraient pas avoir d'enfants.

Je te donnerai bientôt des nouvelles.

Ton frère,
Michel

Rome, le 9 octobre 1999

Grande nouvelle, Gabriel !

Le remplaçant de Kroll est trouvé ! Nous avons notre Scarpia ! Bruno nous l'a annoncé ce matin. Nous n'en attendions pas moins de lui. Il avait l'air satisfait. Tu ne devineras jamais de qui il s'agit ! Évidemment, il faut connaître la scène lyrique un peu pour apprécier. C'est le baryton polonais Mariusz Golub. Un costaud comme toi ! Les metteurs en scène trouvent toujours un moyen de lui faire enlever sa chemise en fin d'acte pour que le public revienne après l'entracte. Il vient de faire *Les Pêcheurs de perles* de Bizet, où il était pour ainsi dire presque toujours tout nu. Je ne te parle pas de cette production de *Don Giovanni* à Augsburg, dans le plus pur style Regietheater, où il ne portait qu'un caleçon fluorescent pendant tout l'Acte III. Bruno est un grand fan des productions de ce type où l'art est poussé aux extrêmes limites de ses possibilités. Il dit, et je suis en accord avec lui, qu'il est nécessaire de secouer le public de ses *a priori* et de ses bases traditionnelles. Comme ses paroles sont douces à mon oreille. Tu sais combien de mises en scène poussiéreuses j'ai dû me farcir juste pour *La Flûte enchantée ?* Je ne renierai pas les productions dans lesquelles j'ai brillé à Santa Fe et à Des Moines, mais à un certain moment, il faut que le génie frappe et sorte la musique de sa torpeur ! Tant pis pour les vieux croûtons qui seraient choqués de voir une croix gammée sur le bras de Scarpia !

Golub sera à Rome dès demain matin. Pour l'accommoder, il faudra revoir le calendrier de tournage. Toutes les scènes où il paraît seront faites en premier, c'est-à-dire dans cinq semaines. Le tournage devrait officiellement commencer le 21 novembre. En six semaines, tout devrait être bouclé pour un lancement du film au printemps.

Je te tiens au courant,

Michel

Rome, le 10 octobre 1999

Mon cher frère,

Ouf! Quelle journée! Bruno nous avait promis du changement dès ce matin. Crois-moi qu'il tient parole! Il est arrivé à la tour vers les huit heures, accompagné de Wotan, pour nous expliquer le déroulement du reste de la journée. Nous nous attendions à être emmenés vers l'église Sant'Andrea della Valle, dont nous voyons la coupole depuis notre tour, pour étudier la mise en place. Au lieu de ça, Bruno s'est présenté à la tour avec une balance. Nous sommes devenus si à l'aise ensemble qu'il entre sans frapper chez nous, comme un parent. Il nous a demandé, tour à tour, de nous peser. Il a noté notre poids sur un grand carton qu'il a fixé au mur. Je fais quatre-vingt-quinze kilos, Anamaria, soixante-quinze.

– Voilà, les amis. Le but est d'arriver, pour toi Michel, à 80, et toi Anamaria, à 60, et ce, avant le début du tournage dans six semaines. Je crois qu'avec un peu de volonté, la chose est possible. Vous ne serez pas seuls, j'ai demandé de l'aide d'entraîneurs professionnels et de diététiciens. Ils seront là sous peu.

Nous avons fait valoir que nous avions déjà perdu un certain nombre de kilogrammes avant même de partir de Montréal, mais il a insisté pour que nous maigrissions encore. Tu vois comme il s'occupe de nous? Un père. Les gens dont il parlait sont effectivement arrivés quelques minutes après lui, apportant avec eux des appareils. Deux elliptiques et quelques poids et haltères. L'entraîneuse est une lugeuse olympique médaillée à Lillehammer, de type Suzuki. La diététicienne a vidé les armoires et nous a présenté le menu de la journée. Il ne devait pas y avoir plus de mille calories là-dedans. Tu sais, Gabriel, tous les gens qui souffrent d'embonpoint rêvent de ça, que quelqu'un entre chez eux et leur montre enfin ce qu'il faut faire, une intervention humaine qui vienne contrer leur caractère veule et leur manque de volonté. Il a fallu convaincre Anamaria, qui était loin d'être certaine de vouloir maigrir. Mais Bruno a toujours les arguments gagnants.

– Tout mon concept pour le film gravite autour d'une relation bourreau-victime à la limite du sadisme. Il faut que vous exultiez par vos gestes, votre attitude et votre apparence le manque et la privation. Avec vos rondeurs, il sera difficile pour le spectateur de croire à vos souffrances. La catharsis sera impossible. N'oubliez pas que la caméra vous ajoute cinq kilos ! Je suis un metteur en scène du réel, moi ! Je veux du vrai !

Elle a essayé de protester.

– Mais les grandes Tosca n'ont jamais été squelettiques, je...

– Ratata ! Écoutez, Anamaria, il faut que vous croyiez en ma vision. Croyez-vous en ma vision du théâtre ? Oui, ou non ?

– Ben, oui... bien sûr, Bruno, mais...

– Alors faites-en la preuve. Pour l'instant, vous n'entrez pas dans la place que je vous réserve dans ce tableau.

Il faudrait que tu voies, Gabriel, la détermination dans les yeux de cet homme quand il expose ses idées. On veut le croire. On veut le suivre ! J'ai parlé à Anamaria pour qu'elle arrête de tourmenter ce pauvre Bruno-Karl avec ses caprices d'enfant gâtée. Je crois que les mamans haïtiennes sont trop généreuses avec leurs enfants, à table en tout cas. Chez elle, Anamaria a toujours eu le droit de manger ce qu'elle voulait, quand elle voulait. C'est un grand changement pour elle. Pour moi aussi, mais moi, je serai digne de la mise en scène de Bruno-Karl. Elle a fini par comprendre que cette chance ne nous serait pas offerte une seconde fois.

Vers les neuf heures, Bruno nous a quittés, car il planche simultanément sur plusieurs projets, notamment la mise en scène du spectacle d'une rockeuse française. Ce n'est pas *Un siècle avec Tosca* qui le rendra très riche ! Il faut aussi qu'il accepte des contrats alimentaires. Il paraît qu'il serait en pourparlers avec le Cirque de la Lune qui cherche à s'implanter de manière permanente quelque part en Italie. Peut-être à Milan. Des choses qu'il n'arrive pas à faire au Québec. Jusqu'à midi, l'entraîneuse est restée avec nous. Quarante-cinq minutes d'elliptique et une heure de poids et haltères. Quand elle est partie, j'aurais pu manger le bras d'Anamaria tant j'avais faim. Difficile de nous concentrer, durant l'après-midi, sur nos exercices vocaux. Mais nous nous y ferons. Jusqu'au soir nous avons répété quelques scènes avec le pianiste que Bruno nous a trouvé. Un homme très patient qui sourit constamment.

Je vais faire dodo, l'exercice m'a épuisé.

Michel

Rome, le 11 octobre 1999

Cher Gabriel,

C'est de peine et de misère que nous nous sommes extraits du lit ce matin. Comment y arrives-tu ? Chaque muscle de mon corps n'est plus qu'une source de souffrance. C'est Bruno qui nous a réveillés à huit heures, autrement, nous aurions filé jusqu'à midi. Heureusement qu'il est là.

L'entraîneuse est revenue à neuf heures. Difficile de se remettre à l'exercice, mais il faut ce qu'il faut. Et une fois parti, on ne sent plus rien. Vive les endorphines ! Demain, la douleur sera déjà moins vive. Anamaria ne parle pas beaucoup. Elle semble avoir accepté son sort avec courage. Il serait dommage que tant d'années de cours de chant soient gaspillées à cause d'un simple détail esthétique, elle l'aura compris. Brave petite Anamaria dont je suis amoureux aujourd'hui comme au tout premier jour.

Tu te souviens de ce jour de 1980 ? C'était l'hiver. Sur le conseil de la professeure de musique de l'école, Maman m'avait trouvé une prof pour des leçons particulières, madame Lenoir de la rue Saint-Dominique, bien sûr que je me souviens d'elle. On n'oublie pas une prof de chant. Ces questions idiotes que tu peux poser, Gabriel ! Je te ferais remarquer qu'elle t'avait offert les mêmes cours, que tu as a refusés du revers de la main comme toutes les autres marques de son affection. Tu préférais t'avilir à courir après un ballon avec les idiots du centre sportif. Ce samedi matin où Maman m'a emmené pour la première fois chez madame Lenoir, je le garderai en mémoire jusqu'au jour de ma mort. Elle vivait à l'époque dans une de ces maisons de briques rouges du quartier Villeray, au rez-de-chaussée. Quand nous sommes arrivés, nous sommes entrés sans frapper. Elle avait installé des fauteuils de cuir vert dans son grand couloir. Maman a mis un doigt sur ses lèvres comme pour me faire signe de ne pas déranger la leçon qui était en cours dans le studio. J'avais un peu peur. Sur le mur, madame Lenoir avait un portrait de Maria Callas et, sur un tableau de liège, une carte postale portant une citation de la grande diva : « On devrait considérer tout ce que l'on fait comme une répétition. » Des paroles qui devaient devenir un évangile pour moi et Anamaria. Nous nous sommes assis. Dans le studio, madame Lenoir donnait des instructions à une personne invisible. Ses paroles me reviennent encore : « Fais comme si tu avais un rhume, Anamaria, il faut que le son passe par-dessus le nez comme si tu étais enrhumée. Je te joue l'intro, et tu reprends... »

Et le miracle se produisit.

Elle chantait *Se florindo è fedele* de Scarlatti. Déjà on entendait dans son timbre le velours qui lui ferait gagner toutes les auditions et les concours. Forte et fragile à la fois, sombre et lumineuse, la voix d'Anamaria nous ramena, Maman et moi, à une époque préverbale où le sens ne s'embarrassait pas des mots. Comment te la décrire autrement ? Même Maman ouvrit la bouche, étonnée. Elle qui sait toujours si bien se contenir. C'était la fin de sa leçon et le début de notre amour. Je savais déjà que cette voix m'habiterait pendant les jours qui suivraient, que pendant le reste de ma vie, je ferais tout pour l'entendre encore une fois. La porte du studio n'était pas encore ouverte pour me révéler son visage que je savais que nous devions être ensemble, elle et moi. Des pas se firent entendre. Madame Lenoir ouvrit la porte pour laisser sortir Anamaria. Douze ans, elle avait, comme nous. De grands yeux chauds et profonds, comme son timbre. Maman l'aima tout de suite.

– Vous chantez tellement bien, c'est bien simple, j'ai retenu mon souffle pendant toute la chanson !

Elle appelait ça une « chanson », brave Maman ! Anamaria s'est présentée. Elle dit connaître les restaurants de Maman. La semaine suivante, j'arrivai au cours bien avant l'heure pour pouvoir l'entendre chanter plus longtemps.

– Tu sais, Michel, tant que tu arrives cinq minutes avant le cours, ça ira..., me disait madame Lenoir.

Elle remarqua assez vite mon intérêt pour sa jeune élève. Anamaria restait un peu timide, jusqu'à ce que madame Lenoir, qui nous appelait « mes petits cœurs », suggère un jour que nous chantions le duo des chats de Rossini. C'est à ce moment que nous nous sommes vraiment connus. Avec des miaous. Puis ma voix mua et je dus attendre un an avant de revoir ma belle Anamaria. Un an d'attente à l'adolescence, c'est comme dix ans à l'âge adulte. Quand je suis retourné chez madame Lenoir, Anamaria y était encore. Elle avait grandi. Elle vivait rue Querbes, dans Outremont, toute seule avec son frère et sa mère. Comme moi, elle ne venait pas d'une famille de musiciens. Son père, un Italien, avait quitté sa mère quand elle était toute petite pour retourner dans son pays natal. Ils le voyaient rarement. Elle était allée passer quelques vacances là-bas avec son frère et en était revenue très déçue. Son père vivait dans une petite ville au sud de Rome où elle se faisait dévisager à cause de la couleur de sa peau. Partout où elle allait, on la regardait comme une extraterrestre. Puis le père cessa de donner des nouvelles et d'envoyer de l'argent. La mère d'Anamaria dut travailler comme une folle. Les leçons de chant étaient un luxe que cette famille pouvait à peine se permettre, de sorte qu'à quinze ans, la mère annonça à sa fille avec regret qu'elle devrait dire adieu à son activité préférée, à la seule chose qui lui sourît. J'étais atterré. Non seulement j'allais perdre ma seule amie au monde à part mon frère, mais à cause d'une stupide histoire de sous, cette dernière serait condamnée à une vie sans musique. Tu ne le sais pas, Gabriel, mais c'est Maman qui prit en charge toutes les leçons de musique d'Anamaria dès l'âge de quinze ans. Même les leçons particulières et les *masterclass* avec les grandes chanteuses américaines à deux cents dollars l'heure, c'est Maman qui les payait. Elle a toujours insisté pour que je n'en parle pas, pour ne pas que la mère d'Anamaria se sente mal à l'aise. Je te le dis pour que ta mère t'apparaisse enfin sous sa vraie lumière.

Mais il se fait tard. Je crois être encore plus fatigué qu'hier, et Anamaria veut aller se promener avant l'heure du lit. Dieu seul sait où elle trouve son énergie ! On ne l'arrête pas, celle-là ! La psychologie a peut-être raison, on épouse sa mère !

Michel

Rome, le 14 octobre 1999

Mon cher Gabriel,

Depuis maintenant quatre jours, Anamaria et moi sommes soumis à un entraînement que certains trouveraient insupportable. Mais grande est notre motivation ! Il faut dire que nous trichons un peu, toujours à cause de la gourmandise d'Anamaria, évidemment. Le soir, une fois que nous ont laissés en paix le pianiste, le metteur en scène, l'entraîneur, la diététicienne et tous ces gens qui s'occupent de nous, il nous arrive de nous échapper par la porte d'en bas pour nous promener dans les rues de Monti, un vieux quartier de Rome où pullulent les *trattorias, gelaterias, pasticcerias* et tous ces endroits où m'entraîne de force la pauvre Anamaria que tout ce sport affame. Après une *carbonara* ou une glace – parfum tiramusu et *fior di latte* – nous rentrons en silence vers notre appartement. Au rythme effréné de cet entraînement, il serait étonnant que ces petites gâteries fassent la moindre différence. Un soir, alors que nous rentrions d'une visite chez le glacier préféré d'Anamaria, nous nous sommes arrêtés au pied de la tour du Palazzo del Grillo pour contempler le vol des martinets dans le ciel de Rome. Assis à la terrasse d'un petit restaurant qui donne sur la place, un prêtre nous observait à la dérobée. Je fus tenté, l'espace d'une seconde, de l'aborder et de lui demander de nous marier, là, sous les martinets, dans la splendeur du soir romain.

Les détails quant au tournage nous arrivent au compte-gouttes. Nous avons rencontré Golub qui ne loge pas avec nous, mais ailleurs dans Rome. Il semble que nous devrons commencer par les scènes de l'Acte II, dans le Palazzo Farnese, c'est ce que j'ai compris. Mais tout ça ne devrait pas me préoccuper avant la fin novembre. Pour l'instant, je crois que je vais un peu me reposer. J'arrive à peine à penser. Il faut que je passe au bureau de poste pour envoyer ces lettres demain. Donne-moi de tes nouvelles, ne fais pas de bêtise et dis-toi que cette Claudia ne te valait pas de toute façon. Qu'est-ce que tu fais pour Noël ?

Ton frère,
Michel

# Le zèbre de Königsberg

*

Berlin, le 2 novembre 1999

Abject et grotesque ? Merci. Venant de toi c'est un compliment. Je fais mon possible.

J'ai reçu tes lettres la semaine dernière. Cinq mois pour me répondre. Pas trop pressé ! Me suis inquiété, sérieusement. Tes lettres ne m'ont pas du tout rassuré. Tout ce que tu me racontes sur cette production m'exaspère au plus haut point. Si jamais ce d'Ambrosio de malheur me tombe sous la patte, je ne donne pas cher de sa moustache à la Proust. Sa photo a paru dans le *Berliner Tageszeitung* au moment où Kroll a claqué la porte de la production en octobre. Il paraît qu'il a permis à Kroll de briser son contrat sous une condition : qu'il garde secrète la raison de son départ. Enfin, tout ça, ce sont des rumeurs. Kroll, paraît-il, profite de ce congé pour passer un peu de temps avec ses petites filles dans son chalet des Alpes bavaroises. Il y avait des photos de ça aussi. Sous les sapins. Attendrissant. Et c'est ça que tu veux, n'est-ce pas, Michel ? Des photos de toi dans les illustrés avec les enfants que tu auras avec Anamaria ? De quoi vendre des milliers de pâtés à la viande congelés de Chez Mado. Mais qui suis-je pour me moquer de tes aspirations ? Moi, grotesque libertin ?

Tu viens quand à Berlin ? Parce que moi, je n'ai pas beaucoup les moyens de voyager. Tiens-toi bien, j'ai trouvé un boulot. Enfin, c'est plus lui qui m'a trouvé... Le centre sportif où je m'entraîne, tu sais, le SEZ ? Ben ils m'ont approché pour savoir si par hasard je n'accepterais pas d'être entraîneur pour eux. Ça ne paye pas fort, mais je rencontre des gens. Ça m'aide à oublier Claudia. Je t'épargne le récit de mes démarches pour obtenir un permis de travail. Disons simplement qu'entre la bureaucratie allemande et une circoncision à froid, j'hésite.

Tu sais, il faudra que tu te calmes à propos de Suzuki. Je te le répète, elle ne t'a jamais voulu de mal. Elle me préférait, c'est tout. Tous les parents – oui, je la considère comme ma mère – ont un préféré, surtout ceux qui le nient. Le contraire est aussi vrai, les enfants ont leur préféré, celui qu'ils veulent voir mourir en dernier ! En l'absence de père, ben je préfère Suzuki à Maman. Je pense qu'elle vaut mieux qu'un père. Et tu te trompes pour cette photo de notre grand-père Lamontagne. Certes, je l'ai trouvée fascinante, mais c'était surtout le contexte qui m'intéressait. Tu en connais beaucoup, toi, des hommes vêtus d'un simple maillot de culturiste qui se sont fait photographier à côté de l'archevêque de Rimouski dans les années 1950 ? Comme j'aurais voulu le connaître, ce bonhomme ! D'ailleurs, je pense que tu, enfin, que nous avons toujours eu la mauvaise impression quant à l'enfance que Maman a connue à Rivière-du-Loup. À te lire, on dirait un roman de Charles Dickens ou *La Petite fille aux allumettes*. Et tu te demandes pourquoi je méprise tant Maman ? Mon Dieu ! Ce ne sont pas les raisons qui manquent. Disons simplement que je partage les réserves que les milieux syndicaux ont exprimées à son égard. Je sais aussi qu'elle exploite ses employées, qu'elle engage des filles qui autrement ne trouveraient pas de boulot et les fait travailler comme des folles dans ses maudits restaurants. T'as pas vu le reportage ? *L'enfer d'une waitress ?* Tu sais qu'elle leur fait faire vœu de *propreté* avant de les engager ? As-tu déjà entendu parler de ça, toi ? Je ne te parle même pas de ses magouilles avec les politiciens pour faire zoner des terrains à son avantage, ni de l'intégration verticale de ses entreprises qui fait en sorte qu'elle a le contrôle absolu sur tout et tous, de la ferme à l'assiette.

Et les gens aiment ça. Une fierté nationale. Un fleuron, comme ton d'Ambrosio.

Je ne t'en ai pas parlé, mais juste avant de partir pour l'Allemagne, à Noël 1998, j'ai décidé de faire un tour là-bas, à Rivière-du-Loup. Juste pour voir. Parce qu'un jour Suzuki m'avait dit que je devrais y aller et comme je n'avais – et n'ai toujours – pas l'intention de retourner au Canada, je me suis dit que c'était ma dernière chance de voir le lieu où sont enterrés mes ancêtres. Si je ne te l'ai pas dit, c'est pour que Maman ne l'apprenne pas. Cela ne la regarde pas. Tu peux maintenant me balancer, tout rapporter à Maman, comme tu l'as toujours fait. Plus rien n'a d'importance. Avant de partir, j'ai appelé Suzuki de Toronto. Son hésitation à me donner des infos a confirmé ce que j'ai toujours cru, c'est-à-dire qu'elle vit dans la peur de Maman. Et je ne lui avais pas parlé depuis des années, elle était un peu froissée.

– Pourquoi tu veux aller là ?

Et elle n'a pas voulu me révéler où vivait notre grand-mère, ni où étaient enterrés nos grands-parents, pas plus qu'elle n'a consenti à me dire où je pouvais parler à des gens qui ont connu Papa Louis. Avant de raccrocher, elle m'a juste indiqué qu'il y a dans une des églises de Rivière-du-Loup un chemin de croix qui vaut le détour. Qu'elle-même se souvenait de ces tableaux même si elle ne prête jamais attention à ces détails.

– Mais de ton grand-père, tu ne trouveras rien, je pense. De toute façon, ils sont tous morts, Gabriel. Pis ta mére aimerait pas ça. Mais si tu y tiens vraiment, je ne peux pas t'empêcher d'y aller. Si tu y vas, il faut que tu voies le chemin de croix dans l'église. Regarde bien les personnages. Tu m'en donneras des nouvelles.

C'est drôle, c'est pourtant elle qui m'avait donné cette photographie de Grand-Papa. Elle a dû penser qu'elle était allée trop loin. Mais j'avais une autre idée en tête. Quand Maman souligne que les nouvelles voyagent vite dans une petite ville, elle a raison. Et quand tu émets l'hypothèse qu'elle devait être enceinte de nous deux en décembre 1968, tu as également raison. Je me disais qu'il devait bien se trouver quelqu'un à Rivière-du-Loup qui se souviendrait d'elle et qui pourrait m'en apprendre plus sur notre père dont nous ne savons rien. Tu vois, si tu m'avais parlé de ça avant, j'aurais pu aller faire un tour à l'Ophir, il y aurait peut-être eu là des gens qui se seraient souvenus de Louis Lamontagne, mais il est trop tard maintenant. Je n'avais pas l'intention de te parler de ce voyage, mais puisque tu te permets de dénigrer Rivière-du-Loup sans jamais y avoir mis les pieds, souffre que je corrige tes fausses impressions. La ville est charmante.

J'ai pris le train jusqu'à Montréal et là, j'ai emprunté la voiture de Chantal Villeneuve, notre ancienne prof de Brébeuf. Toujours contente de m'accueillir.

– Tu peux venir, cher Gabriel, mais vole pas de livres !

Elle commence à me connaître. Elle a une voiture manuelle, ce qui m'a causé quelques problèmes à Rivière-du-Loup, car la ville est construite sur une pente ! Il ne faut jamais s'arrêter, sinon, plus moyen de repartir ! Je cale à tout coup ! Pour arriver là-bas, c'est simple. Autoroute 20 vers l'est pendant cinq heures, puis sortie Rivière-du-Loup, rue Lafontaine. C'est joli couvert de neige, tu sais. J'avais réservé une chambre dans un motel à la sortie de l'autoroute, près d'un endroit qu'ils appellent la Pointe, d'où part un traversier qui assure la liaison vers la Côte-Nord. C'était en début d'après-midi, un samedi. J'ai regardé le traversier fendre les glaces du Saint-Laurent et partir dans le soleil d'hiver. Il a contourné l'île aux Lièvres, puis il a disparu. Je suis resté dans la voiture sur le quai jusqu'au coucher du soleil. Tout est devenu rose orangé, les maisons, les gens, les arbres. Pendant un instant, ma peau a pris la couleur d'une clémentine. Puis le froid s'est abattu sur la ville. À travers les glaces, on voit que l'eau du fleuve est verte, verte comme le mensonge, Michel. Et dans le ciel, il y a plus d'étoiles qu'à Montréal ou Toronto. Au soir, j'ai mangé un plat de poulet et j'ai dormi dans le calme du motel déserté. Le lendemain, je pense que c'était le 27 décembre, un dimanche en tout cas, je me suis réveillé assez tôt. Devant le motel, il y avait la succursale Chez Mado avec l'œuf... Encore elle ! J'avais l'impression d'être épié.

Je suis parti explorer les églises de Rivière-du-Loup, à pied parce que j'avais peur de toujours rester coincé avec la voiture aux feux de circulation. Du bas de la pente, on voit briller dans le soleil trois clochers pointus, comme des doigts qui pointent en direction de Dieu. Le premier clocher est au bas de la rue Lafontaine, c'est l'église Saint-Patrice. Bon, d'accord, je sais que tu as les coupoles romaines à tes pieds et que ces misérables chapelles des colonies doivent te paraître bien ennuyeuses, mais moi, tout ça m'a beaucoup ému. Plus que tes visites à Saint-Pierre de Rome. C'est dans ces humbles constructions de nos petites villes qu'il faut chercher l'humilité des premières églises. Pas là où tu es, crois-moi. Dans l'église Saint-Patrice, une messe allait commencer. J'y ai discrètement observé les gens. On me dévisageait du coin de l'œil, évidemment, je suis un peu grand et je ne suis pas de l'endroit. Malheureusement, le chemin de croix n'avait rien de bien extraordinaire. Les mêmes peintures produites à la chaîne qui représentent ce qu'elles ont à représenter sans réinventer quoi que ce soit. Elles font ce qu'on leur demande, point. Je ne suis pas resté pour la messe. Mon but était d'entrer dans les trois églises tant que leurs portes étaient ouvertes.

J'ai remonté ensuite la rue Lafontaine. Il y a de jolies boutiques bien décorées pour Noël, en particulier un fleuriste, Moisan je pense. C'est drôle, j'avais l'impression de savoir où aller. Une fois en haut, j'avais les mains et les oreilles gelées. Il y a un vent à Rivière-du-Loup ! J'hésitais entre les deux clochers qui me restaient à inspecter. J'ai décidé d'aller vers la gauche, de passer au-dessus de la rivière du Loup, presque complètement prise en glace. Là, on se retrouve dans la paroisse Saint-Ludger comme l'indique la façade de l'église. La messe était commencée, donc quand je suis entré, les occupants des huit ou neuf derniers bancs se sont tous retournés pour voir qui survenait dans leur oraison. Ils m'ont scruté quelques secondes, puis se sont à nouveau intéressés au prêtre qui lisait d'une voix nasillarde. Seule une dame a continué de me fixer. Elle me regardait droit dans les yeux. Pas belle, peut-être cinquante-cinq, soixante ans ? Elle se retournait toutes les dix secondes pour s'assurer que j'étais toujours assis sur mon banc. Ça me donnait un peu envie de rire, parce qu'elle avait l'air vraiment amusée par ma présence. Pendant la quête, les gardes paroissiaux ont promené des paniers sous le nez des fidèles. Quand le panier s'est arrêté sous son menton, elle a fait comme s'il n'existait pas. Elle faisait semblant de prier. Le garde paroissial a agité le panier trois fois dans une geste qui voulait dire : « Aye, chose, c'est la quête ! » La dame n'a pas bronché. Le garde s'est lassé et est allé chercher ailleurs ses oboles. Je lui ai donné deux dollars par pitié, me sentant presque un devoir de racheter la pingrerie de ma nouvelle admiratrice.

Hélas, à Saint-Ludger non plus le chemin de croix ne valait pas le détour. Il était presque identique dans sa banalité à celui de l'église Saint-Patrice. Je suis passé devant chaque tableau pendant que les gens s'échangeaient leurs vœux des Fêtes. Dehors, sur le parvis, la dame pingre m'attendait. J'ai sursauté en la voyant. Elle est restée impassible. Elle s'est présentée. Annette Caron. Ça te dit quelque chose, Michel ? Elle ne souriait pas du tout. Elle a encore ajouté : « J'imagine que vous vous trouvez très drôle. » Puis elle est partie. Tu parles de manières, toi ! Je l'ai suivie du regard, elle vit près de l'église. J'étais habillé normalement, pourtant. Rien à comprendre.

Je me suis hâté pour gagner la dernière église, Saint-François-Xavier. Saint patron du tourisme ! À ce point, j'étais transi jusqu'aux os. La messe était terminée, il n'y avait plus que quelques dames qui parlaient encore avec le curé. Troisième déception, le chemin de croix n'était qu'une autre de ces séries d'images pieuses ennuyantes comme la pluie. Sombres, déprimantes, convenues. Voilà. Même Marie-Madeleine avait l'air de trouver la crucifixion ennuyeuse. Les dames qui parlaient avec le prêtre sont passées à côté de moi en chuchotant. Je suis sûr qu'elles ont ricané. Au prêtre que j'ai attrapé juste avant qu'il ne disparaisse dans sa sacristie, j'ai quand même dit bonjour. Il s'est retourné, puis il m'a serré la main. Quand je lui ai parlé du « chemin de croix qui vaut le détour », ses yeux se sont illuminés.

– Mais vous voulez parler du chemin de croix de 1968 ! Celui que la paroisse avait fait peindre ! Ah ! Quelle histoire !

Apparemment, la paroisse Saint-François-Xavier aurait fait réaliser un chemin de croix en 1968 par un peintre professionnel. La chose aurait coûté une fortune aux paroissiens, qui se sont tous cotisés pour payer l'artiste.

– Un Chevalier, non ! Lecavalier ! C'est ça ! Pis imaginez-vous que c'est le croque-mort qui avait presque tout payé ! Mon prédécesseur Rossignol aurait pu vous en parler plus, mais il est très âgé et ne dit plus grand-chose. Je ne crois pas qu'on puisse en tirer quoi que ce soit. Autrement, ce sont les sœurs de l'Enfant-Jésus qui en sauraient le plus. Le curé Rossignol racontait que le vernissage des tableaux avait eu lieu au couvent. Elles seraient contentes de vous en parler, c'est juste en face de l'hôpital, rue Saint-Henri.

Il a aussi dit que l'église a été cambriolée en 1975 et qu'on n'a jamais retrouvé les tableaux. Ça me rappelle cette histoire de tableaux volés de la Pinacothèque vaticane. Où sont-ils ? Que représentent-ils ? On ne le saura jamais. J'en ai parlé à Magda, qui m'a promis de m'emmener à la Gemäldegalerie à Potsdamer Platz pour voir cette *Mise au tombeau de la Vierge*. Elle connaît ce tableau, c'est dans ce musée qu'il est depuis peu. Avant, il était quelque part dans un musée à Dahlem, à l'Ouest. En tout cas, le prêtre m'a montré la sortie parce qu'il voulait aller manger. En marchant vers le couvent, je l'ai vu dans une vieille voiture américaine, genre Buick, s'allumer une cigarette. Il m'a envoyé la main.

Le couvent, Michel, est une longue bâtisse de briques jaunes qui surplombe toute la ville. Les religieuses y ont une vue magnifique des couchers de soleil sur les montagnes de Charlevoix. Dans l'entrée principale, une religieuse déjà assez âgée m'a accueilli. Enfin, elle devait être assez vieille, car elle a mis quelques secondes avant de réagir à ma demande. Je lui ai simplement dit que j'arrivais de Toronto et que je cherchais des renseignements sur le chemin de croix de 1968. Elle avait l'air d'avoir vu un revenant. Elle n'a même pas pris mon nom ! Elle est sortie presque à la course du parloir. J'ai entendu ses petits pas rapides dans le couloir. Tu sais, elle portait des chaussures beiges qu'on reconnaît immédiatement comme des chaussures de sœur. Un modèle avec talon de bois et fort probablement une semelle orthopédique. Elles avaient toutes des chaussures comme ça. Deux minutes après, elle est revenue, tenant par la main une sœur très très très très âgée au nez long comme un jour sans pain. Celle-ci, en me voyant, s'est arrêtée net.

– Vous voilà enfin ! Entrez, entrez...

Elle m'a emmené vers une pièce, une sorte de salon rempli de fauteuils de cuir. Sur une table, il y avait des poinsettias blancs. La première sœur nous a laissés seuls. Avant de partir, elle a demandé si elle devait avertir la buanderie. La sœur au long nez a répondu que cela ne serait pas nécessaire, qu'elle s'occuperait de cela toute seule. Elle m'a dit s'appeler sœur Marie-de-l'Eucharistie.

– Vous avez gardé votre nom en religion ?

– Oui, moi et ma sœur, sœur Sainte-Jeanne d'Arc. Nous sommes les seules. Les autres ont toutes repris l'habit civil et retrouvé leurs prénoms de baptême. Comme je suis heureuse de vous voir... Vous n'avez pas idée...

C'est drôle, elle ne souriait pas. Elle avait tout simplement l'air de quelqu'un à qui on vient d'annoncer que son test de grossesse est positif. La sœur qui m'avait accueilli avait dû répandre la nouvelle de mon arrivée, car de temps à autre, une religieuse passait dans le couloir, jetant dans ma direction un regard curieux. Parfois deux par deux ! Sœur Marie-de-l'Eucharistie s'est lassée de ce manège et a fermé la porte.

– Elles sont curieuses. Je savais que vous viendriez un jour. Vous avez pris votre temps.

– Vous me connaissez ?

– Mais bien certain ! Vous êtes Gabriel Lamontagne, fils de Madeleine à Louis à Louis-Benjamin à Madeleine !

– Je sais, Suzuki, euh... Solange m'en a un peu parlé.

– Ah ! La Solange... Je savais que ça viendrait d'elle. Ah ! Ma belle Solange...

Là elle s'est mis le visage dans les mains. Je me suis senti plutôt mal. J'avais l'impression que mon arrivée venait perturber un monde paisible. J'ai eu regret de m'être rendu jusque-là. Elle m'a raconté un paquet de choses sur Maman, sur Suzuki aussi ! On a dû parler pendant au moins une heure. Enfin, c'est surtout elle qui parlait. Elle connaissait bien sûr le succès des entreprises de Maman, elle t'avait vu à la télévision. Elle était très fière de tout ça.

– Vous savez, Gabriel, vous êtes un peu nos petits-fils, toi et ton frère. Dis-lui qu'il faut qu'il se calme. On entend son angoisse dans sa voix. Quand il chante, on entend qu'il a peur. C'est comme s'il était poursuivi par quelqu'un, ou quelque chose. Peux-tu lui suggérer de chercher la paix dans la prière ? Il n'a rien d'autre à craindre sur terre que Dieu. Une fois qu'il aura compris ça, il n'aura plus rien à craindre des hommes.

Je te le rapporte pour ne pas que tu croies que j'invente ces choses-là. Elle m'a vraiment dit ça ! Je te cite ses paroles exactes, Michel. Tu vois, madame Lenoir aussi te le disait. On entend ta peur quand tu chantes. Même les sœurs de Rivière-du-Loup le savent ! Elle me tenait la main pendant qu'elle parlait. Mon Dieu qu'elle en a débité, des choses ! Et Grand-Papa était entrepreneur de pompes funèbres. Pas mal, n'est-ce pas? C'est lui qui avait financé le chemin de croix qui a été volé en 1975. Tu sais, la Caron que j'avais vue plus tôt à Saint-Ludger, ben c'est une de nos cousines ! Grand-Maman s'appelait Irène Caron ! Elle est morte dans les années 1980, dans la maison où Maman est née et où il y a aujourd'hui d'autres gens. Je n'ai pas osé y aller. Il paraît qu'après la mort de Grand-Papa Louis, elle s'est cloîtrée dans cette maison, toute seule. Elle recevait de rares visites de ses frères et sœurs. Et tu as le culot de me demander pourquoi je déteste l'autre folle ? Elle m'a privé de ma grand-mère ! J'aurais bien voulu la connaître, moi. Et elle aussi. Sûrement. En tout cas, il paraît que notre grand-mère n'a absolument rien changé à l'ameublement de la maison après la mort de Louis. Même les cercueils qu'il avait dans la cave sont restés là. Un jour, en 1985, elle s'est coiffée, maquillée et habillée très chic, comme pour sortir. Toute seule, elle est descendue dans la cave, s'est étendue dans un des cercueils et est morte en paix, un chapelet enchevêtré entre les doigts. On ne l'a retrouvée que des jours plus tard, mais comme c'était en hiver et qu'elle avait éteint le chauffage et les lumières, elle était restée congelée, juste bleuie par le froid. Et les sœurs ont averti Maman et Solange qui ne nous ont rien dit, bordel de cul !

Oh, Michel, j'ai tant de choses à te raconter, elle m'en a tant appris ! Il s'appelait Louis Lamontagne, et sa mère était américaine ! Elle s'appelait Madeleine ! Et sa grand-mère aussi ! Ensuite, la vieille sœur est disparue pendant quelques minutes pour revenir avec une pile de photographies anciennes. Elle a longtemps fouillé. À un moment donné, alors qu'elle allait se résigner à abandonner sa recherche, elle a crié : « C'est celle-là ! »

Tu ne le croiras pas. C'était une photographie de la Saint-Jean-Baptiste de 1948. Grand-Papa tirait le char allégorique qui portait le petit saint Jean-Baptiste avec son mouton. La sœur a expliqué que le chariot s'était détaché de l'attelage qui le tirait. Grand-Papa, qui venait juste de rentrer de la guerre, encore vêtu de son uniforme de la U.S. Army, tirait le chariot vers le haut de ce qu'il m'a semblé être la rue Lafontaine. Que tu le saches, Michel. On ne l'appelait pas le Cheval pour rien. Je sais que tu meurs d'envie de savoir le reste. Quand tu passeras à Berlin, je te raconterai ce que je sais. Dépêche-toi d'en finir avec ce monstre de d'Ambrosio pour qu'on se parle entre quatre yeux. Viens en janvier, viens avec Anamaria ! Vous logerez chez Magda, son sofa s'ouvre ! Elle se meurt d'envie de vous connaître.

Sur une autre photographie, il y avait une sœur qui lui ressemblait trait pour trait. Comment la nature peut-elle se tromper deux fois de la sorte ? Enfin, un visage comme celui de sœur Marie-de-l'Eucharistie passe toujours, mais deux ? C'était sa sœur jumelle, sœur Sainte-Jeanne d'Arc, aussi appelée sœur Marie-de-Nagasaki parce qu'elle y est morte en 1945 des effets de la bombe atomique. Elle posait debout, devant un arbre en fleurs, à côté d'une petite maison japonaise toute blanche. Je ne saurais dire si elle souriait ou si ce rictus était l'expression régulière de son visage. Sœur Marie-de-l'Eucharistie m'a demandé si je voulais une copie de la photographie. C'est une image très touchante, surtout quand on sait qu'elle a été faite juste deux mois avant l'explosion de la bombe dans le ciel de Nagasaki. Je ne savais pas que la bombe avait fait des victimes québécoises. Toutes des sœurs de l'Enfant-Jésus parties en mission là-bas.

– Quand votre grand-mère est morte, j'ai ramassé toutes ses photos. Les voulez-vous, Gabriel ?

Il faudra que je te montre cet album.

À un certain moment dans le parloir, le silence s'est installé. Puis la sœur s'est fatiguée.

– Je vous inviterais bien à manger avec nous, mais notre rencontre m'a épuisée. Il faudra que je me repose. Si vous voulez passer au cimetière, fleurir la tombe de votre grand-père, cela m'apporterait une grande paix d'âme, Gabriel.

Elle m'a raccompagné jusqu'à la porte, et avant de me laisser, elle m'a demandé quand je partais pour *les vieux pays*. Mais d'où savait-elle que je m'apprêtais à partir pour l'Allemagne ? Non seulement elle savait tout du passé, mais elle connaissait aussi l'avenir ! Elle a ensuite voulu savoir, et cela lui paraissait important, si Maman avait toujours sa petite croix en or. Je lui ai dit que je ne l'avais jamais vue sans sa petite croix. Elle semblait très contente, comme soulagée. J'avais presque quitté le couvent lorsque j'ai entendu quelqu'un, à l'intérieur, crier mon nom. C'était une autre sœur, qui portait à bout de bras un de ces anciens appareils Polaroid.

– Ne bougez pas, s'il vous plaît, Gabriel, souriez !

Portant sous le bras la boîte de chaussures pleine de photographie que la sœur m'avait données, je suis passé chez le fleuriste Moisan où j'ai pris une couronne. Le cimetière est juste derrière l'hôpital, les pierres tombales jaillissaient de la neige comme les notes noires d'un piano. Au bout du cimetière, je les ai tous trouvés. Grand-Papa, Madeleine l'Américaine – c'est même écrit sur sa pierre tombale qu'elle était américaine ! –, Grand-Maman Irène Caron, nos oncles, Luc et Marc ; ce dernier est mort juste un an avant notre naissance. J'ai même trouvé la tombe de Louis-Benjamin Lamontagne, né en 1900 – comme l'opéra *Tosca !* – et mort en 1919, un peu à l'extérieur du cimetière. Pas de trace de la tombe de Madeleine Lamontagne, la grand-mère de Grand-Papa. C'est elle qui a dû l'élever, étant donné que sa mère, l'Américaine, est morte en 1918. Logiquement, elle aurait dû être là à côté de son mari comme toutes les autres épouses de son époque, mais je ne l'ai pas trouvée. Bizarre. Et j'avais trop froid pour la chercher, le soleil se couchait sur le Saint-Laurent gelé. Je n'avais qu'un regret : tu n'étais pas là. Nous aurions pu chercher la tombe de la grand-mère de Grand-Papa Louis ensemble !

Je suis rentré à pied au motel. Là, j'ai pris un bain bouillant et j'ai pensé à la route qui m'attendait le lendemain. On annonçait du mauvais temps. Dieu merci, on gagne l'autoroute en terrain plat. Il faut vraiment que je m'exerce un peu plus avec une transmission manuelle si je veux conduire en Allemagne. Si tu me donnais une VW là, tout de suite, j'arriverais à la conduire, mais pas à la faire repartir sur une pente ascendante. Une honte ! Mais je suis loin de pouvoir m'acheter une bagnole au salaire que je fais. Je continue à prendre mon S-Bahn !

Je vais t'écrire encore demain, mais là, il faut que je me couche. Je travaille tôt.

G.

P.-S. : Tu sais ce que Louis Lamontagne a fait graver sur sa pierre tombale ? « Que ma joie demeure. »

Berlin, le 9 novembre 1999

Cher Michel,

Le temps passe comme un voleur. Pas eu le temps de t'écrire avant aujourd'hui. J'ai vu hier le tableau dont tu m'as parlé, la *Mise au tombeau de la Vierge*. Magda avait accepté de m'accompagner à la Gemäldegalerie à Potsdamer Platz, même si une fois là, elle est devenue très désagréable. Drôle, mais déplaisante. Chaque fois que nous nous retrouvons dans ce qui était avant le secteur ouest de la ville, elle me fait ce genre de scène. Les gens croient probablement qu'elle est ma grand-mère, je la tiens au bras, de l'autre, elle s'appuie sur sa canne. Dès qu'elle entend des gens de l'Ouest, elle marmotte quelque chose du genre : « morue ! » Elle a d'ailleurs failli nous faire expulser du musée avant même d'arriver à la *Mise au tombeau de la Vierge*. Nous étions devant une autre peinture, une Vénus de Cranach. Tu sais, ces figures un peu diaphanes et blanchâtres qu'on dirait des noyées ? Si Magda n'avait pas été une vache absolue, j'aurais d'ailleurs oublié le nom du peintre pour ne garder en mémoire que ces très jolies filles qu'il peignait. Deux autres femmes admiraient la Vénus en même temps que nous. Elles n'avaient pas dû lire l'écriteau à côté du tableau, car elles semblaient croire qu'il s'agissait d'un autre peintre.

– C'est Cranach ! a glapi Magda.

– Ah oui ? En êtes-vous bien sûre ? a répondu la dame.

– Vous n'avez qu'à lire l'écriteau ! C'est noir sur blanc !

J'aurais dû la faire taire...

– Vous avez raison, Madame, c'est bien Cranach. Pourquoi ne l'ai-je donc pas tout de suite remarqué ?

– Parce que vous êtes conne. Ne cherchez plus.

Les deux dames, je te le jure, lui auraient fait manger sa canne si je n'avais pas été là. Elles sont même allées se plaindre au gardien de sécurité, qui n'a pas voulu intervenir, en bon Ossi... Magda semblait de bonne humeur de les voir scandalisées. Avant de sortir du musée, elle les a encore croisées en sortant des toilettes. Elle leur a dit : « Je vous présente mes excuses pour tout à l'heure. Je vous ai traitées de connes. Si j'avais su que c'était vrai, je ne vous l'aurais pas dit. » Son culot dépasse parfois les bornes. Elle m'a expliqué qu'elle ne peut pas sentir les Bavaroises. Je n'avais même pas remarqué qu'elles avaient un accent.

– Mais c'est pourtant évident ! Ouvrez l'oreille, Kapriel ! Les Autrichiens, les Bavarois, tous ces catholiques du Sud parlent le même dialecte étrange !

Magda peut être un peu dure envers ses compatriotes. Au bout du musée, il y avait ce tableau de Giotto di Bondone dont tu m'as parlé. Il est un peu différent de celui que tu m'as décrit. D'abord la Vierge est étendue la tête à gauche, pas à droite. C'est important ? Ses jambes sont recouvertes d'une sorte de drap rose. Au pied de ce qui semble être un lit – je sais que c'est son tombeau ! – il y a un homme vêtu d'une sorte de toge mauve. Il se penche sur elle comme pour pleurer. Un autre homme portant la barbe la dépose sur le lit. Tout autour, des dizaines de personnes avec au centre, Jésus qui tient un petit bébé dans ses langes. Il y a aussi sur cette peinture des anges à chaque bout du lit. Magda et moi sommes restés là à regarder cette image, mais honnêtement, Michel, nous n'avons pas ressenti la même angoisse que toi. Non. Même que Magda a trouvé le tableau rassurant.

– Elle ne meurt pas seule. Elle a des dizaines de gens autour d'elle, même son fils. Je ne vois pas pourquoi votre frère a peur de cette image, Kapriel. Il doit être angoissé.

Je n'ai pas osé lui dire qu'elle avait raison. Elle a même dit qu'elle ne demanderait pas mieux que de mourir comme ça, avec deux anges à ses pieds. Elle a ajouté que tu devrais venir faire un tour à Berlin quand elle mourra, comme ça on pourra tenir des cierges pour illuminer sa chambre mortuaire. Magda peut être un peu lugubre. Insolente et lugubre. Quant à ton inquiétude sur la mort de Maman, cette pensée qui te tient éveillé la nuit, je dois t'avouer que je ne la partage pas. Dieu rappelle toujours à lui les plus doux. Il n'est donc pas exclu que Maman vive jusqu'à cent ans.

Pour tout te dire, quand je t'ai envoyé mes lettres de Potsdam, j'avais espoir que Magda me raconte le reste de son histoire à Königsberg. Rien. Elle est restée muette comme une carpe.

– J'ai seulement voulu vous raconter l'histoire avec Ludwig pour vous consoler, à cause de votre *Wessi-Tante*. Mais le reste n'est pas très intéressant.

– En quoi l'histoire de Ludwig peut-elle m'apporter du réconfort ?

– Je ne sais pas, pour que vous compreniez.

– Comprendre quoi ?

– Comprendre que tout le monde a un amour perdu, même moi !

C'est bidon, tout ça, Michel. Mais je pense avoir saisi. Pour la faire parler, il faut qu'elle ait bu. Autant que possible du vin blanc allemand. Il faudra guetter l'occasion. En attendant, Magda est devenue, comment dire ? Tu vas rire ! Ben elle est devenue un peu ma meilleure amie ! Je l'aime bien, cette vieille folle qui ne fait pas semblant, tu vois. Elle m'a pris sous son aile. Après le musée, nous sommes retournés manger chez elle. C'est devenu trop froid pour le *Biergarten*. Elle a fait son spécial *Broiler*, c'est un poulet grillé qu'elle achète à un Turc au bout de la rue pour quatorze marks. On paie moitié-moitié, comme si on était des ados ! Magda veut que je change.

– Vos lectures, Kapriel, elles sont toutes de ces livres que vous prenez à des filles, vrai ?

– Ben oui. À part les rares livres qui m'ont été offerts et les livres qu'il fallait lire pour l'école.

– Donc, votre choix est toujours limité par les goûts de vos amantes, vrai ?

– J'ai beaucoup d'amantes.

– Quand même. Ce que vous faites, c'est un peu un viol.

Ça m'a fait de la peine, ce commentaire. Jamais je n'ai pris une fille contre son gré. Jamais. Mais selon Magda, chaque livre qu'on lit devient une partie de soi, une sorte de tiroir de la conscience. En volant des bouquins à mes amantes, je leur vole un peu de leur être, de leur conscience. Je trouve qu'elle va chercher ça loin. Elle m'a dit ce que je sais depuis longtemps : il suffirait de demander à ces filles de me donner un livre. La plupart seraient heureuses de le faire. Mais, vois-tu, Michel, dans ce cas-là, elles m'imposeraient leur livre préféré, qui serait peut-être ennuyant comme la pluie. Je lui ai expliqué ça.

– Comment le savez-vous, puisque vous ne l'avez jamais fait, Kapriel ?

En effet. Magda a peut-être raison. Mes lectures suivent un chemin tortueux, au gré de mes rencontres, à la faveur de ces quelques secondes dont je dispose pour piquer un bouquin quand la fille est aux toilettes. Le lendemain après-midi, à mon retour du centre sportif, j'ai trouvé un livre devant ma porte avec une note de Magda : « En ai marre de cette pluie. Suis partie quelques jours chez mes amis de Magdebourg. Je vous laisse ce livre d'une auteure née à Königsberg. Ne considérez pas ce geste comme une forme de flirt, petit pervers. Comme il est probablement trop difficile à lire pour vous en allemand, la copie française je vous ai trouvée. Bonne lecture. Votre Magda. »

Le livre s'intitule *Le Totalitarisme,* par une dénommée Hannah Arendt. Ça te dit quelque chose ? Un pavé ! On dirait de la philo, bieurk... Mais puisque c'est un cadeau de Magda, je vais y jeter un coup d'œil dès ce soir.

Gabriel

Berlin, le 20 novembre 1999

Mon cher Michel,

J'ai tenté en vain de lire le livre que Magda m'a demandé de lire. Peine perdue. Il me tombe des mains. C'est ennuyant comme la pluie. Je n'en retiens que cette phrase en quatrième de couverture.

« Ce dont a besoin le pouvoir totalitaire pour guider la conduite de ses sujets, c'est d'une préparation qui rende chacun d'entre eux apte à jouer aussi bien le rôle de bourreau que celui de victime. »

Je n'y comprends pas grand-chose. Je préfère quand Magda me raconte ses histoires. Elle me manque.

Au SEZ, le centre sportif où je travaille, je me suis lié d'amitié avec le gars qui s'occupe des comptes. Il m'a raconté qu'en Allemagne, les lois relatives aux renseignements personnels sont très strictes. Ainsi, je n'aurais pas le droit d'obtenir, à titre d'individu, l'adresse d'une autre personne domiciliée en Allemagne, que je la connaisse ou pas. Une entreprise cependant peut demander ces renseignements. Tout de suite, j'ai pensé à faire une surprise à Magda. Je ne lui en parle pas, mais j'ai mis Bernd – c'est le nom du type – à la recherche de Terese Bleibtreu et Ludwig Bleibtreu. Tu te souviens d'eux ? S'ils ne sont pas morts et qu'ils résident quelque part en Allemagne, Bernd pourrait trouver leur adresse. Ça ferait une belle surprise à Magda ! Peut-être pour son anniversaire le 30 janvier ! Elle aura quatre-vingts ans. J'attends que Bernd me réponde. Il a envoyé la requête hier. Si les souvenirs de Magda sont bons, Terese aurait quatre-vingt-douze ans aujourd'hui. Tu crois que ça vit longtemps, une prof de chant ?

Gabriel

Berlin, le 23 novembre 1999

Mon cher Michel,

Magda est enfin rentrée de Magdebourg. Je commençais à m'inquiéter. Je suis même descendu chez Hilde pour m'informer. Elle m'a dit de ne pas m'en faire, que Magda disparaît régulièrement pendant des jours chez des amis qu'elle a un peu partout dans l'ex-RDA. Quand elle n'est pas à Magdebourg, elle traîne à Leipzig.

– Chez des gens comme elle.

Je ne sais pas ce qu'elle a voulu dire par là. En tout cas, Magda est tout de suite montée chez moi pour m'avertir de son retour. Elle veut me voir demain soir pour un verre de vin blanc. Je ne lui ai pas parlé de ma recherche pour retrouver les Bleibtreu. Tu sais quoi ? Bernd a retrouvé quatre Terese Bleibtreu en Allemagne. Il m'a donné leurs adresses en me faisant promettre de ne jamais dire à personne qui me les avait fournies. Il pourrait avoir des ennuis. Alors, garde ça pour toi. J'ai donc sorti mes grammaires et mes dictionnaires pour écrire un mot à ces quatre inconnues. L'une d'entre elles est peut-être la bonne. Pour les encourager à répondre, j'ai inclus une photographie de moi et de Magda qu'un touriste suédois a eu la gentillesse de prendre devant la roseraie du château Sans-Souci, à Potsdam. Elle la reconnaîtra sûrement. Je sais ce que tu vas penser, et sache que je l'assume. Je veux une réponse. Voici en français le mot que j'ai écrit en allemand :

*Madame,*

*Je m'appelle Gabriel Lamontagne. Je prends la liberté de vous écrire aujourd'hui parce que vous pourriez être la personne que je cherche. Depuis presque un an, je réside à Berlin-Lichtenberg, où je me suis lié d'amitié avec une gentille dame appelée Magdalena Berg, née à Königsberg en 1920 et ayant passé une partie de sa jeunesse à Berlin-Charlottenburg. Il est possible que vous soyez une amie dont elle m'a parlé. Je voudrais lui préparer une surprise pour ses quatre-vingts ans, le 30 janvier prochain. Si vous reconnaissez la personne dont je vous parle et si vous êtes la grande sœur de Ludwig Bleibtreu, je vous serais éternellement reconnaissant de me répondre le plus rapidement possible pour que je puisse organiser son anniversaire. Vous trouverez ci-incluse une photographie récente de moi-même en compagnie de Magda, à Potsdam, ainsi qu'une enveloppe-réponse affranchie. Si vous n'êtes pas la Terese Bleibtreu que je cherche, s'il vous plaît, ayez la gentillesse de me répondre quand même pour que je sache à quoi m'en tenir.*

*Salutations amicales,*

*Gabriel Lamontagne*

Tu crois que ça peut marcher ? Évidemment, la lettre en allemand doit être pleine de fautes. Mais le message se comprend. J'envoie tout ça demain par la poste. J'aurais aimé connaître au moins l'âge de mes quatre Terese pour éviter les envois inutiles, mais bon. Je pense que les chances sont bonnes. Elle saura peut-être ce qu'il est advenu de Ludwig, s'il est déjà mort ou s'il a quitté l'Allemagne. Magda va en faire, une tête ! Si ça se trouve, elle pourra lui rendre sa petite croix qu'elle doit toujours avoir quelque part. Mes Terese Bleibtreu sont dispersées partout en Allemagne. Il y en a une à Berlin-Tempelhof – c'est probablement la bonne –, une dans le coin de Münster, une troisième à Stralsund et une quatrième dans le fin fond de la Bavière, presque en Autriche. J'attends !

Écris-moi. Je suis sans nouvelles. Tes insultes me manquent, gros patapouf ! Embrasse Anamaria pour moi !

Gabriel

P.-S. : Ce sera mon premier Noël en Allemagne. Meurtri, mais vivant. Je continue de me ressaisir.

Le 1er décembre 1999

Cher Michel,

Ouf ! Je ne te dis pas. Ou plutôt oui, je te dis. Tout. Puisque tu veux le savoir. Je viens de finir de mettre par écrit tout ce que Magda a pu me raconter. J'ai les yeux qui piquent tant j'ai écrit.

J'ose imaginer que vous allez bien tous les deux. J'ai des nouvelles de mes Terese Bleibtreu ! Grande déception. J'ai reçu une réponse très rapide de Berlin-Tempelhof. En français !

*Cher Gabriel,*

*Je ne suis malheureusement pas la Terese Bleibtreu que vous cherchez. Née en 1966 à Hambourg, je ne connais aucune Magdalena Berg et je ne reconnais pas la dame sur la photographie. Je trouve votre entreprise très émouvante. Vous devez être un homme sensible. N'hésitez pas à me contacter si vous voulez un soir sortir à Berlin. Je travaille à la Freie Universität à Dahlem et suis célibataire. Je joins une photographie récente de moi lors d'un voyage à Paris. Je serais heureuse de faire votre connaissance. Vous êtes Français ?*

*Terese*

Une jolie fille. C'est drôle, elle était photographiée à côté de Notre-Dame-de-Paris, et elle avait aux pieds une paire d'escarpins rouges qui ont dû entraver sérieusement la marche pendant sa visite. Je compte bien l'appeler en janvier quand j'aurai plus de temps. Une autre réponse, en allemand cette fois, m'est arrivée de Stralsund.

*Cher Monsieur,*

*C'est avec grand plaisir et une certaine curiosité que je réponds à la requête que vous avez adressée à ma défunte épouse Terese Bleibtreu. Malheureusement, elle nous a quittés il y a deux ans après une longue maladie. Je doute fort que Terese soit la personne que vous cherchez. Elle a passé toute sa vie à Stralsund et n'a que rarement visité Berlin. De plus, Terese avait deux sœurs plus âgées qu'elle et pas de frère plus jeune. Si jamais vous passez par notre jolie ville, n'hésitez pas à me contacter. Je me ferai un plaisir de vous servir de guide.*

*Salutations cordiales,*

*Günther Bleibtreu*

Il ne reste plus grand espoir, comme tu peux le constater. Mais je ne me décourage pas.

Je te préviens. Le reste de l'histoire de Magda pourrait t'arracher quelques larmes. Je sais qu'elle ne voudrait pas que j'en parle à quiconque, mais quand elle ne sera plus, il faudrait que le monde sache ce qu'elle a traversé. Je crois que c'est important. Plus important en tout cas que mes petites déceptions amoureuses. Ah ! Mon frère ! Comme il est long de se ressaisir ! Je pense encore à Claudia, tout le temps. J'envisage l'avenir comme un grand trou noir. Dieu merci j'ai ce travail qui me change les idées.

Envoie-moi au moins une carte de Noël !

Gabriel

# Deuxième cahier de Magdalena Berg

*

Et cette Hannah Arendt ? Qu'en avez-vous pensé, Kapriel ? Vous êtes d'accord, ou pas ? Moi je ne sais pas. Comment dire si tout le monde était bourreau ou victime ? Comment les départager ? Il fut des temps où chacun était à la fois bourreau et victime. Et que veut-elle dire par « apte à devenir » ? Capable de devenir ou désireux de devenir ? Faudrait voir.

J'ai beaucoup pensé à vous pendant que j'étais à Magdebourg, à la campagne. J'ai trouvé le temps de mettre mes idées en place. Il me fallait me souvenir de bien des détails, poser bien des questions à des gens qui avaient un meilleur souvenir que moi de ces années. En tout cas. Les événements qui se sont déroulés à Berlin, je les ai déjà racontés, cent fois peut-être. Mais Königsberg, je n'en ai pas parlé. Et ce n'est pas parce qu'on ne me l'a pas demandé ! Encore l'année dernière, avant votre arrivée, les gens de la télévision voulaient faire un autre documentaire. Comme s'il n'y en avait pas eu assez, des documentaires sur ces histoires. Chaque fois, ils me contactent. Chaque fois, je dis non. Pas parce que je suis timide, non, ça vous savez. Mais parce que je trouve que ces gens posent les mauvaises questions. C'est toujours : « Qu'avez-vous fait quand vous avez entendu pour la première fois les détonations de l'artillerie ? » Quels idiots ! J'ai déguerpi, comme tout le monde ! Je ne suis pas restée pour voir les canons de près ! D'ailleurs, parler de ces choses entre nous, Allemands, c'est comme si ce n'était pas permis. Je ne comprends pas pourquoi. On dirait que c'est entendu, que tout ce qui nous est arrivé, ben nous l'avons tout simplement mérité. Et il y a ces imbéciles, les crânes rasés qui trouvent toujours dans ces histoires un moyen de réclamer ceci ou cela, qui voient dans nos malheurs une justification, une manière de dire que finalement, l'Oncle Adolf avait raison.

Puisque vous êtes, pour ainsi dire, quasiment ignorant... Non, taisez-vous, calmez-vous, asseyez-vous. Vous êtes ignorant, Kapriel. Ce n'est pas une insulte, c'est une constatation. Rien, vous ne savez. Je vous connais assez pour avoir compris ça. Comme vous n'avez pas de parti pris pour la Prusse orientale, je peux vous raconter mon histoire sans craindre votre jugement hâtif. Alors, puisque vous insistez... que je vous raconte donc l'histoire du zèbre de Königsberg.

Vous savez, Kapriel, parcourir cinq cents kilomètres, en 1940, c'est comme parcourir cent kilomètres aujourd'hui. C'est ce que je me suis dit l'autre jour en rentrant de Magdebourg. Le monde a rétréci, c'est simple. Je suis rentrée à Königsberg par train à l'été 1940. J'avais vingt ans. Ce n'est pas ma tante Clara qui me cueillit à la gare. Elle était trop mal. À sa place, il y avait un monsieur polonais qui s'appelait Marion, une sorte de servant, disons plutôt un esclave chez Tante Clara. À cette époque, les Polonais étaient classés en trois ou quatre listes, je ne me souviens plus, selon qu'ils avaient des origines allemandes ou pas. En Prusse orientale, bien des gens étaient mélangés à des slaves à divers degrés. Ce Marion faisait partie de la catégorie de Polonais avec lesquels il était permis de parler, de s'asseoir à table. Il connaissait un peu l'allemand. Il suffisait, à cette époque, Kapriel, de commander un Polonais pour en obtenir un. Pour eux, travailler dans une maison comme celle de Tante Clara valait mieux que la déportation vers un camp de travail, dans une usine ou sur les routes. À Königsberg, il y avait à manger et un endroit chauffé pour dormir. Ne le répétez pas, mais je pense qu'il était, comment dire ? Privilégié. Oui. C'était comme ça.

C'est drôle, Kapriel, dans mes souvenirs de petite fille, Königsberg n'était qu'un théâtre, un zoo et le jardin de notre maison. Des souvenirs de la plage de Cranz et de la lagune de Courlande j'avais encore aussi. Mais le reste, c'est-à-dire la vraie grandeur de Königsberg, je l'avais complètement oubliée. Oublié le château, oublié la cathédrale de briques rouges, les sept portes de la cité, ses ponts, ses magasins, ses marchandes de poisson qui gueulent, sa gare immense, ses petits lacs déposés comme des perles dans la ville même. Je n'avais aucun souvenir de la Gare du Nord, probablement construite pendant que j'étais à Berlin. Comme la gare est à l'extrémité sud de la ville et que ma tante habitait dans un quartier au nord, toute la ville nous avons traversée dans le camion. Marion ne disait pas un mot. Il devait avoir mon âge. La maison de Tante Clara, sur Mozartsraße – oui, je sais, il fallait que ce soit Mozart ! – je ne l'avais jamais vue avant. C'était près du zoo. C'est qu'elle s'était mariée en 1934 avec cet étron de Wolfgang que j'étais sur le point de connaître. Avant, Tante Clara, la sœur de Maman, avait été professeure dans une école. Jusqu'en 1932. Je savais qu'elle était ensuite devenue très malade, mais je n'avais pas idée de la personne que j'allais trouver.

– Frau Hinz va mieux qu'hier.

C'est tout ce que Marion avait cru bon de me dire.

– Comment ça, mieux qu'hier ?

– Fièvre baissée.

De la fièvre en plein été ? Marion n'était pas loquace. Il portait toujours le petit *P* noir sur losange jaune sur ses vêtements, ce à quoi je ne me suis jamais habituée. Dans la capitale, je n'avais jamais rencontré de Polonais. Et là, j'étais accueillie par un citoyen de la nation contre laquelle nous étions en guerre. Je ne comprenais pas grand-chose à tout ça, dois-je vous dire, Kapriel. Vous tutoyer ? Non. Non, c'est mieux comme ça, nous sommes habitués.

Nous passâmes à côté du zoo, puis la maison apparut. Wolfgang avait de l'argent, plus que je ne l'aurais cru. Maman m'avait dit qu'il était riche et que pour Tante Clara, c'était tant mieux, étant donné son « état ». J'avais cru qu'elle voulait dire que les professeures de musique étaient mal payées. Comme je me trompais ! Comme je ne savais pas à quoi m'attendre ! Si Maman m'avait prévenue, peut-être que j'aurais préféré les bombardements à la Prusse orientale, si paisible, si loin de la guerre.

Que vous dire d'autre sur mes premières impressions ? Que j'avais le sentiment d'enfin rentrer en terre promise. La maison de Tante Clara était très grande, une villa bourgeoise avec un jardin et une remise pour garder un cheval, même un petit potager. Wolfgang et elle avaient du personnel. Mis à part Marion, il y a avait une vieille est-Prussienne, Frau Meisel, qui cuisinait, et une fille à tout faire qui se tapait tout le ménage, la lessive et le nettoyage.

– Vous avez chance. Monsieur n'est pas là.

C'est ce que Marion avait dit en arrivant. Je n'avais jamais vu l'oncle Wolfgang. Tout ce que je savais de lui, c'est qu'il travaillait dans le même édifice qu'Erich Koch, le gauleiter de la Prusse orientale. Ce que c'est ? Les nazis avaient divisé le Reich en territoires appelés *« gau »*. Ça n'existe plus, bien sûr. Le gauleiter, c'était comme un Hitler miniature. Erich Koch était notre mini Hitler, en Prusse orientale. Il devait être assez efficace, car les croix gammées étaient partout. Le salut hitlérien était aussi plus fréquent à Königsberg qu'à Berlin. Évidemment, avec le recul, tout le monde aime dire ça. Dire quoi ? Bien qu'on trouvait en Prusse orientale plus de nazis au mètre carré que partout ailleurs dans le Reich. Ce qui n'est pas faux. Mais quand j'entends les Bavarois... Oui, oui, je sais, Kapriel. Je les laisse en paix...

La femme de ménage, ou la *Dienstmädchen* comme on l'appelle, était elle aussi une Polonaise. Anja, qu'elle s'appelait. Elle portait comme Marion un P noir sur fond jaune dès qu'elle quittait la maison, ce qui ne lui arrivait que pour aller faire les courses. Timide. Effacée. Toujours le nez par terre. Rien à en tirer. De toute façon, avec tout ce qu'elle avait à faire... Elle et Marion, parfois, parlaient le polonais tout bas, ou peut-être le masurien, un dialecte parlé en Prusse orientale, mais je n'en suis pas sûre. Je les surprenais parfois, dans le jardin, dans la cuisine, à parler tout bas cette langue glissante et roucoulante. Dès qu'ils me voyaient, ils s'arrêtaient de parler, ou passaient à l'allemand en milieu de phrase. J'ai compris pourquoi le lendemain de mon arrivée.

Anja m'a montré ma chambre. Il était tard. J'ai dormi un peu, puis je suis descendue pour inspecter cette grande maison. Quelles merveilles ! Des peintures, de beaux meubles, de la vaisselle à dorures et même, au rez-de-chaussée, une salle de musique avec un piano. Bien sûr, Tante Clara avait même été professeure de musique ! Une partition d'un *Impromptu* de Schubert était ouverte. Je ne sais plus lequel, mais c'était un de ces morceaux nostalgiques et lancinants de Schubert. Quoi ? Tout Schubert est nostalgique et lancinant ? Non, certaines de ses pièces sont romantiques et larmoyantes. Parfois tout ça à la fois. Le soleil se couchait. Dans la salle à manger, une nouvelle scène m'attendait. Debout à côté de la table mise se tenaient trois petits enfants. À mon entrée, le plus grand, un petit garçon, m'a saluée respectueusement. Hans. La deuxième était une petite fille appelée Hannelore. Le troisième tenait à peine debout et ne savait que s'agripper à son grand frère.

– Il s'appelle Heinrich, dit Hans en guidant le petit vers une chaise haute.

À table, une place était mise pour moi et pour un convive invisible.

– Madame arrive, murmura Anja.

Anja tentait de gaver le petit Heinrich, qui recrachait sa purée. Les deux autres mangeaient presque normalement. Il a fallu que je coupe le poisson de Hannelore.

– Vous êtes la cousine de Berlin ?

Le petit Hans, j'étais sur le point de le découvrir, était un moulin à paroles.

– Oui, j'arrive de Charlottenburg. Mais je suis d'ici, comme vous.

En entendant les enfants parler avec leur accent prussien, je me suis presque mise à pleurer. Comment vous dire ? Imaginez-vous, Kapriel, qu'on a fait un clone de vous à l'âge de six ans, qu'on l'a congelé et qu'on vous le présente quatorze ans plus tard par surprise. C'est l'effet que la chose me faisait. Les enfants parlaient comme je parlais avant de quitter la Prusse orientale, avec le même accent, celui d'avant Berlin, celui-là même que j'avais entendu à la gare à mon arrivée. Ces enfants, je me suis dit, ils étaient moi. Puis Tante Clara est arrivée à table. D'abord, sans mot dire, elle est tombée dans mes bras. Comment vous la décrire ? Chemisier blanc, jupe verte et chaussures à petit talon. Vous connaissez ce groupe de musique pop suédois ? BABA ? Non, attendez... ABBA ? Bon, ceux-là ! Imaginez la chanteuse. Non, la blonde. Avec un chignon. Ma tante Clara avait à peu près l'air de ça. Très scandinave. Vous préférez la brune ? Mais on s'en fout, Kapriel ! Elle s'excusait de son retard. Anja disparut dans la cuisine et Tante Clara prit la relève auprès d'Heinrich.

– Voilà, tu as beaucoup changé. Je suis si heureuse que tu sois là, avec mes fièvres, tu ne seras pas de trop. Wolfgang est en Pologne la plupart du temps. Je suis toute seule avec ces trois enfants, mais ils sont gentils, tu verras. Et regarde (elle pointait son ventre), celui-là arrivera pour Noël.

– Pourquoi tous leurs prénoms commencent-ils par *H* ?

Elle s'arrêta. Puis, déposant la cuiller pleine de purée, elle me saisit les deux poignets pour bien me regarder dans les yeux.

– Mais allons, quelle drôle de question, Magda, toi qui arrives de la capitale du Reich ! Je suis l'exemple de notre bonne Magda Goebbels ! Elle aussi, elle a donné des prénoms qui commencent par *H* à ses enfants. *H* pour Hitler. Sache-le !

Magda Goebbels. Comme moi, elle l'admirait. Je n'osais pas lui raconter l'histoire de la boucle d'oreille, elle m'aurait probablement mal jugée, ou tout simplement pas crue.

– Je l'ai rencontrée pendant les Jeux olympiques, grâce à Papa !

Elle faillit s'évanouir.

– Tu... elle t'a parlé ?

– Oui, elle m'a serré la main et m'a dit que j'avais un très joli prénom.

– Quelle main ?

– Ben, euh... la main droite, évidemment. Je ne lui ai pas donné la main gauche !

Elle regardait ma main comme une nonne regarde un morceau de la vraie croix.

– Quelle chance tu as... Wolfgang a promis, si je ne suis pas malade, de m'emmener à Berlin bientôt. Après la naissance de l'enfant. Parle-moi d'elle ! Comment est la maison ? Le jardin à Schwanenwerder ? Et ses enfants ? Tu as rencontré la petite Helga ? Je veux tout savoir ! Parle, Magda !

Toute la fête à Schwanenwerder je lui racontai, sauf, évidemment, l'épisode de la boucle d'oreille. Je ne parlai pas non plus des gens qui, dans les buissons... Enfin, vous vous souvenez, Kapriel. Elle m'écoutait avec de grands yeux qui me rappelaient ceux de Maman. Mais il y avait quelque chose d'irrégulier dans son regard. Comment dire ? Vous savez, ces gens qui hurlent dans la rue que la fin du monde est imminente ? Que saint Michel s'apprête à peser nos âmes ? Elle avait ces yeux-là. Après le dîner, elle fit coucher les enfants.

– Si on faisait un peu de musique, Magda ?

Maman lui avait écrit que je chantais. Elle sortit un cahier de Schubert et nous avons commencé à chanter des lieder que je connaissais. Même *Ständchen*. Elle jouait du piano divinement, et quand je me trompais, elle savait toujours me rattraper. Après chaque morceau, elle posait sur moi un regard chargé de contentement.

– Je crois que nous allons bien nous entendre, Magda. Je suis presque contente qu'il y ait la guerre. Sinon, Dieu sait si je t'aurais revue ! Comme tu chantes bien ! Waldtraud m'a écrit que tu as chanté *La Flûte ?* C'est vrai ?

J'étais presque contente aussi. Tante Clara était la douceur même. Comme Maman, avant qu'elle soit trop malade. Jusqu'à minuit nous avons chanté, enfin, surtout moi. Elle ne chantait pas très bien. Mais ensemble, nous aurions pu organiser des récitals tant elle jouait bien de son instrument. À minuit, sans crier gare, elle ferma le piano et sans dire un mot elle est montée se coucher. Je fis la même chose. Bien sûr que j'étais un peu amoureuse. Comme on peut être amoureuse de sa tante. Vous souriez ? Je me souviens qu'avant de m'endormir, j'ai remercié Churchill d'avoir envoyé les bombes sur Berlin ! Quelle honte ! Mais j'étais morte fatiguée du voyage...

Les enfants me réveillèrent au matin. Le petit Heinrich, toujours accroché sur Hans. Ils avaient attendu mon réveil au bord de mon lit. La petite avait cueilli dans le jardin une fleur pour moi.

– Maman a encore de la fièvre. Tu nous emmènes au zoo ?

En bas, Anja m'expliqua : « Madame encore fièvres. Peut-être baisser aujourd'hui, plus tard. Elle trop joué de musique. Trop tard. » Je n'avais pas la force de lui dire de se mêler de ses affaires. L'avions-nous empêchée de dormir ? Je n'en revenais pas de son effronterie.

Le zoo était à un saut de chat de la maison. Il suffisait d'en faire le tour pour arriver à l'entrée principale. De notre jardin, on entendait parfois l'éléphant barrir. Heinrich dormait dans son landau, Hans et Hannelore me bombardaient de questions. « Es-tu mariée ? », « Qui est ton papa ? », « Pourquoi tu parles toujours aussi bizarrement ? » Il faut dire, Kapriel, que j'avais un peu perdu l'accent de la Prusse orientale à Berlin. Au zoo, je retrouvai les zèbres de mon enfance dans le même enclos, au même endroit, mangeant toujours des feuilles de chou. Combien de temps vit un zèbre ? Le gardien confirma que certains des zèbres étaient effectivement les mêmes qu'en 1934. De vieux amis, donc. Autour de moi, tout le monde parlait comme je parlais, enfant. Le soleil brillait. Comme la guerre m'avait rendue heureuse !

Au retour, une surprise m'attendait. Wolfgang était rentré de Pologne. Permission surprise ! Wolfgang était S.S., enfin c'est ce que Maman m'avait dit, je ne suis plus sûre. Elle avait raison. Je n'en avais jamais vu de proche. Enfin, oui. Aux Olympiques, ils étaient là, à Schwanenwerder aussi. Mais là, celui-ci, je devais l'appeler « Onkel Wolfi ». Il était charmant, mais froid. Dans les premiers temps, en tout cas. Quand je suis entrée dans la maison, il descendait l'escalier. Un beau grand monsieur aux yeux gris qui souriait tout le temps. Les enfants se sont mis à crier : « Papa, papa ! » et pouf ! Je les avais perdus. Après les présentations, il envoya les enfants retrouver Anja dans la salle à manger pour lui demander un bout du Streuselkuchen qu'il avait rapporté. Très vite, j'appris, comme les chiens de Pavlov, à associer le croustillant du Streuselkuchen à Onkel Wolfi. Il en rapportait souvent. Je n'y touche plus depuis la guerre. Les petits disparus, il me regarda longtemps, comme on regarde un enfant pour essayer de lui trouver des ressemblances avec ses parents.

– Tu ressembles à ton père sur les photos. Vingt ans, tu as. Quel bel âge ! Il était temps que tu arrives. La Polonaise et Clara n'y arrivaient plus, avec les enfants.

C'était vrai. J'ai toujours ressemblé à Papa Alfred. Ainsi, Onkel Wolfi me considérait comme une sorte de nounou. Une question me brûlait les lèvres.

– Pourquoi Tante Clara est-elle malade ?

– Ta Maman ne t'a pas raconté ? Clara a des fièvres paludiques.

Des fièvres paludiques ? Il ne manquait plus que ça dans mon existence ! Quoi ? Vous ne savez pas ce que c'est ? C'est la malaria ! Tout simplement. Ne faites pas cette tête, la malaria sévissait en Europe jusqu'à la Seconde Guerre mondiale. En Méditerranée, surtout. En Sicile, en Sardaigne en Corse, là où les moustiques vivent. Mais disons qu'à Königsberg, c'était plutôt exceptionnel. Wolfi m'expliqua que Tante Clara avait été très malade *de l'âme*. Qu'en 1932, elle avait dû être internée dans un institut en Prusse orientale, où on lui avait diagnostiqué la schizophrénie. À cette époque, il était commun de traiter certains cas de démence en inoculant la malaria, surtout la démence qui vient avec la syphilis. C'était combattre le feu par le feu. Tous les hôpitaux d'Europe avaient une souche de la malaria prête à être inoculée aux patients psychotiques. Vous ne me croyez pas ? Mais c'est vrai ! Non, non, ça n'a rien à voir avec les camps de concentration. Vous êtes simpliste, Kapriel ! C'est un Autrichien, le docteur Wagner-Jauregg, qui découvrit les vertus des fièvres paludiques sur les déments. Il reçut même le prix Nobel de médecine pour sa découverte, en 1926 ou 1928, je ne sais plus. Bon, évidemment, on perdait des patients, mais jusqu'en 1945, la malariathérapie était utilisée contre la démence. Je ne sais pas ce qu'on se disait. Peut-être que les fièvres affaiblissaient les patients à un point tel que la folie devenait une fantaisie au-dessus de leurs forces. Vous devez comprendre encore autre chose. Un diagnostic de schizophrénie, en 1932, ça restait douteux. À cette époque, il était encore possible de faire enfermer une épouse chiatique. Si ! Si ! Donc, un médecin de l'hôpital de Königsberg décida de tenter le coup avec la malariathérapie. Il paraît, et ça, c'est Clara elle-même qui me le raconta plus tard, qu'elle avait des délires, des sortes de cauchemars éveillés où des monstres la poursuivaient.

– Des étrangers, des hommes aux longues barbes. Des papes, des papes à moustache !

Elle avait la certitude d'être persécutée, qu'elle ne survivrait pas à ces rêves. Elle ne mangeait plus, se laissait dépérir. S'endormait parfois pour se réveiller en hurlant au secours. Ses attaques la laissaient très faible.

– J'entendais des voix. Des voix graves et menaçantes qui m'annonçaient les pires catastrophes.

En janvier 1933, le jour de la prise de pouvoir d'Adolf Hitler, on lui inocula donc la malaria. L'effet fut très rapide. Deux semaines après, elle était clouée au lit par des fièvres volcaniques. Les premières attaques sont les pires. Ensuite, ça se tasse. Ils faillirent la perdre. Mais quand elle revint à elle, elle était presque normale. Elle joua même un peu de piano à l'hôpital. C'est là qu'elle rencontra son mari. À l'hôpital. Je ne sus jamais ce qu'il faisait là. S'il était en visite ou interné, ou membre du personnel. Et moi, j'étais trop timide pour lui poser des questions de ce genre.

– Maintenant, grâce à la quinine, les fièvres se soignent. Elle a eu de la chance, aucun de ses enfants ne l'a eue. On doit faire très attention. Et ses crises sont de plus en plus rares, tu verras. Il faut que tu veilles sur elle. Que tu voies à ce qu'elle prenne sa quinine, mais jamais quand elle est enceinte, ça lui ferait perdre son enfant. Tu peux me promettre que tu veilleras sur elle ?

– Oui, Onkel Wolfi.

Je ne savais pas à quoi je m'engageais. Tout ça me rendait heureuse, bizarrement. J'avais enfin un rôle à jouer. J'étais quelqu'un dans un monde qui me ressemblait : la Prusse orientale. La vraie nature de l'oncle Wolfgang ne devait se révéler qu'après son retour d'Ukraine. Nous sommes entrés dans la salle à manger, où les enfants s'empiffraient de leur Streuselkuchen. Anja venait de dire un mot polonais à Hannelore. Wolfi est devenu tout rouge, s'approcha d'elle pour lui coller deux baffes monumentales.

– *Auf Deutsch!* Mes enfants parlent allemand!

Anja sortit en courant, les enfants déglutissaient leur gâteau en silence. Ne m'en voulez pas, Kapriel, mais je trouvais qu'il avait raison. Elle ne parla jamais plus le polonais devant nous, d'ailleurs.

Tante Clara avait la fièvre quarte. C'est-à-dire que ses accès de fièvre étaient séparés par deux jours de répit. La malaria est une maladie réglée comme du papier à musique, Kapriel.

– C'est pire quand je suis enceinte.

Wolfgang n'est resté que trois jours. Après, il est reparti pour la Pologne. On ne le revit plus avant deux mois. Très vite, je me suis installée dans cette maison où il manquait un maître. Comprenez, la plupart des hommes étaient mobilisés. Restaient les femmes, les enfants et les vieillards. Après deux semaines, c'est moi qui décidais à peu près tout: le menu, les sorties, les pièces que nous chantions, les repos des employés, si un arbre était scié pour cause de maladie, bref, j'étais le capitaine de cette maison. Onkel Wolfi m'appelait d'ailleurs son petit colonel. À Noël, Clara donna naissance à une petite fille, qu'elle décida d'appeler Helga en l'honneur de la fille aînée de Joseph et Magda Goebbels. L'enfant était saine, c'est-à-dire que grâce aux soins des médecins, Clara ne lui avait pas transmis sa malaria. À l'hiver 1941, Clara connut une amélioration sensible de son état. Il est dit que le paludisme aggrave la grossesse et vice-versa. Elle reprenait vie. Elle me rappelait beaucoup Maman, avant qu'elle ne soit malade et dont, de Berlin, je n'avais que de rares lettres dans lesquelles elle se plaignait des bombardements. Ludwig était quelque part sur le front, je ne savais pas où. Je pense qu'il devait être fâché contre moi, car je ne lui avais pas dit que j'étais à Königsberg. Il avait dû rentrer à Berlin en permission sans me trouver. Mais je ne pensais plus à ça. En réalité, Kapriel, la seule chose qui me manquait à Königsberg, c'était *Tosca*. Il y avait un théâtre plus petit qui passait en boucle Puccini-Wagner-Verdi, mais pas de *Tosca*. Ils semblaient obsédés par *Madame Butterfly*. C'est vrai qu'avec toutes ces femmes qui attendaient un homme parti au front, *Butterfly* pouvait vouloir dire quelque chose. Moi, *Butterfly*, c'est pas ma tasse de thé. Ha! Thé! Vous saisissez? Cette Suzuki complètement asservie qui suit sa maîtresse jusque dans ses délires les plus déments! Une apologie de l'esclavage, voilà ce que c'est. Pourquoi vous faites cette tête, Kapriel? Je vous l'ai déjà dit? Je radote? Excusez-moi! Non, je préfère encore *Tosca*. Plus dynamique, comme personnage.

En juin 1941, Tante Clara fut déclarée assez robuste pour faire un petit voyage. La maison de mes grands-parents paternels de Cranz, sur la mer Baltique, était restée vide. Ce n'était qu'à trente minutes de train de Königsberg. Je décidai d'y emmener Clara et les enfants, après avoir demandé la permission à Papa, bien sûr. *Ach !* Cranz ! Je n'avais pas vu la mer Baltique depuis 1934. C'était une petite villa en bois de style scandinave à cent mètres de la plage, pas loin de l'hôtel Cranz et de la promenade de bord de mer. De la cour, on voyait le soleil se coucher dans la mer. Il faudra un jour que je vous parle de ces couchers de soleil sur la mer Baltique. Il faut les avoir vus pour le croire. Il n'y avait que deux chambres à coucher. Une pour les enfants, et une pour moi et Tante Clara, avec la petite Helga, bien entendu. Nous y passâmes toutes les vacances d'été.

Onkel Wolfi est venu nous retrouver. Il était de mauvaise humeur parce qu'Hitler avait déclaré la guerre à l'Union soviétique, et qu'il devait partir en Ukraine, ce qui l'éloignait de nous. Je l'aimais bien, mais quand il était là, je redevenais la jeune Berlinoise de vingt ans réfugiée en province pour fuir les bombes. Dès qu'il partait, Tante Clara devenait en quelque sorte mon épouse. J'étais père de famille.

– Écoute, mon petit colonel. On m'envoie en Ukraine. Tu vas veiller sur mon petit monde ? N'est-ce pas ?

Je faisais mon possible pour feindre la tristesse. Le soir, je remerciais le führer cent fois en silence. Wolfi me faisait une telle confiance qu'il m'apprit à conduire la voiture ! Une Opel Wanderer. Il devait y avoir dans tout le Reich dix ou douze femmes qui conduisaient une voiture, et j'étais l'une d'entre elles. Mais comme il fallait bien se déplacer et qu'il y avait encore de l'essence... À l'été 1941, pendant que la Wehrmacht déchirait l'Ukraine, moi, j'emmenais Clara, Hans, Hannelore, Heinrich et Helga en visite dans la péninsule de Courlande, aux pieds des immenses dunes formées par le vent. Combien de jours avons-nous passés à jouer dans ces forêts de pins ? Dans le village de Neu-Pillkoppen, Clara s'est évanouie en regardant des paysans décapiter des oiseaux, des grues blanches qu'ils avaient attrapées à la fin de l'été, je pense. Ils le faisaient avec leurs dents ! Immonde ! Le soir, à Cranz, nous allions au Cranz Hotel. Anja gardait les enfants. Là, il y avait de la musique, de la danse. On y avait un plaisir fou. Jamais on ne se serait crus dans un pays sur le bord du gouffre. Jamais. Une danse sur le volcan.

À l'automne, nous sommes rentrés à Königsberg pour l'école que le petit Hans avait commencé à fréquenter. Clara allait de mieux en mieux. Onkel Wolfi lui avait interdit d'écrire des lettres à Magda Goebbels, qu'elle continuait de vénérer. Il lui arrivait de se déguiser, au dîner, en Magda Goebbels. Oui, elle était restée un peu folle. Sa malaria n'avait pas tout guéri... Pour jouer le jeu, je lui avais acheté une paire de boucles d'oreilles identiques à celle que j'avais volées en 1936 à Schwanenwerder. Vous savez ce qu'elle m'a dit ?

– Mais Magda ! Comme elles sont jolies ! Elles sont identiques à celles que Frau Goebbels portait avant. Tu sais, on ne la voit plus avec ces petites perles nacrées sur les photos. Elle les a peut-être perdues.

– Ou elle porte par hasard d'autres boucles d'oreilles quand on la prend en photo.

Le rêve de Clara était de recevoir des mains de Magda Goebbels la médaille des mères du Reich. Il fallait que les femmes fassent des enfants, c'était une obsession pour Hitler. Pour les encourager, les nazis ont inventé un système de récompense. Ils remettaient des médailles à ces *Reichsmütter*. À la naissance de la petite Helga, à Noël 1940, Wolfi avait commandé la Croix de bronze des mères du Reich. Clara la portait aux Fêtes.

– Encore deux enfants et tu auras la Croix d'argent !

Celles qui mettaient au monde huit marmots et plus recevaient la Croix d'or. Vraiment, ces nazis, ils étaient fous. Vous vous rendez compte ? Huit enfants pour une femme ! C'est passer sa vie enceinte !

Dois-je vous dire, Kapriel, que Tante Clara ne parvenait souvent pas à finir ses journées ? Je veux dire qu'elle devait dormir parfois de longues heures pendant l'après-midi. J'en profitais pour sortir les enfants. Quand je réussissais à sortir seule avec Hans, l'aîné, je partais en ville en tram. Les autres étaient encore un peu lents pour les traîner dans les rues. À force de visites au zoo, Hans avait développé une fascination pour les zèbres. Il voulait tout savoir sur eux. Ceux du zoo ne lui suffisaient plus, il voulait des images, des livres et des histoires avec des zèbres. Les voisins m'envoyèrent au musée pour lui montrer le quagga. Vous savez ce que c'est ? Le quagga est une espèce récemment éteinte, voisine du zèbre, mi-cheval, mi-zèbre, originaire de l'Afrique du Sud. Le dernier quagga est mort à la fin du dix-neuvième siècle, il ne reste de l'espèce que vingt-quatre spécimens empaillés dans les musées du monde entier. Enfin, aujourd'hui vingt-trois. Ses rayures ne couvrent que sa tête et la partie antérieure de son corps. On crut longtemps que le quagga était une sous-espèce du zèbre, mais c'est faux. Hans adora cet animal. Il ne voulait plus quitter le musée, voulait toujours y retourner, bref, il intégra ce quagga à ses obsessions de petit garçon. Vous savez ce qu'il me dit un jour ?

– Le quagga, il est un peu comme toi Magda. Il est moitié zèbre, moitié cheval.

Je ne comprenais pas ce qu'il voulait dire.

– Oui, Papa dit que tu es moitié fille, moitié garçon.

Quelle candeur ce garçon ! Comment vouliez-vous que je me fâche contre lui ? Après la guerre, des survivants de Prusse orientale m'ont appris que le quagga de Königsberg avait connu un triste destin. Juste avant l'arrivée de l'Armée rouge, les dirigeants du musée l'ont fait déménager dans une villa dans l'espoir que les Russes ne le volent pas. L'animal empaillé était donc debout dans une chambre quand les soldats russes, tous soûls, sont entrés en défonçant la porte pendant la prise de Königsberg. Ils faillirent mourir de peur en voyant ses grands yeux briller dans les ténèbres. Furieux, ils le jetèrent par la fenêtre pour le brûler dans le jardin de la villa en pissant dessus. Voilà, je pense que cette scène traduit bien le sort de... enfin. Bon.

(Là, Michel, elle s'est encore levée pour aller à la cuisine chercher un truc. Je l'ai entendue allumer un petit appareil électrique, probablement pour couvrir le bruit de ses sanglots. Pleurer des années plus tard pour un faux zèbre empaillé, avoue que c'est inusité.)

À Noël 1942, Onkel Wolfgang revint d'Ukraine. Il revenait souvent, mais cette fois-là, il était changé. Il ne parlait pas, s'enfermait dans sa chambre. Ne s'intéressait pas aux enfants. Je crois aussi qu'il semblait se douter de la place que je prenais en son absence, car ses paroles devenaient un peu dures à mon égard.

– Tu crois que tu peux mener ma maison parce que je t'ai montré à conduire l'Opel, Magda ?

Il disait ça calmement, d'un ton froid et détaché en mangeant sa soupe. Clara fixait son assiette. Les enfants ne disaient plus un mot.

– Je ne mène rien, Onkel Wolfi, je veille.

– Ne veille pas trop tard.

Il marmottait des choses incompréhensibles. Restait des heures à contempler la neige tomber. C'est à peine s'il s'intéressait à Helga, qui eut ses deux ans le 28 décembre. Peu après l'Épiphanie, il nous annonça qu'il repartait. Clara avait voulu lui faire une surprise en se déguisant encore une fois en Magda Goebbels ! Il l'avait giflée.

– Pauvre folle ! Faudra-t-il encore t'enfermer ? Ressaisis-toi !

Elle en avait perdu ses boucles d'oreilles. Toute la nuit elle avait pleuré. Je l'ai entendue. Et lui aussi, je l'ai entendu. Il la... enfin. Vous voyez ce que je veux dire ? Le lendemain il partait et Clara me faisait un cycle de fièvres comme elle n'en avait plus fait depuis l'automne 1940. Il me fallut trois mois pour remettre de l'ordre dans la maison. Tant que nous chantions, Clara restait à peu près saine d'esprit. Dès que nous cessions de chanter pendant, disons, une semaine, elle recommençait à se prendre pour Magda Goebbels. C'était comme si la musique ramenait de l'ordre dans son esprit. Un ordre qui se défaisait à chaque permission d'Onkel Wolfi. L'hiver 1942 nous apporta des nouvelles terrorisantes. Stalingrad. Ah, ça vous connaissez. Je vous reconnais, là. Pour la poésie, la tête vide, mais pour tout ce qui représente la souffrance humaine, vous ne donnez pas votre place. Je reconnais l'homme en vous. Mais non, calmez-vous, je plaisante.

L'été 1943 fut magnifique. Ma petite Helga marchait, Heinrich parlait comme une chute d'eau, presque autant que son frère Hans qui lui, savait déjà lire. Hannelore avait appris à me faire des tresses. Journées paresseuses passées sur la plage de Cranz, le soir, les plus beaux couchers de soleil du monde. Cet été-là, nous avons eu un petit problème. Marion, le Polonais, fut réquisitionné par l'Arbeitsamt pour aller travailler dans une usine de munitions en Allemagne. C'était assez fâcheux, car il abattait quand même pas mal de travail. Plus le temps passait, moins il restait d'hommes dans Königsberg.

Fin août, je décidai d'emmener Hans et Hannelore entendre leur premier opéra. Une production tout à fait spéciale du *Freischütz* de Weber. Connaissez-vous ? Non ? C'est un répertoire très allemand. La musique est magnifique. Dans quel théâtre ? Oh ! Ce n'était pas dans un théâtre, c'était, comment dire, en plein air. Oui. Le thème s'y prête bien. C'était le soir, dans le coin de Heiligenbeil, une petite ville. Les enfants étaient surexcités de sortir seuls avec moi. Il y a des gens qui disent que l'opéra, c'est trop compliqué pour les enfants, qu'ils ne peuvent pas aimer ça. Foutaise ! Rien ne les fascine davantage que les cris de la Reine de la Nuit !

La scène était aménagée au cœur de la forêt, au pied de grands sapins dont les cimes ondulaient dans la brunante. Il devait y avoir cinq cents personnes, au moins. Le *Freischütz* est un *singspiel*, il y a des dialogues et du chant. Il vaut mieux commencer avec les *singspiels* pour les enfants, car souvent ils sont déroutés par les récitatifs. Le *Freischütz* raconte l'histoire d'un chasseur, voilà pourquoi on aime le jouer en plein air, au cœur de la forêt allemande. L'histoire très compliquée. En gros, c'est l'histoire d'un chasseur qui fait un pacte avec le diable. Eh oui ! Une autre spécialité allemande ! Il échange son âme contre des balles magiques qui, quand on les tire, ne ratent jamais leur cible. Bien sûr, la dernière balle appartient au diable et ira tuer la belle Agathe que le chasseur voulait épouser. C'est un opéra où on sursaute toujours au son des coups de feu.

La mise en scène confondit tout le monde. Imaginez-vous, Kapriel, habituellement, les personnages tirent des balles de fusil, à blanc, évidemment. Or cette-fois, peut-être parce que nous étions en guerre, peut-être parce qu'il y avait des enfants dans le public, le metteur en scène avait remplacé les balles par des flèches. Quelle idée ! *Freischütz* au Far West ! Pour Guillaume Tell encore, j'aurais compris ! J'étais scandalisée. Comme si cela n'était pas assez, il y eut un problème pendant la représentation. Les trois dernières flèches décochées ne sont jamais retombées des arbres qui dominaient la scène. Je vois encore Hans et Hannelore suivre le mouvement de l'archer, les yeux braqués sur chaque flèche, puis suivre sa trajectoire dans la nuit noire pour les regarder, bouche ouverte, disparaître dans le ciel de Prusse orientale ! Après le spectacle, les enfants voulurent parler aux chanteurs, moi aussi d'ailleurs. J'étais curieuse de savoir comment ils avaient échappé à la mobilisation pour chanter *Freischütz* en plein air. Mais ces questions-là ne se posent pas. Ils étaient très gentils, un des chanteurs nous confirma :

– J'ai perdu mes trois flèches. C'est très fâcheux. Elles sont parties vers le ciel et devaient comme à l'habitude retomber derrière les sapins. Je les ai cherchées partout, rien. Peut-être à la lumière du jour.

Sur le chemin du retour, Hans et Hannelore étaient surexcités. De toute cette histoire, ce qu'ils avaient retenu, c'étaient les flèches perdues. Rien ne semblait à leurs yeux plus important que ces maudites flèches ! Ils en parlèrent pendant deux semaines. Cette soirée à Heiligenbeil m'a rappelé à quel point l'opéra me manquait, je veux dire, les belles productions que nous avions à Berlin. À moi aussi, il m'arrive de rêver encore aujourd'hui à ces trois flèches qui filent dans le ciel de la Prusse orientale. Dieu sait où elles sont tombées, les flèches maudites du diable.

Ce fut ma dernière balade en Opel. Une semaine après, la voiture fut réquisitionnée pour le front. De Berlin, je recevais des lettres affolantes. Les bombes pleuvaient, parfois en plein jour. Toutes les nuits des alarmes. À l'automne, la lettre est arrivée. Celle que je n'aurais jamais voulu recevoir. Le destin voulut que Tante Clara l'ouvre en premier. Maman était morte dans un bombardement. Enfin, ce n'est pas un seul bombardement qui l'avait tuée, mais une série de bombardements. Elle s'était enfermée dans sa chambre avec une bouteille de vin blanc allemand. Au son de l'alarme, elle n'était pas descendue au bunker avec Papa. Il voulut la forcer, frappait à sa porte, mais elle n'ouvrait pas. Lui, il entendait que les bombes s'approchaient de Charlottenburg. Pour sauver sa peau, il fallut descendre à la cave. La maison était encore debout quand il sortit du bunker, mais Maman avait sauté par la fenêtre. Comme Tosca. Après avoir fini la bouteille de vin blanc allemand, elle avait écrit un mot qu'elle avait roulé et placé dans le goulot de la bouteille. Le mot était pour moi. Papa me l'avait envoyé.

*Ma petite Magda,*

*Je n'en peux plus. Je ne veux plus vivre dans ce monde. Tâche d'être heureuse. Occupe-toi de ta tante.*

*Maman*

De Tante Clara qui était sa sœur ou de moi, je ne sais pas qui fut la plus affectée. Clara sombra immédiatement dans une spirale de fièvres. Wolfgang était loin en Ukraine. Jusqu'à Noël 1943, je pense que je passai le plus clair de mon temps à fixer le vide. J'étais comme paralysée par la douleur. Clara écrivait de longues lettres à Magda Goebbels. Je crois même qu'elle les postait. Elle lui demandait conseil en ces jours difficiles. Jamais elle n'eut de réponse. Nous l'aurions su. Le monde entier l'aurait su.

Vous savez, Kapriel, s'il n'y avait pas eu les enfants dont il fallait que je m'occupe, je serais devenue folle de tristesse à cause de Maman. C'était maintenant sûr. Je ne retournerais pas à Berlin après la guerre. Je resterais à Königsberg, là où j'avais mes racines. En février 1944, Wolfgang revint malade du front. Par un miracle inimaginable, il s'était remis du typhus, preuve que Dieu rappelle vers lui les plus purs. Encore faible, il fallait s'en occuper comme d'un infirme. J'avais sur les bras une femme qui bouillait de fièvres paludiques et un homme réduit à l'état de squelette par le typhus. Si je n'avais pas eu Anja et la cuisinière, Frau Meisel, je ne pense pas que je m'en serais sortie. Wolfgang prit du mieux jusqu'en juin, mais sa maladie, ou le front, ou les deux, l'avait changé. Il était devenu irascible et paranoïaque. Il était convaincu que je bourrais le crâne de ses enfants de mensonges sur lui, que Clara et moi complotions pour le tuer, bref, il était fou furieux. Clara n'en menait pas beaucoup plus large. Son état ne s'améliorait pas. Il lui arrivait pendant de longues heures de prier pour Magda Goebbels. Comme elle avait entendu dire qu'elle était bouddhiste, elle imposait des méditations matinales aux enfants, sur des mantras étranges et inquiétants. Anja en avait peur. À l'automne 1944, Wolfgang se fâcha pour de bon. Je pense qu'il dut la violer, parce qu'elle est restée prostrée un jour complet dans sa chambre. Cela s'était passé quand j'étais au zoo avec les enfants. Anja était cachée dans une armoire quand je suis rentrée. Lui, il criait encore à l'étage. Je suis montée pour voir. Elle était sur le lit, pleurait, lui était debout, sans son pantalon et hurlait : « Je vais te faire enfermer. Tu me fais un autre fils, ou je te fais enfermer ! » Il s'est retourné, m'a vue. La porte s'est fermée dans un grand bruit. Puis ils se sont battus. Plusieurs fois. Comment vous dire, Kapriel ? Moi, je n'étais pas habituée à ces manières.

Dieu merci, en juillet 1944, Wolfgang dut partir pour Gotenhafen, près de Gdansk. Ce n'est qu'à quelque deux cents kilomètres de Königsberg, sur la mer Baltique. À cause de sa maladie, il était devenu inutile sur le front. Il devait s'occuper des navires qui mouillaient dans le port de Gotenhafen. Quand, après son départ, Clara m'est tombée dans les bras en pleurant : « Je suis enceinte », je compris qu'il l'avait violée.

C'est dans un calme absurde, étant donné ce qui se passait ailleurs en Allemagne, qu'en juillet nous fêtâmes en grandes pompes les quatre cents ans de Königsberg. Il y avait des fêtes partout, encore des croix gammées, des défilés de mères du Reich, des vieillards de la Volkssturm et des Hitlerjugend, les seuls hommes qui restaient encore en Prusse orientale ! Avec les enfants, je me souviens, je chantais *Erlkönig* pendant une sorte de fête champêtre, cette fois avec un autre pianiste parce que Tante Clara était dans ses fièvres. C'est drôle, personne n'osait parler de ce qui se passait, personne n'avait le droit de douter de quoi que ce soit. Celui qui exprimait ses craintes était accusé de défaitisme et enfermé, ou encore pire. Pourtant, tout dans ce lied, *Erlkönig*, annonçait clairement la suite des événements, jusqu'à son tempo, jusqu'à sa fin tragique ou le père arrive au galop au château pour se rendre compte que son enfant est mort dans ses bras. Et les gens écoutaient avec plaisir nos voix leur annoncer leur fin prochaine. Les femmes trouvaient Hans adorable. Il faisait la voix de l'enfant, moi, celles du père et du Roi des aulnes. Si j'avais su, j'aurais choisi un autre numéro pour ce jour de fête.

Wolfgang revenait toutes les deux semaines, toujours plus sombre, toujours plus déplaisant. Je m'arrangeais pour me trouver à Cranz quand il arrivait, laissant la pauvre Clara à sa merci. Un jour, je suis rentrée de Cranz avec les enfants et il était toujours là. Les gens qui devaient passer le prendre étaient très en retard. Clara était devenue presque folle à force de fièvres. En sortant, il jeta sur moi son regard veule, puis il toisa ses enfants. Vous savez ce qu'il a dit à Hannelore ? Je ne l'oublierai jamais : « Toi, fais gaffe de ne pas devenir comme ce singe » en me montrant du doigt ! Pour finir, il me plaqua contre le mur et sortit retrouver son transport.

C'est terrible, le typhus, Kapriel.

À la fin août 1944, le ciel nous tomba sur la tête. Littéralement. Jusque-là, les bombardements avaient comme par miracle oublié Königsberg. Toutes les villes allemandes étaient en flammes, sauf Königsberg. C'était comme si les Anglais avaient eu de fausses cartes. Mais dans la nuit du 26 au 27 août, les bombes plurent sur notre ville. Nous ne fûmes pas épargnés. Enfin, au lendemain de ces deux nuits horribles, la maison tenait toujours debout, mais ce n'est pas tout le monde dans la rue Mozart qui avait eu cette chance. Vous n'avez pas idée du fracas... Vous ne saurez pas et c'est tant mieux pour vous. Le premier bombardement avait mis par terre un quartier voisin du nôtre, Maraunenhof.

Pendant le deuxième bombardement, le 29 août, Clara devint hystérique pour vrai. Elle cherchait Wolfgang. Nous étions tous à la cave quand elle se leva pour sortir en courant de la maison. Anja et Frau Meisel tentèrent de l'en empêcher, mais elle était plus forte. Le bruit des bombes se rapprochait. Les enfants pleuraient. En plein dans le feu du bombardement, je sortis pour la retrouver. On voyait en direction de Königsberg le ciel complètement rouge, dans les rues, des gens couraient, criaient. Puis, il n'y eut plus rien. J'avançais en direction du zoo, à gauche, à droite, des ruines, des bêtes mortes. On y voyait presque comme en plein jour tant les explosions étaient fortes. Puis, je suis tombée sur des corps brûlés, comment dire, rétrécis ? Comme des petits enfants... La chaleur des bombes au phosphore les avait cuits en quelques secondes, c'était comme des poupées. Il y en avait une, Kapriel. Mon Dieu, comment expliquer ? Elle était morte, rétrécie, brûlée par le phosphore, tenait à la main une cage qui lui avait fondu le long du bras. Elle était sur le dos, le doigt pointé en l'air et au bout, une perruche miniaturisée, réduite, ratatinée. Vous comprenez ?

Puis il passa, le zèbre.

Une bombe avait dû abattre un des murs de l'enclos. Je n'oublierai jamais l'image de cette bête affolée, galopant dans les ruines incandescentes. Le feu était pris à mon manteau. Je dus l'enlever pour ne pas devenir torche humaine. Le zèbre galopait dans ma direction, j'étais pétrifiée par la terreur, incapable de bouger. Son souffle me parcourut le cou, il me parut froid par rapport à l'air ambiant, puis la bête hennit, me frôla dans sa course vers la ville. Je la perdis de vue dans un nuage de fumée. Je cherchai encore Clara pendant une demi-heure sous les bombes qui tombaient. Quand je suis retournée dans la cave, elle était déjà là. Folle. Tremblotante. Elle me regarda dans les yeux et dit, et je me souviens encore de ses mots à travers les sanglots des enfants : « Il y a un zèbre qui court dans les rues en flammes. C'est la guerre, Magda ! » Oui, elle s'est ramassé des gifles. Je l'avoue. Trois fois. Vous auriez fait la même chose ! Cinq ans d'alarmes, de bombardements, de tickets de rationnement, de villes anéanties et il avait fallu qu'elle voie un zèbre galoper dans les rues en flammes de Königsberg pour comprendre que l'Allemagne était en guerre ! Pauvre folle ! Les enfants pleurèrent jusqu'au matin. C'est eux qui trouvèrent le zèbre mort de peur et d'épuisement à une centaine de mètres de la maison. Nous l'avions encore entendu hennir tristement à l'aurore.

Après les bombardements, il fallut accueillir chez nous, enfin, chez Wolfgang, les voisins Neumann qui avaient tout perdu. Ils n'avaient, pour ainsi dire, que les vêtements qu'ils portaient pendant le bombardement. Wolfgang réapparut quelques jours après, sérieux et un peu plus composé, cette fois. Nous étions tous dans le grand salon, avec les Neumann – ils étaient cinq –, Anja et la vieille Meisel, la cuisinière. Wolfgang expliquait que l'Armée rouge était aux portes de la Prusse orientale. Clara sanglotait. Il fallait quand même faire confiance à la Wehrmacht, disait-il. La victoire finale était proche, mais en attendant, il fallait résister. Plus personne à ce point ne croyait en la victoire finale, sauf les enfants et les fous. Wolfgang se voulait rassurant : « Les Allemands ont une arme secrète qu'ils comptent déployer au dernier moment pour les anéantir comme il faut, quand ils seront tous à portée. » Les Neumann l'écoutaient poliment. Eux voulaient partir vers l'Ouest. Ne pas attendre l'Ivan.

– Mon père a fait la Grande Guerre, disait Herr Neumann, si les Russes nous attrapent, il vaut mieux nous pendre avant.

– Les Russes ne prendront personne ! hurlait Wolfgang, ceux qui fuiront Königsberg seront accusés de trahison et en paieront le prix ! *Aus !*

Il retourna à Gotenhafen, un peu à l'ouest de Gdansk, le lendemain, nous laissant là. Les bombardements avaient détruit presque tout le cœur de la ville, le château, la cathédrale, les sept ponts de Königsberg, les commerces, bref, sept cents ans d'histoire allemande pulvérisés en deux nuits de bombardements. La plupart des rues étaient encombrées de ruines. Sur les routes passaient de longs convois de réfugiés en charrette tirées par des bœufs, des gens des territoires de l'est, du territoire du Memel, qui avaient préféré fuir plutôt que de tomber aux mains des Russes. Sur les rails, des trains passaient, des wagons chargés de montagnes de meubles, de lits. Pour nous cependant, la fuite était interdite. Hitler avait déclaré Königsberg forteresse imprenable. Résister jusqu'au dernier. Tel était l'ordre. Les Neumann n'étaient pas convaincus du tout. À la fin septembre, ils partirent dans une charrette tirée par deux chevaux. Six heures plus tard, ils revenaient. Frau Neumann tremblotait. Son mari nous expliqua que sur le bord de la route, la Wehrmacht les avait arrêtés. Un message clair. Il était interdit de fuir la Prusse orientale.

– Je vais avoir un garçon, j'en suis sûre, me dit un jour Tante Clara.

Elle devait être trois mois en chemin. Puis, je me souvins de ce que Wolfgang m'avait dit au sujet des propriétés abortives de la quinine, qu'il ne fallait surtout pas en donner à Tante Clara pendant qu'elle était enceinte. Je ne concevais pas comment elle pouvait, dans ces circonstances, mettre un enfant au monde. Déjà qu'elle n'arrivait pas vraiment à s'occuper de ceux qu'elle avait... Partout, on racontait que l'Armée rouge – qu'on appelait tout simplement l'Ivan –, était à nos portes. S'il fallait fuir, faudrait-il laisser Tante Clara derrière nous ? Je pense que ses médecins avaient dû l'informer des dangers de la quinine. Je dus donc la lui administrer en douce. Pas facile, car la quinine a un goût très amer et qu'il n'y avait nulle part dans la ville de sucre pour l'adoucir. Je lui filai donc le poison à doses infimes, dans tout ce qu'elle prenait. Le matin dans sa chicorée (il n'y avait plus de café), le midi dans sa soupe à l'ortie (Vous ne connaissez pas ? Un plat pas cher pour la guerre) et le soir, saupoudrée sur le filet de turbot qu'elle mangeait. Lentement, le poison finit par faire effet. Elle perdit l'enfant au bout de trois jours, vers la fin du mois de septembre. Quand Anja arriva en courant dans le jardin dont j'essayais d'extraire les dernières pommes de terre et les derniers oignons avant les gelées, je dus faire un effort pour avoir l'air horrifiée.

– Promets-moi que tu ne diras pas à Wolfgang que j'étais enceinte. S'il sait que je l'ai perdu, il va m'accuser de l'avoir fait exprès.

– Je te le promets, Tante Clara.

Et j'ai tenu ma promesse, Kapriel.

Mais Clara ne s'est pas laissé démonter. Avec les enfants et quelques valises, nous allâmes jusqu'à la gare, avec le père Neumann qui menait le cheval. Il n'y avait déjà plus d'essence depuis longtemps. Plus de beurre non plus. Plus grand-chose, en fait. À la gare, il y avait un chaos monstre. Les voies allaient être dégagées des décombres pour que le transport reprenne, mais il était interdit de voyager. *Les trains doivent vers la victoire rouler, après la guerre tu pourras voyager*. C'était écrit sur une affiche dans la gare. Les nazis affectionnaient ce genre de rimettes débiles. Si ça rime, c'est que ce doit être vrai !

Interdit de prendre le train à moins d'y être autorisé par on ne savait pas trop qui. Erich Koch ? Clara était à demi folle. Elle engueula les fonctionnaires des chemins de fer comme du poisson pourri : « Je suis une amie personnelle de Magda Goebbels ! Vous allez entendre parler de moi ! Vous n'avez pas fini ! » Pas moyen de la calmer. Moi, j'essayais de voir le bon côté des choses : Hans et Hannelore ne pleuraient plus. Ils étaient devenus insensibles aux traumatismes, une défense qui leur serait bientôt utile.

Nous étions confinés à la maison. En octobre, une nouvelle terrible nous parvint. Les Russes avaient réussi à briser la ligne de front, ils étaient entrés en Prusse orientale par le village de Nemmersdorf d'où la Wehrmacht parvint à les repousser quelques jours plus tard. On trouva les habitants du village massacrés, leurs corps mutilés. Toutes les femmes avaient été violées, certaines achevées à coups de baïonnette. La population commençait à s'agiter, pourtant, personne n'osait partir.

Les Neumann ne tinrent pas le coup plus longtemps. Une nuit de novembre, ils partirent sans le dire à personne. Pour revenir encore une fois après trois heures. Après un pont, ils étaient tombés face à face avec trois pendus. Un écriteau autour du cou : « J'ai voulu fuir. »

Wolfgang ne revint qu'à Noël. Il nous assura que la Wehrmacht préparait, en cas d'urgence et qu'il ne fallait pas en parler, une évacuation massive par la mer Baltique. Que si les Russes arrivaient, si nous entendions l'artillerie, il faudrait partir vers Gotenhafen. L'ordre d'évacuation finirait par venir. Il avait l'air très calme. D'ailleurs, toute la Prusse orientale baignait dans ce calme absurde en décembre 1944. Il décora même un sapin de Noël pour les enfants Neumann et les siens. Il avait l'air soulagé. Neumann m'expliqua après que Wolfgang devait avoir compris que la guerre était presque finie et qu'il pourrait reprendre sa vie normale après, dans sa maison, chez lui. Le petit Heinrich parlait déjà, Hans avait huit ans. Les deux aînés pouvaient dormir, mais les plus jeunes se réveillaient souvent après un cauchemar. Ils rêvaient de ce zèbre qui galopait sous les bombes, voyez-vous. Vous souriez, Kapriel ? Vous trouvez ça drôle ? Vous voulez que je m'arrête là ?

(Ici, Michel, elle s'est levée. Est partie vers la cuisine, où je l'ai entendue renifler une fois. S'est mouchée. Est revenue bien droite.)

Wolfgang repartit pour Gotenhafen le 6 janvier, le jour des Rois. Avant son départ, il y eut évidemment des scènes avec Clara, je les entendais à travers le mur se crier après. « Dès que tout ça sera fini, je te ferai enfermer ! Tu retourneras à l'institut, pauvre folle ! » Et il partit, enfin. Anja me fit remarquer qu'il ne restait plus à Königsberg de familles de S.S., c'est-à-dire qu'elles avaient, contrairement au commun des mortels, obtenu la permission de voyager. Tout ce que les gens voulaient, c'était trouver refuge dans le Reich, à Berlin ou à Dresde, mais ne pas rester là à attendre d'être déchiquetés par les bolchéviques. Anja trouvait étrange, et moi aussi, que Wolfgang n'eût pas obtenu pour nous la permission de voyager. Avant de partir, il m'avait encore dit : « Quand les Russes seront là, partez avec les Neumann. Venez me rejoindre à Gotenhafen, nous partirons tous par la mer. »

Une neige épaisse se mit à tomber, Kapriel. Un vrai hiver comme la Prusse orientale n'en avait pas connu depuis longtemps. Soviétique. Quinze, 18 degrés sous zéro. Quoi ? Ça ne vous impressionne pas ? Le 12 janvier 1945, les Russes traversèrent la frontière de l'Allemagne, la nouvelle se répandit comme une traînée de poudre dans la ville. Les gens ignoraient maintenant ouvertement l'interdiction de voyager, attelaient leurs bœufs, leurs chevaux, construisaient des charrettes de fortune. Un peuple entier se jeta sur les routes.

Les Neumann avaient préparé un chariot, avec un toit, même. Frau Neumann était particulièrement pressée de partir, elle avait trois filles, toutes plus jeunes que moi, qui vivaient dans la même pièce depuis août avec leurs parents, notre ancien salon. Parce qu'entre-temps, il avait fallu accueillir d'autres gens chez nous tant il y avait de maisons bombardées. Nous sommes partis le 22 janvier. C'est moi qui menais la caravane. Deux charrettes et quatre chevaux pour quatre familles. Un seul homme, Herr Neumann, qui jamais de sa vie n'avait mené quoi que ce soit. Tous ces gens étaient devenus mon monde. Ma mission : les emmener jusqu'à Gotenhafen, ou plus loin à l'ouest, idéalement jusqu'à Berlin.

– Nous n'attendons plus, il faudra marcher jusqu'à Elbing. Après il y aura un train, c'est sûr.

Clara refusait de partir, elle s'accrochait à son piano, ne voulait pas quitter la salle de musique. Elle criait qu'il faisait trop froid. Le bonhomme Neumann, il avait une jambe de bois, c'est pour ça qu'il était toujours à Königsberg. Autrement, il aurait été avec la Wehrmacht. Nous avons encore enterré la porcelaine et l'argenterie dans le jardin, pas très loin de là où les Neumann avaient enterré le zèbre, près d'un pommier. Car nous étions sûrs de revenir. Tout cela serait temporaire. J'ai mis les enfants dans la charrette avec une valise, puis je suis retournée dans la maison pour arracher Clara à son piano.

– Il faut partir, tout de suite.

– Je ne pars pas sans mon piano.

Elle a voulu ensuite prendre toutes ses partitions. Je lui ai permis de prendre un seul cahier. Vous savez ce qu'elle a voulu garder ? *La Flûte enchantée*. « Pour chanter en chemin avec les enfants », qu'elle a dit.

À côté de la charrette, il a fallu marcher en direction d'Elbing. La distance ? Au moins cent kilomètres. La température avait encore baissé vers les moins vingt-cinq. Chacun marchait en silence. C'était une longue, interminable file de gens. Seuls les vieux, les enfants et les malades étaient assis dans les charrettes, les autres marchaient. Peu après Königsberg, des cris, des hurlements, ça venait de derrière. « Poussez-vous ! » C'était la Wehrmacht, notre propre armée, qui arrivait par camions, qui fuyait le même danger que nous, sauf qu'eux avaient de l'essence ! Et ils renversaient sur leur passage les charrettes, les gens, pour sauver leur peau. Combien de kilomètres avons-nous marché le premier jour ? Vingt ? Non. Moins. Il fallait dormir quelque part. Dans des maisons abandonnées dont les habitants devaient déjà être plus loin, nous trouvâmes même quelques pommes de terre. Le deuxième soir, c'était dans le domaine d'une comtesse, je ne me souviens plus laquelle, mais elle nous avait permis de dormir dans son antichambre chauffée. Autrement, tout le monde serait mort de froid. Elle disait, je me souviens : « Il faut passer Elbing au plus vite, il faut se hâter avant d'être encerclés. » Cette comtesse partit avec ses gens le soir même, dans les ténèbres. Nous, il nous fallut dormir. Ce repos nous fut d'ailleurs fatal. Nous devions être une vingtaine de familles de la rue Mozart. Certains étaient restés derrière, comme Anja, qui n'avait pas voulu nous suivre. C'est drôle, ce n'est que quelques jours après notre départ que je me suis souciée de son sort. Qu'allait-elle devenir ? Comment les Russes allaient-ils la traiter ? Elle n'avait pas voulu venir vers l'Allemagne. Elle avait préféré tenter sa chance avec les Russes. Allez savoir... Il fallait, Kapriel, il fallait vraiment, pour choisir ça, qu'elle trouve que les Allemands, enfin... Vous reprenez un peu de vin blanc ? Où est le tire-bouchon ? Quel âge aurait Anja aujourd'hui ?

(Là, Michel, elle s'est encore levée sous prétexte qu'elle ne trouvait pas le tire-bouchon alors qu'elle l'avait laissé sur un guéridon, juste à côté d'elle. Elle est disparue dans la cuisine. Je l'ai encore entendue se moucher une fois ou deux. Puis elle est revenue avec un autre tire-bouchon.)

Celui-là fera l'affaire ! Il date de la RDA ! Regardez, du Konsum ! *Made in the GDR !* Ha ! Ha ! Où en étais-je ? Ah, oui ! Vous savez, on perd la notion du temps. Je sais que nous sommes partis de Königsberg le 22, je me souviens que la comtesse, c'était le deuxième soir et que Clara voulait jouer sur son piano. Nous devions être une centaine à la regarder jouer l'ouverture de la *Flûte enchantée* dans la salle de musique de cette grande demeure de noble. C'est la dernière fois qu'elle joua du piano. Puis, elle voulut que je chante *Ach, Ich fühl's*. Je réussis à en faire la moitié. Les gens applaudissaient ! Jamais je ne fus applaudie comme ça. Pour leur faire plaisir, je finis la chanson. Le lendemain, la vraie merde commença, parce que jusque-là, le ciel avait été de notre côté. D'abord, la vieille Meisel, la cuisinière que je tenais par le bras en marchant à côté de la charrette, vous voyez, elle s'était assise sur le bord de la route. Jamais elle ne se releva. Elle est morte là, Kapriel. Il faisait un froid à mourir debout, vous raconterez ça au Canada. C'est ce qui lui est arrivé, comme à des milliers d'autres qui sont restés sur le bord de la route en tentant de fuir. Puis, avant Elbing, nous devions être un peu après Heiligenbeil, un convoi de la Wehrmacht nous arriva en plein dans la poire.

– Rebroussez chemin ! Ils sont à Elbing !

– Qui ça, « ils » ?

– L'Ivan !

Ils étaient un million et demi de Russes assoiffés de vengeance à fondre sur l'Allemagne. Ils avaient pris Elbing, ce qui signifiait que la Prusse orientale était encerclée. Toutes les charrettes se sont rangées et les camions de la Wehrmacht sont passés à toute vitesse. Certains étaient à moitié pleins seulement. Jamais ils ne se sont arrêtés pour prendre des malades ou des enfants. Il fallait faire demi-tour, mais pour aller où ? La mer était le seule moyen d'échapper à l'Ivan, au nord, au-dessus de la lagune de la Vistule ; pour gagner cette étroite langue de terre, l'isthme de la Vistule, qui relie Gdansk à la Prusse orientale. Là, l'Ivan n'était pas encore arrivé. Le froid qui avait emporté tant d'enfants et de vieux nous offrait maintenant la glace qui devait nous sauver des Russes. Sur la berge attendaient des milliers de familles qui n'osaient pas s'aventurer sur la glace. Au loin, on entendait l'artillerie. Il fallait que je tienne Clara par le bras, elle menaçait de s'effondrer à tout moment. Elle s'installa dans la charrette avec les enfants, puis le père Neumann prit une décision.

– Il faut traverser, sinon, l'Ivan va nous prendre ici, sur la berge.

Et comme une colonne de fourmis sur le carrelage blanc d'une salle de bain, nous avançâmes. En silence pour pouvoir bien entendre le bruit de la glace qui craque. Le cliquetis des chaînes des attelages, les sanglots des enfants dans les charrettes, les lamentations des vieilles. Puis, ce cri perçant :

« Des avions ! » Il était déjà trop tard pour se mettre à couvert sur la rive. Trois fois, ils piquèrent sur nous. Des familles entières étaient englouties à chaque explosion. Rien à faire pour elles, il fallait contourner les trous et marcher, marcher. Comment vous décrire la scène ? Nous marchions sur la lagune de la Vistule gelée pour gagner Gdansk, puis ces avions arrivaient, que l'on entendait longtemps avant de les voir, ce son sinistre qui annonce votre fin prochaine. Le sifflement s'approche, insiste, exige votre attention. Mais vous fuyez, vous n'avez pas le temps. Le bruit des chaînes des attelages se fait plus intense, les chevaux hennissent de peur. Puis, les avions piquent. Vous priez le ciel. Pas moi ! Par pitié, pas moi ! Je suis une bonne fille ! J'ai fréquenté la Sophie-Charlotte Schule ! J'ai appris le français ! Je ne mérite pas ces bombes ! Et vingt mètres devant vous, la glace s'ouvre, béante, engloutit deux charrettes. Une vieille reste sur le bord de la glace, contemplant le trou glacial où les siens viennent de sombrer. Avancer. Marcher. Et cette musique de Mozart qui vous tourne dans la tête, parce qu'après trois nuits sans sommeil, vous commencez à devenir fou. Vous entendez des voix. Et l'ouverture de la *Flûte enchantée* qui martèle vos tympans. *Ach !*

Quand ce n'était pas les bombes russes – tirées sur des civils, Kapriel ! –, c'était la glace parfois trop mince qui rompait sous le poids des attelages. Des cris. Un clapotis. Plus rien. Faire le tour. Contourner. Se taire. Je me souviens, de l'autre côté de la lagune, nous marchâmes quelques kilomètres sur la glace, sur terre. Il y avait une femme qui tirait sur le bras d'une vieille, sa mère. Voyez-vous, les gens tombaient morts sur le bord de la route. Pas le temps de les enterrer, pas le temps de faire des adieux. Celui qui s'assoyait restait là. Figeait en deux minutes. C'est en arrivant de l'autre côté que nous nous sommes rendu compte pour Helga. Vous savez, les enfants résistent moins au froid. Il fallut la laisser sur le bord de la route aussi. Sans un mot. Deux nuits dans une étable. Puis la route, enneigée, longue, les avions qui piquent, qui bombardent. Une femme, hache à la main, larmes aux yeux, coupe les orteils gelés de son fils qui hurle à mort. Le sang sur la neige. Je vois encore ça. Après combien de jours ? Pour ne pas mourir de soif, manger la neige. Les bêtes mouraient d'épuisement. Le long du sentier enneigé, les squelettes des chevaux fourbus qu'on avait dû se résoudre à abattre et à manger encore palpitants. Chacun poussant vers l'avant ses dernières possessions terrestres. Je vis, Kapriel, et je la vois encore les soirs où je ne bois pas assez, cette femme tirant une couverture sur laquelle reposait un gramophone dont la longue corolle cuivrée avançait comme une fleur mécanique maudite dans l'hiver. Je me souviens parce que deux jours plus tard, je devais trébucher sur le corps de cette femme morte à côté de son gramophone en la maudissant dans le noir. Et l'ouverture de la *Flûte enchantée* qui tournoyait dans cet hiver.

Et la ville, enfin. Des pendus à l'approche de Gdansk. Cette ville bondée de réfugiés qui n'avait rien à offrir à nous qui avions besoin de tout.

À Gdansk, toute la Prusse orientale convergeait. On avait fermé les cinémas, les écoles, tous les bâtiments servaient à accueillir les vagues de réfugiés.

Certains étaient partis d'Allenstein, d'autres de Cranz même, de Memel. Tous fuyaient l'Ivan. Les histoires qui circulaient en ces lieux sur ceux - et surtout celles - qui étaient restés derrière glaçaient le sang dans les veines. Je pensais à Anja, et aux voisins qui avaient préféré rester là-bas. Vous savez, Kapriel, des trois cent mille Allemands qui pour toutes sortes de raisons ne réussirent pas à fuir la Prusse orientale, l'immense majorité mourut de froid, de faim, de maladies, ou violée, fusillée. Les plus chanceux eurent droit à une promenade en train de trois semaines vers la Sibérie, où ils restèrent prisonniers dans des camps de travail. Nous étions donc à Gdansk, après cinq jours à marcher par un froid épouvantable. Nous avions perdu Helga. Et Clara montrait des signes qu'elle entrait dans un cycle de fièvres. Nous étions dans une salle de classe, Hannelore était malade aussi. Cordés les uns sur les autres, les gens essayaient de dormir. Nous avions reçu des couvertures et du thé des auxiliaires de la Marine ou de je ne sais plus quelles femmes en uniformes. On n'entendait que Clara : « Notre führer va nous envoyer un navire ! » ou « Après la victoire finale, nous allons donner une grande fête ! » Et ça, c'était les meilleurs moments. Clara délirait carrément. Qu'est-ce qu'elle disait encore ? Ah oui ! : « Est-ce que les papes portent la moustache, Mère ? Non ! Jamais un pape n'a porté la moustache ! » Je crois que c'est sur la route que Tante Clara était devenue complètement folle.

Au matin, des gens de la Wehrmacht nous informèrent que des navires prenaient des réfugiés à Gotenhafen. Qu'il fallait marcher quelque trente kilomètres et qu'après, il y a avait des bateaux pour le Danemark, et pour Kiel ou Hambourg, je ne sais plus. Quand elle entendit le mot « Gotenhafen », Clara a retrouvé ses esprits. « C'est là que nous attend Wolfgang. Il faut continuer, Magda. »

À Gotenhafen, trente kilomètres, toujours avec les Neumann. Des gens de la Wehrmacht, attendris par les enfants, nous laissèrent monter dans leur camion. Les chevaux des Neumann étaient morts de fatigue juste avant d'arriver à Gdansk. Littéralement, même que nous les avions mangés. Eh oui ! Gotenhafen était une petite ville portuaire sur la Baltique. À la fin janvier 1945, il y avait là cent vingt mille réfugiés qui cherchaient à regagner le Reich par la mer. En arrivant au port, je fus saisie par l'émotion. Le *Wilhelm Gustloff*, vous savez, ce navire que mes parents avaient pris en août 1939 ? Eh bien il attendait là ! Dans le port de Gotenhafen ! Il avait été transformé pour la guerre en hôpital flottant. Le mot courait dans Gotenhafen que le *Gustloff* était sur le point d'appareiller et qu'il prenait des réfugiés. Des milliers étaient, paraissait-il, déjà à bord. Dans les rues, des gens s'étaient construit des sortes de petits abris temporaires, faisaient brûler le bois qu'ils arrachaient du toit des maisons pour se réchauffer. Des échauffourées éclataient entre les propriétaires et les réfugiés. De vraies batailles. Sur le port même, une pagaille indescriptible régnait. Tout le monde voulait monter sur le *Gustloff*. Qui arrivait à se trouver un billet était sauvé. Sur les passerelles, des réfugiés tentaient de monter, étaient repoussés par des gens armés de la Wehrmacht. Je réussis à me faufiler jusque-là.

– Nous cherchons l'Obersturmführer Hinz.

Personne sur la passerelle n'avait l'air de savoir de qui je parlais, mais quand même ils acceptèrent de vérifier sur le navire. Une demi-heure plus tard, le soldat revint pour me dire qu'il n'avait pas trouvé Wolfi sur le *Gustloff*. Que je ferais mieux de m'informer aux autorités portuaires. Je lui demandai déjà, si les enfants et Clara pouvaient monter, quand le bateau allait partir.

– Il leur faut des billets. Demandez au bureau des billets. Personne ne sait quand le bateau part. Il est pas mal rempli, déjà. Je ne crois pas qu'il reste des billets.

Il fallait agir vite. Sur la place du port, il y avait tant de gens que le moindre déplacement devenait un combat corps à corps. Je vous jure que je trébuchai sur une grand-mère morte. Elle ne semblait être à personne. On l'avait laissée là. À deux cents mètres devant nous, des bureaux, des maisons sur le point d'être pilonnées par les Russes. Là, il fallait acheter les billets. J'ai laissé Clara et les enfants près de la passerelle et je me suis lancée toute seule dans la masse humaine. Devant la billetterie, les gens se bousculaient, gueulaient : « J'appartiens au parti depuis 1934 ! J'ai six enfants ! Il faut que je monte sur le *Gustloff* ! » D'autres sortaient des liasses de billets de banque. Des coups étaient échangés. Il fallait monter coûte que coûte sur ce bateau. Des rumeurs circulaient, les Russes ne seraient plus qu'à vingt kilomètres. « Ils étranglent les enfants et violent les femmes. » C'est ce genre de choses qu'il me fallait écouter parmi ces gens rendus déments par la peur. À côté du guichet s'étendait une rangée de bâtiments en béton assez laids. Des gens de la Wehrmacht en entraient et en sortaient, je me disais que peut-être eux sauraient où trouver Wolfi. Je frappai à la première porte, un jeune soldat a ouvert. J'expliquai mon cas.

– Des S.S. ? Il n'y en a que là-bas. Pas ici.

Il avait pointé en direction de la dernière baraque. À la porte j'allais frapper quand Wolfgang en personne a ouvert. Vous auriez dû voir son visage. C'est comme s'il avait vu un revenant.

– Magda ! Mais qu'est-ce que tu fais là ?

– Je veille.

C'était clair. Il ne s'attendait pas à ce que nous survivions, le crapaud.

– Nous voulons monter sur le *Gustloff*. Tes enfants et ta femme sont malades. Il nous faut des billets, les as-tu ? Je vais les emmener à Berlin chez Papa Alfred.

Il regarda à gauche et à droite, puis me tira par le col à l'intérieur. C'était une grande pièce avec des pupitres, des téléphones. Quatre ou cinq hommes discutaient, des S.S., d'après ce que je pouvais voir, mais aussi des gens de la Wehrmacht. Il y avait aussi une auxiliaire de la Marine. De ça je suis certaine. Elle me regardait, puis regardait Wolfi. Il y a des choses qu'on comprend dans un seul regard. Elle semblait vouloir savoir. Ouvrit la bouche, mais ne dit rien. Je n'avais pas vraiment dormi depuis six jours. Je puais. Ces gens me regardaient comme on regarde un rat crevé, dont j'imagine que je devais avoir l'allure et l'odeur.

Il avait un bureau fermé.

– Comment êtes-vous arrivés jusqu'ici ?

– Comme tout le monde ! Nous avons marché sur la lagune gelée !

– Qu'est-ce que tu veux ?

– Ce que je veux ? Je veux des places sur le *Gustloff* pour Clara et les enfants, et pour moi.

– Tu en veux des choses, Magda. Je ne sais pas pour qui tu te prends, au juste. Tu débarques de Berlin, tu t'installes dans ma maison, tu fais la loi, tu t'improvises gouvernante, c'est pas la modestie qui t'arrête, Magda.

– Vous m'avez demandé de veiller, je veille.

– Dans quel état est Clara ?

– Elle délire. Prête à enfermer.

– Les enfants ?

– C'est drôle que vous posiez la question, soudainement.

Il me gifla de sa main gantée

– Tu restes polie, Magda.

– Excusez-moi, mon oncle.

– Inutile de te cacher que vous me prenez de court.

Il saisit une feuille de papier, qu'il inséra dans une machine à écrire. Il tapa longtemps, me demanda d'épeler le nom de Papa et notre adresse à Berlin – pauvre imbécile qui ne savait épeler ni Alfred Berg ni Schiller ! – et me remit la lettre. C'était une sorte de sauf-conduit, une lettre expliquant aux gens du *Gustloff* qui nous étions, qu'ils devaient nous laisser monter et ne pas nous embêter. Tampon S.S. et tout.

– Dégage. Tu pues, Magda. Dégage avec ta tante folle.

– Vous ne prenez pas le *Gustloff ?*

J'avais encore l'aplomb de lui poser des questions.

– Non, je ne prends pas le *Gustloff*. Moi, je reste encore ici. Tu as vu tout ce monde ? Il faut les évacuer.

– Pourquoi vous ne nous avez pas fait venir avant ?

– Il n'y avait pas moyen, Magda.

– Vous ne vouliez pas nous voir ici. Vous étiez certain que nous resterions prises là-bas avec les enfants, pas vrai ?

Onkel Wolfgang m'avait tourné le dos pour ouvrir une grande armoire où il cherchait une enveloppe pour y glisser la lettre qu'il venait de taper. Longtemps il resta à chercher ces enveloppes qui étaient pourtant juste en dessous de son nez. Il continuait de parler.

– Dis donc, Magda. Clara m'a avoué à Noël avoir perdu un enfant en septembre. Tu ne m'as pas dit que ta tante était enceinte. L'as-tu su ?

– Non, mentis-je.

À l'évidence, il savait.

– Tu étais la seule à savoir où je cachais la quinine, n'est-ce pas ?

– Peut-être.

– Tu as apporté ce qui en restait, j'ose espérer. On manque de tout partout dans le Reich. Et c'est utile, de la quinine. N'est-ce pas, Magda ? Clara n'avait jamais perdu d'enfant. Jamais. Elle m'a dit que le jour où elle a fait sa fausse couche, elle s'est soudainement trouvée mal, comme quand elle prenait de la quinine.

À des kilomètres à la ronde, il n'y avait que peur, feu et sang, mais monsieur voulait parler de cet enfant à qui j'avais épargné la souffrance de naître et de mourir dans cet enfer. De la sagesse de nazi, Kapriel.

Sur la table, il avait laissé son arme. Mon esprit fou me suggérait des gestes de vengeance. La guerre était perdue pour lui, de toute façon. À qui aurait-il manqué, ce goujat ? Une fois que nous serions en sécurité à Berlin, je me disais bêtement, il nous retrouverait et tenterait de me séparer de Clara et des enfants, c'était certain. Pas même besoin de tirer, je n'aurais pas su, il me suffisait de lui donner un bon coup de crosse sur le crâne, de frapper, de frapper jusqu'à ce qu'il cesse de bouger. J'ai dû réfléchir deux secondes de trop. C'est mon seul regret, Kapriel. Vous pourrez le dire à qui vous voulez. Je regrette amèrement de ne pas avoir tué mon oncle ce jour de janvier 1945, de ne pas avoir fait une Tosca de moi-même. Si j'étais catholique, je connaîtrais les affres du repentir. Mais ce n'est pas le cas, Dieu merci.

Et lui, sans plus rien insinuer, sans dire un seul mot, se retourna, me tendit l'enveloppe, me gifla encore deux ou trois fois en m'insultant, en me rappelant qu'il me trouvait laide, imbaisable et idiote, puis m'a saisie par l'oreille, et devant tous les gens qui étaient dans l'autre pièce, me traîna comme une malpropre jusque dehors. Encore une fois, il siffla : « Dépêche-toi d'embarquer, petite garce, ils partent ce midi. » Sonnée, j'étais. J'ai dû de nouveau me frayer un chemin dans la foule jusqu'au pied de la passerelle. J'y retrouvai Clara et les enfants. Clara était assise sur la seule valise qui nous restait, serrant les enfants contre elle. Ce que je redoutais était en train de se produire.

– Magda, je gèle, j'ai froid. Ça recommence.

Ses fièvres paludiques la reprenaient. Hans et Hannelore m'aidèrent à la relever. Sur la passerelle, une foule compacte de réfugiés nous empêchaient de passer, pas moyen de monter. Et là, il a fallu que je pousse, que je morde. « J'ai une permission de l'Obersturmführer ! » ai-je crié au soldat, qui s'est mis à rire. Comme j'avais encore la paume de Wolfgang bien estampée sur les joues, mes propos leur paraissaient encore plus drôles. J'avais plutôt l'air de sortir du deuxième acte de *Tosca*.

– Et moi j'ai la moustache du führer dans ma poche ! C'est mon sauf-conduit !

Tous les occupants de la passerelle éclatèrent de rire. Les Allemands en étaient donc là. Il fallut que je bouscule encore, que je cogne pour arriver jusqu'à lui. La tête qu'il nous fit en voyant le tampon S.S. et la signature !

Alors c'est lui-même qui décida de monter la valise, puis il prit les enfants dans ses bras. Nous étions sauvés.

À bord du *Gustloff*, on nous indiqua une cabine, sur un des ponts supérieurs déjà remplis de gens de la Wehrmacht, que des hommes.

– À moins que vous ne vouliez descendre dans les ponts plus bas. Vous pourriez demander aux auxiliaires de la Marine de vous accueillir dans la piscine.

– La piscine ? Est-ce bien l'heure de la natation ?

– Il y a une piscine en bas, mais on l'a vidée pour faire plus de place.

– On va rester ici, merci.

Ils eurent la gentillesse de laisser une couchette à Clara qui tremblotait de fièvre, déjà. Elle continuait de délirer, le même mantra avec la moustache du pape ou encore un délire fou sur le sucre : « Le plus de sucre possible, Magdalena. Il faut que tu trouves le sucre le plus pur, celui qu'il préfère. Tu nettoieras ton four après... » Je vous ai parlé de ces délires sur le sucre ? Ce n'est plus important. C'est du passé, ces paroles n'avaient aucun sens à l'époque, je ne sais pas pourquoi j'essaie encore de leur en donner presque cinquante-cinq ans plus tard. Puis, elle faisait aller ses doigts sur un clavier invisible. Je ne voulais pas que les enfants voient ça, alors nous sommes sortis.

– S'il vous plaît, veillez sur elle. Il faut que je sorte les enfants, ils ont faim.

Le *Gustloff*, en temps normal, pouvait accueillir autour de deux mille passagers. Nous devions être dix mille à bord. Encore aujourd'hui, personne n'est sûr du chiffre. Le navire avait donc des toilettes pour deux mille personnes, pas dix mille ! Partout dans les coursives, les salons, les escaliers, on sentait que les gens se soulageaient où ils le pouvaient. Une odeur épouvantable. Certains étaient manifestement atteints de quelque chose de grave, rien qu'à l'odeur, on savait. Des vieux, des enfants, des femmes et des officiers de la Wehrmacht. Avec les enfants, je réussis à trouver un endroit qui n'empestait pas trop la merde. J'étais si émue. D'abord, de me savoir sauvée. Nous rentrions à Berlin, loin de la guerre, loin de l'Ivan ! Des auxiliaires de la marine ont badigeonné les joues gercées des enfants d'une espèce de pommade. Sur le quai, des hommes larguaient les amarres. Nous étions montés juste à temps. Je vous jure, Kapriel, des femmes lançaient leurs enfants dans les bras de purs inconnus. Dans l'eau, entre le *Gustloff* et le quai, le corps des enfants qu'on avait tenté de jeter sur le pont et qui étaient tombés à l'eau.

Des centaines de gens tentaient encore de monter, on criait, on hurlait, mais bientôt, les moteurs se firent entendre et, un peu après midi je pense, le *Gustloff* s'éloigna du quai. Les enfants envoyaient la main aux gens restés sur le quai, pauvres désespérés prisonniers des enfers.

Il était là, sur le quai, avec elle. Cette auxiliaire de la marine que j'avais vue devant son bureau. Il la tenait par l'épaule. Cherchez la femme, Kapriel. Cherchez la blonde...

J'étais aussi émue de partir en mer ce jour-là parce que le *Gustloff* me rapprochait de Papa Alfred que je n'avais pas vu depuis mon départ de Berlin. C'était, après tout, un navire de KdF sur lequel il avait lui-même voyagé. Mais ce voyage évoquait bien plus encore, Papa m'avait raconté que c'est sur la mer Baltique que notre ancêtre était un jour parti pour ne plus jamais revenir. Moi, je m'embarquais pour aller retrouver mon papa à Berlin.

Clara s'était endormie dans la cabine où je l'avais laissée. Je voulais offrir aux enfants une visite du paquebot. Jamais ils n'avaient vu d'endroit aussi luxueux de leur vie ! Maman m'avait dit que le führer y avait sa propre cabine, la seule qui soit somptueusement aménagée. Car il n'y avait pas de première classe sur le *Gustloff.* Toutes les cabines étaient semblables, pas de hiérarchie dans l'architecture du bateau. Tout le monde avait droit au même luxe. C'était une autre lubie de l'oncle Adolf, l'égalité des chances pour les Allemands, même en croisière ! Il paraît qu'il y avait à bord du *Gustloff* une cabine réservée au führer, celle-là, plus luxueuse que les autres. Elle ne fut, paraît-il, jamais occupée. Ses draps ne furent jamais souillés ; des années durant, on l'épousseta inutilement, dans l'espoir vain d'une visite qui ne vint jamais. Mais pas moyen de montrer tout ça aux enfants tant il y avait de gens sur le bateau. Dans les grandes salles, des matelas côte à côte, des malades, des gens qui dormaient après avoir, comme nous, marché des jours, des semaines, dans la glace, la neige. Et nous rentrions à l'Ouest, loin de la guerre, loin des Russes.

Nous étions assis dans une espèce de grande salle aux murs lambrissés, qui avait dû servir de salon ou de fumoir en de plus belles années. Il y avait des gens partout. À chaque déplacement, on bousculait un vieillard, on piétinait un enfant. Dans le salon, les gens étaient assis par terre. Ils avaient traversé l'enfer. Enfin sauvés. Quelqu'un cria : « Nous allons à Kiel ! » Et très vite, le cœur allemand se réchauffa, les gens ont commencé à chanter. De nulle part sortirent des bouteilles de schnaps. Du fond d'une coursive nous parvenait ce chant de la Prusse orientale... J'en oublie les mots... Quelqu'un à portée d'oreille racontait des blagues salaces. On sentit l'odeur du pain qu'on faisait cuire dans les cuisines du navire. Il y aurait à manger ! Une auxiliaire de la marine, une fille de Memel, je crois, s'était un peu attachée aux enfants. Elle leur racontait des histoires, car elle voyait bien que j'étais sur le point de m'évanouir. Les heures passèrent. À un moment, des gaillards planqués je ne sais où ont entonné le chœur des chasseurs du *Freischütz*. Tout de suite, Hans et Hannelore ont reconnu la mélodie. C'était beau, j'avais éveillé quelque chose en eux, l'envie de reconnaître la belle musique ! Et eux, si étonnants, toujours, après des jours de fuite dans la neige, après des nuits sans sommeil, cet air du *Freischütz* les ramenait à cette soirée où ils me tenaient la main à l'opéra en plein air. Hannelore demanda même si je croyais qu'on retrouverait un jour ces trois flèches perdues ! C'était sa préoccupation encore sur le *Gustloff* ! Ces trois maudites flèches !

D'un poste radio nous parvenait le discours du führer : « Aujourd'hui marque le douzième an de notre règne... » Et c'est seulement là, Kapriel, que j'ai compris que nous étions le 30 janvier. Six jours s'étaient écoulés depuis notre départ de Königsberg. Pendant six jours nous avions erré dans les glaces et les neiges, attaqués par des avions, nous avions perdu Helga, mangé de l'écorce et combattu la mort, l'*Erlkönig*. Je me suis assise sur le plancher, appuyée sur les jolies lattes de bois. J'avais l'ouverture de *La Flûte enchantée* qui me tournait dans la tête. Les petits se sont assis aussi, Hans à droite, Hannelore à gauche, Heinrich entre mes jambes. Les vestes de sauvetage qu'on nous avait distribuées, au cas où, sont devenues un lit moelleux. Au son de la voix du führer, nous nous sommes endormis.

– Tu as vingt-cinq ans, Magda ! Joyeux anniversaire !

Ce sont les dernières paroles que Hannelore dit encore avant de s'endormir.

(À ce point précis, Michel, Magda m'a fait toute une scène. Je lui ai demandé combien de temps le *Gustloff* avait mis pour joindre Kiel. Car c'est là qu'il allait. Magda a déposé son verre avec bruit, m'a dévisagé pendant un moment. Puis s'est pris la racine du nez entre le pouce et l'index, comme si je venais de dire une grosse bêtise. Elle a claqué la langue. Il devait être passé vingt heures. Elle a expliqué être très fatiguée et m'a demandé si on pouvait continuer après-demain. Je l'ai donc laissée. Elle avait l'air d'être très lasse. On le serait à moins, tu ne crois pas ? J'ai un peu pleuré dans mon oreiller. C'est vraiment terrible, la mort de la petite Helga.)

Berlin, le 25 novembre 1999

Cher Michel,

Aujourd'hui jeudi. Pas de nouvelles de Magda depuis mardi soir. J'ai frappé hier chez elle après le travail, mais elle n'y était pas. Il faudra que tu patientes pour le reste de l'histoire. Je me demande bien si ce Wolfgang existe toujours ? Quel chameau ! À propos... J'ai reçu une carte étrange de Bavière aujourd'hui. Tu sais, cette quatrième Terese Bleibtreu ? Celle qui m'inspirait le moins ? Tiens-toi bien. Elle m'a envoyé une simple carte postale avec le message suivant : « Cher Monsieur, passez quand vous voulez, mais hâtez-vous. À mon âge, on ne sait jamais. Terese. » Elle a choisi un paysage alpin pour la carte. Décor de *Heidi*. Il faut que j'y aille ! Je n'ose pas demander un congé à mon supérieur et je n'ai que dimanche et lundi. Or, la Terese, elle vit dans un village qui s'appelle Feldafing, au sud-ouest de Munich. Le cul du monde, comme dirait Magda. En plus, le billet de train coûte un bras, mais je suis si curieux de la voir. Plus j'attends, plus les choses seront compliquées pour le voyage. En tout cas. Je vais essayer de voir Magda encore demain et peut-être partir samedi après-midi après le boulot. Palpitant – ou *spannend*, comme ils disent !

Gabriel

Train Munich-Berlin, le 28 novembre 1999

Mon cher Michel,

C'est absolument incroyable. Dire que je croyais avoir tout vu à la Holy Canadian Martyrs avec la Thanatopolous, dire que je considérais la relation entre Suzuki et Maman comme le lien humain le plus étrange du monde, voilà que je fais en Allemagne une découverte encore plus bizarre. Je viens de passer Nuremberg. Dehors, c'est la nuit bavaroise. Ils ont mis de petites lumières de Noël au bar du wagon-restaurant, où je me suis pris une bière bien méritée. Comme tu dois t'en douter, je voulais, en entreprenant ce court voyage en Bavière, retrouver la fameuse Terese Bleibtreu, grande sœur de Ludwig, l'amour de jeunesse de ma voisine du neuvième, la fameuse Magda. Depuis qu'elle m'a raconté cette histoire épouvantable sur la fuite de Königsberg, je ne l'ai plus vue. Enfin, je pense l'avoir aperçue dans le tram sur la Frankfurter Allee, mais pas sûr. C'était peut-être une autre vieille Allemande de l'Est. Je lui ai laissé un message qu'elle doit avoir lu, puisqu'il n'est plus dans sa boîte à lettres. Je ne lui ai Dieu merci pas glissé un mot au sujet de Terese Bleibtreu. Tu vas comprendre. Quel drôle de pays, cette Allemagne. Vous croyez être en possession de toutes les pièces du puzzle, puis tout s'embrouille, tout fout le camp. Il ne vous reste plus qu'à vous ressaisir.

Et à recommencer.

En revanche, mon frère, je fais des progrès monstre en allemand. Je n'ai pas arrêté les cours, mais cette fois, c'est à la Humboldt que je les suis. *Deutsch für Ausländer*. Dans le train pour Munich que j'ai pris en début d'après-midi, juste après le travail au SEZ, j'ai lu de part en part le grand journal *Die Zeit*. Nous n'avons pas chez nous de journaux de cette qualité, je ne crois pas qu'il y en ait ailleurs qu'en Allemagne. J'y ai mis le temps, mais quand j'ai fini le dernier article, j'étais arrivé à destination. Que te dire de Munich, sinon qu'elle est à Berlin ce que Toronto est à Montréal. Plus riche, plus brillante, plus propre, plus moralisante, plus religieuse, plus... bavaroise. J'avais pris une chambre dans un hôtel pas trop cher à côté de Marienplatz, *Die Deutsche Eiche,* le chêne allemand dont le nom m'avait inspiré confiance. Quelle ne fut pas ma surprise de constater qu'un sauna gai et un restaurant tout aussi gai sont attachés à l'hôtel. À la réception, le garçon m'a annoncé que ma nuitée me donnait un accès gratuit à la vapeur. Très allemand. J'ai marché longtemps dans la vieille ville. Munich, c'est l'Allemagne des manuels de langue seconde : la bière et les saucisses, les vieilles à chignon gris en manteaux loden, les chaussures à quatre cents marks sur un vélo pourri, les wagons du S-Bahn où on pourrait manger par terre, le marché de Noël qui n'en finit pas de scintiller, l'hôtel de ville avec ses automates. Tout est là pour charmer. C'est l'Allemagne mécanique que l'on remonte et qui exécute sa danse. *Ein Prosit, ein Prosit, der Gemütlichkeit...* Au restaurant de l'hôtel, les propriétaires ont entendu mon accent et m'ont tout de suite reconnu comme Québécois. Imagine-toi qu'ils ont des amis à Québec et qu'ils y vont régulièrement, qu'ils adorent ça, etc. Tu vois comme ils sont ?

Ils connaissaient même la Villa Waldberta où loge cette Terese dont je suis sur le point de te parler. Enfin, si j'arrive à mettre un peu d'ordre dans tout ce qu'elle m'a dit, car c'était compliqué. Pas du point de vue langagier, car j'ai compris chaque mot. Mais je n'arrive pas à comprendre toute l'histoire. Les gars du restaurant m'ont expliqué comment me rendre à Feldafing.

– Partez tôt, il risque de se mettre à neiger et le S-Bahn peut rester immobilisé des heures durant. Il faut compter une bonne heure. Après Starnberg, je pense que c'est deux ou trois stations. Attendez... Starnberg, Possenhofen, puis après c'est Feldafing. Arrivé là-bas, vous devrez monter jusqu'en haut de la crête qui domine le village et le lac.

Ils connaissaient l'endroit parce que la Villa a été, semble-t-il, une résidence pour artistes jusqu'à 1995. Après, elle a été transformée en hospice pour vieux. J'avais bien hâte de voir. Ce matin, j'étais sur le quai du S-Bahn à Marienplatz en attendant mon petit train rouge pour Tutzing quand un train pour Dachau est passé. J'ai eu un choc. Enfin, c'est comme si un train à destination d'Auschwitz était entré en gare, ou je ne sais pas, un endroit terrible où on ne veut pas aller. À l'intérieur, des gens en apparence normaux qui s'en allaient un dimanche matin à Dachau. Mais Dachau existait avant les nazis et existera après nous. Toute cette importance que les mots prennent, pourquoi au juste ?

Une fois passées les gares de banlieues Pasing et Westkreuz, on arrive à la petite ville de Starnberg, d'où on aperçoit le lac du même nom. Au bout du lac, un panorama de sommets alpins enneigés dans le soleil de l'avant-midi. Je te dis, une carte postale, cette Bavière ! À Feldafing, j'étais le seul à sortir du train, qui est reparti en soulevant un blizzard de neige. J'avais heureusement chaussé des bottillons imperméables doublés de peau de mouton au col et dotés de pièces de caoutchouc antidérapantes, car la pente était raide. Le village de Feldafing est une agglomération discrète, on ne le remarque pas depuis le S-Bahn. Comme c'était dimanche, tout était fermé et j'ai dû marcher jusqu'à la vieille église pour demander mon chemin. J'avais aussi pris beaucoup d'avance. Terese m'attendait à midi et il n'était que onze heures. J'avais une heure à tuer dans ce village mort. J'en ai fait le tour une fois ou deux. Il y avait un hôtel de luxe, le Kaiserin Elisabeth (c'est Sissi, impératrice d'Autriche... elle vient de ce coin de Bavière !), puis une boulangerie. Le long de la route nationale, à gauche, un terrain de golf, du moins c'est ce qu'il m'a semblé avoir vu sous la neige. De jolies maisons. Tu aurais ri, dans l'une d'elles, il y avait quelqu'un qui jouait du piano. Une femme jeune, jolie, qui semblait répéter une musique de Noël, du Bach, je pense. Tu saurais. Puis j'ai croisé une vieille à qui j'ai dû demander mon chemin. Très gentille, elle avait l'aménité des gens de la campagne, comme les sœurs à Rivière-du-Loup. Elle m'a montré un escalier qui montait jusqu'en haut de cette crête qui domine le lac.

– Là, vous tournez à gauche, et vous y êtes !

C'était le premier dimanche de l'avent et elle portait une couronne, comme celles que Maman mettait sur la table de la cuisine, tu te rappelles ? Les autres enfants riaient de nous parce qu'elle tenait absolument à allumer ses quatre cierges avant Noël. En montant l'escalier qui passait entre les jardins et les maisons, j'ai failli me faire dévorer par un énorme chien de garde. Une bête idiote et laide, dressée pour faire peur. En haut, il y avait une petite église évangélique où des gens chantaient, ce chant *Tochter Zion, freue dich* qui résonne dans les églises allemandes pendant l'avent. C'était si beau que je suis resté là à écouter. Est-ce que tu sais qui en est le compositeur ? Tu pourrais chercher ? C'est vraiment une musique réjouissante, elle donne presque envie de retourner à l'église.

La Villa Waldberta n'a pas du tout l'air d'un hospice pour vieux. C'est une grande maison pâle d'architecture bavaroise, avec une petite tour coiffée d'un toit en forme d'oignon. Un terrain immense qui surplombe le lac magnifique, des arbres si hauts, déjà en 1945 ils devaient être là. Un décor idyllique, un arbre à griottes dont les fruits gelés servaient de buffet à des oiseaux affamés, une grande pruche secouant de ses branches un peu de la neige tombée pendant la nuit. Un vaste et calme apaisement est entré dans mon âme. Un endroit de tout repos. Alors que je m'approchais de la maison, un tout petit chihuahua s'est mis à aboyer, il m'a fait penser au Wotan de ton d'Ambrosio. Une vraie petite teigne. J'ai sonné à la porte. Le chihuahua me tournait autour des jambes. Quelqu'un lui avait enfilé un petit habit à motifs écossais et quatre petites bottines pour chien afin qu'il ne se gèle pas les pattes. La porte de service s'est ouverte sur une dame courte qui tenait à la main gauche un balai.

– Vous désirez ?

Elle donnait l'air d'être propriétaire de l'endroit. Je n'ai eu qu'à dire quelques mots, à mon accent, elle a semblé comprendre qui j'étais.

– Vous êtes le Canadien de Berlin ? Terese vous attend à midi. Vous voulez vous réchauffer dans la cuisine ?

– Volontiers.

– Tranquille, Merlin ! Lui, c'est le gardien, il ne mord pas. Moi, c'est Berta.

– Vous me semblez jeune pour vivre ici.

– Je ne vis pas ici, je m'occupe de la maison. C'est immense ! Il y a six appartements à nettoyer, les salles communes et le magasinage à faire pour les résidents, je n'arrête jamais !

– Vous avez pris le nom de la villa ?

– Ha ! C'est bien noté, ça ! Écoutez, comme j'la connais, Terese a peut-être oublié que vous veniez. Elle m'en a parlé encore hier, mais à son âge, j'aime autant monter voir. Entrez donc que ce satané chien se taise ! On gèle ! Merlin, tu te la fermes ! Votre nom, c'est ? Attendez, elle me l'a pourtant dit encore au petit-déjeuner...

– Elle est peut-être à la messe.

– Ha ! On voit que vous ne connaissez pas Terese. Non, je vous assure qu'elle n'est pas à la messe. Hi ! Hi ! Il faudra que je la raconte au jardinier, celle-là... À la messe ! Terese ! Rappelez-moi votre nom, je vous prie.

– Lamontagne, Gabriel Lamontagne.

Comme elle n'arrivait pas à prononcer Lamontagne et que je la trouvais très sympathique, je lui ai permis de m'appeler Gabriel.

– Je ne vous sers pas la main, Kapriel. Dieu sait ce qu'on peut se choper ! Les gens sont couverts de germes ! Encore il y a deux semaines, un ouvrier est venu ici pour l'électricité, il m'a filé une grippe, la deuxième depuis octobre, je ne vous dis pas. Et avec les vieux, il faut faire attention, alors essayez de ne pas trop toucher aux cadres et poignées de porte. Vous avez pris un train, n'est-ce pas? Un nid à germes! Une culture bactérienne sur rails! Puis-je vous demander de vous laver les mains dans cet évier avant de vous laisser monter? On n'est jamais trop prudent, ma mère disait toujours...

Je me serais cru chez moi, Michel. On aurait cru voir Maman avec ses chiffons au javel. Tu sais ce que je veux dire. Et elle parlait, parlait avec cet accent de la Bavière profonde que je ne comprends presque pas. Je perdais un mot sur trois, disons. Elle m'a installé dans la cuisine pendant qu'elle allait avertir Terese de mon arrivée. L'intérieur de la villa est très bavarois, avec des meubles Jugendstil et un poêle de faïence vert forêt. Je me suis demandé comment on était arrivé à l'idée d'installer des gens âgés à mobilité réduite dans une maison tout en étages avec des escaliers partout. Un escalier mécanique m'a apporté une partie de la réponse. Il s'est activé en produisant un bruit sourd et électrique. Lentement, Terese descendait sur une plate-forme. Et pendant que cette vieille femme allemande descendait de son nid vers la terre où grouillent les mortels, je me suis posé la question que je ne m'étais pas posée parce que j'avais agi dans l'excitation du moment, sans réfléchir à ce que j'allais demander à Terese. Qu'est-ce que je voulais de cette femme, très exactement? Qu'elle vienne nous rendre visite à Berlin à la fin janvier? En était-elle capable? Quel souvenir avait-elle gardé de Magda? Et pour la première fois, Michel, j'ai réfléchi aux raisons qui m'avaient poussé à me farcir huit heures de train pour me retrouver dans ce décor de cinéma où je ne comprenais soudainement plus personne. Terese se souviendrait-elle seulement des années 1930? Et si elles ne s'étaient pas retrouvées depuis la chute du Mur en 1989, n'était-ce pas là un signe que le destin les avait pour toujours séparées? Elles croyaient peut-être chacune que l'autre était morte. Imagines-tu que parvenu à quatre-vingts ans, tu vas te mettre à la recherche de tes amis du secondaire? L'escalier mécanique et ces questions tournaient lentement, il me restait encore deux secondes pour jaillir du sofa et courir vers la porte avant que Terese ne me voie. Et j'aurais dû courir, à bien y penser. Me sauver. Deux secondes plus tard, l'escalier mécanique s'arrêtait et j'avais finalement en face de moi cette femme en fauteuil roulant. Derrière elle, Berta, souriante.

– Elle n'avait pas oublié, n'est-ce pas Terese? C'est monsieur Montaigne!

– Lamontagne, ai-je corrigé.

Comme je les voyais en contre-jour, impossible de distinguer les traits de Terese. Berta a poussé sa chaise jusque dans un petit salon joliment meublé et nous a laissés. À travers la porte vitrée, je l'ai encore vue vaporiser du désinfectant à l'endroit où j'étais assis sur le sofa. Ça te rappelle quelqu'un? Terese était presque exactement comme je l'avais imaginée. Vêtue d'une longue robe bavaroise à volants verts. Une femme assez costaude, pas aussi grosse que Magda, non de loin, mais qui avait avec l'âge un peu pris la forme d'un baril. Elle souriait. Et je te jure, mon frère, qu'elle avait dans sa coiffure, un sympathique chignon tressé, la barrette d'ambre de mademoiselle Jacques.

– C'est donc vous le petit ami de Magda ! Vous m'avez ramenée des années en arrière, vous savez, Kapriel. Vous permettez que je vous appelle Kapriel ? Vous êtes si jeune...

– Si vous permettez que je vous appelle Terese.

– Comme vous voudrez.

– Vous êtes nombreux, dans cette villa ?

– Nous sommes dix. Il y a six appartements. Quatre sont occupés par des couples et deux par de vieilles femmes comme moi. C'était avant, ici, une résidence d'artistes, mais l'État bavarois a transformé la maison en résidence pour aînés. J'ai eu la chance inouïe d'y obtenir un appartement.

– Comment une professeure de chant de Charlottenburg aboutit-elle en Bavière ?

À ma grande surprise, Terese s'est levée de sa chaise avant de répondre à ma question.

– Ce n'est pas un miracle de Noël ! Calmez-vous ! Je voulais simplement vous faire une petite blague ! Ha ! Vous auriez dû voir votre tête quand je me suis levée ! Je me sers de cette foutue chaise pour descendre sur l'escalier mécanique, autrement, j'arrive à marcher.

Elle m'avait vraiment étonné. Elle a jeté un coup d'œil en direction de l'entrée. Berta était dehors.

– Elle est sortie, je vais pouvoir en griller une. Officiellement, je n'ai pas le droit, mais c'est dimanche. Vous fumez ?

– Non, jamais.

– Sage décision. C'est très mauvais pour la santé. Et vous n'avez pas le physique d'un fumeur.

Elle a sorti un étui à cigarettes argenté aux initiales T. B. – comme dans tuberculose ! – et s'est allumé une longue cigarette. Il y avait, comment te dire, quelque chose dans ses gestes, une touche *Cage aux folles* qui m'amusait un peu. Elle me rappelait un personnage d'opéra, je ne sais plus lequel. Probablement toutes les femmes de tous les opéras. Voilà ce que Terese Bleibtreu me rappelait. Elle a voulu entendre mon histoire. Puis, m'a raconté la sienne. À la fin de la guerre, elle avait elle aussi fui l'avance de l'Armée rouge. Elle avait même réussi à gagner la Bavière quelques jours seulement avant la chute de Berlin. Ensuite, elle était restée là, en zone occupée par les Américains.

– En Allemagne de l'Est, avec les Russes, ils n'ont rien eu à manger pendant des années. Ici, très vite, plus personne n'a eu faim. Et je suis catholique, c'était facile de m'installer ici. J'avais de la famille du côté de ma mère à Tutzing, c'est la ville qu'on atteint au bout de la ligne de S-Bahn. Je me suis enracinée et j'ai enseigné la musique au collège. Puis, j'ai été maître de chœur pendant un temps.

Elle m'a raconté qu'elle avait connu les GI américains, qu'ils étaient très aimés par certains. Tout de suite après la guerre, la Villa Waldberta est devenue un endroit où les réfugiés de l'Est arrivaient. Des juifs, surtout. Ils attendaient là et au camp de Feldafing un visa pour l'Amérique ou l'Argentine.

– Beaucoup sont allés au Canada. Je me souviens. Ils voulaient tous aller au Canada. Certains des résidents de cette villa luxueuse étaient des rescapés d'Auschwitz. On les avait entassés ici. Ils étaient malades et tout... Beaucoup sont morts ici. Trop faibles. Après, la maison a servi au comité de préparation des Jeux olympiques de 1972 à Munich. Puis, après, les artistes sont arrivés. Des peintres, des écrivains, des musiciens, des gens de partout qui venaient créer dans cette villa. À l'époque, je me souviens, j'étais encore à Tutzing ; en 1992, j'étais venue entendre des musiciens brésiliens. Charmante, leur musique.

– Mais ça ne bat pas *Ständchen* de Schubert...

Elle s'est rassise, l'air contrarié.

– Elle vous a raconté la sérénade ? Mais elle ne s'arrête jamais de jacasser, la Magda. Dites-moi comment elle va. Non ! Attendez ! Je nous sers un scotch, ensuite vous me raconterez comment elle va, cette Prussienne ! Ha ! Je vais me faire un bel après-midi avec ce beau jeune homme de l'Amérique. Cessez de rougir, je ne suis pas la première à vous faire de l'œil ! Asseyez-vous donc pour qu'on vous voie depuis le vestibule. C'est ça. Je tiens à ce que la vieille Namberger vous aperçoive quand elle rentrera de la messe avec son mari complètement sénile. Elle va en crever, cette chipie ! Jouez le jeu...

Elle nous a servi deux scotchs sans glaçons, puis au lieu de m'écouter, elle a continué son histoire. Elle a enseigné la musique à Tutzing, puis a pris sa retraite comme tout le monde. Après une chute dans sa baignoire, on lui a recommandé de se trouver une maison de retraite. À Tutzing, elle ne supportait pas les résidents. Elle avait trouvé une place à Starnberg, mais c'est le personnel qu'elle trouvait malpropre. Puis, la Villa Waldberta avait ouvert ses six appartements et elle avait eu la chance extraordinaire d'y être admise.

– Cet endroit n'est pas pour tout le monde. Il faut aimer la tranquillité. Magda y serait morte d'ennui. Elle ne doit pas avoir changé. Il lui fallait toujours de l'action, toujours bouger, toujours foutre le bordel quelque part. Oh, mais vous allez penser que je lui tiens rancune pour Ludwig. Je retire ce que je viens de dire.

Déjà, je sentais que j'avais commis une grave erreur. J'avais ouvert une sorte de boîte de Pandore allemande, invention sortie tout droit de l'imagination d'un metteur en scène fou.

– Elle aimait *Tosca*. Ça je le sais. Elle et Ludwig, mon petit frère, ont dû voir cet opéra des dizaines de fois ensemble.

– Oui, et ça aidait d'avoir un papa qui travaille à KdF pour avoir les billets.

– KdF ?

– Oui, Kraft durch Freude, vous vous souvenez, la grande agence de voyages et de divertissements des années 1930 ?

– Ha ! Ha ! Ha !

– Vous riez ?

– Elle vous a dit que son papa travaillait pour Kraft durch Freude ? Intéressant.

Je n'aimais pas ses chutes de timbre qui montraient qu'elle était prête à tout déballer. Qu'est-ce que j'en savais, moi, si le père de Magda, Papa Alfred, avait travaillé pour KdF ou pas ? J'avais envie de lui dire que moi, je n'ai jamais su qui était mon père, que je ne l'ai jamais vu, que je ne sais même pas ce qu'il faisait dans la vie et que cela ne m'a pas empêché de vivre, d'avoir des projets, enfin... Je ne voulais pas me la mettre à dos, mais je sentais déjà qu'il y avait entre elle et Magda comme une sorte de conflit non réglé.

– Elle m'a aussi dit que vous jouiez très bien du piano et que votre frère Ludwig avait une voix magnifique de baryton.

– Baryton martin, corrigea-t-elle, il avait le timbre léger. Il était en tout très léger.

– Je voulais lui préparer une surprise pour son anniversaire. Est-ce que votre frère Ludwig est encore vivant ?

– Mais bien sûr que non, quelle drôle de question ! Croit-elle vraiment qu'il est encore vivant ? Dites-moi honnêtement, Gabriel, est-ce que Magda Berg se promène dans Berlin en racontant que mon frère Ludwig est toujours vivant ? Elle a perdu la tête comme les Namberger ?

– Non ! Non ! Tout ce qu'elle m'a raconté, c'est le grand amour qu'elle avait pour lui, toutes les histoires, la petite croix...

– Elle vous a raconté l'histoire de la croix ?

Elle paraissait prête à me jeter son scotch à la figure. Elle s'est allumé une autre cigarette. L'air dans le petit salon commençait à s'épaissir. Les pas de Berta se firent entendre. Elle n'était pas du tout contente que Terese ait pris la liberté de fumer.

– Alors expliquez-moi, chère Berta, pourquoi il y a un cendrier dans cette pièce.

– C'est de la déco. C'est antique.

– Parce qu'il y a une petite croix gammée en dessous. C'est pour ça qu'on le garde ? En souvenir du temps où on fabriquait des bergers allemands de faïence ?

– Comment ça, une croix gammée ?

– Je plaisante. J'ai le droit de fumer au rez-de-chaussée, le bail est clair. D'ailleurs, Berta, votre propre mère fumait. On me l'a dit. Pourquoi vous entêtez-vous à martyriser les fumeurs ?

– Parce que c'est malpropre !

– Sortez, Berta.

Elle a claqué la porte. Maman a une sœur perdue en Allemagne. C'est clair. Terese a ouvert une fenêtre pour me donner un peu d'air.

– J'ignore ce que vous savez, jeune homme. Je n'ai aucune idée d'où vous sortez, ni comment vous êtes tombé sur Magda à Berlin-Lichtenberg. Vous me dites « Canada » comme elle dit « Kraft durch Freude » et je suis censée vous croire comme vous croyez ses histoires. Mais pourquoi vous intéresser à des affaires, comment dire ?

– Allemandes ?

– Oui, c'est ça, à des affaires allemandes.

– Je pense qu'il est déjà trop tard pour se poser la question. Parfois, c'est l'Allemagne qui s'intéresse à vous.

– Oui, en effet.

– Votre cigarette est éteinte.

– Je sais. Elles s'éteignent tout le temps. C'est comme tout. Ça s'éteint.

– Vous voulez être plus précise ?

– Qu'est-ce que vous voulez savoir ?

– Moi, rien. Je voulais simplement faire une surprise à Magda pour son anniversaire le 30 janvier.

– Vous êtes gentil. C'est très « Nouveau Monde » comme geste. Des retrouvailles à un anniversaire ! Ce n'est pas très allemand. Ici, ce qui est enterré reste enterré. Nous ne réveillons pas nos morts.

– Terese, si vous avez des choses à dire à Magda, une crotte sur le cœur, je...

– Sur le cœur ? Là n'est pas la question ! Non, non. Je n'irai pas à Berlin. Mais puisque vous vous êtes déplacé de si loin pour venir me voir, je vous dois cette explication. D'ailleurs, si je vous ai répondu, c'est surtout à cause de la petite croix en or.

– La croix de Ludwig ?

– Oui. La croix de Ludwig. Elle la porte encore ?

– Je... Peut-être. Je ne suis pas sûr.

– Mais je vous ennuie avec mes histoires de bijoux ! Vous voulez savoir pourquoi je ne vais pas me déplacer jusqu'à Berlin. Ce serait vous mentir que de vous dire que je suis trop paresseuse ou malade.

– Ne vous sentez pas obligée de tout me dire. Si vous ne voulez pas venir, ça va. Je ne me sentirai pas insulté. Mais elle m'a tant parlé de Ludwig et des années 1930 que j'étais curieux de vous voir.

Terese regardait par la fenêtre. Il y a eu un silence. Et sans me regarder, elle a commencé à parler.

– Quand les Berg sont arrivés de Königsberg en 1934, Magda a failli en faire une dépression nerveuse tant son patelin lui manquait. En ville, elle avait l'air un peu comme vous ici, d'un bûcheron égaré. Elle était très masculine. Elle marchait comme un officier de la Wehrmacht. Et Ludwig était tout le contraire, si vous comprenez ce que je veux dire. J'ai su très tôt que je devrais protéger mon petit frère. Je savais pourquoi je devais le protéger, mais pas de qui. Si je l'avais su, il serait peut-être encore avec nous, mais je n'ai pas su. Pas plus que Magda n'a su protéger sa petite sœur.

– Sa sœur ? Magda a une sœur ?

– Oh… Elle ne vous a pas parlé de sa sœur Elisabeth ? Une pitié…

À ce stade, Michel, je savais qu'il était trop tard. Dehors, on entendait un chien aboyer. Un corbeau croassait. Deux vieux sont entrés, probablement les Namberger dont elle avait parlé plus tôt. La vieille m'a souri et a regardé en direction de Terese, qui lui a renvoyé un regard entendu. Le vieux avait l'air complètement perdu. Ils sont montés à leur appartement.

– C'était elle, la Namberger. Merci, Gabriel, vous êtes un chou.

– Vous me parliez d'une sœur de Magda…

– Est-ce que les Canadiens aiment les histoires ?

– Les Canadiens adorent les histoires. S'ils ne s'en racontaient pas, il n'y aurait tout simplement pas de Canada.

– Même celles qui se terminent mal ?

– Vos histoires se terminent souvent chez nous…

– Vous avez quand même un peu d'esprit. Alors, je vous verse un peu de scotch, cher Monsieur Lamontagne. Je commence à comprendre qu'il faut avec vous expliquer les choses clairement et lentement. Et vous avez le même nom qu'elle !

Terese finit par me confier son histoire. Moi, de mon côté, je commençais à comprendre pourquoi Magda n'était jamais partie à la recherche de Terese Bleibtreu.

« Pour me souvenir de tout, je dois repenser à mon frère Ludwig, à tout ce qu'il nous racontait sur cette Magda. De 1935 à 1939, ils étaient inséparables. Eh oui, une grande partie de ce que je sais sur elle, je l'ai appris de lui. Mes rapports avec elle se limitaient au chant, à l'enseignement de la musique. Remarquez, on apprend plus sur ses élèves que ces derniers en apprennent sur vous, même si c'est vous qui parlez tout le temps. Car on n'apprend jamais rien directement des gens. Ce qu'on sait vraiment sur leur compte, c'est par les autres qu'on l'apprend. C'est cynique, mais c'est comme ça. Quand les Berg sont venus à Charlottenburg, en 1934, oui, cela est juste, ils arrivaient de Königsberg et le père était bien à KdF. La Maman de Magda était une femme assez bourgeoise. Disons qu'elle n'aimait pas Berlin. Trop prolo pour elle. Là-dessus, elle et moi étions d'accord, mais notre entente s'arrêtait là. Les Berg avaient deux filles. Celle que vous connaissez, et une plus jeune qui devait avoir six ou sept ans en 1934. Ce que j'ai su, toujours de Ludwig, c'est qu'Elisabeth était handicapée. Ce qu'elle avait ? Je ne sais pas. Elle n'arrivait pas vraiment à parler. Je ne l'ai jamais vue, non. D'après ce que Ludwig m'en a dit, elle devait avoir le syndrome de Down. Au début, elle vivait avec les parents, qui avaient à la maison une aide pour s'en occuper. Puis, Elisabeth a été placée, en 1936, je pense. La mère ne voulait pas, mais c'est le père qui a pris la décision. À peine trois ans plus tard, une lettre est arrivée de l'institut. Elisabeth était morte d'une grippe. Les médecins n'avaient rien pu faire. Évidemment, elle avait probablement été gazée comme les autres handicapés mentaux sous le troisième Reich, mais moins on pose de questions, plus on gravit les échelons rapidement. Cela était vrai à KdF aussi. Vous me trouvez froide ? Peut-être. Attendez d'entendre le reste !

« La mère Berg ne s'est jamais vraiment remise de la disparition d'Elisabeth, et vous dire qu'elle savait comment sa fille était morte serait présomptueux de ma part. Disons simplement que la grippe était particulièrement virulente dans les instituts allemands en 1939. Quand Magda a été renvoyée à Königsberg, c'était surtout parce que sa mère était en train de devenir folle de chagrin à cause de cette histoire avec Elisabeth. Elle voulait savoir, envoyait des lettres, du genre "Où est mon enfant ?", comme d'autres qui savaient bien que cette grippe n'était qu'un mensonge. Mais dans un monde où tout est mensonge, plus personne ne ment. Me suivez-vous ? C'est un peu comme l'argent et Dieu. Pour que ça marche, il faut que tout le monde ou presque y croie. Et ça marche. Pour un temps.

« Quand son mari lui a ordonné de se taire une fois pour toutes, la mère Berg s'est tout simplement enfermée dans sa chambre. Elle s'est suicidée pendant un bombardement, en 1943. Une image imprimée dans ma mémoire à jamais. Dans la Schillerstraße aucun débris, juste des fenêtres cassées et, au beau milieu de la rue, le corps de la mère Berg dans une mare de sang, à l'endroit précis où j'avais joué *Ständchen*. Elle avait sauté dans le vide, comme Tosca. Un peu de scotch ? J'entends votre âme fondre, pauvre Kapriel. Du nerf, ressaisissez-vous !

« Je devine que vous avez un frère ou une sœur. Autrement, vous ne seriez pas en train de contenir un sanglot. Le reste, les cours de chant, l'amitié, les histoires avec la croix... Tout cela, Magda vous a dit la vérité. Seulement, peut-être pas la vérité complète. Comment je sais qu'elle ne vous a pas tout dit ? C'est simple. D'abord, vous n'avez pas la tête de quelqu'un à qui on raconte toute la vérité. Vous êtes trop beau. Quoi ? Vous ne le savez pas encore ? Les bellâtres, on les bourre de mensonges. Les autres, les laiderons, les "moyens", les "cinq sur dix", ils se prennent la vérité crue. Plus vous êtes laid, plus on vous dit la vérité. Pourquoi ? Je ne sais pas. On dirait que la beauté vous attire les mensonges. Vous croyez qu'on dit la vérité à Claudia Schiffer ? Non, on lui dit ce qu'on croit qu'elle veut entendre. Peut-être les gens essaient-ils ainsi de cacher leur laideur devant vous, de se faire aimer des beaux et belles.

« Remarquez, au début, quand ils se sont rencontrés, on pensait, je veux dire, mes parents pensaient que ça finirait autrement. Par un mariage, c'était certain. Moi, je ne disais rien. Vous savez, Kapriel, j'ai un souvenir précis de la naissance de Ludwig. Nous étions cinq chez moi. Ludwig était mon seul frère. Trois filles l'ont suivi. Elles sont toutes mortes. Une en 1945 de la diphtérie, Maria il y a trois ans, ici en Bavière, d'un cancer et l'autre a été tuée dans un bombardement allié. C'est joli, cette neige qui tombe. Ça doit vous rappeler le Canada. Vous allez chez vous à Noël ? Non ? Ah. Cela doit être beau, dans la forêt. Zzzz.... Oh ! Pardon. Oui. Je disais donc... Ah ! Oui ! Mon petit Ludwig. De dix ans mon cadet. Déjà petit à la naissance. Fragile.

Éthéré. Dès qu'il a marché, j'ai su. Il me prenait pour sa Maman. Petit ange blond au geste gracile. Trop délicat pour survivre dans un monde de rustres. Au début de l'adolescence, Ludwig est devenu très expressif. Drôle, il était. Tout ce que Magda vous a raconté, ses farces, ses bêtises, ses plaisanteries, c'est vrai. Il aimait imiter cette chanteuse lesbienne berlinoise, attendez, son nom... Waldorf ! Non ! Claire Waldoff !

« Ha ! Que nous avions du plaisir au piano !

« Je ne sais pas ce que Ludwig pouvait voir en Magda. Non, en fait, je le sais très bien. Elle était tout simplement assez masculine pour gagner ses suffrages. C'est ça qu'il aimait chez elle, et c'est la même ambiguïté qu'elle cherchait chez lui. Quand on les avait tous les deux devant soi, on avait l'impression d'avoir quatre sexes différents devant soi. Difficile de dire lequel des deux était le plus féminin, lequel des deux plus masculin. Ils étaient à eux deux l'expression de tous les possibles. Seul Magda convenait pour Ludwig et vice-versa. Magda est d'ailleurs vite devenue son unique pensée. Ensuite, on ne l'a plus vu que pour les repas. Il racontait à Papa qu'il allait aux Jeunesses hitlériennes pour venir chez moi et passer du temps avec Magda. Je pense qu'ils devaient être amoureux d'une certaine manière, de ces amours absolues d'adolescents, vous connaissez cet amour qui vole bien au-dessus des plaisirs du corps ? Une sorte d'union d'âme, mais d'une manière inexplicable et presque miraculeuse, charnelle aussi.

« En 1939, Ludwig m'est arrivé avec une annonce qu'il avait trouvée dans un journal. Un nouveau prof de chant à Alexanderplatz. Il était emballé. Après une première leçon gratuite, il avait réussi à convaincre Magda d'essayer ce monsieur. Moi, je trouvais tout ça un peu étrange, que Ludwig voyage jusqu'à Alexanderplatz pour prendre des cours de chant, mais bon. J'y suis allée avec eux pour en avoir le cœur net. C'était un monsieur très jovial et ordonné, très convaincu de sa méthode. Toujours en train de plaisanter. J'étais allée pour m'assurer que mon petit frère n'était pas tombé entre les pattes d'un fou. Je voulais faire au moins ça avant de me marier.

« J'ai tout compris en voyant Ludwig regarder Herr Küchenmeister. "Il m'a demandé de l'appeler Peter", nous a-t-il dit dans le S-Bahn en revenant. Magda était livide. C'est vrai que Küchenmeister avait été un peu dur avec elle, mais tous les profs de chant sont durs. Il faut qu'ils le soient. Leur art ne leur donne pas d'autre choix. Vous savez, Magda était une femme jalouse. Elle doit d'ailleurs toujours l'être. Je ne serais pas étonnée si vous m'appreniez qu'elle vous fait des crises de jalousie.

« Et c'est arrivé. Un jour, Magda s'est présentée chez nous à la recherche de Ludwig. Je lui ai répondu qu'il était allé suivre un cours chez Küchenmeister. Son sang n'a fait qu'un tour. "Mais il ne m'en a pas parlé !" Et elle est repartie en rogne. Je savais que ça finirait mal, je vous le dis.

« Elle s'est précipitée à l'appartement de Küchenmeister sans frapper. Le pauvre idiot ne verrouillait pas lorsqu'il avait des élèves. Quand elle est entrée dans la salle de musique, Ludwig était assis sur les genoux de Küchenmeister. Les trois sont restés figés comme des statues de sel.

« Le lendemain, la Kriminalpolizei frappait chez mes parents. C'est Papa qui a ouvert. Ils ont emmené Ludwig. Il avait dix-neuf ans, Kapriel. Ils n'ont pas voulu dire pourquoi ils venaient le chercher. Maman était morte de peur. Nos sœurs s'étaient agglutinées dans un coin, pleurant. J'ai essayé de trouver Magda. Pas moyen. Personne ne répondait chez elle. Quand j'ai réussi à trouver le père Berg, c'est à peine s'il a voulu m'adresser la parole. "Magda est partie pour Königsberg." C'est tout ce que nous avons réussi à savoir. Elle n'a pas écrit, pas donné de nouvelles, pas appelé. Rien. La dernière fois que j'ai vu Magda Berg, c'est quand elle a frappé chez moi en 1939 pour chercher Ludwig. C'est elle qui l'a dénoncé à la police. Le doute n'est pas permis. D'ailleurs, pendant le procès, nous avons su que Ludwig et Küchenmeister avaient été "surpris". Par qui, je vous le demande sinon par elle ?

« Ensuite, les choses sont allées très vite et très mal pour mon petit frère. D'abord, nous ne savions pas où il était détenu. Mes parents étaient terrorisés, avec tout ce qui se passait dans la ville, quand quelqu'un disparaissait, souvent on ne le revoyait plus. C'est moi qui ai pris les devants et qui me suis présentée, quatre jours après son arrestation, à la Kriminalpolizei. Je leur ai demandé de m'expliquer ce que ce pauvre angelot de dix-neuf ans, frêle et fluet comme un oisillon, pouvait avoir fait de si grave. Évidemment, l'intervention d'une grande sœur ne valait pas grand-chose à leurs yeux. Il y a eu un procès assez rapidement. Ludwig et son professeur de chant n'ont pas été jugés en même temps. Küchenmeister a été envoyé immédiatement à Sachsenhausen, oui, le camp de concentration. Pour lui, c'était une récidive, il avait déjà été condamné deux ans auparavant en vertu du paragraphe 175, c'est-à-dire pour homosexualité. Ludwig a été condamné à deux ans de maison de redressement, ce qui veut dire qu'il a pris le chemin de Sachsenhausen, comme Küchenmeister. À partir de ce moment, mes parents se sont presque complètement désintéressés de son cas. Pour dire vrai, je ne saurai jamais s'ils ont tout simplement été pris par la peur ou si vraiment ils avaient accepté que l'homosexualité de Ludwig lui méritait le camp de concentration. Je ne crois pas qu'ils se soient posé ce genre de questions. Vous savez, les nazis avaient créé une sorte d'organe de l'État, la centrale du Reich contre l'homosexualité et l'avortement. Les deux choses étaient considérées comme hautement criminelles et combattues par la même instance. J'avais pu voir Ludwig au procès, puis il a disparu. Six mois après son internement, il m'a envoyé une lettre de Sachsenhausen dans laquelle il me disait avoir droit à une visite, il me priait de venir. Je n'en ai pas parlé à mon mari.

« Je l'ai trouvé amaigri. Ce n'était plus le même garçon, comment vous dire ? Il était brisé. Je ne sais pas ce qui pouvait se passer dans ce camp. Ce qu'il m'a raconté, quand il a fini par en sortir à la fin de 1941, c'est qu'il y avait aussi chanté. Küchenmeister y était toujours. Je ne sais pas s'ils étaient vraiment amoureux. Ludwig m'a raconté une anecdote intéressante. Les homosexuels de Sachsenhausen étaient sous surveillance très stricte des S.S. et séparés des autres détenus. Tout un chacun avait le droit de les frapper, de les battre jusqu'à l'inconscience, de les humilier, etc. Certains mouraient sous les coups. En tout cas, il paraît que certains de ces hommes chantaient pour se donner du courage au travail, car on les faisait trimer dur ! Ils chantaient, comme disait Ludwig, en faisant frotter ensemble leurs voix pour se donner du plaisir. Comprenez-vous ça ? Non ? Moi non plus, mais il paraît que ça se faisait. Il se trouvait des médecins dans les camps, de vrais médecins, des gens qui autrement accouchaient des femmes et soignaient des rhumes, qui suggéraient aux prisonniers homosexuels de se laisser castrer en échange de leur liberté. On était convaincu que la castration les guérirait de leurs désirs contre-nature. Vous trouvez ça horrible ? Imaginez-vous que ça marchait, certains se laissaient faire en échange de leur survie. Mettez-vous à leur place, ceux qui entraient dans les camps savaient qu'ils n'avaient qu'une chance très mince d'en ressortir vivant. Ils y laissaient leurs couilles qui de toute façon, ne leur attiraient que des problèmes.

« À sa libération, mes parents n'ont pas voulu le reprendre à la maison, ils en avaient trop honte. Logiquement, il aurait dû être mobilisé, mais il s'est fait prendre une deuxième fois par la police, cette fois par un officier en civil qu'il avait approché dans une station de métro. Je le voyais encore, mais rarement. La dernière lettre de lui date de 1942, en mai. Après, il a probablement été victime des gardiens à Sachsenhausen. Personne n'en ressortait. En tout cas, pas ceux qui avaient le triangle rose. Règle générale, ils ne tenaient pas longtemps. En juillet 1942, il paraît que la plupart d'entre eux ont été rossés à mort par leurs gardiens. Vous faites de grands yeux, cher Monsieur. Vous avez remarqué que Berta et vous avez la même couleur d'yeux ? C'est drôle. En parlant du loup... Qu'est-ce qu'elle nous veut, encore ? »

(Là, Michel, je n'ai pas tout compris, parce que ça se passait en bavarois. Berta a voulu savoir si j'allais rester à manger, je pense. Je ne sais pas ce que Terese Bleibtreu lui a répondu. Je ne suis pas sûr.)

« Alors, mon cher Kapriel, vous comprendrez que pour l'anniversaire de Magda, je ne suis probablement pas la meilleure surprise. Vous savez, j'ai essayé de protéger mon frère, mais que pouvais-je à trente ans contre le système judiciaire nazi ? Si encore on peut appeler cela justice... Si vous aviez un petit frère, vous feriez la même chose, n'est-ce pas ? Si vous saviez que des fous le détiennent, qu'il risque sa vie, vous lui viendriez en aide ! Vous êtes grand, vous êtes fort ! On vous écouterait peut-être. Mais pour la petite sœur de Magda et pour mon petit frère, ce n'était pas possible. Je vous dirais de saluer Magda de ma part, mais je tiens plutôt à ce que vous taisiez devant elle votre visite ici. Cela ne servirait à rien de lui en parler. Mais vous pourrez régler une chose pour moi. C'est moi qui avais offert cette petite croix en or à Ludwig, celle-là même que Magda a reçue en échange de la boucle d'oreille de Magda Goebbels. Si cela est vrai ? Je le crois, oui. Elle en était bien capable. Bon, cette croix, elle appartenait à mon frère. Je trouve dommage que Magda l'ait toujours. En admettant qu'elle l'ait... On ne sait jamais contre quoi elle a pu l'échanger, cette fille sans Dieu ! Vous savez que les Berg n'étaient pas du tout religieux ? Elle vous a dit ? En tout cas. Si jamais vous pouviez mettre la main sur cette croix sans vous rendre répréhensible aux yeux de la loi... Les initiales de Ludwig et sa date de naissance sont gravées derrière. Le 13 décembre 1920. Il aurait eu soixante-dix-neuf ans dans une semaine. Mais je vous en demande trop... Non, oubliez ce que je viens de dire. Ce qui est perdu est perdu pour toujours. Je vous demanderais bien de rester pour la soirée, mais vous m'avez vous-même informée que vous avez un train à prendre. Vous allez trouver votre chemin, n'est-ce pas ? »

Elle s'est arrêtée de parler, m'a raccompagné. Elle m'a conduit vers une porte qui donnait sur une grande terrasse surplombant le lac. Juste à côté de la porte, il y a avait, au-dessus d'un piano droit, un petit tableau qui a tout de suite capté mon attention. Il représentait une mise au tombeau de la Vierge. Je n'en revenais pas ! Beaucoup plus petit que celui de la Gemäldegalerie de Berlin. Je dirais trente par quarante centimètres, peut-être un peu plus. Pendant quelques secondes, je l'ai fixé en souriant.

– C'est une reproduction, l'original a, paraît-il, disparu à la fin de la guerre. Selon les légendes de Feldafing, le tableau original était une copie d'un tableau de la Pinacothèque vaticane. Les gens du village disent n'importe quoi. Certains racontent même que c'est un Américain qui l'a pris. Allez savoir.

– J'ai vu la même image dans un musée de Berlin.

– Vous vous intéressez à l'art sacré ?

– Non, pas vraiment, mais j'ai un frère à Rome qui m'a parlé de cette peinture.

– Un frère ? Comme vous avez de la chance de toujours avoir un frère. Moi, je n'en ai plus.

Le froid s'était précisé, dehors. Il n'y avait que sa tête dans l'entrebâillement de la porte.

– J'espère que je ne vous déçois pas trop, a-t-elle encore dit.

– Non, il faut que je change un peu mes calculs, c'est tout.

– Des calculs ? Vous ? Non, vous ne faites plus de calculs, jeune homme. Sachez que nos calculs les plus fous sont ce que nous appelons des illusions, et je vois à vos yeux que vous n'êtes pas fort en calcul.

– Des illusions ?

– Oui, des illusions. Nous finissons tous par en être dépouillés. Chez vous, ça vient de se produire.

– J'aimerais vous comprendre.

– Vous aimeriez comprendre bien des choses, mais comme je vous le disais plus tôt, vous n'êtes pas de ceux qui comprennent très vite.

– Je ne suis pas venu pour vous faire du mal, Terese. Vous m'insultez.

– Vous êtes une cible facile. Ça doit vous arriver tout le temps.

– Comment pouvez-vous en être sûre ?

– En réalité je suis injuste. Vous n'êtes pas bête, mais juste trop naïf. Une proie facile pour Magda.

– Je ne vous comprends pas.

– Vous croyez trop facilement à ce que vous avez devant vous. Vous devez constamment tomber des nues, être déçu par les illusions de la vie. Tenez, votre voisine de Berlin-Est vous raconte sa jeunesse, et vous acceptez cette histoire comme parole d'évangile. Une femme vous écrit d'un village bavarois, disant s'appeler Terese Bleibtreu, et vous faites le voyage pour la rencontrer, sûr qu'il s'agit bien d'elle. Si vous n'étiez pas un danger pour vous-même, je vous trouverais presque attendrissant.

– Si vous me dites que vous êtes Terese Bleibtreu, je n'ai pas d'autre choix que de vous croire. C'est quand même moi qui vous ai contactée. Je ne vois pas qui vous pourriez être à part Terese Bleibtreu. Même la dame qui m'a accueilli à la villa vous connaît sous ce nom. L'avez-vous oublié ?

– Arrêtez, vous me donnez le tournis tant vous êtes fragile à cet instant.

– Je ne comprends pas.

– Ramenez-moi la croix de mon frère et je vous expliquerai. Bon voyage, Kapriel.

Pendant que je marchais vers la barrière de bois, un corbeau a encore crié un truc en bavarois. Je me suis retourné. Elle était déjà à l'étage, la tête dans la fenêtre. L'image m'a rappelé la silhouette de la vieille dans *Psychose* d'Alfred Hitchcock. Dans le grand jardin de la villa, Berta appelait son chihuahua. Il avait commencé à neiger.

– Vous voulez que je vous raccompagne à la gare ? Si vous vous dépêchez, vous attraperez le prochain train pour Munich. Autrement, vous risquez d'attendre encore longtemps.

Elle m'a fait monter dans sa Volkswagen et nous sommes partis. J'ai essayé de jaser un peu avec elle. Tout ce que j'ai réussi à en tirer, c'est qu'elle était née dans la villa Waldberta le 1er janvier 1946, à l'époque où sa mère travaillait pour les propriétaires et que la maison servait de camp de réfugiés.

– C'est pour ça que je m'appelle Berta.

– Et si vous aviez été un garçon ?

– Maman dit qu'elle m'aurait appelé Ludwig, c'est Louis en français, n'est-ce pas ?

– Oui, c'est l'équivalent de Louis. Votre père s'appelait Ludwig ?

– Oui, il paraît. Votre train arrive.

Je suis monté dans le train à la course. Ces trains allemands sont d'une ponctualité ahurissante, j'aurais bien voulu parler encore un peu avec Berta, qu'elle me dise un peu comment et pourquoi Terese est devenue si méchante. Qu'elle me parle un peu de son père aussi, mais le train est arrivé pour interrompre l'histoire de son père qui s'appelait Ludwig. J'étais, tu le comprendras, un peu sonné. D'abord, je ne m'attendais pas du tout à ce genre de rencontre. Comme je te dis, dans ce pays, il faut vraiment être prêt à entendre toutes les réponses.

Je n'ai pas parlé, ni lu, ni écrit, ni pensé pendant le trajet qui me ramenait à Munich. Pourtant, j'avais les yeux ouverts. À Westkreuz, nous sommes passés à côté des Schrebergärten bien nettoyés qui m'ont fait penser à Magda, à l'été. Les stations de S-Bahn défilaient les unes après les autres comme le nom d'autant de camps de concentration. Au bar de l'hôtel où j'avais laissé mon sac de voyage, le patron m'a trouvé l'air un peu bête. Comme j'avais encore plein de temps devant moi, je lui ai demandé de me dire ce qu'il savait sur le traitement des homosexuels pendant le troisième Reich.

– *Ach!* C'était pas rose!

Ils gardent encore le sens de l'humour, tu vois. Il est disparu dans la cuisine. Au bar du Deutsche Eiche, un très bel endroit je t'assure, un gars de notre âge nous a entendus parler. Il s'est mêlé à la conversation. Je crois qu'il devait me draguer.

– Les homosexuels à l'époque nazie? C'est assez simple, ils étaient envoyés aux camps. À Dachau ici, et là-haut, à Sachsenhausen. Ceux qui étaient pris et envoyés dans les camps ne survivaient habituellement pas. Ils étaient battus à mort. Aux plus chanceux, pardonnez mon cynisme, on offrait la castration en échange de la liberté. Certains acceptaient. Mais la plupart mouraient de mauvais traitements. Et après la guerre, ceux qui avaient survécu bien tranquilles sont restés discrets, car la chose était toujours illégale. Vous restez à Munich longtemps? Vous êtes Français?

Je l'ai remercié, j'ai payé ma bière et suis parti vers la gare. Le train file maintenant vers le nord dans le noir de la nuit allemande. Je pense que je vais m'endormir. Il faut absolument que je dorme. Tous ces efforts et il fallait que Terese soit une femme confuse, aigrie et méchante. Je sais que je ne comprends pas tout très vite, mais quand on m'explique, je finis par comprendre. Elle n'a pas l'air de savoir ce que c'est que de vivre dans une langue étrangère. Les Allemands ont cette manie de toujours essayer de vous faire comprendre que vous ne comprenez pas, que leurs vies, leurs histoires et leurs affaires sont beaucoup trop complexes pour votre esprit étranger inférieur. Je pense que c'est un de leurs défauts.

Gabriel

Berlin-Lichtenberg, le 14 décembre 1999

Mon cher Michel,

Te fais grâce des détails. Ai vu Magda. Elle était encore à Magdebourg. Samedi, elle est rentrée. Une nouvelle invitation à m'asseoir sur son sofa. Maintenant, j'ai toute l'histoire. Je te l'envoie avec mes dernières lettres.

Fais bien attention à tout ça. Si tu n'y vois pas de quoi faire un livre, un film ou un opéra, c'est que tu es aveugle. Moi, j'ai déjà la scène du *Gustloff* en tête. Ma vie durant je l'aurai.

Je vais passer Noël ici, avec Magda. Comme elle est athée, elle va se contenter de regarder des comédies débiles à la télévision. Tu sais qu'elle adore Leslie Nielsen ? Il la fait mourir de rire.

Gabriel

# Troisième cahier de Magdalena Berg

*

La première torpille frappa juste après neuf heures. Je fus réveillée par un bruit assourdissant, comme un grand vaisselier bien rempli de tasses et d'assiettes de porcelaine qu'on aurait laissé tomber du deuxième étage sur un trottoir. Puis une autre, et une troisième. Les gens ont commencé à hurler, à crier à l'aide. Presque immédiatement, le *Gustloff* s'est incliné à bâbord. À quoi on pense, dans ces moments ? J'ai saisi les enfants. Je n'ai trouvé qu'Heinrich et Hannelore. Hans avait dû se lever pour retrouver sa mère pendant mon sommeil. J'eus la présence d'esprit de prendre les vestes de sauvetage. Il fallait monter. Et vite. Vous savez, dans ces circonstances, on ne pense pas beaucoup aux autres. J'ai marché sur des têtes. Des corps, je pense. Très vite. J'étais très forte, à vingt-cinq ans. Heinrich sur les épaules et Hannelore par le bras. Je la serrais si fort que plusieurs fois je me suis retournée, convaincue de ne trouver dans ma main que son bras arraché du reste de son corps. Sans un mot. Vers le haut. Vous ne pouvez pas vous imaginer les hurlements. Plus de dix mille femmes et enfants qui comprennent soudainement que leur meilleur calcul vient de devenir une illusion fatale. Il me semble encore sentir sous mon pied leurs corps mous et instables à la foulée. Celui qui trébuchait ne se relevait pas.

Dans la panique, j'ai quand même réussi à retrouver la coursive qui menait vers la cabine de Clara, mais des hommes arrivaient en sens inverse, m'empêchaient d'avancer. Quelqu'un m'a reconnue. « Votre amie est déjà sortie sur le pont ! » Je les ai suivis, avec Hannelore et Heinrich. Pas de trace de Hans. Le bateau commençait à s'incliner terriblement, les gens tombaient.

Et les cris, Kapriel. Les cris.

(Elle s'est levée, et pour la première fois depuis que je la connais, elle a dû en quelque sorte mimer son histoire, comme si les mots soudainement lui échappaient. Sans me regarder pourtant, la tête tournée vers l'extérieur comme si mon regard lui était devenu insoutenable.)

Sur le *Sonnendeck,* le pont à l'air libre, nous avons été entraînés. Les chaloupes de sauvetage étaient déjà remplies de gens de la Wehrmacht, de femmes, d'enfants. Des scènes de fin du monde. Voyant les chaloupes pleines, les soldats de la Wehrmacht abattaient à bout portant femmes et enfants pour leur éviter une mort par hypothermie. Les gens s'accrochaient à ce qu'ils pouvaient. Et ce froid, Kapriel, froid comme le cœur du Dieu des Allemands ce soir-là. Tout sur le pont était recouvert d'une couche de glace de plusieurs centimètres; les radeaux qui auraient dû être mis à l'eau étaient bloqués par la glace. Un homme, je me souviens, donnait de grands coups de hache pour les débloquer... Et je l'ai vue. Elle était traînée par des gens, des soldats, vers une chaloupe de sauvetage. Je criai son nom. Elle ne m'a pas entendue. En courant comme je pouvais sur ce pont glacé qui tanguait de plus en plus, je l'ai rattrapée.

– Il faut monter dans les chaloupes, Magda. Le bateau coule !

Elle ne semblait pas du tout affolée, elle était plutôt calme et sereine comme une nuit d'été. Sa fièvre semblait avoir baissé. Nous nous sommes approchées des chaloupes déjà remplies. Juste devant nous, il y avait cet homme qui voulait monter dans l'une d'entre elles. Mais elles étaient réservées aux femmes et aux enfants. Il est quand même monté. L'officier dans la chaloupe de sauvetage l'abattit à bout pourtant. Sous nos yeux.

L'auxiliaire de la marine qui s'était si bien occupée des enfants avait réussi à nous suivre. Je ne sais pas pourquoi. Elle tenait Heinrich.

– Vous savez nager ?

À la question, Clara et moi avons presque eu une attaque cardiaque. Bien sûr que nous savions nager, mais dans cette eau, la mort venait au bout de dix minutes, assuré.

– Si nous ne sautons pas maintenant, nous serons entraînés vers le fond avec le navire. Attachez vos vestes et suivez-moi. Il faudra descendre.

Cette fille qui était juste un peu plus jeune que moi et que je ne connaissais pas du tout fut mon sauveur. Elle avait un plan complètement fou. Le bateau commençait à pencher dangereusement vers la gauche. Elle voulait que nous montions vers le côté le plus élevé, que nous enjambions la rambarde et que nous glissions vers l'eau sur le flanc du navire.

– C'est votre seule chance. Une fois dans l'eau, nagez vers les radeaux qui flottent là-bas, ou vers les chaloupes déjà à l'eau. Quoi qu'il arrive, éloignez-vous des gens, ne vous accrochez surtout pas à moi, je vous frapperais ! Ceux qui restent agrippés les uns aux autres coulent vers les profondeurs. Nagez !

– Vous croyez qu'on viendra à notre secours ? ai-je demandé.

– Je ne crois plus rien, a-t-elle dit avant de monter vers la rambarde sur le pont qui penchait.

Clara disait que le führer ne nous laisserait pas couler dans le fond de la Baltique, qu'il ne laisserait pas mourir la femme d'un S.S. et ses enfants. Elle voulait savoir, pour Hans. Il aurait fallu la gifler, à toute volée, pour qu'elle se taise enfin avec son führer. Comme si c'était le moment de parler de ça !

Sur le flanc du navire, d'autres qui avaient eu la même idée glissaient déjà vers l'eau. En bas, une masse humaine immense. Des milliers de gens qui avaient déjà sauté, qui criaient, qui hurlaient. En descendant vers l'eau, nous sommes passés par-dessus les fenêtres du *Promenadendeck*, qui était un pont extérieur fermé par des vitres incassables. Il servait aux vacanciers pour se promener les jours trop froids. À l'intérieur, des milliers de personnes étaient maintenant prisonnières. Elles frappaient de leurs poings sur les vitres, on entendait le son étouffé de leurs voix. Et des coups de feu, partout. L'auxiliaire de la marine, vingt mètres avant de toucher la masse humaine, m'a indiqué le chemin à prendre pour sauter là où il n'y avait personne. Je voulais vivre. Elle aussi. Nous avons sauté. Elle avec Heinrich, moi avec Hannelore. Je pense que Clara a dû sauter une demi-minute après. L'eau était glaciale.

– Éloignez-vous des gens ! Tout de suite ! Vite ! Ne les laissez surtout pas s'agripper à vous !

Vous savez, Kapriel, les Allemands adorent nager. C'est une des choses que nous faisons bien. Nager. Je suivais l'auxiliaire qui tenait le petit, mais l'eau, Kapriel, l'eau défait tout. Hannelore était perdue. Je n'ai vu que ses petits pieds qui sortaient de l'eau, sa veste trop grande la tenait à la surface, la tête dans l'eau. Noyée. La température extérieure était de 18 degrés sous zéro. L'eau était probablement à 2 ou 3 degrés. Je rouai de coups de pied deux garçons qui s'accrochaient à moi après avoir perdu leur mère.

– C'est trop tard pour elle. Ne regardez pas derrière !

L'auxiliaire nageait comme un poisson malgré le manteau de laine qu'elle portait. Clara suivait, haletante. Combien de temps avons-nous nagé vers cette chaloupe ? Les gens nous sortirent de l'eau, prirent Heinrich dans leurs bras. Nous étions trempés et glacés, mais vivants. Bientôt, d'autres nageurs montèrent dans la chaloupe, et d'autres encore, jusqu'à ce que quelqu'un crie : « C'est assez, encore un et nous coulons ! » Et là, les hommes commencèrent à frapper ces doigts frigorifiés agrippés à la chaloupe. Ceux qui étaient toujours dans l'eau nous regardaient, incrédules. Le visage de cet homme, Kapriel, qui me regardait dans les yeux comme pour dire : « Mais qu'est-ce que vous faites ? » Juste avant de recevoir un coup de rame sur les doigts et de disparaître... je le vois encore. Tous les soirs.

Et soudainement, les cris se sont intensifiés, comme si cela était encore possible ! Le *Gustloff* s'illumina comme s'il y avait une grande fête à bord. Toutes ses lumières s'allumèrent en même temps et ses sirènes se mirent à hurler. Quelques secondes après, le navire sombrait dans la Baltique. Après, il est resté ces milliers de gens à la surface. Leurs cris se sont fait entendre pendant encore quelques minutes, puis ils sont tous morts de froid, un à un.

Vingt-cinq ou vingt-six nous étions dans cette chaloupe qui menaçait de chavirer sous notre poids. Des heures glaciales il a fallu attendre. Dans le ciel, la lune était pleine. Le vent glaçait les visages. Un premier bateau passa, un navire de la marine allemande. Il rebroussa chemin en nous voyant, de peur d'être aussi torpillé. Nous n'avions aucune notion du temps. Très vite il fut trop tard pour Heinrich. Vous savez, l'hypothermie emporte d'abord les enfants. Il fallut jeter son corps glacé à l'eau pour alléger l'embarcation. Pendant des heures, les gens ont continué à crier. Toutes les cinq minutes, une voix se taisait, emportée par le froid. Et comme ça, graduellement, un à un, la mort prit la grande majorité des occupants de la chaloupe. On jetait leur corps à l'eau une fois qu'on se rendait compte qu'ils étaient morts. L'auxiliaire de la marine, moi et Clara étions blotties ensemble. Clara disait : « Je pense que nous avons perdu cette guerre, Magda. Le führer ne peut plus rien pour nous. Il nous a abandonnées ici. » Et encore : « J'ai l'impression d'être si lucide, soudainement... Je vois les choses si clairement. C'est comme avant, avant mes fièvres... » et le froid l'emporta quelques minutes après. Je n'entendais plus que le vent et les trois voix que le ciel avait épargnées, le corps rigide de l'auxiliaire de la marine sur mon dos.

Cinq heures ils mirent pour nous secourir. Quand on me hissa sur le bateau, j'ai repris conscience un court instant, puis après, on me jeta près de la fournaise, à côté des autres. Par miracle, l'auxiliaire de la marine était là, grelottante. On nous versa du cognac dans la bouche et nous nous sommes évanouies.

On nous fit débarquer à Swinemünde ; mille deux cent trente-neuf survivants sur plus de dix mille passagers. Le reste est au fond de la Baltique. J'y passai deux semaines dans une école transformée en hôpital. Puis, j'ai continué ma route seule vers Berlin via Stettin. Ce sont des gens qui m'ont emmenée en charrette jusqu'à Stettin. Après, j'ai marché, et de ferme en ferme, de village en village, je suis arrivée à Charlottenburg, enfin, dans ses ruines.

Aucune trace de Papa Alfred. Il avait dû périr dans un bombardement. Du moins c'est ce que je crus jusqu'à ce que la Croix-Rouge me contacte pour m'annoncer son décès en Uruguay, en 1979. Il s'était réfugié là-bas pendant les derniers jours de la guerre. Il y avait vécu sous un autre nom, avait même épousé une autre femme et eu deux enfants avec elle. C'est son fils qui avait insisté pour que la Croix-Rouge me contacte. Il avait même mis une photo. Ils m'ont trouvée facilement. À Berlin-Est, tout le monde était fiché. Je ne m'en suis pas vantée à tout le monde, évidemment. Je me disais que l'histoire ne fait que se répéter. Papa m'avait raconté que notre ancêtre était un jour parti pour ne plus jamais revenir. Comment il le savait ? Pour être engagé par KdF, il avait dû produire ce qu'on appelait un passeport généalogique, un document qui retraçait tous ses ancêtres jusqu'en 1800. Chaque fonctionnaire allemand devait le faire préparer par des chercheurs autorisés. Vous comprenez, les nazis voulaient s'assurer qu'il n'y avait ni juifs, ni slaves, ni gitans dans son arbre généalogique. Si j'ai encore ce document ? Bien sûr que non ! Il a été détruit pendant les bombardements. Mais Papa me l'avait montré. L'arbre généalogique retraçait notre lignée jusqu'à la fin du dix-huitième siècle, jusqu'à un certain Johann Berg, fils de Christian Berg, charpentier qui s'était engagé comme mercenaire en Amérique. Après, nous perdons les traces de la famille Berg. C'est drôle, cet homme s'était embarqué pour aller faire la guerre en abandonnant son fils en Prusse orientale. Le mien fuyait la guerre. Dans les deux cas, le résultat était le même : il abandonnait son enfant. En tout cas, de savoir qu'il avait cru nécessaire de fuir l'Allemagne en 1945 m'a donné l'heure juste sur bien des choses.

Il a fallu que je me réfugie dans un couvent à Dahlem. Et là, j'ai attendu la fin de la guerre. Voilà, Kapriel.

(Elle s'est rassise sur le sofa. Elle a vidé ce qui restait du vin.)

Après, il n'y a plus eu d'amour courtois pour moi. Rien du tout. J'ai choisi de vivre à l'Est parce que pour moi, si on enlevait le « national » du national-socialisme, on obtenait quelque chose comme un système viable. Encore une fois, je me suis trompée. Je ne dois pas être très douée. Vous savez maintenant tout. Non, attendez... En 1948, j'ai eu la tuberculose, dont je me suis remise. Imaginez-vous !

Je suis dans cet immeuble depuis sa construction en 1972.

Vous pleurez, Kapriel ?

# *America forever*

Le 31 décembre 1999 à onze heures cinquante-sept, Solange Bérubé gravit les escaliers de métal qui menaient au bureau de Madeleine Lamontagne avec le dessein de lui livrer le plateau-repas qu'elle prenait tous les jours à cette heure précise. Un mince filet de flétan grillé (on était vendredi) flanqué de petits pois préparés à l'étuvée, une pomme de terre bouillie, un verre de jus de tomate de marque Heinz, un yaourt sans gras nature, un biscuit feuille d'érable et un thé noir Red Rose très fort. Solange frappa trois coups à la grande porte de chêne massif. Elle n'obtint pas de réponse. Elle frappa de nouveau trois coups, cette fois un peu plus fort et en accélérant la cadence, *agitato*. Pas de réponse. Il lui était inutile d'appeler, puisqu'elle savait fort bien qu'il était impossible à la voix humaine de traverser les dix centimètres de bois massif qui la séparaient de Madeleine. Solange dut déposer le plateau sur un guéridon en acier inoxydable vissé au mur blanc pour saisir la poignée à deux mains. Elle la tourna lentement, sans un bruit, espérant trouver Madeleine concentrée sur une affaire de grande importance. Solange découvrit plutôt le spectacle désolant d'une femme de cinquante ans affalée gauchement sur une table basse en érable devant un fauteuil de cuir noir. Dehors, on entendait le sifflement aigu du vent de décembre qui fouettait les parois de la tour Lamontagne. Les autres édifices grattaient le ciel de Montréal comme les enterrés vivants grattent le couvercle de leur cercueil.

Madeleine Lamontagne avait dû être frappée d'un malaise dans son bureau du soixante et unième étage du 456, rue de La Gauchetière. Sur le sol reposait une grande enveloppe affranchie à Rome quelques jours auparavant. Devant le corps de Madeleine étaient éparpillés des cahiers d'écolier de format A4, comme si elle les avait jetés au bout de ses bras avant de sombrer dans l'inconscience. La posture de la femme laissait présumer qu'elle était tombée sur la table alors qu'elle était assise sur le rebord du fauteuil. Solange Bérubé poussa un cri en portant la main devant sa bouche, courut vers Madeleine et tenta de la ranimer.

– Madeleine, réveille-toi ! Madeleine !

On devinait par la fermeté de la poigne de Solange qu'elle était habituée à soulever et transporter des charges autrement plus lourdes et résistantes que le corps menu et sec de Madeleine Lamontagne. Solange secouait Madeleine, la giflait doucement, lui tirait et pinçait les lobes en espérant provoquer une réaction nerveuse. Ce fut peine perdue. Le corps de Madeleine restait inerte. En proie à la panique, Solange se rua sur le téléphone pour appeler les secours en faisant résonner le plancher de bois de ses petits pas saccadés. Pendant qu'elle expliquait – de sa voix d'alto – à la réceptionniste du 911 que Madeleine Lamontagne s'était effondrée sur une table en érable, le reste de l'entourage immédiat de la présidente, actionnaire principale et fondatrice du Groupe Mado inc., alerté par ses cris, s'était massé dans l'embrasure de la porte restée ouverte. Le silence de mort observé par le petit groupe d'une vingtaine de femmes de divers âges n'était interrompu que par quelques gargouillements d'estomac absolument normaux à cette heure de la journée. Dehors, au loin, un brouillard glacé blanchâtre s'élevait des eaux du fleuve Saint-Laurent. Un paysage qu'on eût dit peint par la mort elle-même. Tel un concert pour flûtes déchaînées, le sifflement lancinant du vent régnait sans partage sur ce spectacle désolant.

Une secrétaire aida Solange à étendre Madeleine sur un sofa de cuir en attendant les ambulanciers. Sur la moquette gisaient éparses une dizaine de feuilles de papier recouvertes d'une écriture ronde, en apparence une lettre envoyée à la milliardaire, dont l'aspect très personnalisé contrastait avec l'atmosphère aseptisée du bureau. En levant les yeux au ciel, comme si elle connaissait le contenu de cette correspondance, Solange ramassa une à une les feuilles pour les mettre à l'abri des regards.

– Respire-t-elle ? demandait-on depuis la porte, sur un ton qui s'approchait étrangement de l'indifférence.

– À peine ! répondait la secrétaire, qui tentait de prendre le pouls de la présidente.

Dans un geste de la main aussi rapide que furtif, Solange eut à peine le temps de faire disparaître dans sa poche le petit flacon de verre brun qui reposait sous le poignet de Madeleine. Un minuscule micro placé au centre de l'attroupement qui s'était formé aurait permis d'enregistrer les commentaires spontanés des employées forcées de travailler à la veille du passage au nouveau millénaire. Déchirées entre la perspective de voir la mort emporter sous leurs yeux la main qui les nourrissait et l'espoir de se retrouver enfin en congé, les employées murmuraient entre elles des paroles tantôt neutres, tantôt marquées par un certain agacement. On venait pourtant de la croiser dans l'ascenseur, de lui parler au téléphone ou en personne. Une stagiaire affirma qu'elle lui avait livré son courrier comme tous les jours, une heure avant midi. Il eût d'ailleurs été possible de déterminer presque à la seconde près l'heure à laquelle Madeleine s'était évanouie en posant des questions assez précises aux employées réunies autour de cette porte. Il suffisait de trouver parmi toutes ces personnes celle qui avait reçu le dernier ordre de Madeleine, et à quelle heure, puis d'additionner à ce chiffre quelques minutes. Il était en effet impossible que Madeleine se soit abstenue de donner un ordre pendant plus de dix minutes d'affilée. Cela n'était, de mémoire d'homme, jamais arrivé. Enfin, il y avait bel et bien eu un temps, une époque lointaine et presque oubliée où personne ne recevait d'ordres de Madeleine Lamontagne, mais, hormis Solange Bérubé, aucune des employées du siège social du Groupe Mado inc. ne pouvait se vanter de l'avoir connue.

En appelant les secours, Solange Bérubé avait commis la grave erreur de spécifier qu'il s'agissait de Madeleine Lamontagne. « Grouillez-vous, notre présidente est sans connaissance... », avait-elle dit, pour reprendre ses termes précis. La réceptionniste s'était fait un plaisir de relayer le renseignement au chauffeur de l'ambulance, qui à son tour l'avait transmise à sa copine avec qui il parlait au moment où lui était parvenu l'appel de détresse dans son autoradio. Cette dernière, une redoutable commère armée d'un téléphone portable doté d'un carnet d'adresses généreusement garni, avait réussi en dix minutes à ameuter un nombre suffisant de gens pour que l'information se frayât un chemin jusqu'à la salle de rédaction d'un quotidien important de Montréal, où on s'affairait avec une certaine frénésie à préparer l'édition du 1er janvier 2000. Monsieur Jacques Sanschagrin, rédacteur en chef, fut informé de la chose par une interne plantureuse qui venait de lui livrer un papier attendrissant sur une vieille Québécoise édentée née le 1er janvier 1900 et qui s'apprêtait à célébrer ses cent ans. « Cela vous intéressera peut-être... », avait-elle commenté après lui avoir annoncé que Madeleine Lamontagne, femme d'affaires richissime et implacable, était sur le point d'être transportée en civière depuis le sommet du gratte-ciel qui portait son nom.

Sanschagrin faillit s'évanouir de plaisir en entendant la nouvelle. Il leva les deux bras en l'air tel le patient hibou, perché sur la cime d'un sapin, étend ses larges ailes au passage d'un croustillant mulot sur l'humus de la forêt. Voilà qui changerait les lecteurs du bogue de l'an 2000 et des festivités du millénaire. Plus une rumeur voyage rapidement, plus elle a de chances d'être vraie. C'est sur ce principe que Sanschagrin avait réagi. L'idée d'une Madeleine Lamontagne malade lui paraissait aussi probable qu'une invasion martienne. Mais le simple fait qu'une ambulance fût envoyée d'urgence à la tour Lamontagne constituait en soi une nouvelle probablement digne de la une, au pire de la deux, en tout cas l'information aurait une valeur certaine si elle était cueillie assez tôt. Sanschagrin, par acquit de conscience, crut bon d'aviser Venise Van Veen dans le simple but de ne pas être traité de « triste petit goujat » ou de « chameau sans espoir » la prochaine fois qu'il tomberait sur elle, soit au détour d'un couloir tamisé de Radio-Canada ou au-dessus d'un tartare-frites dans un bistro à la mode.

Il la trouva chez elle.

La nouvelle frappa Venise en plein cœur. Retraitée depuis peu, elle n'avait gardé pour se « dégourdir les méninges » qu'une chronique quotidienne dans un journal, une émission de radio hebdomadaire, quelques collaborations dans des émissions de télévision d'affaires publiques et des interventions ponctuelles dans des colloques variés. Depuis le début de sa carrière, Venise avait appris à cocher toutes les bonnes cases du grand questionnaire de l'opinion publique : pour l'avortement, contre la peine de mort, pour la déconfessionnalisation des écoles, contre l'application de la charia, pour la légalisation du cannabis, contre l'augmentation du quota d'immigrants, pour le mariage gai, contre le gavage des oies, pour l'interdiction du tabac dans les lieux publics, contre la guerre du Golfe, pour les soutifs en dentelle, contre l'apprentissage de l'anglais dès la première année du primaire, pour l'ouverture des magasins le dimanche, contre la vaccination obligatoire, pour la souveraineté du Québec, contre le retour de l'uniforme à l'école, pour le vouvoiement généralisé, contre l'utilisation des semences transgéniques, pour la refonte du calendrier scolaire, contre les sacs en plastique, pour la levée des sanctions contre Cuba, contre le voile islamique, pour le retour des écoles de garçons, contre l'enrichissement de l'uranium, pour la construction de nouvelles lignes de métro, contre l'imposition d'une nouvelle taxe sur l'essence, pour les garderies à cinq dollars par jour, contre Michael Jackson.

Elle avait tout bon.

Cinq minutes plus tard, sans même refaire son maquillage, Venise Van Veen jaillit du stationnement souterrain de sa tour d'habitation de la rue Peel et fila en direction de la tour Lamontagne. En revanche, le chauffeur de l'ambulance qui avait été dépêchée pour recueillir Madeleine décida de prendre son temps. Il prit la peine de s'arrêter aux feux rouges, de respecter les limites de vitesse et laissa même traverser devant son véhicule une jeune femme coiffée d'un chapeau de fourrure qui ouvrit la bouche pour en laisser s'échapper un nuage de buée en signe de reconnaissance. Il n'était pas question de se hâter pour venir au secours de celle qu'un éditorialiste ennemi de Venise Van Veen venait de nommer sur le ton du mépris « la Thatcher du Québec ». Le collègue du chauffeur, peu habitué à cette nonchalance, fit poliment remarquer qu'il s'agissait quand même d'un appel à l'aide légitime et sérieux, ce à quoi le chauffeur répondit, mais seulement après avoir craché par la fenêtre un cure-dent qu'il mâchouillait depuis une bonne demi-heure :

– Tu tiens vraiment à ce qu'elle nous pollue le vingt et unième siècle, la Lamontagne ?

– Je tiens surtout à ne pas me faire renvoyer, rétorqua l'ambulancier inquiet à son collègue.

Au soixante et unième étage, on attendait l'arrivée des secours avec fébrilité. Déjà, une secrétaire habitée par l'esprit de l'efficacité avait commencé à annuler les engagements de Madeleine Lamontagne. Elle était entrée en contact avec le bureau du ministre de l'Industrie, l'archevêché de Montréal et la directrice des communications de la Banque Nationale pour leur livrer en essence le même message : *Madame Lamontagne se voit obligée d'annuler l'audience qui devait avoir lieu cet après-midi dans son bureau de la tour Lamontagne. Nous vous prions d'entrer en communication avec son secrétariat dans une semaine pour fixer un nouveau rendez-vous. Madeleine Lamontagne vous prie d'accepter ses plus plates excuses pour ce fâcheux contretemps.* En ce dernier après-midi de l'an, il ne se trouva personne pour se plaindre de l'annulation d'un rendez-vous fixé à une date improbable du calendrier, à part peut-être les représentants de l'archevêché, qui tenaient absolument à profiter de l'atmosphère festive qui régnait dans la ville pour aborder avec madame la présidente le délicat sujet du financement de la réfection du toit de l'église Marie-Mère-du-Monde. Cela, comme la fin du monde, devrait maintenant attendre le prochain millénaire. L'archevêque devrait adresser ses prières à la sainte dont la statue était perchée sur ladite toiture.

Les ambulanciers notèrent immédiatement que quelque chose dans ce gratte-ciel sortait de l'ordinaire. D'abord, tout était impeccablement propre. Toutes les surfaces, surtout du verre et du métal, brillaient de mille feux comme si elles venaient tout juste de sortir de l'usine. Les planchers de bois pâle sur lesquels ils avançaient semblaient avoir été sablés et vernis le matin même. Dans l'air flottait un parfum rappelant le dispensaire : un mélange d'éther et de lys Calla. La porte de l'ascenseur s'ouvrit sur une grande salle du dernier étage. Là étaient alignés comme dans un film de science-fiction vingt pupitres identiques de bois clair, dix à gauche et dix à droite. Quelques écrans d'ordinateur montraient des tableaux remplis de colonnes de chiffres extrêmement complexes. Au centre trônait un pupitre un peu plus grand que les autres sur lequel reposait un écriteau : Solange Bérubé, vice-présidente. La salle occupait tout l'étage de sorte que les parois vitrées du gratte-ciel faisaient office de murs à ce bureau baigné d'une lumière vive. Outre ce décor étonnant de salubrité, c'est davantage le fait que des gens y travaillaient le 31 décembre 1999 à midi qui étonna les ambulanciers. Les deux hommes restèrent un moment les bras ballants, assez longtemps pour que se referment automatiquement devant eux les portes de l'ascenseur. Le chauffeur appuya sur un bouton pour les rouvrir et s'avança dans ce qu'il devait plus tard décrire à son psychothérapeute, en tenant une cigarette d'une main tremblotante, comme *une immense table de dissection suspendue dans le ciel.*

À côté du pupitre de la vice-présidente, ils notèrent un chevalet sur lequel reposait une grande affiche, en apparence une campagne publicitaire pour le Groupe Mado inc. Dans divers tons de bleu métallique, on y voyait l'île de Manhattan avec ses tours et ses gratte-ciel. À l'avant-plan, la statue de la Liberté à laquelle on avait donné les traits et la coiffure de Madeleine Lamontagne, de sorte qu'on aurait pu croire, en ne faisant pas trop attention au visage, que Mireille Mathieu s'était déguisée en statue de la Liberté pour une fête de carnaval. Sur l'image, une Madeleine Lamontagne au sourire maternel et protecteur tenait à bout de bras un plateau de petit-déjeuner, espèce de corne d'abondance composée notamment, mais non exclusivement, de pancakes au sirop d'érable, d'œufs miroir, de bacon, de jus d'orange, d'une tasse de café fumant, de fruits frais en coupe, de toasts beurrées, de confitures, de cretons, de fèves au lard, de jambon, de ketchup et de saucisses poêlées. Le plateau, disproportionné par rapport à la petite femme qui le portait, donnait l'impression que Madeleine Lamontagne était dotée d'une force surnaturelle. À la droite du personnage, en lettrage d'une élégance sobre, on lisait :

*Chez Mado*
*Breakfast from Canada*
*Opening January 1st, 2000*
*Time Square*

C'est peut-être à ce moment que les deux ambulanciers commencèrent à comprendre la complexité de l'affaire dans laquelle le destin venait de les précipiter. Comme tout le monde, ils connaissaient Madeleine Lamontagne en tant que présidente et fondatrice de la chaîne de restaurants Chez Mado, dont les repas étaient servis sur tous les continents et dont le logo, un œuf blanc reposant sur trois roses, ornait la façade de centaines d'établissements dans le monde entier. « Un empire sur lequel le soleil ne se couche jamais », « Le fleuron de l'industrie agroalimentaire canadienne », « L'ambassade du Québec à l'étranger », *« Nostra cosa »* : voilà le genre de platitudes qui servaient à qualifier le succès planétaire de l'entreprise de Madeleine Lamontagne. Dans certains milieux d'affaires américains, on appelait ouvertement Madeleine *Queen of Breakfast* pour bien faire comprendre que le marché de tout ce qui s'ingérait avant midi dans toutes les Amériques lui appartenait de plein droit. Les deux lambins comprirent un peu tard qu'en prenant leur temps pour venir au secours de Madeleine Lamontagne, ils s'étaient rendus répréhensibles aux yeux du Groupe Mado inc., entité commerciale dans laquelle Dieu le Père en personne semblait détenir des parts – ce qui n'était pas tout à fait faux au sens strictement théologique. Le gratte-ciel qu'on appelait à Montréal la « tour Lamontagne » était la propriété personnelle de Madeleine Lamontagne, qui en louait les soixante premiers étages à diverses entreprises et ministères. Le vingt-deuxième étage abritait par exemple les bureaux du ministère des Ressources naturelles et le Consulat du Brésil à Montréal. Le Groupe Mado inc. était connu pour son mode de gestion simple, pragmatique et efficace : *A lean mean breakfast machine,* pour reprendre l'expression d'un journaliste du magazine *Maclean's*. La société n'occupait qu'un seul étage de la tour coiffée d'un œuf de fibre de verre d'une hauteur de vingt mètres. La nuit, sous un éclairage changeant, l'œuf de Madeleine s'apercevait depuis les banlieues de la rive sud du Saint-Laurent. Le fait que la ville de Montréal fut dominée par un œuf géant depuis septembre 1995 était moins le fruit du hasard que l'expression de la volonté de Madeleine Lamontagne de dominer la métropole québécoise. Fidèle à elle-même, elle avait patiemment attendu le jour de l'inauguration du 1000, de La Gauchetière pour dévoiler en grandes pompes la maquette de sa tour, au grand dam de ses rivaux dont la gloire n'aurait duré que l'espace de quelques heures.

C'est cette bête que les ambulanciers avaient narguée en prenant leur temps.

Dans le bureau, Madeleine Lamontagne était toujours étendue, inconsciente, sur un sofa de cuir noir, entourée de ses plus proches collaboratrices. C'est cette scène digne de *La Mise au tombeau de la Vierge* en contre-jour sur fin de siècle polaire que les ambulanciers découvrirent en arrivant sur les lieux du drame. Solange Bérubé fut irritée de constater que les gaillards n'arrivaient pas au pas de course et qu'aucun des deux ne manifestait le moindre signe de sudation. Sur le guéridon à gauche de la porte de chêne, le thé de Madeleine relâchait son dernier nuage de buée. Solange fusilla les deux hommes d'un regard qui leur ordonnait de se hâter.

En quelques gestes virils et professionnels, ils eurent vite fait d'arrimer le petit corps de Madeleine à la civière qu'ils avaient poussée jusqu'à l'escalier reliant la mezzanine à la salle principale. Sous les regards des employées, ils avaient ensuite repris le chemin de l'ascenseur, suivis par Solange Bérubé, qui avait en toute hâte donné des instructions précises quant au déroulement du reste de la journée et pris dans un tiroir du pupitre en bois de Madeleine un petit livre usé et écorné qu'elle fourra dans son sac. Solange pointa du menton en direction de l'ascenseur. À ce stade, les ambulanciers avaient compris qu'ils ne détenaient plus la moindre parcelle d'autorité dans cet univers exclusivement féminin et aseptisé. Dans un silence monacal, les deux ambulanciers, Solange Bérubé et Madeleine gisant sur la civière descendirent lentement les soixante et un étages de la tour Lamontagne. Solange Bérubé avait saisi un code secret qui permettait à l'ascenseur d'effectuer la descente sans s'arrêter aux autres étages, où ne se trouvait de toute manière personne en ce jour de fête. Dans le stationnement souterrain désert, on monta prestement la civière dans l'ambulance. Solange s'assit à côté de sa présidente et amie. Alors qu'il s'apprêtait à démarrer le véhicule, le chauffeur sentit la main osseuse de Solange Bérubé le saisir par l'épaule. Il sursauta. Solange découpa très clairement chacune de ses syllabes :

– Si un malheur devait arriver à notre présidente, je verrais personnellement à votre destruction et à celle de tous vos proches.

Le chauffeur prit note sans répondre à la menace de Solange. Son collègue ravala sa salive. L'ambulance franchit en vitesse la porte du stationnement pour se retrouver encore une fois au milieu des fêtards dont le nombre semblait avoir doublé en quelques minutes.

– On vous emmène à Saint-Luc, dit l'ambulancier sur un ton qui se voulait rassurant.

– Non, on va au Jewish, rétorqua sèchement Solange Bérubé.

– Madame, nous *sommes* juste à côté de l'hôpital Saint-Luc. Monter jusqu'à Côte-des-Neiges dans cette circulation, ça va nous prendre une heure !

– Au Jewish, *et cessez* de me contredire. Servez-vous de la sirène !

L'ambulancier alluma ses gyrophares, la sirène fit entendre son solfège et le véhicule partit comme une fusée à l'assaut du mont Royal. Sonné, il n'était plus en mesure de débattre et se résigna à obéir à cette folle. À midi trente et une, le bruit des sirènes s'éleva à l'angle de la côte du Beaver Hall et du boulevard René-Lévesque, où roulait vers l'est une Volkswagen pilotée par Venise Van Veen.

L'ambulance transportant Madeleine Lamontagne lui fila sous les yeux. Elle remercia Dieu tout bas, mais vraiment tout bas, car officiellement, elle était athée. La sirène de l'ambulance avait figé la circulation dans une partie du centre-ville. Venise ne fit ni une ni deux et, sans s'interroger sur la légalité de son geste, prit en chasse l'ambulance qui tournait maintenant à droite sur la rue Guy. Elle la suivit à cent à l'heure tout le long de la Côte-des-Neiges, jusqu'à sa destination finale.

Pendant que les sirènes de l'ambulance hurlaient en gravissant la Côte-Sainte-Catherine, Madeleine émergeait de sa torpeur pour de courts instants, puis replongeait dans les profondeurs comme emportée par une vague de fatigue. Solange tentait de la maintenir éveillée en lui récitant des *Je vous salue Marie* que Madeleine essayait de finir par d'incertains «... priez pour nous, pécheurs, maintenant et à l'heure de notre mort.» Elle sombra après la troisième prière. Solange, qui lui tenait la tête, continua de prier seule. Les deux ambulanciers avaient pris le parti de se taire. D'abord effrayés par la croix d'acier surmontant l'embrasure de la grande porte de chêne du bureau où ils avaient cueilli leur patiente, ces prières pourtant banales et anodines avaient fini de leur glacer le sang dans les veines. Les incantations qui avaient rassuré des générations en pétrifiaient maintenant une autre de terreur.

L'ambulance n'était qu'à quelques mètres de l'entrée des urgences quand Madeleine fut secouée par de légères convulsions, comme si un esprit malin eût tenté de s'extraire de son corps avec violence au son des prières de Solange. Elle tentait de murmurer quelque chose, pitoyablement: « New York, New York... c'est New York, Solange, ou Rome...» Ce à quoi Solange répondit à son amie: « Tu es à Montréal, Madeleine. C'est fini, New York, tu n'iras pas, je pars demain et j'irai ouvrir le restaurant à ta place. Tu n'auras pas à retourner là-bas, Madeleine. Voudrais-tu que j'appelle Michel et Gabriel?» Madeleine roulait un œil malade. Elle ne semblait plus appartenir à ce monde. Aux prénoms Michel et Gabriel, elle tourna la tête, apparemment en proie à une douleur vive. « Mes petits anges... », sanglota-t-elle en s'étouffant. Puis, elle retourna dans le monde du délire cependant que les ambulanciers ouvraient la porte arrière pour sortir la civière de l'ambulance. Le chauffeur tendit la main à Solange pour l'aider à descendre; elle le repoussa en l'assassinant du regard pour la dixième fois en une heure. « Ne me touchez pas, espèce de sans-dessein, et priez pour que notre présidente s'en sorte!», lui siffla-t-elle. Le chauffeur baissa la tête, visiblement blessé. Madeleine continuait de psalmodier sans que les autres passagers portent la moindre attention à ses paroles insensées. « Berlin, c'est loin... On ne se rendra pas. Il faudra arrêter à Elbing... Les Russes vont partir... C'est l'artillerie... Les Russes vont revenir... Tante Clara, j'ai perdu Hans, il doit être descendu sur les ponts inférieurs... » On se trouvait maintenant dans le stationnement qui flanque l'atrium Fannie and David Aberman, lui-même voisin du département de médecine Harriet and Abe Gold. Les ambulanciers firent rouler la civière jusque dans une sorte d'aquarium à portes coulissantes, où reposait déjà une aïeule sur un brancard. Les patients assis dans la salle d'attente des urgences virent passer du coin de l'œil le visage révulsé de Madeleine, suivi de la vice-présidente qui avait maintenant l'air d'une fumeuse depuis peu repentie. Le personnel de l'hôpital posait les questions d'usage. Comment cela est-il arrivé? S'est-elle frappé la tête en tombant? Lui connaît-on des antécédents médicaux? Médicaments? Maladies cardio-vasculaires? Épilepsie? Usage de stupéfiants?

– Bien sûr que non! protesta Solange, serrant bien fort la petite bouteille de verre brun qu'elle avait glissée dans sa poche.

Sur sa civière, madame la présidente ouvrait et fermait les yeux, était parfois prise de convulsions, se lamentait en appelant sa compagne à l'aide.

– *Where is she from?* demanda un médecin, habité par un esprit poétique, qui portait toujours attention à ce que les malades racontent dans leur délire.

– Je ne parle pas anglais, mentit sèchement Solange sur un ton qui exprimait tout le mépris du monde. Elle poursuivit: madame Lamontagne fait des dons importants à votre hôpital. Nous parler français serait la moindre des politesses.

Cette intervention de la vice-présidente du Groupe Mado inc. acheva de jeter un froid dans la salle où grouillait un essaim d'infirmières, de préposés et de médecins qui volaient d'un patient à l'autre, entraient et sortaient par des portes qui menaient on ne savait où comme dans une pièce de Feydeau où l'amant tente de courir du placard où il s'était caché vers la fenêtre qui le mènerait à la liberté en passant par les cuisines et toutes les autres pièces de la maison. Le médecin reprit dans un français apocalyptique:

– Elle dit des mots allemands. Elle vient de dire *« Die Kinder, die Kinder sind alle tod. »*

– Madeleine parle pas allemand. Elle a bien un fils qui vit en Allemagne, mais elle ne lui a pas parlé depuis longtemps. Madame Lamontagne ne parle que le français.

– *Well,* c'est de l'allemand, ce qu'elle dit là, *or maybe yiddish.*

– Vous avez dû mal comprendre. Est-ce que c'est bien important? Vous ne pourriez pas vous occuper d'elle au lieu de penser à ça?

Solange avait dû mal à comprendre pourquoi l'urgentologue accordait tant d'importance à ces mots. C'était du délire, point final. On n'essaie pas de comprendre le délire, on essaie de l'éviter, de l'éliminer. C'est comme ça qu'on guérit, pas en s'attardant à l'irrationnel. Il est vrai que la moitié de ce que Madeleine marmonnait était incompréhensible. De là à prétendre que c'était de l'allemand, il fallait avoir beaucoup d'imagination. Le médecin, un dénommé David Hirsch, n'avait pourtant rien d'un illuminé. Ce qu'il avait entendu était trop près du yiddish pour qu'il se fût trompé, mais si l'autre enragée persistait à nier l'évidence... Enfin. Il se dit que Madeleine Lamontagne avait dû entendre ces mots dans un opéra ou un chant quelconque à la radio et qu'elle les avait malgré elle mémorisés et régurgités à ce moment précis. Il se demanda de quel opéra cette phrase pouvait être tirée. Peut-être du Wagner, ou du Strauss. Sûrement pas Mozart.

Il était déjà établi que Madeleine n'avait pas été victime d'une crise cardiaque, ni d'une rupture d'anévrisme, ni d'une perte de conscience reliée au diabète. Le docteur Hirsch décida de placer la patiente en observation et d'attendre qu'elle retrouvât ses esprits avant de poursuivre son examen. Pour l'instant, il soupçonnait une baisse de pression ou un empoisonnement quelconque. On installa Madeleine dans une chambrette blafarde remplie d'objets qui, par leur forme ou leur fonction, rappelaient qu'on était dans un hôpital. Solange s'installa sur une chaise à côté de son amie. Quand tout le monde fut sorti de la pièce, elle sortit de son sac le petit livre écorné qu'elle y avait mis plus tôt et l'ouvrit à une page marquée d'un signet de papier, lui aussi écorné. Le livre semblait avoir survécu à de nombreux voyages. Sur son lit, Madeleine continuait de délirer.

– C'est l'Empire State Building. C'est là. C'est haut. C'est tout en haut... *My name is Madeleine, I'm here for doctor Beck. I want to see the doctor.*

Solange faisait mine de ne pas l'entendre, feuilletait le petit livre à la recherche d'un passage qu'elle était certaine d'y trouver. Elle entonna en roulant ses *r*: « Je confesse à Dieu tout-puissant, à la bienheureuse Marie toujours Vierge, à saint Michel Archange, à saint Jean-Baptiste, aux apôtres saint Pierre et saint Paul, et à tous les saints (et à vous mon Père), que j'ai grandement péché en pensées, en paroles et en œuvres... » Sa voix couvrait à peine les cris de douleur et les gémissements plaintifs qu'on entendait monter des autres salles d'observation, et les appels à l'interphone : *« Doctor Hirsch, code blue, Doctor Hirsch, code blue... »* et des *« Orderly in cardiology... »* qui résonnaient si tristement à moins de douze heures de l'an 2000.

Venise Van Veen avait consciencieusement ignoré le personnel de l'hôpital qui tentait de l'empêcher d'entrer dans la zone réservée à l'arrivée des patients transportés par ambulance. Une infirmière assez autoritaire avait réussi à attirer son attention.

– Il n'est pas question que je sorte, je suis une amie personnelle de longue date de Madeleine Lamontagne. Veuillez me dire où elle se trouve.

Seul le personnel soignant francophone avait reconnu la voix et le visage de Venise. Les autres la prenaient pour une folle. C'est au clivage linguistique de Montréal que Venise devait le succès de sa mission. En effet, l'infirmière autoritaire se rendit compte qu'elle était probablement la seule à connaître Venise Van Veen dans la salle des urgences et la seule en mesure de la mener vers la personne qu'elle cherchait. Elle faisait partie de ceux qui savaient que Venise Van Veen et Madeleine Lamontagne étaient effectivement des amies depuis longtemps. Difficile de l'ignorer, la télévision nationale annonçant depuis une semaine une émission spéciale animée par Venise le 1er janvier 2000 à dix-neuf heures, avec comme invitée d'honneur Madeleine Lamontagne, notamment. Un ministre fédéral, des célébrités de tout acabit y étaient aussi attendues. L'infirmière eut pitié de cette journaliste qu'elle avait toujours admirée.

– Elle est par là, Madame Van Veen, suivez-moi. J'espère qu'elle sera remise pour demain !

– Que voulez-vous dire ?

– Ben, votre émission de demain ! Madame Lamontagne est invitée, non ?

– Oui, mais nous avons enregistré avant-hier. Je ne fais presque plus de direct, ça m'épuise.

– Dans ce cas, madame Lamontagne peut mourir tranquille si ça lui chante ! échappa l'infirmière, gauchement.

– Oui, bon... espérons quand même qu'elle passera le réveillon !

Venise se souvint d'un vieux dicton de sa France natale : « Si le tact était à vendre, seuls ceux qui en ont déjà en achèteraient. » Mais de qui donc était ces paroles ? se demandait-elle. Elle trouva une Madeleine exsangue et une Solange au bout des ses prières.

– Mon Dieu, Venise ! Comment t'as fait pour savoir aussi vite ?

Solange avait bondi sur ses deux pieds, au garde-à-vous.

– J'ai des antennes partout. Sanschagrin m'a appelée.

Les deux femmes se tombèrent dans les bras.

– Qu'est-ce qui lui arrive ?

– Je ne sais pas, nous l'avons trouvée à plat ventre sur sa table dans son bureau. Depuis deux jours, elle lisait des lettres qu'elle avait reçues de Michel, qui est à Rome. En tout cas, il en avait long à dire. Il y avait même des cahiers, regarde !

Pendant que Madeleine dormait, Venise jeta un coup d'œil sur l'enveloppe, les lettres et les cahiers allemands. Des deux fils de Madeleine, Michel était celui que Venise connaissait le mieux pour l'avoir plusieurs fois accueilli dans ses émissions, sorte de promotion déguisée pour le jeune chanteur conspué par la critique.

– Mais ces cahiers sont de Gabriel.

– Comment ça, de Gabriel ?

– Oui, regarde, Solange : *« Cahier de Magdalena Berg, traduit de l'allemand par Gabriel Lamontagne. »* Il a appris l'allemand, votre petit Arnold ?

– Il vit à Berlin depuis un an.

En entendant Venise prononcer le prénom de Gabriel, Madeleine s'éveilla.

– Il va me faire mourir, le p'tit verrat.

Venise et Solange, soulagées, coururent chercher un médecin.

– Elle parle !

Madeleine resta seule avec le docteur Hirsch pendant vingt minutes avant d'obtenir son congé. Il ne la crut pas une seconde quand elle lui expliqua avoir malencontreusement trébuché sur le bout de son escarpin Clarks de cuir marron à talon compensé. Hirsch connaissait Madeleine, donatrice célèbre de l'hôpital, et savait qu'en aucune occasion le mot « malencontreusement » ne pouvait servir à qualifier ses gestes. Tout chez elle était calculé. Ça, il l'avait entendu dire ou lu quelque part. Probablement dans cet article du *Fortune 100* consacré à son groupe agroalimentaire. C'est dans ce même article qu'il avait appris qu'elle détestait tout ce qui l'éloignait de son travail. Voilà pourquoi Madeleine reçut son congé sans trop avoir à insister.

– Je vous demande de voir votre médecin de famille au plus vite. Cette semaine, si cela est possible.

– Je vous le promets.

En sortant de la salle d'attente Bernice and Morton Brownstein du Jewish, Madeleine, flanquée de Solange et de Venise, ne commit pas l'erreur de tomber bêtement dans les bras des autres journalistes qui avaient eu la décence d'attendre à l'extérieur de l'hôpital.

– Les nouvelles voyagent encore plus vite ici qu'à Rivière-du-Loup, hein Solange ?

– Pourquoi tu parles de Rivière-du-Loup, tout d'un coup ?

– Parce qu'une certaine personne croyant bien faire a suggéré à Gabriel d'aller faire un tour pour admirer un chemin de croix à Rivière-du-Loup. Ça te dit quelque chose ?

Les trois femmes traversaient l'hôpital dans un silence gêné.

– Pis que le beau Gabriel est allé faire son fanfaron au couvent des sœurs de l'Enfant-Jésus, chère Solange. Pis qu'y aurait charché toutes les tombes de la famille sans trouver celle de la Mére !

– Madeleine, je t'en prie...

Venise en avait pour son argent. Tout ce qu'elle n'avait jamais osé demander à Madeleine lui était maintenant livré gratuitement. Elles traversèrent l'atrium Fannie and David Aberman, tournèrent à gauche, franchirent une porte pour passer devant le centre Bloomfield de recherches sur le vieillissement du pavillon Peter and Edward Bronfman. Madeleine jeta un coup d'œil distrait sur les plaques dorées gravées aux noms des donateurs de l'hôpital. Dans la colonne des plus généreux donateurs, c'est-à-dire ceux qui avaient versé plus d'un million de dollars, le nom de Madeleine parmi les Steinberg et les Rosenblum. Elle toucha la plaque de la main droite.

Elles s'engouffrèrent ensuite dans un long couloir et débouchèrent dans une salle obscure. De là, elles gagnèrent un autre bâtiment, dont la sortie donnait sur la rue de La Peltrie, où elles aboutirent à treize heures quarante-cinq. Un calme étrange régnait dans les rues glaciales. Madeleine héla un taxi en ignorant les protestations de Venise, qui avait laissé sa voiture ailleurs.

Le chauffeur haïtien reconnut immédiatement Madeleine, femme qu'il admirait dévotement.

– Emmenez-moi à la maison, déclara Madeleine en tombant assise sur la banquette arrière entre Venise et Solange.

Il s'était publié assez d'articles sur elle au cours des vingt dernières années pour qu'elle n'ait plus à décliner l'adresse de son domicile d'Outremont quand elle prenait un taxi, phénomène qui se produisait somme toute assez rarement puisqu'elle était toujours conduite par Solange. Le chauffeur de taxi interpréta cette apparition comme un signe du ciel: ce nouveau siècle lui apporterait la richesse. Il crut bon d'informer Madeleine que sa fille était serveuse au restaurant Chez Mado de l'avenue Papineau.

– Lequel ? Il y en a trois.

– Papineau et Bélanger.

– Ah oui, elle s'appelle Marie-Muriel, votre fille. Nous l'avons engagée à l'automne quand on a agrandi. Elle a dix-huit ans et elle fait trente heures semaine, pas le dimanche parce qu'elle vous accompagne à l'église. Je me souviens de cette petite.

– Oui, c'est bien elle, confirma le chauffeur, très étonné.

Madeleine adorait par-dessus tout surprendre les gens en faisant étalage de ses capacités mnémoniques hors du commun. Elle connaissait par leur nom tous les employés de ses cent douze restaurants de la province de Québec et pouvait nommer par leur nom les gérantes de ses quatre cent vingt-deux restaurants dans le reste du Canada et aux États-Unis, même celui de la gérante du petit comptoir Mado Express de l'aéroport international d'Atlanta, une dénommée Wanda Burns qui ne mesurait pas plus d'un mètre quarante, à tout casser. Le jour où Wanda Burns avait pour la première fois de sa vie voyagé en avion pour assister à une conférence obligatoire des gérantes du Groupe Mado inc. (frais de voyage déduits de son salaire mensuel pendant deux ans), Madeleine s'était approchée d'elle dans le grand hall du Palais des congrès de Montréal et lui avait serré la main en lui disant avec un très fort accent québécois : *« Hello, Wanda Burns, welcome to Montreal. I hope you had a nice trip. »* Wanda avait entendu *« Hello Wanda. Come to Montreal. I hop you and I strip »,* ce qui l'avait fait sourire. Elle en riait encore bien des années après cette conférence de Montréal où elle avait assisté à un séminaire bilingue de trois heures intitulé : « La désinfection et le nettoyage des surfaces métallisées à l'aube du vingt et unième siècle. » Wanda s'était demandé comment diable cette petite femme avait pu se souvenir de son nom, elle qui ne l'avait vue qu'une seule fois dans sa vie le jour de son embauche à Atlanta, d'autant plus que son comptoir ne faisait travailler que quatre employées, toutes des filles de la Géorgie profonde qui n'avaient jamais mis les pieds au Canada.

Le chauffeur de taxi observait les trois femmes dans le rétroviseur ; les mains tremblantes, les yeux ronds, elles ne semblaient pas particulièrement de bonne humeur. De la radio montait une prière créole dont Madeleine ne comprenait que quelques mots ici et là. *Petit Papa Bon Dieu... Pardonnez-moi... Éternité...* Elle sentit ses doigts, dont émanait toujours le remugle écœurant de l'hôpital.

– Il n'y a pas moyen de vous dépêcher un peu, Monsieur ?

– Et vous pourriez mettre autre chose ? demanda Venise qui n'avait que faire des incantations créoles.

Le chauffeur obéit et accéléra bien au-delà des limites permises dans les rues résidentielles d'Outremont. Madeleine rebondit trois fois sur un dos d'âne recouvert de neige tapée. De la main droite, il cherchait une station de radio à la hauteur de ses passagères. Il tomba sur un bulletin de nouvelles.

– *On est toujours sans nouvelles de la soprano Anamaria di Napoli portée disparue depuis trois jours à Rome, alors que s'achève le tournage du nouveau film de Bruno-Karl d'Ambrosio,* Un siècle avec Tosca, *dans lequel elle tient le rôle titre. Le très controversé metteur en scène affirme qu'il est certain de retrouver la diva et refuse toujours d'annuler le tournage du dernier acte, qui devait avoir lieu aujourd'hui au château Saint-Ange à Rome. On se souviendra de la controverse qu'avait soulevée le réalisateur et metteur en scène par ses commentaires sur le tour de taille des chanteuses d'opéra et la surprise qu'il avait causée en choisissant pour tenir la vedette de ce nouveau film Michel de la Montagne, un ténor canadien presque inconnu dont la mère, Madeleine Lamontagne, présidente et fondatrice du Groupe Mado inc., vient d'être victime d'un malaise...*

– Éteignez donc ça, Monsieur. J'en ai assez entendu.

Madeleine levait les yeux au ciel. Le taxi s'immobilisa devant la maison après avoir dérapé sur la chaussée glacée.

– Combien tu lui avais donné pour son film, Madeleine ? demanda poliment Solange, comme pour se déculpabiliser de son indiscrétion avec Gabriel.

– Solange, c'est pas le moment, siffla Madeleine.

– Ne me dis pas que tu as sponsorisé le film de ce mufle, Madeleine ?

– Oui, Venise. Je lui ai donné ce dont il avait besoin pour faire son film. Maintenant, j'aimerais ne plus jamais en parler. Clair ?

Venise suivit les deux femmes dans leur demeure de la rue Davaar qu'elle connaissait bien pour y avoir souvent été invitée à souper. Dans le salon où scintillait un magnifique sapin de Noël, elles tinrent conseil. Madeleine s'était complètement remise de ses vapeurs. Elles étaient au courant toutes les trois de la disparition d'Anamaria. Michel avait appelé, deux jours avant, pour rassurer sa mère au cas où elle apprendrait la nouvelle par d'autres. Il réussit à cacher tant son inquiétude que les véritables raisons qui expliquaient la disparition de sa compagne. Quand elle lui avait demandé pourquoi il lui avait posté les lettres berlinoises et les siennes, il y avait eu un grand silence.

– As-tu ouvert l'enveloppe, Maman ?

– Ben sûr, tu me l'avais adressée.

– Non, non, toi, tu devais recevoir une carte de Noël. La grande enveloppe, c'était pour Gabriel. Est-ce que tu peux la mettre de côté dans ma chambre jusqu'à mon retour à Montréal ?

Il hurlait presque. Madeleine n'avait pas aimé le ton directoire que Michel avait pris. Elle ne lui connaissait pas ce timbre cassant et ne l'avait pas élevé pour lui parler ainsi. Étant donné les circonstances, elle avait fermé les yeux sur cet écart de langage, mais l'incident avait piqué sa curiosité comme l'éventail de l'Attavanti avait piqué celle de Tosca. Le soir même, Madeleine recommençait la lecture de la correspondance entre ses fils et de l'histoire de Magdalena Berg, réalisant ainsi le rêve de toutes les mères : savoir ce que ses enfants disent d'elle.

Elle fut servie.

Puis, ce fut au tour de d'Ambrosio de téléphoner. Madeleine avait voulu étouffer l'affaire, mais c'est d'Ambrosio lui-même qui avait contacté les agences de presse canadiennes pour disséminer la nouvelle, au grand désespoir de la mère d'Anamaria, à demi morte d'inquiétude.

– Ça va nous faire de la publicité pour le film, avait-il pensé.

Le problème n'était pas là. Rien ne pouvait être fait depuis Montréal pour retrouver la petite qui devait se cacher quelque part dans Rome, comme l'avait expliqué Michel. Madeleine avait un autre voyage en tête.

– J'aurais jamais cru te dire ça une autre fois dans ma vie, Solange, mais tu vas faire ta valise et la mienne. Il faut qu'on parte maintenant.

– Quoi ? Qu'on parte où ? Il fait moins vingt dehors ! Où tu vas aller par un froid pareil ?

– On s'en va à New York, Solange.

– On avait convenu que j'irais seule à New York. Tu as juré de ne plus jamais y retourner, tu te souviens ? Je serai bien capable d'ouvrir le restaurant toute seule. C'est pas la première fois, j'étais toute seule à Calgary et à Seattle aussi.

Madeleine se leva pour monter à sa chambre. Elle en redescendit tenant à la main une boîte de fer blanc qu'elle gardait depuis les années cinquante. Sous les yeux de ses deux amies, elle en sortit le contenu :

• une alliance dérobée à un défunt à la faveur d'une veillée funéraire endiablée où tous les parents avaient décidé, juste avant de fermer définitivement le couvercle du cercueil, de régler certains comptes à poings nus sur la pelouse de Louis Lamontagne. Pendant que ce dernier séparait les belligérants, Madeleine s'était approchée du cercueil et avait dérobé au mort l'anneau qui l'appelait de tous ses rayons depuis deux jours ;

• une cuiller en argent offerte à son frère Luc et à tous les enfants du Commonwealth nés le 2 juin 1953, pour commémorer le couronnement de Sa Majesté la Reine Elizabeth II ;

• une boucle d'oreille de pacotille en forme de fleur trouvée par son frère Marc dans la boue au printemps 1957 ;

• une lettre postée à Potsdam (New York) adressée au Cheval Lamontagne. À l'intérieur, la photographie de Penelope Ironstone, fillette américaine pour qui toute réponse arriverait maintenant trop tard ;

• une dizaine de petites croix en or dérobées au docteur David Beck en décembre 1968 à Manhattan. Dernier de ses larcins.

Solange et Venise considéraient cet étrange trésor avec curiosité. Madeleine saisit une des petites croix entre le pouce et l'index pour la tendre à Solange.

– Solange... Tu peux me lire ce qui est gravé derrière celle-là ? J'ai pas mes lunettes.

– L. B. 13.12.20. Mon Dieu que c'est petit !

– Solange, il faut absolument qu'on parte pour New York. Je sais à qui appartient cette croix. Elle appartient à un monsieur qui vit à Berlin, enfin à une de ses amies. Je pense que lui est mort.

– Tu l'as prise au docteur Beck ?

– Oui, pis je lui ai laissé la mienne par erreur. Mais là, je sais à qui cette croix appartient. Tu sais la farce plate que tu racontes, là, avec le pigeon qui arrive en retard chez la vieille qui l'a invité à prendre le thé ?

– Ouin.

– Tu l'as bien entendue de la fille du docteur Beck en 1968, Rachel qu'elle s'appelait ?

– Oui, c'est bien elle qui me l'a racontée. Elle m'a dit qu'elle la tenait de son père. Et les autres croix ? Prises par erreur aussi ?

– Quelque chose comme ça. Il faut que tu me conduises. Dis oui, je t'en supplie.

Solange soupira.

– Oui, mais il fait presque noir, j'aime pas ça conduire la nuit, tu le sais, Madeleine.

– Solange, il faut que je sois à New York demain matin. Il est trop tard pour affréter un jet et je ne trouverai jamais de billet d'avion pour ce soir. C'est pas la première fois. On l'a déjà fait, toi et moi.

– Ça fait quand même au-dessus de trente ans ! Pis on était en autobus !

– Solange...

– Madeleine, je suis fatiguée.

– Moi aussi, mais il faut que j'aille à New York. C'est important, c'est notre premier restaurant à Manhattan.

– Il aurait fallu que tu penses à ça avant. Tu te souviens, tu as juré de ne plus jamais remettre les pieds à New York. Tu l'as juré la première fois qu'on y est allées en 1968. Tu l'as crié en tapant du pied : « Solange, je ne retournerai plus jamais à New York ! », pis après, t'as vomi dans un sac en papier. Les gens te regardaient avec de grands yeux. Pis là, le 31 décembre 1999, tu me demandes de te conduire à Manhattan ? Je te l'ai promis, Madeleine, le restaurant de Time Square, je suis capable de l'ouvrir toute seule. Repose-toi, tu sors de l'hôpital.

Venise, gênée par la scène, se demanda si elle ne devait pas s'excuser.

– Je vous laisse discuter ? Vous avez encore besoin de moi, les filles ?

– Oui, Venise. C'est le Bon Dieu qui t'a envoyée à ma rescousse encore une fois. Tu sais, tu es quelque chose comme un ange gardien. C'est dommage que tu sois athée. Ton ciel serait gagné.

Pendant que Madeleine expliquait à Venise ce qu'elle attendait d'elle, Solange ruminait dans son coin. Conduire jusqu'à New York ce soir ? Elle avait quand même prévu autre chose. Elle devait prendre un vol à vingt et une heures pour aller ouvrir seule ce restaurant de Time Square, et voilà que Madeleine changeait d'avis à moins de vingt-quatre heures de l'ouverture. Tout ça pour une petite croix en or oubliée là-bas en décembre 1968. S'attendait-elle vraiment à retrouver le docteur Beck là où elle l'avait laissé ? Puis, amusée par la perspective de se lancer sur les routes en compagnie de Madeleine, comme quand elles étaient jeunes, Solange se ravisa. Oui, elle endurerait bien la présence de Madeleine à l'ouverture de ce foutu restaurant de Time Square qui leur avait donné tant de mal. Solange se demandait comment les garçons avaient pu être aussi maladroits pour que leur mère ait soudainement accès à leur correspondance et maudit la candeur de Gabriel. Qui avait-il trouvé à Rivière-du-Loup ? Qui lui avait raconté quoi ? Le poison lent du repentir commençait à produire son effet sur Solange.

Venise avait bien entendu les consignes de Madeleine. Il s'agissait de lui rendre un tout petit service pendant qu'elle serait à New York. Rien d'autre que de brouiller les pistes et d'agir en relationniste pour elle. Sa mission ? Détourner l'attention des projecteurs du Groupe Mado inc. par tous les moyens possibles, distraire les journalistes de la disparition d'Anamaria en attendant que Madeleine trouve une solution à l'affaire, écrire pour le journal du lendemain une chronique sur un sujet qui jetterait sur le Groupe Mado inc. une lumière favorable, une ode à cette femme qui venait de conquérir Manhattan à force d'œufs, de crêpes et de pain grillé, mais surtout, faire en sorte par la ruse que cet insignifiant, ce polisson, ce dégénéré de Gabriel Lamontagne transporte sa viande stéroïdée jusqu'à Rome. Si elle intervenait, Gabriel n'aurait qu'une réponse vulgaire à son égard. En faisant intervenir Venise Van Veen, son plan pourrait marcher.

– J'ai l'intention de régler des vieux comptes demain, Venise. Si jamais les choses tournaient mal, j'aurais besoin que quelqu'un parle en ma faveur.

– Tu peux compter sur moi, c'est ce que je fais depuis longtemps. Tu comptes aller régler le problème à Berlin toi-même ?

– D'abord, on prend Manhattan, après on prendra Rome. On verra pour Berlin.

La Jaguar vert forêt de Solange Bérubé jaillit du garage à quinze heures pile. La conductrice avait enfilé une paire de gants de conduite ivoire et un tailleur marine qu'elle appelait son « costume de voyageuse ». Madeleine, assise à côté d'elle, avait revêtu en vitesse une jupe de gros lainage couleur caca d'oie et un chemisier noir qui lui donnait l'allure d'une religieuse.

Puisque c'était jour de fête, les deux femmes s'étaient parées d'un simple collier de perles, un seul rang, de vraies perles pêchées par de vrais hommes aux antipodes de Montréal, dans un pays où jamais il n'avait neigé. En comptant sur la chance, le pont Champlain ne serait pas congestionné et elles fileraient dans moins de vingt minutes, sur l'autoroute des Cantons-de-l'Est vers l'État de New York. Depuis l'avenue du Parc, le centre-ville de Montréal s'offrait à leurs yeux, spectacle dominé par l'immense œuf de fibre de verre trônant sur le faîte de la tour Lamontagne.

– Il est quand même beau, mon œuf. Moi je préfère l'éclairage violet, et toi ? s'enquit Madeleine.

– Oui, mais je trouve que ça fait un peu coco de Pâques. On pourrait garder le violet pour la semaine sainte et le jaune pour le reste de l'année.

– Mmm... ouais. Tu as peut-être raison. Je vais parler à Marie-Claude à mon retour. On a de la musique ?

Les stations de radio montréalaises s'étaient engagées dans une surenchère de décibels pour souligner le passage au nouveau millénaire. Quelque part dans la ville frigorifiée, une Céline Dion surexcitée échauffait son instrument sous la gouverne d'un prof de chant. La Jaguar de Solange s'immobilisa au feu rouge à l'angle de la rue Sherbrooke. Un jour pâle jetait ses dernières lumières sur la ville arpentée par des fêtards réunis en grappes bruyantes. De ces groupes avinés s'élevaient des éclats de voix, des cris et des chants de fin du monde qui cassaient l'air froid. Un groupe d'étudiants de l'Université McGill passa devant la Jaguar. Deux garçons émirent de petits sifflements admiratifs en regardant Solange dans les yeux. Le plus ivre des deux retira son gant et se mit à caresser le petit jaguar de métal en des gestes obscènes tout en poussant des lamentations lascives au grand plaisir de ses comparses qui éclatèrent de rire. *« Yeah ! Jerk it, baby ! »* criait-on, espérant peut-être voir jouir la figurine de métal comme miracle du millénaire. La conductrice commençait à peine à s'habituer à ce genre de réaction, toujours la même, quand elle circulait dans sa voiture. On fixait le petit jaguar vissé sur le devant du capot, les plus hardis la regardaient ensuite dans les yeux. Une ou deux fois par jour, au moins, quelqu'un lui souriait comme si le fait de se trouver au volant d'un véhicule de luxe faisait d'elle une femme méritant des sourires. Mais jamais on n'avait poussé la vulgarité à ce niveau. Jamais. Les deux femmes restèrent de marbre.

– On aurait dû prendre la Suzuki, siffla Solange comme pour reprocher quelque chose à Madeleine.

N'eût été de la volonté de Madeleine de circuler en Jaguar, Solange eût continué de conduire les petites voitures japonaises qu'elle aimait tout particulièrement. Contrairement à Madeleine qui n'aurait pas pu, même sous la torture, distinguer une Volkswagen Golf d'une Toyota Tercel, Solange avait une connaissance fine des automobiles, de ce que représentaient chaque marque et chaque modèle. Elle savait qu'il vaut mieux se tenir à distance des chauffeurs de Buick et se méfier comme de la peste des BMW, qui en Amérique sont presque exclusivement pilotées par d'immondes chameaux. Il lui suffisait de jeter un coup d'œil furtif au rétroviseur pour deviner par la forme de la carrosserie qui la suivait la personnalité du conducteur, ses ambitions, son regard sur le monde, ses rêves, le parfum qu'il dégageait et, souvent, la langue qu'il parlait. C'est par la moto que Solange en était arrivée dans les années 1980 à conduire des voitures de marque Suzuki. Dans le garage du lac Taureau, dans Lanaudière, dormaient toujours ses vieilles motocyclettes dont la première, une Suzuki Hustler 400 orange toujours en parfait état, avec laquelle elle avait, en juillet 1973, emmené pour la première fois Madeleine Lamontagne jusqu'aux Mille-Îles. Il lui était, on la comprendra, absolument impossible de se départir de cet amas de ferraille dont elle faisait une fois par année démarrer le moteur, juste pour se replonger dans le souvenir de cette excursion. Elle comptait dans sa collection de motos de marque Suzuki une GS1000S 1979 de près de mille chevaux-vapeur, une GSX-R1100 1986 (avec laquelle Solange aimait se vanter d'avoir roulé à deux cent cinquante kilomètres à l'heure entre Ottawa et Montréal, en témoignait une contravention historique qu'elle avait fait encadrer), et finalement sa dernière acquisition, une Hayabusa 1300 1999 qu'elle n'avait enfourchée que deux ou trois fois à la fin de l'été pour en faire gronder le moteur à quatre cylindres. Rien au monde ne permettait à Solange de voir et sentir les choses avec autant d'acuité qu'une balade en motocyclette. Toutes ses décisions importantes, elles les avaient prises au volant d'une Suzuki. Ses prières les plus ardentes envoyées à Dieu avaient été émises à une vitesse dépassant généralement cent vingt kilomètres à l'heure. Petite, elle avait espéré devenir pilote d'avion, mais une myopie héritée de sa mère l'avait forcée à reconsidérer son choix de carrière, du moins, c'est ainsi qu'elle se plaisait à rationaliser la chose. La vérité était que Madeleine Lamontagne était en quelque sorte devenue son seul et unique choix de carrière. Pourtant, l'analyste pointilleux aurait pu faire valoir, et sans trop se tromper, qu'avec une dévotion pareille, il ne convient pas tout à fait de parler de « choix », car Solange n'avait pas choisi de devenir la vice-présidente du Groupe Mado inc. Les forces divines qui l'avaient amenée à ce poste étaient probablement apparentées à celles qui avaient orchestré le martyre de sainte Blandine dans l'arène romaine et qui avaient mené Mère Térésa jusqu'à Calcutta. Le reste est mythologie.

Dans certains cas, il est encore nécessaire, même à l'aube du vingt et unième siècle, de parler de vocation.

C'est donc avec un brin de fierté que Solange avait accepté le surnom que les fils de Madeleine lui avaient accolé : Solange Suzuki, ou tout simplement Suzuki quand ils tentaient d'obtenir d'elle une faveur que leur mère leur refusait. L'usage du surnom ne s'était pas répandu plus loin, Madeleine avait toujours appelé Solange par son nom de baptême, elle ne voyait pas pourquoi elle devait affubler sa plus grande amie d'un nom habituellement réservé à des engins bruyants et polluants. Michel et Gabriel, quant à eux, avaient appris à conduire dans une Suzuki Swift manuelle dont le moteur modifié émettait des grognements inquiétants dès qu'ils effleuraient le bras de vitesse. Si les deux femmes roulaient en Jaguar, c'est que Madeleine avait un jour supplié Solange d'acheter une voiture à la mesure de son succès financier, une voiture dans laquelle elle n'aurait pas honte d'être vue et qui finirait de bien faire comprendre à tous la véritable épaisseur de son portefeuille. Solange avait donc opté pour cette Jaguar XJR 1995 vert forêt qu'elle sortait pour les longs déplacements ou quand elle était accompagnée de Madeleine. Autrement, Solange restait fidèle à ses Suzuki. Elle détestait cette grosse bagnole paresseuse qui ne servait qu'à attirer l'attention sur soi et l'emmenait à mille lieues de la façade humble qu'elle voulait projeter.

Le véhicule, qui n'avait que quelque trente mille kilomètres au compteur, s'engageait maintenant sur le pont Champlain, plein sud, en direction des États-Unis. Madeleine cherchait quelque part un CD que ses fils avaient dû oublier là du temps où ils vivaient encore à Montréal. Elle ne trouva qu'un coffret de l'opéra *Tosca* de Puccini, qui appartenait sûrement à Michel pendant ses années de conservatoire. Avant de se résoudre à imposer Puccini à une Suzuki déjà ulcérée par les événements de la journée, Madeleine chercha une station de radio qui ne se fût pas complètement, entièrement et religieusement vouée à la célébration de la carrière de Céline Dion. En vain. Il y avait bien la station de radio de l'Université McGill, qui avait décidé de passer un spécial Leonard Cohen. La voix grave du chanteur montréalais remplissait la cabine de la Jaguar. *« I'm coming now, I'm coming to reward them. First we take Manhattan, and then we take Berlin... »* Solange fit claquer sa langue et soupira. Elle n'était pas un être de musique, en tout cas, pas de celle-là. Madeleine semblait hypnotisée par la chanson.

– Qu'est-ce qu'il dit au juste ? Il va prendre Manhattan, puis Berlin ? C'est ça ?

– Ben oui, à peu près. Sauf que nous, tout ce qu'on veut, c'est Manhattan.

– Nous n'avons pas de restaurant à Berlin ?

– Pas encore. Nous en avons un à Francfort et un à Munich, mais pas à Berlin.

– Alors il faudra en ouvrir un !

– Tu dis ça parce que Gabriel vit à Berlin ? Je ne sais pas s'il va rester là.

– Mais quand même, je pense que je devrais avoir un restaurant à Berlin.

– Bon, il y a quand même des marchés plus intéressants et plus profitables pour nous, comme le sud des États-Unis et la Floride. Les Américains mangent plus le matin que les Allemands, tu le sais bien.

– Les Américains mangent plus que tout le monde à tout moment de la journée, Solange, c'est pour ça que je suis milliardaire.

Solange mettait sur le dos de l'attachement maternel ce nouvel intérêt pour Berlin. Elle aurait payé cher pour voir la tête de Gabriel découvrant un restaurant Chez Mado en plein Berlin, lui qui lui avait confié en secret avoir choisi la ville parce que c'était un des seuls endroits intéressants en Occident où il ne se heurterait pas constamment à l'omniprésence de sa mère. « Mais ne va pas lui dire ça, Suzuki ! » l'avait-il ensuite suppliée en posant la main sur la sienne. La grande main de Gabriel... Leonard Cohen continuait sa complainte alors que la Jaguar quittait le pont Champlain. *« How many nights I prayed for this, to let my work begin. First we take Manhattan, then we take Berlin. »*

– Et là, qu'est-ce qu'il dit ? demanda Madeleine, de plus en plus curieuse.

– Il dit *« Combien de nuits j'ai prié pour ça, pour que commence mon œuvre, d'abord nous prenons Manhattan, puis nous prenons Berlin. »*

– Mon Dieu ! On dirait qu'il a écrit cette chanson pour moi ! dit Madeleine en arborant un air surpris.

– C'est peut-être ça. Il l'a peut-être écrite juste pour toi, Madeleine, plaisanta Solange en dépassant une Ford noire endormie sur la voie de droite.

Le silence s'installa dans la Jaguar. Les deux femmes fixaient la route glacée où ne circulaient que quelques rares voyageurs. Madeleine reprit le coffret de *Tosca* entre ses mains et le fixa. Il s'agissait de l'enregistrement mythique avec Renate Tebaldi dans le rôle de Tosca et Mario del Monaco campant un Cavaradossi monumental. Madeleine ouvrit le boîtier, qui produisit un petit bruit sec. Solange soupira. À cet instant précis, elle avait autant envie d'entendre le premier acte de *Tosca* que de se prendre une flèche empoisonnée au curare entre les deux yeux. Elle vit le projectile arriver de loin sur la route, transpercer le pare-brise et se ficher entre ses deux sourcils quelques secondes après alors que Madeleine insérait le disque dans la fente du lecteur. Solange essaya de gagner du temps.

– On pourrait attendre d'avoir traversé les frontières avant de mettre de la musique.

Madeleine appuya sur le bouton « pause ». Solange réprima un soupir de soulagement. Madeleine avait ouvert le livret et tentait d'en déchiffrer l'écriture microscopique.

– C'est toujours bien d'avoir les paroles quand on ne comprend pas la langue, dit-elle.

– De toute façon, même dans les opéras français, on ne comprend pas un traître mot. Tu te souviens du soir où Michel nous a emmenées voir *Faust* à la Place des Arts ? Ils auraient pu chanter en chinois, j'aurais compris tout autant, répondit Solange en secouant la tête.

– Oui, mais c'était beau, quand même.

– C'était *long,* répondit la conductrice en levant les yeux au ciel.

– Moi, je trouve ça beau, l'opéra, mais les histoires ne tiennent pas debout.

– Qu'est-ce que tu veux dire ?

– Ben, les personnages sont toujours un peu des caricatures. Prends Scarpia, par exemple, personne est méchant comme ça. C'est pas possible.

Pis elle, c'est encore pire ! Une chanteuse d'opéra ! Comment veux-tu que le monde s'identifie à ça ?

Madeleine pointait du doigt la description qu'elle venait de trouver et qu'elle avait lue à la lueur d'une petite lampe de poche noire ornée du logo Jaguar.

– Mais elles sont *évidemment* toutes chanteuses d'opéra une fois sur scène ! répliqua Solange, un brin excédée.

– Non, non, tu comprends pas. Dans *Tosca,* c'est écrit ici, le personnage est une chanteuse d'opéra, c'est une chanteuse qui s'appelle Renate Tebaldi qui joue le rôle d'une chanteuse qui s'appelle Floria Tosca.

– J'avais oublié, c'est pas mon fort, tu sais. C'était en 1980, quand monsieur Zucker est mort.

Solange se mordit les lèvres. Ce qu'elle venait de dire pouvait être interprété comme un encouragement à faire jouer le disque. Trois heures à subir les hurlements italiens. Pourtant, elle ne trouvait pas la force de contrarier Madeleine. Elle la trouvait rarement, comme tout le monde. Avant que Michel ne commence à s'intéresser à l'opéra, jamais Madeleine n'y avait porté la moindre attention. Depuis que Michel s'était inscrit au Conservatoire de Montréal, Madeleine s'était découvert un intérêt soudain pour l'art lyrique. Au fil des pièces que chantait son fils, la mère tentait de se « déniaiser » un peu, pour reprendre son parler. Quand le jeune ténor avait dû apprendre des airs de Tamino de la *Flûte enchantée,* la mère avait commencé à écouter Mozart. Elle fit de même pour Bizet et Verdi après que son rejeton eut appris à chanter, assez adroitement d'ailleurs, certains airs de *Carmen* et même de *La Traviata.* À vrai dire, il lui arrivait rarement d'arriver au bout de ces enregistrements et on l'avait plus d'une fois observée pendant qu'elle dormait profondément cependant que sur scène, les chanteurs poussaient des cris à fendre l'âme. Oui, elle l'avait d'ailleurs avoué elle-même, elle s'était endormie le jour où Michel avait chanté Cavaradossi à l'opéra de Montréal. « La musique était belle. » C'est tout ce qu'elle trouva à dire à son fils au terme de la première de *Tosca.* Solange, pourtant si peu versée dans la contrefaçon, avait lâchement choisi de feindre l'ébahissement pour ne pas faire de peine à Michel. Après la fin tragique de *Tosca* à l'opéra, Solange avait pensé sottement que la chose était derrière elle et que plus jamais elle n'aurait à entendre les vociférations du deuxième acte. Voilà maintenant que la menace d'une répétition du drame se précisait en plein cœur de la nuit de la Saint-Sylvestre. Solange tenta – vainement – un détournement de conversation.

– C'est quand même sec de la part de Gabriel. Il a même pas appelé pour les fêtes.

– Peut-être que ça fait rêver les gens de voir une chanteuse d'opéra avoir des problèmes, comme quand les journaux publient des articles sur moi et mes restaurants, répondit Madeleine, qui n'avait même pas fait attention aux propos de Solange.

Ou était-ce le désintérêt habituel que manifestait inévitablement Madeleine à la mention du mot Gabriel ? Peu importe, Solange avait fait chou blanc. La menace puccinienne gagnait rapidement du terrain. La conductrice cherchait désespérément quelque manœuvre dilatoire pour s'en prémunir. Madeleine ne lâchait pas prise.

– C'est peut-être plus facile pour le public de s'identifier à une chanteuse qu'à une princesse, comme dans la *Flûte enchantée*. Tu pourrais t'identifier à une princesse, toi ?

– Pour que je puisse m'identifier à un opéra, il faudrait que l'action se passe dans un restaurant, répliqua Solange.

– Le livret ne parle pas de restaurants. Tu penses que ça attirerait le public, un opéra dans un restaurant ? C'est pas trop ennuyant ?

– Non, je pense que les gens aiment rêver. Ils vont à l'opéra pour rêver, c'est un rêve qui coûte un peu plus cher, c'est tout.

– Même là, dans *Tosca*, je me souviens maintenant, quand on est allées voir chanter Michel, que j'avais trouvé ça difficile à avaler, cette histoire avec la chanteuse et le chef de la police. Comment il s'appelait, déjà ?

– Scarfia ?

– Non, Scarpia. Ben, voilà, personne n'est vraiment comme ça dans la vie. Dans la vraie vie, avec du vrai monde, Tosca ne serait pas morte. Enfin, je ne pense pas qu'elle serait allée jusque-là.

– Et si Tosca avait été gérante d'un restaurant Chez Mado ?

– Ça, c'est pas la même chose. Mes restaurants, ils sont vrais, ils nourrissent du vrai monde.

– Peut-être, Madeleine. Peut-être...

Solange réussit à faire parler Madeleine jusqu'à la frontière américaine. Dans le bureau des douanes, l'arrivée de la Jaguar fut perçue comme une intrusion dans une soirée autrement tranquille. On envoya un jeunot s'occuper de ces deux dames. Citoyenneté ? Canadienne. Où allez-vous ? New York City. Combien de temps comptez-vous y rester ? Deux jours, pas plus. Raison du voyage ? Solange demeura interdite. Affaires ? Elle n'en était pas sûre. Tourisme ? Non, elles n'y allaient pas en touristes. Famille ? Elles ne connaissaient personne à New York. Comment expliquer à ce monsieur en uniforme qu'elles s'étaient embarquées de manière spontanée dans ce voyage pour New York dont elle, Solange, ne connaissait pas les motivations profondes. Les douaniers aiment les réponses simples. Le voyageur aguerri sait qu'il vaut mieux éviter de répondre : « C'est une longue histoire » ou encore : « Je n'en suis pas tout à fait sûre moi-même », et encore moins : « J'ai reçu une longue lettre d'Italie que je pourrais vous montrer, ici, dont le contenu est si choquant, si étonnant, si renversant que j'ai dû, toutes affaires cessantes, m'infliger ce voyagement sur les routes glacées de l'État de New York et que pour vous raconter toute l'histoire, il faudrait presque que vous montiez avec moi, dans ma Jaguar, parce que là, vous êtes debout, dehors, à une latitude approximative de 45 degrés nord en plein cœur de ce qui est probablement la nuit la plus froide de l'année et que vous n'êtes pas très bien vêtu et que votre souhait le plus cher, à cet instant précis, est de rejoindre vos collègues qui sont restés bien au chaud à l'intérieur, et que, dussé-je m'astreindre à vous faire le récit détaillé de ces aventures incroyables, vous resteriez quand même sceptique, et que pendant tout ce temps-là, vous regretteriez être monté avec moi, surtout arrivé au deuxième acte de cet opéra de Puccini qui est sur le point de commencer à tonitruer dans cette voiture de luxe, donc, pour votre propre bien, pour le nôtre, et pour notre équilibre à tous, je vous répondrai : tourisme. Nous sommes en tourisme, comme l'humanité entière est en tourisme depuis son exclusion du paradis terrestre, qu'elle appelle ça tourisme pour ne pas parler de déportation ou d'errance, voilà, Monsieur le douanier, nous sommes deux touristes dans la nuit américaine, nous sommes venues du Nord, notre lieu d'origine ne vous intéressera pas plus que le contenu de nos sacs à main, nous sommes la haine, nous sommes l'amour, nous sommes pauvres de cœur et riches à craquer, et tout le monde sait qu'un cœur, qu'il soit riche ou pauvre, peut souvent craquer, mais cela ne vous regarde qu'à peine, et sachez qu'une seule de nos chaussures vaut davantage que tous les vêtements que vous portez en ce moment, que les gants que j'ai enfilés pour conduire cette voiture outrageusement onéreuse ont coûté plus cher que le montant que vous touchez hebdomadairement, que nous sommes splendides d'errance, et que c'est cette splendeur que nous allons étaler demain matin à Manhattan, là où toute splendeur finit par aller s'échouer. » Toutes ces pensées traversèrent l'esprit de Solange pendant que le douanier attendait une réponse à sa question. Sa réponse tint en un mot : *tourism*.

Solange est une femme pragmatique.

Puis, sur le signe du douanier, elle fit avancer la Jaguar sur l'Interstate 87. À ce moment précis, les deux femmes eurent conscience qu'elles traversaient pour la deuxième fois côte à côte la frontière canado-américaine exactement au même point et que ce souvenir était à la fois douloureux et merveilleux. Pour tous les Canadiens, et probablement encore davantage pour les Québécois, la traversée de la frontière américaine par voie terrestre revêt un caractère solennel et inquiétant. Ces derniers laissent en effet derrière eux un pays paisible et rassurant dont ils pensent comprendre tous les rouages pour s'élancer dans la folie de l'Amérique, un monde qu'ils n'habitent que du bout des orteils, univers hostile, menaçant berceau de toutes les folies et matrice de tous les vices. Toute menace vient du Sud, les Inuits l'ont toujours su. L'Amérique, c'est *là,* en bas. Dans ces zones tempérées, comme dans les opéras, surviennent les événements les plus étranges, se déchaînent les passions les plus incontrôlables.

S'il s'était agi de femmes ayant reçu une éducation différente, elles auraient toutes les deux fondu en larmes pour marquer l'émotion du moment. Il y eut à la place des sanglots un silence pesant. Puis Solange se mit presque à espérer que Madeleine appuie sur « Play » pour que la musique de Puccini meuble l'inconfort. Madeleine attendit que disparaisse dans le rétroviseur le reflet des panneaux annonçant le poste frontalier, puis elle appuya sur le bouton. Dans la nuit glaciale de la Saint-Sylvestre s'élevèrent les premières notes de *Tosca*. Trois accords pesants et lugubres firent vibrer les vitres de la voiture, annonçant la fin du monde. *Si* bémol, *la* bémol et *si* naturel. Le thème de Scarpia qui traduit bien avant l'arrivée du personnage en scène une image sonore, brutale et menaçante, la musique du destin qui mène toute âme vers son aboutissement. Une musique à réveiller les morts. Puis un *decrescendo* d'instruments à cordes introduisit les premières paroles de l'opéra. D'Angelotti s'étant échappé du château Saint-Ange, ayant traversé le Tibre à la faveur des ténèbres de la nuit romaine, trouve refuge à l'église Sant'Andrea della Valle déserte. Devant la chapelle Barberini, il découvre une clé que sa sœur a laissée là pour lui. Il s'exclame *Ah ! Finalmente !* Pour elle seule, alors qu'elle farfouillait dans son sac pour mettre la main sur la petite bouteille de verre brun, Madeleine murmura : *oui, finalement...*

Il n'existe qu'un seul et unique enregistrement de la voix de Giaccomo Puccini. Il fut réalisé l'après-midi du 21 février 1907 dans les bureaux de la Columbia Phonograph Company de New York alors que le compositeur s'apprêtait à embarquer sur le paquebot *La Provence* qui le ramènerait en Europe. Dans ce très court enregistrement, Puccini remercie en italien son public new-yorkais d'avoir montré autant d'enthousiasme pour ses opéras. Il termine ses remerciements par un envoi flatteur emprunté au Lieutenant Pinkerton dans *Madame Butterfly*.

– *America Forever !*

S'ensuivent des applaudissements et quelques paroles de son épouse. Puccini devait revenir encore à New York, sans madame Puccini, *una dona gelosa,* une femme jalouse, pour superviser les répétitions de *La Fanciulla dell West,* opéra inspiré d'une pièce américaine à laquelle il avait assisté pendant son premier séjour dans la grosse pomme. Il est possible de dire sans exagérer que New York avait autant besoin de Puccini que Puccini et Madeleine Lamontagne avaient besoin de New York. Graciée par la présence de Puccini, New York, érigée au rang de ville d'opéra de classe mondiale, pouvait désormais regarder Paris, Londres et Vienne droit dans les yeux. « *Look !* Il a marché dans nos rues ! Il nous a fait cadeau d'un opéra ! *Look at me ! Won't you look at me now ?* » Rentré en Italie, Puccini porterait jusqu'à sa mort l'auréole offerte par Dieu aux Italiens qui ont fait l'Amérique d'un seul coup de dent. Quant à Madeleine, l'ouverture de son restaurant à Time Square la catapulterait dans le firmament des affaires.

Le matin du 1er janvier 2000, les échos du *America Forever* de Puccini résonnaient encore sur les parois des gratte-ciel de Manhattan, voyageaient le long des tunnels du métro se perdaient dans les chants de buveurs ébahis d'être toujours vivants en cette première aube du millénaire. Il est faux de prétendre comme le fait Frank Sinatra dans sa chanson que cette ville ne dort pas. Elle somnole quelques minutes, jamais au même moment de la nuit ou du jour, puis rouvre les yeux pour contempler son reflet dans les yeux des touristes venus chercher en elle la preuve qu'ils existent. Car c'est cela et rien d'autre que New York est en mesure de vous donner : la preuve irréfutable, éternelle et enivrante de votre propre existence. Puccini l'avait compris.

Madeleine Lamontagne aussi. Une première fois en 1968, puis ce matin du 1er janvier 2000.

C'est la raison pour laquelle, quand le journaliste de CNN la mit au défi de soulever un immense plateau couvert d'assiettes et de verres de jus d'orange et que Solange lui traduisit en français la boutade, elle fut possédée par l'esprit du Cheval Lamontagne, s'approcha du plateau qui tenait sur un trépied, plia les genoux et, tout en souriant, souleva d'une seule main cette charge qui devait faire dans les vingt-cinq kilogrammes. Sous les flashes et les applaudissements, elle marcha vers le fond du restaurant rempli à craquer de « personnalités » new-yorkaises. Au mur, l'effigie de la bonne sainte Anne veillait sur cet amusant spectacle. On ovationna Madeleine longtemps. Puis, une fois certaine d'avoir cloué le bec de cet insignifiant de journaliste, la présidente passa le micro à Solange, qui entonna la litanie qu'elle avait spécialement fait rédiger par un écrivain new-yorkais ami du Canada. Dans ce discours qui dura cinq bonnes minutes, le mot *famille* fut répété quatorze fois ; *travail* six fois, et *patrie* cinq. Madeleine versa une larme au bon endroit, larme qui fut suivie d'un silence chargé de respect.

Comme aucun des invités d'honneur n'avait dormi en cette nuit toute spéciale, la fatigue des voyageuses passa tout à fait inaperçue. L'expression de rage résignée qui irradiait du visage de Solange Bérubé au moment où elle immobilisa la Jaguar devant le Radisson à cinq heures du matin fut interprétée comme le visage d'une femme d'affaires déterminée. Quant aux lèvres pincées de Madeleine au même moment, les New-Yorkais les prirent, sans avoir tout à fait tort, pour l'expression de l'aplomb tenace qui avait fait sa réputation dans le monde de la restauration. Dans le restaurant de cent soixante-quinze places, deux services étaient prévus pour les dignitaires. Politiciens, gens d'affaires, archevêques, mères supérieures et des journalistes en veux-tu en voilà. Particulièrement inspiré par les substances qui l'avaient aidé à tenir le coup toute la nuit, l'un d'entre eux avait pondu ce paragraphe pour ses centaines de milliers de lecteurs :

*Hier matin fut inauguré à Time Square le premier restaurant Chez Mado à Manhattan. Longtemps nous avons attendu pour avoir droit au même privilège que toute l'Amérique : un petit-déjeuner digne de ce nom préparé avec amour et servi rapidement avec le sourire. Après avoir goûté les désormais légendaires* Solange's Pancakes, *l'idée de la fin du monde me paraît moins effrayante. Voilà ce que j'ai à dire de Chez Mado.*

Un entretien de trois pages avec Solange et Madeleine occupait le cahier *Food*. Elles y expliquaient le modèle d'affaires de Chez Mado et les embûches qu'elles avaient surmontées avant d'en arriver à ouvrir un restaurant sur le site le plus convoité d'Amérique. « Propreté est presque sainteté », avait proclamé Solange lorsque le journaliste leur avait demandé de parler de cette obsession partagée pour la propreté. Pour finir l'entretien, le journaliste évoqua la rumeur selon laquelle Madeleine Lamontagne aurait une grand-mère américaine. Une rumeur? Mais c'est la vérité, avait corrigé Solange. Le journaliste, habité par des pensées dégoulinantes de complaisance, avait ensuite voulu savoir si Madeleine sentait qu'elle regagnait en quelque sorte le pays de sa grand-mère en ouvrant un peu partout aux États-Unis des succursales de ses restaurants. Ce à quoi Madeleine, abondamment nourrie par son fils Michel d'anecdotes sur la vie de Puccini, avait répondu laconiquement: *« America Forever »*.

Pendant que les mortels faisaient la queue dehors sur les restes de la fête du Nouvel An, nageant entre les montagnes de confettis et les toilettes portatives qui jonchaient encore le paysage, les serveuses de Madeleine, telles de véritables machines programmées en mode « courtoisie », continuaient leur ballet laborieux. L'ouverture du restaurant avait demandé une préparation de longue haleine. Étant donné l'achalandage du lieu pendant la nuit précédant l'inauguration, tout avait dû être fait au moins trois jours à l'avance pour éviter aux livreurs de se trouver à quelques heures de l'ouverture face à un obstacle de taille: une foule de deux millions de personnes ivres s'étendant de Central Park jusqu'à la 42e rue. De ces deux millions de fêtards survécurent de nombreuses silhouettes dans le froid de la nuit. Sous l'enseigne de Chez Mado, un grand œuf reposant sur trois roses rouges, les curieux montraient du doigt l'intérieur du restaurant, croyant, dans leurs délires avinés, avoir vu la bonne sainte Anne leur faire un clin d'œil. Ce jour-là, Madeleine pulvérisa le record du nombre de déjeuners servis en une seule journée, détenu jusque-là par la filiale de Sydney en Australie, le jour de la Gay Pride 1997. *Yes, America forever*.

Jusqu'à midi, Solange et Madeleine tinrent le coup devant les journalistes, puis, vannées, elles annoncèrent leur départ du restaurant. La gérante, une femme qui avait assuré l'ouverture des restaurants du New Jersey et du Connecticut, les avait rassurées. Vous pouvez rentrer à votre hôtel, tout ira bien.

C'est dans le budget, le Radisson? avait demandé Madeleine en voyant la pièce, probablement la plus petite de tout l'hôtel.

– Je respecte le budget, Madeleine. Tu n'avais pas prévu venir. D'ailleurs, j'étais censée arriver en avion, pas en voiture à moitié morte.

– Ne te mets pas trop à ton aise, Solange. Il faut repartir.

Solange feignit n'avoir rien entendu.

– Il faut que j'aille retrouver ma croix. Viens-tu? J'ai besoin de toi.

Solange continua donc sa méditation derrière son volant. À l'incroyable agitation de la matinée succédaient des heures fébriles. Madeleine se sentait proche du but. Sur ses genoux, les trois cahiers manuscrits de Gabriel, l'histoire invraisemblable et désolante de cette femme allemande dont elle relisait certains passages, remuant à peine les lèvres pour ne pas déranger son amie dans sa conduite. Madeleine surveillait ses paroles comme les enfants des nouveaux riches surveillent leurs manières à table. Elles descendirent Lexington jusqu'à la 42e rue. Dans le rétroviseur de la Jaguar apparut une Honda Civic rouge qui déplut à Solange.

– Elle me colle au cul, celle-là !

À treize heures trente-deux, elles quittaient le stationnement de Port Authority Bus Terminal, l'orifice par lequel Manhattan les avait d'abord ingurgitées, puis vomies ce jour de décembre 1968. Il s'agissait pour Madeleine de retrouver la maison du docteur Beck à pied. Elle se souviendrait du chemin à pied, mais pas en voiture, voilà l'inconvénient des mémoires photographiques. Lentement, elle avait entraîné sans se tromper ou hésiter une seule fois la pauvre Solange exténuée le long des rues sales et glaciales. Tosca's Diner n'existait plus, une école de samba l'avait remplacé. Elles restèrent muettes devant les grandes vitres. « Première leçon gratuite », traduisit Solange.

De là, elles marchèrent encore très exactement pendant vingt-trois minutes pour retrouver la blanchisserie de la 10e avenue au-dessus de laquelle le docteur David Beck tenait son cabinet, à deux pas de la 56e rue. Dans la vitrine, un cintre néon clignotant, insolite et déplacé, évoquant de manière crue les anciennes activités du docteur. Disparue, la plaque dorée portant son nom. D'autres occupants avaient pris la place du médecin, des noms inconnus pratiquant d'autres métiers. Hors de question pour Madeleine de se laisser abattre par de tels obstacles. Elle n'avait pas passé une nuit en enfer pour rebrousser chemin à la première difficulté. Tous les commerces de ces édifices de quatre à cinq étages étaient étanchement fermés en ce jour férié, à l'exception d'un restaurant thaïlandais où s'aventurèrent les deux voyageuses. Il fallut bien des efforts à Solange pour expliquer à la propriétaire de quoi il était question. Où était passé le docteur qui en 1969 avait son cabinet dans l'édifice voisin ? Non, non, la maison brune, au-dessus du blanchisseur ? Non, nous ne voulons pas faire nettoyer notre literie, nous ne sommes pas non plus malades. Vous ne savez pas ? La dame consentit à donner un coup de fil à son propriétaire, qui lui saurait probablement le nom du propriétaire de l'immeuble voisin. Elle tomba sur son répondeur automatique qui lui dictait un numéro de téléphone portable. Un peu agacée par la situation, elle griffonna le numéro sur le coin d'un napperon de papier et le tendit à Solange dans un geste signifiant qu'elle n'avait pas envie de jouer les limiers le Jour de l'An. Sur le trottoir, Solange ralluma le téléphone portable qu'elle avait éteint un jour auparavant, dans l'ambulance qui les avait transportées à l'hôpital. Elle ignora consciencieusement les quatre messages en attente pour appeler le propriétaire de l'édifice voisin de l'ancien cabinet du docteur Beck. Sous les yeux anxieux de Madeleine, elle réussit à joindre une femme à l'accent nasillard qui expliqua que le propriétaire, un certain Levi, était en vacances en Floride, qu'il rentrerait dans quatre mois. Comprenant qu'elle devait faire appel à la ruse, Solange se fit passer pour une locataire de l'édifice voisin se plaignant de bruits venant de la maison voisine, ce à quoi la dame à l'accent nasillard répondit dans un rire qu'en ce jour de l'An, mieux valait se faire à ce vacarme que d'essayer de le combattre. Mais, continua-t-elle, si vraiment vous avez l'intention d'être une tique au moment où tout le monde s'éclate, je peux transmettre votre plainte à monsieur Levi, qui en parlera à votre propriétaire, monsieur Ho. Chou blanc, donc. Solange n'était pas beaucoup plus avancée de savoir que le propriétaire de la maison brune s'appelait Ho. Légèrement abattue, elle tenta de raisonner Madeleine. En vain. C'était aujourd'hui ou jamais. Pendant qu'elles tergiversaient sur les rares moyens qui s'offraient à elle, la porte de l'édifice s'ouvrit, laissant passer une femme visiblement saoule. Vive et déterminée, Madeleine plaça son bottillon de cuir pleine fleur à talon compensé doté d'une fermeture éclair latérale et de doublures de cuir d'agneau juste derrière la porte à la dernière seconde. La femme ivre, les prenant pour des résidentes de l'immeuble, s'excusa de ne pas avoir tenu la porte ouverte avant de tourner sur la 56e avenue.

– Tu reconnais l'escalier ?

Solange ne reconnaissait rien. C'était un escalier comme un autre, ni plus large, ni plus étroit. Les locaux commerciaux de l'édifice avaient manifestement été convertis en appartements. Arrivées à l'étage où, selon la mémoire parfaite de Madeleine, le docteur tenait sa pratique, elles s'immobilisèrent devant une porte ornée d'un numéro. Madeleine frappa trois coups. Un chien aboya. Puis, une ombre furtive glissa derrière l'œil magique.

– Qui êtes-vous ?

– Nous cherchons le docteur Beck.

– Il n'habite pas ici.

– Nous le savons, mais il avait son cabinet ici en 1968. Sauriez-vous par hasard où il est parti ?

– En 1968 ? Je n'étais même pas née !

Il y eut un silence. Puis la porte s'ouvrit sur une grande fille brune vêtue d'un pyjama en flanelle, la tête recouverte d'une sorte de tuque en grosse laine vert pomme. Des effluves de soupe tournicotaient dans l'air. La fille considérait les deux femmes avec le sourire narquois des enfants qui n'ont jamais eu à laver la vaisselle. Curieuse, elle les laissa entrer et consentit à entendre leur histoire.

– Vous êtes quand même d'étranges bonnes femmes pour frapper chez les gens le premier de l'an 2000 et espérer y trouver un docteur que vous avez rencontré là en 1959 !

– En 1968, corrigea Madeleine.

– Et vous le cherchez pourquoi, ce Peck ?

– Beck. Il a quelque chose qui m'appartient et que je tiens à récupérer.

– J'espère que ce n'était rien de périssable !

La jeune femme expliqua qu'elle n'avait pas dormi de la nuit, qu'elle venait de rentrer d'une fête démente pour se brosser les dents, se peigner et prendre un calmant avant de se présenter à un souper de famille.

– Vous pourriez appeler Ho, le propriétaire, mais il est incompréhensible. D'ailleurs, il n'était même pas en Amérique en 1968. Moi je suis là depuis 1996, avant, il y avait cette vieille Portugaise qui avait deux fils. Quand elle est morte, mes parents ont loué cet appartement de Ho. Les fils de la Portugaise conduisaient des taxis, juste au bout de l'avenue. Manuel et Pedro Barbosa. Vous n'avez qu'à demander. Je pense que c'est votre meilleure chance. Je me souviens, quand Maman a visité l'appartement, un des deux fils a dit qu'il y avait un docteur ici avant. C'est peut-être celui que vous cherchez. Mais je ne sais pas s'ils travaillent, aujourd'hui...

Après s'être plus chaudement vêtue, elle insista pour accompagner les deux femmes jusqu'à la station de taxis où elles furent informées par un homme pesant au moins cent cinquante kilogrammes que Manuel et Pedro Barbosa étaient tous les deux en congé. Appuyée sur le cadre de la fenêtre de son taxi jaune, la jeune fille lui demanda s'ils étaient joignables. L'homme hésita, toisa Madeleine et Solange et répondit que non. La jeune fille prit un air *sorry* et laissa les voyageuses devant son immeuble.

– Vous pouvez toujours essayer de revenir dans quelques jours, ils seront probablement là.

Solange remercia encore la fille, puis donna à Madeleine le regard de celle qui en a assez fait.

– Résigne-toi, il n'est plus là. Tu devrais essayer autrement, dans l'annuaire du téléphone, par exemple.

– Parce que tu crois que j'ai pas déjà pensé à ça ? Il doit y en avoir vingt, des David Beck ! C'est la première chose que j'ai faite en arrivant à l'hôtel ce matin. T'étais dans la douche.

Elles marchaient en silence, résignées, quand Madeleine rebroussa subitement chemin sans avertir sa compagne. Solange suivait, vannée au-delà de toute description. Madeleine marcha d'un pas sec jusqu'à la station de taxis, où le chauffeur obèse les reconnut. Madeleine ouvrit la portière, s'assit sur la banquette arrière et fit signe à Solange de faire la même chose. Le chauffeur, qui mastiquait un vieux cure-dent, semblait amusé. Madeleine ouvrit son sac, y fourragea un instant pour en extraire un billet de cent dollars américains, qu'elle jeta à travers la fente sur la banquette avant. Le billet n'avait pas encore touché le cuir beige du siège que le chauffeur démarrait son moteur.

– *Manuel or Pedro ?*

– Les deux, répondit Solange.

La voiture roula pendant dix minutes, traversa des rues de plus en plus inquiétantes et s'immobilisa devant un édifice décrépit. Il n'échappa pas à l'attention de Solange que le même Honda Civic rouge qui les avait suivies de l'hôtel jusqu'à Port Authority Bus Terminal était maintenant à cinquante mètres derrière elles. Le doute n'était pas permis, c'était la même voiture. Pour ne pas énerver indûment sa compagne, Solange décida de garder pour elle-même cette observation. Elles remercièrent le chauffeur, qui leur indiqua encore le numéro de l'appartement de Manuel Barbosa. Par miracle, ce dernier était chez lui, mais refusait d'ouvrir la porte du bas. Madeleine dut sonner trois fois avant que le Portugais, de guerre lasse, ne déclenche l'ouverture de la porte. Si les deux femmes croyaient avoir tout vu à Potsdam, Rome et Berlin, c'est qu'elles n'étaient pas encore montées chez Manuel Barbosa, au quatrième étage de cet immeuble sans ascenseur où elles s'attendaient, à chaque palier, à trébucher sur un cadavre encore chaud. Solange jura avoir aperçu un rat dans la pénombre. Elle jura aussi qu'on ne l'y prendrait plus, mais en silence, comme d'habitude. Furieux, Barbosa était déjà devant sa porte, tenant d'une main un marteau. Trente-cinq ans, peut-être. Il portait des chaussures bateaux de toile à semelles de caoutchouc thermoplastique, un jean Levi's 501 trop petit pour lui et un t-shirt vert à lettrage jaune : COLT.

– Êtes-vous de la police ?

La question sembla légitime à Solange. Pendant qu'elles expliquaient la raison de leur visite, une femme outrageusement maquillée, vêtue d'un simple peignoir de ratine, pieds nus, apparut dans le cadre de la porte.

– Elles cherchent le docteur qui vivait dans l'appartement de Maman.

– Ta mère vivait avec un docteur ?

– Non ! Avant...

Agacé, Manuel Barbosa expliqua qu'il savait qu'il y avait bel et bien eu dans cet appartement un cabinet de médecin, mais il ne savait trop quand et encore moins le nom du bonhomme. Beck ? Oui, peut-être.

– Pedro saurait ça, mais il est à Puerto Vallarta.

– Vous pouvez l'appeler ?

Manuel se mit à rire. Sa compagne disparut dans l'appartement et revint un journal ouvert à la main. Elle agita sous le nez de son compagnon la photographie de Solange et Madeleine dans le *New York Times.*

– Vous lui voulez quoi, au docteur Beck ?

Il fallut quinze minutes pour joindre Pedro Barbosa qui, en vavances au Mexique, vivait un atterrissage difficile après avoir gobé un ecstasy frelaté. Il accepta de parler à Solange, qui dut répéter quatre ou cinq fois sa requête. Il y eut un silence, puis Pedro expliqua que sa mère avait été la première locataire de l'appartement après les rénovations en 1978. Parce qu'il était plus âgé, il se souvenait mieux que Manuel de la visite du médecin qui un jour était venu s'enquérir du courrier, ou plutôt non, c'était sa fille.

– Mais que je sois trempé dans le miel et jeté aux lesbiennes si je me rappelle leur nom ou leur adresse !

Solange avait pincé les lèvres en s'imaginant Manuel Barbosa dégoulinant de miel.

– Ça sera en tout cas dans les affaires de Maman, dites à Manuel de chercher dans le vieux carnet rose de Maman.

Manuel grommela pendant quelques secondes, puis descendit vers la cave, d'où il revint avec une vieille valise. Pendant ce temps, sa compagne, qui révéla s'appeler Sandy, informait Solange et Madeleine qu'elle avait été serveuse pendant huit ans. Manuel retrouva sans trop de problèmes le cahier rose qui contenait effectivement l'adresse du docteur Beck.

– Pas de chance pour vous, il est à Brooklyn.

Dans le taxi roulant vers Brooklyn, Solange se prit la tête à deux mains. Fallait-il vraiment retrouver cette foutue croix? Pourquoi maintenant? Contrairement à sa compagne, Madeleine semblait énergisée par leur découverte.

– Je sais que nous allons le retrouver. C'est plus important que tu penses, Solange.

À Brooklyn, l'accueil fut moins cordial. L'adresse correspondait à la dernière d'une rangée de maisons de briques rouges construites vraisemblablement tout de suite après la guerre. L'homme, qui y vivait seul avec un labrador noir, fut surpris en pleine bamboula. Il se montra rétif à parler de Beck et refusa même d'abaisser le volume de la musique techno qui pulvérisait les tympans de Solange. Madeleine sut lui délier la langue en fouillant encore un peu dans les profondeurs de son sac.

– Il a vendu cette maison à mon père en 1989, puis ma sœur a vécu ici, puis moi quand elle est partie à New Haven. Beck est parti d'ici pour se loger dans un hospice. Papa saurait où, mais il est mort. Alors... Mais attendez, si je ne me trompe pas, essayez soit le Concord Nursing Home ou Buena Vida, en tout cas, un endroit où il y a des juifs retraités. Il avait une fille, je pense, qui vivait même avec lui. C'est tout ce que je sais.

La porte se referma au grand soulagement des oreilles de Solange. Madeleine serrait les poings.

– Là, je te gage n'importe quoi que tu vas me demander de faire la tournée des hospices de Brooklyn. T'as vu l'heure, Madeleine?

– Il est presque quinze heures, chère.

– Ouin, pis j'ai pas dormi beaucoup, *moi*!

– Encore un effort, après, si ça ne marche pas dans les hospices, on rentre à l'hôtel.

Nouveau taxi, nouveau chauffeur, même manque de pot. À la réception du Concord Nursing Home de Madison Street, elles attendirent douze minutes pour se faire répondre par la réceptionniste que seules les personnes inscrites étaient autorisées à poser des questions sur les résidents du centre. Madeleine sortit un autre billet de son sac. La réceptionniste menaça d'appeler la police. Madeleine prit un air suppliant. La femme restait impassible. « Sortez ou j'appelle à l'aide. » Madeleine rangea son argent, Solange remercia le ciel, car pour la première fois en vingt-quatre heures, elle sentait le courage de Madeleine fléchir, ce qui lui laissait envisager la possibilité de rentrer à l'hôtel, de s'étendre et de dormir mille ans. Ce rêve pourtant légitime vola en éclats quand s'éleva derrière elle une voix qui s'exprimait dans un français charmant avec une touche d'accent new-yorkais.

– Madeleine Lamontagne ? Je pense avoir ce que vous cherchez.

Solange et Madeleine se retournèrent. Devant elle se tenait le docteur Rachel Beck.

L'effet de surprise fut rapidement interrompu par la sonnerie du téléphone portable de Solange. Marie-Claude, assistante de Solange, tentait de la joindre depuis le matin. Il fallait que Madeleine ou Solange téléphonât au plus vite au couvent des sœurs de l'Enfant-Jésus de Rivière-du-Loup. Une certaine sœur Saint-Alphonse qui avait appelé trois fois. Cette dernière ne semblait pas comprendre le sens de l'expression : « Je ne sais pas où elles sont. » Finalement, nul autre que Bruno-Karl d'Ambrosio avait téléphoné un nombre incalculable de fois et, après avoir verbalement abusé de tout le monde, après avoir traité chacune de ses interlocutrices soit de pouffiasse, de pauvre dinde ou d'inguérissable inculte, avait *ordonné* que Madeleine Lamontagne le rappelât de toute urgence où qu'elle fût et à n'importe quelle heure. Marie-Claude avait cru bon de rappeler au metteur en scène qu'étant donné la nature financière du rapport entre son film et le Groupe Mado inc., il se pourrait fort bien qu'il ait à revoir sa stratégie de communication et à soigner son langage. Tout cela, Marie-Claude l'expliqua patiemment dans l'oreille de Solange tandis que Rachel montrait du doigt sa Honda Civic rouge stationnée juste devant la maison de retraite. L'appel ne se termina qu'au moment où la voiture s'engageait sur le Brooklyn Bridge pour les ramener vers le centre du monde, Manhattan. Pendant tout ce temps, Madeleine s'était tue. Un sourire indéfinissable semblait vouloir poindre sur ses lèvres. Rachel était d'humeur ludique.

– Comme Papa aurait aimé !

Rachel Beck habitait une de ces tours à appartements du Lower East Side, aux étages les plus chics. Petit appartement de médecin de garde meublé chichement.

– C'est pas grand-chose, mais depuis que Papa est mort, j'ai besoin de moins d'espace. J'ai gardé la cabine dans les Catskills. J'y passe moins de trois jours par année ! Il faudra vraiment que je pense à m'en défaire. Je vous fais un café ? Moi, il m'en faut un absolument, je rentre de la pire garde nocturne de toute ma vie de médecin.

Solange et Madeleine étaient assises sur une causeuse en cuir. Depuis le vingt-deuxième étage, elles contemplaient les gris monotones qui composent la palette de couleurs de Manhattan. L'appartement de Rachel Beck ne comptait que trois pièces, plus une salle de toilette. La cuisine, aménagée à même le salon, rappelait les cuisines des séries américaines des années 1970, si bien qu'on s'attendait à voir Mary Tyler Moore en surgir, souriante. Rendue nerveuse par l'appel au secours de Marie-Claude, Solange demanda et obtint la permission de se retirer dans le bureau de Rachel pour y régler certaines affaires. Seule dans cette minuscule pièce remplie de livres allemands, français et anglais, Solange s'assit sur un tabouret de bois et appela le couvent. Sur le mur, une affiche du Metropolitan Opera annonçant le grand retour de Maria Callas dans *Tosca*. Elle laissa sonner huit fois. Une voix archaïque répondit. Dès qu'elle se fut nommée, Solange entendit le combiné frapper une surface dure et de petits pas rapides s'éloignant dans un couloir. « Sœur Saint-Alphonse ! Elle a rappelé ! Venez vite ! »

L'atmosphère était lourde au couvent. Sœur Saint-Alphonse (qui avait retrouvé son nom de baptême en 1969, Antoinette), la Grosse Sœur qui avait terrorisé les filles de la classe de quatrième année A, avait de bien macabres nouvelles pour Solange en ce premier jour du siècle. Cela s'était produit dans la nuit. Certaines des sœurs s'étaient rendues rue Lafontaine pour y admirer le feu d'artifice prévu pour minuit. Par un froid polaire, les gens de Rivière-du-Loup avaient patiemment attendu l'événement, certains se réchauffant dans des magasins restés ouverts pour l'occasion. Peu avant le premier coup de minuit, la foule avait été survolée par une chauve-souris effrayée par l'explosion d'un pétard. La vue de cette bête affolée battant de l'aile au-dessus des fêtards avait fini de glacer le sang dans les veines des religieuses qui, dès le spectacle de pyrotechnie terminé, avaient regagné le couvent. Sœur Saint-Alphonse précisa qu'elle ne s'y trouvait pas, que seules les religieuses encore assez solides sur leurs pattes s'y étaient rendues. Elle était restée au couvent avec d'autres, notamment sœur Marie-de-l'Eucharistie et Madeleine-la-Mére, qui avait accepté de sortir de sa buanderie pour l'événement. Sœur Antoinette expliqua que pendant toute la soirée, les deux femmes, qui étaient avec le temps devenues inséparables, s'étaient comportées de manière plus qu'étrange. Dès le souper, toutes les deux avaient été gagnées par un enthousiasme insolite. Madeleine-la-Mére n'avait pas encore fini sa tourtière que la bouteille de vin qu'elles avaient insolemment débouchée pour l'occasion était vide. Les trois avaient d'ailleurs, dans un geste presque malpoli, insisté pour prendre leur repas seules à une table dans la salle à manger. Sœur Marie-de-l'Eucharistie, consciente du malaise qu'elles causaient, s'était levée pour se justifier :

– Mes sœurs, mes très chères sœurs, disait-elle, visiblement pompette, sachez que je vous aime toutes comme mes propres sœurs. Sachez que j'aime tout le monde, d'ailleurs... et que ce soir est pour nous trois une soirée tout à fait particulière. Je vous supplie de ne pas interpréter notre célébration comme un rejet de notre communauté. Notre affection pour vous, pour les enfants de Rivière-du-Loup et pour le monde entier n'est plus à prouver, mais ce soir, Madeleine-la-Mére et moi voulons lever un toast (elle avait dû s'appuyer sur la table) à la vie, à l'Enfant-Jésus et à toutes nos sœurs de par le vaste monde qui souffrent en silence. Fêtons ce soir la vie, la vie pleinement vécue et la vie donnée par amour ! Bénies soient celles qui se lèvent ! Bénies soient celles qui rient ! À la vôtre, mes sœurs ! Ha ! Ha ! Ha !

Le reste des sœurs étaient restées stupéfaites, mais s'étaient poliment amusées de cette extravagance. Les deux femmes, depuis une trentaine d'années, avaient pris leurs distances, cela se sentait. On les voyait souvent marcher les soirs d'hiver dans la sapinière, scrutant le ciel comme si elles y avaient cherché le portrait de la Vierge dans une constellation. Sœur Marie-de-l'Eucharistie avait ensuite exigé qu'on lui servît une double portion de gâteau renversé à l'ananas, son dessert préféré. Elles avaient ensuite regardé, attendries, de vieilles photographies en noir et blanc que sœur Marie-de-l'Eucharistie avait sorties de sa chambrette. Y figuraient des gens disparus, Papa Louis et ses enfants, la construction du nouveau couvent ; la photographie du père Lecavalier les fit glousser comme des novices.

– Il y en avait même une de toi, Solange. Sur ta première moto, avec le petit frère de Madeleine, tu sais, celui qui est mort dans un cercueil ?

Subjuguée, Solange écoutait cette histoire depuis Manhattan. Dehors, le vent sifflait la complainte du temps assassin. Elle avait dû se pencher vers l'avant pour mieux respirer. Tout ce monde lui remontait à la gorge. Sœur Saint-Alphonse continua son récit. Vers les onze heures, la moitié des sœurs était partie au spectacle des feux d'artifice aux chutes tandis que les autres avaient choisi de regarder les célébrations à la télévision. Inutile de dire que les trois délinquantes avaient décliné l'invitation de regarder l'écran maudit.

– Vous savez très bien que cela m'insupporte, avait sifflé Madeleine-la-Mére.

Vingt minutes avant minuit, à la surprise générale, les deux femmes s'étaient habillées pour aller faire une promenade nocturne dans la sapinière. Sœur Antoinette, intriguée au plus haut point, avait attendu cinq minutes pour les suivre.

– Tu ne peux pas t'imaginer le froid qu'il fait ici, Solange !

Dans la sapinière, sœur Marie-de-l'Eucharistie continuait de plaisanter avec Madeleine-la-Mére. Elles semblaient s'amuser beaucoup, comme à une nuit de la Saint-Jean. Sœur Saint-Alphonse jura les avoir entendues échanger les paroles suivantes.

– Êtes-vous bien certaine que c'est pour ce soir ? avait demandé la Mére, inquiète.

– Absolument certaine. Impossible de se tromper. Le beau garçon est venu et reparti, il ne reste plus à Madeleine qu'à se rendre là-bas et le tour est joué !

– Je me demande si votre petite sœur, à Nagasaki, a aussi senti les choses venir comme vous, sœur Marie-de-l'Eucharistie ?

– Non, impossible. On ne peut pas prédire les gestes des hommes. Seules les interventions divines sont prévisibles. Encore faut-il savoir où regarder ! Mais sentez comme ce froid est pur ! Sentez dans vos mains la neige fondre pour une dernière fois ! Contemplez les étoiles ! Si belles, si nombreuses, autant qu'il y a de rêves dans le monde ! Respirez l'air de notre beau pays !

Puis, sœur Saint-Alphonse avait entendu un sifflement venu du ciel. Comme le bruit d'un obus qui tombe, un bruit qui commence tout petit et qui grandit. Finalement, elle avait perçu comme le son d'un couteau qu'on fiche dans la viande. Deux fois. Schlick ! Schlack ! Et plus un son. Rien que le vent dans les sapins. Sortie transie de sa cachette, sœur Antoinette fut témoin d'une scène qui la traumatiserait jusqu'à sa mort. Dans la neige, les deux femmes étaient tombées sur le dos, les bras en croix ; dans le cœur de chacune, solidement plantée, une flèche de bois sortie de nulle part. Sur leurs visages, un sourire porteur de mystère, l'expression d'un grand soulagement, une grimace qui poussait à se demander quel mythe bleu pâle elles avaient avalé.

– Comme une flèche d'Indien, Solange ! Elles étaient mortes ! Les flèches étaient tombées du ciel ! Il faut que tu pries, Solange ! Il faut que tu parles à Madeleine, aussi !

La mère supérieure, alertée par une sœur Saint-Alphonse hors d'haleine, avait réussi à étouffer l'affaire. Cela n'avait pas été chose facile. À deux, elles avaient transporté les corps dans un endroit non chauffé avant le retour des sœurs des feux d'artifice. Quant à celles qui étaient restées au couvent, elles étaient soit endormies, soit rivées (secrètement) devant le spectacle de Céline Dion, de sorte qu'elles ne s'étaient rendu compte de rien. Au matin, en toute discrétion, pendant que Rivière-du-Loup rotait encore, elles avaient réussi à faire placer les corps dans le charnier au cimetière en attendant le dégel de la terre. Les sœurs, créatures autarciques et indépendantes, n'avaient alerté ni police ni médecin. Aux autres sœurs, on expliqua que les deux femmes un peu ivres étaient mortes d'hypothermie dans la sapinière.

– Elles voulaient partir depuis longtemps, Solange. À propos, il faudra que Madeleine nous donne leur date de naissance pour les épitaphes. As-tu la moindre idée de leur âge ?

Solange était muette. Leur âge ? Mais elles n'en avaient pas plus que la liberté n'a de prix ! Quelle drôle de question ! Elle se dit que cette sœur Saint-Alphonse serait décidément toujours à côté des choses. Elle promit de parler à Madeleine dès que possible et remercia la religieuse de l'avoir jointe.

– Une dernière affaire, Solange. Madeleine-la-Mére n'était pas une religieuse. Elle vivait ici, mais n'avait jamais fait ses vœux.

– Je sais tout ça...

– Ben ça cause un petit problème... à cause de la peinture.

– Quelle peinture ?

– Tu sais, le petit portrait que Papa Louis lui avait donné ? Il avait rapporté ça d'Allemagne.

– Oui, je me souviens vaguement. Le problème ?

– Ben, comme elle n'était pas vraiment religieuse, ses affaires ne nous appartiennent pas. Il faut qu'on trouve à qui donner la peinture. Ça doit pas valoir grand-chose, cette vieillerie. Pis les dessins sont assez mal faits ! Tu sais, les apôtres autour de la Vierge étendue sur un bloc de ciment? Elle était dans la salle à manger, avant. Pas la Vierge, mais la peinture.

Solange s'amusa de cette préoccupation. Que faire de cet objet? Elle pensa rapidement à qui il pourrait bien faire plaisir. Elle eut l'idée d'ouvrir son calepin d'adresses pour y trouver les coordonnées de Gabriel à Berlin. Toute polie, elle demanda à sœur Saint-Alphonse d'avoir la gentillesse de poster le tableau à Gabriel Lamontagne, en Allemagne. Elle lui enverrait un chèque pour sa peine dès son retour à Montréal. La sœur nota consciencieusement l'adresse, que Solange dut épeler à cause des mots allemands, compliqués et râpeux, et offrit encore une fois ses vœux du Nouvel An.

– J'espère que tout va bien pour vous deux!

– Tout va très bien, ma sœur. Tout est parfait.

Rachel et Madeleine étaient, elles, engagées dans une conversation fort différente. Rachel, une femme de petite taille, les hanches rendues joyeusement voluptueuses par la cinquantaine, se servit une part de gâteau aux carottes que Madeleine déclina.

– Vous prenez du sucre, Madeleine?

– Non jamais, merci.

– Moi si. Il faut dire que vous n'avez pas beaucoup changé. Quand j'ai vu votre photo pour la première fois il y a cinq ans dans un journal, je vous ai tout de suite reconnue. Votre nom, aussi. J'étais certaine que vous repasseriez par New York.

Madeleine se tordait les doigts, nerveuse. Elle allait ouvrir la bouche, mais Rachel parlait, rendue volubile par le café et la fatigue.

« Vous savez, Madeleine, je vous ai attendue longtemps. Et croyez-moi, j'ai voulu de tout mon cœur, je le jure, assister à l'ouverture de votre restaurant à Time Square, mais comme je vous le disais, j'avais une garde. Quand je suis arrivée, on m'a dit que vous étiez déjà partie. Une serveuse m'a confié que vous seriez au Radisson, d'où je vous ai vue sortir vers treize heures trente. Je savais exactement où vous alliez, le chemin que vous alliez prendre. Vous avez du cran! Entrer comme ça dans cet édifice! De bien drôles de gens. Vous n'êtes pas la première ancienne patiente qui cherche la trace de Papa, mais vous êtes la première à le faire avec autant de persévérance. L'article du *Business Week* ne mentait pas, votre première qualité est la détermination.

« Une fois par semaine, je suis aux urgences de l'hôpital Mount Sinaï, juste là-bas. Vous ne croirez pas ce qu'on m'a apporté juste avant mon départ. La chose, comment vous expliquer? Je suis vannée, pardonnez-moi, et je vous parle comme si nous étions de vieilles amies. Mais il faut que je le dise. Cette pauvre petite... Comment en arrive-t-on là? Dites-moi? J'étais sur le point de partir. Elle est arrivée par ambulance, vers cinq heures quarante-cinq. J'ai cru à un autre cas d'intoxication du jour de l'An ou à un autre "blessé par balle", vous savez, dans cette ville! Mais non, ils nous ont livré une pauvre petite. Elle ne pouvait pas avoir plus de vingt ans, c'est certain.

Quand ils ont levé le drap, j'ai eu... Mon Dieu, pourquoi je vous raconte tout ça ? J'ai pensé à Papa, à ces photos d'Auschwitz – même si Papa n'est pas allé à Auschwitz, il est resté caché à Berlin tout le temps – mais elle, son corps, savez-vous de quoi je parle ? Connaissez-vous ces photos dont je parle ? »

– Je pense que oui, les gens très maigres. Oui, je sais.

« Elle s'était laissée mourir de faim, c'était clair. Nous avions déjà un dossier sur elle. Un collègue de la clinique des troubles de l'alimentation l'avait déjà soignée il y a un an. Elle parlait encore. Tout ce qu'elle disait, c'était : "Il faut travailler, travailler..." Puis, même après qu'on lui eut pompé l'estomac, elle nous a claqué entre les doigts. Elle avait pris des comprimés. Vous savez, ce n'est pas la première fois, mais moi, ces histoires d'anorexie, ça me troue. Ça me tue. Une petite de chez vous, en plus ! Une Canadienne ! Élève de la Juilliard School of Music ! Vous vous rendez compte ? Je n'oublierai jamais son nom. Stella, Stella Thanatopoulos. Une petite de Toronto. Il a fallu appeler sa mère. Et tenez-vous bien, elle était furieuse ! Fâchée, vous comprenez ? Elle m'a engueulée comme si j'avais étranglé sa fille de mes mains ! Les gens sont fous, Madeleine. Fous furieux ! Plus je vis, plus j'en viens à la même conclusion que Papa. »

Il y eut un silence entre les deux femmes. Le sifflement du vent sur le gratte-ciel donnait à la scène un air mortuaire. Rachel continua.

« Je savais que vous reviendriez chercher votre croix. Vous n'êtes pas la première ! Mais vous êtes la seule à être partie avec des croix qui n'étaient pas les vôtres ! Moi et Papa croyions avoir tout vu. Quand vous êtes toutes les deux parties en courant, comme des voleuses, il s'est précipité dans son bureau pour se rendre compte de votre larcin ! Il voulait vous rendre votre croix, mais il n'a pas réussi à vous rattraper. À un moment, sur la 10e, il avait presque la main sur le collet de votre amie quand un blizzard nous est tombé dessus, une neige dense qui nous a arrêtés dans notre course. Mais Papa le savait bien, les *French Girls* qui arrivaient chez nous ces années-là repartaient toutes par Port Authority Bus Terminal. Il savait aussi que presque aucune d'entre elles ne pouvait se permettre une nuit à l'hôtel et qu'elles repartaient le jour même, quitte à voyager de nuit. C'est donc là que nous vous avons attendues. Et cette fleur pourrie qui vous est tombée des cheveux ! Papa s'est brisé la rotule sur le plancher. Vous ne vous êtes même pas arrêtées, remarquez, vous aviez vos raisons... »

Madeleine se tordait sur la causeuse, fixait le plancher, respirait bruyamment. Rachel continua.

– Est-ce que vous pensez que nous vous en avons voulu, Madeleine ?

– Je... Je...

– Oui, beaucoup. Au début, nous nous sommes demandé : mais pourquoi a-t-elle fait ça ? Quel mal lui avons-nous fait ? Nous voulions l'aider à refaire sa vie, comme nous le faisons avec d'autres filles, à nos risques, et elle nous fait ce coup pendable ! C'était culotté, croyez-moi !

– En me rhabillant, j'ai noté que votre père n'avait pas refermé le tiroir de son pupitre. Comprenez, j'étais à la rue, je n'avais rien devant moi !

– Mais nous savions tout ça, Madeleine. Toutes les *French Girls* qui passaient chez nous étaient dans votre situation. Mais aucune d'entre elles n'a si bien réussi, j'en suis persuadée. Même que je suis sûre que Papa aurait été amusé de voir que son argent avait fait autant de petits. Croyez-moi, il l'aurait dépensé pour les yeux doux d'une femme ou en billets d'opéra. C'est certain.

Madeleine ouvrit son sac, en sortit une enveloppe cachetée qu'elle tendit à Rachel.

– Il y a là-dedans le montant de ce que j'ai pris, trois mille cent dollars, plus les intérêts composés...

– Les quoi ?

– Les intérêts composés. J'ai fait comme si vous aviez investi cet argent dans des bons du Trésor américain de 1968. Voilà votre rendement. C'est une jolie somme. Calculez.

– Vous êtes incroyable ! Il doit y avoir plus de deux cent mille dollars, là-dedans ! Remarquez, la culpabilité est parfois bonne conseillère. Je ne veux pas de cet argent, non.

– Je vous prie de l'accepter.

– Non, sans façon. Vous savez, j'avais dit mille fois à Papa de ne pas garder son argent dans ce tiroir de son bureau. N'importe qui aurait pu l'ouvrir ! C'était une semaine assez chargée, il n'avait pas fait de dépôt. Vous savez, il ne s'est aperçu du vol qu'en rentrant, le genou fracassé. Mais étant donné la nature de ses activités, il n'allait pas appeler la police... Vous avez tout pris ! Si vous vous étiez contentée de reprendre votre enveloppe, j'aurais compris, mais partir en prenant tout ce qu'il avait dans son tiroir...

– Mais alors, pourquoi nous couriez-vous après ?

– Mais pour vous rendre votre croix ! Ça, il s'était tout de suite aperçu que vous l'aviez oubliée.

Rachel se leva, disparut dans sa chambre et en ressortit au bout d'une minute avec une petite boîte métallique, un vieux contenant de thé au jasmin. Elle le tendit à Madeleine, qui l'ouvrit. Au fond, des petites croix en or brillaient. Madeleine agita le contenant pour se faire retourner les croix. Quand elle vit sur l'une d'elles les initiales M. L., elle s'immobilisa. Lentement, elle sortit la croix du contenant, la contempla, puis la glissa dans son porte-monnaie.

– Vous n'allez pas remettre celle que vous portez, avec les initiales L. B. ?

– Comment ? Comment savez-vous que j'ai précisément celle-là ?

Rachel croisa les jambes, bâilla, regarda dehors et prit une voix plus grave.

– Est-ce que vous êtes croyante ?

– Bien sûr ! Je viens de voyager toute la nuit pour récupérer ma croix !

– Cela ne veut rien dire. Voulez-vous entendre une histoire invraisemblable, Madeleine ?

– Allez-y, si ça vous tente, je vous le dois bien.

Au moment où Rachel allait prendre la parole, Solange sortit du petit bureau pour s'asseoir, l'air un peu sonné, sur la causeuse à côté de Madeleine qui, l'entendant revenir du bureau, avait d'un geste vif glissé l'enveloppe pleine d'argent dans son sac. Rachel comprit dans le regard de Madeleine que le sujet était clos, sourit en son for intérieur et s'attendrit encore un peu plus sur cette femme à la fois si riche et si pauvre. Elle fit un clin d'œil entendu à Madeleine, qui commença immédiatement à mieux respirer. Elle avait lu dans le regard de la femme d'affaires ce qu'elle savait depuis toujours : Solange n'était pas au courant du larcin. Quand Rachel Beck, en 1995, avait lu cet article dans *Business Week* sur la réussite phénoménale des restaurants de Madeleine, elle l'avait tout de suite reconnue. L'article, assorti d'un entretien, l'avait comblée à un point difficile à exprimer. Madeleine avouait candidement au reporter qu'elle avait fondé son empire en investissant un héritage d'une valeur de trois mille cent dollars, la somme exacte qu'elle avait dérobée au docteur Beck. Rachel avait eu une pensée pour son père qui n'avait jamais démontré de talent pour l'argent, qui ne savait pas combien il gagnait, encore moins combien il dépensait, qui se contentait pour toute distraction de prendre de temps en temps une maîtresse et de l'emmener à l'opéra.

Pendant tout le reste du récit de Rachel, Solange et Madeleine restèrent coites.

« Papa était allemand. Né à Berlin-Charlottenburg en 1908 d'un père juif et d'une mère chrétienne. En 1930, il avait vingt-deux ans et pratiquait déjà la médecine avec un de ses oncles à Charlottenburg. Papa s'est toujours, jusqu'au jour de sa mort, considéré comme un Allemand. Personne n'aurait pu le convaincre du contraire. Peu après l'arrivée au pouvoir d'Hitler, il a perdu le droit d'exercer la médecine, comme tous les Juifs d'Allemagne. Mais comme beaucoup de demi-Juifs, il se disait que les nazis n'en avaient pas tant contre lui que contre les vrais Juifs. Papa venait d'une famille aisée. Il avait appris le français au Lycée français de Berlin, il le parlait couramment. C'est pour ça qu'il m'a tant forcée – je dis bien forcée ! – à apprendre cette langue. À vingt et un ans, il m'a même envoyée un an dans une famille lyonnaise. J'en suis revenue ronde et je le suis restée, en souvenir de mes jours lyonnais. Quel doux bonheur, la France... Bref, il n'a pas suivi l'immense flot de ses semblables qui ont senti la soupe chaude. Comme il arrivait à survivre à Berlin, il y est resté, même quand on lui offrit la chance de fuir vers la Palestine en 1938. Il avait un peu d'argent de côté, et surtout, il ne voulait pas quitter sa mère qui était malade. Quand les déportations ont commencé, il a compris qu'il devait se cacher s'il voulait survivre. Très vite, ils ont su, pour les camps. Tout le monde savait. Il fallait avoir de faux papiers pour survivre, mais même là, c'était risqué. Papa m'a raconté un truc assez drôle. En 1942, à Berlin, les queues devant les guichets des salles de concert étaient un des endroits les plus sûrs pour les clandestins. Les nazis tenaient à ce que la population fasse comme si de rien n'était. Qu'elle continue de vivre malgré les bombes qui lui tombaient sur la tête. Les Allemands étaient donc encouragés à sortir à l'opéra et au concert. Dans ces files d'attente, la police ne contrôlait pas les papiers pour ne pas mettre les nerfs des gens à l'épreuve. On laissait les mélomanes en paix. Papa est donc resté debout devant l'opéra pendant des heures à faire semblant d'acheter un billet de spectacle. Parfois, il en achetait un, mais très rarement, car vers la fin, il n'avait plus d'argent ou presque. Son dernier spectacle, c'était *Tosca*. En 1942. Quelques mois avant le bombardement de l'opéra. Puis, à l'automne 1944, il a été arrêté par la police. Il s'est retrouvé à Sachsenhausen, dans un camp près de Berlin. Heureusement pour lui, les Russes avaient déjà libéré Auschwitz à la fin janvier, de sorte qu'il n'y fut jamais transféré. Quand l'Armée rouge est entrée dans Berlin, il a été relâché. Il s'est retrouvé dans un camp pour personnes déportées à Tempelhof et, comme il était médecin, jeune et encore en santé, on lui a demandé d'aider. Les choses qu'il m'a racontées sur ces camps ! Le typhus, la diphtérie, la dysenterie même. L'horreur. Et il y avait le problème des femmes allemandes.

« Voyez, quand les Russes ont envahi l'Allemagne, ils n'avaient envie que d'une chose : la vengeance. Papa m'a raconté que les femmes allemandes étaient violées, la plupart du temps par des groupes de soldats qui se relayaient. Quand une Allemande était attrapée, peu importe son âge et son apparence, elle était souvent violée par quatre ou cinq hommes, un à la suite de l'autre. Les plus doux s'abstenaient de finir le travail à la baïonnette. Dans bien des cas, les femmes se suicidaient après, ou tombaient malades et mouraient. Mais dans d'autres cas, elles se retrouvaient enceintes, évidemment. Pas question pour elles de mettre au monde ces enfants conçus dans le sang et la violence, et par ce qu'elles considéraient comme des monstres. Il fallait donc qu'elles avortent, et les médecins étaient rares. Papa dit qu'il a aidé au moins vingt Allemandes à avorter. Aucune d'entre elles n'avait d'argent pour le payer. Parfois, la patiente lui donnait un bijou qu'elle avait réussi à cacher aux Russes, qui volaient tout. Il m'a avoué avoir oublié toutes ces femmes ou presque, leur visage, leur histoire. Il n'était même plus sûr, à la fin de sa vie, d'en avoir aidé vingt ou trente. Mais d'une, il se souvenait.

« Elle avait vingt-cinq ans. Il n'a jamais su son nom. Un jour, au camp de Tempelhof, quelqu'un lui a demandé s'il pouvait aider une pauvre fille qui avait été violée quelques jours après la chute de Berlin. Elle s'était réfugiée dans un couvent de Dahlem, où les Russes l'avaient trouvée et assez sérieusement amochée, elle et toutes les religieuses. Elle était enceinte de trois mois. Vous allez comprendre pourquoi Papa vous a couru après quand vous avez quitté son cabinet. Voilà. Quand il a avorté cette femme, il a remarqué qu'elle avait, quelques centimètres sous la vulve, une sorte de tache de naissance étrange, comme une clé de *fa*. Vous comprendrez que quand il vous a examinée, sur sa table de la 10e avenue, quand il a jeté un coup d'œil sur votre entrejambe et qu'il y a vu la même tache de naissance, il a eu un choc ! C'est pour ça qu'il a sursauté ! Il m'a tout raconté après. Ça ne vous gêne pas, que je vous parle de ça ? Les soldats qui avaient violé cette femme s'étaient ensuite acharnés sur son entrejambe à l'aide d'une baïonnette. Papa a dû la recoudre à trois endroits. Une horreur.

« Cette Allemande donc, il en savait assez peu sur elle. Seulement qu'elle avait survécu à un naufrage en mer Baltique et qu'elle était de Charlottenburg. Elle a pleuré pendant toute la procédure, à en fendre le cœur de Papa. À la fin, elle a tenu à le payer avec cette petite croix qui portait les initiales L. B. Elle devait s'appeler Louise ou Leonore, allez savoir. Un prénom de catholique. Papa a voulu refuser, mais elle a insisté. Savez-vous combien de filles au fil des ans ont laissé à mon père une petite croix en or qu'elles avaient reçue qui d'une tante, qui d'une mère ? Papa les a toutes gardées au cas où les filles reviendraient. Trois sont revenues, dont une fille de chez vous. Une Péloquin ? Poliquin ? Je ne suis plus sûre. La honte les avait menées chez nous, le regret nous les ramenait. En tout cas. Il a gardé ces croix toute sa vie, lui qui n'était pas du tout religieux ! Il ne souffrait ni les Juifs orthodoxes ni les prêtres.

« Vous savez ce qu'il m'a raconté ? En Allemagne, dans les années 1930, les nazis avaient créé un ministère spécial pour combattre l'avortement et l'homosexualité. Les deux choses étaient à leurs yeux les revers d'une même médaille. Papa disait toujours, chaque fois qu'un évêque proférait une bêtise sur l'avortement ou l'homosexualité ici en Amérique, que ça lui rappelait ce ministère nazi. Il exagérait un peu, mais bon. Il avait le droit, lui, de dire des choses de ce genre. Je suis un peu d'accord avec lui, dès lors qu'une force extérieure prend contrôle de votre corps, c'est du fascisme, ou sa forme édulcorée, du catholicisme. »

– Je pense que vous exagérez quand même un tout petit peu... l'interrompit Solange, vexée.

– Oui, vous avez raison. Qu'en sais-je ? J'ai la chance inouïe de n'avoir connu ni l'un ni l'autre. Vous allez me rendre la croix de L. B., on ne sait jamais ! Peut-être arrivera-t-elle comme vous à me retrouver.

– Madame Beck, si je vous demandais de me laisser la croix de l'Allemande, qu'est-ce que vous diriez ?

– Ce que je dirais ? Mais que voudriez-vous que je vous dise ? Ces croix ne valent rien ! Elles n'ont de valeur qu'aux yeux de ceux qui les portent. Allez-vous prétendre que vous vous êtes habituée à celle-là et que vous y tenez ? C'est bien celle que vous avez au cou en ce moment ?

– Oui, c'est bien celle-là. Est-ce que je peux la garder ? Je vous rends toutes les autres. Tenez

Rachel resta bouche bée. Puis elle sourit.

– Moi, les catholiques, je ne les comprendrai vraiment jamais. Écoutez, si ça peut vous faire plaisir, bien sûr, je vous la donne. Mais promettez-moi une seule chose, si jamais cette L. B. refait surface, ce qui est fort peu probable, je vais vous retrouver et vous demander de la rendre, entendu ?

– Entendu. Je vous donne ma parole.

– Ah ! J'allais oublier ! Quand vous êtes partie, vous avez aussi oublié une écharpe de soie blanche. Papa l'a gardée pendant toutes ces années, dit-elle, disparaissant pour aller chercher l'objet.

– C'est extraordinaire, c'est une dame que nous avions rencontrée dans l'autobus qui me l'avait offerte. Je n'en reviens pas.

Solange promenait entre ses doigts la petite croix retrouvée. Son téléphone sonna dans l'indifférence. Il sonna encore, puis encore. Au cinquième appel, Solange le sortit de son sac en jurant. Une voix familière se mit à débiter un discours fou. Les mots traversaient la pièce comme des flèches dans le ciel du Nord. C'était Anamaria, désespérée, au bord de la folie, qui exigeait de parler à Madeleine. À son tour, Madeleine dut prendre le chemin du bureau de Rachel pour s'isoler. Rachel profita de cet instant de solitude pour tirer les vers du nez à Solange.

– Vous êtes lesbiennes ?

– ...

– Excusez-moi. Ce n'est pas de mes affaires. Comme je suis aussi lesbienne, je...

– Vous n'êtes pas obligée de parler de ça.

– D'accord. Dites-moi, Solange, est-ce que Madeleine serait partie par hasard avec des flacons de morphine en 1968 ?

– Oui, elle en a volé trois.

– J'espère que ça ne lui a pas causé trop de problèmes.

– Plus que vous ne l'imaginez. Mais tout est sous contrôle. Tant qu'elle ne se stresse pas trop. Il lui arrive de déraper, mais je la rattrape. Elle a fait quelques cures.

– Je suis sincèrement navrée d'entendre ça. Vous l'aimez beaucoup, n'est-ce pas ?

– ...

Madeleine réapparut. La conversation, très courte, avait eu sur elle l'effet d'un coup de fouet. Presque malpolie maintenant, elle tenait à mettre fin à la rencontre avec Rachel, au grand soulagement de Solange.

– C'est Anamaria, il faut qu'on y aille, Solange.

– Qu'on y aille ? Elle a été retrouvée ? Dieu soit loué !

– Oui, le diable est aux vaches à Rome. J'ai l'impression que d'Ambrosio m'a passé un sapin. Attends que je lui mette la main dessus, le p'tit morveux !

– Tu veux qu'on parte pour Rome là ? Tout de suite ?

Rachel semblait amusée par le changement d'humeur soudain de Madeleine.

– Qui est cette Anamaria ? demanda-t-elle.

– L'amie de cœur de Michel. C'est l'enfant que j'ai eu quand je suis retournée au Québec, répondit Madeleine, sèchement. Vous croyez que nous trouverons des billets pour l'Italie aujourd'hui ?

– Après ce qui s'est passé cette nuit, je pense que tout est possible. Si je n'avais pas tant de travail à l'hôpital, je vous proposerais de vous accompagner. Papa m'emmenait toujours en France, jamais ailleurs. L'Italie reste un de mes grands regrets.

Sans autre forme de tergiversations, Rachel reconduisit les deux femmes au stationnement de Port Authority, où elles avaient laissé la Jaguar. À peine quatre heures et quelques milliers de dollars américains plus tard – il s'agissait quand même d'un appel à l'aide d'Anamaria –, Madeleine et Solange étaient catapultées au-dessus de l'Atlantique dans un avion d'Alitalia. En toute dernière minute, Solange et Madeleine avaient obtenu les places de deux Italiens qui avaient décidé (trop ivres) de ne pas prendre le vol du retour pour rester un peu plus longtemps à New York. Entre l'hôtel Radisson et l'aéroport JFK, Solange s'était replongée dans son silence. Elle n'avait pas posé de question. Ce n'est que dans l'avion, alors que les hôtesses d'Alitalia la débarrassaient de son manteau qu'elle recommença à parler. Cette fois pour indiquer tout simplement à Madeleine qu'elle ne voulait pas entendre un seul mot de tout le voyage, et qu'elle ne lirait pas la correspondance entre Michel et Gabriel, ni les cahiers de Magdalena Berg que Madeleine lui avait agités sous les yeux.

– Ça ne m'intéresse pas, Madeleine, tout ce que je veux, c'est dormir.

Elles ne parlèrent que très peu de la rencontre avec Rachel. Solange résuma le tout par un jugement assassin.

– Son accent m'énerve.

– Ben franchement, Solange, elle a appris le français à Lyon, c'est ben certain qu'elle va parler pointu un peu. Pis avoue qu'elle a été plus que correcte à notre égard. Toutes ces années qu'elle a gardé ma croix ! Tu te rends compte !

– Ça ne change rien à son accent.

Solange aurait pu se lever pour protester, mais elle préféra se vautrer dans son siège et dans son silence plutôt que d'affronter Madeleine. Elle pensa lui parler de la religieuse et de Madeleine-la-Mére trouvées mortes dans la sapinière, à Rivière-du-Loup, mais se dit que finalement, jamais Madeleine ne les avait contactées après leur départ de là-bas en 1968. De ce silence Solange avait compris que le destin de ceux que Madeleine avait laissés derrière elle lui importait peu. Elle n'avait même pas ouvert la succursale de Rivière-du-Loup, c'est Solange qui s'en était chargée en 1982. Irène Caron n'avait pas été invitée. Les religieuses non plus, ce que Solange se souvenait avoir trouvé un tout petit peu maladroit de la part de Madeleine, quand même. Elle se disait donc que l'histoire de la disparition de ces deux femmes pouvait bien attendre. Madeleine volait maintenant au secours de son petit Michel, le reste du monde, et de cela Solange était certaine, ne comptait plus.

Solange ne demanda pas non plus à Madeleine pourquoi, quand Rachel avait voulu savoir qui était Michel, elle n'avait pas profité de l'occasion pour parler aussi de Gabriel. Il est donc permis de s'interroger sur les motivations de cette pauvre Solange à se taire, à ne rien dire quand la raison commande le contraire. L'explication est assez simple : si l'amour ordinaire est cruel, l'amour puccinien, lui, est impitoyable. Et c'est bien de cela dont elle était atteinte depuis ce jour de 1954 où elle avait vu Madeleine pour la première fois, par-delà les saules, tenant ce petit chat, à Rivière-du-Loup. Elle était devenue ce jour-là une Suzuki puccinienne à jamais asservie au regard sarcelle de Madeleine Lamontagne. C'est le même amour qui fait que l'on survit au malheur, que l'on traverse les pires épreuves. Il est en soi l'épreuve, un camp de concentration intérieur.

Sa ceinture bouclée, elle attendait avec frénésie cette minute suave pendant laquelle l'avion accélère sur la piste de décollage. Rien ne lui plaisait davantage que cette accélération folle vers l'avant. En fermant les yeux, elle s'imagina à vingt ans, chevauchant sa première moto sur le chemin du Lac vers le sud, en direction du fleuve Saint-Laurent, immense et accueillant. Dans cette plaisante fabulation, Solange était seule, absolument et merveilleusement seule sur son bolide. Sans casque.

Au son du Boeing, elle s'imaginait les champs verts de juillet, le pont sur la Rivière-du-Loup, les femmes parties à pied au fruitage dans les prés de leur contrée nordique. Puis, elle roulait comme une folle sur le pont qui enjambe l'autoroute 20 pour se retrouver, quelques secondes plus tard, à cet endroit sur la route au-dessus d'une pente abrupte qui domine le fleuve bleu de sorte que l'automobiliste a l'impression, l'espace d'une seconde, que son véhicule quitte la terre, vole au-delà des cimes des sapins et prend son envol comme un condor inca vers les montagnes de Charlevoix, vers le Nord, le vrai Nord où n'existent que vents et lichens. Au moment où le Boeing quitta le tarmac, une larme voulut émerger de la commissure des paupières de Solange, puis, considérant qu'elle serait seule au monde, rebroussa subitement chemin pour ne plus jamais tenter d'évasion. Solange soupira, puis s'endormit en s'imaginant voir sauter une baleine à bosse sur le fleuve Saint-Laurent. Elle se dit finalement que tout ça risquait de mal se terminer, que la chance qu'elles avaient eue jusque-là ne tiendrait pas longtemps.

Quelqu'un, c'est clair, devait payer.

Quelqu'un devait mourir.

# Confessions d'une diva

*

Au matin du 2 janvier 2000, l'Armée rouge défila dans la tête de Gabriel Lamontagne. Pendant une bonne minute, les soldats firent claquer leurs grosses bottes sur le sol en poussant des chants inquiétants. Puis, de larges banderoles rouges se mirent à flotter dans le ciel d'une ville qui était un mélange entre Montréal, Toronto, Berlin et Königsberg. En lettres dorées : « Tosca doit mourir. » Réveillé après un mauvais sommeil, il goba encore quelques aspirines sans même les dissoudre dans l'eau avant d'essayer de se rendormir. Gabriel ignora la portée prémonitoire pourtant claire de ce cauchemar et prit la décision consciente de se relever pour faire face au jour qui commençait.

Dehors, le bruit des pétards s'était calmé. Rien n'est plus bruyant qu'un jour de l'An allemand. Amusée par la réaction de Gabriel quand les explosions avaient commencé à pétarader dans le ciel d'Alexanderplatz, Magda avait dû expliquer à son protégé que ces bruits étaient censés éloigner les mauvais esprits pour la nouvelle année.

– Et des mauvais esprits, nous en avons, en Allemagne !

La fête s'était terminée à des heures peu chrétiennes. Le soir du 1er janvier, Gabriel avait répondu à une invitation chez des gens de Friedrichshain où il n'était pas resté trop tard. Il avait fini la nuit dans un endroit indéterminé, était rentré à l'heure où les Allemands se lèvent et s'était réveillé avec une gueule de bois brutale et un exemplaire de la biographie de Margaret Thatcher dans sa poche. Absolument convaincu qu'il ne trouverait plus le sommeil après cette découverte, il descendit au sous-sol de son immeuble y cueillir le courrier qui n'avait pas été livré depuis quelques jours. Une petite enveloppe, pareille à celle que l'on utilise pour envoyer des cartes de Noël, l'y attendait depuis le 31 décembre. Timbre italien. Tampon de la poste romaine. Adresse de son frère. À l'intérieur, une petite carte de Noël représentant une crèche.

*Petite Maman,*

*Je te souhaite un très joyeux Noël, même si je ne puis être cette année auprès de toi. J'espère que tu prendras un peu de temps pour te reposer en cette belle saison des fêtes. Anamaria et moi avons presque terminé le tournage de* Tosca, *il ne reste plus que quelques scènes et le tout sera bouclé. Nous serons à Outremont dès la mi-janvier.*

*Je t'aime,*

*Ton fils, Michel*

Gabriel dut relire trois fois le texte. Il rit un bon coup, puis remonta dans l'ascenseur non sans se poser de sérieuses questions. De toute évidence, son frère avait dans sa hâte écrit son adresse sur une enveloppe destinée à Madeleine Lamontagne. « Petite Maman », répéta Gabriel alors que l'ascenseur le déposait au neuvième. Plutôt « Chère chipie... », se disait-il. Pendant que l'eau du café bouillait, ses méninges recommencèrent lentement à fonctionner. Si Michel avait écrit son adresse sur une enveloppe destinée à Madeleine, c'est qu'il avait probablement envoyé à Madeleine une lettre qui lui était destinée. Cette pensée agaça Gabriel. Non, il ne pouvait se résoudre à l'idée que son frère, qui avait hérité de l'esprit mathématique et de la mémoire colossale de sa mère, ait pu commettre une erreur aussi idiote. Mais qu'avait-il donc envoyé à Montréal ? Pour la première fois depuis son arrivée à Berlin, Gabriel eut l'envie irrépressible d'entendre la voix de son frère. Pas sa voix de ténor, mais lui parler, au téléphone, lui souhaiter une bonne année, faire ce que les gens normaux font en ces circonstances. C'est ainsi qu'il se rendit compte qu'il avait noté quelque part le numéro de Michel au Palazzo del Grillo à Rome, mais qu'il n'avait jamais appelé. Gabriel n'était pas très friand du téléphone. L'esprit encore perdu dans les brouillards de la fête de la veille, il composa le numéro en oubliant le 39 pour l'Italie. Comme il s'apprêtait à essayer une seconde fois, il reconnut le tambourinement léger, mais opiniâtre de Magda sur sa porte. Que lui voulait-elle à cette heure ? Elle expliqua qu'elle devait partir pour la journée et voulait savoir s'il lui plairait de manger avec elle à son retour, invitation qu'il déclina. Il lui parla de cette mystérieuse carte, que cette erreur de son frère l'inquiétait. Jamais il ne se serait attendu à une méprise pareille de Michel.

– Il avait la tête ailleurs, raisonna Magda.

Elle s'invita dans le studio de Gabriel. Coiffée de son petit chapeau de feutre des jours de fête et d'un long loden vert rescapé de la défunte RDA, elle détonnait à côté d'un lit défait et d'un Gabriel vêtu d'un simple boxer et d'une camisole blanche sur laquelle une admiratrice, probablement la propriétaire de cette biographie de Margaret Thatcher gisant sur le lit, avait laissé l'empreinte de deux grosses lèvres pulpeuses. Magda saisit le téléphone et composa le long numéro. Elle laissa sonner quelques coups jusqu'à ce qu'un *pronto !* sonore et viril se fasse entendre.

Gabriel dut parler en anglais avec son interlocuteur, un Brésilien dont le travail consistait, comme il l'expliqua patiemment à Gabriel, à monter la garde au pied de la tour du Palazzo del Grillo pour s'assurer que ses occupants ne s'en échappassent pas. Gabriel se présenta comme le frère du ténor. Non, personne n'était à la maison, ni Anamaria, ni Michel. À propos de ce dernier, le Brésilien, qui avait le verbe facile, expliqua candidement à Gabriel qu'il se portait mieux et qu'il était parti au petit matin shooter les dernières scènes du film avec Signor d'Ambrosio. Quant à Anamaria, continua le Brésilien bavard au point d'en être dangereux, on l'avait retrouvée la veille même, saine et sauve.

– Que Monsieur le frère de Michel ne se fasse plus de souci !

Gabriel raccrocha, pensif. À Magda, il essaya maladroitement d'expliquer en allemand que les choses ne tournaient pas rond à Rome. Sa difficulté venait du fait qu'il n'arrivait pas à trouver un équivalent à l'expression : « Le diable est aux vaches », ce qui, dans le langage de Suzuki qui l'avait élevé, signifiait qu'un bordel indicible régnait sur Rome. Plus de souci ? Il y avait donc des raisons de s'en faire ?

Gabriel entendit encore Terese Bleibtreu lui expliquer qu'il devrait s'occuper de son frère. Il s'imagina ses pires inquiétudes se réaliser. Jusqu'où était allé ce d'Ambrosio, au juste ? Comment ça, Anamaria disparue ?

– Vous comptez vous habiller ? Vous viendrez ce soir, Kapriel ?

Magda tentait de regarder ailleurs. Gabriel s'habilla et fourra quelques objets dans un sac de voyage.

– Mais qu'est-ce que vous faites ?

– Il faut que j'aille là-bas, je n'aime pas du tout ce qui se passe. Vite, avant que Maman ne s'en mêle.

– Votre mère ? D'après ce que vous m'en avez dit, elle pourrait régler le problème en coupant tout simplement les vivres à ce d'Ambrosio.

– Oui, mais ça, elle ne le fera que si elle pense qu'elle en tirera un profit. En attendant, il y a Anamaria et Michel, à qui il arrive je ne sais pas quoi. Non, c'est décidé, je vais là-bas. Vous pouvez appeler la Lufthansa pour moi, Magda ? Ma carte de crédit est sur la table, là.

Par la fenêtre, Magda fixait l'horizon gris et déprimant de Lichtenberg.

– Emmenez-moi avec vous.

– Vous marchez trop lentement.

– Comment allez-vous vous y retrouver, à Rome ? Vous n'y êtes jamais allé !

– Vous non plus, je vous rappelle que vous avez été enfermée dans un paradis socialiste pendant quarante ans.

– Emmenez-moi, Kapriel. Je vous en supplie.

– Pas question. D'ailleurs, j'ai à peine les moyens d'y aller moi-même.

– Je vais demander l'argent à Hilde, elle me le prêtera. Et j'ai eu des miles de la Lufthansa quand je suis allée en Grèce.

– Non, Magda.

– Ne refusez pas. Je veux voir Rome avant de mourir ! Ayez pitié ! Vous savez comme je suis fascinée par l'Antiquité et les ruines ! Vous allez me refuser ça ?

– Ne pleurez surtout pas, ça ne marchera pas.

– Je vous promets d'être sage.

– Vous promettez de ne pas être odieuse envers qui que ce soit ?

– Je le promets.

– Même envers d'éventuels Bavarois que nous pourrions croiser ?

– Je le jure.

– Vous jurez de ne pas vous mettre à boire et à vous emporter contre des inconnus ?

Il y eut un long silence pendant lequel Magda fixait le plancher, visiblement blessée. Puis, se ressaisissant comme une Allemande, elle leva les yeux.

– Sur la tête de Ludwig.

À l'aéroport Tegel de Berlin, le couple Gabriel-Magda fit sensation. Réduite au silence par son engagement à ne pas être déplaisante, Magda prit le parti de sourire béatement aux agents de bord de la Lufthansa, toutes de l'Ouest, qui trouvèrent adorable cette aïeule à canne voyageant avec ce paquet de muscles aux yeux sarcelle. Au moment où on servait le café, le téléphone sonna dans l'appartement vide de Gabriel. Cinq coups. Le répondeur :

*Bonjour, Gabriel. J'espère que tu vas bien. Ici Venise Van Veen, journaliste et auteure, j'espère que tu te souviens de moi. Moi j'ai gardé un excellent souvenir de toi. Écoute, mon petit, je t'appelle pour te parler de la situation de ton frère à Rome. C'est une urgence. Nous avons besoin de ton aide. Il faudrait que tu me rappelles au 514 555-5239 au plus vite. Je te souhaite un beau jour de l'An allemand. Tschüss !*

Pauvre Venise. Pauvre dame convaincue de jouer un rôle, de tirer des ficelles. Elle attendrait longtemps l'appel de Gabriel déjà en route pour mettre de l'ordre dans le chaos romain. Pauvre Venise qui jamais ne saurait que la destinée du Cheval et de ses descendants est prise en charge par des forces qui dépassent l'entendement d'une chroniqueuse et qu'il y a des moments où il ne s'agit pas d'être pour ou contre, mais d'avancer avec le vent qui vous pousse.

Magda ne fut même pas sarcastique quand, pendant l'escale à Munich, les passagers furent accueillis par un *Grüß Gott* bien catholique. Elle se contenta de fermer les paupières et de lever les yeux au ciel, sans dire un seul mot. Gabriel et Magda avaient réussi à trouver deux places pour Rome avec une courte escale à Munich. Il fallait toutefois se hâter entre les vols. C'est donc sur une de ces petites voitures électriques qu'ils franchirent la distance entre les deux portes d'embarquement, Magda trônant en silence à côté d'un employé de l'aéroport à l'accent particulièrement épais et à la parole trop facile. Ils furent les derniers montés dans le vol vers Rome, qui décolla de Munich à dix heures trente. Magda tint promesse. Elle ne passa aucun commentaire déplacé, même quand elle surprit la chef de cabine en train de faire de l'œil à son compagnon de voyage, qui lui, s'en trouva embarrassé.

– Elle a du culot, n'est-ce pas, Magda ?

– Que voulez-vous dire ?

– Ben, nous pourrions être ensemble, vous et moi.

– Vous voulez dire mari et femme ? C'est vraiment une idée fixe, chez vous.

– Ça m'aiderait à régulariser ma situation en Allemagne.

– Je vous promets d'y réfléchir, Kapriel.

Gabriel, qui s'était pourtant promis à son retour de Munich de ne jamais souffler mot de sa visite chez Terese Bleibtreu à Magda, se permit quand même une allusion, histoire de s'alléger la conscience.

– Auriez-vous épousé Ludwig Bleibtreu, Magda ?

– Ha, vous me faites rire.

– Qu'est-ce qu'il y a de drôle ?

– Épouser Ludwig ? Pourquoi pas ? On a déjà vu des chevaux vomir devant la pharmacie.

– Qu'est-ce que cela veut dire, encore ?

– C'est une vieille expression allemande qui signifie qu'on a déjà vu des choses plus étranges sous le soleil.

– Pourquoi *étranges ?*

– Parce que nous étions si jeunes, vous savez...

– Vous ne l'avez pas revu après le *Gustloff ?*

– Non. Je suis arrivée juste à temps pour apprendre la mort de sa sœur Terese, c'est tout.

– Comment ça, la mort de Terese ?

– Terese Bleibtreu est morte pendant les derniers jours de la guerre. C'étaient des jours difficiles pour les Berlinois, surtout les Berlinoises. Les hommes étaient tous à la guerre ou devenus fous. Les nerfs, vous savez... Seules les femmes avaient le courage de sortir des bunkers pour aller chercher de l'eau sous les bombes. Comprenez, toutes les canalisations étaient perforées, il n'y avait plus d'eau courante. Les femmes devaient aller chercher de l'eau avec des seaux, parfois assez loin. Des queues se formaient devant les fontaines. Parfois, une bombe tombait sur deux ou trois malheureuses. La queue se refermait sur l'espace que la déflagration avait laissé.

– Les autres ne partaient pas en courant ?

– Non, elles voulaient de l'eau pour leurs enfants. D'ailleurs, à ce stade-là, les vivantes enviaient presque le sort des mortes. Je sais ce que je dis. Les Russes ont pris Berlin en avril, vous savez. Ce n'était pas drôle.

– Et Terese Bleibtreu est morte en allant chercher de l'eau ? Vous en êtes bien sûre ?

– Évidemment ! Je l'ai su d'une voisine de la Schillerstraße qui l'accompagnait. Elle n'a pas souffert du tout. Une pitié, elle jouait divinement Schubert.

Cette dernière remarque avait plongé Gabriel dans un mutisme impénétrable. Son esprit fonctionnait à toute allure. À l'atterrissage, il dit encore, avant de descendre de l'avion :

– Vous avez raison, Magda, on a déjà vu des chevaux vomir devant la pharmacie, et on en verra encore.

– C'est vous qui le dites, Kapriel !

Au comptoir Hertz, Gabriel et Magda furent reçus par un employé visiblement surmené par les fêtes du Nouvel An, qui leur apprit qu'il n'avait plus une seule voiture à louer.

– Mais vous pourriez faire comme ces deux folles qui sont parties sur une moto Suzuki il y a à peine une heure.

Gabriel se voyait mal transporter la corpulente Magda derrière lui sur une motocyclette dans une ville qu'il ne connaissait pas.

– Nous ferions mieux de prendre le train, Kapriel, puis après un taxi.

À bord du Leonardo Express qui assure la liaison entre l'aéroport et la gare Termini au centre de Rome, Magda resta silencieuse, guettant à chaque tournant du train l'apparition d'une ruine ou d'un vestige de l'Antiquité.

– Là ! Regardez cette muraille ! Elle date de l'époque romaine !

Perdue dans son délire touristique, Magda ne partageait pas du tout les préoccupations de Gabriel, qui commençait à trouver ce train trop lent. Dans quel état découvrirait-il Michel ? Il se rendit compte que Magda, sans jamais être allée à Rome, en connaissait la géographie et le nom des rues.

– Pour nous, en RDA, ces villes étaient comme des mondes interdits dont nous savions tout. Je pouvais passer des heures à regarder des livres sur Rome, à déchiffrer des cartes, pour le jour où j'aurais enfin la chance d'y être. Ce jour est arrivé grâce à vous, Kapriel.

Ils n'avaient aucune idée de l'endroit où ils allaient dormir. À l'aéroport, ils avaient réussi à convertir quelques marks en lires, puis avaient été propulsés vers le centre historique. À Termini, Magda insista pour regarder un peu autour d'elle et pour contempler le vol des nuées de martinets audessus de la gare. Les oiseaux formaient dans le ciel de Rome des dessins complexes et changeants qui charmèrent les deux voyageurs.

– Il y avait les mêmes oiseaux à Königsberg. Au lendemain des bombardements, des milliers jonchaient le sol. Morts. Ce sont des martinets, Kapriel. Ils volent dans le ciel en groupes serrés, sans jamais se heurter, sans jamais se télescoper et sans jamais vraiment se voir. Ainsi volent les oisillons aux côtés de frères qu'ils ne connaissent pas. L'important, c'est le ballet qu'ils font dans le ciel. Le reste leur est immatériel.

– Pourquoi ils font ça ?

– On l'ignore. Mais c'est beau. Vous savez, Kapriel, il paraît que Puccini, avant de composer le dernier acte de *Tosca,* est venu à Rome pour s'imprégner de son atmosphère sonore. Il voulait entendre les cloches. Un jour, il s'est levé très tôt et a noté, pour les reproduire ensuite, tous les sons des cloches de Rome au matin. Ces cloches que nous entendons au début de l'acte final, ce sont les souvenirs des cloches que Puccini a entendues. C'est un peu comme si on prenait place dans sa mémoire. Mais il est déjà presque midi ! Les cloches de l'aube se sont tues depuis longtemps... dommage.

Le chauffeur de taxi reconnut tout de suite l'adresse du Palazzo del Grillo, qu'il gagna en descendant la via Nazionale, bordée à gauche et à droite de boutiques et de restaurants. Tout au bout de l'avenue apparut le monument à Victor-Emmanuel, sorte de machine à écrire géante oubliée par des dieux amnésiques au cœur de Rome. La voiture prit à gauche sur une rue pavée, monta une pente puis descendit le long du marché de Trajan vers la tour carrée du palazzo, une construction médiévale flanquée d'une tour à créneaux. Gabriel pria le chauffeur de l'attendre. À la porte principale du palais, le Brésilien, qui s'avéra s'appeler Silva, le reçut, surpris de voir se matérialiser devant lui le frère du ténor qu'il gardait dans la tour du palais depuis des mois. Il fit remarquer à Gabriel qu'il ne ressemblait pas du tout à son frère.

– Je sais, Michel est plus rond.

Sur quoi Silva avait souri pour répondre.

– *Était* plus rond, vous voulez dire. Mais nous avons bien veillé à ce qu'il suive le programme de monsieur d'Ambrosio. Vous verrez, il a changé. Elle aussi. Moins, mais elle a aussi changé. Et vous savez qu'on l'a retrouvée ? C'est elle qui est revenue ! Hier matin, comme un chat égaré, déguisée en Dominicaine !

Silva informa encore Gabriel que toute l'équipe de tournage était toujours au château Saint-Ange qu'il pointa du doigt, en direction de Saint-Pierre de Rome.

– Traversez le Tibre, vous ne pouvez pas le manquer. C'est exactement ce que j'ai dit aux deux dames qui sont passées il y a une demi-heure.

– Quelles dames ?

– Oh, probablement des fans de d'Ambrosio, peut-être des journalistes françaises. Elles étaient à moto, une ressemblait à Mireille Mathieu. L'autre avait l'air un peu fâché. Elles voulaient parler à d'Ambrosio. En vous dépêchant, vous allez peut-être les rattraper en chemin.

Le sang de Gabriel ne fit qu'un tour. Sans même remercier Silva, il se rassit sur la banquette arrière du taxi, dont Magda était descendue pour admirer les ruines du marché de Trajan où vivent les chats errants. Il dut la sortir de sa concentration en criant son nom. Elle contemplait à ses pieds le forum impérial, la piazza Venezia, les pins maritimes, les coupoles de Saint-Marc, Saint-Pierre et Sant'Andrea della Valle, la bouche ouverte, la larme à l'œil. *« Rom, endlich »*, arriva-t-elle à balbutier pour elle-même. Dans le ciel au-dessus de la piazza Venezia, des milliers de martinets exécutaient en vol des figures intrigantes qu'elle interpréta comme un appel.

Elle revint vers le taxi, le sourire aux lèvres.

– Château Saint-Ange, dit Gabriel au chauffeur de taxi.

Le chauffeur ne broncha pas. Gabriel réitéra sa demande. Silence. Magda, calme cette fois, intervint.

– *Castel Sant'Angelo, per paciere,* dit-elle lentement avec une pointe d'accent germanique.

Le taxi se mit en mouvement. Les Romains ne croient pas aux langues étrangères.

– Que feriez-vous sans moi, Kapriel ?

– Je ne sais pas, Magda. Je ne sais vraiment pas.

– Pouvez-vous me promettre rien qu'une chose ?

– Laquelle ? De finir de lire Hannah Arendt ?

– Non. Que vous parlerez.

– Parler de quoi ? À qui ?

– Que vous parlerez quand vous verrez l'injustice, que vous protesterez quand vous entendrez le mensonge.

– Vous êtes bien sentencieuse, Magda.

– Je suis sérieuse. Me le promettez-vous ?

– Je ne suis pas sûr de vous suivre.

– Quand quelqu'un voudra faire du mal à ceux que vous aimez, ou même et surtout à ceux que vous n'aimez pas, je vous demande de parler.

– C'est tout ?

– Non.

– Quoi encore ?

– Ne soyez pas jaloux.

– Entendu. C'est tout ?

– C'est bien assez.

La veille encore, le même chauffeur de taxi avait dû déposer Anamaria di Napoli au Palazzo del Grillo, de sorte qu'il se demanda ce qui pouvait bien se tramer dans ce palais. La soprano, alors en fuite, avait hélé le taxi depuis une petite rue près du Vatican. Il ne s'était arrêté que parce qu'elle était déguisée en religieuse. Autrement, expliqua-t-il candidement à Magda qui ne comprit rien de son charabia, il ne faisait pas monter d'*immigrantes clandestines* dans sa voiture. Mais que pour une *sorella,* il avait fait exception. Faire monter une Dominicaine dans sa voiture comme première passagère du siècle, qu'elle soit Africaine ou pas, ça ne pouvait que porter chance.

La *sorella* en question, cette pauvre Anamaria di Napoli, était retournée au château Saint-Ange telle Jeanne d'Arc au bûcher. Il faut applaudir cependant le courage et la détermination de cette presque trentenaire qui, après s'être pliée pendant quelques mois avec bonne grâce aux demandes de plus en plus folles de d'Ambrosio avait décidé, le 26 décembre, en fin de tournage, de disparaître dans Rome. Fine observatrice, Anamaria avait tout de suite compris qu'elle devrait user de ruse pour échapper au réalisateur. Ce dernier, ayant constaté sa disparition, avait ameuté tout ce qui dans Rome porte un uniforme, de sorte que le chef de la police romaine reçut comme dernière assignation du vingtième siècle de retrouver dans sa ville une Tosca fugitive, cocasserie qui fit rire les Italiens.

Juste avant la scène de l'exécution de Cavaradossi, Anamaria avait réussi à échapper à la vigilance de d'Ambrosio pour s'échapper du château Saint-Ange fermé aux visiteurs. En ce lendemain de Noël, elle marcha résolument vers un hôtel situé en face de la cité vaticane et y descendit sous un faux nom. Deux heures plus tard, elle en émergea vêtue de l'habit blanc et du voile noir des Dominicaines, qu'elle avait achetés au costumier de la production une semaine auparavant. Un demi-million de lires pour le costume, un million pour son silence.

Les trois premiers jours, Anamaria trouva refuge dans des églises, souvent à Saint-Pierre ou dans des églises plus petites où jamais l'apparition d'une Dominicaine noire n'éveillerait les soupçons. Paradoxalement, c'est parce qu'elle était couverte d'un habit religieux blanc que les Romains cessèrent de fixer sa peau noire, considérée comme normale pour une religieuse. Mais si son costume lui permit d'échapper à la vigilance des hommes de d'Ambrosio et de la police à ses trousses, il la rendait presque trop intéressante aux yeux des milliers de religieuses qui se promènent tous les jours dans Rome, en concentration plus forte au fur et à mesure que l'on s'approche du Saint-Siège, comme des fourmis autour de leur nid. De crainte d'être démasquée, elle prit soin d'éviter les autres religieuses, surtout les Dominicaines, et se fondit dans la banalité des artefacts de la ville de Rome, petite sœur du tiers-monde en visite dans la ville sainte. Éviter les religieuses dans Rome lui parut comme une sorte de jeu vidéo où l'adresse et l'agilité sont la clé du succès. Autrement, Anamaria mangea pendant ces trois jours comme elle n'avait pas mangé depuis des siècles. Elle passait d'une *trattoria* à l'autre, goûtant ici les tripes romaines, mastiquant là une *mozzarella di buffala*. Le 31 décembre, repentante et désespérée, elle se rendit pour une dernière fois à Saint-Pierre de Rome. Là, au fond de la basilique, tout à fait au fond, à droite, elle demanda à voir un prêtre francophone pour une confession, désir qui fut exaucé sur-le-champ. C'est ainsi qu'assise dans un confessionnal de la plus grande église du monde, Anamaria attendait son confesseur en essuyant une larme. Une lumière parcourut le grillage de bois, une présence masculine. Une eau de Cologne. Un prêtre qui sent bon. Vétiver, pensa-t-elle. La même eau de Cologne que Michel. Elle sentit son âme fondre.

– Mon père, je m'accuse d'avoir péché et en demande pardon à Dieu.

– Comment avez-vous péché ?

– En pensées et en actions.

– Voulez-vous énumérer vos péchés ?

– J'ai rompu un engagement important que j'avais pris envers des gens que j'aime. Que Dieu me pardonne, je ne l'ai fait ni par orgueil, ni par paresse.

– Qu'est-ce donc qui vous a motivée à rompre cet engagement ?

– On m'a demandé de faire des choses qui sont contraires à ma conception de la musique.

– Pardon ? Je vous ai mal comprise.

– Je suis chanteuse d'opéra. Les vêtements que je porte sont un déguisement. Oui, j'ai usurpé l'identité d'une sœur dominicaine pour me cacher, s'il vous plaît, ne me dénoncez pas !

– En quoi puis-je vous être utile ? Je ne comprends toujours pas la nature de votre péché.

– C'est difficile à expliquer. Vous devez comprendre, mon père, on m'a demandé de chanter Tosca dans une production tournée ici à Rome et...

– Vous... vous n'êtes pas par le plus grand des hasards Anamaria di Napoli que toute Rome cherche depuis trois jours ?

– Oui, mon père. Pour l'amour du ciel, j'ai trouvé asile dans votre église, ne m'en chassez surtout pas. Je vous en conjure.

– Que puis-je faire pour vous ? Essayez de parler plus bas, cette rencontre m'est très pénible.

– Voilà. Toute ma vie, je n'ai fait que chanter. C'est pour moi une seconde nature, un talent que Dieu m'a donné.

– Allez-vous en venir à vos péchés ?

– C'est drôle, vous avez l'accent de chez nous, mon père. Vous êtes québécois aussi ?

– Oui, mais continuez... Comment avez-vous péché ?

– Voilà, ma mère n'est pas riche. Jamais elle n'aurait pu me payer les cours de chant nécessaires à une carrière professionnelle. Toute ma formation, c'est madame Lamontagne qui l'a prise en charge. Son fils Michel est mon ami de cœur depuis quinze ans maintenant, mais dernièrement, il a changé, il n'est plus le même. Tout ça est de la faute de d'Ambrosio... C'est madame Lamontagne qui finance une bonne partie de son film sur Tosca. Il me voulait à tout prix dans la distribution, mais madame Lamontagne n'a accepté de le financer qu'à la condition que Michel chante Cavaradossi dans le film. D'Ambrosio s'est emporté, il ne voulait pas, puis j'ai réussi à le convaincre de prendre Michel quand même.

– Je ne vois toujours pas le péché.

– C'est simple. Michel et moi sommes à Rome depuis quelques mois, enfermés dans la tour d'un palais près de Piazza Venezia.

– Le Palazzo del Grillo ?

– Oui, celui-là. D'Ambrosio s'est mis dans la tête que Michel et moi sommes trop gros pour sa production. Il a donc voulu nous faire perdre du poids.

– C'est de l'orgueil !

– C'est pire que ça ! D'abord, il nous a fait courir sur des tapis roulants deux heures par jour. Quand il s'est rendu compte que nous ne perdions pas tout le poids désiré, il nous a imposé une diète intenable. Depuis deux mois, nous n'avons même plus le droit de sortir !

– Mais c'est lui qui devrait se confesser, qu'avez-vous là-dedans à vous reprocher ?

– Je me suis enfuie. Simplement. Depuis quelques semaines, Michel prend des comprimés au matin, des sortes de coupe-faim. J'ai eu beau lui dire que ce ne sont rien d'autre que des amphétamines, il ne m'écoute pas.

Il est complètement sous l'emprise de ce d'Ambrosio. Ces pilules l'ont rendu à demi fou. Il ne dort plus et il croit que tout le monde lui veut du mal.

– C'est horrible !

– Mais le pire, ce n'est pas ça...

– Quoi encore ?

– C'est Tosca...

– Quoi Tosca ?

– Vous savez, chacun a son idée d'un opéra et habituellement, j'essaie toujours d'obéir à la vision du metteur en scène. Mais d'Ambrosio me demande de faire des choses qui...

– Comme quoi ?

– Par exemple, dans la scène que nous avons tournée au Palazzo Farnese, dans le salon d'Hercule, il m'a fallu endurer... je... je n'arrive pas à le dire...

– Parlez.

– Il a fallu que nous simulions le viol de Tosca par un Scarpia déguisé en S.S. Un viol sauvage, avec des coups, des gifles. J'ai été plaquée sur des murs, sur le plancher, il m'a craché au visage. Je... (*sanglots*) Aidez-moi ! Je ne sais plus vers qui me tourner, même la police me cherche ! Je ne veux plus, je ne peux plus... Tout ce que je veux, c'est chanter. Pourquoi ? Pourquoi Seigneur me rétribuer ainsi ? (*sanglots*)

– Chut ! Parlez plus bas... Vous n'avez rien à craindre de moi. Je ne peux pas vous recevoir ici... Comment m'avez-vous donc trouvé ?

– Trouvé ? J'ai tout simplement demandé un prêtre francophone pour la confession.

– Parlez moins fort, votre voix porte naturellement ! Écoutez, je suis un de vos admirateurs de la toute première heure, croyez-moi. Voici ce que vous allez faire. En sortant du confessionnal, vous allez marcher normalement vers la sortie. Une fois dehors, allez tout de suite à gauche et montez jusqu'à l'entrée du musée du Vatican, le long de la muraille, vous savez de quoi je parle ? Avez-vous l'argent pour y entrer ?

– Oui, je pense bien.

– Attendez-moi dans la cour intérieure, sous la grande pomme de pin verte.

– Je la connais ! Mais qui êtes-vous ?

– Je suis votre dernier espoir. Maintenant, soyez tranquille. Je vous retrouve là-haut dans une heure, tout au plus. Et séchez vos larmes dès maintenant ! Une religieuse ne pleure pas !

Confuse, inquiète et tremblotante, Anamaria marcha en silence vers la sortie de la basilique. À l'extérieur, quelques centaines de pèlerins arpentaient la place. En ce tout dernier jour du siècle, le musée n'attirait que de rares visiteurs. Anamaria se trouva devant le guichet en quelques minutes à peine, marcha vers la cour intérieure et se plongea dans la lecture du Nouveau Testament qu'elle traînait dans son sac au cas où elle serait contrôlée. Le prêtre se fit attendre pendant une heure et demie. Anamaria eut le temps d'entrer se réchauffer à l'intérieur quelques fois, de ressortir et de lire tout ce que l'Évangile avait à dire sur la nativité. Quand elle leva la tête de sa lecture, elle faillit avoir une attaque cardiaque. Devant elle se dressait une vision invraisemblable : un prêtre aux yeux marron, souriant, un peu rondelet, copie presque parfaite de Michel Lamontagne, mais un Michel vieilli, sexagénaire, plus petit, au cheveu grisonnant et à l'œil intelligent, qui lui tendait la main. Il était chaussé d'un blucher de cuir pleine fleur noir à quatre œillets, bout rapporté et talon compensé de marque ecco.

– Père Lionel Lecavalier, enchanté, Mademoiselle di Napoli.

Incertaine, Anamaria tendit la main au prêtre. Ce dernier ne réussit pas à réprimer l'envie de la serrer dans ses bras.

– Comme je suis heureux que vous m'ayez trouvé, Anamaria.

– Vous me connaissez ?

– Plus que vous ne le croyez. Mais assez d'effusions. Nous allons marcher et faire comme si nous observions les tableaux de la Pinacothèque, ça vous va ?

– Oui, j'y suis déjà allée avec mon ami.

– Je vais vous raconter des choses qui vont vous étonner. Je compte sur vos talents de comédienne pour ne pas vous mettre à pleurer ou à crier. Faites comme si je vous parlais des œuvres d'art. Pas plus d'étonnement qu'il n'en faut. On me connaît, ici. Je dirai que vous êtes une sœur venue de... J'allais dire du Québec, mais étant donné votre âge, on ne me croira pas !

– D'Haïti, vous direz !

– Pourquoi pas ? Il y a des Dominicaines en Haïti ?

– Assurément !

Lecavalier et Anamaria se mirent à marcher exactement comme le font les visiteurs de la Pinacothèque, en prenant cet air à demi détaché, à demi fasciné. Comme ils connaissaient tous les deux les lieux, il ne leur fut pas difficile de feindre l'étonnement devant la reproduction de la Pietà. Lecavalier parla tout bas, en levant parfois une phalange en direction d'une peinture, pour y ancrer ses propos pourtant à des années-lumière des sujets qui y étaient représentés.

« Vous voyez cette *Mise au tombeau de la Vierge ?* Elle ressemble à une image que j'ai déjà vue dans un couvent, chez les sœurs de l'Enfant-Jésus de Rivière-du-Loup. Vous ne devez pas connaître, je ne crois pas que Madeleine vous ait parlé de tout ça. Elle a juré que tout ce monde n'existait plus. Et elle n'avait pas tout à fait tort. Regardez cette crucifixion... La beauté de ces couleurs. Si je vous ai demandé de sortir du confessionnal, c'est par principe, Anamaria. Comme vous, je répugne à rompre mes engagements. Comme vous, je suis tenace et j'essaie d'atteindre les buts que je me fixe. Enfin, une fois sur deux... Essayez de ne pas trop me regarder, je pense que la religieuse qui garde la salle nous a repérés. Attendez, changeons de salle. Voilà. Vous connaissiez ce da Vinci ? C'est saint Jérôme, patron des traducteurs, qui enlève une épine logée dans la patte d'un lion. Que je vous raconte maintenant qui je suis. Je viens de Québec, de l'Ange-Gardien pour être plus précis. Comme mes parents n'avaient pas les moyens de me faire éduquer, je suis entré au séminaire, à l'époque où les prêtres commençaient déjà à défroquer par douzaines. Mon rêve le plus cher, c'était de devenir peintre restaurateur et de travailler à la réfection des tableaux des musées du Vatican. Je me voyais déjà repeindre les chérubins de Michel-Ange ou refaire les peintures du Palazzo Farnese. Ah? Vous les avez vues? Celles de Cravache? Magnifiques! Mais il a fallu que je rencontre Madeleine Lamontagne. C'était en 1968, je rentrais tout juste d'un premier séjour à Paris. J'étais convaincu que mon heure était proche, que le diocèse allait m'envoyer à Rome pour y poursuivre mes études des beaux-arts. Or l'archevêque de l'époque, quand il a appris mes velléités artistiques, a décidé de me donner une leçon d'humilité. L'Église est bien forte là-dessus... Il m'a envoyé à Rivière-du-Loup pour répondre à une commande très étrange. Les gens de la paroisse Saint-François-Xavier... Oh! Excusez-moi un instant. Que dites-vous de cette *Crucifixion de saint Pierre?* Incroyable.

« Voilà, on voulait que je leur peigne un chemin de croix! Rien de moins! Je suis arrivé à Rivière-du-Loup au printemps 1968. Je n'avais pas mis les pieds à l'église que déjà, je rencontrais Madeleine Lamontagne, entourée de toute sa famille que vous n'avez pas connue. Son père, Louis Lamontagne, que les gens de là-bas appelaient le Cheval. Sa mère Irène, son frère. Je pense qu'un de ses frères était mort dans un accident bête quelques années avant mon arrivée. Ce fut, comment dire? Oui, ce fut un coup de foudre, il faut l'exprimer comme ça. Mais un coup de foudre double et diabolique. Vous n'avez pas connu le père et le frère de Madeleine, Marc. Il était absolument impossible de rester indifférent à ces deux hommes. En fait, et vous devez me promettre, Anamaria, que cela restera entre nous, Marc avait les yeux de cette couleur si rare, comme le noir de la nuit. Oui, c'est le mot. Quand je vous dis qu'il y a eu coup de foudre double, je signifie par là que dès notre première rencontre, Madeleine avait déjà décidé que son cœur m'appartenait, et vice-versa. Ce qu'elle n'a pas vu, ou qu'elle a vu et décidé d'ignorer, c'est que son frère Marc avait pour moi les mêmes sentiments. Oui, sachez-le, Anamaria, les enfants de Louis Lamontagne étaient tout à fait particuliers. Élevés à part des autres, et cela se voyait. Il y avait donc ce magnifique garçon un peu simplet, comme son père, et sa sœur, plus maligne qu'un singe, comme sa mère. Et les deux m'étaient livrés comme modèles pour le chemin de croix avec la bénédiction de leurs parents et du curé de la paroisse qui ne voyaient rien! Vous devez savoir une chose sur Louis Lamontagne : c'était un homme rustre, peu éduqué et en apparence benêt, mais il avait des valeurs. Il avait un cœur sous ses tonnes de muscle. Vous voyez cette stèle de béton? Il l'aurait levée sans broncher pour vous déloger si vous étiez coincée en dessous. Ou *en d'sour,* comme il aurait dit.

« Très vite les choses ont dégénéré. D'abord, Madeleine s'est mise à multiplier ses visites dans l'église où je peignais, même les jours où je n'avais pas besoin d'elle. Elle me racontait des histoires inquiétantes sur son frère, de sorte que je finis par croire que Marc la scandalisait, qu'il y avait inceste. À cette époque, il y avait déjà dans le décor cette fille appelée Solange, un peu garçonne, qui me détestait. Elle s'était bien rendu compte que Madeleine était follement amoureuse de moi. Cette Solange était faite du même bois que Louis Lamontagne. Du roc. Mais une bonne âme, complètement asservie à Madeleine, la pauvre. Son talon d'Achille.

« Inquiet, j'ai parlé de mes soupçons à une des sœurs de l'Enfant-Jésus qui semblait très bien connaître la famille Lamontagne. Une femme assez ingrate de visage. Elle m'a rassuré en m'expliquant que les enfants Lamontagne, surtout les garçons, restaient jeunes longtemps. Et Marc avait l'habitude de martyriser sa sœur Madeleine en la chatouillant jusqu'à ce qu'elle en perde le souffle. Mais il n'y avait pas là de vilaines intentions, pas du tout. En fait, si Marc avait des intentions impures, c'était beaucoup plus à l'égard des autres garçons. Des rumeurs couraient déjà à son sujet, il m'en a parlé, une fois, pendant qu'il posait. Ce que je puis vous dire, c'est que ce garçon n'aimait pas les filles. J'en suis témoin privilégié. Quand Madeleine s'est rendu compte, probablement en nous épiant, que Marc et moi avions, pour ainsi dire, des sentiments l'un pour l'autre, elle est devenue folle de jalousie. Une vraie Tosca ! Vous savez de quoi je parle ! Vers la fin de l'été, elle me menaçait déjà de tout raconter à son père, ou pire encore, à sa mère. Il faut dire que Madeleine était jolie et, comme tous les Lamontagne, très forte. Je me souviendrai toujours de ce jour où elle m'a surpris avec Marc dans l'église pendant que je le peignais. Ah mon Dieu ! Regardez, Anamaria, regardez ce *Martyre de saint Érasme* de Poussin, là. L'oncle des garçons, Marc Lamontagne, ressemblait trait pour trait à l'homme qui éviscère saint Érasme à mains nues. Ah si j'avais su me servir de la merveilleuse lumière de Rivière-du-Loup en juillet, j'aurais fait aussi bien que Poussin ! Voilà donc Madeleine qui entre dans l'église et qui trouve son frère à demi nu, ses lèvres sur les miennes. Le pauvre garçon n'a pas eu de chance. Pour jeter de l'huile sur le feu, il a raconté à sa sœur qu'il avait l'intention de me suivre à Québec, ce qui était pure invention, évidemment. Mais je pense que Madeleine a dû le croire.

« Tout est allé très vite. Madeleine s'est mise dans la tête qu'elle devait, pour sauver mon âme, prendre la place de son frère, ce qu'elle s'est activée à faire pendant toute la dernière semaine du mois d'août. J'ai résisté tant que j'ai pu. Non, je n'ai jamais fait la différence entre ces corps d'adolescents, que cela reste entre nous. Et les deux enfants Lamontagne à cet âge étaient absolument magnifiques. Ces membres qui vous glissent entre les bras... Aussi beaux que leur père. Sur cet homme, que vous dire ? Attendez, retournons par là... Voilà. *La crucifixion de saint Pierre* de Reni. Bon. Regardez l'homme torse nu qui descend saint Pierre de la croix, celui avec les immenses mollets. Louis Lamontagne avait l'air de ça. Presque exactement. C'est le souvenir que j'en ai. Il ne brillait pas par son esprit, il buvait, il pouvait être violent, mais qui ne l'était pas, à cette époque ? Même les prêtres se tapaient dessus ! Quand le Cheval – c'est comme ça qu'on l'appelait – entrait dans une pièce, les gens se taisaient. On voulait être près de lui. Combien de femmes ont dit son prénom pendant les confessions du mercredi ? Combien d'épouses de Rivière-du-Loup l'ont eu comme amant en secret ? Allez là-bas aujourd'hui et comptez les yeux sarcelle. Divisez votre compte par deux pour avoir réponse à votre question. Tout le monde voulait être Louis Lamontagne. Avoir le droit de s'approcher de sa fille ou de son fils était pour moi, comment dire ? Un privilège. J'ai cédé le 31 août. Avec Madeleine. Dans un des confessionnaux de l'église Saint-François-Xavier. Puis, j'ai fini leur chemin de croix et le mien a commencé.

« Vers la fin octobre, Madeleine m'a appris qu'elle était enceinte. J'étais sûr qu'elle bluffait. Elle voulait que je quitte l'Église, que je l'épouse. Devant mon incrédulité, elle s'est emportée. "Si tu ne m'épouses pas, je dirai à tout le monde que je t'ai vu, avec Marc." Là, Anamaria, j'ai perdu le contrôle. Je l'ai giflée. Deux ou trois fois, devant un des tableaux du chemin de croix, celui des femmes de Jérusalem. Je lui ai répondu qu'elle devait se débrouiller sans moi. Quelle certitude avais-je qu'elle n'était pas en train de me monter un bateau ? Une semaine après, son pauvre frère Marc mourait d'une crise de diabète et moi je quittais Rivière-du-Loup. Je ne sais pas ce qui a pu arriver après. J'ai su du prêtre de la paroisse que Louis Lamontagne était mort en décembre 1968, un accident bête avec un train. Il m'a aussi dit que Madeleine et Solange étaient parties à Montréal ouvrir un restaurant pour un Autrichien, une sorte de distributeur d'aliments qui avait une flotte de camions. Pfeffer ? Zucker ? Oui, c'est ça. Zucker.

« Moi, j'ai réussi à oublier tout ça, mais les sœurs de l'Enfant-Jésus, elles, ne m'avaient pas oublié. Elles ont réussi, par le diocèse, à retrouver ma trace en 1975. C'est la sœur laide, sœur Marie-de-l'Eucharistie, qui m'envoya cette coupure de journal montrant Madeleine et Solange posant devant un de leurs restaurants à Montréal avec les jumeaux. J'étais à Paris. J'ai compris en voyant Michel. C'était moi, plus petit. Il a fallu des mois avant que je puisse rentrer à Montréal, car à l'époque, j'avais obtenu un travail de restaurateur pour les œuvres du patrimoine religieux du diocèse de Paris. Retoucher un chérubin par ci, refaire une madone par là, rien de très glorieux. Mais ça promettait.

« En décembre 1975, j'ai invité Madeleine à me rencontrer dans un hôtel à Montréal. Elle est venue, seule. Je lui ai demandé de voir les garçons. Vous savez ce qu'elle m'a répondu ? "Je me débrouille seule, comme tu me l'as ordonné, et je me tire très bien d'affaire." Elle avait déjà beaucoup changé. Elle portait des vêtements de nouveaux riches. Elle m'a dit que si je voulais voir les garçons, je devrais quitter les ordres pour être leur père dans une vraie famille, ou rien. Madeleine était comme sa mère : pas de demi-mesures ! Je lui ai répondu que cela était impossible. J'avais beau la supplier, elle me répondait des âneries du genre : "Tu vas les traumatiser" ou encore "Comment tu vas expliquer ça aux évêques ?" ce qui n'était pas vraiment son problème. En réalité, elle se vengeait parce que je l'avais abandonnée, parce que je ne l'avais pas crue, pas aimée. Il s'agissait de ça. Elle savait très bien qu'une admission de paternité aurait signifié la fin de ma vie de prêtre. Tout ce que je voulais, c'était les voir, de temps en temps. Elle n'avait même pas à leur révéler que j'étais leur père ! Quand je lui ai dit ça, son œil s'est mis à briller, comme celui de sa mère. Une semaine plus tard, je recevais d'elle l'ordre de me présenter à l'église Esprit-Saint de Rosemont, rue Masson. Le prêtre, un certain Huot, m'expliqua que Madeleine avait promis de verser des sommes importantes à son église si j'acceptais de m'y présenter deux ou trois fois par année, à un moment choisi par elle, pour entendre la confession de deux petits garçons. Je suis entré dans une colère noire. J'ai failli me rendre directement à son restaurant pour l'étrangler de mes mains, et j'aurais dû le faire. Deux semaines après, rongé par la curiosité et le désir de voir mes fils, j'ai cédé.

« En aucun temps je n'avais le droit de divulguer mon identité aux garçons. Cet affront eût signifié la fin de nos rencontres. Parallèlement, j'étais devenu prêtre attaché à l'hôpital Hôtel-Dieu, pour pouvoir rester à Montréal. J'avais remisé mes rêves européens. Restaurer des œuvres d'art au Québec ? Encore faudrait-il qu'il y en ait ! D'extrêmes-onctions en confessions, j'ai tenu quinze ans à l'Hôtel-Dieu. Trois fois par année, j'entrais par la porte latérale de l'église Esprit-Saint. C'était toujours un dimanche soir. Imaginez-vous, à cette époque, confesser deux jeunes garçons ! Ils devaient tenir leur mère pour folle.

« Je m'assoyais dans le confessionnal et j'attendais. Michel était toujours le premier. Il voulait faire plaisir à sa maman, le petit. Il m'a raconté qu'il avait été méchant à l'égard de Solange, qu'il appelait, comme son frère d'ailleurs, *Suzuki*. Bizarre, non ? Vous dites ? Des motos ? Ah ! Tout s'explique ! Je croyais qu'ils faisaient référence à la Suzuki de *Madame Butterfly !* Au début, je ne savais pas de qui ils parlaient, puis, un jour, j'ai compris. Enfant, Michel me racontait toutes les tortures qu'il faisait subir à son pauvre frère. Michel est aussi intelligent que sa mère. Peut-être un peu plus, même. Cela vous fera peut-être plaisir d'entendre ça, Anamaria, ou peut-être pas. Quand il était adolescent, Michel m'a raconté avoir rencontré une fille, une fille qui chantait comme un ange. Il m'a avoué avoir eu de nombreuses fois des pensées impures en pensant à elle. Il m'en a parlé à chaque confession, jusqu'à ce que je devine, vers l'âge de dix-sept ans, que l'ange avait cédé à ses avances ! Chut... Ne riez pas si fort ! Il a eu raison. Je suis très fier de lui. Vous êtes sublime. Mais vous devrez beaucoup, beaucoup l'aimer, autrement, il sera insupportable. Asseyons-nous sur ce banc, prenez un air pénétré par la beauté des peintures, effacez ce sourire. Voilà ! Ah ! Là, je vois l'artiste ! Vous êtes merveilleuse, Anamaria. Sachez que j'ai pleuré au balcon en vous entendant chanter *Vissi d'arte* à l'Opéra de Montréal. Car j'allais toujours entendre Michel chanter, pas aux premières pour ne pas tomber sur sa mère, mais j'y allais. Tout le temps. Il faut que vous lui expliquiez que Puccini n'est pas son répertoire. Qu'il chante du Bach ! Son grand-père adorait Bach, paraît-il. Parlant de son grand-père : Gabriel.

« Croyez-vous à la réincarnation, Anamaria ? Certains disent que vous êtes la nouvelle Leontyne Price, ce que je trouve un peu prématuré étant donné qu'elle n'est pas encore morte ! Non, je vous parle de la vraie réincarnation. Celle que l'Église refuse toujours d'admettre. Eh bien, si je n'étais pas croyant au-delà de tout rachat, je vous dirais que Gabriel est la réincarnation de son grand-père Louis Lamontagne. Il n'a absolument rien de sa mère, ni de moi, c'est comme si le Cheval, renversé par le train, avait trouvé en ce petit bonhomme un véhicule pour continuer son voyage terrestre. Gabriel était rétif, très rétif à ses confessions. Pendant les deux premières années, il n'a tout simplement rien dit. Il restait là, stoïque et fier. Une fois, je l'ai même aperçu se remettre le paquet en place comme si de rien n'était. Vers ses neuf ans, il s'est mis à parler. Il m'a demandé si c'était grave que son frère vienne le rejoindre dans son lit pour dormir contre lui le soir. Je lui ai dit que non. Je ne pouvais tout de même pas lui répondre : "Tes oncles faisaient la même chose, pourquoi pas vous deux ?" Je savais qu'il n'y avait pas de mal là. Ils étaient tout simplement très attachés l'un à l'autre. Et comme je connais Madeleine, elle devait les tenir isolés des autres enfants. Ils avaient leur monde. Un jour, Gabriel m'a dit : "Mon père, je pense que Michel est fâché parce que je ne le supporte plus dans mon lit." Que vouliez-vous que je lui dise ? Puis, à douze ans, Gabriel a été frappé par une crise d'adolescence aiguë. Sans ambages, sans détour, il m'a dit : "Mon père, la monitrice d'anglais de l'école m'a sucé dans la bibliothèque et j'ai adoré ça ! Je ne pense plus qu'à lire !" De la pure provocation. Du pur Louis. La fois suivante, il avait couché avec sa prof ! Jusqu'à l'âge de dix-sept ans, je lui ai compté cinquante-neuf amantes dont Dieu merci vous ne faites pas partie, Anamaria. Il mémorisait leurs prénoms ! Et vous savez quoi ? Son seul regret, son unique crainte était qu'il se croyait atteint de cleptomanie parce qu'il volait un livre à chacune de ces filles après l'avoir... Enfin, vous comprenez. "J'espère que je suis normal", qu'il disait ! Pauvre garçon. Moi, il fallait que je me pince au sang pour ne pas rire ! Ah, ce Gabriel ! Vous le connaissez. Je ne le tiens pas pour très intelligent, je crois qu'il faut lui expliquer les choses deux ou trois fois, mais je le considère comme un être supérieur aux autres par la simple beauté de son corps et par la pureté de sa candeur. C'est un être fragile, un Hercule vulnérable, comme son grand-père. Gabriel, on le suivrait jusqu'à la mort, pour l'en protéger, parce qu'on sait qu'il est trop bête pour s'en prémunir lui-même. *Pas assez fous pour mettre le feu, mais pas assez fins pour l'éteindre*, c'est ce qu'ils disaient de ses oncles à Rivière-du-Loup. Avouez que c'est coloré comme langage.

« Quand il a eu dix-huit ans, il m'a annoncé : "Mon père, je suis maintenant un adulte, je n'ai plus besoin de venir me faire chier ici. Maman dira ce qu'elle voudra. Je ne vous en veux pas, je vous trouve patient de m'avoir écouté toutes ces années. Il faut que je vous dise une dernière affaire. Pour Suzuki, c'est elle qui voulait. Plus que moi. Mais c'est fini. Maman est trop fâchée. Elle s'en doute. Michel aussi. Mais bon." Même Solange ! Cet aveu-là m'a presque jeté par terre. J'ai failli sortir du confessionnal pour aller le jeter en pleine figure à Madeleine ! D'ailleurs, c'est Michel qui m'en a parlé en premier, mais je ne l'avais pas cru. Il lui arrivait souvent de confesser les péchés de son frère, des choses inventées de toutes pièces. Je pense que Madeleine ne l'a jamais su, pour Gabriel et Solange. Mais vous vous en doutiez ? Qu'est-ce que vous me racontez là, Anamaria ? Le secret de la confession ? Vous êtes attendrissante... Pfff ! Disons simplement que la vengeance est un plat qui se mange froid.

« Gabriel me prenait toujours pour Huot, qui se substituait à moi. Les garçons sortaient, allaient rejoindre leur mère assise stratégiquement sur un banc d'où on ne pouvait voir le confessionnal, puis le père Huot allait leur dire au revoir, comme si c'était lui qui avait confessé les garçons. Une machine infernale, je vous dis. Pendant ces quinze années, j'ai dû mettre ma carrière en plan, mais j'ai tout su sur mes fils : leurs craintes, leurs péchés ou les gestes puérils qu'ils considéraient comme tels, leurs rêves, leurs envies. Ils me disaient presque tout. Et de toutes ces choses je n'en retiens que quelques-unes. Michel vous aime éperdument. Plus que le chant, plus que la musique. Et Gabriel, ce pauvre bougre, je ne sais même plus où il est. En Allemagne ? Ça lui va bien ! Voilà, après avoir perdu les garçons de vue, je n'avais plus de raison de rester à Montréal. J'ai réussi à me faire envoyer à Rome, dans la cinquantaine, pour des études théologiques. J'y suis resté. Plus de peintures, plus de réfections de madones. De toute façon, je n'avais pas ce qu'on peut appeler un grand talent. Une fois par semaine, j'entends les confessions en français, ici à Saint-Pierre où vous m'avez trouvé. Autrement, je suis encore attaché à un hôpital, c'est tout près d'où vous tournez, au château Saint-Ange. Je vous ai vus y entrer tous les deux avec d'Ambrosio.

« Quand j'ai appris par les journaux que Michel était à Rome pour tourner *Tosca* avec vous, j'ai cru à un miracle. Je me suis pourtant dit : "Non, je vais tenir ma promesse." Mais quand Dieu vous a déposée dans mon confessionnal il y a quelques heures, j'ai tout simplement compris que la Providence avait décidé non pas de me chuchoter un conseil, mais de me le hurler bien fort dans les oreilles ! Je dois vous avouer, Anamaria, qu'un soir, je me suis assis à la terrasse de ce restaurant à Piazza del Grillo, juste au pied de la tour où vous résidez. Je savais que vous étiez là. Un col romain, dans cette ville, c'est comme une antenne. Il vous apprend tout. Même le prix des appartements de luxe et le nom de leurs locataires... Un soir donc, je me suis assis là. Vous êtes arrivés de cette ruelle tous les deux. Vous aviez encore tous vos kilos, vous mangiez une glace. Il vous tenait par la taille. Avant de monter, vous vous êtes arrêtés une minute pour contempler le forum impérial. Puis, vous avez pointé du doigt une nuée de martinets qui exécutaient leur ballet aérien au-dessus de Piazza Venezia, au coucher du soleil. Et vous êtes entrés dans la Tour, sans vous douter que je vous regardais.

« Voilà, vous savez à peu près tout. Nous allons nous diriger vers la sortie, venez. Voyez, avant de sortir, jetez un dernier coup d'œil sur *La Mise au tombeau de la Vierge* de Panicale. Vous savez, les experts s'entendent pour dire qu'il y avait une autre *Mise au tombeau de la Vierge* dans la collection de la Pinacothèque. Les troupes de Napoléon l'auraient emportée avec leur butin jusqu'à Paris. On n'a jamais retrouvé sa trace. Elle serait aussi de Panicale, mais un petit peu plus grande et plus réussie. C'est tout ce qu'on sait. Moi je pense que ce n'est qu'une légende. Si ce tableau était retrouvé, son propriétaire n'aurait plus à se soucier que d'une chose : protéger son argent du fisc. Sortons, ma sœur. »

L'après-midi du 31 décembre s'apprêtait à mourir sur la viale Vaticano au moment où le père Lecavalier et Anamaria di Napoli émergèrent du musée du Vatican. Ils traversèrent la rue pour marcher dans les ruelles, à l'abri des regards. L'hôtel d'Anamaria n'était pas très loin. Elle ne parlait pas. Puis, au moment de se séparer du père Lecavalier, elle le saisit par le coude.

– Mon père, vous ne m'avez pas expliqué comment arrêter *ma* machine infernale. Que dois-je faire ? Je ne peux pas retourner là-bas. C'est contre ma foi de chanteuse. Madame Lenoir disait toujours : « Chante ce que tu crois, crois ce que tu chantes, Anamaria. » Je ne peux pas m'avilir au point de croire ce que d'Ambrosio croit que le chant devrait être.

– Je sais, Anamaria, mais j'ai la solution à votre problème. Elle est très simple.

– Comment ça ?

– Vous devez simplement me promettre deux choses et je vous donne la clé qui vous permettra, comme d'Angelotti, de vous échapper du château Saint-Ange et croyez-moi, aucun Scarpia ne réussira à vous rattraper.

– Parlez. Je vous obéirai.

– D'abord, vous devez me promettre que jamais vous ne parlerez de notre rencontre à quiconque. Surtout pas à Michel. Vous devez me le promettre. Quoi, hésitez-vous ?

– Je... Non. Je vous le promets. Je le jure.

– Dites-le avec plus de conviction, ma sœur...

– Je le jure sur la tête de Michel.

– Cela n'est pas assez.

– Je le jure sur la tête de ma mère.

– Je vous demande de faire un tout petit effort.

– Je le jure sur la tête de l'enfant que je porte depuis deux mois ! (*sanglots*)

– Voilà. Je m'en doutais. Aucune femme ne va à confesse pour rien... Cela m'amène à ma deuxième promesse. Séchez vos larmes, vous me faites grand-père, c'est un beau jour ! Écoutez ! C'est l'angélus !

Il la prit par les épaules.

– Oui, en effet !

– Voilà ! Vous souriez. Vous devez me promettre, si c'est un garçon, de l'appeler Louis.

– Louis ?

– Oui, Louis. Louis Lamontagne. Vous trouverez le prétexte que vous voudrez. C'est vous la comédienne. Moi, je mourrai en paix.

– Mais madame Madeleine ne va jam...

– Vous devez me le promettre !

Anamaria hochait la tête comme celle à qui on vient d'apprendre une catastrophe épouvantable. Puis, elle se mit à sourire en pensant à son enfant qui porterait le nom d'un demi-dieu oublié.

– Je vous le promets, je vous le jure sur la tête du petit Louis Lamontagne ! J'aime ce prénom ! C'est le prénom des rois !

– Vous comprenez vite. Mon fils a de la chance. Maintenant, pour régler votre problème, la chose est simple.

– Parlez.

– Vous allez rentrer à la Tour présenter vos excuses à d'Ambrosio en prétendant que vous avez cédé au trac. Dites-lui que vous avez été éblouie par son intelligence, mais que maintenant, vous commencez avec bonheur à distinguer les formes du monde nouveau que la lumière de son génie révèle à vos yeux.

– C'est tout ?

– Non ! Non !

– Après ?

– Gardez votre bonne nouvelle pour plus tard. Ménagez vos effets... Vous allez exiger de Michel le numéro de téléphone personnel de sa mère. Vous lui ferez croire que vous tenez à lui souhaiter personnellement la bonne année. Appelez-la dès demain soir, pour le jour de l'An.

– D'accord.

– Une fois que vous l'aurez au bout du fil, dites-lui la chose suivante...

Les paroles du père Lecavalier furent perdues dans la pétarade perçante et odieuse d'une vespa romaine chevauchée par un prêtre, cigarette au bec, qui envoyait la main au père Lecavalier.

– Nous voilà découverts ! C'est le père Tajuelo, il entend les confessions en espagnol. Une pie ! Il paraît qu'il a confessé la reine d'Espagne la semaine dernière. Imaginez ! Des heures de plaisir ! En tout cas. Si votre problème n'est pas réglé après vingt-quatre heures par Madeleine Lamontagne elle-même, je consens à être jeté vivant aux lions ici même au Colisée !

– Vous... vous êtes sûr ?

– Croyez-moi, Anamaria, ce conseil est aussi infaillible que mon grand patron.

Il prononça cette dernière parole en montrant son lieu de travail de l'index droit.

Anamaria monta à sa chambre, se déshabilla et dormit. Le matin du 1er janvier, réveillée par le cri de quelque fêtard attardé, elle remit, pour rire, son habit de Dominicaine, régla sa note et marcha pendant quelques minutes pour contempler Rome en ce premier jour du siècle. Lasse de marcher, elle héla un taxi depuis un trottoir de via della Conciliazione. Elle fut étonnée de sa chance. Les taxis romains ne s'arrêtent que rarement sur demande. Le chauffeur fut charmant ; il lui offrit la course en lui souhaitant une bonne année.

Au Palazzo del Grillo, Michel tomba à ses pieds en la voyant et pleura pendant de longues minutes. D'Ambrosio, survolté mais distant, accepta ses excuses et lui apprit dans la même phrase que les dernières scènes du film seraient tournées dès le lendemain matin sur la terrasse du château Saint-Ange. Le réalisateur se retira ensuite dans ses appartements avec Wotan, son chihuahua.

Au soir, Anamaria mit son plan à exécution et téléphona à Madeleine, qu'elle surprit en pleine conversation avec Rachel Beck. Elle dormit avec abandon, sentant qu'elle avait joué son va-tout. Les paroles du père Lecavalier lui tournaient dans la tête, si anodines qu'elle se demandait comment des propos si banals parviendraient à dénouer une situation si critique. Elle eut un mauvais rêve cette nuit-là. Dans ce rêve, le père Lecavalier l'avait trompée comme Scarpia avait trompé Tosca, et Michel tombait de la terrasse du château Saint-Ange, dans le vide.

Trois minutes après le retour inespéré d'Anamaria, Bruno-Karl d'Ambrosio s'était précipité sur son téléphone. L'homme connaissait les jeux du métier ; les journalistes furent avisés de l'heureux dénouement avant le chef de plateau. Dès que ce dernier eut vent de la chose, les choses évoluèrent très vite. Avec un mois de retard sur son calendrier de tournage, Bruno-Karl d'Ambrosio n'avait qu'une idée en tête : finir ce foutu film. Il n'était pas question de tourner dès le lendemain, c'était trop tôt pour que l'orchestre arrive à se regrouper. L'orchestre de la RAI fut donc convoqué pour le matin du 3 janvier, ce qui donnerait à l'équipe le temps de se réapproprier l'espace de tournage abandonné juste après que Michel eut chanté *E lucevan le stelle* à l'aube du 26 décembre. Mais s'agissait-il encore de Michel ? Trente-cinq kilogrammes en moins, l'œil fou, le système nerveux anéanti par toutes les cochonneries que d'Ambrosio lui avait fait ingérer, le ténor n'était plus qu'un squelette recouvert d'un épiderme, un cheval efflanqué chantant. La journée du 2 janvier serait donc consacrée aux répétitions des dernières scènes.

– Demain on répète, et le 3 dès l'aube, c'est *one shot*.

Pour tourner sa scène ultime, d'Ambrosio avait besoin de la lumière de l'aube, celle qui révèle la beauté de Rome. Filmer à cette heure du jour permettait aussi d'assurer un tournage dans un silence relatif. Au fond, se disait-il, ce retard dans la production aurait au moins apporté quelque chose ; Rome serait à son plus calme. Autrement, le simple bruit de la circulation et les avions volant dans tous les sens dans le ciel romain interdisaient toute tentative de tournage. D'Ambrosio tenait à répéter le 2 ce qui serait filmé le 3, et ce, à la même heure. C'est donc à quatre heures du matin, alors que Madeleine et Solange survolaient la France, que le réalisateur tira du lit Anamaria et Michel, à bout de fatigue, pour une ultime journée de répétition au château Saint-Ange.

Il s'agissait donc de reprendre tout de suite après le grand air du ténor, au moment où Tosca rejoint Cavaradossi sur la terrasse du château, où il est sur le point d'être exécuté. Elle tient à la main le sauf-conduit qu'elle vient de retirer des doigts crispés encore chauds de feu Scarpia. S'ensuit une scène de bonheur. Libres ! Nous sommes libres ! Tosca rassure Cavaradossi : le peloton d'exécution tirera avec des balles à blanc. Il lui suffira de tomber mort au premier coup de feu, d'attendre le départ des hommes et il pourra fuir avec Tosca. Ils se rendront au premier port, Civitavecchia, pour s'embarquer vers d'autres terres. Mais Scarpia n'a pas dit son dernier mot. Les balles sont de vraies balles et Cavaradossi meurt sous les yeux de Tosca convaincue qu'il joue la comédie. Alors qu'il gît sur la terrasse du château maintenant déserte, Tosca s'approche de lui. *Presto su, Mario !* Presse-toi ! Lève-toi, il faut fuir ! Elle met la main sur son corps ensanglanté. Mort. Folle de douleur, Tosca serre le corps de son amant défunt sur sa poitrine. Entretemps, on s'est rendu compte de la mort de Scarpia au Palazzo Farnese. Des voix proviennent de l'intérieur du château. On cherche l'assassine ! Spoletta, le sbire de Scarpia, surgit sur la terrasse. Tosca comprend qu'elle n'a aucune chance et, avant d'être attrapée, saute dans le vide après avoir lancé : *Ah Scarpia, avanti a dio !* Scarpia, je te reverrai devant Dieu ! L'opéra, qui avait commencé la veille dans ce château d'où s'était enfui d'Angelotti, se conclut au même lieu, où meurent maintenant Cavaradossi exécuté et Tosca, suicidée.

Selon le calendrier de tournage initial, ces dernières scènes au château auraient dû être tournées avant les scènes du deuxième acte, mais le départ précipité de Kroll et les engagements de son remplaçant polonais avaient forcé d'Ambrosio à revoir ses plans. L'équipe de tournage avait donc envahi le château Saint-Ange dès le matin du 2 janvier. D'Ambrosio tenait à tout prix à ce que Tosca saute de la terrasse pour vrai, c'est-à-dire que le spectateur ne soit pas berné par un quelconque artifice. Pour que cette fin grandiose n'en soit pas une pour la soprano, les membres de l'équipe de tournage avaient dû trouver un moyen d'attraper Anamaria. Pour ce faire, ils avaient profité du fait que le château Saint-Ange est une forteresse construite en divers paliers. Celui qui saute de la terrasse n'atterrit pas sur le pavé romain tout en bas, encore moins dans le Tibre, mais sur une des terrasses inférieures selon l'endroit qu'il choisit pour prendre son envol. Debout sur la terrasse, le réalisateur expliquait à Anamaria qu'elle devrait sauter du côté qui donne sur Saint-Pierre de Rome.

– Je tiens à ce qu'on vous voie sauter avec Saint-Pierre en arrière-plan. Vous voyez ? Donc, en voyant les hommes de Scarpia monter par cet escalier, là, vous courrez en direction de l'archange et vous sauterez dans le grand filet que nous aurons fini de tendre dans quelques minutes.

– Il sera assez solide ?

– Mais bien sûr !

D'Ambrosio montrait du doigt le filet que les ouvriers étaient en train de monter sur une structure d'acier dans la dernière cour intérieure que doit traverser le visiteur avant de monter sur la terrasse du château. Le filet en nylon devait mesurer dix mètres sur huit ; chacun de ses angles était fixé à un poteau d'acier de dix mètres de hauteur. Toute cette structure tenait ensemble comme un échafaud, à l'aide de croix de saint André et de nombreuses vis.

– Vous allez d'ailleurs sauter très bientôt quelques fois pour vous y habituer. Autrement, vous risquez de reculer au moment fatidique. Pour cette scène, vous n'avez malheureusement pas droit à l'erreur.

Cinq fois donc, avant le lever du soleil, Anamaria dut monter sur le parapet de la terrasse et se lancer dans le filet. Elle finit par prendre goût à l'exercice de sorte qu'elle insista pour sauter une sixième fois, histoire de bien apprivoiser sa peur. Anamaria adorait ce sentiment de tomber dans le vide pour être rattrapée par le filet et flotter ainsi à cinq ou six mètres du sol jusqu'à ce qu'on vienne l'aider à sortir des mailles. Sur le plateau, chacun des sauts d'Anamaria était ponctué d'une salve d'applaudissements nourris. À vrai dire, tous ces maquilleurs, costumiers, assistants de ceci et scripteur de cela applaudissaient la fin d'un calvaire qui prendrait bientôt fin. Pendant trois jours, on avait craint le pire pour Anamaria. La plupart des techniciens avaient parié sur un suicide dans le Tibre, d'autres, sur une fuite vers Montréal. Tous avaient perdu leur pari. La chanteuse avait prétexté un épuisement professionnel. D'Ambrosio avait tenu à ce qu'elle présentât ses excuses au reste de l'équipe.

– Vous leur avez quand même fait perdre trois jours de leur temps précieux, Anamaria.

La diva n'avait pas répondu à cette pointe de d'Ambrosio. Elle s'était mordu la langue pour ne pas lui renvoyer une remarque pleine d'esprit sur le temps qu'on fait perdre à son prochain.

Une fois le plongeon d'Anamaria jugé satisfaisant, d'Ambrosio fit répéter les scènes entre Tosca et Cavaradossi, jusqu'à l'exécution de ce dernier. On attendait toujours qu'arrivent les figurants qui devaient former le peloton d'exécution. Ils arrivèrent vers neuf heures, en même temps qu'un chargement d'appareils électroniques qu'on installa dans une salle du château, la dernière pièce que le visiteur traverse avant de déboucher à l'air libre sur la terrasse. Il fallait compter les pas de chaque déplacement, apprendre par cœur chaque rictus, chaque mouvement du doigt.

– Je vous veux tous en costumes dans une demi-heure, est-ce bien clair ? avait fini par vociférer d'Ambrosio accompagné par les aboiements du petit Wotan.

À l'intérieur du château, on s'affairait à monter une véritable *war room* tout droit sortie d'un film d'anticipation. Tout le succès de l'entreprise reposait sur le fait que les chanteurs chantaient *pour vrai,* c'est-à-dire que le chef d'orchestre les dirigeait à l'aide d'un système complexe de moniteurs et de caméras, les chanteurs étant unis à l'orchestre par un lien électronique en temps réel. Pour tester les écrans qu'ils montaient un à un, les techniciens passaient les fichiers des scènes déjà filmées, pas encore montées, trois mois de tournage et de défis, de problèmes et de solutions, de crises et de pleurs. Sur un écran, on voyait comment Golub alias Scarpia ordonnait à ses sbires de torturer un Michel au bout de la souffrance, car d'Ambrosio avait voulu – et personne n'avait pu le faire changer d'avis – que Michel souffrît pour vrai, qu'au moins une partie du sang qui coulait fût de l'authentique hémoglobine. Sur un autre écran repassait l'apparition de Scarpia dans l'église Sant'Andrea della Valle ; sur un troisième, Golub chantait dans le Palazzo Farnese sous le splendide plafond de bois ouvré de la salle d'Hercule. Sur le mur, un immense portrait d'Adolf Hitler. Tous les hommes de Scarpia portaient la croix gammée. Un quatrième moniteur rejouait l'émouvante performance de *E lucevan le stelle* que Michel avait enregistrée le 26 décembre au matin.

Debout devant ces images, Anamaria et lui ne savaient pas s'ils devaient se réjouir ou pleurer le sort de ce cheval efflanqué qui avait pris la place de Michel. Anamaria comparait les traits de Michel à ceux du père Lecavalier. Pas de doute, l'un venait de l'autre. Pas étonnant non plus que jamais Solange ne se fût rendu compte de la ressemblance, la beauté subtile de Lionel Lecavalier n'ayant jamais réussi à traverser tous ces tissus adipeux et étant restée secrète pendant trente ans. Le régime inhumain auquel Michel avait été soumis en plus du programme d'exercices physiques avaient fait de lui un être différent.

– Tu as perdu dix kilogrammes de trop.

– Toi aussi. Il faudrait que tu regagnes du poids, Anamaria chérie.

– Je te le promets.

Mais peu de temps leur fut laissé pour se contempler. Déjà harcelés par les habilleuses, maltraités par les maquilleuses, les deux chanteurs retrouvèrent vite leur concentration. D'Ambrosio et Wotan mordillaient les talons de tout un chacun, ordonnant à l'un de presser le pas, sommant l'autre de ralentir. À neuf heures quarante-cinq surgirent d'une salle proclamée vestiaire les dix figurants qui devaient former le peloton d'exécution, tous en uniformes S.S. impeccables. Toute l'équipe de production en resta bouche bée. Aucun de ces hommes ne semblait être né après 1920.

Ainsi avançaient, l'arme à l'épaule, dix vieillards courbés, voûtés, l'un bâillant, l'autre cherchant dans sa poche quelque cachet pour calmer une arythmie imaginaire. D'Ambrosio, accompagné d'un interprète, s'avança vers eux. Il était très content de les voir enfin. D'après ce que Michel et Anamaria furent à même de comprendre, il s'agissait de dix authentiques S.S. que d'Ambrosio avait réussi à trouver et à convaincre de participer au tournage de *Tosca* en qualité de bourreaux. Cette fantaisie de mise en scène, ce dernier ressort de casting, d'Ambrosio l'avait gardé pour lui. Les S.S. reçurent l'ordre d'aller attendre les directives du réalisateur dehors sur la terrasse, là où l'exécution devait avoir lieu.

D'Ambrosio avait interdit toute forme de communication avec les membres du peloton d'exécution. Ces pauvres bougres étaient déjà assez confus, expliquait-il, mieux valait ne pas les distraire de leur tâche première qui consistait à exécuter Michel sous les yeux d'Anamaria. Cette dernière, quand elle avait vu ces contemporains de Moïse arriver, s'était demandé ce qu'ils venaient faire dans la production. Ils avaient beau être maintenant vêtus de leurs uniformes, Anamaria se posait toujours la même question. Sans qu'elle sache trop si sa rencontre avec Lecavalier lui avait conféré une autorité nouvelle – dont elle goûtait chaque seconde – ou si c'était l'imminence de la fin du tournage qui lui faisait prendre ces libertés avec d'Ambrosio, Anamaria tint à ce que ses réserves quant à l'âge des figurants fussent exprimées clairement. Ainsi émergea-t-elle de l'escalier de pierre qui mène vers la terrasse, vêtue de sa robe rouge, déjà maquillée – pourquoi diable se maquiller si on ne fait que répéter ? – s'avançant vers le groupe formé par les S.S., d'Ambrosio et le petit Wotan.

– Monsieur d'Ambrosio, je tiens seulement à comprendre. Ces messieurs, vous dites, ont été de vrais S.S. ?

– Oui, Anamaria ! En vérité, seuls trois d'entre eux sont de vrais S.S., les autres étaient des membres de la Wehrmacht et des membres du parti nazi. On appelle ça une trouvaille théâtrale ! C'est ce qui va vendre le film ! Je vous rappelle que vous pouvez m'appeler Bruno et me tutoyer.

– Comment cela peut-il être considéré comme une trouvaille, Monsieur d'Ambrosio ?

D'Ambrosio avait très peu goûté la chute de timbre d'Anamaria.

– Mademoiselle di Napoli, vous n'êtes pas sans savoir que vous avez usé presque toute ma patience avec vos petites vacances romaines. Vous vous preniez pour qui ? Audrey Hepburn ? Disparaître comme ça en pleine production ! Et vous avez le culot de poser des questions sur des décisions qui dépassent non seulement vos responsabilités, mais aussi votre intellect ? Je n'ai qu'un conseil à vous donner : laissez votre voix reposer jusqu'à demain matin si vous tenez à trouver du travail dans l'avenir. J'ai le bras aussi long que la mémoire et la vengeance facile. Ne l'oubliez pas.

Michel tirait sur le bras d'Anamaria comme pour l'empêcher d'étrangler le malotru.

– Votre trouvaille est un gadget pathétique ! Ce qui devrait vendre le film, c'est la musique ! Rien d'autre ! eut-elle à peine le temps de dire avant que Michel ne lui couvre la bouche pour la faire taire.

Lentement, avec des gestes mesurés, d'Ambrosio cueillit du sol le petit Wotan, le cala dans le creux de son coude et s'avança vers Michel et Anamaria d'un pas solennel.

– Si jamais vous trouvez du travail après cette production, ce sera comme choriste pour des pubs de restaurant. Et pas les plus chics.

– Vous ne me faites pas peur. La vérité finit toujours par triompher.

D'Ambrosio s'était éloigné en ricanant. Michel, épouvanté par cette sortie de son amoureuse, était sous le choc. Il craignait autant la colère de d'Ambrosio que celle d'Anamaria. Celle-ci, dépitée, s'était assise sur le bord de la terrasse, les pieds pendant dans le vide, et contemplait la cour intérieure où se trouvaient le filet et la statue de l'archange Michel. Elle tournait le dos aux anciens S.S., à Michel, à d'Ambrosio qui était redescendu avec Wotan dans ce qu'il appelait sa « tanière du loup ». Elle guettait le ciel en direction de Saint-Pierre, attendant un signe, se demandant si le père Lecavalier rôdait dans les parages. Ainsi assise, une simple poussée dans le dos eût suffi à la précipiter vers la mort. Elle en était consciente et s'en moquait. Soudain, alors qu'elle allait entamer une prière en direction du Vatican, une voix très familière monta de la cour intérieure. Une voix un peu nasillarde... non, deux voix ! Comme le mélange du hululement de la chouette et du caquètement du canard.

– Madeleine, regarde en haut, c'est Anamaria !

D'en bas, Solange et Madeleine, à peine descendues de la moto Suzuki louée à l'aéroport, se frayaient un passage entre les techniciens. Solange semblait très heureuse de voir Anamaria.

– C'est là-dedans que tu vas sauter ? lui demanda-t-elle en fixant le grand filet de nylon.

Anamaria s'était relevée, le cœur battant, la main fébrile. Lecavalier avait eu raison. Dès cet instant, elle décida d'être heureuse et chercha Michel pour lui annoncer la fin imminente de ses tourments et le début du vrai bonheur. Elle ne le trouva pas sur la terrasse. Se sentant coquine, elle marcha vers les vieux Allemands assis à contempler Rome, en attente de directives pour répéter leur scène, se planta devant eux, les regarda droit dans les yeux et éclata de rire. L'un après l'autre, elle les montra du doigt, de haut en bas, cherchant tout particulièrement la dent manquante, le pied courbé, le dos bossu, riant des malformations que l'âge avait imposées à ces corps autrefois virils et énergiques. Arrogante et fantasque, elle caressait les calvities, tapotait du doigt les oreillettes et chatouillait les bourrelets des vieux qui furent très amusés par son manège. Puis, décidée à en donner pour son argent à ce d'Ambrosio, elle descendit elle aussi à la salle des machines.

Là, elle tomba dans les bras de Madeleine, qui resta muette en la voyant tant elle avait maigri.

– Attendez de voir Michel ! Il n'a plus que la peau sur les os !

Mais de Michel, aucune trace. D'Ambrosio papillonnait à gauche et à droite, donnant des ordres, s'allumant une cigarette. C'est d'ailleurs à l'odeur du tabac que Madeleine le trouva dans le fouillis des machines et le labyrinthe que les habilleuses et maquilleuses avaient formé en montant leurs paravents. Le réalisateur faillit avaler sa montre en voyant fondre sur lui la présidente du Groupe Mado inc. Pour la toute première fois de sa vie, Solange dut retenir Madeleine à deux mains.

– P'tit bon à rien ! Où est mon garçon ?

D'Ambrosio, que Madeleine avait saisi par le cou avant que Solange ne la force à le lâcher, reprenait son souffle. Un Wotan furieux tournait autour des deux femmes en aboyant rageusement.

– Faites taire cette sale bête !

Madeleine était hors d'elle.

– Madame Lamontagne ! Quelle surprise ! Quelle agréable surprise vous nous faites. Si nous allions dehors sur la terrasse ? Je tiens absolument à vous montrer la vue qu'on gagne depuis là-haut, c'est votre première visite à Rome, n'est-ce pas ?

D'Ambrosio souhaitait avant tout s'éviter un esclandre devant l'équipe de production. Les vieux Allemands, tous à moitié sourds, ignorant le français, seraient un public mieux désigné pour la scène qu'il anticipait. Mais qu'est-ce que cette folle venait faire ici en fin de tournage ? Ne s'était-elle pas engagée à lui donner carte blanche ? Il se retrouva donc seul avec Madeleine pendant qu'Anamaria était restée à l'intérieur pour montrer à Solange les enregistrements des horreurs auxquelles elle avait été soumise pendant le deuxième acte, ne se doutant pas que le sort de d'Ambrosio était déjà scellé. Solange se cachait le visage des mains.

– Mon Dieu, Ana, mais c'est ben épouvantable !

– Ce n'est rien, Suzuki ! Attendez de voir le peloton d'exécution ! Et écoutez ! Écoutez ça !

Anamaria avait coiffé Solange d'une paire de gros écouteurs et ouvert un fichier du premier acte. Leur duo d'amour.

– La voix de Michel a vraiment beaucoup changé, s'était contenté de dire Solange, qui ne s'était pas rendu compte de l'odieuse machination de d'Ambrosio.

Insatisfait de la voix de Michel, il avait en secret fait enregistrer la voix d'un autre ténor sur la bande déjà filmée de sorte que la substitution vocale était presque imperceptible à qui ne connaissait pas la voix de Michel Lamontagne. Anamaria en avait été avisée deux semaines auparavant par un technicien d'origine française qui l'avait prise en affection. Elle n'avait rien dit à Michel, pour ne pas que son amour-propre en soit pour l'éternité anéanti. De toute évidence, d'Ambrosio n'attendait que d'avoir la dernière scène pour envoyer au « doublage » ce qui lui manquait et parfaire son œuvre diabolique.

– Justement, ce n'est pas sa voix ! C'est de la postsynchro ! D'Ambrosio envoie ces images ailleurs, dans un autre studio où un ténor, je ne sais pas lequel, ajuste sa voix sur les mouvements de Michel. Vous vous faites rouler à l'os !

Dès qu'elle comprit de quoi il en retournait, Solange prit la décision que quoi qu'il advienne, ce n'était pas elle qui apprendrait la nouvelle à Madeleine. Non. Que quelqu'un d'autre s'en charge. Elle se mit d'ailleurs à la recherche de sa compagne, la trouva dehors en train d'entendre les explications de d'Ambrosio sur la sûreté du filet de nylon. Ce dernier transpirait à grosses gouttes en montrant du doigt le Vatican pour faire comprendre à Madeleine le grandiose du dernier plan qu'il avait choisi pour le film. Solange fit le tour de la terrasse de pierres, un endroit somme toute assez petit une fois que s'y trouvaient dix S.S. vieux comme des papes, un réalisateur vedette, la présidente d'un important groupe agroalimentaire, son assistante et une diva sur le point de devenir célèbre. Jamais d'egos plus redoutables ne s'étaient affrontés en cet endroit.

Du bout de la terrasse, Solange contempla le Tibre. Trop loin pour sauter, pensa-t-elle. Sur le pont des Saints-Anges habituellement maculé de touristes qui photographient les magnifiques statues montées sur les parapets, deux figures humaines s'avançaient lentement. La première, un homme dont la silhouette ne lui était pas inconnue, était suivie d'une femme très âgée, très corpulente, qui avançait lentement en s'arrêtant parfois pour montrer du doigt en direction de la terrasse ou de Saint-Pierre de Rome. Solange hurla.

– Gabriel !

Tous les occupants de la terrasse, même les Allemands, se massèrent avec d'Ambrosio, Anamaria, Madeleine et Solange pour regarder en direction du pont. Gabriel et Magda n'avaient pas entendu le cri de Solange. C'est en voyant la moto Suzuki que Gabriel comprit qu'il y aurait conférence au sommet.

– Magda, vous êtes sur le point de rencontrer une personne tout à fait spéciale.

– Plus spéciale que vous ?

– Plus riche, en tout cas.

Ils mirent quinze minutes à gravir les escaliers jusqu'à la terrasse, Magda devant de temps à autre s'appuyer, lire une inscription latine, déchiffrer quelque graffiti. Depuis son arrivée à Rome, elle se sentait excitée comme un ministre conservateur chez les effeuilleuses. Elle cherchait partout des traces de la Rome qu'elle connaissait des livres, avait contemplé le Tibre la larme à l'œil, déclamé à Gabriel des poésies latines, vestiges de ses cours de latin de la Sophie-Charlotte Schule et adressé au ciel un léger reproche : pourquoi si tard ? Pourquoi Rome aujourd'hui alors que mes jambes ne me portent plus ?

Pourquoi m'as-tu fait si longtemps attendre Rome, Seigneur ?

Question reprise dix fois par jour par ceux qui voient la ville éternelle pour la première fois. Magda, celle qui prétendait ne pas être croyante, adressait une question directement à Dieu, le tutoyant, liberté qu'elle ne se serait pas permise à l'égard de Puccini, par exemple, ou de Gabriel, qui lui tenait le coude de la main gauche. Ils parvinrent à la cour intérieure où était tendu le filet de nylon sans même y jeter un coup d'œil. Dans la salle des machines, Anamaria tomba dans les bras de Gabriel.

– Je savais que tu viendrais ! Je savais.

– Où est Michel ?

– On ne sait pas. Il faut que tu anéantisses cette crapule, Gabriel. Il est là-haut avec ta mère et Suzuki, *please,* sois gentil avec Madeleine. C'est pas le moment d'être divisés...

– Je sais, j'ai vu la moto.

– Elles sont venues de l'aéroport en moto ?

Anamaria n'en revenait pas de l'effet de son appel téléphonique de la veille. Tout semblait finalement se mettre en place. Ce Lecavalier était un mage, un ange. Oui, les anges existent, se dit-elle.

En haut sur la terrasse, des scènes bizarres se déroulaient. Magda y avait précédé Gabriel pour tomber nez à nez avec dix vieux croûtons en uniformes nazis qu'elle insulta abondamment en allemand.

– Vous vous trouvez spirituels ? Vous devriez avoir honte !

Les figurants lui apprirent la vérité.

– Et vous avez accepté ? C'est vrai que pour les questions d'éthique, vous n'avez jamais été très forts, hein, les gars ?

Les vieux fixaient le plancher, honteux, s'apercevant soudain par les paroles de cette femme qu'ils avaient peut-être eu tort d'accepter les dix mille marks de cet homme pour une figuration d'une minute dans un film.

– Il nous a dit que c'était pour sensibiliser les gens aux dangers du fascisme et de l'autoritarisme.

– Qui ça ?

– Lui, le Canadien.

Comme s'il s'était senti interpellé, d'Ambrosio avait laissé Madeleine une minute pour se joindre à la conversation. Gabriel dut servir d'interprète entre Magda et le réalisateur.

– Elle veut savoir pourquoi il y a des croix gammées partout dans votre film. Pourquoi vous avez hissé le drapeau nazi sur le château ?

– Dites-lui que cela fait partie de ma vision artistique. C'est pour permettre à des gens simples de comprendre des choses très complexes.

– Elle veut savoir si un coup de pied au cul, c'est considéré complexe.

– Dites-lui de rester polie.

– Elle comprend chaque mot que vous dites, mais elle tient à préciser que votre idée de situer *Tosca* dans un cauchemar nazi est une connerie monumentale. Elle dit aussi que Scarpia n'a pas besoin d'une croix gammée pour être effrayant. Il l'est par ce qu'il chante. S'il vous faut, pour faire comprendre le combat entre le bien et le mal, recourir à des moyens aussi primaires, c'est soit que vous êtes débile, soit que vous vous adressez à un public de débiles, ou les deux.

– Mais que le diable l'emporte, votre Magda Goebbels ! Faites-la taire !

– Elle n'a pas fini. Attendez. Elle veut dire que le plus important, mais ce qui semble être au-dessus de vos forces et de votre talent, ce serait de faire comprendre à votre public que nous sommes tous Scarpia, que nous sommes tous Tosca et que nous sommes tous Cavaradossi. Oui, c'est ça. Celui qui opprime, l'innocent et celui qui se lève pour dire non. Tout le monde peut-être bourreau, tout le monde peut être victime. Le reste, je ne comprends pas, elle parle trop vite.

– Bourreau ? Elle devrait savoir, elle, en qualité d'Allemande, tout ce que cela signifie ! Maintenant j'en ai assez, Arnold ! Je ne sais pas qui vous êtes ni comment vous avez réussi à vous introduire ici, mais je sais comment vous allez en sortir.

Si d'Ambrosio avait pris la peine de poser la question, on l'aurait renseigné quant à l'étanchéité de la porte du château Saint-Ange. Les temps avaient beaucoup changé depuis l'époque où les papes venaient y trouver refuge contre les envahisseurs. La porte du château était bien gardée par deux agents de sécurité, cela est vrai. Dans le cas de Madeleine et Solange, un seul billet de cent dollars américains était venu à bout de leur vigilance. En ce qui concerne Gabriel, la présence menaçante de Magda et sa propre stature imposante avaient résolu l'affaire. On les avait pris pour la famille d'un figurant. Un peu à l'écart de la conversation, Madeleine entendait en redevenir le centre, car elle n'avait pas encore expliqué à d'Ambrosio la raison de sa présence à Rome.

– Monsieur d'Ambrosio, je suis venue vous apporter une très mauvaise nouvelle. Le Groupe Mado inc. retire sa participation au financement de votre film. Ne me regardez pas comme ça. Moi, je ne comprends rien au théâtre, ni à l'opéra. Tout ce que je sais, c'est que les gens aiment ça, pis que bon, ça les divertit. Je ne comprends pas pourquoi tout le monde s'énerve à cause de quelques croix gammées ou du portrait d'Adolf Hitler que vous avez accroché au mur au deuxième acte. Les vieux qui sont ici pis qui comprennent même pas pourquoi tout le monde s'engueule, moi j'en ai pitié. J'espère qu'à leur âge, je ne serai pas réduite à me lever à l'aube pour faire semblant d'exécuter quelqu'un. En passant, je voudrais bien que vous me montriez mon fils. Oui, je t'ai vu, Gabriel. Bonjour. Ben oui, chu contente de te voir. J't'embrasserais, mais tu sais à quel point j'haïs ça. Bon, vous astheure, Bruno-Karl. Où est Michel ? Pis pourriez-vous faire taire votre chien ? Chu pus capable. Je suis un peu irritable parce que j'ai très mal dormi. Ouin. Hier matin, j'étais dans mon bureau en train de lire un paquet de lettres que mon fils Michel avait de toute évidence destiné à son frère Gabriel qui vit à Berlin. Il a mis la mauvaise adresse sur l'enveloppe, ce qui m'a beaucoup inquiétée parce que mon petit Michel ne commet pas ce genre d'erreurs. Ça, c'est plus le genre de son frère. Mais en lisant les cahiers, pis les lettres qu'ils s'étaient échangées pendant des mois, j'ai été rassurée de voir qu'ils se parlaient. Des fois durement, des fois tendrement, mais ils se parlaient comme deux frères. Ça m'a fait du bien. Pis dans les cahiers de

Gabriel, ben j'ai compris un paquet d'affaires. Imaginez-vous qu'avant de venir ici, moi et Solange avons fait un détour par New York. Ouin. Le tour du monde en une nuit. J'avais une affaire importante à régler là-bas. Si je m'étais écoutée, je serais restée à New York encore une journée pour repartir une fois bien reposée, avec Solange. Mais v'la t'y pas que ma belle Anamaria m'appelle pour me souhaiter la bonne année et qu'elle me dit: « Madame Lamontagne, l'endroit où nous sommes logés coûte douze millions de lires par mois. » J'ai dit quoi ? Douze mille dollars ? Plus le loyer de d'Ambrosio qui coûte autant, pendant six mois ? Me prenez-vous pour une folle, coudonc ? Savez-vous combien de serveuses on peut engager pour ce prix-là, juste à Milwaukee ? Des filles qui ont pas d'autres perspectives d'avenir ? Qui ont un p'tit à nourrir, hein ? Vous savez, les épaisses qui ont jamais entendu parler de vos pièces ? Écoutez, mon p'tit monsieur. Moi, quand je vais à New York, c'est pas au Waldorf Astoria que je dors, non, mon cher. Je couche au Radisson. Je voyage en classe économique, comme tous mes employés, même Solange. Mais les chiffres, c'est pas vot' fort, hein ? Vous êtes trop intelligent pour vous abaisser à ça, n'est-ce pas ? Ben pas moi. Tout ce que j'ai, je l'ai parce que je sais gérer mes affaires. Que j'aille directement en enfer si vous arrivez à trouver un dollar gaspillé dans toute mon entreprise. J'ai la réputation de mener mon bateau comme on gère un couvent, et j'en suis très fière. Donc quand j'apprends qu'un p'tit morveux fait la vie d'un prince sur mon bras à Rome, ben comprenez que je parde patience, bout d'viarge !

Il fallut à ce moment que Gabriel contienne sa mère, qui se préparait à frapper dans l'estomac de d'Ambrosio immobilisé par Magda. Elle parvint quand même à le rudoyer un peu cependant que Magda lui écrasait la pomme d'Adam à l'aide du manche de sa canne. Gabriel le dégagea de leur emprise en le saisissant par le col. Ce n'était que pour le martyriser à sa façon. Tenant l'artiste à bout de bras, il le secoua violemment.

– Et où est Michel ? Parle, trou-du-cul !

C'est ce moment d'une grande intensité que choisit Michel pour se manifester. Depuis la mezzanine où trône sur sa stèle l'immense statue de l'archange qui porte son nom, il avait, tranquille et narquois, attendu qu'on s'informe de lui. Quelques minutes auparavant, Michel, ayant entendu sa mère et Solange, avait pour ainsi dire pété les plombs. On expliquerait ultérieurement que son comportement extravagant avait été causé d'une part par les médicaments à base d'amphétamines que d'Ambrosio lui avait fait prendre pour accélérer sa perte de poids et d'autre part par un choc nerveux. Il s'était enveloppé dans un drap blanc qui avait servi à couvrir une caméra. L'ouvrant lentement, comme le papillon ouvre ses ailes, il s'avança et trouva judicieux, en ces circonstances, de répéter ses répliques nu comme un ver.

La nudité de Michel, inattendue et gênante, causa chez les témoins des réactions diverses et variées. Il faut comprendre que le garçon avait perdu en une demi-année l'équivalent du poids d'une personne. Il était méconnaissable. Même Madeleine n'en crut pas ses yeux.

– Michel, pour l'amour du ciel, cache ta clé de *fa !* dit-elle à son fils.

– Michel, tu vas prendre froid, descends, lui dit son frère.

– Michel, mon amour, tu m'inquiètes, descends et parle-moi, lui pleura son amante.

C'est à Solange que revint la palme de la réplique la plus pertinente dans les circonstances. Michel, avec tous ces kilos en moins, était devenu le portrait craché de son père. La graisse, gage d'une affection maternelle jamais démentie, avait pendant toutes ces années caché les origines de Michel. Le doute n'était maintenant plus permis.

– Mon Dieu qu'il ressemble au père Lecavalier, tu trouves pas, Madeleine ? Il prend le même maudit accent pointu quand il parle ! C'est quasiment pas croyable !

Gabriel aidait déjà son frère à descendre de son perchoir pendant que Madeleine fusillait Solange du regard. De toute évidence, une énigme venait d'être résolue dans l'esprit de Solange qui, à partir de ce moment, ricana jusqu'à son atterrissage à Montréal le lendemain. Les figurants avaient pris la sage décision, au premier signe de grabuge, de filer à l'allemande. Autour de Michel assis sur un rempart de la terrasse, on s'agglutinait. Mais d'Ambrosio réclamait l'attention du groupe.

– Je sais que je dérange ces retrouvailles émouvantes, mais moi, j'ai des gens qui attendent en bas et un orchestre qui va jouer demain la dernière partie de l'Acte III de *Tosca*. Je compte bien finir le film. J'aimerais vous rappeler, Madame Lamontagne, que si vous retirez votre appui financier à ce stade, votre geste sera considéré comme une rupture de contrat et je me verrai dans l'obligation de vous traîner devant les tribunaux pour obtenir mon dû. Il faut savoir respecter ses engagements, dans la vie, Madame. Quant à vous, espèce de brute, la police saura s'occuper de votre cas. Je descends dans la cour intérieure fumer une cigarette. Si à mon retour cette Brünhilde et son gorille sont encore ici, j'appelle la police. Est-ce clair ?

Il disparut dans l'escalier de pierre, la tête haute, le regard fier. Pendant qu'il parlait, Magda faisait lentement le tour de la terrasse, subjuguée par la vue splendide sur Rome. Madeleine alla la rejoindre. Pendant que les autres tentaient de ramener Michel à la raison, Madeleine en profita pour remettre à Magda, sans aucune explication, la petite croix de Ludwig. Magda la saisit entre ses doigts. C'était la même petite chaîne. Tout passa devant ses yeux, Berlin, sa petite sœur gazée, Ludwig, *Tosca,* le peigne d'ambre, la boucle d'oreille de Magda Goebbels, les bombes, les morts, l'eau glaciale de la Baltique, encore plus et plus de morts allemands pour racheter les autres morts de partout, œil pour œil, dent pour dent, bombe pour bombe, l'ouverture de la *Flûte enchantée* et le bruit du galop d'un zèbre fou dont la crinière brûlait dans la nuit.

La croix avait un peu terni, comme ses souvenirs.

Elle fit signe à Madeleine de lui boucler la chaîne derrière le cou.

*So schön*... se disait-elle. Puis lentement, s'appuyant sur sa canne, à la vitesse de la girafe, elle s'approcha du bord de la terrasse, regarda en bas comme pour évaluer une distance, s'éclaircit la voix et chanta très fort en montrant du doigt la coupole de Saint-Pierre de Rome :

– *O Scarpiaaa, avanti a Diiiiio !*

Et sauta dans le vide.

# Épilogue

*

L'hôpital Santo Spirito est situé à un jet de pierre du château Saint-Ange, le long du Tibre. Si quelqu'un se trouve mal pendant une visite du château, si un touriste a soudainement besoin de soins médicaux après avoir contemplé Rome depuis sa terrasse, c'est au Santo Spirito qu'il aboutira. Ces cas de chocs émotifs graves ne sont pas rares dans la capitale italienne. Il s'agit de ce que certains membres du personnel infirmier appellent « le syndrome puccinien ».

Pour chaque homme, trois femmes sont touchées.

Pour gagner la salle d'attente des urgences de l'hôpital Santo Spirito, il s'agit, en entrant par la porte principale qui donne sur le Lungotevere in Sassia, une avenue achalandée longeant le Tibre, de laisser sur la droite la boutique de cadeaux, de continuer tout droit et de chercher le *Pronto Soccorso*. Le secours prompt. Au bout d'un escalier descendant, il faut tourner à droite pour aboutir immédiatement dans une petite salle d'attente et patienter jusqu'à ce que quelqu'un décide si oui ou non vous êtes malade. La petite salle, peinte en turquoise pour des raisons qui échappent aux patients, est meublée aussi horriblement que la salle d'attente de l'Hôpital juif de Montréal. Les cris de douleur y sont les mêmes. Solange, Gabriel, Michel (rhabillé, mais muet), Madeleine, Anamaria et quelques techniciens avaient suivi l'ambulance jusqu'à l'hôpital, à peine le temps d'allumer et d'éteindre le moteur.

L'arrivée du docteur Ruscito plongea la salle dans un silence presque complet. Anamaria dut traduire le triste message du médecin. Il était sincèrement désolé d'apprendre aux chanteurs la mort de Bruno-Karl d'Ambrosio et de Magda Berg.

– Il a dû mourir sur le coup. Il n'a pas du tout souffert. Votre amie allemande, elle, a vécu jusqu'ici, mais je regrette de vous annoncer qu'elle n'a pas survécu à son traumatisme. Je suis étonné qu'elle soit tombée directement sur la tête de monsieur d'Ambrosio. Elle aurait voulu le faire qu'elle n'aurait pas mieux réussi.

– Je sais, nous avons entendu le cri de Magda, puis plus rien, c'est affreux, dit Anamaria.

– Elle est au bout du couloir. Nous avons contacté l'ambassade canadienne pour monsieur d'Ambrosio. Pour madame Berg, nous attendons un diplomate allemand. Il devrait passer bientôt.

– Je peux la voir ?

Personne ne put refuser à Gabriel cet instant de recueillement. Il resta seul à contempler la dépouille de Magda. Sa tête avait frappé la pierre à la hauteur de l'oreille. Du sang s'était écoulé de sa bouche, en abondance, noyant la chaîne et la petite croix en or. Il parvint à détacher la boucle, essuya ce qui restait du sang sur le drap et empocha le bijou. Derrière lui, sa mère l'observait.

– Tu vas faire un détour par la Bavière, Gabriel.

– Oui. C'était prévu. Mais j'avais réservé pour deux.

– Vas-tu revenir à Montréal, après ?

– Il faut que je réfléchisse. Je dois m'occuper de Magda jusqu'à Berlin, aussi. Puis que j'aille à Kaliningrad.

– Où ?

– C'est en Russie, maintenant. Ça s'appelait Königsberg, avant.

– Pour quoi faire ?

– Pour voir les plages.

– As-tu besoin d'argent ?

– Non, je n'ai besoin de rien.

– Solange te fait dire que tu devrais recevoir quelque chose d'important dans le courrier bientôt.

– C'est quoi ?

– Je ne sais pas, je pense qu'elle t'a envoyé un cadeau.

Il n'y eut pas de larmes, cela n'aurait pas été très allemand.

Le petit Wotan, chihuahua bruyant et hypernerveux, se laissa mourir de faim après la mort de son maître dont les cendres furent, selon ses volontés, répandues dans le fleuve Saint-Laurent à la hauteur de La Malbaie, et ce, au mépris d'une loi fédérale pourtant très claire sur le sujet. Le film ne vit jamais le jour de sorte que Floria Tosca se vit épargner l'humiliation de voir son âge véritable proclamé de par le vaste monde. Elle avait encore l'intention de séduire.

Madeleine décida de rapatrier avec elle son Michel et Anamaria. Ce dernier finit par émerger de sa torpeur au-dessus de l'Atlantique. Après la naissance de son fils, sa voix changea. On n'y entendit plus l'angoisse qui l'avait toujours caractérisée, comme si la présence d'un Louis Lamontagne dans la maison d'Outremont avait apporté au chanteur une paix longtemps recherchée. Madeleine et Solange continuèrent d'ouvrir des restaurants. Quand Anamaria annonça que le petit s'appellerait Louis, Madeleine pinça les lèvres, puis, s'inspirant du *New England Cookbook*, elle créa avec Solange une nouvelle brioche qu'elles appelèrent la Brioche des saints anges, offerte seulement pendant le week-end de la Saint-Jean-Baptiste. Anamaria reprit avec volupté tout le poids qu'elle avait perdu, au grand bonheur de tous.

Gabriel prolongea d'un jour son escale à Munich pour s'offrir une deuxième balade dans les campagnes riantes de la Bavière. Une Berta vêtue de noir lui ouvrit la porte de la villa.

– Vous? Mais qui donc vous a dit?

– Dit quoi?

– Pour Terese, nous l'enterrons cet après-midi.

– Mon Dieu... Je voulais lui rendre la croix de son frère, si vous saviez, Berta...

Berta sourit, puis, tenant la porte d'une main, sortit la tête dans l'air extérieur froid comme pour parler sur le ton de la confidence.

– Maintenant qu'elle est morte, je peux bien vous le dire à vous. C'est le croque-mort qui me l'a appris ce matin. Tout le monde ne parle que de ça au village.

– Quoi?

– Il a eu toute une surprise quand il a préparé le corps de Terese.

– Quoi donc?

– Elle a trompé tout le monde pendant toutes ces années. On a aussi trouvé ses vrais papiers dans coffre qu'elle cachait. Avant de vivre ici en Bavière, Terese s'appelait Ludwig! Imaginez! Remarquez, avec ces gens de Berlin, faut pas trop s'étonner. Les Namberger pensent qu'elle devait être un ancien nazi et que c'est le moyen qu'elle a trouvé pour disparaître sans quitter l'Allemagne. Pas tout à fait... Remarquez, moi, je m'en suis toujours un peu douté. Vous saviez qu'elle a fait les camps? C'est là qu'ils l'ont... enfin...

– Son cercueil est déjà fermé?

– Non, vous pouvez passer, je vais vous conduire. Il faut seulement attendre les Namberger.

Dans ce salon funéraire bavarois quasi désert, Berta le trouva fort malpoli quand, en ouvrant les yeux au terme d'une prière, elle le surprit en train de sourire et de déposer entre les doigts de la dépouille une petite croix en or. Berta referma ses yeux sarcelle.

Et loin de là, au pays des cerisiers en fleur, le 1er janvier 2000, les promeneurs du cimetière de Nagasaki firent une découverte insolite : une flèche fichée dans la terre devant une pierre tombale blanche, celle d'une religieuse canadienne emportée en 1945 par la bombe atomique. Personne n'arriva à expliquer la provenance de cette flèche de bois qui semblait être tombée du ciel dans la nuit de la Saint-Sylvestre. On fit porter le blâme à des enfants qui jouaient près du cimetière. La flèche finit par disparaître sous terre, comme tirée vers l'intérieur par une force inexplicable.

## Note de l'auteur

Je tiens à remercier les nombreuses personnes qui m'ont aidé à rédiger ce livre, en commençant par ma mère, Micheline Raymond, cuisinière de métier, qui par un après-midi d'hiver glacial a accepté de me raconter ses souvenirs de couventine pendant les années 1950 et 1960 à Rivière-du-Loup. Ce livre lui doit tout. Je tiens aussi à remercier à Montréal mon éditrice Mélanie Vincelette pour ses conseils éclairés, précieux et impitoyables et, à Rome, Leonardo Coelho de Souza pour toutes les notes sur Puccini et sur la ville éternelle. Que tous ceux qui à leur manière ont nourri l'écriture de ce livre sachent que je ne les oublie pas. Je remercie le Conseil des arts et des lettres du Québec pour son appui financier; l'Union des écrivaines et des écrivains du Québec et le Kulturreferat München / Internationales Künstlerhaus Villa Waldberta de m'avoir permis d'écrire ce roman dans la lumière apaisante de la campagne bavaroise.

## Table des matières

Achevé d'imprimer sur les presses
de Marquis-Gagné
à Louiseville, Québec, Canada.
Troisième trimestre 2012